OLEN STEINHAUER

DIE KAIRO-AFFÄRE

OLEN STEINHAUER

DIE KAIRO-AFFÄRE

Roman

Aus dem Englischen
von Rudolf Hermstein

Karl Blessing Verlag

Titel der Originalausgabe: *The Cairo Affair*
Originalverlag: St. Martin's Press, New York

MIX
Papier aus verantwortungsvollen Quellen
FSC® C014496
FSC
www.fsc.org

Verlagsgruppe Random House FSC® N001967
Das für dieses Buch verwendete
FSC®-zertifizierte Papier *EOS*
liefert Salzer Papier, St. Pölten, Austria.

Auszüge aus dem Gedicht »Gerontion« von T. S. Eliot
aus: T. S. Eliot, Gesammelte Gedichte,
Frankfurt a. M. 1972/1988

2. Auflage

Umschlaggestaltung: Geviert, Grafik & Typografie
nach einem Motiv von plainpicture/Design Pics
Satz: Leingärtner, Nabburg
Druck und Einband: GGP Media GmbH, Pößneck
Printed in Germany
ISBN: 978-3-89667-519-4

www.blessing-verlag.de

Sammelstrategien

Die erste Entführung ereignete sich am 19. Februar 2011 in London, zwei Tage nach dem »Tag der Revolte«, und im Lauf der folgenden zweiundsiebzig Stunden kam es zu ähnlichen Vorfällen in Brüssel, Paris und New York. Ganze drei Tage, und fünf politisch aktive Libyer waren vom Angesicht der Erde verschwunden: Yousef al-Juwali, Abdurrahim Zargoun, Waled Belhadj, Abdel Jalil und Mohammed el-Keib.

In Langley erfuhr man von all diesen Entführungen auf den üblichen Wegen – Updates von den anderen Diensten, abgefangene E-Mails, RSS-Feeds und besorgte Berichte von Freunden und Kollegen –, doch irgendwie entging den Computer-Algorithmen, dass es sich vermutlich um eine konzertierte Aktion handelte. Erst ein Rechercheur im Office of Collection Strategies and Analysis, Jibril Aziz, erkannte den Zusammenhang. Selbst gebürtiger Libyer, war er darauf trainiert, Zusammenhänge zu entdecken, wo andere nicht hinsahen, und sein Eifer führte dazu, dass er manchmal Zusammenhänge vermutete, wo es keine gab.

Jibril arbeitete im Original Headquarters Building der CIA in einem Büro, das die Größe von dreien hatte, denn 1991 war ein Kontraktor engagiert worden, der die an ein Zuchthaus der 1950er-Jahre erinnernde Raumaufteilung geändert hatte: Er hatte zwei Mauern eingerissen, wodurch schließlich alle Angehörigen der Nordafrika-Abteilung der Collection Strategies zusammengebracht wurden. Jibril war einer von fünfzehn Analysten in diesem lang gestreckten Raum, von denen jeder halb hinter Raumteilern verborgen war. Manchmal versammelten sie sich allerdings an der jahrzehntealten Kaffeemaschine, um Probleme zu erörtern und Witze über den Blick aus ihren Fenstern zu machen, der weitgehend von geometrisch beschnittenen Rhododendronbüschen verstellt war, obwohl sie, wenn sie sich auf die Zehenspitzen stellten, einen Blick auf den belebten Parkplatz erhaschen konnten. Mit dreiunddreißig Jahren war Aziz der jüngste Analyst in den Collection Strategies.

Bevor er am 22. Februar auf den Fall der verschwundenen Libyer gestoßen war, hatte Aziz in der Mittagspause verzehrt, was seine Frau Inaya ihm mitgegeben hatte, und die Übersetzung einer gerade im Radio übertragenen Rede Muammar Gaddafis überprüft, in der er über eine Stunde lang über »Ratten und Agenten«, »Ratten und Katzen« und »diese Ratten, die die Tabletten genommen haben« hergezogen war.

Wenn sie nicht Gaddafi folgen, wem würden sie dann folgen? Jemandem mit Bart? Unmöglich. Das Volk ist auf unserer Seite, unterstützt uns, das ist unser Volk. Ich habe es nach oben gebracht. Überall rufen sie Parolen zur Unterstützung Muammar Gaddafis.

Nach dieser deprimierenden Arbeit versuchte er, sich mit den auf Libyen bezogenen Berichten abzulenken, die überraschend eingegangen waren, und hatte darin nach etwas Positivem gesucht, das seine Stimmung hätte heben können. Dabei stieß er auf die verschwundenen Libyer, und beim Lesen war ihm, als sei ein Licht angeschaltet worden. Das war etwas greifbar Reales nach dem wahnhaften Geschwafel eines Diktators, und er empfand die ästhetische Begeisterung, die jeden Forscher überkommt, wenn er Zusammenhänge entdeckt, wo vorher nichts dergleichen zu erkennen war.

Aber da war noch mehr: Stumbler.

Um mit seinem direkten Vorgesetzten zu sprechen, musste Aziz den Flur entlanggehen, sich gegen den scharfen Geruch des Desinfektionsmittels wappnen und eine laute Treppe hinaufsteigen, dann in Jake Copelands Vorzimmer warten, wo er oft mit Rechercheuren aus Europa und Südamerika plauderte, die alle darauf warteten, ein paar Worte mit dem Boss zu wechseln. Wegen des Zustands der Welt berichtete die Asien-Abteilung seit Kurzem direkt an Copelands Vorgesetzten, sodass abgesehen von den wöchentlichen Berichten niemand wirklich wusste, was in diesem Teil der Welt vor sich ging.

»Sie machen es«, sagte Aziz und breitete fünf Seiten auf Copelands Schreibtisch aus, jede mit einem Foto, zehn Zeilen Biografie und den Umständen des Verschwindens.

»Es?«, fragte Copeland.

»Stumbler, Jake. Es *läuft.*«

»Jetzt beruhigen Sie sich erst mal.«

Aziz setzte sich schließlich und zeigte mit einem langen braunen Finger der Reihe nach auf jedes der Gesichter. »Eins, zwei, drei, vier, fünf. Alle verschwunden, genau wie es in dem Plan steht. Das ist Stufe eins, exakt.«

Copeland runzelte die Stirn und rieb sich mit dem Handballen ein Auge.

»Schauen Sie in Ihre Mailbox«, sagte Aziz. »Ich habe Ihnen den Bericht geschickt.«

Copeland lehnte sich zurück und rief seine E-Mails auf. Er

scrollte sich zu Aziz' Bericht durch. »Ziemlich langatmig, oder?«

»Ich warte.«

Seufzend fing Copeland an zu lesen.

22. Februar 2011
AKTENNOTIZ

BETREFF:
Unerwartete Entwicklungen im Verhalten libyscher Exilanten

LONDON:
Am Nachmittag des 19. November, nach einem Mittagessen mit anderen Mitgliedern der Demokratischen Front Libyens (DFL) im Momo (Heddon Street), fuhr Yousef al-Juwali mit der Piccadilly Line in südlicher Richtung, vermutlich auf dem Weg zu seiner Wohnung in Clapham. Berichten des MI-5 zufolge ist auf Überwachungsaufnahmen zu sehen, dass al-Juwali in der U-Bahn von einem etwa einen Meter achtzig großen Mann in einem dick wattierten Mantel angesprochen wurde. Arabischer Typ, Nationalität unbekannt. Nach einem kurzen Gespräch stiegen beide Männer an der Waterloo Station aus und gingen zu Fuß zur York Road, wo ein schwarzer Ford Explorer vorfuhr. Oberirdische Überwachungskameras registrierten, dass al-Juwali zögerte – der Explorer, so wird angenommen, kam unerwartet –, doch nach einem weiteren kurzen Wortwechsel stiegen beide Männer ein. Yousef al-Juwali ist seitdem verschwunden. Nachforschungen ergaben, dass der Explorer am Abend zuvor gestohlen worden war. Er wurde zwei Tage danach in South Croydon gefunden, verlassen und gründlich gereinigt.

BRÜSSEL:
Bei einem ähnlichen Vorfall bestieg Abdurrahim Zargoun (Vereinigtes Libyen) am 20. Februar an der Place du Petit Sablon mit einem kleineren, dunkelhäutigen Mann einen Bus. Zargoun ist seitdem ebenfalls verschwunden.

PARIS:
Waled Belhadj, Gründungsmitglied der DFL, der Gerüchten zufolge ein bislang namenloses Exilanten-Netzwerk aufbaute, verschwand am 20. Februar. Es gibt keinerlei Erkenntnisse über die Umstände, die zu seinem Verschwinden führten.

MANHATTAN:
Gestern (21. Februar) wurden zwei Männer – Abdel Jalil und Mohammed el-Keib von der Organisation Freies Libyen (OFL) – bei einer Hochzeitsfeier auf Long Island gesehen. Gemeinsam fuhren sie mit dem Zug nach Manhattan zurück, wo sie zu el-Keibs Wohnung in der Ecke Lexington Avenue und 89th Street weitergingen. Als sie eine Stunde später wieder herauskamen, befanden sie sich in Begleitung eines Mannes, dessen Körpergröße den Schluss zulässt, dass es derselbe war, der in London Yousef al-Juwali angesprochen hatte. Etwa einen Meter achtzig, nordafrikanischer Typ, mit einem Mantel bekleidet. Zusammen nahmen sie die U-Bahn in nördlicher Richtung in die Bronx und bestiegen dann den BX32-Bus nach Kingsbridge Heights. Vermutlich sind sie an einer von vier unbeobachteten Haltestellen ausgestiegen, bevor der Bus die Endhaltestelle erreichte. Sie sind seit sechzehn Stunden verschwunden.

EINSCHÄTZUNG:
Um diese Ereignisse in die richtige Perspektive zu setzen, sollte man berücksichtigen, dass der Aufstand in Libyen einen seiner

(mutmaßlich) zahlreichen Höhepunkte erreicht hat. Achtundvierzig Stunden vor dem ersten Verschwinden, in Bengasi, gingen Libyer zu einem »Tag der Revolte« auf die Straße, um ihrer Verachtung für das Regime Muammar Gaddafis Ausdruck zu verleihen. Die Reaktion der libyschen Regierung bestand darin, den Aufstand mit brutaler Gewalt niederzuschlagen. Die libysche Exilgemeinde (der ich angehöre) lebt in einem Zustand der Angst, seit nach und nach spärliche Nachrichten aus Nordafrika eingehen.

Die oben aufgeführten Männer bilden das Rückgrat der internationalen Anti-Gaddafi-Bewegung. Jeder von ihnen ist namentlich in dem 2009 von mir erstellten vorläufigen Vorschlag für einen Regimewechsel erwähnt (AE/Stumbler). Wenn diese fünf Männer mobilisiert wurden, ist mit einer größeren Aktion zu rechnen.

Angesichts der oben angeführten spärlichen Erkenntnisse gibt es zwei Möglichkeiten:

a. Abkommen. Die verschiedenen Exilgruppen (OFL, DFL, VL) haben ein Geheimabkommen geschlossen und machen entweder für eine vereinigte Public-Relations-Initiative mobil oder bereiten sich für eine Invasion Libyens vor.

b. CIA-Präsenz. Stumbler wurde offiziell zwar 2009 ad acta gelegt, doch ist denkbar, dass unsere eigene Agency oder eine unabhängig arbeitende Abteilung zu dem Schluss gekommen ist, angesichts der Tatsache, dass sich jetzt eine Erfolg versprechende Erhebung abzeichnet, sei der richtige Zeitpunkt gekommen, den Plan umzusetzen, beginnend mit der geheim gehaltenen Versammlung dieser führenden Exilpolitiker.

Wegen der historischen Animositäten zwischen den oben genannten Gruppen ist ein »Abkommen« unwahrscheinlich. Zwar teilen alle drei Gruppen den Wunsch nach einem Ende von Gaddafis Herrschaft, doch ihre Vorstellungen von einem Libyen nach dem Sturz Gaddafis gehen aufgrund ideologischer Diskrepanzen weit auseinander. Dennoch wäre dies das optimale Szenario.

»CIA-Präsenz« wäre zwar theoretisch wahrscheinlicher, hätte aber meiner Ansicht nach katastrophale Folgen. Stumbler wurde in diesem Büro aus der Taufe gehoben, doch es war das Produkt einer bestimmten Zeit, und diese gehört seit Beginn des Arabischen Frühlings der Vergangenheit an. Die praktischen Einwände, die gegen den ursprünglichen Plan erhoben wurden, bleiben gültig, und angesichts der Berichte über libysche Bürger in Bengasi, die beim Kampf gegen den Diktator ihr Leben verlieren, würde jede Intervention der Vereinigten Staaten (entweder durch amerikanische Soldaten oder durch von den USA handverlesene Vertreter der Exilpopulation) mit Recht als ein Hijacking der libyschen Revolution angesehen werden, was zu einer erhöhten Glaubwürdigkeit des Gaddafi-Regimes führen und jede spätere pro-westliche Regierung diskreditieren würde.

Jibril Aziz
OCSA

Jake Copeland lehnte sich zurück, um die Rückenschmerzen zu lindern, die ihn seit fast einer Woche plagten. Rückenschmerzen und Hämorrhoiden – so beschrieb er seinen Job auf Partys, wenn Freunde ihn mit hochgezogenen Augenbrauen fragten, wie denn das Leben im Geheimdienst so sei. Er saß jetzt seit zwei Jahren an diesem Schreibtisch, seit die neue Regierung im Amt war, und hatte in dieser Zeit oft genug erlebt, dass Rechercheure mit abenteuerlichen, unbewiesenen Theorien in sein Büro gestürmt kamen. Jibril war auch nicht besonnener als die anderen, aber er war intelligent und engagiert, und im Gegensatz zu den meisten seiner Kollegen hatte er Erfahrung im Außendienst für die CIA. Doch als Kind libyscher Einwanderer hatte er auch ein persönliches Interesse an der Region und konnte manchmal nicht von seinen Emotionen abstrahieren. Und nun das. »Stumbler, hm?«

»Was habe ich die ganze Zeit gesagt? Die setzen Stumbler jetzt doch um.«

»Und wen meinen Sie mit ›die‹ –«

»Ich meine *uns*. Und das ist moralisch verwerflich.«

»Es war Ihr Plan, Jibril.«

»Und vor zwei Jahren wäre das auch das Richtige gewesen. Aber jetzt nicht. Nicht mehr.«

Copeland sah ihn lange durchdringend an, bevor er antwortete. Er mochte Jibril. Der Mann war besessen; er war kurzsichtig. Doch seine Pläne und Entwürfe enthielten im Allgemeinen einen wertvollen Kern, einen winzigen Diamanten in der Asche, den auszugraben Copelands Aufgabe war. Die Zusammenarbeit mit Jibril Aziz war selten langweilig.

»Wenn da, wie Sie sagen, *wir* dahinterstecken, warum kommen Sie dann damit zu mir?«

»Sie können ihnen Einhalt gebieten. Uns Einhalt gebieten.«

»Sie glauben wirklich, dass ich so viel Einfluss habe?«

Der Jüngere zögerte. »Dann schicken Sie mich hin.«

»Nach Libyen? Kommt nicht in Frage. Keine Kriegsgebiete für Sie.«

Jibril war oft vorschnell, aber er war nicht dumm. Er wusste, dass man da nichts tun konnte. Schließlich nickte er. »Sie haben recht, Jake. Ich habe nichts in der Hand. Aber da ist irgend etwas. Meinen Sie nicht auch?«

»Natürlich ist da was. Das bestreite ich gar nicht. Aber wenn –«

»Also muss ich mal nachsehen«, sagte Jibril.

Copeland biss sich auf die Unterlippe und setzte sich anders hin, um einen plötzlich einsetzenden stechenden Schmerz zu unterdrücken. »Sprechen Sie weiter.«

»Ich brauche die Genehmigung für einen Flug.«

»Sie fliegen nicht nach Tripolis.«

»Budapest.«

»Budapest?«

Jibril nickte. »Nur ein Gespräch. Eine kurze Unterhaltung, und dann sage ich Ihnen Bescheid, so oder so.«

»Darf ich fragen, mit wem Sie da sprechen wollen?«

»Mit unserem Stellvertretenden Konsul, Emmett Kohl.«

»Ich wage nicht zu fragen, in welchem Zusammenhang er damit steht.«

»Vertrauen Sie mir nicht, Jake?«

Copeland vertraute ihm, also hörte er zu, als Jibril in die Vergangenheit zurückging, zu Stumbler und dem Weg, den der Plan durch die Botschaften und Regierungsstellen genommen hatte, bevor er mit dem Ablehnungsvermerk zu ihnen zurückgekommen war. Jibril suchte krampfhaft nach Verbindungen, aber er tat es Copeland zuliebe – um ihm bürokratische Argumente für seine Einwilligung zu liefern. Schließlich schrieb Copeland eine Aktennotiz, die Jibril Aziz ermächtigte, in zwei Tagen nach Ungarn zu fliegen, finanzierbar aus dem Forschungsbudget, und reichte sie Jibril zur Weitergabe an seine Sekretärin. »Danke, Sir«, sagte Aziz, und Copeland fragte sich, wann er zum letzten Mal – oder ob er überhaupt jemals – das Wort *Sir* aus Jibrils Mund gehört hatte.

Er sah Aziz an dem Nachmittag noch einmal, als er mit dem Mantel über dem Arm zum Parkplatz ging. Sie nickten einander nur knapp zu, aber er merkte, dass der Jüngere im siebten Himmel war. Er durfte wieder reisen. Nicht alle Rechercheure waren so, aber Aziz hatte den Dreck und die Plackerei der Arbeit vor Ort kennengelernt; anders als viele seiner Kollegen hatte er sich seine Sporen verdient, indem er Ausländer dazu verleitet hatte, ihr Vaterland zu verraten. Hatte man einmal gelernt, wie man Menschen so etwas antut, entwickelte man eine Neigung zum Betrug, und dann waren nüchterne Bürowände, mit Teppich bezogene Raumteiler und flimmernde Computerbildschirme nur noch ein schwacher Ersatz für das eigentliche Leben. Und die Aufrichtigkeit ebenso.

Erster Teil

EINE UNTREUE FRAU

Sophie

1

Vor zwanzig Jahren, bevor ihre Reisen politisch wurden, hatten Sophie und Emmett ihre Hochzeitsreise nach Osteuropa gemacht. Ihre Eltern waren skeptisch gewesen, was diese Wahl anging, aber in Harvard hatten Sophie und Emmett gelernt, sich auch um das zu kümmern, was auf der anderen Seite des Planeten geschah, und in den Fernsehzimmern ihrer Wohnheime hatten sie das Zerbröckeln der UdSSR mit einer Spannung verfolgt, die man nicht unbedingt von ihnen erwartet hätte. Sie hatten mit dem irrigen Gefühl zugesehen, dass sie, zusammen mit Ronald Reagan, an den Grundfesten des korrupten sowjetischen Systems gerüttelt hatten. Als sie 1991 heirateten, beide erst zweiundzwanzig, hatten sie geglaubt, es sei Zeit für einen Freudensprung.

Im Gegensatz zu Emmett war Sophie noch nie in Europa gewesen, und sie hatte sich nach den Cafés am linken Seineufer gesehnt. »Aber dort wird Geschichte geschrieben«, hatte Emmett zu ihr gesagt. »Das sind die weniger ausgetretenen Pfade.« Schon früh hatte Sophie gemerkt, dass das Leben interessanter war, wenn sie sich von Emmetts Enthusiasmus anstecken ließ, und so hatte sie sich nicht gesträubt.

Sie warteten bis September, um den Touristenmassen im August zu entgehen, und ließen ihre Reise langsam angehen, mit vier Tagen in Wien, dieser öden Stadt der Zuckerbäcker-Architektur und der Museen. Kühle, aber höfliche Österreicher bevölkerten breite Prachtstraßen und kopfsteingepflasterte Gassen, allesamt mit Wichtigerem beschäftigt als glotzenden amerikanischen Touristen. Sie besichtigten den Stephansdom und die Hofburg, die Kunsthalle und die Cafés Central und Sacher, und Emmett erzählte von Graham Greene und den Dreharbeiten zu *Der dritte Mann,* über die er anscheinend unmittelbar vor der Abreise recherchiert hatte. »Kannst du dir vorstellen, wie es hier unmittelbar nach dem Krieg ausgesehen hat?«, fragte er sie an ihrem letzten Wiener Nachmittag im Sacher. Er umfasste das riesige Bierglas, das vor ihm auf dem Marmortisch stand, und schaute aus dem Fenster. »Die waren dezimiert worden. Haben wie Ratten gelebt. Seuchen und Hungersnot.«

Sie betrachtete die blitzenden BMWs und Mercedes, die an der imposanten Rückseite der Staatsoper entlangkrochen, und konnte sich das überhaupt nicht vorstellen. Nicht zum ersten Mal fragte sie sich, ob ihr die Fantasie fehlte, die ihr Mann als selbstverständlich ansah. Enthusiasmus und Phantasie. Sie musterte ihn gründlich. Jungenhaftes Gesicht und runde, haselnussbraune Augen. Eine Haarlocke, die ihm über die Stirn herabhing. *Wie schön er ist,* dachte sie, während sie mit ihrem noch ungewohnten Ehering spielte. Das war der Mann, mit dem sie den Rest ihres Lebens verbringen würde.

Er wandte sich vom Fenster ab, schüttelte den Kopf und sah dann ihre Miene. »Hey. Was ist denn?«

Sie wischte sich die Tränen ab, dann packte sie seine Hand,

so fest, dass ihr Ehering sich in die weiche Haut ihres Fingers drückte, aber sie ließ ihn trotzdem nicht los. Sie zog ihn zu sich heran und flüsterte: »Lass uns auf unser Zimmer gehen.«

Enthusiasmus, Phantasie und Engagement, dachte sie, während er umständlich mit Schillingscheinen zahlte. Das waren die Eigenschaften, die sie an Emmett Kohl am meisten liebte, Eigenschaften, die sie selbst ihrer Meinung nach nicht aufzuweisen hatte. In Harvard hatte sie gelernt, alles in Frage zu stellen, und sie hatte die Herausforderung angenommen und prompt ihre Illusionen sowohl über die Rechte als auch über die Linke verloren, so sehr, dass sie, wenn Emmett mit seinen Mini-Vorlesungen über Geschichte oder Auslandsbeziehungen begann, einfach nur dasaß und zuhörte, weniger beeindruckt von den Fakten als von seinem Glauben. Darum ging es beim Erwachsensein – Glaube. Woran glaubte sie selbst? Sie war sich nicht sicher. Gegen ihn war sie nur ein halber Mensch. Mit ihm, hoffte sie, würde sie sich zu etwas Besserem entwickeln.

Während sie sich vor historischen Kunstwerken und exotischen Sprachen ihrem frisch angetrauten Mann unterlegen fühlte, waren im Bett die Rollen vertauscht, und wann immer die Angst sie überkam, zog sie ihn deshalb ins Bett. Emmett ließ es sich gern gefallen, so benutzt zu werden, und kam gar nicht auf die Idee, sich über das Timing ihrer sexuellen Impulse zu wundern. Er war schön und klug, aber beklagenswert unerfahren, während sie die Bettetikette vom Drummer einer Punk-Band, dem Assistenten eines französischen Geschichtslehrers und, im Laufe eines einzigen experimentellen Wochenendes, von einer Freundin aus Virginia, die sie in Boston besuchte, gelernt hatte.

Als sie deshalb Hand in Hand in ihr Hotelzimmer zurückkehrten, sie ihm aus den Kleidern half und ihn – er trommelte währenddessen mit den Fingern auf die Bettdecke – beim Ausziehen zuschauen ließ, fühlte sie sich wieder als ganzer Mensch. Sie war das Mädchen, das an nichts glaubte und eine kleine Show veranstaltete für den Jungen, der an alles glaubte. Doch als sie dann Haut an Haut unter der Bettdecke zugange waren, begriff sie, dass sie sich irrte. Es gab doch etwas, woran sie glaubte. Sie glaubte an Emmett Kohl.

Am nächsten Morgen stiegen sie in den Zug nach Prag, und nicht einmal der verdreckte Waggon mit der kaputten, stinkenden Toilette schreckte sie ab. Stattdessen weckte er in ihr die Illusion, sie seien auf einer *echten* Reise, einer top aktuellen Reise. »So sieht es im Rest der Welt aus«, sagte Emmett lächelnd, während er die verdrossenen, nervösen Tschechen beobachtete, die ihre Taschen mit den geschmuggelten Zigaretten, alkoholischen Getränken und anderen Luxusgütern an sich drückten, die sie zu Hause zu Geld machen wollten. Als an der Grenze zwei Zöllner eine alte Frau und zwei junge Männer herausholten, die dann stumm dem wieder anfahrenden Zug nachsahen, hatte Sophie das Gefühl, einem schicksalhaften Geschehen beizuwohnen.

Sie ermahnte sich, Augen und Ohren offen zu halten. Sie ermahnte sich, alles in sich aufzunehmen.

Die baufällige Märchenarchitektur Prags versetzte sie beide in Hochstimmung, und sie tranken in Kellerlokalen bei Kerzenlicht Bier zu fünfzig Cent das Glas. Sophie versuchte, ihre Aufregung darüber in Worte zu fassen, wie großartig es war, dass sie, ein Mädchen aus der Provinz, hier sein durfte. Sie war die Tochter eines Holzhändlers in Virginia, die bislang nur die Ostküste der Vereinigten Staaten kennengelernt hatte, und jetzt war sie eine verheiratete Akademikerin, die den Ostblock bereiste. Dieser Rollenwechsel versetzte sie in Erstaunen, wenn sie darüber nachdachte, doch als sie es ihrem Mann erklären wollte, fand sie nicht die richtigen Worte. Emmett war immer der Wortgewandte gewesen, und wenn er lächelnd ihre Hand hielt und ihr sagte, er verstehe sie, fragte sie sich, ob er sie nicht von oben herab behandelte. »Halt dich an mich, Mädchen«, sagte er in seinem besten Humphrey-Bogart-Stil.

Am dritten Tag kaufte er ihr eine kleine Leninbüste, und sie lachten darüber, als sie die belebte Karlsbrücke überquerten, zwischen den Standbildern tschechischer Könige hindurch, die in der stickigen Sommerhitze auf sie herabblickten. Sie waren beschwipst und kicherten über den Lenin. Sie schwenkte ihn hin und her und benutzte ihn wie eine Bauchrednerpuppe. Emmetts Gesicht färbte sich in der Sonne kräftig rosa – Jahre später sollte sie sich wieder daran erinnern.

Dann war da der Junge.

Er tauchte aus dem Nichts auf, sieben oder acht Jahre alt, inmitten all der anderen anonymen Touristen stand er auf einmal schweigend dicht neben Sophie. Plötzlich hatte er ihren Lenin in der Hand. Es ging ganz schnell. Er rannte davon, um Beine herum und vorbei an einem Maler vor seiner Staffelei, und stand im nächsten Moment am Rand der Brücke, sodass Sophie fürchtete, er würde in den Fluss springen. Emmett war dem Jungen nachgelaufen, und dann sahen sie die Büste noch einmal, über dem Kopf des Jungen. Er warf sie in die Luft – sie stieg hoch und fiel wieder herab.

»Dieser kleine *Scheißer*«, murmelte Emmett, und als Sophie ihn einholte und auf den Fluss hinunterschaute, war von ihrem kleinen Lenin nichts mehr zu sehen. Der Junge verschwunden. Hinterher, auf dem Weg ins Hotel, hatte sie das Gefühl, Emmett und sie würden zum Narren gehalten. Das begleitete sie auf der ganzen Reise, weiter nach Budapest und auch während ihres nicht eingeplanten Abstechers nach Jugoslawien, ja sogar noch, als sie wieder in Boston waren. Auch zwanzig Jahre danach war es ihr noch immer nicht möglich gewesen, dieses Gefühl abzuschütteln.

2

Als sie am Abend des 2. März 2011 ins Chez Daniel kam, war ihr erster Gedanke, wie gut ihr Mann aussah. Das dachte sie nicht oft, was aber weniger eine Kränkung für Emmett war als eine Anklage gegen sie selbst und ein Zeichen dafür, wie zwanzig Ehejahre den einen Partner für die Vorzüge des anderen blind machen können. Sie hegte den Verdacht, dass er sie genauso sah, hoffte aber, er erlebte auch manchmal Momente wie diesen, wenn sie voller Wärme und Freude beim Anblick seines ewig jungen Gesichts dachte, *Ja, das ist meiner*. Es spielte keine Rolle, wie kurz diese Momente waren oder dass etwas Schreckliches auf sie folgen konnte – von solchen Ausbrüchen heftiger Zuneigung konnte sie monatelang zehren.

Chez Daniel war wie die meisten guten französischen Restaurants – sogar französische Restaurants in Ungarn – gesteckt voll. Einfache Tischdecken, exzellentes Essen. Sie ging zu ihm, er saß an einem Tisch vor einer beigen Wand unter gerahmten sepiabraunen Ansichten der schmutzigen, rissigen Budapester Straßen, die das Gehen schwer machten, aber wunderbar stimmungsvolle Bilder abgaben. Während sie auf den Wein warteten, rückte Emmett das Besteck beiderseits seines Tellers zurecht und fragte sie, wie ihr Tag gewesen sei.

»Glenda«, sagte sie. »Vier Stunden mit Glenda im Gellért-Bad. Dampf, Massagen und zu viele Cosmopolitans.«

Er hatte oft genug von dem Mittwochsvergnügen gehört, das ihr die Frau von Generalkonsul Raymond Bennett, seinem Chef, mehr oder minder aufgezwungen hatte. Immer im Gellért-Hotel, in dem Sophie und er einen Teil ihrer Hochzeitsreise verbracht hatten, zu einer Zeit, als sich sogar Studenten noch seine k.-und-k.-Eleganz leisten konnten. »Irgendwas Neues in ihrem Leben?«, fragte er.

»Probleme mit den Ungarn, natürlich.«

»Natürlich.«

»Ich sag ihr immer, sie soll Ray dazu bringen, eine Versetzung zu beantragen, aber sie behauptet, das liegt nicht in ihrer Macht.«

»Und du?«, fragte er.

»Ob ich auch was gegen die Ungarn habe?«

»Wie geht's dir hier?«

Sophie beugte sich vor, als hätte sie ihn nicht verstanden. Sie selbst stellte sich diese Frage nicht oft, deshalb musste sie einen Moment überlegen. Sie lebten jetzt seit einem halben Jahr in Budapest, wo Emmett Stellvertretender Generalkonsul war. Letztes Jahr waren sie in Kairo zu Hause gewesen – in Husni Mubaraks Kairo. Zwei Jahre davor war es Paris gewesen. In mancher Hinsicht verschwammen die beiden Städte in ihrer Erinnerung – beide waren eine undeutliche Folge gesellschaftlicher Ereignisse, kurzer Freundschaften und obskurer Rituale, die man lernen und wieder vergessen musste, jeweils begleitet von ihrer eigenen Menagerie von Problemen. Paris hatte Spaß gemacht, Kairo nicht.

In Kairo war Emmett gereizt und nervös gewesen – schon die Fehlzündung eines Autos ließ ihn stolpern –, und wenn er aus dem Büro heimkam, war er immer auf Streit aus. Sophie – vielleicht als Reaktion darauf – hatte sich ein eigenes Leben aufgebaut, aus Lügen.

Die gute Nachricht war, dass Kairo sich als eine bloße Phase erwiesen hatte, denn kaum waren sie in Ungarn angekommen, verschwand die dicke Luft. Emmett wurde wieder zu dem Mann, mit dem ihr Leben zu verbringen sie vor zwanzig Jahren beschlossen hatte, und sie ließ von ihrer infantilen Lust am Betrug ab, ohne jedoch ihr Geheimnis preiszugeben. In Budapest waren sie wieder Erwachsene.

Emmett wartete auf eine Antwort. Sie zuckte die Achseln. »Wie könnte ich nicht glücklich sein? Eine Dame, die der Muße pflegt. Ich lebe den Traum.«

Er nickte, als wäre das die Antwort, die er erwartet hatte – als hätte er gewusst, dass sie lügen würde. Denn die Ironie war ja, dass von den drei Städten, die sie ihr Zuhause genannt hatten, Kairo die einzige war, in die sie, wenn sie gekonnt hätte, sofort zurückgekehrt wäre. In den Straßen, dem Lärm, dem Verkehrschaos und den Gerüchen dort hatte sie etwas Befreiendes gefunden. Sie hatte gelernt, sich etwas graziler zu bewegen, Freude daran zu finden, die Wohnung mit Sternhaufen und Blüten der blauen ägyptischen Seerose zu schmücken; sie freute sich an der eigentümlichen Melodie des Arabischen, der Vorhersagbarkeit der täglichen Gebete und der Erkundung neuer, fremdartiger Nahrungsmittel. Außerdem hatte sie ein unerwartetes Vergnügen im Akt des Betrügens selbst entdeckt.

Aber war es wirklich gelogen? War sie unglücklich in Budapest?

Nein. Sie war zweiundvierzig, also alt genug, um das Glück zu erkennen, wenn es ihr ins Auge blickte. Mithilfe von L'Oréal hatte sie sich ihr gutes Aussehen bewahrt, und ein Anfall von Bluthochdruck vor ein paar Jahren war durch eine bemerkenswerte französische Diät gemildert worden. Sie waren nicht arm; sie reisten viel. Zwar gab es Momente, in denen sie bedauerte, welchen Weg ihr Leben genommen hatte – in Harvard hatte sie eine Laufbahn an einer Hochschule oder in der Politik angestrebt, und an einem Wintertag in Paris hatte ihr ein französischer Arzt erklärt, dass sie nach ihrer zweiten Fehlgeburt keine Kinder mehr bekommen könne –, aber hinterher hatte sie sich jedes Mal dafür gescholten. Vielleicht fand sie ihr Leben langweilig, aber das Erwachsenendasein, wenn man es richtig führte, war nun einmal fade. Mit einem Leben in Muße zu hadern war kindisch.

Doch in manchen Nächten lag sie im Dunkel ihres Schlafzimmers lange wach und fragte sich, ob es irgendjemandem auffallen würde, wenn sie in eine Maschine zurück nach Ägypten stieg und einfach verschwand. Aber dann fiel ihr ein, dass ihr Kairo, das Kairo, das sie liebte, nicht mehr existierte.

Sie und Emmett waren seit fünf Monaten in Ungarn, als im Januar ägyptische Aktivisten zum Widerstand gegen Armut, Arbeitslosigkeit und Korruption aufgerufen hatten, und gegen Monatsende, am 25. Januar, hatten sie den »Tag des Zorns« veranstaltet, der sich ausgeweitet hatte, bis die ganze Stadt zu einer einzigen riesigen Demonstration geworden war, mit dem Tahrir-Platz als Zentrum, auf dem Sophie immer Tee getrunken hatte.

Am 11. Februar, kaum einen Monat vor ihrem Abendessen im Chez Daniel, war Husni Mubarak nach dreißig Jahren zurückgetreten, und er war nicht der Einzige. Einen Monat zuvor war der Autokrat Tunesiens geflohen, und zurzeit breitete sich ein regelrechter Bürgerkrieg über ganz Libyen aus, von Bengasi westwärts Richtung Tripolis. Die Medien nannten es den Arabischen Frühling. Sophie war gesund, wohlhabend und leidlich schön und lebte in interessanten Zeiten.

»Irgendwelche neuen Nachrichten aus Libyen?«, fragte sie.

Er lehnte sich zurück und breitete die Hände aus, denn das war ihr Dauerthema. Emmett hatte unglaublich viel Zeit damit zugebracht, CNN zu schauen und den libyschen Revolutionären auf dem Bildschirm wie bei einem Fußballspiel zuzurufen, sie sollten nach Tripolis vorrücken, als wäre er ein viel jüngerer Mann, der noch nie einen Bürgerkrieg erlebt hatte. »Tja, wir erwarten in nächster Zeit eine Nachricht vom Nationalen Übergangsrat – die werden sich zur offiziellen Vertretung Libyens erklären. Seit ein paar Tagen laufen Sanktionen der EU gegen Gaddafi, aber es wird noch eine Weile dauern, bis sie Wirkung zeigen. Die Rebellen schlagen sich gut – sie rücken zurzeit auf Zawiya vor, unmittelbar westlich der Hauptstadt.« Er zuckte die Achseln. »Die Frage ist, wann kriegen wir endlich den Arsch hoch und werfen ein paar Bomben auf Tripolis ab?«

»Schon bald«, sagte sie hoffnungsvoll. Er hatte sie zu der Ansicht bekehrt, dass ein paar Bomben Gaddafi und seine Legionen innerhalb weniger Tage dazu bringen würden, die Waffen zu strecken, sodass ein Eingreifen ausländischer Bodentruppen, die den Revolutionären, wie er sich ausdrückte, *ihre Revolution versauen würden,* nicht nötig sein würde.

»Ist das alles?«, fragte sie.

»Alles, was wir gehört haben.«

»Ich meine dich. Wie war dein Tag?«

Der Wein kam, und der Kellner goss ein wenig zum Probieren in Emmetts Glas. Sophie bestellte sich frische Tagliatelle mit Steinpilzen, Emmett ein Steak, durchgebraten. Als der Kellner gegangen war, sagte sie: »Also?«

»Also was?«

»Dein Tag.«

»Ach so, ja«, sagte er, als hätte er es vergessen. »Nicht so spannend wie deiner. Zumindest was die Arbeit angeht.«

»Und sonst?«

»Ich hab einen Anruf aus Kairo bekommen.«

Das war eine bedeutsame Mitteilung – zumindest hatte Emmett sie so gedacht –, aber Sophie tappte im Dunkeln. »Jemand, den wir kennen?«

»Stan Bertolli.«

Sie hörte sich scharf durch die Nase einatmen und fragte sich, ob er es auch gehört hatte. »Wie geht's ihm?«

»Nicht so gut, wie's scheint.«

»Was ist los?«

Emmett nahm sein Glas am Stiel und betrachtete aufmerksam den Wein. »Er ist verliebt, sagt er.«

»Schön für ihn.«

»Anscheinend nicht. Anscheinend ist die Frau, in die er verliebt ist, verheiratet.«

»Stimmt«, sagte sie gewollt unbeteiligt. Die Luft schien aus dem Raum zu entweichen. Geschah das wirklich? Sie hatte es sich natürlich schon oft vorgestellt, aber nie in einem französischen Restaurant. »Das ist wirklich nicht schön«, sagte sie.

Er holte Luft, trank von seinem Wein und stellte das Glas

wieder ab. Die ganze Zeit über hielt er den Blick auf den dunkelroten Inhalt des Glases gerichtet. Schließlich fragte er leise: »Hättest du's mir irgendwann gesagt?«

Auch das war nicht so, wie sie es sich vorgestellt hatte. Sie suchte nach einer Antwort, und ihr erster Gedanke war eine Lüge: *Ja, natürlich.* Doch bevor sie den Gedanken in Worte umsetzte, wurde ihr klar, dass sie es ihm nicht gesagt hätte, niemals.

Sie überlegte, ob sie in die Defensive gehen und ihn erinnern sollte, wie er in Kairo gewesen war, dass er sie wie ein ewiges Hindernis behandelt hatte. Dass er sie von sich gestoßen hatte, bis sie, auf der Suche nach etwas anderem, irgendetwas, das ihrem Gefühl der Befreiung entgegenkäme, schließlich auf Stans Annäherungsversuche eingegangen war. Nicht die ganze Wahrheit, aber vielleicht genug, um ihn zufriedenzustellen.

»Natürlich hätte ich's dir gesagt«, sagte sie.

»Wann?«

»Sobald ich den Mut dazu aufgebracht hätte. Wenn genug Zeit vergangen wäre.«

»Wir reden also über Jahre.«

»Ja, wahrscheinlich.«

Emmett biss auf die Innenseite seiner Wange und schaute an ihr vorbei zu den anderen Tischen, vielleicht weil er dachte, alle wüssten, dass er ein gehörnter Ehemann war, und seine Krähenfüße vertieften sich vom Nachdenken.

Was gab es da nachzudenken? Er hatte den ganzen Tag Zeit gehabt, sich aber noch immer nicht entschieden, denn hier ging es nicht nur um eine Affäre – es ging um Emmett Kohl und darum, welche Art Mann er sein wollte. Sie kannte ihn nur allzu gut.

Eine bestimmte Art Mann hätte sie mit einem Tritt aus seinem Leben befördert, hätte getobt und sein Glas nach ihr geworfen. Aber so war er nicht. Er hatte bestimmt kurz geflucht, als er das Telefon auflegte; sein »Tag des Zorns« war vorbei. Er brauchte etwas, womit er seinem Ärger Luft machen konnte, ohne seinen Charakter verleugnen oder ins Klischee verfallen zu müssen – eine knifflige Aufgabe.

»Es ist vorbei«, sagte sie. »Falls das hilft.«

»Nicht wirklich.«

»Weißt du noch, wie du in Kairo warst?«

Seine feuchten Augen sahen sie wieder an, seine Stirn zuckte. »Du willst das jetzt nicht mir in die Schuhe schieben, oder?«

Sie schüttelte den Kopf und schaute in ihr Glas. Sie hatte es noch nicht angerührt. Er wusste sehr gut, wie er in Kairo gewesen war, wollte aber keinen Zusammenhang mit ihrer Untreue sehen. An seiner Stelle hätte sie genauso empfunden.

»Liebst du ihn?«

»Nein.«

»Hast du ihn geliebt?«

»Eine Woche lang hab ich gedacht, ich könnte es, aber ich hab mich geirrt.«

»Hast du an Scheidung gedacht?«

Sie runzelte die Stirn, geradezu schockiert über ein Wort, das ihr nie in den Sinn gekommen war. »Um Himmels willen. Nein. Nie. Du bist …« Sie zögerte, senkte dann die Stimme und schob ihre Hand auf dem Tisch in seine Richtung. »Du bist das Beste, was mir je passiert ist, Emmett.«

Er sah ihre Hand nicht an. »Aber … *warum* dann?«

Jede Frau, die Ehebruch begangen hat, stellt sich diesen

Moment vor, malt ihn sich aus und legt sich einen groben Entwurf für eine Ansprache zurecht, die ihrer Meinung nach den Nebel mit einer hieb- und stichfesten Entschuldigung des Unentschuldbaren durchdringen wird. Doch als sie jetzt so dasaß und in sein gekränktes Gesicht blickte, fiel ihr nichts davon ein, und sie rang nach Worten. Sie kam nur auf lauter abgedroschene Phrasen, als läse sie von einem Skript ab. Doch eigentlich taten sie das beide, oder nicht? »Ich war einsam, Emmett, so einfach ist das.«

»Wer hat sonst noch davon gewusst?«

»Was?«

»Wer hat sonst noch Bescheid gewusst?«

Sie zog ihre unberührte Hand zurück. Er wurde jetzt kleinlich, als ob es darauf angekommen wäre, ob sonst noch jemand von seinem verletzten Stolz wusste. Aber hier konnte sie ihn beruhigen. »Niemand«, log sie.

Er nickte, wirkte aber nicht erleichtert.

Das Essen kam, sodass sie sich neu formieren konnten, und während sie aß, mit heißen Wangen und zitternder Hand, überlegte sie, wie betrogen er sich vorkommen musste. Hatte sie nicht von Anfang an gewusst, dass sie ihm das antun würde? Hatte sie es nicht kommen sehen? Nein, eigentlich nicht, denn in Kairo hatte sie nur in der Gegenwart gelebt. In Kairo war sie dumm gewesen.

Daniel hatte sich mit den Tagliatelle Mühe gegeben, sie waren perfekt, und die Pfeffersauce auf Emmetts Steak roch himmlisch. Emmett begann, lustlos an seinem Fleisch herumzuschnippeln. Am liebsten hätte sie losgeheult. »Was war da eigentlich? In Kairo?«

Er schaute auf – nicht erschrocken, nur ein wenig verwirrt.

»Du warst dort völlig von der Rolle. Ich auch, ich weiß,

aber du … mit dir konnte man einfach nicht mehr leben. In Paris war alles wunderbar, genau wie hier. Aber in Kairo warst du ein anderer Mensch.«

»Du willst es also doch mir in die Schuhe schieben«, sagte er. Kalt.

»Ich möchte nur wissen, was dich in Kairo so bedrückt hat.«

»Das spielt keine Rolle«, sagte er und führte einen Bissen zum Mund. Und schluckte ihn. Diese Bewegung war wie ein Schlusspunkt.

»Kairo war von Anfang an schlecht«, fuhr sie mit gepresster Stimme fort. »Nicht für mich. Nein – ich fand es super. Aber du hast dich dort verändert, und du hast nie ein Wort zu mir gesagt.«

»Also hast du Stan gefickt.«

»Ja, ich hab Stan gefickt. Aber das ändert nichts an der Tatsache, dass du dort ein anderer geworden bist, und kaum hatten wir Kairo verlassen, warst du wieder der Alte.«

Er kaute und sah sie an.

»Ich will keinen Streit anfangen, Emmett. Ich *mag* den Mann, der du jetzt bist. Ich liebe ihn. Aber den, der du in Kairo warst, den hab ich nicht gemocht. Also raus mit der Sprache. Was war in Kairo?«

Während er noch einen Bissen nahm und sie weiter anschaute, kam ihr ein Gedanke.

»Hattest *du* eine Affäre?«

Er seufzte, enttäuscht von ihrer Primitivität.

»Was war es dann?«

Er kaute und schaute sie an, aber sie sah, dass sein Widerstand fast gebrochen war. Der Rhythmus seines Kauens verlangsamte sich.

»Komm schon, Emmett. Du kannst es nicht ewig geheim halten.«

Er schluckte, das Handgelenk auf der Tischkante, die Gabel mit einem weiteren dreieckigen Stück Fleisch eine Handbreit über seinem Teller. »Erinnerst du dich an Novi Sad?«, fragte er.

Das war es. Jugoslawien, vor zwanzig Jahren. *Ich hab dich gerettet, Sophie. Und du dankst es mir so?* Sie nickte.

»Zora?«, fragte er.

»Zora Balašević«, sagte sie, mit trockener Kehle jetzt.

»Zora war in Kairo.«

Das wusste sie natürlich, fragte aber dennoch: »In Kairo?«

»Sie hat an der serbischen Botschaft gearbeitet. BIA, einer ihrer Spione. Nicht lange nach unserer Ankunft hat sie Kontakt zu mir aufgenommen. Ist mir auf der Straße über den Weg gelaufen.« Er hielt inne und legte seine Gabel endgültig weg. »Ich hab mich gefreut, sie wiederzusehen. Du erinnerst dich – trotz allem sind wir am Schluss gut miteinander ausgekommen. Wir sind in ein Café gegangen, haben in Erinnerungen an die guten Dinge geschwelgt und alles andere ruhen lassen, und dann hat sie die Katze aus dem Sack gelassen. Sie wollte, dass ich ihr Informationen besorge.«

Um richtig atmen zu können, musste Sophie den Mund offenlassen. Mit so etwas hatte sie nicht gerechnet. Ihre Nebenhöhlen schwollen zu. »Ganz schön direkt«, sagte sie.

»Ja, nicht?« Er lächelte, merkte nichts. Er war vorübergehend in seine Geschichte abgetaucht und sah aus wie ihr alter Ehemann. »Ich hab natürlich Nein gesagt, aber dann hat sie die Karten auf den Tisch gelegt. Sie hat mich erpresst.«

Sie brauchte nicht zu fragen, womit Zora ihn erpresst hatte. »Dieses Miststück«, zischte sie, aber sie spürte, wie sie rot wurde. Es war heiß.

»Du weißt, was passieren würde, wenn das rauskäme. Ich würde nie wieder im diplomatischen Korps arbeiten. Nie mehr. Aber ich hab trotzdem Nein gesagt.«

Sie hielt es kaum noch aus vor Hitze. Sie fächelte sich mit ihrem Blusenkragen kühle Luft an die Schultern. »Gut für dich«, brachte sie mühsam hervor.

Er zuckte bescheiden die Schultern. »Mein Fehler war, dass ich es nicht gemeldet habe.«

Sie versuchte, sich durch ein langes Ausatmen von all der Hitze zu befreien. »Aber du hättest es tun können. Du hättest es Harry sagen können, oder sogar Stan.«

»Sicher, aber das war mir damals nicht klar. Ich war noch nicht einmal eine Woche an der Botschaft. Ich wusste nichts über die Jungs. So wenig wie du. Als mir klar wurde, dass ich einen Fehler gemacht hatte, war es zu spät. Es hätte ausgesehen, als hätte ich es vertuschen wollen.«

Er wollte eine Bestätigung hören, also sagte sie: »Wahrscheinlich hast du recht.«

»Dass diese Wolke über mir hing, hat meine Laune bestimmt nicht verbessert. Aber das war nichts gegen später, als mir die ganze Sache wieder um die Ohren geflogen ist.«

Sie wartete.

»Ungefähr vor einem Jahr, letzten März, hat Stan angefangen, Fragen zu stellen. Nicht besonders subtil, dein Stan.« Ein schwaches Lächeln. »Es stellte sich heraus, dass unbestimmte Informationen herumgeschwirrt waren, Nachrichten, die in Kairo ihren Ursprung hatten – geheime Informationen, auf die ich Zugriff hatte. Ich bin fast das ganze letzte Jahr überwacht worden.«

Sie reiste in ihrer Erinnerung zurück, dachte an die Streitereien, die Stimmungsschwankungen, die Trinkerei, den

Ärger. Das sah jetzt alles ganz anders aus. »Warum hast du's mir nicht gesagt?«

Wieder das schwache Lächeln. »Ich wollte dich nicht belasten«, sagte er. »Es ging dir so gut. Natürlich wusste ich nicht, *warum* du so glücklich warst, aber …« Ein Achselzucken.

Sie wusste nicht, wie er das ohne Hass hatte sagen können, aber es war ihm gelungen. Sie spürte einen harten Knoten in der Brust.

»Wie sich rausstellte«, fuhr er fort, »wusste Stan schon von Zora. Seine Jungs hatten mich beobachtet, als wir dort ankamen – normale Sicherheitsüberprüfung. Er hatte mich mit ihr gesehen, und als er von der undichten Stelle erfuhr, hat er Nachforschungen angestellt. Also hab ich ihm erzählt, was passiert war. Ich hab ihm gesagt, was sie versucht hatte, und ich hab ihm gesagt, dass ich mich geweigert hatte.«

»Hast du ihm auch von …«

»Die Erpressung hab ich im Dunkeln gelassen, und schließlich hat er da nicht mehr nachgehakt. Dich hat er nie gefragt?«

Sie schüttelte den Kopf, aber sie war sich nicht sicher. Vielleicht doch.

»Egal, ich hab ihm gesagt, dass Zora es nicht noch einmal versucht hat. Aber er hat mir nicht geglaubt. Er hat mich immer wieder zu Gesprächen antanzen lassen und mir Fallen gestellt. Schließlich hat er Harry mit ins Boot geholt. Stan hat ihm seine Beweise gezeigt, aber ich hab sie nie zu sehen bekommen. Ich hatte Glück – Harry wollte mir glauben. Trotzdem konnte er mich nicht in seiner Nähe halten, also hat er mir vorgeschlagen, eine Versetzung zu beantragen. Damit sich jemand anders mit mir herumschlägt, nehme ich an.«

»Stan hat mir nie etwas davon gesagt«, brachte sie hervor. Sie bekam immer schlechter Luft, und die letzten Worte blieben ihr fast im Hals stecken.

»Geheimnistuerei ist sein Beruf, oder?«

Stille trat ein, und Emmett wandte sich wieder seinem Steak zu.

Die Menschen sprechen von widerstreitenden Gefühlen, als seien sie etwas ganz Alltägliches, aber es war Sophie, als erlebte sie das zum ersten Mal. Die Aufrichtigkeit zerrte von der einen Seite an ihr, doch auf der anderen hatte der Selbsterhaltungstrieb sie fest im Griff. Sie schaute auf ihre Tagliatelle hinab. Ihr war klar, dass sie nichts mehr davon essen, vielleicht nicht einmal das Gegessene bei sich behalten konnte, und der Gedanke kam ihr, dass ihr Mann es vielleicht wissen sollte. Es *wirklich* wissen sollte. Mit was für einer Art Frau er verheiratet war. Das wäre natürlich das Ende. Das Ende von allem. Doch wenn sie an ihre Hochzeitsreise zurückdachte, lag klar auf der Hand, dass er der eine Mensch auf dem Planeten war, der es verdiente, alles zu wissen. Wahrscheinlich war er auch der einzige, der es verstehen konnte.

Sie überlegte noch immer, als plötzlich der Schrei einer Frau durch das Restaurant gellte. Er kam von dem Tisch hinter ihr. Sie wollte sich umdrehen, um die Frau zu sehen, doch stattdessen sah sie, was den Schrei ausgelöst hatte. Und das war an ihrem Tisch, dort, wo der Kellner hätte stehen sollen: ein großer Mann, kahlköpfig, schwitzend, in einem langen, billigen Mantel. Bei seinem Anblick verstand sie, warum die Frau am Nachbartisch geschrien hatte, denn sie hatte denselben Impuls. Er war ein einziges Muskelpaket – nicht groß, aber breit –, mit verwaschenen blauen Knast-Tattoos, die aus seinem Kragen hervorkrochen. Ein Mann von absoluter Gewalttätigkeit, wie diese Balkan-Mafiosi in ihren Trainingsanzügen, die sie manchmal in überteuerten Nachtlokalen sah. Er schaute jedoch nicht sie an, sondern Emmett, und er hielt eine Pistole in seiner behaarten Hand.

Es war das erste Mal, dass sie einen Mann mit einer Waffe in einem Restaurant sah. In ihrer Kindheit waren im Wohnzimmer Jagdgewehre zerlegt und dann im Freien benutzt worden, wenn ihr Vater in West Virginia auf die Hirschjagd ging. Einmal hatte sie eine Pistole in einer aufgehängten Jacke in ihrer Kairoer Küche gesehen, als ein Agent, Mitarbeiter eines der Sicherheitsdienste, vorbeigekommen war, um mit Emmett zu sprechen. In Jugoslawien hatten sie mit Soldaten und Milizionären zu tun gehabt, vor allem in einer verdreckten Küche, die ihr manchmal noch im Traum erschien, aber in einem Restaurant hatte sie noch nie einen gesehen. Doch jetzt stand einer an ihrem Tisch, und die Pistole zielte direkt auf ihren Mann.

»Emmett Kohl«, sagte der Mann mit einem starken Akzent – kein ungarischer, Sophie konnte ihn nicht einordnen.

Emmett sah ihn nur fassungslos an, die Hände flach beiderseits seines Tellers. Sie wusste nicht, ob er den Mann kannte, und bevor ihr klar werden konnte, wie dumm ihre Frage war, fragte sie: »Wer sind Sie?«

Der Mann wandte sich ihr zu, hielt die Waffe aber weiter auf Emmett gerichtet. Er runzelte die Stirn, als sei sie eine unerwartete Variable in einer Gleichung, für deren Lösung er Wochen gebraucht hatte. Dann wandte er sich wieder Emmett zu und sagte: »Ich hier wegen Sie.«

Emmett schüttelte stumm den Kopf.

Hinter dem Mann leerte sich das Restaurant. Es war erstaunlich, wie lautlos sich so viele Menschen zurückziehen konnten, das einzige Geräusch ein leises Gemurmel. Männer schnappten sich Handys von ihren Tischen, fassten ihre Frauen unter und strebten gebückt dem Ausgang zu. Sophie hoffte, wenigstens einer von ihnen würde die Polizei rufen. Eine Bedienung stand an der Wand, ein Tablett auf die Hüfte gestützt, verwirrt.

»Warum sind Sie hier?«, fragte Sophie.

Wieder der Blick, diesmal gereizt, doch statt zu antworten, sah er auf die goldene Armbanduhr an seinem freien Arm und murmelte etwas in einer Sprache, die sie nicht kannte. Etwas Scharfes, eine Art Fluch. Er sah wieder Emmett an. Sein Arm versteifte sich, und er drückte ab.

Später hasste sie sich dafür, dass sie den Killer angesehen hatte und nicht ihren Mann. Sie hätte Emmett ansehen, ihm einen letzten Augenblick des Mitleids, der Zärtlichkeit, der Liebe schenken müssen. Aber sie hatte es nicht getan, weil sie das nicht erwartet hatte. Trotz aller gegenteiligen Anzeichen hatte sie nicht damit gerechnet, dass der Mann auf Emmett schießen würde, einmal in die Brust und dann, nach einem Schritt vorwärts, durch die Nase, beide Schüsse mit einem ohrenbetäubenden Knall. Wahrscheinlich lag es daran, dass sie immer noch unter Schock stand wegen Zora Balašević und Stan und wegen des plötzlichen Auftauchens einer Waffe in einem Restaurant. Das war so viel auf einmal gewesen, dass sie so bald nicht mit noch etwas Neuem hatte rechnen können.

Aber so war es nun mal. Sie drehte sich um und sah Emmett an der Wand lehnen, die haselnussbraunen, blutunterlaufenen Augen offen, aber ins Leere starrend. Er rutschte vom Stuhl, sein Gesicht unkenntlich, Blut und anderes organisches Material über die ganze Wand und eine sepiabraune Stadtansicht verteilt. Es wurde wieder laut im Restaurant, Schreie ertönten, aber sie drehte sich nicht um. Sie starrte nur Emmett an, seinen Körper, der zu Boden glitt und nach und nach hinter dem Tisch und seinem Teller mit dem halb aufgegessenen Steak verschwand. Sie bekam nicht einmal mit, dass der Killer aus dem Restaurant joggte, vorbei an den verbliebenen Bedienungen – das würde man ihr später erzählen.

Im Augenblick gab es nur sie selbst, den Tisch mit den Weingläsern und dem blutbespritzten Essen und den wegrutschenden Emmett. Seine Brust verschwand, dann seine Schultern, sein Kinn, das auf seinen Krawattenknoten drückte, dann sein übriges Gesicht. Das blutverschmierte Gesicht ohne die kurze, fast knollige Nase, die mehr als sein Haar oder seine Kleider sein Aussehen bestimmt hatte. Der Tisch wackelte, während er vom Stuhl fiel und eine verschmierte Wand hinterließ. Sie hörte ihn nicht am Boden auftreffen, weil sie halb taub war von den Schüssen, und ihr war, als müsste sie sich gleich übergeben. Noch immer waren Schreie zu hören und ein fernes Weinen, aber dann merkte sie, dass dies alles von ihr selbst ausging.

3

So hatte sie es sich nie vorgestellt. Nicht dass sie sich jemals *so etwas* vorgestellt hätte, aber immer, wenn sie sich vorgestellt hatte, dass sich etwas Schreckliches vor ihren Augen abspielen würde, führte ihre Phantasie sie in das Ereignis hinein, in einen ersten Vorgeschmack des Horrors, und dann … *Schnitt:* zum nächsten Tag oder zur nächsten Woche. Wogegen sich ihr Inneres sträubte, das waren die schmutzigen Minuten und Stunden zwischen dem ersten Schock und der endgültigen Bewusstlosigkeit, wenn nachts der Schlaf kam und den metallischen Geschmack des Desasters ein wenig abmildern würde.

Ihr wurde aber nur allzu klar, dass dieses Dazwischen selbst das Ereignis war. Das Adrenalin und das endlos wiederholte Abspielen des Moments, als rosa Stückchen ihres Mannes gegen die Tapete spritzten, der unangemessen ruhigen Stimme einer Restaurantbesucherin, einer Amerikanerin, die meinte, Kontakt zu Sophie herstellen zu können, der fast unverständlichen Grunzlaute der ungarischen Polizisten, die vor allem unschlüssig schienen, welche Rolle sie hier zu spielen hatten, und dann der geschulten, kühlen, pseudo-beruhigenden Stimme eines mageren, rotwangigen jungen Mannes von der Botschaft, der zusammen mit einem Arzt eintraf und sich als Gerry Davis vorstellte. Gerry Davis sagte ihr, der Arzt werde sie sich anschauen – kein Grund zur Besorgnis – und ihr vielleicht ein Beruhigungsmittel geben. Man führte sie an einen leeren Tisch in einem anderen Raum, damit sie ihren Mann nicht mehr sehen musste. Jemand gab ihr ein seidenes Taschentuch, das schwach nach Essig roch. Sie starrte eine ganze Weile auf ein Zigarettenbrandloch in der Tischdecke. Mehr geschah nicht.

»Haben Sie ein Telefon?«, fragte Gerry Davis sie.

»Wie bitte?«

»Ein Handy. Wenn ja, sollten Sie es vielleicht abschalten.«

Sie nahm ihr iPhone heraus und sah es unschlüssig an. Gerry Davis nahm es ihr aus der Hand, schaltete es aus und gab es ihr zurück. »Besser so. Jedenfalls momentan.«

Als Gerry Davis ihr erklärte, dass er sie in ihre Wohnung

bringen würde, wo jemand anders aus der Botschaft die Nacht über bei ihr bleiben würde, wurde ihr klar, dass er clever war, dieser Gerry Davis. Obwohl er wusste, dass ihre Zukunft sich gerade in Luft aufgelöst hatte, gab er ihr einen präzisen, ausführbaren Plan an die Hand, damit sie weitermachen konnte. Jedenfalls bis zum nächsten Tag.

Später sollte sie sich fragen, ob sie das Recht hatte, solche Urteile zu fällen – dass Gerry Davis clever war, dass die Polizisten nichts mit sich anzufangen wussten und dass sie selbst die Parameter eines tragischen Ereignisses falsch eingeschätzt hatte. Nach dem, was sie durchgemacht hatte, hätte sie eigentlich kaum noch imstande sein dürfen, bis zu ihren Fingerspitzen zu sehen, tatsächlich sah sie aber völlig klar bis ans Ende des Raums, wo Daniel höchstpersönlich in einer verschmierten Schürze vor einem uniformierten Polizisten eine Aussage machte. Warum waren ihre Augen so klar und ihre Sinne noch so scharf?

Einer der Polizisten, ein älterer Ungar in Zivil, stellte sich als Andras Soundso vor und ging vor ihrem Stuhl in die Hocke. Mit starkem Akzent stellte er ihr ein paar Fragen. Hatte sie den Mörder gekannt? Hatte er irgendetwas gesagt, das erklären konnte, warum er heute Abend gekommen war? Sie versuchte, ihm brauchbare Antworten zu geben, aber mittendrin fing sie an, zu viel auszuplaudern; sie konnte nicht anders. »Wir haben uns unterhalten, Emmett und ich. Über die Affäre, die ich hatte. Er war verletzt, tief verletzt. Ich weiß nicht, vielleicht hatte das ja was damit zu tun … was glauben Sie? Ich meine, das ging so lange, direkt vor seiner Nase. Glauben Sie, es könnte vielleicht –«

Eine Hand auf ihrer Schulter. »Ich finde, das reicht fürs Erste«, sagte Gerry Davis.

Andras Soundso erhob sich – seine Knie knackten wie ein Kaminfeuer – und dankte Sophie für ihre Hilfe. Dann fuhr Gerry Davis sie in seinem Ford nach Hause, über die Kettenbrücke, aus der überfüllten Stadtlandschaft von Pest hinaus in die grüneren Hügel von Buda, und schnatterte in einem fort davon, was sie zu erwarten hatte, wie ihr Babysitter heißen würde und von wem sie morgen hören würde. Alles und jedes, nur um ja nicht an das rühren zu müssen, was vor einer Stunde geschehen war. Doch während er sprach, hörte sie die Stimme des Mörders: *Ich hier wegen Sie.*

Fiona Vale war schon in der Wohnung, als sie ankamen. Sie war in den Fünfzigern, stammte aus Nebraska und erzählte Sophie, dass sie Emmett gut gekannt habe. Sie hütete sich, irgendwelche Statements über ihren Mann abzugeben – kein »wunderbarer Mensch«, kein »er wird uns fehlen«. Nur, dass sie ihn gekannt hatte, eine knappe Beileidsbekundung und ein Teller mit Hähnchenbrust, Kartoffeln und gegrilltem Spargel, den sie auf dem Weg hierher gekauft hatte. Sophie hatte furchtbaren Hunger, rührte das Essen aber zunächst nicht an. Sie ging an die Hausbar. Fiona, die alles vorhersah, gebot ihr Einhalt und fragte sie, was sie trinken wolle. »Ruhen Sie sich aus, ich bringe es Ihnen.«

Gerry Davis war inzwischen gegangen, und sie ließen sich mit zwei Gläsern von Emmetts Jim Beam im ruhigen Wohnzimmer nieder. Bevor sie etwas sagen konnten, klingelte das Küchentelefon, und Fiona nahm ab. Sie war gleich wieder da. »Es ist Glenda Bennett – möchten Sie mit ihr sprechen?«

Sophie hörte ein *Murmel-murmel.*

»Sicher.«

Sie hörte ein *Peng!* Dann noch ein *Peng!* Dann ein nasses Geräusch.

»Um Gottes willen, Sophie. Um Gottes willen. Ray hat's mir gerade gesagt.«

Nicht lange, und sie musste Glenda trösten; ihre Freundin war völlig außer sich.

»Ich komme rüber, Sophie. Ich ruf mir sofort ein Taxi.«

»Nein, Glen. Nicht. Es ist jemand bei mir, und ich möchte jetzt nur schlafen. Wirklich.«

»Aber das geht doch nicht. Ich wollte nur. *Sophie.*«

»Morgen. Morgen kommst du und hörst mir ein paar Stunden lang zu, okay? Im Moment bin ich völlig fertig.«

»Aber lass mich doch irgendwas für dich tun«, sagte Glenda, und im Hintergrund war die Stimme ihres Mannes zu hören.

»Lass mich schlafen.«

»Okay«, sagte Glenda, und dann: »Moment noch, Ray möchte dich sprechen.«

Raymond Bennett, der Generalkonsul, meldete sich. »Sophie, ich weiß, dass du jetzt Ruhe brauchst. Ich möchte dir nur sagen, wie erschüttert wir sind und dass wir für dich da sind. Wenn du irgendetwas brauchst.«

»Dank dir, Ray.«

»Ich bin sicher, dass das von höchster Stelle untersucht werden wird. Wir werden bald Antworten haben. Wer ist bei dir?«

»Fiona Vale.«

»Fee ist wunderbar. Du kannst sie um alles bitten, und wenn doch etwas wäre, wo sie dir nicht weiterhelfen kann, ruf bitte sofort an.«

»Danke, Ray. Ich muss jetzt einfach nur schlafen.«

»Aber natürlich. Dann Gute Nacht.«

Doch auch nach dem Whiskey, ein paar Bissen von dem

Huhn mit Gemüse, einem zweiten Glas Whiskey und nachdem Fiona sie nach einer heißen Dusche um ein Uhr nachts ins Bett gesteckt hatte – auch nach all dem starrte sie nur ins Dunkel. Sie sah sie wieder vor sich, die Endlosschleife – *Ich hier wegen Sie, murmel-murmel* und *peng!* Und sie hörte auch alle Geräusche des anbrechenden Tages: vorüberfahrende Autos, irgendwo ein Hund, der Schmerzen litt, Leute, die auf dem Heimweg von Nachtlokalen lachten, und den Lüfter von Emmetts Laptop auf seiner Seite des jetzt viel zu großen Bettes – dieses letzte Geräusch war das schlimmste.

Sie stand auf und klappte den Computer zu, wartete die eine Minute, bis der Lüfter ausging, hörte dann noch mehr Straßengeräusche – aber die waren in ihrem Kopf. Es waren die Kairoer Stimmen, das Durcheinander melodischer Streitgespräche und der Gebetsrufe der Muezzins, an die sie sich aus dem verstaubten Hotelzimmer in Dokki erinnerte, in dem sie und Stan nach dem Ringkampf schwitzend und erschöpft auf dem Bett gelegen hatten. Sie hatte ihm erzählt, was sie an dem Tag noch alles vorhatte. Er hatte sich seltsam befriedigt die phantasielosen Details ihres Lebens angehört, denn die phantasievollen teilte sie nie mit ihm.

Dann kam es. Es war nicht unerwartet, erwischte sie aber trotzdem kalt, ein kalter Schauder, der sie von Kopf bis Fuß durchlief, ein krampfhaftes Zucken in der Magengegend und dann das Weinen. Es sprang sie an wie ein wildes Tier, laut und nass und wüst. Es war real, und einen Moment lang glaubte sie, dass es das Realste war, was sie je im Leben getan hatte.

Sie würde ihn nie wiedersehen. Nie wieder würde sie ihm

beim Abendessen gegenübersitzen, ihn nie wieder berühren oder sich Sorgen über seine Unfähigkeit machen, zusammenpassende Sachen anzuziehen. Sie würde niemals mehr seinem leisen Schnarchen lauschen, nie wieder Länge und Gewicht seines Körpers auf ihrem spüren. In den letzten Jahren war es abgeflaut zwischen ihnen, der Sex immer seltener geworden, aber sie hatte das stets für eine Phase gehalten, eine Phase, aus der sie bestimmt wieder auftauchen würden, genauso, wie sie aus Kairo wieder aufgetaucht waren, unversehrt – oder alles in allem unversehrt. Es würde keine Phasen mehr geben, keine Rhythmen des Lebens mit einem Mann, der zwanzig Jahre lang die zentrale Gestalt ihres Lebens gewesen war.

In ihrem Leib war ein großes Loch, in ihrem Kopf eine Leere, die nichts, nicht einmal Stan, jemals würde ausfüllen können. Und Schuldbewusstsein. Ein so verdammt quälendes Schuldbewusstsein.

Sie wusste hinterher nicht, wie lange das gedauert hatte. Als sie sich allmählich wieder erholte, merkte sie, dass ihr Kopfkissen klitschnass war, also nahm sie sich Emmetts, und wieder flossen die Tränen. Schließlich ging sie ins Bad, um sich Papiertaschentücher zu holen, schaute in den Spiegel und wischte sich das fleckige Gesicht ab. Sie sah sich kaum, doch das Spiegelbild half. Die Tränen versiegten allmählich. Sie holte tief Luft.

Er ist tot.

Du bist schuld.

Stan ist schuld.

In dem Moment schien das plausibel – dass ihre einjährige Affäre den Abzug betätigt hatte –, obwohl sie wusste, dass es nicht stimmte. Ihre Affäre hatte nur dafür gesorgt, dass Emmetts letzte Minuten so elend gewesen waren.

Stan hatte Emmett angerufen. Hatte ihn tatsächlich angerufen, Monate danach, um ihm von seiner Liebe zu ihr zu erzählen. Stan war schon immer altmodisch gewesen, aber ein solcher Wahnsinn!

Sie ging ins Schlafzimmer zurück, knipste die Nachttischlampe an und holte ihr Handy heraus. Sie schaltete es ein, und das Display zeigte sechs verpasste Anrufe an, zwei von Glenda, einen von Ray und je einen von anderen Freundinnen: Mary, Tracy und Anita. Sie ignorierte die Nachrichten und ging ihre Kontakte durch, bis sie Stan fand. Zweimal klingelte es, dann meldete er sich, wie immer mit vollem Namen, selbst um drei Uhr morgens: »Stan Bertolli.« Die Stimme schmerzlich vertraut.

»Sophie Kohl«, sagte sie und lauschte dann seinem Atmen.

Schließlich sagte er: »Wow. Sophie. Schön, deine Stimme zu hören.«

»Du hast heute mit Emmett gesprochen.«

»Nein.«

Das glatte Nein brachte sie aus dem Konzept. »Wann hast du das letzte Mal mit ihm gesprochen?«

»Nie – ich meine, nie mehr, seid ihr weg seid. Alles in Ordnung mit dir?«

»Warum fragst du? Ja, ich … also, nein. Im Moment nicht. Aber ich war sauer.«

»Sauer?«

»Ja, vorhin, aber jetzt nicht mehr. Emmett ist tot.«

»Emmett ist … *was?*«

»Wir waren essen, und ein Mann ist in das Restaurant gekommen und hat ihn in die Brust und in den Kopf geschossen.«

»Mein Gott. Sophie. Das tut mir leid, ich –« Er hielt inne. »Was kann ich tun?«

»Du kannst nichts tun. Ich musste nur einfach mit dir reden.«

»Ah. Ja, natürlich. Wie … wie geht's dir?«

»Sie haben mir einen Babysitter geschickt.«

»Das machen die immer.«

»Sie hat mir was zu essen gegeben und mich ins Bett gepackt, aber ich halte das nicht aus.«

»Ich komme. Mit der nächsten Maschine.«

»Nein, Stan. Deswegen rufe ich nicht an.«

»Aber sicher komme ich. Immer, wenn du mich brauchst. Das weißt du doch.«

»Sag mir nur, warum du's ihm gesagt hast. Ausgerechnet jetzt.«

Wieder hielt er inne. »Was gesagt?«

Er ziert sich, dachte sie. Diplomatisch. Aber er war Spion und kein Diplomat, also musste man es eher lügen nennen. »Das mit uns. Du hast ihm von uns erzählt und dass du verliebt bist.«

Diesmal währte sein Schweigen länger, und es war ein Schweigen, das sie kannte. In seinem Kopf surrten die Rädchen. »Sophie«, sagte er, »ich hab ihm nicht von uns erzählt. Das würde ich nie tun, das weißt du.«

»Warum hat er's dann behauptet?«

»Ich weiß es nicht. Vielleicht … keine Ahnung. Er hat dir *gesagt,* dass ich es ihm erzählt habe?«

»Das war fast das Letzte, was er gesagt hat.«

Hörbares Einatmen. »Vielleicht nur ein Versuchsballon. Vielleicht hat er's woanders gehört. Von mir jedenfalls nicht.«

Sie wusste nicht, ob sie ihm glauben sollte, und dann

wusste sie nicht, ob sie ihm glauben wollte. Wenn Emmett es von jemand anderem gehört hatte, hätte sie ohne Weiteres alles abstreiten können. Emmett wäre erleichtert gewesen, und sie hätte nicht diese furchtbare Schuld auf sich geladen. »Es klang ziemlich überzeugend«, sagte sie.

»Was soll ich dir sagen, Sophie? Ich hab seit eurer Abschiedsparty nie wieder mit ihm gesprochen.«

Sie dachte darüber nach, und schließlich sagte sie: »Okay. Ich glaube dir.«

»Das will ich doch hoffen. Darf ich denn jetzt kommen? Ist überhaupt kein Problem.«

»Nein, Stan. Im Ernst. Aber danke. Ich muss jetzt nur schlafen.«

»Darf ich dich morgen anrufen?«

»Sicher.«

Sie legte auf und wählte nach kurzem Überlegen die andere Nummer, die, die sie immer noch auswendig wusste, obwohl ihr das Herz bis zum Halse schlug, als sie die Tasten drückte. Nur ein einmaliges Klingeln, dann eine Ansage auf Arabisch. Sophie konnte die Sprache nicht, aber sie erkannte den Tonfall – kein Anschluss unter dieser Nummer. Natürlich. Sie legte auf und schaltete das Handy wieder aus. Aber schlafen konnte sie trotzdem nicht.

4

1991

Von Prag fuhren sie weiter nach Budapest und stiegen in dem trist aristokratischen Hotel Gellért ab. Angesichts der noch frischen Erinnerung an den tschechischen Jungen und den gestohlenen Lenin mied Sophie die touristischen Sehenswürdigkeiten und setzte sich lieber mit Emmett in staubige Cafés an Straßen mit Namen wie Vaci und Andrassy. Sie lasen die *Herald Tribune* und taten im Übrigen so, als wären sie Einheimische. Das funktionierte nicht, denn ihre Kleidung verriet sie, und wenn sie den Mund aufmachten, ernteten sie erschrockene Blicke, aber so hatten sie viel Zeit, um zu lesen und sich über den Krieg zu informieren, der nur wenig weiter südlich brodelte, in Jugoslawien.

Ende Juni hatten Kroatien und Slowenien ihre Unabhängigkeit von der Sozialistischen Föderativen Republik Jugoslawien erklärt, und nach einem zehntägigen Krieg war Slowenien selbstständig geworden. Im September, als sie ihre Zeitungen lasen, kämpfte die junge kroatische Republik schon seit zwei Monaten um ihre Existenz.

»Das ist die wichtigste Neuigkeit seit der Berliner Mauer«, sagte Emmett im Hotelzimmer, als sie unscharfe Bilder von Bombenangriffen und TV-Sprechern anschauten. »Und wir sind dicht dran, in einem Nachbarland.« Sie spürte seine Begeisterung.

Beim Frühstück sagte ihnen die Serviererin in gebrochenem Englisch, Budapest platze aus allen Nähten von den vielen Jugoslawen, vor allem Serben, die auf der Flucht vor dem Militärdienst ins Land strömten. Sie schmuggelten Waren über die nicht sehr scharf bewachten Grenzen und versuchten, einer ungewissen Zukunft zu entkommen. »Lauter Kriminelle«, sagte sie mit unverhohlener Verachtung, aber das bestärkte Sophie und Emmett nur in ihrem Gefühl, als Entdecker auf unbekanntes Gebiet vorzustoßen. In einer Bar am Liszt-Ferenc-Platz hörten sie zu, wie ein betrunkener junger Serbe vor einem Tisch voller Ungarn über Slobodan Milošević und Franjo Tuđman herzog, die angeblich »den Balkan in Brand stecken« wollten. »Denkt an meine Worte.«

Die Spannung, die – tatsächlich oder vermeintlich – in der Luft lag, verlieh ihrer Hochzeitsreise eine neue Schärfe, und auf den weißen Gellért-Laken rangen und kämpften sie, als hätte ihr Zimmer Feuer gefangen und dies wäre ihre letzte Chance für eine Vereinigung. Sophie vergaß sich beim Sex; diese Art Rausch war neu für sie. Sie war entsetzt über den Kontrollverlust, doch wenn sie den Ausdruck purer Befriedigung auf Emmetts Gesicht sah, schwand ihre Angst.

Am 18. September, zwei Tage vor der geplanten Rückreise nach Boston, schlug Emmett vor, nach Süden zu fahren. »Wir haben schon die Berliner Mauer verpasst, Sophie. Willst du dir das jetzt auch noch entgehen lassen?«

Sie wusste es nicht. Sie saßen wieder beim Frühstück im Speisesaal des Gellért, und sie war müde. Einerseits sehnte sie sich nach ihren gemeinsamen Freunden in Boston, wo sie wieder die Sprache verstehen würden und mit ihren Abenteuern renommieren konnten, andererseits war sie bezaubert von der eben erst ausgebrüteten Idee, diese Hochzeitsreise könnte die erste Etappe einer Reise um die ganze Welt werden.

»Wir könnten nach Novi Sad fahren«, sagte Emmett und breitete die Landkarte aus, die sie schon ein paarmal konsultiert hatten. Er hatte mehrere Städte mit Bleistift eingekreist, und ihr wurde klar, dass er in der Nacht einmal aufgestanden war und auf der Karte herumgekritzelt hatte. Wo hatte er das gemacht? Im Bad? Oder hatte er sich in die Hotelbar hinuntergeschlichen?

Novi Sad, sah sie, war eine Stadt im Norden Jugoslawiens, an der Donau, nicht weit von der ungarischen Grenze. Ein kleines Stück westlich davon hatte er eine andere Stadt markiert, ebenfalls an der Donau, Vukovar, in Kroatien, wie das Land später heißen sollte. Er zeigte darauf. »Genau da wird gekämpft.«

Sophie kannte den Namen. Fast vier Wochen lang hatte Vukovar unter ständigem Artilleriebeschuss durch die JNA, die Jugoslawische Volksarmee, gelitten. »Ist das nicht zu nahe dran?«, fragte sie.

»Ich meine ja nicht, dass wir in den Kampf ziehen sollen, Sophie. Wir fahren nach Novi Sad und bleiben eine Woche da. Wir sperren die Ohren auf und halten die Augen offen.«

»Zu welchem Zweck?«

Er sah sie einen Moment lang verständnislos an, als sei ihm erst jetzt aufgegangen, dass er eine Schwachsinnige geheiratet hatte. Oder vielleicht stellte er sich auch dieselbe Frage. Er breitete lächelnd die Hände aus. »Um rumzukommen. Etwas zu sehen. Etwas zu erleben.«

Sie waren erst zweiundzwanzig.

Der Vorschlag war klar und einfach, aber Sophie sah darin eine Entscheidung, die ihr Leben verändern würde. Und sie sah es mit Recht so, denn in gewisser Weise gab die Entscheidung ihrem gemeinsamen Leben eine neue Richtung. Doch damals konnte sie nichts davon vorhersehen. Es war schlicht und einfach die erste Bewährungsprobe ihrer Ehe. Entweder würde sie ihren Mann in seiner Abenteuerlust bestätigen, oder sie würde die ersten Schritte unternehmen, ihm die Flügel zu stutzen. Sie dachte bereits mehr wie eine Ehefrau und nicht so sehr wie die unabhängige Frau, als die sie sich immer gesehen hatte.

Außerdem dachte sie an den Jungen in Prag. Eine Woche danach war sie auch nicht klüger, aber ihre Augen waren etwas weiter geöffnet, und ihr dämmerte allmählich, wie lächerlich sie inmitten all dieser grauen, historisch unglücklichen Menschen gewirkt haben musste, mit ihren Dollars, ihrem amerikanischen Lächeln und der kleinen kommunistischen Kitschfigur. So wollte sie nicht mehr sein. Wie Emmett wollte sie jemand sein, der die Welt mit eigenen Augen gesehen hatte, nicht nur im Fernsehen. Sie fing schon an, ihre Freunde in Boston als Stubenhocker zu sehen, wie sie selbst auch eine gewesen war. Zwar verließ sie manchmal der Mut, aber sie wusste, dass sie anders sein wollte. Sie wollte authentisch sein. Sie wollte *wissen*. Und deshalb sagte sie: »Klar, Schatz. Fahren wir hin und schauen uns den Krieg an.«

5

Am Donnerstag kamen viele Besucher. Fiona hatte Kaffee und Eier fertig, als Sophie gegen Mittag aufstand, und bald darauf rief Mary MacGillis an, die Botschafterin, um ihr zu sagen, dass man alles unternehmen werde, um den Kretin aufzuspüren, der Emmett erschossen hatte. »Was zum Beispiel?«, fragte Sophie.

Die Botschafterin zögerte, vielleicht hatte sie den Unterton in Sophies Stimme bemerkt. Oder vielleicht bildete Sophie es sich auch nur ein, denn sie hatte das Gefühl, dass sie seit dem Aufwachen eine andere Frau war als gestern. Der Kummer und das Schuldbewusstsein waren noch da, aber sie war wütend erwacht – wütend darüber, dass irgendein stiernackiger Dreckskerl in das Restaurant marschieren und ihrem bisherigen Leben ein Ende setzen konnte. Sie war an Emmetts Stelle wütend, weil er nicht einmal einen letzten Fluch hatte loswerden können. Sie war wütend auf Stan, weil sie nicht wusste, ob sie ihm glauben sollte, und sie war stinksauer auf Zora Balašević, die ihre Ehe zerstört hatte, lange bevor der Killer Emmett zerstört hatte. Vor allem aber war sie wütend auf sich selbst, weil sie weit hinter ihren Möglichkeiten zurückgeblieben war.

Mary MacGillis zählte die juristischen und nachrichtendienstlichen Stellen auf, die da »federführend sein« würden, und meinte, sie solle sich darauf gefasst machen, einige Fragen beantworten zu müssen. »Klar«, sagte Sophie, »aber ist das beiderseitig?«

»Wie bitte?«

»Werden die mir auch meine Fragen beantworten?«

»Ich bin mir sicher, sie werden helfen, so gut sie können, Sophie.«

Danach bekam sie einen Anruf von Harry Wolcott – einem Kollegen von Emmett aus Kairo, Stans Stationschef. Er kondolierte ihr langatmig und übertrieben. Sophie verstand, dass der Mann betroffen und verwirrt war, aber das nützte ihr jetzt wenig. Sie wollte Antworten – und wenn schon nicht Antworten, dann wenigstens das Gefühl, dass es Menschen gab, denen sie vertraute und die wussten, was lief. Sie hatte lange genug im diplomatischen Korps gelebt, um zu wissen, dass

Leute, die so tun, als verstünden sie die Welt, deswegen noch lange nicht besser Bescheid wissen als man selbst.

Als sie aufgelegt hatte, stand Glenda vor der Tür, das drahtige schwarze Haar zerzaust, und behauptete, sie sei von Journalisten bedrängt worden, doch als sie aus dem Fenster schauten, war nichts von irgendwelchen Paparazzi zu sehen. »Aber es ist in den Nachrichten gekommen«, sagte sie zu den anderen beiden, während sie sich mit kurzem Rock und langen Beinen in wackligen High Heels bückte und CNN einschaltete, wo gerade ein Foto von Emmett gezeigt wurde, bei der Ankunft in Budapest. Ein Nachrichtensprecher erwähnte »lückenhafte Einzelheiten«, ein »ungarisches Restaurant« und einen »unbekannten Angreifer«. Ein Experte äußerte sich dazu, was das für die amerikanisch-ungarischen Beziehungen bedeuten könne (»Nichts«, war sein Fazit). Sophie kam nicht vor. Die Schlagzeile lautete »Mord in Budapest«. Die Botschaft, vermutete Fiona Vale, machte Überstunden, um sie aus den Nachrichten herauszuhalten.

Glenda hielt ihr die Hand und versprach ihr leise, sich um sie zu kümmern. Fiona verschwand, um Besuche zu machen. Babysitting war wohl nicht ihr eigentlicher Job, sicher blieb in ihrem Büro die Arbeit liegen. Dann kam Gerry Davis, rosig und gepflegt und in einem makellos gebügelten Mantel, um ihr noch mehr von seiner Vision der Zukunft zu erzählen. Seine Fähigkeiten als Wahrsager der Tragödie beeindruckten sie gegen ihren Willen.

Es müssten Vorbereitungen für die Beerdigung getroffen werden, aber sie solle sich keine Gedanken machen – um die Einzelheiten kümmere sich die Botschaft. Nach einer Untersuchung (»Tut mir leid, das ist unerlässlich, aber wir bringen das über die Bühne«) würde Emmetts Leichnam nach Massachusetts überführt und im Familiengrab in Amherst beigesetzt werden. Ob sie mit ihm zusammen zurückfliegen wolle. »Natürlich«, erwiderte sie spontan. Zwanzig Minuten später sagte ihr Gerry Davis, ein Erster-Klasse-Flug mit Air France nach Boston über Paris sei für sie gebucht, für morgen.

Die ungarische Polizei hatte sich für vier Uhr angemeldet, doch vorher, sagte Gerry Davis, wollten ein paar Leute von der Botschaft sie kurz sprechen. Wie sich herausstellte, befanden sie sich bereits in der Wohnung und tranken in der Küche mit Fiona Kaffee. Zwei hochgewachsene Männer kamen hereingeschlendert, lächelten steif und baten Glenda, sie für ein Weilchen allein zu lassen. (Ihr »Wieso denn das?« blieb Glenda im Hals stecken, als ihr klar wurde, dass es Spione waren.) Sie stellten sich vor, aber Sophie konnte sich ihre Vornamen nicht merken und sprach sie mit den Nachnamen an: Reardon und Strauss.

Reardon machte den Anfang. Er hatte eine Halbglatze, trug das Haar an den Seiten kurz geschnitten und wurde jedes Mal rot, wenn das Gespräch auf etwas Persönliches kam. Strauss war der Jüngere, Anfang dreißig, und von dunklerer Hautfarbe, als sein Name hätte vermuten lassen. Er tippte mit beiden Daumen Notizen in seinen Blackberry.

»Hat Ihr Mann mit Ihnen über seine Arbeit gesprochen?«, wollte Reardon wissen.

»Normalerweise nicht, nein.«

»Aber Sie wussten, was er macht?«

»Er war Stellvertretender Konsul«, sagte sie. »Er war Ray unterstellt – Ray Bennett, dem Konsul – und hat manchmal seine Termine übernommen, Besprechungen mit ungarischen Politikern und Geschäftsleuten. So Sachen.«

Reardon nickte – das wusste er bereits. Natürlich wusste er es. »Wir gehen jetzt der Frage nach, ob seine Tätigkeit irgendwie zu diesem Verbrechen geführt hat. Sollte die Ursache jedoch woanders liegen, also eher im persönlichen Bereich, müssten Sie eigentlich davon wissen.« Er errötete bereits.

Jugoslawien, 1991.

Zora Balašević.

Eine untreue Frau.

Laut sagte sie nur: »Ich habe keine Ahnung.«

Dann kamen noch mehr Fragen – nach Emmetts Freunden, seinen Hobbys, seinen geschäftlichen Interessen –, aber die waren harmlos, verglichen mit der Lüge, mit der sie das Gespräch begonnen hatte: Sie hatte jede Menge Ahnungen, viel zu viele.

Reardon und Strauss waren aufmerksam, aber nicht misstrauisch, und im Lauf der Unterhaltung entspannte sich Sophie allmählich und schilderte ihnen ihr Leben mit Emmett. Es war fast tröstlich, diese Dinge aussprechen zu können, und als sie aufstanden und ihr ihre Karten gaben, spürte sie eine Aufwallung von Nostalgie. Die Wut war verraucht, und sie wünschte sich nur noch Emmett zurück. Sie lächelte ihnen dankbar zu, aber Glenda schnitt ihnen noch einmal eine Grimasse; sie war auf hundertachtzig, weil die beiden sie volle vierzig Minuten von Sophie ferngehalten hatten.

Fiona bediente das Telefon in der Küche, das inzwischen ununterbrochen klingelte. Journalisten. Jedes Mal hörte Sophie ein einzelnes Klingeln und dann Fionas kalte Stimme, die sich mit »Bei Kohl« meldete und den Anrufer dann im Flüsterton abwimmelte. Gegen zwei kam sie einmal herein und verkündete, Sophies Schwiegereltern seien am Apparat.

Warum hatte sie nicht daran gedacht, sie anzurufen?

Emmetts Mutter weinte zwar unausgesetzt, aber keiner von beiden machte ihr Vorwürfe. Sie meinten, sie könnten sich vorstellen, was Sophie durchmachte, und sie wollten einfach nur wissen, wie es ihr gehe. Sie waren nette Menschen, dachte sie, als hätte sie die beiden bisher gar nicht richtig gekannt. Als sie mit ihnen durch war, rief sie ihre eigenen Eltern an. Sie waren in ihrem Ferienhaus in West Virginia und hörten keinerlei Nachrichten. Nach dem ersten Schock reagierten sie ganz ähnlich wie Emmetts Eltern, wenn auch ohne Tränenflut. Sie waren überglücklich, dass ihrer Tochter nichts passiert war. »Komm nach Hause«, sagte ihr Vater, und sie versprach, sie bald zu besuchen.

Als sie auflegte, fiel ihr ein, dass ihr Vater das schon immer gesagt hatte, seit sie ein Kind gewesen war: *Komm nach Hause*. Ihr Harvard-Stipendium hatte er als eine Belastung gesehen, die seiner zarten Tochter bestimmt schaden würde, und als es ihr in Boston gut ging, versuchte er, sie mit gesundheitlichen Problemen zurück nach Virginia zu locken – plötzlich wurden bei ihm Arteriosklerose, Zöliakie und Depressionen diagnostiziert. Sie hatte dem Druck widerstanden, doch während ihrer Studienjahre hatte sie die meiste Zeit mit der Angst gelebt, ihre Mutter werde sie eines Tages anrufen und ihr sagen, dass er tot sei. Natürlich war er nicht gestorben, und mit der Zeit ging er gesünder denn je aus seinen Malaisen hervor und nahm schließlich Emmett aufs Korn: *Was ist denn das für ein Zigeunerleben? Das ist nicht gut für Sophie – siehst du das nicht ein? Man muss doch zu seinen Wurzeln stehen*. Emmett hatte sich weniger darum geschert als sie und ihren Vater zynisch als »das beste Argument für Euthanasie« bezeichnet.

Glenda hielt ein Nickerchen auf der Couch, der Fernseher war aus. Fiona zeigte auf den Jim Beam – offenbar hatte Glenda ihm zugesprochen, seit sie gekommen war. Gerry Davis tauchte wieder auf – woher eigentlich? – und meldete, die ungarische Polizei sei da.

Um Glenda nicht wecken zu müssen, empfing sie sie im Esszimmer, aber es war nur ein Mann – der alte Mann vom Abend zuvor, Andras Soundso. Andras Kiraly, mit gerolltem R, was, wie sie wusste, »König« bedeutete. Er hatte das langsame, depressive Gehabe eines beliebten Fernsehkommissars, und sie merkte, dass sie sich in seiner Gegenwart wohler fühlte als mit irgendeinem der Menschen, mit denen sie an diesem Tag gesprochen hatte. Er lächelte nur hin und wieder, immer ein wenig verlegen, und das fand sie charmant. Gerry Davis blieb fürsorglich in ihrer Nähe und erkundigte sich ab und zu, ob sie nicht zu müde sei, aber sie schaute Andras Kiraly in die Augen und sagte, sie freue sich, der ungarischen Polizei bei ihren Ermittlungen behilflich zu sein.

»Ich will ganz ehrlich sein«, sagte Kiraly mit sanfter Stimme. »Ich gehöre eigentlich nicht der Polizei an – ich bin vom *Alkotmányvédelmi Hivatal,* vom Verfassungsschutz.«

Sie kannte diese Behörde – bis vor einem Jahr hatte sie Amt für nationale Sicherheit geheißen, *Nemzetbiztonsági Hivatal.* Kiraly war, genau wie Reardon und Strauss – und wie Stan –, ein Spion. Wenn sie sich einmal hervorwagten, kamen sie gleich in Schwärmen.

Er stellte ihr dieselben Fragen wie ihre Besucher von der CIA, aber ihm antwortete sie etwas ausführlicher, vielleicht, weil sie schon in Übung war. Ihre Untreue ließ sie diesmal beiseite. »Darf ich Ihnen ein paar Fotos zeigen?«, fragte er.

Hinter ihr räusperte sich Gerry Davis. Kiraly schaute auf,

aber Sophie konnte nicht erkennen, was Gerry ihm mitteilen wollte. Was immer es war, der Ungar hatte offenbar keine Lust auf Spielchen. »Das hat Mrs. Kohl zu entscheiden«, sagte er.

»Ja, bitte«, sagte sie. »Zeigen Sie mir Ihre Fotos.«

Gerry Davis setzte sich dicht neben sie – obwohl er so gepflegt wirkte, roch er nach Schweiß. »Da könnten Sicherheitsfragen ins Spiel kommen, Sophie. Das ist mein einziges Bedenken.« Zu Kiraly sagte er: »Darf ich die Bilder zuerst sehen?«

Ein knappes Achselzucken, dann griff der Ungar in sein Jackett und holte ein paar passbildgroße Fotos hervor. Gerry Davis nahm sie und hielt sie zur Inspektion wie ein Miniatur-Kartenspiel in der Hand. Es waren vier Stück, und bei einem stutzte er. Er zog es heraus, legte es mit der Vorderseite nach unten auf den Tisch und schob es Kiraly hin. »Die anderen sind okay, das da nicht.«

Kiraly hob das Foto auf, warf einen Blick darauf und steckte es ein. »Bitte«, sagte er. »Lassen Sie Mrs. Kohl die anderen sehen.«

Widerstrebend gab Gerry Davis ihr die übrigen drei Fotos, und sie sah zwei Männer Ende dreißig oder Anfang vierzig und einen viel älteren Mann von knapp sechzig Jahren. Sie erkannte keines der Gesichter, aber ihre Hautfarbe fiel ihr auf. »Ich verstehe nicht«, sagte sie laut.

»Ja?«, fragte Kiraly.

»Diese Männer – das sind keine Ungarn, stimmt's? Außer, es sind Roma.«

Er schüttelte den Kopf. »Nein, sind sie nicht.«

»Woher sind sie?«

»Erkennen Sie sie?«

Sie sah sie noch einmal an. Nicht nur der Altersunterschied, sondern auch verschiedene Arten dunkelhäutiger Männlichkeit. Naher Osten oder Nordafrika. Der Übergewichtige, der wie ein Dauerlächler wirkte. Der stiernackige Schlägertyp – eine dunklere Version von dem, der Emmett getötet hatte. Der Ältere mit der Brille war vielleicht der Anführer – oder auch nur kurzsichtig. »Nein«, sagte sie. »Ich habe sie noch nie gesehen. Was ist mit dem vierten?«

»Sie stammen aus verschiedenen Ländern«, sagte Kiraly, ohne auf ihre Frage einzugehen. »Türkei, Ägypten, Bosnien.«

»Und was haben sie mit Emmett zu tun?«

Kiraly verzog den Mund, dann streckte er die Hand nach den Fotos aus. »Vielleicht nichts. Aber wir verfolgen manchmal verschiedene Fälle, und wenn Zwischenfälle etwa zur selben Zeit passieren, liegt es nahe, nach einer Verbindung zu suchen.«

»Und hier ist das nicht der Fall?«

Wieder verzog er den Mund, dann zuckte er die Achseln.

»Ich denke, Mrs. Kohl hat genug Fragen beantwortet. Sie ist müde.«

»Ich bin nicht müde«, widersprach sie. Sie war nur dieser Bevormundung müde. »Und ich wüsste gern, wen Sie da in Ihrer Jackentasche verstecken.«

Kiraly schien geneigt, ihrer Forderung nachzugeben, überließ die Reaktion aber Gerry Davis, der ihn nur kalt anstarrte. Sophie wandte sich an ihn.

»Warum nicht, Gerry?«

Er holte Luft und schenkte ihr endlich seine volle Aufmerksamkeit. »Nationale Sicherheit, Sophie. Und wenn diese anderen Männer nichts mit Emmett zu tun haben, gilt das auch für diesen.«

»Ich möchte das Bild trotzdem sehen.«

»Gerry, es ist doch nur ein Gesicht«, sagte Kiraly mit müder Stimme.

Gerry Davis wandte sich dem Ungarn zu, vielleicht ungehalten, doch nach vollen vier Sekunden brachte er ein Lächeln zustande. »Also gut. Wenn es Sie glücklich macht. Zeigen Sie's ihr, Andras.«

Kiraly griff in seine Jacke und gab ihr das letzte Foto. Entgegen ihrem aufkeimenden Verdacht zeigte es weder den Mörder noch Zora Balašević, sondern einen weiteren dunkelhäutigen Mann mit einem angedeuteten Lächeln. Glatt rasierte Wangen, dunkle Augen. Er war anders als die übrigen drei, aber sie wusste nicht recht, worin der Unterschied lag. Vielleicht wirkte er gesünder. Weniger von einem schweren Leben gezeichnet.

Sie schaute zu Kiraly auf. »Ägypter?«

Er schüttelte den Kopf und setzte zum Sprechen an, aber Davis kam ihm zuvor: »Kennen Sie ihn nicht?«

Sie kannte ihn nicht und sagte es auch.

Wie die CIA-Männer gab ihr Kiraly seine Karte und bat sie, ihn anzurufen, falls ihr noch irgendetwas einfiel. Gerry Davis, der vielleicht spürte, dass sie ärgerlich auf ihn war, ging mit Kiraly und versprach, in Kontakt zu bleiben.

Dann waren die Frauen unter sich. Glenda hatte sich erholt und kochte in einem großen Topf etwas mit einem ganzen Huhn und einer Flasche Wein. Fiona wechselte ständig zwischen CNN und ihrem Handy hin und her. Sie lächelte, als Sophie hereinkam, und klopfte neben sich aufs Sofa. »Wie geht's Ihnen?«, fragte sie, während Sophie sich setzte.

»Was ist mit Gerry Davis?«

»Gerry?« Fiona überlegte. »Er macht seinen Job sehr gut.«

»Und was genau macht er?«

»Er ist so eine Art Verbindungsoffizier. Spricht ziemlich fließend Ungarisch.«

»Ist er auch ein Spion?«

Ein schrilles Lachen. »Gerry? Der ist mehr so eine Art Laufbursche.«

»Was heißt das?«

Sie zuckte die Achseln. »So hat man ihn mir beschrieben.«

Gemeinsam sahen sie sich Filmberichte aus Libyen an, junge, unrasierte Rebellen, verschwitzt, aber optimistisch auf Wüstenstraßen, mit Gewehren, die sie von Zeit zu Zeit über ihren Köpfen schwenkten. Sophie konnte sich die Männer von Kiralys Fotos in diesen Berichten vorstellen.

Da es angebrannt roch, sah sie nach Glenda, die sie erst aus der Küche scheuchen wollte und sie aufforderte, sich ein bisschen auszuruhen, dann jedoch eine Flasche von Emmetts chilenischem Rotwein aufmachte und ihr ein Glas aufdrängte. Sophie gab nach und blieb in der Küche, und während sie tranken, fragte Glenda nach Kiraly, den sie hatte fortgehen sehen. »Der hat mir nicht wie ein Polizist ausgesehen.«

»Ist er auch nicht. Er ist ein Spion.«

Sie grinste. »Aha. Sieh einer an!«

Sophie ging mit ihrem Wein nach oben und setzte sich aufs Bett, legte sich aber nicht hin. Sie wusste nicht, was sie mit sich anfangen sollte. Um das Essen kümmerte sich Glenda, und Fiona hatte schon überall geputzt und aufgeräumt. Ihr fiel ein, dass eine Ladung Hemden im Trockner war, aber es kam ihr lächerlich vor, sich jetzt darum zu kümmern.

Doch während die Minuten ihres Nichtstuns verstrichen,

spürte sie immer deutlicher den Druck in ihren Eingeweiden, das Unbehagen, die Leere.

Sie nahm die Visitenkarten aus der Hosentasche und betrachtete sie. Es war, als wäre sie auf einer von Emmetts Partys gewesen, wo man zu jedem Händedruck so eine Karte bekam – jeder überließ da seine Daten bereitwillig jedem, von dem er hoffte, er könnte irgendwie seiner Karriere nützen. Aber sie konnte eigentlich keinem dieser Leute irgendeinen Gefallen tun. Nicht, wenn sie eine unabhängige Frau bleiben wollte.

Bin ich das überhaupt noch?

Die Wahrheit war: Selbst wenn sie ihre eigenen Vergehen berücksichtigte, wusste sie nichts darüber, was Emmett passiert war; weniger als nichts. Und wenn sie sich mit den Leuten hinter diesen Visitenkarten frei ausgetauscht hätte, hätte ihr das wirklich irgendetwas genützt?

Wie Gerry Davis sah sie plötzlich die Zukunft vor sich. Oder besser gesagt, sie sah vielerlei Zukünfte, und alle begannen mit einer einfachen Entscheidung: ob sie sich unwissend stellen sollte oder nicht. Sie brauchte nur nicht mehr danach zu fragen, warum Emmetts Leben auf diese Weise geendet hatte. Natürlich wollte sie es wissen, aber wollte sie es *unbedingt* wissen? War es ihr so wichtig, dass sie bereit war, alles andere dafür aufzugeben? Oder war es besser, die Augen zu schließen, die Angelegenheit auf sich beruhen zu lassen und mit der Leiche ihres Mannes nach Boston zurückzukehren? Sollte der Vollzug des Gesetzes seinen Lauf nehmen. Nach der Beerdigung konnte sie ihr Leben ändern, vielleicht sogar zum Besseren. Wieder an die Universität gehen – eine Lehrtätigkeit kam durchaus in Betracht. Sie hatten ansehnliche Ersparnisse und auch noch ein anderes, sehr geheimes

Konto in Zürich, das sie nie angerührt hatte. Es gab kaum etwas, was sie *nicht* tun konnte. Oder – und dieser Gedanke kam ihr schon bald – sie konnte irgendwann nach Kairo zurück und versuchen, die Freude neu zu entfachen, die sie dort empfunden hatte. Nicht mit Stan – nein –, wohl aber mit der Stadt selbst.

War das jetzt überhaupt noch möglich?

Die billigste Visitenkarte, Laserdruck auf schlechtem Papier, war die von Andras Kiraly. König. Sie trocknete sich die Augen, hob das Schlafzimmertelefon ab und wählte. Er meldete sich, wie Stan, nach dem zweiten Klingeln: »Kiraly Andras«, verkehrt herum, weil die Ungarn zuerst den Nachnamen sagen.

»Mr. Kiraly, hier Sophie Kohl.«

»Mrs. Kohl. Hallo. Was kann ich für Sie tun?«

Was er für sie tun konnte? Sehr gute Frage. Aber von all ihren Besuchern war er ihr wohl der liebste. »Ich habe das Gefühl«, setzte sie an, dann: »Während unseres Gesprächs habe ich gespürt, dass Sie mir noch mehr sagen wollten, deshalb rufe ich an.«

Er überlegte. Er musste sich entscheiden. Sie wusste nicht genau, wie er Gerry Davis' Einmischung gesehen hatte, konnte sich aber nicht vorstellen, dass er damit einverstanden war. Schließlich sagte er: »Vielleicht könnten Sie mir eine präzise Frage stellen, damit ich Ihnen besser helfen kann.«

Offenbar war es seiner Meinung nach zweierlei, ob man Fragen beantwortete oder Informationen unaufgefordert weitergab. Also startete sie einen Versuch. »Das letzte Foto, das Mr. Davis mich nicht sehen lassen wollte. Wer ist das?«

Dass er zögerte, ließ sie – mit einem freudigen Kribbeln, dem ersten an diesem Tag – vermuten, dass sie eine wichtige

Frage gestellt hatte. Dann hielt das Schweigen an, und sie fragte sich, ob er das Telefon weggelegt hatte.

»Mr. Kiraly?«

»Ja, ich bin noch dran.«

»Vielleicht können Sie mir wenigstens sagen, welcher Nationalität er ist.«

»Er ist Amerikaner, Mrs. Kohl. Ich suche gerade in meinen Unterlagen nach den Angaben über ihn.«

Ein Amerikaner?

»Ah, da ist es. Jibril Aziz. Soll ich es buchstabieren?«

»Ja bitte«, sagte sie. *Ein Amerikaner?*

Er buchstabierte den Namen, und sie schrieb ihn in sauberen Druckbuchstaben auf den Post-it-Block, den Emmett immer neben dem Telefon gehabt hatte.

»Was hat er mit meinem Mann zu tun?«

»Das ist unklar. Mr. Aziz war letzte Woche in Budapest und hat sich zweimal mit Ihrem Mann getroffen. Er ist ohne Diplomatenvisum eingereist und ohne irgendeinen offiziellen Auftrag. Aber wir waren neugierig.«

»Warum?«

»Er ist Angestellter der CIA.«

»Er ist ...« Es hatte keinen Sinn, es zu wiederholen. Später wurde ihr klar, dass das gar nicht so merkwürdig war – als Stellvertretender Konsul hatte Emmett immer wieder einmal mit CIA-Leuten zu tun gehabt. Und sie selbst war sogar mit CIA-Leuten ins Bett gegangen – doch im Augenblick war sie perplex. »Und die anderen Männer?«

Er seufzte laut ins Telefon. »Ich könnte Ihnen die Namen sagen, aber keiner davon ist echt. Auch ihre Nationalitäten sind suspekt. Ehrlich gesagt wissen wir nichts über sie, nur dass sie etwa gleichzeitig mit Mr. Aziz nach Budapest gekommen sind und sich Anfang letzter Woche mit ihm in einer Bar getroffen haben. Ihr Mann war nicht dabei. Wir wissen nicht, worüber sie gesprochen haben und warum.«

»Aber Sie haben den einen oder anderen Verdacht?«

Ein amüsiertes Brummen. »Mrs. Kohl, wenn ein paar arabisch aussehende Männer, die meisten mit falschen Pässen, sich heimlich treffen, können Sie sich bestimmt denken, welchen Verdacht wir haben. Aber wir konnten sie nicht mit terroristischen Aktivitäten in Verbindung bringen.«

»Ist die Botschaft darüber informiert?«

»Ich weiß es nicht«, sagte er, was Sophie so verstand, dass er seine Informationen nicht an die amerikanische Botschaft weitergegeben hatte. Aber ihr gab er sie.

Sie versuchte, sich das alles zu merken, obwohl sie noch keine Ahnung hatte, wie es einzuordnen war. Das waren nicht die Antworten, die sie sich erhofft hatte. Eigentlich waren es gar keine Antworten. Aber immerhin hatte sie einen Namen, war also einen kleinen Schritt weiter. »Wo ist er jetzt?«, fragte sie. »Wo ist Jibril Aziz?«

»Ich weiß es nicht, Mrs. Kohl. Wir wissen, dass er vor knapp einer Woche von hier nach Kairo geflogen ist, aber seitdem haben wir nichts mehr gehört. Er könnte überall sein.«

Kairo. »Wollten Sie mir sonst noch irgendetwas sagen?«

»Ich hatte gehofft, auch etwas von Ihnen zu erfahren«, sagte er, durchaus berechtigt.

Aber er wusste nicht, mit wem er es zu tun hatte. »Ich wollte, ich wüsste etwas«, sagte sie. »Emmett war sehr wortkarg, was seine Arbeit anging.«

»Sollte Ihnen doch noch etwas einfallen …«

»Selbstverständlich, Mr. Kiraly. Dann rufe ich Sie auf jeden

Fall an. Ich bin Ihnen dankbar für alles, was Sie schon getan haben.«

»Ich habe nichts getan, Mrs. Kohl.«

»Aber Sie –«

»*Ich* habe nichts für Sie getan. Verstehen Sie?«

Plötzlich verstand ihn die begriffsstutzige Witwe. »Schade, dass Sie mir nicht weiterhelfen konnten.«

»Das finde ich auch schade, Mrs. Kohl. Einen schönen Abend noch.«

6

Wie sich herausstellte, dachte Fiona Vale gar nicht daran, sie allein zu lassen, und als um sechs Uhr Ray auftauchte, um ihr erneut sein Beileid zu bekunden, trug Fiona das Essen auf, das Glenda den ganzen Tag über zubereitet hatte: Coq au vin mit Kräuterreis und gegrillten Zucchini. Sophie hätte nie gedacht, dass Glenda kulinarische Neigungen hatte, aber sie war eine hervorragende Köchin.

Sophie wollte Ray nach Jibril Aziz und seiner Verbindung zu Emmett fragen. Vermutlich hatte Emmett sich in Konsulatsangelegenheiten mit Aziz getroffen. Doch die ganze Mahlzeit hindurch fiel ihr keine Möglichkeit ein, Fragen zu stellen, ohne Andras Kiraly zu verraten, der sich für sie so weit aus dem Fenster gelehnt hatte.

Was sollte sie mit ihrem Wissen anfangen? Sie versuchte es mit indirekten Fragen: »Ray, hat Emmett sich in letzter Zeit mit irgendwelchen ungewöhnlichen Leuten getroffen?« *Nein, Sophie, warum fragst du?* »Ray, hat sich Emmett wegen irgendwelcher persönlicher Sorgen an dich gewandt, zum Beispiel – keine Ahnung – Schulden, die er mir verschwiegen hat?« *Emmett war der in Gelddingen vernünftigste Mann, den ich je gekannt habe.* »Um die Wahrheit zu sagen«, log sie, »ich hab gedacht, dass er vielleicht in irgendwas reingerutscht war. Ich weiß nicht, irgendwas Illegales?« Ein überraschter Blick, dann ein langsames Kopfschütteln. *Vergiss es, Sophie. Emmett war sauber, absolut vertrauenswürdig. Und im Gegensatz zu vielen der Jungs, mit denen wir zusammenarbeiten, hat er nie eine andere Frau auch nur angesehen.* Das tat weh.

Schließlich entschuldigte sie sich und lief nach oben, um den Zettel zu holen, auf dem sie Jibril Aziz' Namen in Blockbuchstaben notiert hatte. So schrieb sie für gewöhnlich nicht, aber es sollte absolut unbedingt leserlich sein. Sie ging damit hinunter und reichte Ray den Zettel unter Glendas und Fionas stummen Blicken. Er nahm ihn, las ihn und sah sie fragend an. »Den hab ich in Emmetts Sachen gefunden«, sagte sie. »In einem seiner Jacketts.« Die Lüge wurde immer spezifischer. »Dem grauen. Warum hatte Emmett den Namen eines Arabers in der Jackentasche?«

»Meine Güte, Sophie. Ich weiß es nicht. Aber es könnte doch sonst was sein, oder nicht? Vielleicht war das ein Freund von ihm.«

Sie hätte am liebsten gesagt, *Er ist ein amerikanischer Spion, du arrogantes Arschloch,* aber sie sagte: »Kennst du den Namen?«

Als er den Kopf schüttelte, ging ihr auf, dass sie Raymond Bennett eigentlich gar nicht kannte. Sie wusste, wie Glenda ihn sah – stramm, aber willensschwach –, doch sie kannte ihn nicht. Man konnte leicht vergessen, dass er Konsul war, ein wichtiger Mann. Man konnte leicht vergessen, was dieses Amt mit sich brachte. Man unterschätzte ihn leicht. Dann fragte sie sich, ob er jemand war, vor dem sie Angst haben sollte. Sie hatte in ihrem Leben nur vor sehr wenigen Menschen Angst gehabt; seit Jugoslawien hatten die meisten nicht das nötige Format gehabt. Vielleicht hatte Ray ja das nötige Format.

Erst nach dem Essen, als sie Glenda überredet hatte, mit ihrem Mann nach Hause zu fahren, und Fiona zu Bett gegangen war, kam sie dazu, sich mit den vielen Fragen zu befassen, die ihr durch den Kopf gingen.

Was hatte sie?

Sie hatte Männer, die wie Terroristen aussahen, vielleicht aber keine waren. Einer von ihnen war ein CIA-Agent, der sich zweimal mit Emmett getroffen hatte.

Sie hatte Emmett, der zu stark und zu anständig gewesen war, um sich von Zora Balašević erpressen zu lassen. Sie hatte keine Ahnung gehabt, dass er ein solcher Held sein konnte. Sie selbst war keiner.

Sie hatte amerikanische Spione, die ein Diplomatenlächeln zur Schau trugen, und einen ungarischen Spion mit einem freundlichen Gesicht, der wusste, dass sie über Informationen verfügte, und hoffte, dass sie sie irgendwann an ihn weitergeben würde.

Was sie tatsächlich hatte – das Einzige, was sie wirklich hatte –, war ein Namc, Jibril Aziz, und wie alle Welt rief sie für ihre Nachforschungen Google auf. Sie wollte Emmetts Laptop nehmen, aber der stand nicht mehr am Bett, und sie hatte keine Ahnung, wo er war. Sie schaltete ihr iPad ein und begann auf dem glatten Display zu tippen.

Es gab viele Männer mit dem Namen Jibril Aziz. Sie waren

bei Facebook, auf Dating- und Gaming-Sites, und sie hatten ihre eigenen LinkedIn-Seiten. Aber der Richtige war anscheinend nicht dabei. Lauter junge Männer, die keine Bedenken hatten, ihr Leben online mit anderen zu teilen. Nein, Emmetts Jibril Aziz musste woanders sein – oder wahrscheinlich eher nirgends.

Fast nirgends.

Denn als sie ihre Suche um die Buchstaben »CIA« erweiterte, fand sie auf der dritten Trefferseite etwas, das ihr die Kehle zuschnürte. Ein holländischer Hacker hatte einen automatisierten Blog eingerichtet, um das gesamte Material in WikiLeaks zu indizieren, jener berüchtigten Organisation, die im Lauf des letzten Jahres oder so Hunderttausende geheimer Depeschen und E-Mails einer breiten Weltöffentlichkeit zugänglich gemacht hatte. In der Liste tauchte Jibril Aziz in einem Eintrag unter Tausenden auf:

AMBOTSCH KAIRO an AUSSENMIN WASHDC: FALSCHE PROGNOSEN RE: STUMBLER. (link) TAGS: AE/STUMBLER, Afrika, ALF, Amerikanisch, Arabisch, China, CNPC, Frank Ingersoll, Genf, IFG, Jabal al Akhdar, Jibril Aziz, Libyen, London, Muammar Gaddafi, Moslem, Paris, Revolutionsgarde, Rom, Washington, WRAL.

Sie klickte den Link an und wurde zu WikiLeaks.org weitergeleitet, wo sie in dem Abschnitt »Cablegate: 250 000 Depeschen amerikanischer Botschaften« eine Verlautbarung vom Dezember 2009 fand, also von vor mehr als einem Jahr. Es war die erste von drei Depeschen, die sich mit etwas namens »Stumbler« befassten, doch die weitere Suche ergab, dass die anderen beiden Depeschen nicht verfügbar waren.

Sie las den Text durch, schickte ihn an den drahtlosen Laserdrucker in der Abstellkammer und las ihn noch einmal. Dezember 2009: Sie und Emmett waren in Kairo gewesen, als die Botschaft an Stumbler gearbeitet hatte – offenbar einer von einem gewissen Jibril Aziz initiierten Operation. Sie vermutete deshalb, dass Emmett auch damit befasst gewesen war.

Sie ging mit dem Ausdruck in die Küche und schenkte sich ein Glas Rosé aus einer halben Flasche Napa Valley ein. Als sie den Text zum dritten Mal las, sagte eine Stimme: »Was ist das?«

Beinahe hätte sie ihr Glas fallen gelassen.

Fiona grinste. »Entschuldigung. Ich hab hier nur Licht gesehen.«

Instinktiv faltete Sophie das Blatt zusammen und steckte es in die Tasche ihres Morgenmantels. »Alter Kram. Erinnerungen.«

Fiona nickte traurig. »Ich kann mir kaum vorstellen, was Sie durchmachen müssen.«

»Vermutlich nicht«, sagte Sophie. »Aber danke.« Und dann: »Ach, übrigens: Haben Sie Emmetts Computer gesehen? Der war im Schlafzimmer.«

»Ach, das hab ich ganz vergessen. Mr. Strauss hat ihn mitgenommen. Für die Untersuchung. Ich hab irgendwo die Quittung.«

»Verstehe«, sagte sie, aber sie dachte nicht an den Laptop. Sie dachte an morgen, denn beim Lesen der Geheimdepesche war ihr klar geworden, dass sie nicht mit Emmett nach Boston zurückfliegen würde. Sie würde auch nicht herumsitzen und sich mit Glenda abgeben. Sie würde nichts tun, was sie in ihrem Leben schon irgendwann einmal getan hatte. Emmett war zu gut und zu stark gewesen, und deshalb würde sie zumindest versuchen, eine Bessere zu sein, als sie je gewesen war.

Sie ging zurück ins Bett und schaltete das Handy wieder ein. Es war halb vier, und sie hatte achtundzwanzig verpasste Anrufe. Mutter, Vater, Freunde, unbekannte Nummern und zweimal Stan Bertolli. Der zuverlässige Stan. Sie drückte die grüne Taste, um ihren alten Liebhaber in Kairo anzurufen.

7

Glenda hatte wie erwartet gegen ein paar Gläschen am Morgen nichts einzuwenden, doch als Sophie ihr am Telefon sagte, wohin sie mit ihr gehen wollte, schwieg sie und fragte sich, ob ihre Freundin vor Kummer den Verstand verloren hatte. »Aber da sind doch lauter *Ungarn*«, flüsterte sie.

»Ja, lauter Leute, die mich nicht kennen.«

»Ah ...«

Sie hatte tatsächlich Angst, aber nicht aus dem Grund, den Glenda vermutete.

Als sie ihrem Babysitter sagte, dass sie mit Glenda ausgehen werde, runzelte Fiona die Stirn. »Halten Sie das für eine gute Idee?«

»Für eine ganz hervorragende. Die nächste Woche werde ich vor lauter Leuten keine freie Minute haben – Angehörige, Presse, Polizei –, deshalb gehe ich jetzt, solange es noch ruhig ist, mit meiner besten Freundin einen trinken und ein bisschen quatschen.«

»Ihre Maschine geht um drei viertel vier.«

»Und ich hab schon alles gepackt. Wenn ich wiederkomme, werde ich leicht beschwipst sein, und Sie können mich ins Taxi setzen. Wirklich, Fee. Machen Sie sich keine Sorgen.«

Schließlich nickte sie zustimmend, als sei sie durch Emmetts Ermordung Sophies Mutter geworden. »Soll ich mitkommen?«

»Ich bin ein großes Mädchen.«

»Verraten Sie mir wenigstens, wo Sie sein werden, nur für alle Fälle.«

»Im Menza, am Liszt Ferenc«, sagte sie, ihre fünfte oder sechste Lüge an diesem Tag.

Die Paparazzi waren inzwischen da, aber es war nur ein kleines Kontingent – zwei Fotografen, die rauchend in der Eiseskälte vor dem Eingang zu dem Wohnblock standen. Als sie herauskam und sich in Glendas Auto setzte, machten sie ein paar Aufnahmen, und sie fragte sich hinterher, ob die Fotos von den Behörden beschlagnahmt werden würden – die letzten Bilder von Sophie Kohl, bevor sie verschwand. Natürlich wimmelte es am Budapester Flughafen von Kameras, genau wie in Kairo, aber diese scharfen Profiaufnahmen würden für die Zeitungen oder irgendwelche Vermisstenmeldungen viel nützlicher sein.

Sie zog rasch die Beifahrertür zu. Glenda saß am Steuer. »Du hast dich ja ganz schön aufgedonnert«, sagte sie.

»Fahren wir?«

Glenda legte den Gang ein, und sie ließen die Fotografen zurück. »Du denkst aber nicht daran, dich irgendeinem Magyaren an den Hals zu werfen, oder? Weil damit kannst du keinen Blumentopf gewinnen.«

Sie redete weiter, aber Sophie hörte kaum zu. Sie machte eine Bestandsaufnahme der Dinge, die sie in ihre Umhängetasche gestopft hatte. Pass, Kreditkarten, Bargeld, Handy, iPad, Adressbuch, vier saubere Slips, Papiertücher, antibakterielle Lotion, Aspirin, Parfüm und der burgunderrote Lippenstift, den Stan einmal besonders schön gefunden hatte. Außerdem, zweimal gefaltet, die WikiLeaks-Depesche: Aziz und Stumbler.

Sie überdachte den Zeitplan – der Flug, den sie am Morgen gebucht hatte, ging um drei Uhr fünfunddreißig, nur zehn Minuten vor der Maschine nach Boston, aber sie konnte nicht riskieren, dass Fiona sie zum Flughafen begleitete. Sie konnte nur hoffen, dass Fiona Vale sie überall suchen würde, nur nicht am Flughafen.

Sie dachte an die Logistik. Sie dachte nicht an Zora Balašević, Jibril Aziz oder gar an den armen Emmett. Sie versuchte auch, nicht an Stan zu denken, was ihr aber nur teilweise gelang, denn als sie ihn um halb vier Uhr morgens angerufen hatte, war ihr sein zweifelnder Ton aufgefallen. Würde er sie abholen, und würde er allein kommen? Immer wieder dachte sie an ihr Hotelzimmer und die Nuancen seiner Bettetikette zurück. Er war, anders als Emmett, extrem oral orientiert.

Mit schockierender Treffsicherheit drang Glendas Stimme in ihr Bewusstsein: »Und die sind einfach furchtbar, was den Cunnilingus angeht. Ich weiß nicht, was das ist, wahrscheinlich der viele Paprika, den sie essen.«

»Du bist unfair, Glen.«

Sie warf Sophie einen Seitenblick zu, während sie abbog, machte sich aber nicht die Mühe zu antworten.

Die Bitch Lounge war in der Üllöi-Straße, der längsten Straße von Budapest, die durch einen Korridor rußgeschwärzter K.-und-k.-Gebäude direkt zum Flughafen führte. Die Eingangstür war halb im Bürgersteig versenkt, mit einem kleinen, bescheidenen Schild daneben. Glenda hatte recht – durch die Zuwanderung von Ausländern aus der Schwulenszene, angelockt durch das gemütliche Ambiente und durch Transvestitenshows, hatte sich das Lokal verändert, aber es war immer noch überwiegend ungarisch. Und zu der Tageszeit – um halb zwölf – noch fast leer.

Der Barkeeper war ein steifer junger Mann, der gebrochen Englisch sprach. Er brachte ihnen ihre Cosmos zu einem Sofa mit Zebrabezug, das an der Backsteinwand stand. Aus den Lautsprechern kam Edith Piafs »Non, je ne regrette rien«.

»Wann geht dein Flieger?«, fragte Glenda und brachte sie damit für einen Moment aus der Fassung, aber sie meinte den, den Sophie nicht nehmen würde.

»Drei Uhr fünfundvierzig.«

»Ich wette, ich würde noch ein Ticket kriegen. Konsulsgattin und so. Dann könnten wir richtig einen draufmachen.«

Sophie grinste. »Nein. Bitte. Ich muss unbedingt Schlaf nachholen.«

»Braves Mädchen.«

»Aber im Moment«, sagte sie, »möchte ich, dass du offen zu mir bist.«

Glenda zog eine Augenbraue hoch – das konnte nur sie so elegant. »Ich dachte, wir wollten einen trinken.«

Sophie lehnte sich an sie und streichelte durch den Hosenstoff ihr Knie. »Sag mir, was Ray sagt.«

»Warum?«

»Na, warum wohl?«

Die Augenbraue entspannte sich, und Glenda setzte sich

anders hin, sodass ihr Knie freikam. »Ja, also, vor allem ist er völlig fertig. Du weißt ja, was für große Stücke er auf Emmett gehalten hat.«

»Ja, natürlich haut ihn das um. Aber das meine ich nicht.«

»Was denn dann?«

Sie meinte CIA-Agenten; sie meinte Terroristen; sie meinte eine Operation mit dem Namen Stumbler. »Die Ermittlungen«, sagte sie.

»Ach, das«, sagte Glenda. Sie nahm einen Schluck von ihrem Drink, betrachtete ihn, trank noch einen Schluck und stellte das Glas wieder auf den Tisch. »Aber du hast es nicht von mir, okay?«

Sophie wartete.

»Sie haben ihn gefunden.«

»Wen?«

»Den Mann.« Sie hielt Sophies Blick. »Den Killer.«

Sophies Augen trübten sich ein wenig. »Wann?«

»Gestern. Am Morgen, glaub ich. Sie haben ihn nicht in *Gewahrsam,* aber sie haben ein Überwachungsfoto von ihm, vom Bahnhof Keleti – er ist in einen Zug nach München gestiegen.«

Sophie blinzelte, um wieder klare Sicht zu bekommen, aber es war nicht leicht. Sie hatte einen Kloß im Hals. »Gestern warst du den ganzen Tag bei mir. Ray ist zum Abendessen gekommen.«

»Das ist streng geheim, Sophie. Ich hätte es dir gar nicht sagen dürfen.«

»Aber du hast es gewusst?«

»Erst auf der Heimfahrt. Ray hat's mir gesagt.«

»Wer ist es?«

Ein Achselzucken, dann griff Glenda wieder nach ihrem

Cosmo. »Ich weiß es nicht. Jedenfalls ein Albaner. Irgendein albanischer Scheißkerl.«

»Und?«

»Und nichts. Mehr hat Ray mir nicht gesagt. Vielleicht weiß er mehr, vielleicht tappen sie auch im Dunkeln. Ich weiß jedenfalls nicht mehr.«

Sophie schloss die Augen, um alles auszublenden, und machte sie dann wieder auf, aber es wurde nicht besser. Das Zebramuster, Glenda mit ihrem Drink und, weiter weg, eines der bunten Fenster dicht über dem Gehsteig, auf dem Schuhe und Hosenaufschläge vorübereilten. Sie fühlte sich genauso wie vor zwanzig Jahren auf der Karlsbrücke, wo sie ihrem Lenin nachgetrauert hatte – ahnungslos, eine Außenseiterin, ein Objekt der Verachtung.

»Ich muss kurz telefonieren«, sagte sie, stand auf und nahm ihre Umhängetasche.

Glenda wirkte beunruhigt. »Bist du mir böse?«

Sie schüttelte den Kopf.

»Schwestern?«

Sophie schenkte ihr ein Lächeln, das sich ganz unehrlich anfühlte. »Schwestern, Glen. Ich bin gleich wieder da.«

Sie stieg zur Eingangstür hinauf, trat in die Kälte hinaus und ging den Gehsteig entlang. Zwei Taxis kamen die Üllöi entlang, und sie winkte ihnen. Das zweite hielt. Sie stieg ein und sagte: »Ferihegy.« Sie fuhren los, und sie holte ihr Handy heraus und wählte Andras Kiralys Nummer.

»Kiraly Andras.«

»Sophie Kohl.«

Er holte Luft. »Mrs. Kohl, was kann ich für Sie tun?«

»Ich hätte gern den Namen des Mannes, der meinen Mann erschossen hat.«

Wieder ein hörbares Einatmen, dann ein Hüsteln. »Hat man Ihnen das noch nicht gesagt?«

»Ich nehme an, meine Freunde haben vergessen, es zu erwähnen.«

Er schwieg, als hoffte er, sein Zögern würde sie zum Auflegen bewegen. Kein Gedanke. Sie sah die schmutzigen Gebäude draußen vorüberziehen, Schatten einer erhabeneren Epoche. Sie hatte sehr viel Zeit.

»Er hat einen ungarischen Pass«, sagte er schließlich. »Auf den Namen Lajos Varga. Sein richtiger Name lautet jedoch Gjergj Ahmeti, und er ist gebürtiger Albaner. Ein bekannter Verbrecher, der für gewöhnlich angeheuert wird, um Menschen umzubringen.«

»Ein Auftragskiller?«, fragte sie, aber leise, damit der Fahrer es nicht hörte.

»Ja.«

»Arbeitet er für die Serben?«, fragte sie, ohne die Frage durchdacht zu haben.

»Warum fragen Sie das, Mrs. Kohl?«

»Ich …« Sie war nicht bereit, ihm zu sagen, was sie auch der Botschaft nicht gesagt hatte. Eigentlich niemandem. Sie war nicht bereit, Andras Kiraly zu trauen. »Tut mir leid, ich muss Schluss machen.« Kaum hatte sie aufgelegt, klingelte das Handy. Es war Glenda. Sie drückte sie weg, dann schaltete sie das Handy aus.

QUELLE: WikiLeaks.org
»Cablegate: 250 000 Depeschen amerikanischer Botschaften«
AUTOR: Harold Wolcott
9. Dezember 2009

E0 261214Z DEZ 09
VON AMBOTSCHAFT KAIRO
AN AUSSENMIN WASHDC SOFORT 1752
INFO NSC WASHDC SOFORT

G E H E I M TEIL 01 VON 03 KAIRO 001403
STATE FÜR F
AID FÜR AME
STATE AUCH FÜR NEA/ELA

E.O. 18239: **DECL**: 12/09/2019
BETREFF: FALSCHE PROGNOSEN BETR: STUMBLER

Mit Geheimhaltungsstufe vers. von **DCM** Frank Ingersoll, Gründe 1.4 (c) und (d).

1. (C) Zusammenfassung und Kernpunkte: Dies ist eine Analyse des Entwurfs vom Mai 2009, AE/Stumbler. Aufgrund aktueller Einschätzungen des Regimes in Tripolis sind die Grundannahmen hinter STUMBLER zweifelhaft. Diese Botschaft ist der Ansicht, dass die Operation zugunsten aussichtsreicherer Ziele eingestellt werden sollte.

\- - - - -

ANNAHMEN

\- - - - -

2. (C) Unter anderen weisen folgende Anzeichen darauf hin, dass die Instabilitätsvermutungen in dem Entwurf von Jibril Aziz (CIA) vom Mai 2009 nicht zutreffen:

-- Die fehlgeschlagenen Demonstrationen vom September 2009 im Distrikt Dschabal al-Achdar wurden binnen weniger als 24 Stunden von Regierungstruppen beendet.

-- Eine Gehaltserhöhung für die Revolutionäre Garde im November 2009, die Berichten zufolge die Herrschaft des Regimes gefestigt hat.

-- Wichtigster Punkt: Die kürzlich unterzeichneten Erdölverträge zwischen dem Regime und der chinesischen CNPC, durch die das Regime über mehr Geldreserven verfügt als in den letzten Jahren und daher unschwer Söldner aus ganz Afrika anheuern kann.

\- - - - -

Nächste Schritte

\- - - - -

3. (C) Angesichts der niedrigen Erfolgswahrscheinlichkeit von STUMBLER schlägt diese Dienststelle folgende Handlungsweise vor:

-- Fortgesetzte Unterstützung von Untergrund-Widerstandsgruppen im Land, einschließlich ALF und WRAL.

-- Unterstützung der LIFG, die trotz ihrer den unseren entgegengesetzten politischen Ziele in unsere Einflusssphäre gebracht werden könnte. Sie hat mehrere Attentate auf Muammar Gaddafi versucht.

-- Unterstützung einer Vielzahl von Exilgruppen, um den Weg zu einem Post-Gaddafi Regime zu ebnen, das in den Methoden und Praktiken der Demokratie bewandert wäre. Siehe die Liste in Teil 3.

\- - - - -

Fazit

\- - - - -

4: (C) Obigen Ausführungen zufolge, die in Teil 2 en detail dargelegt werden, wäre STUMBLER aller Wahrscheinlichkeit nach zum Scheitern verurteilt. Das Projekt weiterzuverfolgen würde nicht nur Geld und Menschenleben kosten, sondern auch amerikanischen Einfluss in der arabischen und islamischen Welt, da Gaddafi mit Sicherheit einen Fehlschlag propagandistisch ausschlachten würde. Stattdessen schlägt diese Dienststelle vor, weiterhin demokratische Gruppen innerhalb Libyens zu unterstützen und die Finanzierung von Exilgruppen in Washington, London, Rom, Genf und Paris zu erhöhen.

WOLCOTT

Zweiter Teil

Wir sollen bei uns selbst suchen

Stan

1

Im März 2010 war er zum ersten Mal auf Emmetts Verrat gestoßen, obwohl er schon seit mindestens vier Wochen Hinweisen nachgegangen war. Anfang Februar hatte Langley eine geheime Direktive geschickt, durch einen blassen, schwitzenden Beamten aus der Abteilung Innere Angelegenheiten, der in Stans Wohnung gewartet hatte, mit einer Akte, die als Diplomatenpost eingeflogen worden war. Er saß in der Küche, während Stan zur Verifizierung in Virginia anrief, und im Wohnzimmer öffnete er dann die Akte und legte Stan vier abgefangene Mitteilungen von drei Washingtoner Botschaften vor, mit der schlichten Erklärung: »Das Büro hat das an uns weitergeleitet«. Syrien, Libyen und Pakistan hatten Material aus Top-secret-Mitteilungen verwendet, die aus Harrys Büro stammten, Material, das sich mit Handel, militärischen Analysen und in zwei Fällen mit Undercover-Operationen befasste. Die eine war noch nicht abgeschlossen, die andere – ein Datendiebstahl in Libyen vor vier Wochen – hatte damit geendet, dass die zerstückelte Leiche des Agenten in der Wüste außerhalb von Homs gefunden wurde.

»Um Himmels willen«, sagte Stan beim Durchsehen der

Unterlagen. Er hatte den toten Undercover-Agenten persönlich gekannt, dessen Name hier in Großbuchstaben verzeichnet war. Doch der Emissär behandelte den Fall als business as usual. »Wer hintergeht uns da?«

Der Emissär zuckte die Achseln. »Deswegen kommen wir ja zu Ihnen.«

»Bin ich denn so blitzsauber?«

»Nur der Nächstliegende. Wir haben nicht genug Personal, um in diesem Stadium ein ganzes Team rüberzuschicken, deshalb haben wir beschlossen, einen von euch die Untersuchung weiterführen zu lassen.«

Stan wusste, was er mit dem »Nächstliegenden« meinte – sein Vater Paolo Bertolli war eine Legende in Langley-Kreisen, und der Name Bertolli hatte auch Jahre nach seinem Tod noch großes Gewicht. »Ich soll das also selbst in die Hand nehmen?«, fragte Stan.

Der Emissär lächelte. »Stimmt es wirklich, dass Ihr Vater sechs Jahre undercover bei den Roten Brigaden war?«

»So hat man's mir erzählt.«

»Sechs Jahre, ganz auf sich gestellt.«

Stan kratzte sich an der Nase. »Hat Ihnen das Büro aufgetragen, das zu sagen? Für den Fall, dass ich mich weigere?«

Der Emissär zuckte die Achseln. Natürlich war es so gelaufen.

Das zwischen ihm und Sophie lief seit drei Monaten. Sie trafen sich zweimal die Woche in ihrem Hotel in Dokki, und deshalb kam es ihm nicht in den Sinn, sich auf Emmett zu konzentrieren. Er setzte dem Mann schon Hörner auf und dachte gar nicht daran, ihm auch noch den Rest zu geben.

Als Erstes überprüfte er Mitglieder der US & Foreign Commercial Section, vor allem seinen Boss, Harold Wolcott, und die anderen Unterabteilungsleiter – Jennifer Cary, Dennis Schwarzkopf und Terry Alderman. Das dauerte länger als erwartet, und obwohl man auch bei noch so genauer Überprüfung niemals ganz sicher sein konnte, entschied er sich schließlich dafür, seine Suche auf das Botschaftspersonal auszudehnen, das Zugang zu den fraglichen Handels-, Militär- und Undercover-Materialien hatte. Emmett stand auf dieser Liste, neben ihm aber auch achtzehn andere aus verschiedenen Botschaftsabteilungen. Schließlich entdeckte er die ein Jahr alten Überwachungsfotos, die Terrys Leute von Emmett gemacht hatten, als er sich kurz nach seiner Ankunft in Kairo mit einer nicht identifizierten Frau in einem Restaurant getroffen hatte. Niemand hatte sich die Mühe gemacht, ihre Identität festzustellen – laut einer an das Foto gehefteten Notiz handelte es sich mutmaßlich um eine Geschäftspartnerin oder eine Freundin –, also schickte Stan Langley zwei Aufnahmen von ihrem Gesicht, aus denen er Emmett herausgeschnitten hatte, und bat um eine Identifizierung. Drei Tage später bekam er die Antwort: Zora Balašević, mutmaßlich Angestellte der *Bezbednosno-informativna agencija,* der BIA, des serbischen Geheimdienstes, den ein cleverer alter Mann namens Dragan Milić von der serbischen Botschaft in Kairo aus leitete.

War es die Möglichkeit, dass Emmett Kohl sie an die Serben verriet? Auch in diesem Stadium bezweifelte er es noch, denn alles, was er über Kohl wusste, deutete auf das Gegenteil hin. Da er jedoch über keinen der anderen irgendetwas herausgefunden hatte, war ihm nichts anderes übrig geblieben, als weiterzumachen.

Nachdem sich bestätigt hatte, dass Emmett Zugang zu

allen vier weitergegebenen Nachrichten gehabt hatte, brachte er noch eine Woche damit zu, ihn bei zahllosen Treffen zu beobachten und seine Handy-Unterlagen zu durchforschen. In ihrem Hotelbett fragte er Sophie über ihre Vergangenheit aus. Er wusste, dass sie und Emmett zu Beginn des langen Bosnienkrieges eine Woche in Jugoslawien verbracht hatten, und erkundigte sich nach ihren Verbindungen. Sie zuckte die Achseln und sagte, ihre serbischen Verbindungen seien schon bald nach ihrer Rückkehr in die Staaten eingeschlafen. »Wenn du abreist, denkst du, du wirst deine neuen Freunde wiedersehen, aber es ist schon was dran an dem Spruch ›Aus den Augen, aus dem Sinn‹.«

Außerdem erzählte sie ihm, dass sie und Emmett am Vormittag des 29. März, des nächsten Dienstags, zusammen mit dem Generalkonsul im Sayed Darwish Theater eine Aufführung von Tschaikowskys »Nussknacker« durch die Moskauer Eisrevue besuchen würden, mit anschließendem Empfang in der russischen Botschaft. Deshalb fuhr er an diesem Dienstag kurz nach elf Uhr zu ihrer Wohnung, gab den Code für die Alarmanlage ein und ging hinein. Mit einem Firewire-Kabel verband er seinen Computer mit Emmetts Laptop und begann, seine gesamte Festplatte zu kopieren. Obwohl er sich nicht vorstellen konnte, dass Emmett die Beweise für seinen Verrat herumliegen ließ, durchsuchte er die Wohnung und fand Dinge, die er nicht hätte ansehen sollen – alte Liebesbriefe, die sich Emmett und Sophie geschrieben hatten und die Sophie pflichtschuldig in einer Schachtel aufbewahrte, ausgeblichene Fotos von beiden, als sie noch viel jünger und, so schien es ihm, glücklicher gewesen waren, und in einer hinter Emmetts Unterwäsche versteckten Schachtel Aufnahmen von der lächelnden nackten Sophie im Bett. Als der Kopiervorgang beendet war, zog er das Kabel heraus, stellte die Alarmanlage wieder an und ging.

Emmett war kein Spion, sondern Diplomat – er hatte keine Ahnung, wie man Spuren verwischt. Dateien, die er gelöscht hatte, konnte Stan zwar nicht mehr öffnen, aber er fand noch Hinweise darauf, dass es sie einmal gegeben hatte, und Emmett hatte nie daran gedacht, etwas umzubenennen. So fand er unter den gelöschten Dateien W090218SQR, W090903SQB und W090729SQL – drei Dokumente der höchsten Geheimhaltungsstufe, die nach Ansicht der Leute in Langley nie aus der Botschaft hätten hinausgelangen dürfen.

Die Beweise waren erdrückend, und trotzdem brauchte er noch weitere zwei Tage, um das Offensichtliche zu akzeptieren. Obwohl er immer noch nicht darauf verzichten wollte, von Liebe zu reden, wurde ihm bald klar, dass seine unausgesprochenen Gefühle für Sophie seine Urteilsfähigkeit beeinträchtigt hatten. Die Tatsachen waren nicht zu übersehen: Der Mann seiner Geliebten war ein Verräter. Er dachte an den Undercover-Agenten, dessen verstümmelter Leichnam unter der Wüstensonne verwest war. Wie viele andere Agenten waren als Folge von Emmetts krimineller Handlung getötet oder entführt worden? Stans eigene Vergehen verblassten daneben zur Bedeutungslosigkeit, und er hatte keinerlei Sympathie mehr für Emmett Kohl. Er gestattete sich sogar, ihn zu hassen.

Er passte Emmett auf einer Straße in der Nähe der Botschaft ab. Es war ein warmer Tag, und Sophies Mann wirkte gehetzt. Stan fragte ihn nach dem »Nussknacker«, und Emmett zuckte unverbindlich die Achseln. »Gehen wir ein paar Schritte?«, fragte Stan und führte ihn durch eine schwüle Kairoer Gasse, die er vorher ausgekundschaftet hatte, zu einem kleinen Café mit ein paar Plastiktischen in einem Hof mit alten Steinmauern, von denen der gelbe Anstrich abblätterte. Emmett war inzwischen sichtlich besorgt, doch Stan beruhigte ihn mit endlosem Gerede über persönliche Probleme, für die er einen Rat brauche, bis sie schließlich einander gegenübersaßen.

Keiner von beiden hatte viel Zeit – am Monatsende waren ihre Terminpläne voll mit Besprechungen –, und deshalb kam Stan gleich zur Sache. Er zeigte Emmett die Fotos von seinem Treffen mit Balašević und eine CD-ROM, die seiner Aussage nach bewies, dass Emmett geheime Dateien auf seinen Laptop kopiert hatte. »Um Himmels willen«, sagte Emmett und schrumpfte förmlich vor Stans Augen.

»Das ist eine sehr ernste Sache«, versicherte Stan ihm.

Emmett sah ein wenig aus wie ein Kind, das sich gleich übergeben muss, sein rundes, glattes Gesicht wirkte unnatürlich jung. Stan unterdrückte seine Verachtung, griff über den Tisch und tätschelte Emmett die Hand.

»Du kannst wirklich von Glück sagen, dass ich derjenige bin, der dahintergekommen ist.«

Emmett brachte keine Antwort zustande.

»Fangen wir damit an, wer diese Frau ist.«

Er nannte Stan den Namen, den er bereits kannte, Zora Balašević, und dann den Namen der Dienststelle, für die sie arbeitete: BIA, der Sicherheitsinformationsdienst.

»Möchtest du mir sagen, was sie gegen dich in der Hand hat?«

Ein energisches Kopfschütteln. Im Moment spielte das keine Rolle. »Aber ich hab mich geweigert«, sagte Emmett. Stan konnte sich ein Lächeln nicht verkneifen. »Das soll ich dir glauben?«

»Es ist die Wahrheit.«

»Hör mir zu, Emmett. Ich müsste das nicht mit dir besprechen. Die Informationen, die du ihr gegeben hast, haben nicht schon in der serbischen Botschaft herumgelegen – sie sind *weitergegeben* worden. Die Serben haben sie an mindestens drei andere Regierungen weiterverkauft. Inzwischen sind sie Allgemeinwissen. Mit dem, was ich gegen dich in der Hand habe, kann Harry dich in Handschellen nach Hause schicken.«

Emmetts Augen waren tellergroß geworden. »Aber ich sag dir doch, Stan. Ich hab ihr nichts gegeben. Sie hat mich gebeten – mir sogar gedroht –, aber ich habe mich geweigert.«

Menschen lügen. In seinen zehn Jahren bei der CIA hatte Stan zahllose Lügen gehört, und er selbst hatte mindestens genauso oft gelogen. Als Sohn seines Vaters verstand er sich ziemlich gut darauf, aber seiner Erfahrung nach gehörten Angestellte im diplomatischen Dienst zu den gewieftesten Lügnern überhaupt. Deshalb war er nicht überrascht, dass Emmett ihm das erzählte, ohne mit der Wimper zu zucken. Ja, fuhr Emmett fort, er habe Arbeit mit nach Hause genommen, auch Material, das er in der Botschaft hätte lassen müssen. »Ich nehme es mit diesen Vorschriften nicht so genau. Das gebe ich zu. Aber ich bin kein Verräter.«

»Was hat Balašević gegen dich in der Hand?«

»Das spielt keine Rolle, Stan. Das war vor einem Jahr. Sie hat gefragt, ich habe Nein gesagt – Ende der Geschichte.«

»Warum hast du es dann nicht gemeldet?«

»Weil ich dich da noch nicht kannte. Und ich kannte Harry nicht. Ich hatte Angst um meinen Job.«

Stan sah ihm lange in die Augen, um deutlich zu machen, dass er ihm kein Wort glaubte. »Du musst Schluss damit machen. Sag ihr die Wahrheit – dass du aufgeflogen bist und dass es jetzt aufhören muss.«

»Es hat nie angefangen.«

»Ich versuche, eine undichte Stelle zu schließen, Emmett. Ich bin nicht hier, um auf dir rumzuhacken. Aber du musst ehrlich zu mir sein. Und das heißt, dass du es jetzt mir gegenüber zugeben musst.« Er breitete die Hände aus. »Ich bin nicht verdrahtet, ich schwöre es. Du und ich, wir müssen uns auf etwas einigen. Du gibst zu, was du getan hast, und ich kümmere mich um die Konsequenzen. Aber das werde ich nur tun, wenn ich weiß, dass Schluss damit ist. Hier und jetzt. Habe ich mich klar ausgedrückt?«

Jetzt war es Emmett, der Stan lange ansah. Er überlegte, welche Möglichkeiten er hatte, taxierte sie aus verschiedenen Blickwinkeln. Er atmete lange aus und sagte: »Ich weiß nicht, wie ich es noch sagen kann. Ich habe nichts verraten.«

»Das ist kein Spiel, Emmett. Einer unserer Leute wurde liquidiert wegen dem, was du getan hast. Verstehst du? Wenn du mir nicht gibst, was ich brauche, muss ich Harry informieren. Verstehst du?«

Emmett verstand ihn sehr gut. Er zog seine Wange zwischen die Zähne, lehnte sich zurück, runzelte die Stirn und sagte schließlich etwas, das einen Mut verlangte, den Stan ihm nie zugetraut hätte: »Warum bist du nicht längst damit zu Harry gegangen? Wenn es so verdammt ernst ist, warum sitzen wir dann hier und trinken Kaffee? Nein, im Ernst. Vielleicht bin ich ja nicht der Hellste, aber ich frage mich trotzdem, warum ich nicht längst in einer Maschine zurück nach DC sitze. Wenn deine Beweise angeblich so hieb- und stichfest sind.« Als Stan nicht sofort antwortete, beugte er sich vor. »Du willst damit nicht zu Harry gehen. Warum nicht?«

Stan hätte ihn am liebsten geschüttelt und die Wahrheit herausgeschrien. *Weil ich mit deiner Frau schlafe.* Emmett Kohl war ihm scheißegal, aber wenn Emmett nach Hause geschickt wurde, würde seine Frau ihm folgen – und davor fürchtete er sich noch mehr als vor einer undichten Stelle in der Botschaft. Aber er riss sich zusammen. Er beantwortete Emmetts Lügen mit einer eigenen.

»Emmett, du und ich, wir sind Freunde. Ich bin zufällig einer, der solche Dinge wichtig nimmt, also versuch nicht, mich reinzulegen. Im Moment hast du zwei Optionen. Du kannst tun, was ich dir sage, und weiterleben wie bisher. Mach dir keinen Kopf wegen Balašević. Wenn sie erfährt, dass du aufgeflogen bist, wird sie nicht mehr benutzen, was sie gegen dich in der Hand hat – sie wird aufgeben. Oder du machst weiter wie bisher, und wir können beide darauf warten, wie viele Tage ich brauche, um die Freundschaft der Pflicht zu opfern.«

Emmett dachte eine weitere Minute darüber nach, und auf seinem Gesicht spiegelten sich Stimmungen, die Stan nicht zu deuten wusste. Dann hob er den Kopf und sah Stan direkt an. Er lächelte, nickte und stand auf. »Danke für den Kaffee«, sagte er und ging.

Jetzt, ein Jahr später, um drei Uhr morgens, noch ganz benommen vom Schlaf, hörte Stan Sophie zu: »Wir saßen beim Abendessen, und ein Mann ist in das Restaurant gekommen und hat ihn in den Kopf und in die Brust geschossen.« Dann war das Gespräch beendet, und er schenkte sich einen Drink ein – der erste Schluck war ein Toast auf Emmett Kohl, aber der zweite war ein Toast auf Emmett Kohls Ableben, und es dauerte eine Weile, die furchtbare Freude abzuschütteln, die er bei dieser Neuigkeit empfunden hatte.

Als sie schließlich erloschen war, rief er Harry Wolcott an, um ihn ins Bild zu setzen. Obwohl Harry ebenfalls geschlafen hatte, klang er hellwach und fragte ihn, warum Sophie ausgerechnet ihn zu dieser unchristlichen Stunde angerufen habe.

»Sie hat ihre Telefonkontakte durchgesehen, und mein Name ist ihr als erster aufgefallen«, log Stan – aalglatt und ohne Gewissensbisse, so wie es sein Vater getan hätte.

»Der Verstand einer Frau ist unergründlich«, sagte Harry, als könnte das eine lebenslange Verwirrung in Bezug auf das andere Geschlecht erklären. »Lassen Sie's mich bekannt machen, okay? Ich erkundige mich in Budapest nach Einzelheiten und informiere Sie morgen früh umfassend.«

»Gut.«

»Hat sie gesagt, wer die Ermittlungen leitet?«

»Hab ich vergessen, sie zu fragen.«

»Das nächste Mal denken Sie dran«, brummte Harry.

2

Stan brauchte niemandem von dem Mord zu erzählen, denn als er in die Botschaft kam, redeten schon alle davon, ein gefundenes Fressen für die Nachrichtensender. Es war das einzige Thema, über das seine fünf Agenten – Ricky, Tim, Klaus, Mike und Paul – sprechen wollten. Er ließ sie ein paar Minuten lang spekulieren und führte sie dann zur Tagesordnung für die Donnerstags-Morgenbesprechungen zurück: ihre Informanten und ihr Umgang mit ihnen. Paul hatte Probleme mit seinem wichtigsten Informanten im ägyptischen Geheimdienst, Rainman, der vor Kurzem vom Radarschirm verschwunden war und nicht mehr auf Pauls Aufforderungen zu einem Treffen reagierte.

Dafür hatten sie verschiedene Erklärungen: Ricky glaubte, er wollte beweisen, wie wichtig er war, um sie dann wegen besserer Konditionen unter Druck zu setzen; Tim war großzügiger, er glaubte, dass Rainman seit Mubaraks Sturz keine so sichere Position mehr hatte, also einfach vorsichtiger sein musste. Rickys zynische Erklärung war unwahrscheinlich, denn Rainman war letztes Jahr zu ihnen gekommen – nicht umgekehrt –, und sie hatten die meisten seiner Forderungen erfüllt: Ihm ging es darum, Geschäftsfreunde auf amerikanischen Märkten unterzubringen. Tim kam der Wahrheit vermutlich näher, denn Mubaraks Herrschaft hatte alles durcheinandergebracht. Während die Militärs, die jetzt das Land regierten, nicht daran interessiert waren, den gesamten Sicherheitsapparat umzukrempeln, wusste doch jedermann, dass alle Voraussagen nichts mehr wert waren, sobald die Wahlen bevorstanden.

»Vielleicht sind seine Vorgesetzten dahintergekommen, dass er unser Freund ist«, sagte Klaus.

Stan schüttelte den Kopf. »Wenn Ali Busiri es wüsste, wäre Rainman tot. Wir sehen ihn aber überall dort, wo er vorher auch war.«

»Schickt John«, schlug Ricky vor. »Jagt ihm einen gehörigen Schrecken ein.«

Damit erntete er ein paar Lacher. John Calhoun war ihr einziger Kontraktor, ein Muskelprotz von Global Security, der seit Ende November bei ihnen war. Er war heute allerdings nicht anwesend. Harry hatte ihn sich für einen Job ausgeborgt. »Wo ist eigentlich der dunkle Ritter?«, wollte Klaus wissen.

»Will der Boss nicht sagen«, sagte Stan.

Schließlich klopfte Nancy, die Abteilungssekretärin, an die Tür und zitierte sie allesamt in Harrys Büro.

Sie gingen hinüber und fanden bereits die gesamte Mannschaft vor – an die fünfundzwanzig Leute –, und Nancy schloss sie ein. Harry stand hinter seinem Schreibtisch, das weiße Haar so akkurat gebürstet, dass es wie ein Teppich aussah, die Hände tief in den Jackentaschen. Obwohl er eine phantastische Aussicht hatte, einschließlich eines schmalen Streifens Nil zwischen anderen Gebäuden der Gartenstadt, hielt er die Jalousien geschlossen. Er kaute Kaugummi und sagte: »Leute, ich habe eine schlechte Nachricht.«

Er überbrachte sie in dem gemessenen, ernsten Tonfall, den er für bedeutungsschwere Verlautbarungen reservierte, und Stan erfuhr, dass zu der Zeit, als Sophie ihn anrief, die Liste der Verdächtigen bereits auf eine einzige Person geschrumpft war: Gjergj Ahmeti – alias Boan Cozma, Lajos Varga oder Andrzej Wójcik. Jennifer Cary stellte die nahe liegende Frage: »Sir, wie haben wir den identifiziert?«

»Mit Überwachungskameras der ungarischen Polizei. Eine, von dem Restaurant eine Straße weiter, hat seinen Wagen erfasst, den er auf einem Parkplatz am Bahnhof abgestellt hatte, und Kameras im Bahnhof haben aufgezeichnet, wie er in einen EuroNight nach München eingestiegen ist. Einer von unseren Leuten in Budapest, George Reardon, sagt mir, dass er, als sie den Zug kurz vor der ungarischen Grenze durchsucht haben, schon nicht mehr an Bord war.«

Ein allgemeiner Seufzer ging durch den Raum.

Harry zeigte ihnen das endlose Vorstrafenregister von Gjergj

Ahmeti; unter anderem enthielt es zwei Banküberfälle in seiner Heimat Albanien, eine Gefängnisstrafe in Belgrad wegen mehrfachen Totschlags, Beteiligung an zwei Morden in Marseille und zwei Steckbriefe, im Jemen und in Brasilien. Der Mann kam herum.

»Aber für wen arbeitet er?«, fragte Dennis Schwarzkopf.

Harry malte mit dem Zeigefinger ein Fragezeichen in die Luft. »Interpol hat sich sehr eingehend mit seinem Fall befasst, und es gibt eine zehn Zentimeter dicke Akte, aber niemand weiß mit Sicherheit, ob er auf eigene Rechnung arbeitet. Doch angesichts dieses Strafregisters ist das meiner Meinung nach die einzige Erklärung. Wir kennen keine Organisation, die für die vielen Orte verantwortlich sein könnte, an denen er gearbeitet hat.«

»Außer uns«, sagte Jerry, einer von Jennifers Agenten. Ein paar lachten höflich, bis sie Harrys Gesichtsausdruck sahen.

»Jerry«, sagte er, »diesen Witz möchte ich nie wieder hören.«

Jerry nickte und wurde rot.

Zu den Übrigen sagte Harry: »Viele von euch haben Emmett gekannt. Er war ein guter Mann, und er war ein Freund. Ich möchte, dass ihr überall auf den Busch klopft. Sollte dieser Mord irgendetwas mit Kairo zu tun haben, dann gehört diese Information sofort auf meinen Schreibtisch. Noch Fragen?«

Während alle hinausgingen, bat Harry Stan, noch zu bleiben, und als sie allein waren, schloss Stan die Tür. Harry setzte sich in seinen Sessel und steckte sich einen frischen Streifen Kaugummi in den Mund. »Also, was meinen Sie, Stan?«

»Ich weiß nicht, was ich davon halten soll.«

Harry wedelte gereizt mit der Hand. »Sie wissen schon, was ich meine.«

Stan trat näher an den Schreibtisch und überlegte. »Soviel ich weiß, hatte er keinen Kontakt mehr mit Balašević, nachdem ich Ihnen die Unterlagen gebracht hatte. Das ergibt also keinen Sinn. Warum sollten die Serben ein Jahr warten und ihn dann in einem anderen Land liquidieren?«

Harry schaukelte auf seinem Drehsessel. An der Wand hinter ihm hing ein Porträt des lächelnden Präsidenten. »Vielleicht haben sie versucht, ihn wieder anzuwerben.«

»Sie mussten wissen, dass er aufgeflogen war. Das musste einen furchtbar dilettantischen Eindruck machen.«

Harry nickte, als ob schwachsinniges Verhalten eines Geheimdienstes nicht an der Tagesordnung wäre. »Überprüfen Sie einfach, was Sie können«, sagte er dann, »aber diskret. Mir liegt nichts daran, einen Toten zu diffamieren.«

»Er war ein Verräter.«

Ein Anflug von Ärger huschte über Harrys Gesicht. »Sie hatten es nicht bewiesen. Nicht schlüssig.«

»Wie oft sind wir in der Lage, irgendetwas schlüssig zu beweisen?«

»Immerhin so oft, dass ich nicht das Leben eines Mannes ruinieren wollte. So oft, dass wir nicht den Namen eines Verstorbenen in den Dreck ziehen werden.«

Obwohl sie nur selten darüber sprachen, hatte dieser Dissens ihre Beziehung beeinflusst und im vergangenen Jahr unter der Oberfläche aller ihrer Gespräche gelauert. Stan fragte sich – nicht zum ersten Mal –, ob Harry bereits über Sophie Bescheid wusste und ob er weitergehende Motive für möglich gehalten hatte, als Stan verlangt hatte, Emmett in Gewahrsam zu nehmen. Was immer Harry wusste oder argwöhnte, im Moment öffnete er nur seinen Laptop und sagte: »Liefern Sie mir Resultate, okay?«

Er versammelte noch einmal seine Agenten. Rainman war auf Sparflamme, und Stan konnte endlich besprechen, was ihm seit drei Uhr früh auf der Seele lag.

Sie gingen ihre Informanten durch und fanden sieben, die wenigstens von fern mit den geschäftlichen Angelegenheiten zu tun hatten, mit denen Emmett sich in Kairo überwiegend befasst hatte. Jeder Agent bekam seine Aufträge und ging hinaus, um Anrufe zu tätigen und Treffen zu organisieren. Als sie weg waren, rief Stan die serbische Botschaft an und verlangte, Dragan Milić zu sprechen.

Er und Dragan unterhielten sich oft informell – dieses Pingpong zwischen den Dienststellen hielt die Nachrichtenbeschaffung in Gang, deshalb hob er sofort ab. Als er ihn fragte, ob er schon von Emmett Kohl gehört habe, seufzte Dragan übertrieben. »Mein Beileid, Stan. Ja, natürlich habe ich davon gehört.«

»Haben Sie Zeit für ein Mittagessen?«

»Mit Ihnen?«

»Ja, Dragan.«

Sie trafen sich in der Mitte zwischen ihren Botschaften. Stan ging zu Fuß, um einen klaren Kopf zu bekommen, und er brauchte eine halbe Stunde, um sich zwischen den dunklen Menschenmassen hindurch zur Brücke des 15. Mai zu schlängeln, über die er auf die Insel Gezira gelangte und schließlich das Bistro La Bodega in der Straße des 26. Juli erreichte, in dem alten Baehler Building. Es war ein ordentlicher Marsch, und er fühlte sich erfrischt, trotz des Gestanks vom Nil her und des Verkehrsstaus auf der Corniche al Nile, und er betrachtete die Hidschab-Frauen, die zu zweit oder zu dritt unterwegs waren, und die hageren rauchenden Männer in ihren schweißfleckigen Hemden. Arabische Popmusik, so allgegenwärtig wie die Gebete, plärrte aus Autos und ging oft im Knattern von Mopeds und im dumpfen Röhren alter, kaum noch fahrtüchtiger Pick-ups unter. Kurz bevor er die Brücke erreichte, sah er zwei Männer, die ihre Schuhe auszogen und Handtücher ausbreiteten, zur Vorbereitung auf das mittägliche Dhuhr-Gebet.

Eine Erinnerung an die Ereignisse Ende Januar blitzte auf, als die Brücken eine Bühne für Heerscharen schwarz gekleideter Männer in Kampfausrüstung gewesen waren, denen wütende Massen gegenüberstanden, die zum Tahrir-Platz durchzubrechen versuchten. Er hatte sich überwiegend herausgehalten und sich nur ein paarmal aus der Botschaft geschlichen, um einen besseren Überblick zu bekommen. Schon bald stand er abseits inmitten der regierungstreuen Truppen. Später fand er sich an denselben Ecken inmitten von jubelnden, Freudentränen weinenden ägyptischen Massen wieder, während die Zentralen Sicherheitskräfte zurückgetrieben und versprengt wurden. Sie rannten um ihr Leben und entledigten sich ihrer schwarzen Uniformen. Jetzt spazierten dieselben Revolutionäre über die Brücke, lungerten herum und lachten, wieder ganz im Bann der kleinen Dramen der Arbeit, des Lebens, der Liebe. Sie waren unermüdlich, dachte er. Nachdem sie Jahrtausende unter Gewaltherrschern gelitten hatten, von den Pharaonen bis zu den von westlichen Kapitalinteressen gestützten Diktatoren, standen sie noch immer aufrecht und lachten und hielten an ihrem Glauben fest. Vor ihm knieten zwölf unbeschuhte Männer, das Gesicht nach Mekka ausgerichtet.

Er holte sein Handy hervor und rief Sophie an, bekam aber nur ihre Mailbox. Er hinterließ keine Nachricht.

La Bodega war gesteckt voll, aber Dragan hatte seinen beträchtlichen Einfluss geltend gemacht und einen Tisch etwas abseits im hinteren Teil bekommen. Gelbe Fin-de-Siècle-Beleuchtung und Art-nouveau-Möbel sorgten für ein gehobenes Ambiente, in dem Dragan Milić nur umso deplatzierter wirkte. Er war nicht der Typ Mann, der sich in einem Anzug wohlfühlte; für Stan sah Dragan immer aus, als müsste er eigentlich in einer knappen Badehose an einem Beton-Pool in einem billigen Badeort an der Adria liegen, der wabbelige Körper rosa sonnenverbrannt, das drahtige Haar gelb gebleicht. Er lächelte viel und gestikulierte mit seinen dicken Fingern mit den abgekauten Nägeln, und er redete wie ein Wasserfall. Er habe Emmett gekannt, sagte er. Nicht gut, »aber wie gut kennen wir uns schon?« Als das Essen kam – Seebarsch für ihn, Jakobsmuscheln für Stan –, war er zu anderen Themen übergegangen, und Stan lauschte geduldig seinen Klagen über die neuen ägyptischen Sicherheitsdienste. »Das sind keine Gentlemen mehr, Stan. Verstehen Sie?«

Dragan war offensichtlich an diesem Morgen an einen besonders nervigen Bürokraten geraten, denn die Sicherheits-Infrastruktur Ägyptens war noch überwiegend intakt, mit denselben Leuten am Ruder. Trotzdem sagte Stan: »Ich verstehe Sie sehr gut.«

Dragan schlug die Hände zusammen. »Sie können über die alten Knaben sagen, was Sie wollen, aber auf gediegenes Essen haben die sich verstanden. So kommt man weiter.«

»Wie ich gerade mit Ihnen.«

»Genau«, erwiderte er ohne Zögern. »Sie gehen mit mir in ein vorzügliches Restaurant, Sie lassen mich bestellen, was ich möchte, und Sie klopfen mich mit Komplimenten weich und vielleicht noch ein paar kleinen Insider-Informationen. Erst dann legen Sie Ihre Karten auf den Tisch. Diese neuen Typen …« Er schüttelte den Kopf, ihm fehlten die Worte.

»Jetzt kommt's«, sagte Stan.

Dragan tupfte sich den Mund mit seiner Serviette ab. »Was kommt?«

»Meine Karten.«

»Gewiss, gewiss. Schießen Sie los, mein Freund.«

Sie hatten zwar ab und zu schon andeutungsweise über das Thema gesprochen, aber nie direkt. Doch nach Emmetts Ermordung konnten sie nicht mehr umhin. »Ist Zora Balašević noch in Ihrem Laden?«, fragte er.

Dragan hob die Augenbrauen. »Balašević? Kenne ich die?«

»Sehen Sie das Etikett auf der Weinflasche, Dragan? Dafür geht ein ansehnlicher Teil unseres Staatshaushalts drauf.«

Er grinste. »Ach, *die* Zora Balašević! Ich weiß von dieser Frau, das schon, aber sie gehört nicht zu meinem Laden, wie Sie sich auszudrücken belieben.«

Der Schlafmangel und ein ginlastiger Negroni vor dem Essen holten Stan ein, und er rieb sich die Augen. »Bitte, Dragan. Es geht um einen ermordeten Diplomaten. Ein bisschen Perestroika brauche ich schon.«

»Warum glauben eigentlich alle, dass man bei einem Serben was ausrichtet, wenn man russische Wörter verwendet? Ich hasse die Schweine.«

»Zora Balašević.«

Er schniefte und trank von dem Clos des Papes, dann sagte er ernst und leise: »Falls Zora Balašević zu Ihnen gekommen ist, gebe ich Ihnen den guten Rat, es sich noch einmal zu überlegen. Sie hat Verbindungen zu Verbrecherbanden in Belgrad, die wahrscheinlich mit kleinen Mädchen handeln. So jemanden hat man nicht gern in seinem Team.«

»Aber sie war doch mal in Ihrem Team. Oder etwa nicht?«

»Doch, früher mal«, sagte Dragan. Er runzelte die Stirn und wackelte mit der rechten Hand. »Nur ganz kurz, Stan. Dann haben wir sie an die Luft gesetzt. Im Ernst.«

»Aber sie war bei Ihnen, als Emmett in Kairo war.«

»Wann ist er denn gekommen?«

»Im Februar 2009.«

»Da haben wir sie uns gerade vom Hals geschafft, Stan. Im Februar – nein, im März 2009.«

Dragan wirkte durchaus überzeugend, und wenn er tatsächlich die Wahrheit sagte, dann waren die Ereignisse vom Sommer letzten Jahres in einem ganz anderen Licht zu sehen. Stan beugte sich dicht zu ihm vor und sprach genauso ernst und leise wie der Serbe. »Ich erzähle Ihnen mal eine Geschichte, und vielleicht können Sie mir helfen, mir einen Reim darauf zu machen.«

Dragan sah ihn gespannt an.

»Diese Balašević ist zu Emmett gekommen. Das müsste im Februar 2009 gewesen sein. Sie hatten sich schon in den Neunzigerjahren kennengelernt, aber inzwischen hatten sich die Zeiten geändert. Emmett war jetzt Diplomat, und sie hat behauptet, sie gehört zu Ihren Leuten. Sie hat ihn erpresst. Sie hat gedroht, hässliche Geheimnisse aus seiner Vergangenheit auszuplaudern, wenn er ihr nicht geheimes Material aus der Botschaft übergibt. Das ging mindestens ein Jahr lang so.« Er hielt inne und sah Dragan durchdringend an, doch der Serbe schwieg. »Also schauen Sie, wenn sie tatsächlich in dem Jahr zu Ihren Leuten gehört hat, dann könnte ich böse werden. Ich könnte Sie sogar verfluchen. Aber ich komme bald drüber weg, und nächstes Jahr haben Sie vielleicht eine ähnliche Beschwerde gegen mich vorzubringen. Wenn Sie dagegen nicht zu Ihren Leuten gehört hat, werde ich nicht nur böse; dann werde ich destruktiv. Dann fange ich an, in ihrem Leben herumzuwühlen, und in Ihrem, bis ich rausfinde, wer unser geheimes Material entwendet hat. Verstehen Sie meinen Standpunkt?«

Dragan sah ihn volle zehn Sekunden schweigend an, dann sagte er: »Bestens.« Und dann: »Leider muss ich sagen, dass Zora Balašević uns nie irgendwelche Informationen von Emmett Kohl gebracht hat. Tut mir schrecklich leid.«

»Warum haben Sie sich von ihr getrennt?«

Dragan blickte über Stans Schulter in das Restaurant. »Sie hatte noch den einen oder anderen Nebenjob – sagt man so? Wir sind dahintergekommen, dass wir nicht ihre einzigen Abnehmer waren. Ich wollte sie in Handschellen nach Hause schicken, aber es hat sich herausgestellt, dass sie Freunde in Belgrad hatte, Freunde, die ihr was schuldig waren. Also hat man mich angewiesen, die Finger von ihr zu lassen.«

»Für wen hat sie noch gearbeitet?«

»Für unsere Gastgeber, die Ägypter.« Er schüttelte den Kopf. »Die ist wie Husni.«

Stan runzelte verständnislos die Stirn.

Dragan lächelte. »Wissen Sie noch, was dieser irakische Leichnam, Saddam Hussein, immer über Mubarak gesagt hat? Dass er wie ein Automat ist. *Man wirft Geld ein und bekommt dafür, was man haben will.* Zora ist genauso. Sie nimmt's von jedem.«

Stan dachte nach. »Sie hat weiter für die gearbeitet?«

»Ich weiß es nicht.«

»Wo ist sie jetzt?«

»Ich erkundige mich mal.« Er trank noch einen Schluck Wein und setzte das Glas ab. »Eins weiß ich bestimmt: Sie ist aus Novi Sad. Im Bosnienkrieg hat sie die Republika Srpska unterstützt. Sie ist Anfang fünfzig, und sie hatte eine kleine Wohnung in der Al-Muizz Straße im islamischen Kairo. Für eine kurze, wundersame Zeit hatte sie eine respektable Stelle in meinem Büro, bis sie sie hat sausen lassen. So weit reichen meine Kenntnisse.«

»Also ist sie ein Rätsel.«

Dragan nickte und lehnte sich zurück. Dann bewies er, dass er immer noch so gut vernetzt war wie eh und je: »Genau wie dieser albanische Killer, der Mr. Kohl umgebracht hat.«

3

Zora Balašević hatte Kairo verlassen, knapp eine Woche nachdem Emmett und Sophie nach Budapest übersiedelt waren, ein Umstand, den Stan als weiteren Beweis für Emmetts Schuld angesehen hatte. Was sollte sie noch in Kairo, nachdem ihr bester Informant weg war? Nach dem Mittagessen nahm er sich noch einmal ihre Akte vor und recherchierte, mit welchem Flug sie nach Serbien zurückgekehrt war. Den Unterlagen der Fluggesellschaften zufolge hatte sie eine Maschine nach Frankfurt bestiegen und sechs Stunden später einen JAT-Flug nach Belgrad genommen – eine seltsame Route. Es gab Direktflüge von Kairo nach Belgrad, doch sie hatte es vorgezogen, sechs volle Stunden auf dem tristen internationalen Drehkreuz Frankfurt zu verbringen. Ein arrangiertes Treffen? Er überlegte einen Moment, dann schickte er eine SMS an Saul, einen alten Freund in Langley, der an den Verlautbarungen zu den durchgesickerten geheimen Informationen letztes Jahr beteiligt gewesen war, und fragte ihn, wie lange auf dem Frankfurter Flughafen Aufzeichnungen der Überwachungskameras gespeichert wurden.

Was ihre kriminellen Verbindungen anging, hatte er nur wenige Anhaltspunkte. Sie stand auf der Liste mutmaßlicher Mitglieder des Zemun-Clans, der auf Drogenhandel, Auftragsmorde und Entführungen spezialisiert war. Welcher Art war ihre Connection? Geschäftspartnerschaft ja, aber nicht viel mehr: Sie war in Begleitung ranghoher Zemun-Mitglieder gesehen worden. Ihr Strafregister war mehr als ein Jahrzehnt alt, es stammte aus der Zeit, als sie Waffen in die Republika Srpska geschmuggelt hatte, jene kleine, gebirgige Region des serbischen Nationalismus innerhalb der Grenzen von Bosnien und Herzegowina. Fanatikerin oder Opportunistin? Aufgrund des Fotos in ihrer Akte vermutete Stan eher Ersteres, aber das war reine Spekulation. Mit ihren dunklen Augen und den schwarzen Haaren sah sie aus, als sei sie als junge Frau einigermaßen attraktiv gewesen, doch diese Schönheit war seither durch ein hartes Leben getrübt worden: Tränensäcke unter den Augen und schlaffe Wangen vom lebenslangen starken Rauchen. Sie hatte das Gesicht einer Frau, die eine ganze Welt der Tragik hinter sich hat; sie hatte ein Flüchtlingsgesicht.

Obwohl Dragan überzeugend gewirkt hatte, wollte Stan seinen Unschuldsbeteuerungen nicht glauben. Es war durchaus möglich, dass Balašević seiner Mannschaft angehört hatte, vorübergehend aufgenommen wegen ihrer Verbindung zu Emmett. Angesichts von Stans Anschuldigungen hatte Dragan keine andere Möglichkeit gehabt, als jede Beziehung zu ihr abzustreiten. Stan glaubte jedoch, ein recht gutes Druckmittel gegen Dragan Milić zu besitzen. Der Serbe war ein ausgebuffter Profi und als Stationschef hinreichend engagiert, um zu wissen, dass Stan keine Vergeltung üben würde für etwas, das im Grunde genommen eine sauber ausgeführte Operation zur Beschaffung von Informationen aus der amerikanischen Botschaft gewesen war. Hätte Dragan es zugegeben, hätte Stan ihn nur umso mehr bewundert – seine Verve genauso wie seine Ehrlichkeit. Stan wiederum hätte sich zu ähnlichem Handeln animiert gefühlt. Trotz der rasanten Vermehrung von Satelliten, vernetzten Datenbanken und lasergesteuerten Drohnen war Spionage nach wie vor ein sehr persönliches Geschäft.

Entsprachen Dragans übrige Behauptungen der Wahrheit? Hatte Balašević für die Ägypter gearbeitet? Wenn ja, dann waren es die Ägypter gewesen, die das Material an Syrien, Libyen und Pakistan verkauft hatten. Möglich war es.

Bis Dienstschluss hatten Ricky und Klaus von zwei Informanten etwas erfahren, aber es war nichts Verwertbares dabei. Die beiden Ägypter hatten Emmett nur flüchtig gekannt; sie hatten ihn bei Veranstaltungen der Botschaft getroffen und ihn um lächerliche Handelskonzessionen gebeten, die Emmett nicht einmal in Erwägung ziehen konnte. Stan brachte Harry auf den neuesten Stand, bevor er Feierabend machte, und der Stationschef saß mürrisch an seinem Schreibtisch und hörte sich zerstreut die Berichte über ihre Misserfolge an. Dragan Milićs Unschuldsbeteuerungen schienen ihn nicht zu überraschen, so wenig wie die Möglichkeit, dass die Ägypter die Informationen von Balašević bekommen hatten.

Schließlich sagte Harry: »Wissen Sie, Stan, vielleicht hat das ja gar nichts mit Kairo zu tun. Vielleicht hat Emmett nur den Fehler gemacht, mit der falschen Ungarin ins Bett zu gehen.«

»Deren Freund zufällig ein internationaler Auftragskiller war?«

»Manch einer hat noch größeres Pech gehabt.«

»Ich nicht«, sagte Stan.

»Dann müssen Sie öfter ausgehen.«

Stan wohnte nicht weit von der Botschaft, deshalb ging er zu Fuß durch die elegant geschwungenen, von Bäumen gesäumten Straßen der Gartenstadt, die Anfang des zwanzigsten Jahrhunderts von den Briten um ihre Botschaft herum angelegt worden war. In einem leeren Block von Villen aus der Kolonialzeit gab er Sophie noch eine Chance. Keine Antwort, und auch keine Mailbox – wahrscheinlich war sie voll.

Wie sah Sophies Leben jetzt aus? Hatte sie jemand anderen in Budapest gefunden, einen Stan-Ersatz, um sich über ihren abgewirtschafteten Mann hinwegzutrösten? Und wer hatte Emmett von ihnen erzählt – wer wusste es überhaupt? Er hatte es niemandem gesagt, also gab es zwei Möglichkeiten. Erstens, Sophie hatte ihr Geheimnis der falschen Person anvertraut. Obwohl allgemein eher schweigsam, neigte Sophie Kohl dazu, vom Hundertsten ins Tausendste zu kommen, wenn sie sich mit jemandem wohlfühlte, und es war durchaus denkbar, dass sie, vielleicht nach ein paar Drinks in einer Budapester Bar, der falschen Person von ihrer Affäre erzählt hatte. Das wäre jedenfalls noch besser gewesen als die zweite Möglichkeit, nämlich dass ihre Beziehung überhaupt nicht so geheim gewesen war, wie er gedacht hatte.

Hatte jemand im Büro beschlossen, ihn vor Emmett bloßzustellen? Mit welcher Absicht? Er ging die Kollegen in der Botschaft durch – wer von ihnen war auf einem Machttrip? Eigentlich alle, aber es hätte einfachere Möglichkeiten gegeben, Stan aus dem Sattel zu heben, als ihn mit Bettgeschichten in den Dreck zu ziehen.

Vielleicht war es auch niemand aus der Botschaft, sondern ein Repräsentant einer anderen Regierung. Die Ägypter, die Serben oder, nach allem, was er wusste, die Ungarn. Aber warum? Die Affäre war seit über einem halben Jahr beendet – was hätte es jetzt noch genützt, ihn an den Pranger zu stellen?

Er kratzte sich an der Nase, dachte an Sophies burgunderroten Lippenstift, die Wölbung ihrer Wade, den Hauch von Zimt in ihrem Parfüm. Stan hatte nicht allzu viel Erfahrung – mit siebenunddreißig konnte er seine Geliebten noch an den Fingern einer Hand abzählen, und vielleicht tat es deshalb so weh, an das Ende seiner Beziehung mit Sophie Kohl erinnert zu werden.

Es war so plötzlich, so abrupt gekommen, dass sie nicht einmal Zeit für einen letzten, tränenreichen Streit gehabt hatten. Ihr Mann hatte verkündet, dass sie nach Budapest gehen würden, und von da an hatte sie seine Anrufe nicht mehr beantwortet. Einfach so. Hatte sie gewusst, dass ihre Flucht aus Kairo die direkte Folge seiner Ermittlungen war? Er glaubte es nicht, aber sie war plötzlich wieder zur Mitarbeiterin ihres Mannes geworden, und nichts, was er ihr während der kurzen Momente zugeflüstert hatte, die sie sich im selben Raum aufgehalten hatten, vermochte daran etwas zu ändern. Ihre kaum hörbar vorgebrachte Entschuldigung war, sie hätten ja beide gewusst, dass es so kommen würde, und kurz und schmerzlos sei es am besten. Sie war nicht gefühllos gewesen, aber unglaublich rational. Was man von Stan nicht sagen konnte. Er fing an, zu viel zu trinken, auch bei der Arbeit, und es vergingen viele Wochen, bevor er sich wieder aus diesem tiefen Loch herausarbeiten konnte. Dann, sechs Monate später, rief sie ihn um drei Uhr morgens an. Wie sollte er da nicht überrascht sein?

Du hast ihm von uns erzählt und gesagt, dass du verliebt bist.

Er hatte zu Emmett nichts dergleichen gesagt, aber es wäre ohne Weiteres möglich gewesen.

»Mr. Bertolli?«

Er war an der Ecke vor seinem Büro, und die Stimme gehörte einem von zwei streng lächelnden dunkelhaarigen Männern. Er war so in Gedanken gewesen, dass er sie nicht hatte kommen sehen.

»Mr. Bertolli, hier entlang.«

Höflich, aber bestimmt. Ende zwanzig, slawischer Akzent und eng sitzende Anzüge. Keine Waffen, aber ihr Gebaren sollte vermitteln, dass sie keine brauchten. Also folgte er ihnen zu einem schwarzen Audi, der auf der anderen Straßenseite stand, vor seinem Gebäude. Einer von ihnen öffnete die hintere Tür, und bevor er einstieg, überzeugte sich Stan, dass sein Verdacht zutraf: Es war Dragan. Er saß auf der anderen Seite gegen die Tür gelehnt, den einen Arm auf die Kopfstütze gelegt, in der freien Hand ein Highball-Glas mit einem Fingerbreit eines starken Getränks – ein alter Mann, der sich ausruhte. Er lächelte, blinzelte. »Kommen Sie, Stan. Auf ein Wort.«

Er stieg ein; der junge Mann hinter ihm schloss die Tür.

»Einen Drink?«

Stan schüttelte den Kopf; das Einzige, was er wirklich brauchte, war Schlaf.

Dragan schaute in sein Glas. »Ein exzellenter *rakija* von zu Hause.«

»Glaube ich sofort, aber nein, danke.«

Dragan zuckte die Achseln und trank einen Schluck. »Diese Frau, Zora Balašević. Sind Sie noch interessiert?«

»Aber sicher.«

Er nickte, schloss kurz die Augen und sagte dann: »Ich hab Sie nicht verschaukelt – ich hab Ihnen gesagt, was ich wusste. Aber ich habe ein paar Anrufe gemacht. Sie ist zurzeit in Novi Sad. Letztes Jahr ist sie an Geld gekommen – zweifellos ägyptisches –, und jetzt residiert sie in einem riesigen Haus an der Donau. Ein unglaubliches Sicherheitssystem auf dem Anwesen, hat man mir gesagt. Wenn Sie möchten, kann ich sie aufgreifen lassen und ein paar Takte mit ihr reden.« Als Stan nichts erwiderte, sagte er: »Sie müssen mir nur sagen, welche Fragen ich ihr stellen soll.«

Auf den ersten Blick war das ein höchst großzügiges Angebot. Als Gegenleistung sollte er Dragan nur alles sagen, was er wusste – oder was er nicht wusste, was in der Welt der Geheimdienste ein und dasselbe war. Was Dragan nicht wusste: Stan wusste noch gar nichts. »Ich möchte nur wissen, für wen sie arbeitet – oder für wen sie gearbeitet hat, als sie in Kairo war.«

»Sonst nichts?«, fragte Dragan, aber die Antwort hatte ihn überhaupt nicht enttäuscht. Und da passierte es: Stan verwandelte sich in seinen Vater. Solche Augenblicke waren selten, aber wenn sie eintraten, retteten sie ihn oft. Er spürte es in seinen Oberschenkeln, ein Gewicht, das der dicken Beine Paolo Bertollis spottete, und seine Gedanken wurden labyrinthisch, die Motivationen drehten sich um sich selbst, bis sich in einem jähen Ausbruch von Klarsichtigkeit eine simple Wahrheit präsentierte. In dem warmen Audi wurde ihm klar, dass seine Fragen nach Zora Balašević völlig verfehlt waren. Dragan wollte einfach nur eine Frau ins Spiel bringen, von der er wusste, dass sie Zugang zu jeder Menge geheimen amerikanischen Materials gehabt hatte – darin lag sein wahres Interesse.

Stan dachte an die Stunden, die seit ihrem Mittagessen vergangen waren: Dragans pikiertes Interesse an Balašević, dann die Enttäuschung darüber, dass er nicht seinerseits Emmett unter Druck gesetzt hatte. Anschließend hatte er sicher überlegt, wie er seine Fehler wiedergutmachen konnte. Womöglich hatte er sogar zu Hause angerufen und erfahren, dass er Balašević angesichts ihrer Verbindungen nicht einfach aufgreifen konnte. Deshalb wollte er jetzt mit einer anderen Geschichte ankommen: *Brüder, das ist eine Anfrage von den Amerikanern. Wenn wir tun, was sie verlangen, erreichen wir eine neue Ebene der Zusammenarbeit.* Sie würden sie in Gewahrsam nehmen, und Dragan würde hinfliegen und sich mit ihr in einem kahlen Raum irgendwo auf dem Land zusammensetzen und leichten Zugriff auf all die amerikanischen Geheimnisse in ihrem Kopf haben.

Stan schüttelte langsam den Kopf. Es war nicht der Mühe wert, noch nicht. »Lassen Sie sie in Ruhe«, sagte er. »Vielleicht komme ich irgendwann später zu Ihnen, mit dem Hut in der Hand, und bitte Sie darum. Aber jetzt ist es noch zu früh.«

»Ich kann nicht versprechen, dass ich auch später noch weiß, wo sie sich aufhält.«

Stan schenkte ihm ein Lächeln. »Ich verlasse mich voll und ganz auf Sie.«

Jetzt lächelte auch Dragan. Der Paolo Bertolli in Stan wusste, dass Dragan von Anfang an mit diesem Ausgang gerechnet hatte, und wenn er sich an den Plan gehalten hätte, wäre Dragan wahrscheinlich von ihm enttäuscht gewesen. Stattdessen hatte er ein wenig Respekt von dem alten Spion geerntet. Vielleicht war es dieser Respekt, der Dragan bewog, Stan leicht aufs Knie zu klopfen und zu sagen: »Da ist noch etwas, mein Freund. Mir macht es zwar eigentlich Spaß zuzusehen, wie Sie Ihrem eigenen Schwanz nachjagen, aber ich gebe zu, dass ich von diesem Treffen zwischen Zora Balašević und Emmett Kohl wusste. Dafür ist sie nach Kairo gekommen. Sie hat behauptet, sie hätte einen alten Freund in der amerikanischen Botschaft, den sie erpressen könne. Eine sehr geradlinige Frau, diese Zora. Sie überzeugte Belgrad, und Belgrad hat sie hierhergeschickt. Sie traf sich mit Emmett und trug ihm ihr Anliegen vor. Ihrer Aussage nach weigerte er sich. Einen Patrioten nannte sie ihn. Bald danach hat sie schon nicht mehr für uns gearbeitet, weil wir hinter ihre Verbindung mit den Ägyptern gekommen waren.«

Stan kam sich vor, als hätte Dragan ihm eine scharfe Handgranate zugeworfen und damit sein gesamtes Bild von letztem Jahr zerstört. Wenn Emmett Balašević doch nichts verraten hatte, dann hatte er, Stan, von Anfang an unrecht gehabt. Bedeutete dies, dass jemand anders in der Botschaft Informationen verkauft hatte? Wenn ja, hätten Emmett und Sophie die Stadt nicht verlassen müssen. Er und Sophie hätten zusammenbleiben können. Und Emmett wäre vielleicht noch am Leben. Stan massierte sich die Schläfen. »Haben Sie ihr geglaubt?«

»Ja«, sagte Dragan nachdenklich. »Allerdings nur, bis wir wussten, dass sie diese neuen Auftraggeber hatte. Ich habe mir gedacht: *Warum lassen sich die Ägypter auf so eine alte Schachtel ein?*«

»Weil sie Emmett doch in der Hand hatte.«

Dragan zuckte lächelnd die Achseln.

»Was hatte sie gegen ihn in der Hand?«

»Gegen Emmett?«

Stan nahm die Hände von den Schläfen und nickte. »Womit hat sie ihn erpresst?«

Dragan zuckte die Achseln. »Ich habe keine Ahnung. Sie wollte mich nicht einweihen, und als ich nicht lockerließ, hat sie mich an die Dienststellen in Belgrad verwiesen, in denen die Leute saßen, die die Hand über sie hielten. Ich bin nur ein Stationschef, Stan. Ich habe eigentlich keinen richtigen Einfluss.«

»Wissen Sie, wer bei den Ägyptern ihr Kontaktmann war?«

Dragan überlegte kurz, wie viel er preisgeben konnte, dann zuckte er die Achseln. Er hatte schon mehr verraten, als Stan es an seiner Stelle getan hätte, aber er hatte seinen großzügigen Tag. »Sie hat sich zweimal in einem öffentlichen Park mit jemandem aus Ali Busiris Büro getroffen. Sie kennen Busiri natürlich.«

Natürlich. Ali Busiri. Ein beinharter Verrückter, der in den *Al-Amn al-Markazī,* den Zentralen Sicherheitskräften, wo Pauls Informant RAINMAN arbeitete, eine eigene Abteilung leitete. Ab und zu geriet Busiri mit der einen oder anderen Botschaft aneinander. Die Zentrale Sicherheit hatte den Auftrag, Auslandsvertretungen zu schützen, aber Busiri missbrauchte diese Zugangsmöglichkeit oft, um Botschaftsangehörige als Informanten anzuwerben – und das hatte er offenbar auch mit Zora Balašević getan. Er beherrschte das Spiel perfekt, aber er war auch ein alter Hase – jemand, mit dem Stan, ebenso wie Dragan, wahrscheinlich sprechen sollte.

Als könnte er seine Gedanken lesen, sagte Dragan: »Ich weiß nicht, ob er sehr entgegenkommend sein wird. Ich habe versucht, Zora aus Ägypten rauswerfen zu lassen, und er hat mich zum Mittagessen eingeladen, um mir zu drohen.«

»Und, hat er es getan?«

»Ali Busiri weiß, was man mit brutaler Gewalt erreichen kann. Trotzdem, er ist einer von den Alten, und ich kann nicht umhin, seine Stärke zu bewundern.«

»Ich danke Ihnen, Dragan.«

Der Serbe hob das Glas. »Einen schönen Abend noch, Stan.«

»Ihnen auch.« Stan zog an dem Griff, öffnete die Tür und stieg aus. Dragans Assistenten, die am Bordstein gewartet hatten, stiegen vorn ein. Der Audi fuhr los, während über den Dächern ein Lautsprecher die Gläubigen Kairos zum Maghrib-Gebet rief.

Diese penetranten Klänge suchten ihn in seinen Träumen heim und waren noch gegenwärtig, als Sophie ihn um halb vier Uhr morgens weckte, um ihm zu sagen, dass sie mit dem Flug 552 der Egypt Air kommen würde, um sieben Uhr abends. »Kannst du das für dich behalten?«, fragte sie.

»Warum?«

»Weil ich nicht möchte, dass mich irgendjemand aufzuhalten versucht.«

Amen, dachte er, während ein Schauer seinen Körper erfasste. Es fühlte sich ganz ähnlich an wie Hunger.

4

Im Büro konnte er es kaum erwarten bis sieben Uhr. Fragen quälten ihn. Lief Sophie vor dem hoffnungslosen Durcheinander davon, zu dem ihr Leben geworden war, oder kam sie zu ihm gelaufen? Er war sich bei beiden Möglichkeiten nicht ganz sicher. Sollte er Harry davon unterrichten? Sie wollte es geheim halten, und das war auch Stan am liebsten. Harry würde irgendwann erfahren, dass sie wieder in der Stadt war, aber erst wollte er sie ganz für sich allein haben. Und wer hatte Emmett von ihnen beiden erzählt? Er beobachtete die Gesichter, die am Fenster seines Büros vorbeikamen, die Züge von der Spannung in dem Gebäude gezeichnet, und fragte sich bei jedem einzelnen, wer ihm einen Dolchstoß versetzen wollte.

Genug.

Er straffte sich, loggte sich in eines der fünf anonymen E-Mail-Konten ein, die er für Nachrichten an Kontaktpersonen benutzte, und kopierte eine kurze Mitteilung auf Arabisch für Ali Busiri in das Textfeld. Der Text war fast Spam, ein großspuriger Hinweis auf Anlagemöglichkeiten in Südostasien, aber der Inhalt spielte keine Rolle. Busiri brauchte nur den Absender zu sehen und würde wissen, dass Stan Bertolli von der US-Botschaft sich so bald wie möglich mit ihm unterhalten wollte. Wenn RAINMAN, ihr Informant bei ihm, nicht auf ihre Anrufe reagierte, musste er eben direkt zum Chef gehen.

Er schaute auf und sah, dass die ganze Belegschaft der Etage an seiner Tür vorbei Harrys Büro zustrebte. Jennifer Cary winkte ihm, er solle mitkommen.

Auf engem Raum zusammengepfercht, hörten sie die traurige Neuigkeit, dass keiner der Hinweise zu irgendetwas geführt hatte. Terry Aldermans Leute hatten seltsame Überweisungen auf Emmetts Konto bei der Bank of America entdeckt, doch dabei handelte es sich um Vortragshonorare aus dem Jahr zuvor. Dennis Schwarzkopfs Agenten waren zunächst begeistert von der Nachricht, dass einer von Emmetts Geschäftsfreunden in Ägypten, ein Projektentwickler, zwei Monate nach Emmetts Versetzung begonnen hatte, in Budapester Immobilien zu investieren, doch genauere Recherchen ergaben, dass der Mann nach einem Monat ergebnisloser Verhandlungen das Handtuch geworfen und Ungarn den Rücken gekehrt hatte. Das war im Dezember gewesen, und Emmett hatte mit den fehlgeschlagenen Projekten nichts zu tun gehabt. Jennifer Carys Leute hatten der Gruppe genau wie Stans Mitarbeiter nichts zu bieten, und Harry sagte ihnen, sie sollten ihre Ärsche in Bewegung setzen und wieder an die Arbeit gehen, als spräche er zu einem Raum voller Automobilarbeiter. Dann holte er tief Luft, setzte sich und wedelte mit der Hand. »Okay, okay. Wenn es keine Verbindung zu uns gibt, dann gibt es eben keine. Aber versucht es trotzdem weiter, ja? Ich bitte euch nicht nur aus persönlichen Gründen darum. Wenn wir keine lokale Verbindung finden, nächste Woche aber die Ungarn oder die Ägypter doch, dann sehen wir alt aus.«

Die Bürotür ging auf, Nancy schaute herein und zeigte mit einem langen, lackierten Fingernagel auf Stan. »Stan, Leitung zwei.«

Alle sahen her, und ihm brach der Schweiß aus, weil er fürchtete, dass Sophie dran war. »Kann ich nicht zurückrufen?«

»Paul ist dran. Er meint, er hat was sehr Interessantes für dich.«

Er ging rasch in sein Büro. Pauls Stimme war gut zu verstehen, trotz des Verkehrslärms im Hintergrund. »Tut mir leid, dass ich dich versetzt habe, aber ich hatte ein Treffen in letzter Minute.«

»Du hättest Bescheid sagen sollen.«

»Mit RAINMAN.«

»RAINMAN?«, fragte Stan. Der Zufall machte ihn vorübergehend begriffsstutzig. »Irgendwas Interessantes?«

»Sag ich dir in ein paar Minuten.«

Eine Viertelstunde später saß Paul in seinem Büro. Der blonde Pennsylvanier, Kindheit auf einer Farm und Studium in Princeton, sah aus, als sei er gerade aus dem Bett aufgestanden, und da hatte er sich offenbar auch befunden, als RAINMAN anrief. »Er hat meine Nachricht wegen Kohl bekommen.«

Beamte kommen und gehen, doch RAINMAN, alias Omar Halawi, war seit Jahrzehnten präsent und wusste dank seiner Position in den Zentralen Sicherheitsdiensten als unmittelbarer Untergebener von Ali Busiri sehr viel über viele Leute. Eine Zeit lang war er bereit gewesen, dieses Wissen mit anderen zu teilen. Manchmal hatte die CIA Informationen mit Handelserleichterungen für ihn und seine Freunde bezahlt. Sein ursprünglicher Informant war Amir Najafi gewesen, John Calhouns Vorgänger bei Global Security, aber der war bei einer Karambolage von fünf Autos auf der Kairoer Ringstraße ums Leben gekommen. Deshalb hatte Paul die Funktion übernommen.

»Er wollte mir nur eine Sache mitteilen, eine einzige. Aber er wollte es mir nur persönlich sagen. Er hat gesagt, wenn wir Emmetts Mörder finden wollen, sollen wir bei uns selbst nachsehen.«

Stan runzelte die Stirn. »Heißt das das, was ich glaube?«

Paul lehnte sich zurück und breitete die Hände aus. »Ich habe dieselbe Frage gestellt, und offenbar denken wir beide das Richtige. Ich habe ihn gefragt, warum wir den Wunsch haben sollten, einen unserer eigenen Konsuln loszuwerden. Und was meinen Sie, was er geantwortet hat?«

»Ich weiß es nicht, Paul.«

»Um sicher zu sein, dass er schweigt.«

»Worüber?«

Paul zuckte die Achseln. »Das wollte er mir nicht sagen. Aber Ihnen soll ich sagen – er hat Sie namentlich genannt –, dass Sie sich in Acht nehmen sollen.«

»Klingt, als wollte er mir Angst einjagen.«

Abermals ein Achselzucken. »Ich bin nur der Überbringer der Botschaft.«

Stan nickte nur.

»Na? Das ist doch was, oder?«

»Das auf alle Fälle«, sagte Stan, dann schüttelte er den Kopf. »Oder auch nicht. Er stellt sich ein paar Wochen lang tot, und dann kommt er auf einmal mit so was an? Halawi ist ein alter Hase – es könnte sogar sein, dass er eine Botschaft von Busiri weitergibt. Ich würde nichts, was einer von beiden sagt, für bare Münze nehmen. Noch nicht.«

»Soll ich eine Antwort schicken?«

»Lassen Sie mich erst mit Busiri reden und ein paar Parameter festklopfen, dann haben wir bessere Fragen für Halawi. Und behalten Sie es für sich. Harry ist außer sich, und wenn wir ihm mit so was kommen, und es führt zu nichts, kriegt er einen Herzinfarkt.«

Als Paul gegangen war, dachte Stan über diese Anschuldigung nach. Die CIA hatte eine wechselvolle Geschichte, aber wenn sie Landsleute ruhigstellen wollte, bewarf sie ihre Namen mit Dreck und überzog sie mit Gerichtsprozessen. Nur selten hatte sie einen Grund, zur Waffe zu greifen.

Sein Telefon klingelte. Nancy sagte: »Ich hab John Calhoun in der Leitung. Er will den Chef sprechen, aber Harry ist draußen, eine rauchen.«

»Stell ihn durch.« Als die üblichen Klicks verstummt waren, sagte er: »John, schon wieder zurück?«

Er hatte John zwei Tage nicht gesehen – Harry hatte seinen Kontraktor für einen nicht genannten Job abgezogen. Doch anstatt Stan einen Hinweis zu geben, murmelte John nur »Jaaa«.

»Sehen wir uns heute?«

»Nein.«

Wie viele große Männer setzte John das Schweigen zu seinem Vorteil ein, und an diesem Vormittag war er der Meister der Einsilbigkeit. »Sie melden sich also nur zurück?«

»So ist es.«

»Alles in Ordnung?«

»Nein.« John hielt inne und nahm Anlauf für mehr Worte als geplant. »Aber ich muss erst mal drüber schlafen. Sagen Sie Harry nur, es hat nicht funktioniert.« Und als Nachklapp: »Danke.«

»Es ...«, sagte Stan und wartete darauf, dass er noch irgendeine Erklärung lieferte.

»Ich liefere meinen Bericht am Montag ab. Wenn er ihn früher haben will, kann ich morgen reinkommen.«

»Ich sag's ihm, aber er ist heute nicht gut drauf. Wir haben beschissene Neuigkeiten aus Budapest.«

»Budapest?«

Stan berichtete ihm von Emmett, und er sagte »Mein Beileid«, als ob ihn das irgendwie berührte. Was Stan bezweifelte.

Als Harry von seiner Zigarettenpause zurückkam, klopfte Stan bei ihm an und fand ihn in seinen Laptop vertieft, den er aber sofort zuklappte. Im Raum roch es nach Zigarettenasche. »Was Neues?«, fragte er zur Begrüßung.

»Das sage ich Ihnen später«, sagte Stan. »John hat angerufen, und ich soll Ihnen ausrichten, *es* hat nicht funktioniert. Er muss sich ausschlafen, berichtet aber am Montag. Außer Sie wollen, dass er schon morgen reinkommt.«

Das Zeichen war untrüglich. Harrys Stirn legte sich in Falten, als hätte sie einen Schlag abbekommen. »Das war alles?«

Stan nickte. »Was meint er damit?«

Harry atmete durch die Nase aus. Nach einer Pause sagte er: »Er meint, dass Langley noch saurer auf uns sein wird als sowieso schon.«

Stan wartete, ob noch mehr kam, aber Harry klappte schon wieder seinen Laptop auf. Auf dem Rückweg an seinen Schreibtisch vibrierte das BlackBerry in seiner Tasche. Eine Nachricht von seinem Freund Saul in Langley.

FRA bewahrt Bänder theor. unbegr. auf. In der Praxis ca. 5 Jahre. Was brauchst du? Ich hör mich um.

Stan bedankte sich und schrieb ihm: 4. September 2010, Zora Balašević, Lufthansa 585 Kairo-Frankfurt und JAT 351 nach Belgrad.

Dann musste er unweigerlich wieder an Omar Halawis Warnung denken. *Seht bei euch selbst nach*. Er zögerte volle fünf Sekunden, bevor er Abschicken anklickte.

5

Er war eine halbe Stunde zu früh am Flughafen, weil er nichts mit sich anzufangen wusste, und wanderte unter den vielen gelangweilten Menschen und den bewaffneten Sicherheitskräften umher und fragte sich, wie sein Vater es angepackt hätte. Paolo Bertolli hätte es auf die leichte Schulter genommen. Er war ein Meister der langfristigen Operation gewesen, ein Agent von unendlicher Geduld – wohl nur so hatte er sich so lange unter den Roten Brigaden gehalten, während um ihn herum junge marxistisch-leninistische Italiener vor Paranoia schier eingingen. Stan hatte diese Geduld nie besessen, so wenig wie diesen Wagemut.

Von Sophie Kohl, das dachte er in dem Moment, als er sie hinter den anderen Passagieren aus dem Ankunftsbereich kommen sah, war keinerlei Hilfe zu erwarten. Sie war abgekämpft, gebeugt unter der Last ihrer übergroßen Umhängetasche, die offenbar ihr einziges Gepäckstück darstellte. Aber obwohl sie fix und fertig war, hatte sie sich die Zeit genommen, den burgunderroten Lippenstift aufzulegen, an den er sich so gut erinnerte. Er nahm ihr die Tasche ab, umarmte sie, gab ihr einen Kuss auf die Wange und dachte *Mein Gott, bist du schön,* sagte es aber nicht. Er merkte, wie selbstverständlich sie sich noch in seine Arme schmiegte und wie durch die enge Berührung ein Raubtierinstinkt in ihm geweckt wurde, die Begierde, sie mit Haut und Haaren aufzufressen. Es war ein starkes Verlangen, das in sechs Monaten der Trennung kein bisschen nachgelassen hatte. Ohne sie hatte er sich einreden können, dass er ganz gut allein leben könne, aber in ihrer Gegenwart löste sich diese Illusion in Luft auf, und er war genauso hingerissen wie im Jahr zuvor.

Abgesehen von »Wie geht's dir« und »Lass mich dir helfen« redeten sie im Flughafen nicht, und auf dem Weg zum Parkplatz sagte sie nur: »Warm ist es hier.«

»Kann man sagen, ja.«

»Hatte ich vergessen.«

Erst im Auto, auf der hell erleuchteten El-Orouba-Straße in die Stadt, sagte er: »Erzähl mir davon, Sophie.«

»Muss ich?«

»Du musst gar nichts. Aber vielleicht möchtest du mir sagen, warum du in Kairo bist. Ich hatte gedacht, du würdest nach Hause fahren.«

Sie quittierte seine Bemühungen mit Schweigen, und als er kurz zu ihr hinübersah, stellte er fest, dass ihr Gesicht zu einem Ausdruck verzerrt war, den er kannte: die Augen traurig, der linke Mundwinkel eingezogen, zwischen die Zähne geklemmt. Es war ein schuldbewusster Ausdruck – manchmal hatte er ihn nach ihren Schäferstündchen bemerkt.

»Du bist doch nicht ohne Grund hier.«

Sie schaute auf die vorüberziehenden Straßenlaternen und sagte: »Es kam mir einfach nur wie der richtige Ort vor. Er – Emmett – hat von Kairo gesprochen. Bevor es passiert ist.«

»Und was von Kairo?«

»Von einer Frau, die wir vor langer Zeit kennengelernt haben. Eine Serbin. Sie war auch in Kairo.«

Stan musste sich auf seine Hände konzentrieren, um nicht von der Straße abzukommen. Von wem hätte sie sonst reden sollen? »Hat die auch einen Namen?«

»Zora Balašević.«

Er atmete durch die Nase, wartete, aber sie sagte nichts. »Woher habt ihr sie gekannt?«

»Hochzeitsreise, 1991. Wir sind nach Novi Sad gefahren. Hab ich dir das nicht erzählt?«

»Nur, dass ihr dort gewesen seid.«

»Der Krieg fing gerade an…«, sagte sie.

»Er hat also von einer alten Freundin von euch gesprochen.«

»Sozusagen. Aber wir hatten sie zwanzig Jahre nicht gesehen, und plötzlich taucht sie in Kairo auf. Sie haben zusammen zu Mittag gegessen.«

»Warum hat er dir von dem Essen mit der Serbin erzählt?«, wollte er wissen. Vielleicht hatte er sich geirrt, vielleicht hatte sie doch Antworten parat.

»Da gab's irgendeine Geschichte. Hat ihn wohl beschäftigt.«

»Wo ist der Zusammenhang?«

»Wie bitte?«

»Er redet von Zora unmittelbar – davor«, sagte er, wie sie nicht bereit, das Wort »Mord« in den Mund zu nehmen, »und jetzt bist du hier. Meinst du, da gibt es einen Zusammenhang?«

»Mag sein.« Er sah ihr Gesicht nicht; er konzentrierte sich auf einen Laster, der vor ihnen ständig die Spur wechselte. »Vielleicht kann ich sie ausfindig machen und feststellen, ob sie etwas weiß. Keine Ahnung.« Sie zuckte die Achseln. »Ich bin furchtbar müde, Stan. Kann ich bei dir schlafen?«

»Ich würde dich nirgendwo sonst schlafen lassen.«

Er hatte nicht vorgehabt, ihr zu verschweigen, was er über Balašević wusste. Er hatte sich überhaupt nichts vorgenommen, bevor er sie vom Flughafen abgeholt hatte. Aber sie hatte den Namen so rasch genannt, dass er keine Zeit zum Überlegen gehabt hatte; das Verschweigen hatte ohne sein Zutun begonnen. Und jetzt war er in einer Täuschung gefangen, die er zumindest den ganzen Abend würde aufrechterhalten müssen. Wie leicht so etwas doch passieren konnte. In solchen Augenblicken bewunderte er seinen Vater.

Morgen, dachte er, während er sich auf den Verkehr konzentrierte, konnte er so tun, als stieße er gerade auf den Namen. Aber für diesen Abend würde die Täuschung ihre Beziehung bestimmen. Das hatte er nicht gewollt.

Vielleicht war das der Grund für das beiderseitige Unbehagen, als sie in Stans Wohnung ankamen. Er bereitete das Abendessen zu – Tilapiafilets mit Knoblauch, in Olivenöl gegart –, dazu tranken sie einen australischen Riesling, doch trotz des Alkohols verließ sie nie ganz das Gefühl, als seien sie zwei Fremde, die in einem Raum zusammengesperrt waren. Dabei war sie in all ihrer Körperlichkeit gegenwärtig, und er erinnerte sich, wie sich ihre Haut anfühlte, an ihre Beschaffenheit und Spannung, ihren Geruch. Am liebsten hätte er sie auf der Stelle ins Schlafzimmer gezerrt.

Er kniff gewaltsam die Augen zusammen.

Nach dem Essen gingen sie auf die Terrasse hinaus, und er brachte ein paar Überwurfdecken gegen die leichte Kühle. Seine Wohnung lag gerade so hoch, dass man im Stehen über die Dächer und direkt über den Nil zu der Betonwüste Gizeh und dahinter zu den drei Pyramiden – Cheops, Chephren und Mykerinos – sehen konnte, die in der abendlichen Illumination erstrahlten. Diese Teilaussicht kam ihn teuer zu stehen, aber Sophie würdigte die monumentalen Bauwerke nur eines flüchtigen Blicks und ließ sich dann auf einem der Holzstühle nieder, von wo aus sie nicht mehr zu sehen waren. Sie redete ein Weilchen, erzählte ihm von den Besonderheiten ihres Lebens in Budapest, von ihrer »völlig verrückten« Freundin

Glenda und davon, wie sehr sie Kairo vermisst habe (Kairo, stellte sie klar, nicht ihn). Dann fragte sie: »Was weißt du über Jibril Aziz?«

Er wiederholte fragend den Namen, und sie nickte. »Nichts«, sagte er. »Wer soll das sein?«

»Ein Amerikaner. Ich glaube, er ist bei der CIA.«

»Warum glaubst du das?«

»Weil die Ungarn es behaupten.«

Stan hatte keine Ahnung, wer Jibril Aziz war. »Ich werd mich mal schlaumachen«, sagte er.

»Da wär ich dir dankbar. Und wo ich schon mal hier bin, möchte ich mit Harry sprechen.«

Er erschrak. Er überlegte, wie das aussehen würde, dass Sophie bei ihm wohnte, unmittelbar nachdem ihr Mann ermordet worden war. Harry würde sofort einen Zusammenhang mit Stans Versuchen sehen, Emmett den Wölfen in Langley zum Fraß vorzuwerfen – Harry war so misstrauisch wie alle anderen in seiner Abteilung. »Mal langsam«, sagte er. »Ich kann mehr aus ihm rausholen als du.«

Sie runzelte die Stirn. Das gefiel ihr nicht. Deshalb erklärte er:

»Du kommst rein, und er wird dich manipulieren. Er zeigt sich charmant und tut so, als würde er dir alles sagen – aber er weiß ja nicht, ob er dir trauen kann, und dass du eine trauernde Witwe bist, macht's auch nicht besser. Du kannst natürlich mit ihm reden, aber warte noch. Lass mich zuerst zu ihm gehen.«

»Und du fragst ihn nach Jibril Aziz?«

»Ja. Sag mir nur, wie er mit Emmett zusammenhängt.«

Sie seufzte, ein Anflug von Ungeduld, als läge der Zusammenhang auf der Hand, und er bemerkte die Schweißtröpfchen auf ihrer Oberlippe. »Er war in Budapest; er hat sich mit Emmett getroffen. Zwei Mal. Außerdem hat er sich mit Leuten getroffen, die nach Ansicht der Ungarn Terroristen sein könnten.«

Stan rieb sich das Gesicht und suchte nach einer Verbindung zu Zora Balašević. Er fand keine. Vielleicht um der zunehmenden Konfusion zu entgehen, gab er sich wieder fleischlichen Gedanken hin. Er spürte es in seinen Beinen, etwas ganz anderes als das Schweregefühl, das sein Vater ihm eingab, denn dieses Kribbeln war stärker. Dasselbe Verlangen hatte er schon auf dem Flughafen verspürt: über die Terrasse zu kriechen, sie von ihrem Stuhl zu ziehen, sie zu umschlingen, ihr den Schweiß von der Oberlippe zu lecken und sie langsam und minutiös aufzufressen. Er drückte sich mit den Fingerspitzen auf die Augen, um einen klaren Blick zu bekommen.

»Ich werde alles tun, was ich kann. Das weißt du. Aber für mich hört sich das alles eher nach Budapest an, nicht nach Kairo.«

Sie lächelte plötzlich, und da wurde ihm bewusst, dass sie noch kein einziges Mal gelächelt hatte, richtig gelächelt, seit sie angekommen war. Ihre Augen waren feucht. »Du verstehst es nicht, oder?«

Offenbar nicht.

Sie beugte sich vor, nahm die Hand, die er auf sein Knie gelegt hatte, und drückte sie. »Ich weiß, dass du mir helfen wirst, Stan. Deswegen bin ich hier. *Du* bist der Grund, warum ich hier bin.«

Und er war wieder vollends verliebt, einfach so.

Dann war der Augenblick vorüber, und sie blickte in die Ferne, als könnte sie durch die Villa auf der anderen Straßenseite hindurch die Pyramiden sehen. Langsam erhob sie sich und blinzelte in das ferne Leuchten. Sie atmete aus. »Die sind schon wahnsinnig schön, oder?«

»Ja«, sagte er, aber er hatte kein Bedürfnis aufzustehen. Seit sie hier war, verspürte er kaum irgendwelche anderen Bedürfnisse.

John

1

WELCOME TO THE NEW LIBYA lautete die gesprayte Begrüßung, denn die Grenzwächter waren in der Nacht zuvor geflohen. Auf der Wüstenstraße quälten sich überladene Autos, Handkarren und Flüchtlinge zu Fuß im Schneckentempo, ihnen entgegen, Richtung Ägypten. John fragte sich, wie sie so viele Kilometer in dieser Sonne aushalten konnten, mit verbrannten, vom Wüstenwind rissigen Fingern, gebeugt unter der Last ihres in Tücher eingeschlagenen Gepäcks und ihrer Plastiktüten, mit Isolierband verschlossener Schachteln und Koffer, von Kleidern, Proviant und Säuglingen. Sie waren nicht mehr weit vom Mittelmeer entfernt, aber die Landschaft ließ das nicht ahnen. Jedes Mal, wenn er ein kleines Kind schreien hörte, schlug ihm das Herz bis zum Hals.

Wie schafften sie es, in Bewegung zu bleiben? Instinkt, nahm er an. Sie folgten einfach dem allgemein menschlichen Drang, vor einer Gefahr davonzulaufen, und das reichte als Erklärung.

Danisha hatte einmal zu ihm gesagt, der Fluchtinstinkt sei natürlich – ein Anzeichen von Gesundheit. Das Gegenteil sei ein Krankheitssymptom. Das war nicht der Grund für die Scheidung gewesen, aber es hatte bestimmt auch nichts genützt. Es war ihm unmöglich, nicht an sie zu denken, wie er da an der verdreckten Motorhaube des Peugeots lehnte und sich darauf vorbereitete, gegen den Strom gesunder Menschen zu fahren, die vor einem Bürgerkrieg flohen.

Und trotzdem, es war eine berauschende Zeit. In Kairo hatte er verzückte junge Menschen gesehen, die Augen lodernd von apokalyptischem Jubel. Die Welt hatte sich so schnell geändert. Vor zwei Monaten hätten die Menschen auf den Straßen Nordafrikas nicht daran gedacht, jemals ihre Stimme zu erheben, doch eines Morgens im Dezember übergoss sich der Gemüsehändler Mohamed Bouazizi, von der korrupten Polizei und der stupiden Bürokratie zur Verzweiflung getrieben, mit Lackverdünner und steckte sich in Brand. Die Protestdemonstrationen hatten um sich gegriffen, bis Präsident Ben-Ali nach dreiundzwanzig Jahren ins Ausland floh. Algerien war das nächste Land, in dem es zum Aufruhr kam, schon bald gefolgt vom Libanon.

John hatte miterlebt, wie Ägypten sich erhob, und auch die Libyer hatten zugesehen. Fünf Tage nachdem Hosni Mubarak zurückgetreten war, machten sich Unruhen in Bengasi breit, der zweitgrößten Stadt Libyens. Demonstranten waren von der Straße weg entführt und erschossen worden, doch es ging trotzdem weiter. Die Demonstranten plünderten Waffenlager der Regierung und zogen in den Krieg. Blut auf dem Pflaster, so zeigte sich, vermochte den Gang der Geschichte nicht aufzuhalten.

Weitere Brände flammten andernorts auf: Jordanien, Mauretanien, Sudan, Oman, Jemen und Saudi-Arabien. Syrien, Dschibuti, Marokko, Bahrain, Iran, Kuwait und das ewige

Feuer im Irak. Es war, so hatten Enthusiasten John versichert, eine aufregende Zeit.

Selbst die Beduinen, die auf der ägyptischen Seite der Grenze Wache hielten, waren in Hochstimmung gewesen, als sie ihre Pässe kontrollierten und sie durchwinkten. »Journalisten? Ja? Weiter, weiter!« Obwohl die Grenzwachen dem Strom der Flüchtlinge und der heimkehrenden ägyptischen Arbeiter ziemlich hilflos gegenüberstanden, waren ihre Schritte beschwingt. *Bewahrt euch dieses Gefühl,* hätte John ihnen am liebsten zugerufen. *Nächste Woche werdet ihr nur noch davon träumen.*

An diesem Tag, dem 3. März, einen Tag nach dem Mord an einem amerikanischen Diplomaten in Budapest und zwei Wochen nach dem Tag der Revolte, hatte die Zahl der Toten in Libyen – geschätzt nach den panischen Berichten, den Anekdoten und den unzuverlässigen offiziellen Verlautbarungen aus Tripolis – die Tausend überschritten. Der Osten war in der Hand der Aufständischen, deren Hochburg Bengasi war, und Revolutionsräte setzten voller Optimismus neue örtliche Verwaltungen ein, während Tripolis und der größte Teil des Westens nach wie vor von den Getreuen Muammar al-Gaddafis beherrscht wurde, die ihre Loyalität dadurch bekundeten, dass sie grüne Hemden und Halstücher trugen. Grün war Gaddafis Farbe.

Irgendwo schrie wieder ein Baby. Er konnte es in der Menge nicht ausmachen.

Er roch Rauch im kühlen Wüstenwind, während er den breitkrempigen Safarihut zurechtrückte, den er am Morgen in Marsa Matruh erstanden hatte, dann musterte er die lockeren Gruppen von Männern, die zusammenstanden und sich unterhielten in schmutzigen Jacken und sauberen Hemden, in langen Gewändern und traditionellen Kopfbedeckungen. Familien kauerten im Kreis auf dem Sand, andere schlossen sich der langen Reihe derer an, die dem ägyptischen Grenzposten zustrebten. Hier und da standen Autos, zum Abkühlen in der Nähe von Verkaufsständen abgestellt, die ungekühlte Getränke in Flaschen und heißen Tee feilboten. Drei Meter weiter stand Jibril Aziz und sprach auf Arabisch mit drei Männern, die aus Bengasi gekommen waren.

Er hatte Jibril vor Tagesanbruch, als Kairo gerade erwachte, im Semiramis InterContinental abgeholt. Sie kannten sich nicht, aber der Mann aus Langley war nur an einer ganz kurzen Vorstellung interessiert. John war schließlich nur ein Fahrer. Jibril hatte über den Peugeot von Ende der Neunzigerjahre die Nase gerümpft, bevor er eingestiegen war, und während sie im dichten Verkehr die lange Küstenstraße entlangfuhren, hatte er sich fast ständig mit seinem Smartphone beschäftigt – Landkarten, Nachrichten, Wettervorhersagen – und gelegentlich Gespräche auf Arabisch geführt. Wusste er, dass sein Fahrer gerade genug von der Sprache verstand, um sich etwas zu essen zu bestellen? John hatte keine Ahnung.

Was er sehr wohl wusste: Es war eine lange Fahrt von Kairo hierher gewesen. Sie hatten getankt und gegrilltes Lammfleisch bei einem Straßenhändler in Marsa Matruh gekauft, wo Jibril sich in einem Café im Freien mit einem kleinen Mann in einer roten Ghutra auf einen raschen Kaffee getroffen hatte, während John sich seinen Hut besorgte. Hinterher legte Jibril ein paar Münzen auf die Tischplatte, schüttelte dem Mann die Hand und nickte John zu, er solle zum Auto gehen. Sie fuhren schweigend weiter. John hätte Jibril gern einiges gefragt, aber er wusste, was ihm zustand und was nicht. Er hatte lediglich den Auftrag, diesen Mann wohlbehalten nach Adschdabiya zu bringen, am Golf von Sidra. Von dort aus würde ihn ein anderer Fahrer nach Brega bringen, wo Kämpfe tobten – so viel hatte er John mitgeteilt. Anschließend (das schloss John aus gelegentlichen Eigennamen inmitten des Arabischen) wollte er Richtung Tripolis.

In Libyen hatte John auf der nördlichen Küstenstraße bleiben wollen, die im Bogen von Tobruk nach Westen führte, durch die grünen Städte Dema und Umar al Muchtar und hinunter durch Bengasi nach Adschdabiya. Wenn sie Schwierigkeiten bekamen, konnten sie dort Hilfe finden. Jibril hatte es jedoch eilig und bestand darauf, die kürzere, aber unsichere Wüstenstraße von Tobruk hinunter nach al-Adam zu nehmen und von dort aus direkt nach Adschdabiya weiterzufahren, vierhundert Kilometer durch die Wüste, wo man mit dem Mobiltelefon fast nirgends Empfang hatte. Das war ihr einziges Gesprächsthema gewesen, und in dem Punkt waren sie sich nicht einig geworden.

Als Jibril schließlich zum Auto zurückkam, hielt er eine verdreckte Kalaschnikow in der Hand. Sein weißes Hemd war sauber und trocken, aber er hatte einen Dreitagebart. Einen Tag später und in anderen Kleidern wäre er von den Flüchtlingen nicht mehr zu unterscheiden gewesen. »Die Küstenstraße lassen wir aus.«

»Sagen Sie das nicht.«

»Ab Tobruk ist sie ein einziges Chaos. Wir würden nie rechtzeitig durchkommen.«

Rechtzeitig wofür?, hätte John gern gefragt, aber es hatte keinen Zweck. Die Entscheidung war gefallen. Also zeigte er nur mit einer Kopfbewegung auf die Kalaschnikow. »Wie viel hat die gekostet?«

Jibril hob die Waffe hoch und drehte und wendete sie. »Hundertfünfzig.«

»Dollar?«

»Euro.«

»Wie viele Schuss?«

»Achtundzwanzig.«

»Funktioniert sie überhaupt?«

Jibril schaute leicht betreten auf das Gewehr hinunter. »Das ist eine sehr gute Frage.«

John ging um den Peugeot herum und nahm ihm die Waffe aus der Hand, dann ging er mit ihr über die Straße, an den rauchend zusammensitzenden Männern vorbei in die Wüste hinaus. Jibril folgte ihm in einigem Abstand und sah zu, wie er den Verschluss reinigte, dann an dem gekrümmten Magazin zog und nach den Patronen sah. Wenigstens das war ein Gebiet, auf dem John sich einigermaßen auskannte. Er kniete nieder und stellte die Kimme ein, legte die Waffe an und zielte auf einen kleinen Felsbrocken, etwa hundert Meter entfernt in der Wüste. Er gab einen einzelnen Schuss ab. Zwei Meter rechts von dem Felsen flog Sand in die Höhe. Er verstellte das Korn und schoss erneut. Wieder spritzte Sand auf. Er nahm noch eine Einstellung vor, und diesmal explodierte der Felsbrocken in einer Staubwolke. Unter den ernsten Blicken der Zuschauer ging er zu Jibril hinüber und gab ihm das Gewehr zurück. »Scheint in Ordnung zu sein.«

»Das hätte ich auch selbst machen können.«

»Und was, wenn sie Ihnen ins Gesicht explodiert wäre?«

»Unwahrscheinlich.«

»Ich bin für Ihre Sicherheit verantwortlich. Wenn Sie schon umkommen, dann wenigstens nicht auf so alberne Art.«

Auf der Fahrt nach Tobruk mussten sie hin und wieder liegen gebliebenen Autos, Kindern oder Ziegen ausweichen, die sich losgerissen hatten, und irgendwann fragte John: »Wie lange ist es her?«

»Was?«

»Seit Sie das letzte Mal hier waren.« Als er nicht gleich eine Antwort bekam, sagte er: »Langley schickt nicht jemanden auf Verdacht hierher, damit er mit der Opposition plaudert.« Man hatte ihm nicht gesagt, warum Jibril nach Libyen wollte, aber in Anbetracht der Lage in Libyen brauchte man kein Experte für Außenpolitik zu sein, um es sich zusammenzureimen.

Jibril überlegte einen Moment, suchte vielleicht nach einer Ausrede, sagte dann aber: »Sechs Jahre.«

»Und Ihre Informanten sind noch da?«

»Manche, vielleicht.«

»Vielleicht. Das wär aber wahnsinnig riskant.«

Jibril kaute auf seiner Unterlippe. »Sie sind bei Global Security, stimmt's?«

John nickte.

»Sie werden für ein paar Wochen irgendwohin geschickt, vielleicht für ein Jahr, und dann fahren Sie wieder heim.«

»Wenn ich Glück habe.«

»Aber Sie bleiben nie dauerhaft irgendwo.«

»Nein, klar, immer nur vorübergehend.«

»Dann wissen Sie nicht, wie es ist, eine Gruppe von Leuten zu suchen, sie aufzubauen und sie über Jahre hinweg zu überzeugen, ihr Leben aufs Spiel zu setzen, nur damit Sie ein paar Informationen bekommen.«

Als Kontraktor hatte John sich immer wieder von CIA-Leuten sagen lassen müssen, was er alles nicht verstand. »Ich hab genug Phantasie, Jibril. Warum sagen Sie mir nicht, wie es ist?«

»Sie würden das nicht plausibel finden.«

»Sie sind diesen Leuten verpflichtet. Wollen Sie mir das sagen?«

»Ja, John. Ich glaube, das will ich Ihnen sagen.«

»Und Langley hat das abgenickt?«

Erst kam keine Antwort, und John sah, dass sein Passagier in Gedanken war. Er streichelte sanft die Kalaschnikow, dann sagte er: »Ich glaube, die vertrauen darauf, dass ich meine eigenen Entscheidungen treffen kann.«

»Das werden sie jedenfalls sagen, wenn es böse ausgeht. Dass Sie Ihre eigenen Entscheidungen getroffen haben.«

Jibril schaute mit zusammengekniffenen Augen nach vorn in die untergehende Sonne. »Tja, wenn man jemandem was schuldig ist, ist man ihm was schuldig. Da gibt es keinen Ausweg. Jedenfalls nicht für mich.«

»Klingt nach einer prima Möglichkeit, sich umbringen zu lassen.«

Ungefähr vier Sekunden vergingen, dann blaffte Jibril: »Solche Scheiß-Zyniker wie Sie machen alles kaputt. Einreißen ist immer leichter als Aufbauen, stimmt's?«

»Ach ja?«, fragte John zynisch.

»Versuchen Sie doch ausnahmsweise mal, konstruktiv zu sein. Vielleicht kommen Sie sogar ins Schwitzen.«

Es hatte keinen Sinn, darauf zu antworten oder überhaupt Antworten zu geben. Harry Wolcott, der Stationschef, hatte den Auftrag klar formuliert: *Bringen Sie ihn einfach nach Adschdabiya. Lebendig. Und halten Sie die Klappe*. Schweigend fuhren sie an einem arabischen Schild vorbei, über das WELCOME TO FREE LIBYA gesprayt worden war. Keiner von beiden wunderte sich laut darüber, dass es in Englisch war, aber John glaubte, sie taten es beide. Von sich selbst wusste er es.

2

Sie bogen vor Tobruk ab, entkamen dem dichten Verkehr und verabschiedeten sich vom Mittelmeer und der grünen Küstenvegetation. Die niedrigen, bleichen Hügel und die langen flachen Strecken waren hypnotisch und zeitweise atemberaubend. Hin und wieder kamen ihnen Autos mit hohem Tempo entgegen, meist vollgestopft mit Männern, eines voller Beduinen mit Gewehren. Manche hupten laut zur Begrüßung. John fuhr gleichbleibend etwa 110 Stundenkilometer, achtete aber auf Felsbrocken, die auf die Straße gerollt oder absichtlich hingelegt sein konnten, und auf Sprengsätze.

»Wissen Sie schon, was Sie machen, wenn Sie dort sind?«, fragte er, als das Schweigen allmählich bedrückend wurde.

»Ich weiß, wen ich suchen muss«, sagte Jibril. »Ein paar sind bestimmt noch da.«

»Und Sie werden Amerikas Horchposten im Herzen der Revolution sein.«

»Eher nicht.« Jibril kratzte sich seine lange Nase. »Das ist größer als ich, John. Und auch größer als die CIA, egal, was die in Langley denken. Die CIA hat die schlechte Angewohnheit, die richtigen Dinge zur falschen Zeit zu tun, und das wird hier nicht passieren.«

»Was denken die denn?«

Wieder kam keine Antwort, und wieder warf John einen

Blick auf Jibril, aber sein Fahrgast schaute aus dem Fenster in die vorbeikriechende Wüste hinaus. Dann sagte er: »Was die in Langley denken, ist ein Tropfen im Ozean der Geschichte.«

John machte sich nicht die Mühe, ihn um eine Erklärung zu bitten.

Als Jibril sich schließlich wieder ihm zuwandte, hatte sich seine Miene verändert. »Alles ist jetzt anders. Die Weltpolitik wird nie wieder dieselbe sein. Erinnern Sie sich an letztes Jahr? Die Grüne Revolution im Iran? Der Arabische Frühling ist Grün zweipunktnull, und diesmal kriegen sie's hin.«

Grün, dachte John.

»Und solange sie uns nicht einladen«, fuhr Jibril fort, »haben wir hier nichts verloren.«

»Warum setzen Sie dann Ihr Leben aufs Spiel?«

Er kniff sich in die Nase. »Man muss sich informieren, John. Alles beginnt mit einem Gespräch. So bekundet man seinen Respekt.«

Er sagte es mit einem Anflug von Verachtung, aber John war das gewöhnt. Er war lange genug in diesem Geschäft, um zu wissen, dass die meisten CIA-Leute Kontraktoren für hinterwäldlerische Milizspinner hielten, Wochenendsoldaten, frustriert von der Mühsal des Alltags, von gescheiterten Ehen und einem verpfuschten Leben. Nicht dass sie nicht recht gehabt hätten – es war nur einfach ein Vorurteil. Aber Jibril Aziz wollte nicht mit der Sprache heraus oder widersprach sich selbst. Er war bestimmt nicht der erste CIA-Mann, der ins Land kam, um mit der libyschen Opposition zu plaudern – also wovon faselte er eigentlich? Er führte sich auf, als sei er der Obermufti, der über Wohl und Wehe einer ganzen Nation entscheiden würde.

»Sie bringen mich hin«, sagte Jibril. »Alles andere ist nicht Ihr Problem.«

»Stimmt nicht. Ich muss Sie auch wieder zurückbringen.«

Sie kamen an ein paar Blechhütten vorbei, dann erreichten sie al-Adam, eine Wüstenstadt auf einem Kalksteinplateau. Wären sie bis ans Südende der Stadt weitergefahren, hätten sie den Luftwaffenstützpunkt Gamal Abdel Nasser erreicht, von dem aus vor langer Zeit alliierte Maschinen gegen die Nazis gestartet waren. Aber Jibril interessierte sich nicht für Flugzeuge. Er dirigierte John zu einer kleinen, verstaubten Tankstelle – frei, ohne das Logo einer Ölgesellschaft auf dem Schild –, sie gingen hinein und lehnten sich an die Theke. Jibril unterhielt sich mit dem Besitzer. Er bestellte Nescafé für sich und John. Als sie ausgetrunken hatten, kam ein hochgewachsener, dunkler Beduine in sandfarbenen Kleidern und mit einer alten Pistole im Gürtel in die Tankstelle geschlendert. John wurde nervös. Sie hatten die Kalaschnikow im Auto gelassen. Aber Jibril blieb ruhig und rief »Salaam«, und der Beduine kam rasch herüber. Die beiden Männer umarmten sich, berührten sich sogar mit den Nasen – sie waren alte Freunde. Der Beduine lachte übers ganze Gesicht, wobei man sah, dass ihm ein Schneidezahn fehlte, und die beiden gingen hinaus und überließen John sich selbst. Durch die verdreckten Fenster sah John zwei Kinder, nicht älter als fünf, die auf der anderen Straßenseite einen Hund neckten; der Tankstellenbesitzer kam zurück und fasste ihn ins Auge, deshalb verlangte er mit Gesten ein paar altbackene Butterkekse, die der Mann *ghrayba* nannte.

Jibril kam allein zurück, mit einem in Leder gebundenen, etwa dreißig Zentimeter hohen Buch, und bezahlte den Kaffee, die Kekse und das Benzin. Im Auto verstaute er das Buch im

Handschuhfach, und sie fuhren westwärts in die frostige, offene Wüste hinaus, deren einziges auffälliges Element ein langer Dünenzug in der Ferne war. Bis Adschdabiya am Golf rechneten sie drei Stunden, Minimum, auf einer Straße, die manchmal unter Sandwehen verschwand, aber John verstand jetzt wenigstens, warum sie diese Route genommen hatten. Jibril hatte sich gar keine Sorgen wegen des Verkehrs an der Küste gemacht, er hatte nur seine Kontaktperson in al-Adam treffen wollen.

Sie hatten die Heizung auf klein gestellt, aber nach einer Weile merkte John, dass der Motor heiß wurde, und er schaltete sie aus. Jibril nahm das Buch des Beduinen aus dem Handschuhfach. Es war ein Tagebuch, das sah er jetzt, mit primitiv wirkender handgenähter Bindung. »Tun Sie mir einen Gefallen, John?« Seine Stimme hatte nicht mehr den selbstherrlichen Klang.

»Schießen Sie los.«

Jibril tippte mit dem Zeigefinger auf das Buch. »Vernichten Sie das hier, falls ich ums Leben komme?«

»Wenn Sie ums Leben kommen, liefere ich das in der Botschaft ab.«

»Nein. Sie müssen mir das Versprechen geben, sonst können Sie mich hier absetzen. Wenn ich sterbe, tragen Sie das in die Wüste hinaus und verbrennen es.«

John sah ihn an. Es war ihm ernst. »Was ist das?«

»Nur lauter Namen. Aber wenn es in die falschen Hände gerät, sind diese Leute alle tot.«

»Was sind die falschen Hände?«

»Alle außer meinen eigenen.«

»Auch die der CIA?«

»Verbrennen Sie die Seiten einfach und tun Sie so, als hätten Sie sie nie gesehen. Können Sie mir das versprechen?«

Es gab keinen Grund, es ihm zu verweigern, also legte John das Versprechen ab. Wenn Jibril starb, dann war es der letzte Wunsch eines Sterbenden. Wenn er überlebte, würde John sich damit trösten, dass er gelogen hatte. Wenn sie beide starben, spielte es ohnehin keine Rolle mehr.

»Beim Leben Ihrer Mutter«, sagte Jibril.

»Meine Mutter ist tot.«

Schweigen. »Beim Leben Ihrer Kinder. Haben Sie Kinder?«

»Ich hab's versprochen, Jibril. Das muss reichen.«

Er zögerte einen Moment, dann nickte er und legte das Buch wieder ins Handschuhfach. »Das ist nicht nur Geheimdienstmaterial«, sagte er.

»Natürlich nicht«, stimmte John zu, obwohl er sich wieder einmal nicht ganz sicher war, wovon der Mann redete.

»Im Jahr 1993«, sagte Jibril, »war mein Vater an einem Putschversuch der libyschen Armee beteiligt. Vorher hat er mich, meine Schwester und meine Mutter nach Florida zu Verwandten geschickt. Als wir das nächste Mal von ihm hörten, sagte er uns, dass die Revolutionsgarde vor der Tür stehe. Das war nicht im übertragenen Sinn gemeint – wir haben *gehört,* wie sie an seine Bürotür donnerten, während er sich schreiend von uns verabschiedete. Ich war fünfzehn. Mit Hilfe von außen hätte der Putsch gelingen können, aber er schlug fehl, und das Ergebnis war, dass mein Vater in einem Keller in Tripolis gefoltert und enthauptet wurde. Wir wissen das, weil ein Agent des Libyschen Nachrichtendienstes in Florida auftauchte und uns Fotos von meinem Vater zeigte – vor, während und nach der Enthauptung.«

Darauf gab es nichts mehr zu sagen. John betrachtete die immer gleiche Landschaft.

»In der Situation«, sagte Jibril, »hätten wir etwas Gutes tun können, weil der Putsch zum Scheitern verurteilt war. Seither hätte die CIA jedes Jahr der Opposition dabei helfen können, Gaddafi zu stürzen. Aber dieses Jahr sieht es anders aus. Dieses Jahr erheben sich die Menschen in Massen. Nichts kann sie aufhalten. Wir können ihnen Waffen liefern; wir können Nahrungsmittel schicken. Dieses Jahr ist die Revolution ihre eigene und nur ihre Sache. Sie haben's verdient.«

»Klingt nach Haarspalterei«, sagte John, bevor ihm klar wurde, dass Jibril keinen Wert auf seine Meinung legte. Das war eine Vorlesung, kein Gespräch. Verkniffenes Schweigen folgte, und als er endlich hinüberschaute, sah er den Hinterkopf von Jibril, der aus dem schmutzigen Beifahrerfenster schaute. Er sagte etwas, was John nicht verstand. »Wie bitte?«

Jibril sah ihn wieder an, aber es war kein Ärger in seinem Blick. »Wie gesagt, es ist sechs Jahre her, seit ich hier war. Hat kein gutes Ende genommen. Ich bin aufgeflogen, und ein paar von den Leuten in diesem Buch ist es ergangen wie meinem Vater. Ich habe Fehler gemacht, und wegen dieser Fehler sind gute Leute gestorben. Ich will nicht, dass das noch mal passiert.« Er hielt inne. »Sie verbrennen es, ja?«

»Hab ich doch gesagt.«

»Gut.« Jibril blinzelte und rieb sich das Gesicht. Angst, oder Frustration. Einen Moment später sagte Jibril: »Entschuldigung. Sie hätten das nicht alles hören dürfen.«

»Kein Problem.«

»Das war lausige Security.«

Das stimmte, aber John sagte: »Morgen bin ich wieder in Kairo. Ich werde daran arbeiten, dieses ganze Gespräch zu vergessen. Ich werde daran arbeiten, Sie zu vergessen.«

Jibril lächelte. »Sehr gut.« Und dann wurde er trotz der Entschuldigung noch gesprächiger, wenn auch nicht in Bezug auf das Geheimnis dieses Trecks in die Wüste. Er erkundigte sich nach Johns Familie, und als er ein paar knappe Details gehört hatte, in denen keine Scheidung vorkam, sprach er nebulös über seine Frau Inaya, die er in Baltimore kennengelernt hatte. Sie entstammte einer Berberfamilie, erzählte er John, »ein hartes Volk«. Sie war im siebten Monat schwanger mit ihrem ersten Kind, einem Jungen.

Das ging wirklich zu weit. Jibril schlug alle Sicherheitsbedenken in den Wind, als rechnete er mit seinem baldigen Tod.

Inzwischen waberte die Sonne dicht über dem Horizont, und als sie verschwand, sahen sie einen gelben Toyota, der vor ihnen in der Gegenrichtung gehalten hatte. Um den Wagen herum standen fünf Männer, alle mit Gewehren in den Händen und einem grünen Tuch um den Kopf. Grün. Während John den Peugeot abbremste, schlenderten die Männer auf ihre Seite herüber und schwenkten die Gewehre. John hielt weniger als hundert Meter von ihnen entfernt an.

»Was meinen Sie?«, fragte Jibril.

»Ich hab Ihnen gesagt, dass wir diese Straße nicht nehmen sollten.«

»Scheiße.«

Zwei der Männer kamen näher und winkten sie heran. Sie lächelten, um ihre freundlichen Absichten zu bekunden. Einer rief etwas. »Was sagt er?«, fragte John.

»Öl für die Libyer.«

»Sehen die unser ägyptisches Nummernschild nicht?«

»Ich denke schon.«

John ließ den Blick über die Wüste schweifen und war nicht

besonders angetan von dem, was er sah. Der Untergrund war nirgends stabil genug für ein Auto, und wenn sie stecken blieben, waren sie geliefert. »Wir müssen entweder vor- oder zurückfahren.«

»Können wir zwischen ihnen durchbrettern?«

Das war eine unglaublich naive Frage für einen Geheimdienstler, aber John verbarg seine Überraschung, weil vor ihnen der Mann, der gerufen hatte, sein Gewehr auf die Straße legte und sich in ihrer Richtung in Bewegung setzte. »Das können wir nicht riskieren«, erklärte John langsam. »Wenn die uns einen Reifen zerschießen, sind wir tot.«

»Sagen Sie nicht, dass wir umkehren müssen.«

»Sie haben die Kalaschnikow.«

Jibril zog sie zwischen seinen Beinen hervor.

»Sind Sie ein guter Schütze?«, fragte John.

»Gut genug.«

»Ich bin ausgebildeter Scharfschütze«, sagte John und ließ damit seinerseits alle Sicherheitsbedenken außer Acht. Aber Jibril reagierte nicht, sondern hielt nur die Kalaschnikow fest. »Tja dann«, sagte John. »Ran an den Speck.«

Der Mann mit dem grünen Kopftuch war jetzt so nahe, dass sie seine freundlich lächelnden Augen sehen konnten. Seine Haut war ledrig und dunkel pflaumenfarben. Jibril stieg aus, stellte sich vorsichtshalber hinter die offene Tür und übersetzte für John: »Er sagt, ihnen ist das Benzin ausgegangen.«

»Sagen Sie ihm, dass wir selber nicht genug haben. Sagen Sie ihm, wir schicken ihnen jemanden.«

»Er wird verlangen, dass wir ihn mitnehmen.«

»Dann erschießen Sie ihn.«

Der Mann hob seine Hände, um zu zeigen, dass sie leer

waren, dann sprach er weiter. Jibril sagte ein paar Worte, und der Mann lächelte und zeigte auf das Auto. John verstand genug – er wollte mitfahren.

»Sehen Sie, Jibril. Erschießen Sie ihn.«

Jibril hob das Gewehr auf Hüfthöhe, zielte an der Tür vorbei auf den Fremden und sagte etwas, das John wegen des durchs Auto pfeifenden Windes kaum verstand. Der Mann blieb stehen, und sein Lächeln verschwand. Noch ein kurzer Wortwechsel, dann zuckte er übertrieben die Schultern, drehte sich um und ging zu den anderen zurück. Jibril setzte sich wieder ins Auto und schloss die Tür.

»Na?«

»Er sagt, er versteht uns. Gefährliche Straßen und so. Er dankt uns dafür, dass wir jemanden schicken wollen, der ihnen hilft.«

»Und Sie glauben ihm?«

Jibril zögerte. »Wenn ich ihn erschossen hätte, wären wir im Krieg. Und wir haben nur eine Waffe.«

Kurz bevor er wieder bei den anderen war, drehte sich der Mann noch einmal zu ihnen um, stieß die Faust in die Luft und rief stolz etwas.

»Was sagt er?«, fragte John, obwohl er den Slogan kannte.

»Gott. Muammar. Libyen.«

»Geben Sie mir das Gewehr.«

Jibril sah ihn einen Moment lang an, dann drehte er die Knie zur Seite und schob die Kalaschnikow hinüber. John nahm sie und stieg aus. Der kalte Wind fuhr ihm ins Gesicht. Einer der anderen Männer rief etwas und schwenkte sein Gewehr wie ein alter Hollywood-Komantsche. Wieder brauchte John keine Übersetzung. Er ging hinters Auto und stieg auf den heißen, verdreckten Kofferraumdeckel. Er legte sich so hin, dass er seinen Bauch gegen das Heckfenster drückte und die Ellbogen aufs Dach stützen konnte. Er zielte, versuchte den Windwiderstand abzuschätzen und merkte, dass es zusehends dunkel wurde – noch so ein Problem.

Jemand rief etwas, und die Männer liefen auseinander. Zwei nach rechts, zwei nach links, hinter den Wagen. John feuerte einmal und streckte den Mann, der mit ihnen geredet hatte, nieder, als er sich nach seinem Gewehr bückte. Er rollte in den Straßensand und stand nicht mehr auf.

Ein Trommelfeuer aus automatischen Waffen pfiff durch die Luft, er zielte auf den Toyota und wartete. Zwei Kugeln prallten von dem Peugeot ab. Einer der Männer kam hinter dem Wagen hervor, um zu schießen. Obwohl John auf den Kopf zielte, traf das Geschoss den Mann in die Brust, und er verschwand hinter dem Wagen.

John sah Mündungsfeuer unter dem Wagen aufblitzen, dann hörte er, wie die Windschutzscheibe des Peugeot barst, bekam den Schützen aber nicht ins Visier. Deshalb schwenkte er die Kalaschnikow auf die andere Straßenseite, wo sich einer der Männer in einem Graben verschanzt hatte. Diesmal traf er den Kopf, auf den er gezielt hatte – aufspritzendes Rot und Rosa.

Er nahm sich Zeit, um in dem schwindenden Licht die Lage zu sondieren. Fehlten nur noch zwei. Einer unter dem Wagen, der andere hinter einem Buckel im Sand versteckt. »Jibril«, rief er, so leise er konnte. Seine Nerven waren zum Zerreißen gespannt, und er musste an sich halten, um nicht nur noch zu schreien. »Jibril, sagen Sie ihnen, sie sollen in die Wüste hinausgehen, dann lassen wir sie am Leben.« Jibril antwortete nicht. »Hey!«, rief John. »Hören Sie mich?«

Ein Blitz in der Wüste, dann prallte wieder eine Kugel von der Karosserie ab. Er zielte auf die Stelle. Noch ein Mündungsfeuer, aber der Mann stand nicht auf, um zu zielen. Er sollte nur Feuerschutz geben. John konzentrierte sich wieder auf den Wagen, hinter dessen Hinterrad sich etwas im Schatten bewegte – ein Gewehr, dann ein Körper, der hervorkroch, um freies Schussfeld zu haben. Ein in grünes Tuch gehüllter Kopf tauchte auf, und John schoss zwei Mal. Keine Bewegung mehr. Er sah wieder zu dem Buckel im Sand hinüber und rief: »Sprichst du Englisch?«

Als Antwort knallten zwei Schüsse.

»Englisch?«

»Scheiß auf dein Englisch!«

»Alle sind tot!«, rief John und bemühte sich, besonders deutlich zu sprechen. »Wenn du am Leben bleiben willst, lass dein Gewehr liegen und geh weg vom Wagen! Hast du verstanden?«

Der Mann ließ nicht erkennen, ob er irgendetwas verstanden hatte, aber er schoss auch nicht mehr. John glitt auf der Beifahrerseite vom Auto, öffnete die Tür und sah, dass Jibril immer noch auf seinem Sitz saß, die Augen offen über einem schwarzen Loch, wo seine Nase hätte sein müssen. Sein Hemd war durchnässt, und sein Schoß war voller Blut. Er starrte an die blutbespritzte Windschutzscheibe, direkt in das kleine Loch im Glas, das unmittelbar vor seinem Tod entstanden war.

John schloss die Beifahrertür, ging auf die andere Seite und setzte sich ans Steuer. Trotz der Löcher in der Motorhaube sprang der Motor sofort an. Er legte den Rückwärtsgang ein und setzte so weit zurück, bis der Toyota in der Dunkelheit nicht mehr zu sehen war, dann wendete er. Er wuchtete

Jibrils Leiche in den Kofferraum und wickelte ihn in ein paar alte Decken. Er musste ihn auf dem engen Raum unterbringen, ihm die Knie bis ans Kinn hochziehen, und war sich nicht sicher, ob er es schaffen würde, fürchtete, sich übergeben zu müssen. Aber es gelang ihm, und er knallte mit schmerzenden, zitternden Armen den Deckel zu und fuhr dorthin zurück, wo sie hergekommen waren.

In al-Adam bekam er kein Netz, also fuhr er weiter nach Norden Richtung Küste, und die einzigen Lichter waren die Scheinwerfer von Autos, die in die Wüste hinausfuhren. Es war fast halb elf, als er die tief gelegenen, trockenen Außenbezirke von Tobruk errreichte. Er hielt auf der rissigen Erde neben der Straße und rief Washington an. Seine unmittelbaren Vorgesetzten, Stan und Harry, waren zwar in Kairo, doch Cy Gallagher in der Zentrale von Global Security in DC stand über allen, weil er John angeheuert hatte; er unterschrieb seine Schecks, und er war der Einzige, von dem John annehmen konnte, dass er sich um seine Interessen kümmerte. »Sie haben ihn durch die Wüste fahren lassen?«, fragte Cy.

»Mir blieb nichts anderes übrig.«

»Mann Gottes, wir können uns solche Scheißpannen nicht leisten. Wissen Sie, wie viele Verträge bald auslaufen?«

»Sagen Sie mir nur, was mit der Leiche passieren soll.«

»Sie haben sie noch?«

»Werden die sie nicht haben wollen?«

Cy überlegte. »Da muss ich nachfragen. Ich melde mich. Sehen Sie zu, dass Sie nach Kairo zurückkommen.«

»Mit einer Leiche.«

»Ach so. Ja, klar. Ich rufe zurück.«

John schloss die Augen, und während die Kälte langsam in

das Auto kroch, versuchte er, den Nachmittag zu vergessen, aber das war unmöglich. Er hatte Leute gekannt, die das konnten, die ihren Kopf zum Schweigen bringen, ihn ausblenden konnten, Zen mitten in einer Kriegszone fanden, er aber war dem endlosen inneren Geplapper ausgeliefert, das zum größten Teil das Zuhören nicht lohnte. Doch aus dem Durcheinander der Worte tauchten halb vergessene Gedichtzeilen auf:

Im heillosen Mai, Hartriegel, Keste,
Judasbaum im Blust,
Gebrochen zu werden, gegessen, getrunken
Unter Geraun

Er drückte mit seinen schmutzigen Fingern auf seine Augenhöhlen, konnte sich aber nicht erinnern, von wem das war. Von irgendeinem längst toten Dichter.

Nach zehn Minuten rief Cy zurück, ließ sich seine Koordinaten geben und sagte, er solle warten. John wartete eine Zeit lang, stieg dann aus und ging zum Kofferraum. Er hielt die Luft an, als er Jibrils Taschen durchsuchte und einen Pass, ein Handy und eine Brieftasche fand, aber keine Schlüssel. Seine Kleider, stellte John fest, hatten keine Etiketten. Er trug die Sachen nach vorn und knipste die Innenbeleuchtung an. Die Brieftasche enthielt Bargeld in verschiedenen Währungen, aber keine Kreditkarten und auch sonst nichts mit einem Namen. Der libysche Pass lautete auf den Namen Akram Haddad. Er war voller Stempel und Visen von Reisen durch Nordafrika und den Nahen Osten, die bis 2005 zurückreichten. John steckte das Geld ein, nahm den Akku aus dem Handy und legte Brieftasche, Pass und Telefon ins Handschuhfach.

Dabei sah er das ledergebundene Buch, das Jibril in al-Adam bekommen hatte.

Er nahm es heraus und schlug es auf. Lauter Namen, wie Jibril gesagt hatte, aber alle in arabischer Schrift, handgeschrieben. Namen mit Adressen, Telefonnummern und Notizen, die er nicht entziffern konnte, und viele Seiten waren durchgestrichen – vielleicht die Personen, die vor sechs Jahren Jibrils Fehler mit dem Leben bezahlt hatten. Er machte die Innenbeleuchtung aus und schaute nach rechts in die nächtliche Wüste. Er hätte nur ein Stück gehen und das Buch anzünden müssen, und eigentlich wollte er dem Toten diesen Wunsch erfüllen. Andererseits wollte er es auch nicht, und eine innere Stimme sagte, *Wie willst du denn ein Feuer machen?* Da er nicht rauchte, hatte er auch kein Feuerzeug bei sich.

Also legte er das Buch wieder zurück und schloss das Handschuhfach. Er würde es in Kairo verbrennen, dachte er, doch sein illoyales Ich wusste, dass er es doch nicht tun würde.

Fast eine Stunde später hielt ein völlig verdreckter Pick-up mit einer Plane über der Ladefläche vor seinem Peugeot, und ein kleiner Mann mit einem buschigen Schnauzer stieg aus und fragte auf Englisch nach Akram Haddad. »Sehen Sie selbst«, sagte John, ging ans Wagenheck und öffnete den Kofferraum. Der Mann stieß einen lauten Seufzer aus. Zusammen trugen sie die Leiche in den Pick-up, in dem ein großer Perserteppich bereitlag. Sie wickelten Jibril hinein. Dann hielt der Mann lächelnd die Hand auf. John wollte sie schütteln, doch der Mann wackelte mit dem Zeigefinger. »Zahlen, ja?«

»Davon hat mir niemand was gesagt.«

»Mir haben sie gesagt, Sie zahlen dreihundert Euro.«

Das waren etwa fünfhundert libysche Dinar, und er zahlte in verschiedenen Währungen – Dinar, Dollar und Euro. Erst als er ausbezahlt war, schüttelte der Mann ihm die Hand.

»Gratulation zum neuen Libyen«, sagte John noch, aber der Mann hatte sich bereits abgewandt.

3

Am Freitagmorgen kurz vor zehn parkte er in Heliopolis, im Nordosten der Stadt. Er war froh, dass er das Auto mit den Einschusslöchern und den Blutflecken, die er notdürftig beseitigt und mit einer Decke zugedeckt hatte, unbehelligt bis nach Kairo gebracht hatte, doch da er sich nicht vorstellen konnte, dass seine Glückssträhne andauern würde, suchte er sich eine Stelle in einer schmalen Seitenstraße nördlich der Othman Ibn Affan, wo die Polizei nie hinkam. Er machte mit seinem Handy ein Foto von dem arabischen Straßenschild und brachte Jibrils Sachen in einer endlosen Busfahrt hinunter zur Nil-Straße; es war heiß in dem Bus, der immer voller und übelriechender wurde, je dichter die Häuser heranrückten, und zu seiner Müdigkeit kam noch ein klaustrophobisches Gefühl hinzu. Großstädte in aller Welt neigen zum Chaos, und Kairo bildete da keine Ausnahme: Der Bus stieß an jeder Abbiegung und Kreuzung auf Staus, Unfälle und missmutige Straßenverkäufer, die gar nicht daran dachten, ihre Karren aus dem Weg zu schieben. Immer wieder lehnte sich der Busfahrer aus dem Fenster, winkte und schrie die Leute an, die sich nicht an die Verkehrsregeln halten wollten.

Ein Junge, der auf Tuchfühlung neben ihm stand, schaute lächelnd zu ihm auf. Zwei Frauen, eine mit Hidschab, die andere mit einem Niqab vor dem Gesicht, saßen hinter zwei Männern, die sich laut und gestikulierend stritten. Er wusste, dass er schlecht roch, und immer wenn ihn eine Frau im Vorbeigehen ansah, schaute er beschämt weg.

Schließlich erreichte der Bus die Nil-Straße, und John ging den Rest der Strecke zu Fuß, mit steifen Gliedern und einem Gehirn, das vor Müdigkeit den Dienst zu versagen drohte. Aus der dürren Wüste war er ins Land der Gerüche zurückgekehrt: bratendes Fleisch, Auspuffgase, Gewürze und Schweiß. Schließlich gelangte er ans Ufer des großen Stroms, und die Klaustrophobie verflüchtigte sich. Schnellen Schrittes ging er an den mit Graffiti bemalten steinernen Löwen beiderseits der Auffahrt vorbei auf die niedrige Qasr-al-Nil-Brücke, die über den Nil zur Insel Gezira führte. Das war einer der Brennpunkte der Revolution gewesen – schwarz uniformierte Wehrpflichtige hatten nach und nach den Kampf gegen die vielen Tausend Menschen verloren, die zum Tahrir-Platz strebten, und als die Demonstranten einmal durchgebrochen waren, hatten sich die Sicherheitskräfte zerstreut und waren um ihr Leben gerannt. Auf dem Gehsteig sah man noch Rußflecken von brennenden Autos, doch jetzt war es ruhig auf der Brücke. Alte Männer lehnten mit Angelruten an den grünen Eisengeländern. Auf der Insel nahm er einen Bus nach Norden, tiefer nach Zamalek hinein. Es war kurz vor eins, als er sein dreistöckiges Haus an der Ismail Mohammed erreichte, einer begrünten Straße mit Reihenhäusern, Cafés und kleinen Hotels. Auf der Treppe fühlte er sich, als sei auch er in der Wüste umgebracht worden.

Es war eine kleine Wohnung, teils, weil er allein lebte, und teils, weil er sich in dem gediegenen Zamalek nichts Größeres leisten konnte. Und in Zamalek wohnte er, weil sein Arabisch abgesehen von ein paar Redewendungen für Kellner und Taxifahrer ein Witz war und sich in Zamalek sprachunkundige Ausländer gut vor der Realität Nordafrikas verstecken konnten.

Als Erstes verstaute er Jibrils Sachen. Der Pass und die Brieftasche kamen in eine große Saidi-Teedose in der winzigen Küche. Das ledergebundene Buch passte nicht hinein, aber es gelang ihm, es in einer unbenutzten Keksdose auf dem Kühlschrank unterzubringen. Er war zu erschöpft, um sich Kaffee aufzubrühen, deshalb öffnete er stattdessen eine Flasche Glenlivet und goss sich drei Fingerbreit in ein verstaubtes Glas. Er ging damit zur Couch, trank einen Schluck und wählte dann die vertraute Nummer auf seinem Handy. Nach dem zweiten Klingeln sagte ihm Nancy, die Abteilungssekretärin, dass Harry Wolcott nicht zu sprechen sei. »Aber Stan ist da«, sagte sie.

»Ja, bitte.«

Stan Bertolli meldete sich mit »John, schon wieder zurück?«

»Ja.«

»Sehen wir Sie heute noch?«

»Nein.«

»Sie wollten sich also nur zurückmelden?«

»Genau.« Er trank noch einen Schluck Whisky.

»Alles in Ordnung?«

»Nein«, sagte er. »Aber ich muss erst mal drüber schlafen. Sagen Sie Harry nur, es hat nicht funktioniert. Bitte.«

»Es«, sagte Stan leicht befremdet. Harry hatte John ver-

sichert, Stan würde nur wissen, dass er ein paar Tage nicht in der Stadt sein würde.

»Meinen Bericht kriegt er am Montag. Wenn er ihn schon früher haben will, kann ich auch morgen reinkommen.«

»Ich sag's ihm«, sagte Stan, »aber er ist heute ein bisschen sehr im Stress. Wir haben beschissene Nachrichten aus Budapest.«

»Budapest?«

»Emmett Kohl ist in einem Restaurant erschossen worden. Er hat früher hier gearbeitet, im Konsulat. Wir sind alle mit dem Fall beschäftigt.«

»Mein Beileid.«

Nachdem er aufgelegt hatte, füllte er sich das Glas wieder. Er überlegte, ob er in den Nachrichten nach diesem Kohl suchen sollte, schaffte es aber irgendwie nicht. Was er brauchte, war eine Dusche, aber das kam ihm so unwahrscheinlich vor, dass er die Flasche wieder zur Couch brachte und weitertrank. Sechs Stunden später wachte er im Dunkeln von einem Hämmern an der Tür auf.

Bevor er wach wurde, war er in Alexandria und stieg aus dem Auto, mit dem er auf der Al-Geash-Straße, die am Mittelmeer entlanglief, rechts rangefahren war. Das Auto, ein zwanzig Jahre alter Toyota Tercel, war schwarz lackiert, und im Kofferraum, das wusste er, lag Jibril. Vor ihm stand ein weißes ägyptisches Polizeiauto mit blinkenden Lichtern. Zwei Polizisten stiegen aus, hielten ihre Schlagstöcke vor dem Körper und lächelten John zu. Rechts von ihm war das Wasser von starkem Wind aufgewühlt, und die Luft war feucht von der Gischt. Die Polizisten sprachen Arabisch, und als er auf Englisch antwortete, schlug ihn der eine mit dem Schlagstock auf die Schulter; es tat weh. »Okay«, sagte er und hielt sich die Schulter, »ich zeige es Ihnen.« Er ging vor ihnen her zum Kofferraum und öffnete ihn, aber anstelle von Jibril lagen Ray und Kelli, sechs und acht Jahre alt, in den engen Raum gequetscht. Das war nicht in Ordnung. Er knallte den Deckel zu, während die Polizisten herantraten, und winkte sie weg. »Nicht da«, sagte er. Der, der ihn geschlagen hatte, stieß ihn zurück, so dass er beinahe auf die Straße gestolpert wäre, als gerade ein Auto sehr schnell vorbeifuhr, während der andere den Kofferraum öffnete und einen ärgerlichen Schrei ausstieß. Er dachte, er sollte am besten davonlaufen, merkte aber, dass er es nicht über die belebte Straße geschafft hätte, also ging er auf die gebeugten Rücken der Polizisten zu, während sie hineingriffen und eine lange, manikürte Hand hochhoben, die seiner Exfrau Danisha gehörte. Sie stieg lächelnd aus und sah ganz ähnlich aus wie zu der Zeit, als Ray und Kelli Babys gewesen waren. Verwirrt schaute sie sich um. »John, ich bin so müde«, sagte sie, als sei das etwas ganz Wunderbares.

»Kommen Sie«, sagte eine andere Stimme, und als John sich umdrehte, stand ein sauberer und durchaus lebendiger Jibril vor ihm, griff nach seiner Hand und wollte ihn auf die Straße ziehen. »Wer als Erster drüben ist, muss gehen.«

»Wohin?«

Jibril hatte ein Lächeln im Gesicht und rannte bereits.

Er setzte sich auf und versuchte, sich in der stickigen Dunkelheit zu orientieren. Es war Abend. Seine Wange und die Couchlehne waren nass von Speichel. Sein Magen krampfte sich zusammen, und Säure stieg ihm in die Kehle. Als das Hämmern wieder anfing, hörte er auch eine Stimme: »Scheiße noch mal, wachen Sie auf, John.«

Er stand auf und kickte mit seinem ersten Schritt die

Whiskyflasche durchs Zimmer. Sie knallte gegen die Beine des Fernsehhockers, zerbrach aber nicht. Er tastete die gegenüberliegende Wand ab, bis er den Schalter fand und das Licht anging.

»Jetzt machen Sie schon, John.« Drei weitere Schläge gegen die Tür.

Er wischte sich das Gesicht ab, dann wischte er sich die Hände an seinen Jeans ab und wünschte, er hätte sich wenigstens umgezogen. Jetzt sah er den dunklen Blutstreifen an seinem Hosenbein – nicht sein eigenes Blut. Er öffnete die Tür, trat zurück und rief »Hereinspaziert«, während er ins Bad weiterging, wo er sich auf die Brille setzte und urinierte und dabei zusah, wie Harold Walcott vorsichtig hereinkam, sich umschaute und ihn schließlich erblickte.

»Der Geruch, sind Sie das?«

»Möglich.«

»Warum duschen Sie nicht?«

»Ich hatte keine Gäste erwartet.«

Harry erblickte den Glenlivet auf dem Boden. Er bückte sich und stellte die Flasche auf den Couchtisch. John spülte und wusch sich vor dem gesprungenen Spiegel Hände, Gesicht und Nacken. Er sah genauso schlimm aus, wie er roch. Harrys Stimme: »Können wir uns unterhalten?«

»Gleich.«

Er trocknete sich ab und ging in die Küche, wo er im Kühlschrank eine große Flasche Wasser fand. Er trank in gierigen Schlucken, holte Luft, schluckte eine Handvoll Aspirin und trank noch mehr. Durch die offene Tür sah er Harry an dem niedrigen Bücherregal stehen und Buchrücken lesen – Stevens, Pound, Moore, Cummings, Eliot und eine Übersetzung von Fernando Pessoas *Buch der Unruhe*. John setzte die

Flasche ab. »Ich hoffe, Sie äußern jetzt nicht Ihre Überraschung«, sagte er.

Harry schaute stirnrunzelnd über seine Schulter. »Darüber, dass ein Söldner Lyrik liest? Würde mir nie einfallen.«

»Wird auf die Dauer langweilig, wenn die Leute schockiert sind, weil man kein Analphabet ist.«

Harry brummte etwas und wandte sich wieder den Büchern zu.

Essen, dachte John und drehte sich wieder zur Kochnische um. Er hatte seit Marsa Matruh nichts mehr gegessen, anderthalb Tage. Er schnappte sich ein altbackenes Brot und stopfte es sich scheibenweise in den Mund.

Harry kam in die Küche geschlendert, in der Hand eine Gedichtsammlung von Cummings. Er war ein großer, sehr weißhäutiger Mann Anfang fünfzig mit ständig sonnenverbranntem Nacken. Er war bekannt für seine Sucht nach Pfefferminz-Kaugummis, die schnalzten, wenn er sie in der Botschaft kaute, weil dort Rauchen verboten war. Er war der Kairoer Stationschef, und er war noch nie bei John zu Hause gewesen. Im Gegensatz zu anderen CIA-Angestellten war er zu professionell, um seine Verachtung für Kontraktoren kundzutun, doch John roch sie förmlich, so wie er den Geruch von Bigotterie oder religiöser Intoleranz bei anderen wahrnahm.

»Stan sagt, es hat nicht funktioniert«, sagte er.

»Nein, hat es nicht«, antwortete John mit vollem Mund, öffnete einen Schrank und nahm die Saiidi-Teedose heraus.

Harry legte den Cummings auf den Kühlschrank, direkt neben die Keksdose, und nahm Jibrils Sachen entgegen. Zerstreut blätterte er den Pass durch und schaute in die Brieftasche. »Leer?«

»Ja.« John nahm seine eigene Brieftasche heraus und übergab Harry, was von Jibrils Geld übrig war. »Knapp dreihundert Euro.«

Harry sah ihn an, aber nicht wegen des Geldes. Er wartete darauf, was noch kommen würde. »Und?«

John hob einen Finger, schluckte und fragte: »Ins Bad?«

Harry seufzte. Trotz seiner Stellung hatte er nie ein Geheimnis aus seiner Geringschätzung für Sicherheitsvorkehrungen gemacht. Harry Wolcott war ein Widerspruch in sich.

John ging als Erster, zwängte sich an ihm vorbei, stellte den Ventilator im Bad an und drehte die Dusche auf. Er setzte sich auf den Wannenrand, in der Hand eine Scheibe Brot, und sprach leise: »Wir haben ab Tobruk die Wüstenstraße genommen. Er hat sich in al-Adam mit jemandem getroffen.«

»Mit wem?«

John zuckte die Achseln. »Der Kleidung nach war es ein Beduine. Hat sich benommen wie ein alter Freund«, sagte er und vermied es geflissentlich, von dem Buch zu sprechen, denn obwohl er sich noch immer nicht sicher war, ob er es verbrennen würde, konnte er Jibrils Überzeugung, dass *niemand* die Namen seiner Kontaktpersonen kennen dürfe, nicht vergessen. »Wir sind durch die Wüste gefahren und ungefähr nach einer Stunde auf eine Gruppe von fünf Gaddafi-Anhängern gestoßen, die unser Benzin wollten. Vielleicht waren es nur Banditen, ich weiß es nicht. Es kam zu einer Schießerei. Aziz wurde ins Gesicht geschossen. Da hab ich kehrtgemacht und Cy angerufen. Er hat sich mit Langley abgestimmt, und die haben vermutlich den Typen losgeschickt, der dann aufgetaucht ist, um die Leiche abzuholen. Er hat dreihundert Euro verlangt. Ich bin allein nach Ägypten zurück und hab das

Auto in Heliopolis abgestellt. Vielleicht lasse ich es abholen. Von der Straße hab ich ein Foto auf meinem Handy.«

Harry rieb sich die Augen und sah einen Moment lang so aus, als wollte er John ohrfeigen. Dann verschwand der Ausdruck wieder. »Und die anderen?«

»Die Banditen? Ich glaube, ich hab vier von ihnen erledigt.«

Harry atmete hörbar ein. »Klingt nach einer Schweinerei.«

»War es, Sir.«

»Warum diese Straße?«

»Aziz hat behauptet, die Küstenstraße sei verstopft, und vielleicht war sie das auch, aber das Treffen in al-Adam war ihm offensichtlich sehr wichtig.«

»Worüber haben sie gesprochen?«

»Tja, die haben sich nicht vor mir unterhalten.«

»Und Sie sagen, wir haben die Leiche?«

»Der Bestatter und ich haben nicht über unsere Auftraggeber geredet. Hat Langley Sie nicht angerufen deswegen?«

Wenn Langley ihn informiert hatte, war John der Letzte, den Harry einweihen würde. »Wie geht es Ihnen?«

»Eine Mütze Schlaf wär nicht schlecht, und was zu essen.«

»Und ein Bad?«

»Und ein Bad. Aber wenn Sie möchten, schreibe ich morgen den Bericht.«

Harry überlegte und nickte schließlich. »Direkt an mich. Ich möchte nicht, dass Stan das zu sehen bekommt – er war nicht mit der Operation befasst.«

»Natürlich.«

Harry schien von seiner Fügsamkeit angetan. »Wie lange sind Sie schon bei uns, John?«

»Drei Monate, circa. Ich hab noch einen Monat.«

»Sie sind für Amir Najafi gekommen?«

»Ja.«

»Und, wie läuft es so?«

Wäre er ein ehrlicher Mensch gewesen, hätte John zugegeben, dass er es nicht wusste. Das Für und Wider seines Jobs hielt sich mehr oder minder die Waage. Aber er hatte im Moment keine Lust, ehrlich zu sein, und sagte: »Es läuft. Nur schicken Sie mich bitte nicht ständig in die Wüste.«

Harry nickte. »Sie sind aus Virginia, stimmt's?«

»Richmond.«

»Mein Sohn studiert am William & Mary. Gefällt ihm sehr gut.«

John wusste darauf nichts zu sagen.

»War bestimmt hart«, sagte Harry.

»Bitte?«

»Libyen.«

»Na ja, für Jibril Aziz war's noch härter.«

Harry hob die Augenbrauen.

»Wo war er her?«, fragte John.

Die Frage schien den Stationschef zu verwirren.

»Ich meine, er war sechs Jahre lang nicht mehr in Libyen gewesen. Das hat er mir erzählt. Er war sich nicht einmal sicher, wer noch da sein würde. War er im Ruhestand? Irgendwo anders stationiert?«

»Klingt, als hätte er Ihnen eine Menge erzählt.«

Harry sagte das nicht ohne Schärfe, vielleicht weil er irritiert war, dass Jibril einem Kontraktor überhaupt etwas anvertraut hatte. Er hatte tatsächlich viel erzählt, aber das wollte John nicht zugeben. »Abgesehen davon, dass er gesagt hat, er sei sechs Jahre nicht mehr dortgewesen, war er ein Buch mit sieben Siegeln.«

»Die Wahrheit ist«, sagte Harry nach einer kurzen Pause, »ich weiß überhaupt nichts von ihm. Ich weiß nur, dass Langley uns damit betraut hat, ihn rüberzuschicken, und dass es nicht funktioniert hat. Und ich weiß, dass es keine Rolle spielt, wer er war.«

»Natürlich nicht. Aber ich sollte ja auf ihn aufpassen. Ich würde nur gern ein bisschen mehr über den Mann wissen, den ich im Stich gelassen habe.«

Harry schniefte, dann rieb er sich die Nase. »John, wenn Sie erst einmal eine Zeit lang in dem Geschäft sind, wird die Zahl derer, die Sie im Stich gelassen haben, furchtbar hoch sein. Das ist kein Zeichen für Ihre Unfähigkeit, sondern ein Zeichen dafür, wie schludrig die ganze Branche arbeitet. Geheimdienst ist eine Pseudowissenschaft, wie Astrologie. Manchmal scheint das Ergebnis zu beweisen, dass die angewandten Verfahren unfehlbar sind. Dann wieder beweisen sie das genaue Gegenteil. Zermartern Sie sich darüber nicht das Gehirn. Und glauben Sie mir, eines brauchen Sie auf keinen Fall: die Leichen kennenlernen, die Sie zurückgelassen haben.«

Er sah ihn durchdringend an, und wieder wusste John nicht, was er sagen sollte oder ob überhaupt erwartet wurde, dass er etwas sagte. Wenn Harry ihn hatte trösten wollen, war das schiefgegangen, und wenn er John etwas zu sagen glaubte, was er nicht schon wusste, dann lag er falsch.

Schließlich zeigte er auf die Dusche. Als John sie abgestellt hatte, hörten sie den hypnotischen Ruf zum Ischa-Gebet von der benachbarten Moschee – es war also schon sieben vorbei. Er folgte Harry ins Wohnzimmer und übergab ihm den Schlüssel des Peugeots. Doch statt sich zu verabschieden, ging Harry zur gegenüberliegenden Wand und zog den Vorhang von der Glastür zur Terrasse zurück. Mit der anderen Hand winkte er John mit gekrümmtem Finger heran und zeigte dann durch die Bäume hinab zur Ismail Mohammed, deren kopfsteingepflasterter Gehsteig vom Hotel Longchamps gegenüber erhellt wurde, wo ab und zu Passanten vorübergingen. Doch Harry zeigte auf zwei Ägypter, die an einem Zeitungskiosk standen; der eine rauchte, der andere, der einen Schnurrbart trug, hatte nichts in den Händen. Im Gegensatz zu allen anderen auf der Straße strebten sie nirgendwohin, und im Gegensatz zu vielen ihrer Landsleute knieten sie nicht zum Gebet nieder.

»Wer sind die?«, fragte John.

Harry zuckte die Achseln und sagte: »Passen Sie auf sich auf.« Er klopfte ihm auf die Schulter und ging.

4

Als er sich nach dem Duschen abtrocknete, marschierten Leute auf der Straße und demonstrierten für oder gegen irgendetwas. Er konnte sie nicht sehen, hörte sie aber weiter unten auf der Insel Gezira, vielleicht beim Stadion. Ihre Sprechchöre stiegen über die Dächer auf und erreichten ihn durch die Bäume gedämpft, während er neben den Terrassentüren Rühreier mit Toast aß und seinen Beschatter – es war nur noch einer – beobachtete, der gleichgültig auf Anweisungen – oder auf ihn – wartete.

Mit einer Leiche auf dem Gewissen und einem Beschatter unten auf der Straße fragte er sich, wie es ihn hierher verschlagen hatte, aber er kannte die Antwort gut genug, um zu wissen, dass die Frage sinnlos war. Man segelt durchs Leben, stößt unterwegs auf Hindernisse und Entscheidungen, bis man schließlich Blut an der Hose hat und die Paranoia sich einem in die Schultern krallt.

Beim Abwasch dachte er an den jungen John Calhoun, der in Jackson Ward aufwuchs – alleinerziehende Mutter, beinharte Freunde – und sich für Gedichte interessierte. Zwar hatten ihm der Flow und die Rhythmen seiner rappenden Freunde auf der Straße, die Sachen von Melle Mel und Run-DMC hörten, durchaus gefallen, aber ihn selbst hatten eher die vor langer Zeit kunstvoll zusammengebastelten Worte verzaubert: Cummings, Pound, Yeats. Einmal hatte er sogar versucht, mit katastrophalen Ergebnissen, einige von William Carlos Williams' *Paterson*-Gedichten in Hip-Hop umzusetzen. Die Demütigung hatte dazu geführt, dass er sich noch mehr zurückzog, und diese längst toten weißen Männer waren zu seinem persönlichen Laster geworden. Er hatte die Liebkosung der Worte gemocht, sie hatten ihm das – wenn auch oft flüchtige – Gefühl vermittelt, dass sich etwas Bedeutendes hinter der flachen Fassade seiner schwarz-weißen Welt verbarg.

Diese manchmal rätselhaften und trotzdem beflügelnden Gedichte hatte er in die Army und auf den Truppenübungsplatz im deutschen Hohenfels mitgenommen, wo er 1995 unehrenhaft entlassen wurde, weil er einen Bayern halb totgeprügelt hatte. Es war spät an einem whiskygetränkten Abend gewesen, und er erinnerte sich noch immer kaum an die Schlägerei, die den dicken, unverhohlen rassistischen Mann für fast vier Wochen ins Krankenhaus gebracht hatte – ein gebrochener Arm, vier angeknackste Rippen und ein Lungeneinstich. Er könne von Glück sagen, dass er nach Hause geschickt werde, sagte ihm sein Vorgesetzter, denn die Einheimischen wollten seinen »schwarzen Arsch am liebsten zum Metzger bringen«.

Beim Abtrocknen der Hände fiel ihm der Vierzeiler von Langston Hughes ein, den seine Mutter immer wie ein Mantra aufgesagt hatte:

Der Herr, in seiner unendlichen Weisheit,
Erschuf mich nicht als sehr weisen Mann.
Sodass keine meiner törichten Taten
Ihn recht überraschen kann.

Solche Verse konnten einem helfen, den Tag zu überstehen.

Als er sich anzog, war es schon fast elf. Das Kopfweh, das er aus Libyen mitgebracht hatte, war immer noch nicht ganz weg, hatte sich aber so abgeschwächt, dass er überzeugt war, mit dem Mann auf der Straße fertigzuwerden, was immer der mit ihm vorhatte. Oder vielleicht war das ein Zeichen, dass er sich noch immer nicht erholt hatte und noch immer von Danishas Prognose gelähmt war. War er wirklich nicht vernünftig genug, vor einer Gefahr zu fliehen? Vielleicht, aber in der Army hatte er das eine oder andere über Bereitsein gelernt, und so ging er wieder in die Küche und kramte in den Unterschränken, bis er eine weitere Blechdose fand, eine, die einmal Nougatriegel enthalten hatte und in der jetzt eine alte Glock steckte. Wie man ihm an seinem ersten Tag in Kairo erklärt hatte, war es gegen die Vorschriften, in der eigenen Wohnung Schusswaffen aufzubewahren – dafür wäre eine Genehmigung des ägyptischen Innenministeriums erforderlich gewesen, das auf diese Weise CIA-Angestellte identifizieren konnte –, doch kaum hatten sie das Botschaftsgelände verlassen, hatte Stan ihm die Adresse eines Lieferanten in Neu-Kairo genannt, der die lange Tradition fortsetzte, nervösen Botschaftsangestellten zu mehr Seelenfrieden zu verhelfen. Er steckte die Pistole in ein ramponiertes Schulterhalfter unter seinem Jackett und ging hinunter.

Im Schulungszentrum von Global Security, einer stillgelegten Kaserne der Army etwa fünfzig Kilometer nördlich von Tuscaloosa, Alabama, hatte man ihm gesagt: *Die werden Sie beobachten, also lassen Sie sich beobachten.* Bei ihren Fahrten in die Stadt, wo sie einen Nachmittag lang zufällig ausgewählte Einheimische bei ihrem normalen Tageslauf überwachten, war es ihnen möglich erschienen, auch unter Überwachung angstfrei zu leben. Aber das war eine Übung gewesen; Tuscaloosa war nicht der Rest der Welt.

Er war auch früher schon beschattet worden. Während einer sechsmonatigen Tätigkeit in Nairobi waren magere junge Männer mit verschämtem Lächeln durch die Menge zirkuliert, wenn er über die Märkte ging. In Lissabon waren sie faul gewesen, hatten sich wenn möglich auf Caféstühle, Brunnenränder oder Vortreppen gesetzt. Während einer kurzen Tour durch Afghanistan hatten Kinder ihn und andere Söldner von Global Security bei ihren Runden durch die Dörfer im Auge behalten. Die Kids riefen die Straßen hinauf und hinunter bis zum nächsten Kontrollpunkt, und obwohl ihnen diese ständige Beobachtung durch minderjährige Agenten auf die Nerven ging, war es andererseits beruhigend, dass sie sich unübersehbar und in aller Öffentlichkeit abspielte. Dadurch wurde sie berechenbar; sie bekamen mit, wann sie nach Sprengfallen und illegalen Straßensperren Ausschau halten mussten.

In Kairo lagen die Dinge anders. Diese übervölkerte Stadt,

die einwohnerstärkste in der arabischen Welt, war schon in besten Zeiten unberechenbar gewesen. Vor der Revolution hatte sich John an die ständigen Störungen durch Securityleute gewöhnt, wo immer er hinging. Während der Revolution hatten sie allerdings andere Sorgen, als sich mit einem Laufburschen der Botschaft abzugeben, und jetzt, da ganze Teile des verhassten Sicherheitsapparats in Auflösung begriffen waren, handelte es sich bei einem Beschatter meist um einen ungeschickten Anfänger, der sich zwar in ihrem Viertel auskannte, aber einen aus der Geheimdienstbranche auch dann nicht erkennen würde, wenn er direkt vor ihm stand. Als John hinausging und fast sofort seinen Beschatter aus den Augen verlor, war er deshalb beunruhigt. Der Mann war ihm bis zur nächsten Querstraße gefolgt und dann in der Menge untergetaucht, und als John ein paar Abstecher zwischen den Wohnblocks hindurch gemacht hatte, fragte er sich, ob er ihn abgehängt hatte. Aber nein – ein paar Hundert Meter vor dem Deals erblickte er den Schnurrbärtigen wieder. Was hatte er getan, das so viele Arbeitsstunden wert war? Er hoffte, dass es etwas Harmloses war – etwa eines der vielen Treffen, die er beobachtet hatte –, aber er wusste, dass es eben nichts Harmloses war, und höchstwahrscheinlich bestand ein Zusammenhang mit seiner Fahrt nach Libyen und dem Toten, den er im Kofferraum des Peugeots transportiert hatte.

Trotzdem ging er weiter. Obwohl es ihn gereizt hätte, verzichtete er auf Ausweichmanöver und andere Tricks, um herauszufinden, wie viele es waren. Und er legte sich auch nicht auf die Lauer, um sich einen von der Straße wegzuschnappen, denn eine andere Stimme in ihm – die stärkere, diejenige, die ihm auch davon abriet, Jibrils geheime Namensliste zu verbrennen – sagte ihm jetzt, dass er sich um seine Verfolger auch noch morgen kümmern konnte. An diesem Abend, sagte sie, komme es einzig und allein darauf an, alles so rasch wie möglich aus dem Kopf zu kriegen.

Deshalb ging er weiter, obwohl er ihren Atem im Nacken spürte, und erreichte die Said el-Bakri Straße, ohne dass ihm jemand auf die Schulter klopfte, sich räusperte oder *Entschuldigung, Mr. Calhoun* sagte. Er stieg die Treppe hinunter, öffnete die Tür zu der Bar und schaute sich nicht einmal um, als er den Kopf einzog, um nicht an den Querbalken zu stoßen.

Im Deals war Achtzigerjahre-Nacht, und »Tainted Love« dröhnte durch das volle, verräucherte Lokal – so verräuchert, dass er die Augen zusammenkneifen musste, um die gegenüberliegenden Wände zu sehen, die mit gerahmten Bildern vollgehängt waren. Mit tränenden Augen machte er ein bekanntes Gesicht aus. Maribeth, die in der Visaabteilung arbeitete, saß an einem Tisch an der Wand und trank mit einem großen Ägypter, den er nicht kannte. Sie trug ihr Haar jetzt kürzer und hatte ein ärmelloses Kleid an, das ihre bewundernswerten Armmuskeln sehen ließ.

Er sah sie zu lange an, sie fing seinen Blick auf und winkte ihm. Er schlängelte sich durchs Gewühl, nickte bekannten Gesichtern zu, schüttelte jemandem die Hand, an den er sich überhaupt nicht erinnerte, und als er den Tisch erreicht hatte, küsste ihn Maribeth auf die Wangen. Sie war aus Tennessee, und Küsschen auf die Wangen waren ihr das Liebste an ihrem Leben außerhalb der Vereinigten Staaten. Sie hatten letzten Monat auch zweimal miteinander geschlafen, deshalb wirkten die Küsse etwas länger nach. Dann stieß sie sich von ihm ab und zeigte auf ihren Begleiter. »David Malek.«

John schüttelte ihm die Hand. Der Ägypter war vielleicht

vierzig und hatte müde Augen, aber jugendliche Wangen und einen kräftigen Händedruck. Er war durchtrainiert.

»David ist Romanschriftsteller«, sagte Maribeth.

»Ach ja? Sieht man Ihnen gar nicht an.«

David grinste mit übertriebener Bescheidenheit, als wäre Schriftstellerei etwas, worauf man stolz sein konnte. »Mein erster erscheint im Herbst.« John hatte sich geirrt – der Mann sprach ein astreines Amerikanisch.

Er setzte sich neben Maribeth. »Was für einer?«

David hielt sich die Hand hinters Ohr.

»Welches Genre?«, sagte John.

»Thriller. Titel *Verzweifelte Absichten.*« Als er Johns Miene sah, fügte er hinzu: »Idee vom Verlag. Mein Titel war das nicht.«

»Was war Ihr Titel?«

David zögerte, ein schwaches Lächeln zuckte um seinen Mund, dann sagte er: *»Stumbler.«*

»Finde ich auch nicht besser.«

Maribeth stieß ihn in die Rippen. »Blödmann.« Und zu David: »John ist ein Anachronismus. Er liest *Lyrik*. Von toten weißen Dichtern.«

»Da sind Sie bestimmt der Letzte«, sagte David lächelnd, offenbar nicht verärgert über Johns Einschätzung seines Titels, vielleicht sogar angenehm berührt.

»Recherchieren Sie schon für den nächsten?«, fragte John.

»Ja. Er handelt von der Revolution«, sagte David.

Während John ihm viel Glück wünschte, legte ihm Maribeth die Hand auf den Schenkel. Er lehnte sich zurück und stützte den Arm auf ihre Stuhllehne. Blitzte in David Maleks Gesicht so etwas wie Enttäuschung auf? »Was wird Ihre Hauptfigur sein? Ägypter?«

David kratzte sich am Ohr und schnitt eine Grimasse. »Ich weiß nicht, ob ich damit durchkommen würde. Wahrscheinlich eher ein Amerikaner.«

»Ein Romanautor?«

»Ha!« David schlug mit der Hand auf den Tisch, er hatte sich vollständig erholt. »Nein, auch das vermeidet man am besten. Vielleicht jemand in der Botschaft? Maribeth hat mir erzählt, dass Sie auch dort arbeiten.«

John fragte sich, was Maribeth ihm sonst noch alles erzählt hatte. Er hatte ihr nie verraten, was seine tatsächliche Funktion war, aber als er das letzte Mal bei ihr übernachtet hatte, war ihr bestimmt nicht entgangen, dass er mitten in der Nacht einen dienstlichen Anruf bekommen hatte und Hals über Kopf aufgebrochen war. »Hoffentlich ist er interessanter als ich«, sagte John. »Ich organisiere bloß Reisen für wichtige Leute.«

»Kennen Sie irgendjemanden von der CIA?«

Dafür schien sich Maribeth ebenfalls zu interessieren.

John hob seine freie Hand zur Decke empor. »Niemanden, der es zugeben würde.«

David quittierte das nicht mit Geringschätzung, sondern sah es offenbar als Herausforderung. Er beugte sich herüber. »Aber Sie kennen Leute, die es *nicht* zugeben.«

»Erzählen Sie Ihre Geschichte aus ägyptischer Sicht«, sagte John. »Viel interessanter.«

Maribeth brummte missbilligend. »Er will sein Buch *verkaufen*.«

John stand auf und ging an die Theke, um eine Runde zu bestellen. Das Gespräch interessierte ihn nicht sonderlich, und als er mit drei Bier zurückkam, interessierte es ihn auch nicht allzu sehr, ob Maribeth ihm mit der Hand über den

Oberschenkel strich oder nicht. Aber es half alles nichts: Er musste das Blut in der Wüste vergessen, während er sein Bier in großen Schlucken trank und zu David Maleks unbefangenem Lobgesang auf die Revolutionen in diesem Teil der Welt nickte. Sein Optimismus war naiv, fand John. Wie der von Jibril war er einfach nur amerikanisch, der Glaube, dass überall auf der Welt jeder nur in seinem eigenen kleinen Amerika leben wolle. Schließlich schaltete er sich ein: »Sie wissen schon, oder, dass die Menschen islamistische Parteien wählen werden, die keine Zeit für die Vereinigten Staaten haben? Schauen Sie sich an, wie die Geschichte hier gelaufen ist: Nasser, Sadat, Mubarak. Verlorene Kriege, gescheiterte Kultur, gescheiterte, von einer Geheimpolizei durchgesetzte Sozialpolitik. Die Muslimbruderschaft hat sich seit Jahrzehnten um die Menschen gekümmert, besser, als es ihre Regierungen je getan haben, und jetzt ist es Zeit, dass sie ihren Lohn bekommen.«

»Warum auch nicht?«, fragte David unschuldig. »Das nennt sich Demokratie. Sie reden wie Gaddafi.«

John runzelte die Stirn. »Wie bitte?«

»Der erste Band seines Magnum Opus, des *Grünen Buches,* hat den Titel ›Die Lösung des Problems der Demokratie‹.«

Grün, dachte John.

»Sie halten die Demokratie für problematisch«, sagte David. »Stimmt natürlich, aber so ist es nun mal. Entweder sie sind demokratisch oder nicht.«

»Genau«, fiel Maribeth ein. »Wir können ihnen nur die halbe Demokratie geben.«

»Wir *geben* ihnen gar nichts«, sagte John und beugte sich vor. Er war ein großer, massiger Mann, und er wusste es. Und er wusste auch, dass ein bisschen körperliche Einschüchterung seinen Argumenten mehr Gewicht verleihen konnte. »Was wir ihnen gegeben haben, sind rund dreißig Jahre Autoritarismus, weil wir ihre Unterdrücker unterstützt haben. Und jetzt tun wir so, als hätten wir ihnen eine neue Welt geschenkt, weil sie Twitter benutzen, um miteinander zu reden.«

»Hört euch diesen Miesmacher an«, sagte Maribeth. David grinste breit über seinen Ausbruch. Hier ließ sich niemand von ihm einschüchtern.

Er schaute weg und ließ den Blick wieder über die Gäste schweifen, aber seine Beschatter hatten sich nicht die Mühe gemacht, ihm in das Lokal zu folgen. Er trank noch ein Glas, und plötzlich tauchte die Erinnerung an seinen Traum auf, wie er den Kofferraum geöffnet und seinen Sohn und seine Tochter darin gefunden hatte. Wie Danisha herausgeklettert war und ihm gesagt hatte, wie müde sie sei. Und Jibril, der ihn auf die Straße gewinkt hatte.

Er wusste es natürlich. Ein Mann, der sich mit Lyrik auskennt, weiß seine Träume zu deuten. Diesen hatte er mit Menschen bevölkert, die er im Stich gelassen hatte, und er wusste auch, dass er schließlich Maribeth im Stich lassen würde, die jetzt die Innenseite seines Schenkels drückte. *Weisheit hat Gott mir nicht gegeben.* Er hatte in seinen Erdentagen viele Menschen im Stich gelassen – Frauen, Freunde und Arbeitgeber –, und während sich Maribeths Fingernägel in seine Jeans gruben, hoffte er, dass niemand allzu überrascht sein würde, wenn er das nächste Mal versagte.

Sie drückte fester zu, die Nägel zwickten. Fast hätte er aufgeschrien.

5

Als er am Samstag gegen Mittag aufwachte und sein Kopf zur langsamen Melodie eines Gebetsrufs pochte, der durch das offene Fenster hereinkam, wusste er im ersten Moment nicht, wo er war und wie er hierhergekommen war. Er lag nicht in seinem eigenen Bett. Das Kopfkissen war feucht, es stank säuerlich, und er dachte, er hätte sich übergeben, aber als er sich aufsetzte und seinen Kopf umfasste, fand er keine Spuren. Dann erkannte er das unaufgeräumte Zimmer, die Pastellfarben und die Mickymaus-Uhr. Irgendwo nebenan lief im Fernsehen CNN.

Maribeth erschien mit einer Tasse Kaffee. Ihr Haar war zerzaust, und sie trug ein langes T-Shirt und ein Lächeln, sonst nichts. »Du siehst miserabel aus, John.« Sie reichte ihm den Kaffee. »Hier, du hast ihn nötiger als ich.«

»Wie viel hab ich getrunken?«

»Alles, was sie hatten. Ich glaube langsam, du hast da ein Problem.«

Er hatte eines, aber er glaubte nicht, dass es der Alkohol war. Beim ersten Schluck heißen Kaffees erfasste ihn ein überwältigender Harndrang, und als er aufstand, merkte er, dass er seine Unterwäsche noch anhatte. »Haben wir …?«

Ein kurzes Lachen, dann ein Kopfschütteln. »Du hättest nicht mal mehr deinen Hintern hochgekriegt, als wir hier angekommen sind, geschweige denn …«

Er bedachte sie mit einem müden Grinsen, gab ihr den Kaffee zurück und ging ins Bad. Vom Toilettensitz aus konnte er sein Gesicht in dem niedrig angebrachten Spiegel sehen. Er war blass, seine Augen blutunterlaufen. »Darf ich duschen?«, rief er durch die geschlossene Tür.

»Ich fürchte, ich muss darauf bestehen«, kam die Antwort.

Es dauerte eine Weile, bis das Warmwasser ihre Wohnung im dritten Stock erreichte, aber als er dann unter dem strömenden Wasser stand, überdachte er die letzte Nacht. Die Erinnerungen stellten sich beunruhigend langsam ein, aber sie stellten sich ein, und er erinnerte sich an Gelächter und laute Stimmen – vor allem seine eigene –, den Romanautor David Malek und später ein paar Freunde. Er erinnerte sich an einen Streit mit Slav, wusste aber nicht mehr, worum es gegangen war. Dann hatte er eine kurze Panikattacke, als er an die Pistole dachte, die er in das Lokal mitgenommen hatte. Er duschte rasch zu Ende, trocknete sich ab, kauerte sich nackt ans Fußende des Bettes und durchwühlte seine Sachen.

»Suchst du deine Knarre?«, fragte Maribeth von hinten. Sie hatte einen langen Rock und eine Bluse mit offenem Kragen angezogen.

»Äh, ja.«

»Der einzige bewaffnete Reiseberater, den ich kenne«, sagte sie. »Sie ist im Wohnzimmer. Vielleicht ziehst du dich an, dann gibt's Frühstück.«

Er folgte der Aufforderung, dann fand er seine Pistole samt Halfter auf dem Couchtisch. Es waren noch alle siebzehn Patronen im Magazin, und keine in der Kammer.

Maribeth hatte Emmentaler-Omeletts gemacht, dazu gab es Schinken und Buttertoast; sie aßen in ihrem bescheidenen Speisezimmer – einer Erweiterung der Küche –, und von draußen kam der Verkehrslärm der Innenstadt herein. Mit dem Kaffee und dem Essen besserte sich sein Kater.

Sie erzählte ihm von ihrem Leben – ihre Bürostunden brachte sie damit zu, Visumanträge zu genehmigen oder, häufiger, abzulehnen, und jede Woche sammelte sie eine Handvoll

Geschichten über schillernde Persönlichkeiten, die meinten, mit ein paar Krakeln auf einem Formular ein Einreisevisum zu bekommen. »Die fangen das immer falsch an«, sagte sie. »Wir gehen davon aus, dass alle heimlich von Bord gehen und ein neues Leben in Amerika anfangen wollen, und sie müssen uns vom Gegenteil überzeugen. Aber wenn man ihnen das sagt, führen sie sich auf, als hätte man sie beleidigt. Am Mittwoch hat eine Frau nach mir gespuckt.«

»Sie hat dich angespuckt?«, fragte er und biss in eine Scheibe Toast.

»*Nach* mir. Hat die Trennscheibe getroffen. Die Dinger haben wir nicht von ungefähr, weißt du. Sie hat gesagt: *Aber wir sind jetzt genauso demokratisch wie ihr! Warum sollte ich mein Land verlassen wollen?*«

»Also ich weiß nicht, ob ich eine Militärdiktatur als Demokratie bezeichnen würde.«

»Die Leute glauben, was sie wollen«, sagte sie, dann zeigte sie mit einer Kopfbewegung auf den Fernseher hinter ihm.

Er drehte sich um: Auf CNN kam der Bericht über Emmett Kohl, den Stellvertretenden Konsul in Ungarn, der in einem Budapester Restaurant erschossen worden war. Offenbar gab es kaum Hinweise. Die Ermittler hatten von dem nicht identifizierten Täter nur ein Foto einer Überwachungskamera: breites Gesicht, bartlos, mit einer Narbe an der Wange. Ein richtiger Schlägertyp.

»Hast du ihn gekannt?«, fragte er.

»So gut wie andere auch, nehme ich an. Er hat sich für amüsant gehalten.«

John wunderte sich über ihren zynischen Tonfall. »Du hast ihn nicht gemocht?«

»Er war einfach ... du weißt schon. Einer von den Chefs,

die dir einen Klaps auf den Rücken geben, einen Witz machen und sagen, dass wir alle im selben Boot sitzen. Aber wenn die Kacke am Dampfen ist, weiß keiner, wo er ist. Immerhin, ich hab schon schlechtere Chefs gehabt.«

»Ich bestimmt auch.«

Sie lächelte über den Rand ihrer Kaffeetasse hinweg. »Wo hast du eigentlich gearbeitet, John?«, fragte sie. »Von wo bist du hierhergekommen?« Sie trank einen Schluck, und als er nicht antwortete, sagte sie: »Ich will ja nicht neugierig sein, aber es ist doch offensichtlich, dass du keine Flüge für irgendwelche Leute buchst. Jennifer hat mir gesagt, du verbringst die meiste Zeit im vierten Stock, bei den Spionen.«

»Den Spionen?«

Sie wurde rot. »Du weißt schon, was ich meine.«

Das stimmte, und so erzählte er ein bisschen von sich selbst. Das von seiner Exfrau und seinen Kindern wusste sie schon, also erwähnte er nur kurz seine Militärzeit, sagte aber nichts von der unehrenhaften Entlassung. »Ich bin eine Weile herumgezogen, hab geheiratet, Kinder bekommen. Das hat aber nicht funktioniert.«

»Wessen Schuld?«

»Wie bitte?«

»Du hast mich schon verstanden.«

Er dachte darüber nach, aber das war unnötig – die Frage hatte ihn jahrelang umgetrieben. »Du warst nie verheiratet, deshalb weißt du wahrscheinlich nicht, wie das läuft. Wir teilen uns die Schuld, genauso, wie wir uns die Kinder teilen.« Das war eine diplomatische Antwort – also mit anderen Worten die Unwahrheit. John würde immer sich selbst die Schuld geben, weil er derjenige gewesen war, der bei keinem Beruf bleiben konnte, der immer, wenn ein Streit ausbrach, nach dem Autoschlüssel griff und der sich allmählich vorkam wie sein getrennt lebender Vater, obwohl er im selben Haus wohnte wie seine Kinder. Er sagte: »Ich hab daran gedacht, wie gut ich es in der Army hatte. Da führst du ein sehr geordnetes Leben. Du weißt, wann du wach bist, und du weißt, wann du schlafen gehst. Du weißt, was du tun musst und wann. Die Regeln stehen fest – irgendwelche Unklarheiten gibt es nicht.«

»Im Gegensatz zu einer Familie«, sagte sie, den Blick fest auf ihn gerichtet.

»Genau.« Er legte eine Pause ein, bevor er weitersprach. Die Lügen über seinen Job waren nicht nötig gewesen – man hatte ihm nur gesagt, er solle niemandem etwas über seine tatsächliche Position in der Botschaft sagen. Sie wartete ab. »Also hab ich mich bei Global Security beworben, und ein paar Jahre später wurde ich hierhergeschickt.«

Maribeth stellte die Kaffeetasse ab und machte Schlitzaugen. »Du bist ein Kontraktor? Wie dieser – dieser Typ in Pakistan?«

Er nickte.

»Oh, Mann«, sagte sie fast unhörbar.

Bevor sie weitersprechen konnte, klopfte es an der Tür, und während sie aufmachen ging, aß John seinen Toast auf und fragte sich, wie er die Wohnung verlassen konnte. Er hatte keine Ahnung, wie sie diese Eröffnung aufnehmen würde, und er war sich nicht sicher, ob er das in diesem Moment wissen wollte. Er fühlte sich furchtbar. Dann hörte er die Stimme des Besuchers: *»Meine Liebe!«* Es war Geert Rutte, ein holländischer Medienberater, ebenfalls Stammgast im Deals.

Obwohl er auf die fünfzig zuging, kleidete sich Geert wie ein

Hipster, trug Sonnenbrillen mit breitem Gestell und Bowlingschuhe und lächelte ebenso häufig wie sinnlos. Außerdem war er völlig gleichgültig gegenüber den Gefühlen anderer – Empathie war ihm einfach nicht anerzogen worden. »John! So eine Überraschung!«

»Morgen, Geert.«

»Ist es noch Morgen? Maribeth, ist es noch Morgen?«

»Ich glaube, es ist früher Nachmittag«, sagte sie und lächelte John zu.

»Aber das ist trotzdem ein wunderbarer Zufall, John. Ich habe nämlich zwei Vorschläge für dich!«

»Siehst du mein Gesicht?«, fragte ihn John.

»Ja, John, ich sehe es.«

»Wie sieht es aus?«

»Blass. Also gut, noch blasser als sonst. Bei euch ist das schwer zu sagen.«

»Ich hab einen Kater. Also sprich bitte leise.«

Geert hob die Augenbrauen. »Ah«, sagte er und senkte seine Stimme zu einem Flüstern: »Ich habe zwei Vorschläge für dich, John.« Er kam hereingeschlendert und schnupperte. »Ist das Kaffee?«

»Möchtest du welchen?«, fragte Maribeth.

»Und ob.«

Sie gingen alle drei in die Küche, und während sie ihm eine Tasse einschenkte, setzte sich Geert auf Maribeths Stuhl und biss in eine ihrer Toastscheiben. »Meine Vorschläge.«

»Vielleicht spuckst du's einfach aus«, sagte John.

»Der erste betrifft eine Geldanlage.«

»Sehe ich so aus, als ob ich Geld übrig hätte?«

Geert hielt inne und sah ihn entsetzt an. »Etwa nicht?«

»Na ja, jedenfalls nicht so viel, dass ich es anlegen könnte.«

»Aber du hast doch einen Job. Bei der amerikanischen Botschaft.«

»Ich habe auch eine Exfrau und zwei Kinder.«

»Das ist kriminell.«

»Es ist, wie es ist. Was ist dein zweiter Vorschlag?«

»Willst du nicht wissen, was für eine Art Anlage es ist?«

»Wozu?«

Maribeth erschien mit dem frischen Kaffee und stellte ihn vor Geert hin. »Und mir bietet niemand eine Geldanlage an?«

»Hast du denn Geld?«

»Nicht wirklich.«

Geert zuckte übertrieben die Achseln und schenkte ihr dann sein allzeit bereites Lächeln.

»Der zweite Vorschlag?«, wiederholte John.

Geert sah endlich seinen Kaffee an. »Milch?«

»Neben dem Teller«, sagte Maribeth mit einem raschen Grinsen zu John hin.

Geert goss sich Milch in den Kaffee und sagte: »Da du arm bist, wie ich jetzt weiß, ist der zweite Vorschlag vielleicht interessanter. Ein Teilzeitjob – mit hübschen ägyptischen Mädels Konversation machen.«

»Willst du mich auf den Arm nehmen?«

»Umgangs-Englisch. Mehr wollen sie nicht. Dreißig Euro die Stunde, und sie zahlen den Tee.«

»Wer sind diese ägyptischen Mädels?«

»Und warum werde ich schon wieder übergangen?«, beschwerte sich Maribeth.

»Weil du eine Frau bist«, sagte Geert. »Und nein«, fuhr er fort und hob einen Finger. »Ich schäme mich nicht, weil ich das gesagt habe.« Er wandte sich von ihr ab. »John, es sind *Frauen,* keine Mädchen. Und verheiratet. Mit Mitgliedern der

Protestbewegung. Sie wissen, dass der Stern ihrer Männer im Steigen begriffen ist, und wollen unbedingt gut aussehen und schön sprechen, wenn sie mit ausländischen Diplomaten zusammenkommen. Mit Englisch wären sie für die meisten Situationen gerüstet.«

John schüttelte den Kopf. Nach Libyen kam ihm das lächerlich vor. Er stellte sich vor, wie er mit einer ägyptischen Hausfrau im Marriott, im Arabica oder bei Starbucks saß, über Strände, Hauspersonal und Diplomatenfrauen diskutierte und dann gefragt wurde: »Und Sie, Mr. Calhoun, womit verdienen Sie Ihr Geld?«

»Ich weiß nicht recht«, sagte er, während Geert noch einmal von Maribeths Toast abbiss.

»Das ist der einfachste Job auf der Welt, John. Und die wollen dich.«

»In dieser Stadt gibt's Tausende von englischen Muttersprachlern.«

»Mich zum Beispiel«, sagte Maribeth.

Geert zuckte die Achseln. »Aber die meisten sind keine amerikanischen Schwarzen.«

Maribeth sah John an. Der sagte: »Das gilt auch für die meisten englischsprachigen Diplomaten, Geert.«

»Vielleicht wollen sie mit eurem Präsidenten herumquatschen«, sagte Geert, und als keiner von beiden lächelte, zuckte er wieder die Achseln. »Ich kann euch auch nicht erklären, wie der Verstand von Ägypterinnen funktioniert. Das werde ich nie können. Aber als ich dich Mrs. Abusir beschrieben habe, hat sie jedenfalls die Augen aufgerissen, als wäre ich ihr auf die Zehen getreten. Sie hat mir – im Vertrauen – gesagt, die anderen Ehefrauen würden dich schrecklich gern kennenlernen. Aber sag ihr nicht, dass ich dir das verraten habe.«

»Sag ihr vielen Dank, aber ich bin nicht interessiert.«

»Im Ernst?« Geert wirkte überrascht. Er dachte, er sei überzeugend genug gewesen. »Wenn's dir wieder besser geht, überlegst du's dir vielleicht. Wie viele Tequilas hast du getrunken?«

»Ich muss in die Botschaft«, sagte John und stand auf. Er dankte Maribeth für das Frühstück und schnallte sich im Schlafzimmer das Halfter um. Als er sich das Jackett anzog, erschien Geert in der Tür.

»Du solltest aufpassen«, sagte der Holländer. »Zu viel Tequila, und du landest im Knast. Und ein ägyptisches Gefängnis von innen, das willst du nicht sehen.«

»Vielleicht hast du recht, Geert.«

»Du wirst enden wie Raymond Davis.«

Raymond Davis war der Kontraktor, an den Maribeth gedacht hatte. Vor einem Monat war er verhaftet worden, weil er in Lahore zwei Pakistaner erschossen hatte. Der Vorfall hatte landesweite Proteste ausgelöst, bei denen seine Hinrichtung gefordert wurde. Raymond Davis' Lage hatte unter den Kontraktoren Angst und Schrecken ausgelöst.

»Und wenn du hinter Gittern sitzt«, fuhr Geert fort, »was macht dann die arme Mrs. Abusir?«

6

Von Maribeths Haus in der Hussein Basha Al Meamari ging er zum Talaat Harb Platz, einem großen, aber eleganten Schnittpunkt von sechs Straßen, in der Mitte das Standbild von Talaat Harb, einem Ökonomen und Bankier. Er hielt unauffällig Ausschau nach eventuellen Beschattern, sah aber nichts und fürchtete, sein malträtiertes Gehirn sei der Aufgabe nicht gewachsen. Doch als er die Straße zum Tahrir Platz entlangging, kam ihm der Gedanke, dass er sich vielleicht geirrt hatte. Vielleicht – und bei dieser Aussicht wurde ihm leicht ums Herz – hatten die beiden Männer vor seinem Haus ja jemand anderen überwacht. Er redete nicht mit seinen Nachbarn, aber er war nicht der einzige Ausländer in dieser baumreichen Straße in Zamalek. Als er den Tahrir hinter sich hatte und in die Gartenstadt kam, hatte dieser beruhigende Gedanke seine Kopfschmerzen schon fast vertrieben.

Auch die – am Wochenende frischere – Luft tat ihm unendlich gut. Er gelangte zur Botschaft in der Tawfik Diab Straße und gab seinen Pass einem der Wachposten, einem Wehrpflichtigen der Zentralen Sicherheitskräfte, die unter anderem für die Bewachung der Botschaften zuständig waren. Der Ägypter warf einen Blick auf den Pass und musterte John gründlich. »Ihnen geht's nicht gut, stimmt's?«

»Besser, als ich aussehe«, erwiderte er wenig überzeugend.

Auf dem Gelände waren zusätzlich noch einige Marines postiert, die ihn scharf, aber doch gleichmütig ansahen – sie hielten es nicht für der Mühe wert, sich nach seinem Befinden zu erkundigen.

Ein anderer Wachposten hielt ihn gleich hinter der Eingangstür an, und nachdem er den Zweck seines Besuchs erklärt hatte, lieferte John seine Glock ab. Der Posten schien nicht überrascht, er brachte die Pistole nur zu einem Stahlschrank und legte sie in eine Schublade, die er abschloss. Dann gab John seine Schlüssel, sein Telefon und sein Kleingeld ab, ging durch den Metalldetektor, nahm alles wieder an sich und sagte dem Portier Eric am gegenüberliegenden Fenster, wohin er wollte. Eric war etwa fünfundzwanzig, stammte aus Wyoming und war dabei, seinen Kampf gegen die Psoriasis zu verlieren. Aber er konnte sich erstaunlich gut die Hunderte Gesichter merken, die jeden Tag an ihm vorbeikamen. »Hab Sie seit Mittwoch nicht mehr gesehen, Mr. Calhoun.«

»Auch Lohnsklaven kriegen ab und zu einen Tag frei.«

»Hab ich gehört.«

»Und Sie haben Wochenendschicht?«

»Für die Firma tu ich alles.«

Er fuhr mit dem Aufzug in den vierten Stock, der offiziell zur Abteilung US & Außenhandel gehörte, in Wahrheit aber die Hauptbüros der CIA in Ägypten beherbergte. Während Stan Bertolli, sein direkter Vorgesetzter, fünf Primäragenten unter sich hatte, war er selbst nur Submanager. John kannte noch drei andere – Jennifer Cary, Dennis Schwarzkopf und Terry Alderman –, wusste aber nicht, wie viele Mitarbeiter sie hatten. Wenn man noch die Agenten dazuzählte, die nie in der Botschaft auftauchten, sondern als ausländische Geschäftsleute in der Stadt wohnten, sowie die einheimischen Helfer, ob bezahlt oder zwangsverpflichtet, dann zählte Harry Wolcotts kleines Imperium wahrscheinlich über hundert Seelen. Allein heute sah John ein halbes Dutzend Leute, denen er noch nie vorgestellt worden war. Sie nickten mürrisch auf dem Weg zu den gemeinschaftlichen Kaffeemaschinen und kehrten dann wieder in ihre Kabuffs zurück, wo sie weiterhin den Spuren nachgingen, denen sie nachzugehen hatten. John nahm an, dass sie sich mit der Ermordung des Stellvertretenden Konsuls in Ungarn befassten, stellte aber keine Fragen. Er kannte seine Grenzen.

Stans Büro war abgeschlossen, aber daneben war ein offenes Vorzimmer mit einem alten PC nur für Berichte. Ein Aufkleber am Bildschirm besagte, dass der Computer für Informationen bis zur Stufe GEHEIM benutzt werden durfte. Tatsächlich war es so, dass der Rechner alles löschte, sobald sich jemand abmeldete, und deshalb hatte John jedes Mal, wenn er sich einloggte, einen leer gefegten Computer vor sich. Er hatte keinen Internetanschluss, aber die Berichte wurden nach der Abmeldung über Ethernet-Verbindungen an andere Computer geschickt. Er würde also seinen Bericht schreiben, die Empfänger auflisten und SENDEN anklicken, aber erst, wenn er sich abgemeldet hatte, würde der Computer den Bericht abschicken, um ihn dann lokal sofort zu löschen. Das stelle den höchsten Stand der Datensicherheit dar, hatte man ihm versichert.

Seine Kennung war LAX942, sie wurde in dem Bericht automatisch statt seines Namens verwendet. Auch das Datum, »5. März 2011«, und der Standort, »Botschaft, Kairo«, wurden vom Computer eingesetzt. Das erste Feld, in das er etwas eintragen musste, trug deshalb die Bezeichnung »Operative Klassifikation«.

Er dachte einen Moment lang darüber nach. In anderen Berichten war das Thema selbsterklärend gewesen: Agententreffen, Überwachung, Kurierfahrt. Er entschied sich für Transport.

Geheimhaltungsstufe: Geheim.

Thema: Jibril Aziz.

Darunter war ein leeres Feld ohne irgendwelche Anweisungen. Hier sollte er also erklären, warum ein Fehlschlag einen amerikanischen Agenten das Leben gekostet hatte. Er begann mit den Einzelheiten der Operation, den Anweisungen, die er bekommen hatte, und der Abholung im Semiramis. Er beschrieb die Route, die sie genommen hatten, und den Halt in Marsa Matruh, einschließlich des Treffens mit dem Mann in der rot karierten Ghutra, ihres Grenzübertritts und Jibrils Kauf einer Kalaschnikow.

Er verbrachte einige Zeit mit ihrer Meinungsverschiedenheit bezüglich der weiteren Fahrtroute und gab sogar zu, dass er Jibril die Ausrede mit dem dichten Verkehr geglaubt hatte. »Aber als Mr. Aziz sich in al-Adam mit einer Kontaktperson traf, wurde mir klar, dass seine Gründe nicht auf unseren knappen Zeitplan beschränkt waren. Der Verkehr war nicht der Grund, sondern ein Vorwand.«

»Hey, John«, hörte er. Stan Bertolli kam heran, über der Schulter eine Laptoptasche.

John nickte ihm zu.

Stan runzelte die Stirn, als er sein Gesicht sah. »Hat dich Harry durch die Mangel gedreht?«

Leise Beunruhigung regte sich in John: Harry hatte ihn angewiesen, niemandem etwas über die Fahrt nach Libyen zu sagen, aber Stan hätte nur drei Schritte machen und ihm über die Schulter schauen müssen, um sich zusammenreimen zu können, was da gelaufen war. John überlegte, ob er antworten sollte, fürchtete aber, Stan könnte das als Einladung zum Näherkommen auffassen, und zuckte deshalb nur die Achseln.

»Ist das der Bericht?«

John nickte nervös.

Nach einer unbehaglichen Pause schloss Stan sein Büro auf und ging hinein. John atmete auf, starrte ein paar Sekunden verständnislos auf den Bildschirm, riss sich dann zusammen und machte weiter.

Er beschrieb den Kontaktmann, merkte aber, dass die Schilderung zu umständlich war, löschte sie und schrieb »ein großer Mann, dunkelhäutig, in traditionellen Beduinengewändern«. Fast hätte er das ledergebundene Buch erwähnt, das er zu verbrennen versprochen hatte, besann sich aber rechtzeitig.

Er kam jetzt gut voran, und als sei ihm die beängstigende Situation wieder ganz gegenwärtig, flogen seine Finger nur so über die Tastatur, während er die letzte Etappe bis zum Auftauchen der Banditen schilderte. Er erwähnte die Unterhaltung über die beiderseitigen Familien und sogar Jibrils Erklärung seiner Obsession aufgrund der tragischen Ermordung seines Vaters, dann fiel ihm ein, dass er ja Harry im Hinblick auf Jibrils Mitteilsamkeit belogen hatte. Also strich er den letzten Absatz wieder. Dann waren sie bei dem Toyota-Pick-up. Er hielt inne, schloss die Augen und versuchte, sich alles zu vergegenwärtigen. Er stellte es sich in Zeitlupe vor, roch den trockenen, kühlen Wind, sah die leuchtend grünen Tücher auf den sonnenverbrannten Köpfen, blinzelte in den dunkelnden Himmel und hörte *Scheiß auf dein Englisch!* Dann tippte er.

Stan

1

Sie teilten das Bett, aber er nahm sie nicht. Dafür war es zu früh, das wusste er, obwohl er seine Hand auf ihrer Hüfte nur mit größter Anstrengung zwingen konnte zu bleiben, wo sie war. Sophie war bei ihm, doch ein Teil von ihr war noch bei Emmett, und das würde noch lange so bleiben. War es nicht immer so gewesen? Ja – aber jetzt war Emmett Kohl vom betrogenen Ehemann zum Heiligen aufgestiegen, und das konnte sich nicht so schnell ändern. Sie schlief bald ein, was bewies, dass sie sich nicht wirklich fremd waren, oder vielleicht auch nur, wie erschöpft sie war. Wie auch immer, ihm blieb nichts anderes übrig, als den sanften Schwung ihrer unter dem Laken hervorschauenden Schulter zu betrachten und sich zu fragen, ob ein ganz leichter Biss sie wecken würde.

Wie viele Nächte mochte sein Vater in italienischen Betten gelegen und wegen der vielen widerstreitenden Gedanken in seinem Kopf keinen Schlaf gefunden haben? Paolo Bertolli hatte seinem Sohn viel erzählt, es aber vermieden, über die schmutzige Realität zu sprechen, und nur seine ruhmreichen Augenblicke ausführlich geschildert – den Nachmittag Anfang

1978, als er verdrahtet zu einem Treffen ging, auf dem die Entführung von Aldo Moro geplant werden sollte; die von ihm übermittelte Nachricht über den Aufenthaltsort des entführten Brigadegenerals James Dozier im Jahr 1981 und dann 1983 die Festnahme von Vanni Mulinan. Nichts darüber, wie er gelernt hatte, trotz extremer Ängste zu schlafen, die ihm im mittleren Alter chronische Magengeschwüre und drei Operationen eingebracht hatten. Stans Mutter, die nur selten von seinem Vater sprach, hatte gesagt, er habe im Schlaf geweint. Unversöhnlich hatte sie dann hinzugefügt: »Welcher Mann tut denn so etwas?«

Ein Mann, dem einiges auf der Seele liegt.

Er wusste zu wenig, und während er über die wenigen Fakten nachdachte, die ihm vorlagen, erinnerte er sich an Harrys Miene vom Vortag, als er sich nach Johns inoffiziellem Auftrag erkundigt hatte: Die Stirn war plötzlich voller Falten gewesen, als hätte sie einen Schlag abbekommen. Er erinnerte sich daran, weil es derselbe Ausdruck war, den er gesehen hatte, als er Harry im Jahr zuvor Beweise für Emmetts Verfehlungen vorgelegt und ihn gebeten hatte, sie nach Langley weiterzuleiten. Dieser Ausdruck hatte Harrys Gesicht schrumpfen lassen, und nach langem Überlegen hatte er gesagt: »Ich liefere den smarten Jungs zu Hause keinen Vorwand, meine Station umzukrempeln. Darum kümmern wir uns selbst.« Dieses Sich-selbst-Kümmern hatte sich dann darin erschöpft, dass ein fauler Apfel in einen anderen Garten geschickt worden war.

Zora Balašević hatte Dragan Milić gesagt, dass Emmett Informationen ausgeplaudert habe. Dragan hatte das mit Recht bezweifelt, denn wozu hätten die Ägypter sie sonst engagiert? Was aber, wenn sie die Wahrheit gesagt und eine andere

Quelle in der Botschaft gefunden hatte? Harry? War womöglich Harry die undichte Stelle, und hatte er Emmett dazu benutzt, seine Spuren zu verwischen? *Darum kümmern wir uns selbst.*

Oder wurde Stan paranoid? Inzwischen war es zwei Uhr morgens, und er lag neben einer Frau, die kannibalische Begierden in ihm weckte. Wie konnte er auch nur daran denken, sich selbst zu trauen?

Er erinnerte sich an einen Rat, den sein Vater ihm gegen Ende seines Lebens gegeben hatte, als er im Krankenhaus lag und Schläuche aus jeder seiner Körperöffnungen kamen. *Stan, wenn du in einem Haus voller Spiegel lebst, kannst du nur am Leben bleiben, wenn du glaubst, dass jedes Spiegelbild real ist. Der Nachteil ist, dass dich das um den Verstand bringen kann.*

Dann war es Sonntagmorgen. Kaffee, frisch gepresster Orangensaft und Bagels, die die Botschaft aus Amerika kommen ließ. Mit Frischkäse an der Lippe tippte Sophie auf die Oberfläche ihres iPads und sah über seinen Wi-Fi-Anschluss ihre E-Mails durch. »Zweiunddreißig Nachrichten«, stöhnte sie.

»Ignorier sie doch.«

»Seine Eltern wollen wissen, warum ich nicht mit seiner Leiche nach Hause komme.«

»Ignorier sie einfach«, wiederholte er. »Oder schreib ihnen, es geht dir gut, aber du willst nicht über Einzelheiten reden. Am besten, du sagst niemandem, dass du hier bist.«

Sie sah ihn stirnrunzelnd an. »Ich bin doch hier, niemand hat mich aufgehalten. Es spielt also keine Rolle.«

»Von mir erfährt's jedenfalls niemand«, sagte er, »und vielleicht ist es besser, wenn wir uns nicht widersprechen.«

Ganz kurz huschte ein Hauch von Verstehen über ihr

Gesicht, verschwand aber genauso schnell wieder. »Warum bin ich ein Geheimnis?«

»Hab ich dir doch schon gesagt: Harry wird sich mit dir befassen wollen. Wenn er weiß, dass du in Kairo bist, wird er sich zusammenreimen, dass du bei mir wohnst, und dann wird er zu mir nicht mehr so offen sein wie sonst. Ich will nur ein bisschen Zeit für uns gewinnen.«

»Du meinst, er weiß Bescheid?«

»Worüber?«

»Über uns.«

Stan lächelte. »Wenn er's nicht schon längst weiß, wird er zwei und zwei zusammenzählen, sobald er erfährt, wo du wohnst.«

»Und das wäre für dich ein Problem.«

»Das nehme ich an«, sagte er, als hätte er nicht längst daran gedacht. Die Angst vor Bloßstellung hatte im vergangenen Jahr sein Leben beherrscht, und nachdem Sophie zu ihm zurückgekommen war, kehrte auch die Angst zurück. »Es ist nicht so, dass dein Kommen ein Geheimnis ist – du hast mit deinem Pass Ungarn verlassen und bist in Ägypten eingereist. Die Budapester Botschaft müsste wissen, wo du bist. Die werden Harry schon bald anrufen und ihm mitteilen, dass du hier bist. Wahrscheinlich werden sie dich als labil bezeichnen. Lass uns noch ein oder zwei Tage warten, bevor wir zu Harry gehen.«

Sie nickte. Endlich hatte sie verstanden. »Findest du das auch?«

»Was?«

»Dass ich labil bin?«

Er ging zum Sofa, beugte sich herab und küsste sie auf die Stirn. »Du willst nur verstehen. Daran ist nichts Labiles.«

Sie schaute zu ihm hoch, und nach ein paar Sekunden nickte sie unmerklich. Dann griff sie in ihre Tasche und nahm ein zusammengefaltetes Blatt Papier heraus, das aussah, als wäre es viele Male gelesen und wieder zusammengefaltet worden. Sie hielt es ihm hin, und er nahm es.

»Was ist das?«, fragte er, als er sah, was es war – eine Geheimdepesche. War das eine neue Überraschung im Zusammenhang mit Zora Balašević?

»Erzähl mir von Stumbler«, sagte sie.

Er merkte, dass er rot wurde, aber er machte einfach weiter, las die Nachricht und sah Jibril Aziz' Namen. Stan wusste von Stumbler, aber niemand hatte ihm gesagt, dass Aziz die Operation initiiert hatte.

Sie sah ihn durchdringend an und wartete auf eine Antwort. Er setzte sich ihr gegenüber und begann zu erklären.

Stumbler war eine von rund zwanzig Ideen, die 2009 über ihre Schreibtische gegangen waren. Junge, kreative, manchmal geniale Analysten im Office of Collection Strategies and Analysis in Langley saßen herum und fragten sich, wie man die Welt zu einem sichereren Ort für amerikanische Unternehmen machen konnte, und wenn sie einen genialen Einfall hatten, recherchierten sie ein paar Wochen lang die Plausibilität und praktische Umsetzbarkeit ihrer Pläne, die Auswirkungen, die Risiken und den möglichen Nutzen. Doch bei der CIA wusste man schon lange, dass ein halbgarer Plan schlimmer ist als überhaupt kein Plan, und deshalb wurden die Pläne schließlich den Analysten entzogen und an regionale Experten herumgeschickt, um Risiken und Nutzen noch genauer einzuschätzen und darüber hinaus die Verantwortung auf mehr Schultern zu verteilen. Wenn zehn verschiedene regionale Experten einen Plan einhellig befürworteten, konnte man später, wenn er scheiterte, auf ihre Unterschriften zurückgreifen. »Aber in der realen Welt bedeutet das, dass jeder seinen Arsch möglichst bedeckt halten will und nur wenige Pläne über das Versuchsstadium hinaus gedeihen.«

»Und Stumbler?«, fragte sie.

»Das steht hier drin«, sagte er und hielt die Depesche hoch. Inzwischen hatte er die Adresszeile am unteren Rand des Ausdrucks gesehen und wusste, dass sie den Text aus WikiLeaks hatte. Es war nicht das erste Mal, dass diese Site ihnen Kopfschmerzen bereitete, und es würde auch nicht das letzte sein. »Niemand in der Kairoer Botschaft wollte es absegnen, und Harry hat unsere Einschätzung weitergegeben.«

»Aber worum ging es?«

»Um einen Regimewechsel in Libyen«, sagte er, denn der Plan war gestorben, und es war kaum ein Risiko, darüber zu sprechen. »Dieser Analyst –«

»Jibril Aziz.«

»Offenbar, ja. Er hatte ein Netzwerk von in Libyen ansässigen Gruppen und Stämmen aufgebaut, von denen er glaubte, wir könnten sie unter einen Hut bringen. Das war das Erste, was uns skeptisch machte: Verschiedene Gruppen in einem Land wie Libyen zu bewegen, auf ein gemeinsames Ziel hinzuarbeiten, ist fast ein Ding der Unmöglichkeit, und das ist einer der Gründe, warum Gaddafi sich so lange halten konnte – und warum er immer noch an der Macht ist. Aziz hat überall Anzeichen für die Instabilität des Systems gesehen, hat aber die Augen vor allem verschlossen, was seiner Ansicht widersprach – das ging aus seinem Bericht eindeutig hervor.«

»Soll das heißen, er hatte Wahnvorstellungen?«

Stan wiegte den Kopf. »Nein. Vielleicht. Ich weiß es nicht. Sagen wir einfach, er ist uns nicht absolut zuverlässig vorgekommen. Außerdem hätte Stumbler – wenn ich mich recht erinnere – vorausgesetzt, dass zweihundert Mann unserer eigenen Streitkräfte als Achse gedient hätten, um die herum die Stämme sich bewegt hätten, und das hat das Aus für das Projekt bedeutet. Wäre bekannt geworden, dass wir an einem Regimewechsel in Libyen beteiligt waren, wäre der politische Schaden sofort eingetreten. Ich spreche von Unruhen im gesamten Nahen Osten, schlimmer als das, was sich zurzeit abspielt. Führende Politiker, die wir unterstützen, wären plötzlich als Marionetten der Amerikaner gebrandmarkt worden. Unsere wirtschaftlichen Interessen in der Region wären unter Beschuss geraten. Das hat uns eine Heidenangst eingejagt, aber Aziz hielt es für eine Nebensache. Das war tatsächlich wahnhaft. Also haben wir den Plan abgelehnt. Hier kannst du es lesen, Harrys Worte. Wir haben vorgeschlagen, die bisherige Linie weiterzuverfolgen: die Gruppen weiter finanziell zu unterstützen, die wir schon auf der Liste hatten, und vielleicht ihren Anteil leicht zu erhöhen, aber ansonsten nichts zu unternehmen.« Er hielt inne und dachte an die aktuelle Lage in Libyen. »Natürlich haben die Ereignisse Aziz in vieler Hinsicht recht gegeben, aber vor zwei Jahren konnte man das einfach noch nicht vorhersehen.«

Er hatte ihr nicht viel verraten, was sie nicht selbst herausbekommen konnte, wenn sie zwischen den Zeilen der Depesche las. Sie trank von ihrem Kaffee und sagte nach kurzer Überlegung: »Und Emmett? Hat er zum Bewertungsteam gehört?«

Stan zuckte die Achseln. »Harry hat ihn vielleicht wegen der einen oder anderen Frage zurate gezogen – es gab ja auch wirtschaftliche Gründe, die für einen Regimewechsel sprachen, und das war Emmetts Spezialgebiet. Aber es würde mich wundern, wenn Harry ihn in den ganzen Plan eingeweiht hätte.«

»Warum hat sich Aziz dann mit ihm getroffen?«

»Wenn ich es wüsste, Sophie, würde ich es dir sagen.«

»Wir müssen Aziz finden.«

»Ich probier's. Mal sehen, wie weit ich komme.«

»Hat er eine Telefonnummer?«

»Wer?«

»Jibril Aziz.«

»Ich finde eine«, sagte er, setzte sich auf und steckte die Depesche ein. »Ich werde heute fast die ganze Etage für mich allein haben. Ich ruf dich nachher an – ist dein Handy eingeschaltet?«

»Nein.«

»Gut. Nimm dieses«, sagte er und ging in die Küche. Aus einer Schublade mit Batterien und Bindfaden nahm er ein altes Handy und ein Ladegerät. Er schloss es an, um es aufzuladen. »Ich ruf dich auf diesem Handy an, und falls du auf irgendwas stößt, rufst du mich an, und ich recherchiere in der Datenbank der CIA. Ich sehe auch, ob ich Harry sprechen kann, und am Nachmittag vergleichen wir unsere Notizen.« Er sah sie ernst an. »Klingt das gut?«

Sie überlegte ein paar Sekunden, dann zuckte sie die Achseln. »Besser als nichts.«

»Das auf alle Fälle.«

Er gab ihr einen Kuss, bevor er ging, und das Verlangen stellte sich wieder ein. Er packte seinen Laptop ein und ging hinunter. Vor dem Haus blieb er kurz stehen, um zu prüfen, ob die Luft rein war. Dragans Jungs waren nirgendwo zu sehen. Er setzte sich in sein Auto, doch bevor er losfuhr, rief er Harry an, der zu Hause war, drüben in Zamalek, und seiner Frau bei den Vorbereitungen für eine Veranstaltung in der Botschaft half, für die offenbar riesige Mengen von Lilien gebraucht wurden. Die Unterbrechung kam ihm gelegen. »Können wir uns treffen?«, fragte Stan.

»Wann?«

»Jetzt.«

»Sie waren wohl noch nie verheiratet, Stan? Stellen Sie keine unmäßigen Forderungen.«

»In einer Stunde?«

»Um vier«, sagte Harry. »Im Promenade.«

2

Als er im vierten Stock der Botschaft ankam, saß zu seiner Überraschung ein großer Schwarzer über die Tastatur gebeugt und tippte flink mit zwei Fingern. »John«, sagte er, und der Mann schaute verdutzt auf.

»Hey, Stan«, sagte John Calhoun.

Er war ein Riesenkerl, die Art Mann, die man leicht für einen brutalen Schwachkopf halten konnte, aber Stan kannte seine Berichte – Johns Englisch war besser als das jedes anderen seiner Agenten. An diesem Tag wirkte er jedoch erschöpft – seine dunkle Haut war fleckig, die Augen blutunterlaufen. »Hat dich Harry durch die Mangel gedreht?«

Ein Achselzucken.

»Ist das der Bericht?«

John nickte, sagte aber nichts. Stan ging in sein Büro und

machte die Tür hinter sich zu. Bald darauf stand John auf und ging hinaus – offenbar hatte er seinen Bericht beendet und abgeschickt –, und auf dem Weg zum Aufzug nickte er Stan kurz zu.

Stan loggte sich in den sicheren Server ein und suchte das Dossier über Jibril Aziz. Er las von einer Ehefrau, Inaya Aziz, und fand eine Telefonnummer in Alexandria, Virginia, die er sich notierte. Er fand auch einiges über die Familie – Libyer, in den Neunzigerjahren eingewandert, der Vater 1993 vom Gaddafi-Regime ermordet. Dann verfolgte er Aziz' Karriere, vom National Clandestine Service (Regional and Transnational Issues), wo er in Nordafrika stationiert gewesen war, mit Schwerpunkt Libyen, bis zum Office of Collection Strategies and Analysis. Nach den ersten paar Seiten stieß er auf eine chronologische Liste der Reisen, die er in den letzten fünf Jahren unternommen hatte, für die Agency oder für Collection Strategies. Budapest wurde nicht erwähnt, nicht einmal Kairo. Das bedeutete nicht, dass er diese Reisen nicht gemacht hatte, sondern nur, dass er sie nicht über das Reisebüro der CIA gebucht hatte.

Das war ein ziemlich bewegter Lebenslauf für einen erst Dreiunddreißigjährigen, aber Stan erfuhr daraus kaum etwas, das mit Emmetts Ermordung zusammenhängen konnte.

Zwei E-Mail-Adressen waren für Aziz angegeben, und er schickte an beide eine kurze Nachricht mit der Bitte um Kontaktaufnahme. Dann rief er gegen drei Uhr, in Virginia acht Uhr morgens, unter Aziz' Nummer zu Hause an. Eine aufgeregte Frauenstimme meldete sich sofort. »Hallo? Jibril?« Wahrscheinlich Inaya Aziz.

»Tut mir leid, nein«, sagte er. »Ich bin auf der Suche nach ihm. Ich rufe von seinem Büro aus an.«

Er hörte förmlich ihre Enttäuschung. »Nein, ich – es tut mir leid. Er ist nicht da.«

»Wissen Sie, wann er zurückkommt?«

Sie zögerte, als sei das eine ungebührliche Frage. Dann fragte sie misstrauisch: »Wie war noch mal Ihr Name?«

Ihr Tonfall gefiel ihm nicht, deshalb legte er auf. Sie war hochgradig nervös und, wie weitere Recherchen ergaben, im siebten Monat schwanger. Er zog sich an der Nase und überlegte. Sie hatte kaum etwas gesagt, aber es war klar, dass sie keine Ahnung hatte, wo ihr Mann war.

Um halb vier packte er den Laptop ein und schaltete seinen PC aus, dann ging er, nickte dem Wachposten zu und verabschiedete sich bei Eric am Empfang sowie von dem ägyptischen Wachposten am Eingang. Durch seine Tätigkeit in der Verwaltung hatte er gelernt, etwas umgänglicher zu sein, als er es von Natur aus war.

Er fuhr Richtung Westen, über die 15.-Mai-Brücke nach Zamalek und parkte eine Querstraße von dem monströsen Cairo Marriott entfernt, bevor er zum Restaurant Garden Promenade ging, das eines von Harrys Stammlokalen war. Der Stationschef saß bereits an einem Tisch im hinteren Bereich und trank aus einem Collins-Glas einen Gin Tonic, wie Stan wusste. Er hielt einen vorbeikommenden Kellner an und bestellte sich das Gleiche. »Sie sind am Samstag unterwegs?«, fragte ihn Harry.

»Ich möchte nur ein paar offene Fragen klären.«

»Sie brauchen eine Frau. Dann wären Sie viel ausgeglichener.«

In den letzten Monaten benutzte Harry Wörter wie »Ausgeglichenheit« und »Gleichgewicht«, als sei er gerade erst auf sie gestoßen.

Bevor Stan etwas sagen konnte, kratzte sich Harry an der Wange und sagte: »Haben Sie seit diesem Anruf noch einmal mit Sophie Kohl gesprochen?«

Wie die Erwähnung von Zora Balašević schien die Frage aus dem Nichts zu kommen. Anstatt rundweg zu lügen, fragte Stan: »Warum?«

»Anscheinend ist sie vermisst.« Harrys Gesicht war vollkommen arglos, nur neugierig.

»Vermisst?«

»Ja, höchst seltsame Geschichte.« Harry griff nach seinem Glas. »Sie ist gestern einfach aus ihrem Leben verschwunden, vor ihrem Flug nach Hause. Geht nicht ans Telefon. Ist einfach verschwunden.«

Was, überlegte Stan, würde ein Unschuldiger in dieser Situation sagen? »Sie ist doch nicht entführt worden, oder?«

»Nein, nein. Sie wurde am Flughafen gesehen. Ist irgendwohin geflogen, aber die Ungarn sagen uns nicht, wohin.«

»Warum nicht?«

»Haben Sie in letzter Zeit mal mit den Ungarn zu tun gehabt? Die halten bei allem erst mal die Hand auf. Diese neue Regierung geht einem wirklich auf den Sack.«

»Wusste ich nicht«, sagte Stan.

Harry trank einen Schluck. »Falls sie doch Kontakt mit Ihnen aufnimmt, lassen Sie es mich wissen. Die in der Budapester Station sind am Durchdrehen.«

»Mach ich.«

Harry stellte sein Glas ab. »Was brauchen Sie?«

Er hätte viele Fragen stellen können, aber er hatte beschlossen, mit dem neuen Thema anzufangen, das Sophie aufs Tapet gebracht hatte. »Ich muss alles über Jibril Aziz wissen.«

Wie tags zuvor legte sich Harrys Stirn in Falten, als hätte

Stan darauf geschlagen, doch dann lehnte er sich zurück. »Wer soll das sein?«

Er machte ihm etwas vor, aber Stan wusste nicht, warum. »CIA, Harry. Sie kennen seinen Namen schon, er war der Architekt von dem Plan, den wir vor zwei Jahren abgelehnt haben – Stumbler. Außerdem hat er sich eine Woche vor dem Mord zweimal mit Emmett getroffen.«

»Das ist ja interessant.«

»Allerdings. Wenn wir da Nachforschungen anstellen, muss ich mehr über ihn wissen.«

Harry holte tief Luft und schaute in sein Glas. »Dann ruf ich mal ein paar Leute an.«

Stan konnte nichts tun, und so nickte er nur. Es war nicht das erste Mal, dass Harry ihn anlog, aber die Wiederholung machte es nicht leichter für ihn. »Möchten Sie etwas über Zora Balašević hören?«

»Sagen Sie's mir, ob ich möchte oder nicht.«

»Sie hat letztes Jahr drüben im islamischen Kairo gewohnt, und –«

»Und jetzt?«, unterbrach ihn Harry.

»Ist sie wieder zu Hause in Serbien.«

»Also *nicht* in Ungarn.«

Eine Gruppe Westler in Lederjacken, sieben oder acht, kam lachend ins Restaurant gepoltert. Auf den ersten Blick hielt Stan sie für Filmleute. »Dragan Milić behauptet, er hat nie was von Emmett bekommen. Die Balašević hat ihm gesagt, Emmett hätte nicht mitgespielt.«

»Glauben Sie das?«

»Dragan glaubt es nicht. Und ich auch nicht. Aber der springende Punkt ist, dass sie zu dem Zeitpunkt schon für die Ägypter gearbeitet hat.«

Stan konnte Harrys Stirn nicht sehen, denn er bedeckte sein ganzes Gesicht mit seiner großen Hand, als er sich mit Daumen und kleinem Finger die Schläfen massierte. Schließlich nahm er die Hand herunter und schaute zu den Hollywood-Typen hinüber, die sich an einen Tisch setzten, der Platz für doppelt so viele bot.

»Es ist immerhin möglich«, sagte Stan, »dass sie nicht gelogen hat, wissen Sie. Vielleicht haben wir uns geirrt, und Emmett hat tatsächlich nichts verraten. In dem Fall muss es aber in der Botschaft eine andere undichte Stelle geben.«

Harry blinzelte mehrmals. Sein Haar war nicht so makellos wie sonst; ein paar weiße Strähnen fielen ihm in die hohe Stirn.

»Irgendwelche Ideen?«, fragte Stan.

Ohne den Blick von dem anderen Tisch zu nehmen, schüttelte Harry den Kopf, und diese Bewegung hatte etwas derart Trostloses, dass Stans Verdacht ganz plötzlich wieder auflebte. Der Paolo Bertolli in ihm dachte: *Natürlich ist er es. Und du sitzt hier und plauderst alles vor dem Mann aus, was du letztes Jahr hättest mitkriegen müssen. Jetzt sag mir bloß, wie die CIA es schafft, dass die Leute den Mund halten.*

»Kommen Sie schon, Harry. Reden Sie mit mir.«

Statt einer Antwort hob Harry sein Glas und trank es aus. Er stellte es wieder ab und sagte: »Wie gut können Sie ein Geheimnis bewahren?«

»Ich bin ein vorbildlicher Angestellter.«

»Dann lassen Sie uns ein paar Schritte gehen.«

Harry zahlte, und gemeinsam verließen sie das Hotel durch den Vordereingang, vorbei an geschäftigen Gepäckträgern und den dicht gedrängten Taxis in der Auffahrt, dann suchten sie eine Stelle, an der sie die Mohamed Abd El-Wahab überqueren konnten, um an den Nil zu gelangen, wo schmale Piers ins Wasser vorstießen, an denen kleine Boote lagen. Instinktiv wurden sie schneller und langsamer und blieben hin und wieder stehen, um Passanten abzuschütteln, die länger als ein paar Sekunden in ihrer Nähe blieben. »Also erstens muss ich eines schon mal gleich klarstellen«, sagte Harry. »Jibril Aziz können Sie vergessen.«

»Warum?«

»Sie haben recht, ich kenne den Namen, aber das spielt jetzt keine Rolle mehr, weil er nämlich tot ist. Und nein« – er hob eine Hand – »ich werde Ihnen nicht sagen, wie, wo oder wann er gestorben ist, denn das brauchen Sie nicht zu wissen. Verschwenden Sie am besten keine Zeit damit, ihn zu suchen.«

Tot? Stan brauchte einen Moment, um sich zu fassen. »Und wie wär's mit dem Warum?«

»Ich bin nur Stationschef. Fragen Sie mich nichts, was über meiner Gehaltsstufe liegt. Langley sagt mir, was ich tun soll, und ich schnaufe und keuche und tu's.«

Wie, fragte sich Stan, sollte er einen toten Jibril Aziz mit allem anderen in Zusammenhang bringen? »Und zweitens?«

Harry rieb sich seitlich den Hals, als sie eine Laufplanke erreichten, die zu einem langem Restaurantschiff führte. Ein Schild wies es auf Englisch als »Veranda Restaurant and Lounge« aus. Stan dachte, Harry wolle die Rampe hinuntergehen, um noch einen mit ihm zu trinken, aber er blieb stehen, griff in seine Jackentasche und brachte ein Päckchen Marlboro Lights zum Vorschein. Er zündete sich eine in den hohlen Händen an und inhalierte tief. Eine frische Brise kam auf und trug den fauligen Gestank des Flusses und Stimmen aus dem Restaurantschiff heran – Angestellte, die sich gegenseitig ihr Leid klagten, während sie sich auf das Abendgeschäft vorbereiteten. Harry spielte auf Zeit, was kein gutes Zeichen sein konnte, und Stan begann vor Ungeduld unter dem Hemd zu schwitzen.

Schließlich sagte Harry: »Glauben Sie wirklich, Sie wären der Einzige gewesen, an den sich Langley voriges Jahr gewandt hat? Das war ein ziemlich schlimmes Leck.«

»Wovon reden Sie?«

»Langley hat Ihnen einen Teil der Geschichte erzählt und Sie losgeschickt. Nach einer Weile sind Sie mit Emmett zurückgekommen.«

»Was meinen Sie mit einem Teil der Geschichte?«

»Ich meine, was ich sage, Stan. Wie viele bekannt gewordene Geheimdokumente haben die Ihnen gezeigt, bevor Sie sie auf Emmett gebracht haben?«

»Vier.«

»Es waren mindestens neun, Stan. Zumindest haben sie mir so viele genannt, bevor sie mich auf die Suche nach der undichten Stelle geschickt haben.«

»Warum haben Sie mir das nicht gesagt?«

»Werden Sie nicht selbstgerecht, Stan. Das steht Ihnen nicht zu.«

Stan war sich nicht sicher, was er meinte, aber Harrys Tonfall war unmissverständlich. Harold Wolcott war einer Ohrfeige noch nie näher gewesen, und Stan spürte die Kälte seines nassen Hemdes. Der Stationschef hielt sich an einem Pfosten neben der Laufplanke fest, um nicht das Gleichgewicht zu verlieren. Es waren noch mehr Stimmen von dem Schiff zu hören, er sah zwei Kellner an Deck, die einander wütend anschrien, und in dem Moment fiel bei Stan der

Groschen. Der strohdumme Stan begriff endlich, dass die Leute in Langley ihm trotz der Worte ihres Emissärs überhaupt nicht getraut hatten. Ihn überlief es heiß. Laut sagte er: »Die haben mich getestet.«

»Die haben uns beide getestet, Stan. Warum, meinen Sie, habe ich Emmett nicht Langley in den Rachen geworfen? Ich hab Sie reinkommen sehen, als wären Sie von Gott höchstpersönlich auserwählt worden, nach einem Maulwurf zu graben, und dabei wusste ich, dass man Ihnen nur ein paar Karten gegeben hatte. Sie haben mit begrenzten Informationen angefangen.«

»Und auf wen haben Ihre Ermittlungsergebnisse hingedeutet?«

Harry blies den Rauch aus. »Ebenfalls auf Emmett. Aber im Gegensatz zu Ihnen habe ich ihm geglaubt.«

Stan schluckte schwer. »Mit anderen Worten, Sie waren sich nicht sicher, ob Sie mir trauen konnten.«

»Wer traut heute schon noch irgendwem?«, fragte Harry und legte Stan schwer die Hand auf die Schulter. »Nehmen Sie es nicht persönlich. In einer solchen Situation sollte man alles hinterfragen, und wenn einem eine entscheidende Information fehlt, geht man am besten davon aus, dass man gar nichts weiß. Ich glaube aber immerhin zu wissen, wie die Planer in Virginia denken. Manchmal sind sie wie Stringtheoretiker – was real ist, ist nicht real. Mann, es ist durchaus möglich, dass es von Anfang an überhaupt keine undichte Stelle gegeben hat.«

»Das glauben Sie?«, fragte Stan und dachte an den verstümmelten Undercover-Agenten bei Homs. Das *war* real.

Harry würdigte ihn keiner Antwort, aber er sagte: »Wenn unsere Ergebnisse auf Emmett hinwiesen, sich jetzt aber herausstellt, dass Emmett gar nichts verraten hat, dann wäre eine Möglichkeit, dass Langley Emmett loswerden wollte. Wäre nicht das erste Mal.«

Eine Art, ihn zum Schweigen zu bringen, dachte Stan, der sich langsam von seiner Demütigung erholte. Er dachte über diese neue Idee nach. »Emmett hat mit Jibril Aziz gesprochen. Hat er von Stumbler gewusst?«

Harry nickte. »Ich brauchte seine Hilfe wegen der wirtschaftlichen Aspekte. Er hat darum gebeten, den ganzen Plan zu sehen, deshalb hab ich ihm ein Exemplar geschickt. Aber das bedeutet nicht, dass die über Stumbler geredet haben.«

»Können Sie sich irgendein anderes Thema vorstellen, über das sie gesprochen haben könnten?«

Harry schnippte seine Zigarette weg. Sie flog im Bogen in das trübe Wasser hinunter. Auf dem Schiff prügelten sich die beiden Kellner jetzt, die Fäuste dicht unterm Kinn, wie Boxer aus einem anderen Jahrhundert. »Wir sollten nicht denken, dass wir irgendetwas wissen, denn wir wissen immer noch nichts.«

»Also was machen wir jetzt?«

Harry grinste. »Fragen Sie sich, was Ihr Vater tun würde.«

»Manchmal sind Sie ein richtiges Arschloch, Harry.«

3

Sophie rief von dem zweiten Handy aus an, während er fuhr, und fragte ihn ohne Umschweife, was er herausgefunden habe. »Nicht viel«, sagte er und versprach, bald nach Hause zu kommen.

Er hatte den Tag voller guter Vorsätze begonnen und bereute noch immer seine Lüge bezüglich der Balašević, aber ihm wurde bewusst, dass er Sophie nach wie vor keinen reinen Wein einschenken konnte. Erst musste er sich halbwegs klar darüber werden, was los war. Harry hatte recht – anzunehmen, dass sie wirklich etwas wussten, war unsinnig, und er fürchtete sich davor, Sophie mit Halbwahrheiten und Gerüchten abzuspeisen, die ihr zu schaffen machen würden. Er meinte, bis zu einem gewissen Grad zu verstehen, was sie durchmachte, und er wusste, dass Schuldgefühle und Paranoia einen Menschen um den Verstand bringen konnten, wenn er ohne nachprüfbare Tatsachen auskommen musste. Die letzten Minuten mit ihrem Mann hatte sie damit zugebracht, ihm eine Affäre zu gestehen – wie hätte sie nicht am Boden zerstört sein sollen?

Er hielt bei einem Restaurant, um etwas zum Mitnehmen zu kaufen, und als er nach Hause kam, saß Sophie mit ihrem iPad genau an derselben Stelle wie zuvor, als er sie verlassen hatte. Ihre Haut war jedoch rosig; wahrscheinlich hatte sie sich ein wenig auf der Terrasse gesonnt und die Pyramiden betrachtet. Sie wirkte ernst. »Irgendwas Neues?«, fragte er und gab ihr einen Kuss, aber sie schüttelte den Kopf. Sie sah sich die News auf Yahoo an.

Er stellte das gegrillte Hähnchen auf den Tisch, und obwohl sie gute Miene machte, spürte er mit jeder Faser, dass sie etwas vor ihm verheimlichte. »Hast du etwas über Jibril Aziz gefunden?«, fragte sie.

Er überspielte seine Verlegenheit, indem er in die Küche ging, um das Essen auf zwei Teller zu verteilen. »Nicht viel«, rief er ihr zu. »Nur, dass er eine Stelle im Office of Collection Strategies hatte. Ich hab ihm eine E-Mail geschickt – vielleicht antwortet er ja.«

»Keine Telefonnummer?«

»Nein«, log er.

»Warum nicht?«

Weil er eine Leiche ist, hätte er am liebsten geantwortet, aber er hatte sich das auf der Heimfahrt zurechtgelegt. Aziz war Sophies einzige brauchbare Spur, und wenn sie erfuhr, dass er tot war, würde sie keinen Grund mehr haben, in Kairo zu bleiben. »Manchmal haben die Geheimnummern«, sagte er, bemüht, so etwas wie eine bürokratische Logik zu vertreten. »Entweder weil sie in ein anderes Büro wechseln, oder weil der Bereichsleiter wegen eines bestimmten Projekts jede Störung von ihnen fernhalten will. Ich hab ihm aber eine E-Mail geschickt.«

»Und Frau hat er keine? Familie?«

»Nein«, log er erneut und dachte an die aufgeregte Frau am Telefon.

Er spürte den Frust in ihrem Schweigen. »Ich hab ein paar Anhaltspunkte, denen ich morgen nachgehen kann«, sagte er.

»Zum Beispiel?«

»Na ja, er ist gebürtiger Libyer, und ich hab meine Fühler nach einigen der Exilgruppen ausgestreckt, die in den Stumbler-Memos erwähnt werden.« Er war erstaunt, wie glatt ihm diese Erfindungen von den Lippen kamen. »Wenn er sich in diesen Kreisen bewegt, müssten wir ihn eigentlich leicht aufspüren können.«

»Okay«, murmelte sie.

Wie viel belogen sie einander?, fragte er sich, als er das Besteck aus der Schublade nahm. Wie oft hatten sie gelogen? Er musste plötzlich an seine Eltern denken – an einen Vater, der vom Lügen lebte, und eine Mutter, die durch die Lügen ihres Mannes zur Alkoholikerin geworden war. Scheidung kam in ihrem Weltbild nicht vor, doch als sein Vater starb, waren die beiden nur noch der blasse Abklatsch eines Ehepaars.

Vielleicht war das der Grund, warum er beschloss, etwas offener zu Sophie zu sein. Er wollte etwas Dauerhaftes mit ihr, etwas Beständiges in seinem unsteten Leben – und das setzte Risikobereitschaft voraus. Nicht viel, aber ein gewisses Maß. Beim Essen sagte er: »Ich muss dir ein paar Dinge über Emmett sagen.«

Letztes Jahr, erzählte er, sei er dahintergekommen, dass Emmett geheime Informationen weitergegeben habe. Er machte eine Pause und suchte in ihrer steinernen Miene nach einer Reaktion. Da er nichts entdeckte, fuhr er fort: »Emmett hat Zora Balašević mit Nachrichten beliefert.«

Sie blinzelte ein paar Mal, musste die Neuigkeit verarbeiten. Dann kombinierte sie genau so, wie er es befürchtet hatte. »Du hast vorgegeben, du hättest nie von ihr gehört. Du hast mich *belogen.*«

»Du hast mich überrumpelt. Tut mir leid, es kommt nicht wieder vor.«

»Du hast gelogen«, wiederholte sie.

Er sah, wie verletzt sie war, und wäre am liebsten mit dem Gesicht gegen die Tischkante gerannt. Stattdessen sagte er: »Du bist einfach so aufgetaucht. Auf einmal warst du wieder in meinem Leben. Ich war verwirrt. Ich hab einen Fehler gemacht, und es tut mir leid. Aber ich verspreche dir: Es kommt nicht wieder vor.« Das war vielleicht die schlimmste Lüge. »Glaubst du mir?«

Die Kränkung nistete sich in ihren Zügen ein. Sie nickte kaum merklich, aber es war ein Nicken. Dann sagte sie: »Erzähl weiter.«

Er räusperte sich und tupfte sich mit der Serviette den

Mund ab. »Als ich ihm draufgekommen war, hab ich ihn zur Rede gestellt. Ich hab ihm gesagt, er soll damit aufhören. Tu's, und es braucht niemand davon zu erfahren. Aber ich glaube, er hatte mehr Angst vor dem, was die Balašević gegen ihn in der Hand hatte. Ich hätte ihn einfach Langley melden können, aber das hätte in einem Desaster geendet. Stattdessen bin ich zu Harry gegangen.«

Sie starrte eine Weile vor sich hin, dann sagte sie: »Er hat es mir erzählt. Vor … dem.«

Er runzelte die Stirn. »Auch von mir?«

Sie nickte erneut, und ihm fiel es wie Schuppen von den Augen. Das war das Geheimnis, das sie letzte Nacht nicht preisgegeben hatte, die Distanz, die er zwischen ihr und sich gespürt hatte. Sie hatte von Anfang an gewusst, dass er etwas zurückhielt, und hatte auf diesen Moment gewartet. Es war richtig gewesen, dass er sich ihr geöffnet hatte. Sie stand vom Esstisch auf und setzte sich auf die Couch, auf der sie offenbar den Großteil des Tages verbracht hatte. »Wo ist Zora?«, fragte sie.

Er folgte ihr und setzte sich ans andere Ende der Couch. »In Serbien. Sie ist im September nach Hause gefahren. Seit Emmett fort war, hat sie hier nichts mehr gehalten.«

Sophie überlegte. Er wartete darauf, dass sie weiterfragte, denn sie musste ja noch viele Fragen haben, aber sie ließ sich Zeit. »Emmett hat sie gesagt, sie arbeitet für die Serben. Das war eine Lüge.«

Sie hob den Kopf, sah ihn direkt an und kniff die Augen zusammen. »Was? Bist du sicher?«

»Mein serbischer Kontaktmann behauptet, zu der Zeit hätte sie schon für die Ägypter gearbeitet.«

»Und du glaubst ihm?«

»Ich glaube niemandem.« Nach einer längeren Pause fügte er hinzu: »Aber eigentlich schon, doch, wahrscheinlich glaube ich ihm.«

Sie ließ den Blick durch den Raum wandern, dann wandte sie sich wieder ihm zu. Ihre Augen waren feucht. »Er hat mir gesagt, er sei unschuldig. Emmett.«

»Das hat er mir auch gesagt.«

»Warum hast du ihm nicht geglaubt?«

Stan seufzte. »Weil er sich mit ihr getroffen hat.«

»Wie oft?«, fragte sie, nun sichtlich interessiert.

»Wir wissen nur von einem Mal. Aber wir haben uns seinen Computer angesehen – er hatte dieselben Akten mit nach Hause genommen, die weitergegeben worden waren.«

Sie nickte bestätigend, als hätte er ein besonders überzeugendes Argument vorgebracht, deshalb verzichtete er darauf, ihr zu sagen, dass Balašević Emmett ebenfalls als unschuldig bezeichnet hatte. Was hätte es genützt? Schließlich fragte sie: »Was für ein Desaster?«

»Wie bitte?«

»Du hast gesagt, wenn du Emmetts Vergehen in Langley gemeldet hättest, wäre es zu einem Desaster gekommen.«

»Stimmt.«

»Ja, und?«

Er zögerte. »Die hätten ihn von Kairo abgezogen. Er wäre ruiniert gewesen.«

»Aber er hat doch Geheimnisse verraten.«

»Das Desaster wäre gewesen, dass du auch von Kairo weggegangen wärst.«

Sie trank einen Schluck Wein und ließ nicht erkennen, ob sie die emotionale Bedeutung dieser Äußerung verstanden hatte.

Er fragte: »Was hatte die Balašević gegen Emmett in der Hand?«

Sie seufzte laut und lange, dann rutschte sie zu ihm hinüber und legte den Kopf an seine Brust. Er hob einen Arm, um sie an sich zu drücken, und fragte sich, woher diese plötzliche Zärtlichkeit kam. Erschöpfung? War die Zärtlichkeit echt, oder glaubte sie, sie ihm schuldig zu sein? Glaubte sie, eine Wahl zu haben?

Das war die gute Frage. Welche Wahlmöglichkeiten hatte Sophie Kohl in Kairo, und wer war die treibende Kraft, als er sie auf den Hals küsste, ihr Bein streichelte und damit sein Verlangen kundtat? Was motivierte sie, als sie reagierte, indem sie ihm die Hand auf den Schenkel legte und dann den Kopf hob, sodass er sie küssen konnte? Von einer Witwe kurz nach der Ermordung ihres Mannes konnte man solche Empfänglichkeit nicht erwarten – aber was wusste er schon über Witwenschaft? Er vermutete, dass es eine ganze Welt von Komplikationen und Beweggründen gab, mit der er nie in Berührung kommen würde, sodass es für immer unmöglich sein würde, genau zu sagen, was sie in diesem Moment bewogen hatte, sich seinem Willen zu fügen.

Doch in dieser Nacht schob er seine Bedenken beiseite. Sie kam endlich zu ihm, und sein Verlangen stieg. Sie hatten schon im Wohnzimmer fast alle Kleider abgelegt, und dann führte sie ihn – nicht er sie – ins Schlafzimmer, wo er sie endlich nehmen durfte.

Hinterher sah er zu, wie sie einschlief. Er war hingerissen und voller Besitzerstolz, wie ein Kind. Es war so viel besser, als es früher gewesen war, und in dieser postkoitalen Euphorie beschloss er, sich voll und ganz um sie zu kümmern, seine ganze Kraft darauf zu richten, die Geheimnisse aufzuklären, die sie umgaben, und sie von ihren Ängsten und ihrer Verwirrung zu heilen. Sie war so still, dass er die Hand unter ihre Nase hielt und wartete, bis er ihren warmen Atem spürte, dann legte er eine Hand unter der Bettdecke auf ihre Hüfte und schloss die Augen. Er hatte keine Antworten, aber manche Dinge sind besser als Antworten.

4

Am Sonntagmorgen war es ihm unmöglich, das Haus zu verlassen. Er war müde, aber nach dem Duschen liebten sie sich erneut auf der Couch. Es war anders zwischen ihnen. Die Distanz der letzten zwei Tage war ebenso verschwunden wie das Gefühl, etwas Verbotenes zu tun. Es fühlte sich frisch und neu an, ganz ähnlich wie Empathie. Warum hätte er vor die Tür gehen sollen, wenn doch hier sein Zuhause war?

Sie sah es anders. Gegen elf sagte sie: »Musst du nicht los, Aziz aufspüren?«

»Doch, ja.«

Er zog sich an und gab ihr einen Kuss, den sie mit hinter seinem Nacken zusammengelegten Handgelenken erwiderte.

»Du weißt, du kannst hierbleiben«, sagte er.

»Na ja, ich hatte nicht vor, in ein Hotel zu gehen.«

»Ich meine länger. So lange du möchtest.«

An ihrem Gesicht konnte er ablesen, dass sie verstanden hatte, aber trotz seiner Beobachtungsgabe hatte er nicht die leiseste Ahnung, was in ihrem Kopf vorging, denn ihre Worte verblüfften ihn zunächst. »Heute wird er beerdigt.«

Er dachte im ersten Moment an Jibril Aziz, aber sie sprach von Emmett. »Ja, natürlich. In Boston?«

»Amherst.«

»Wärst du gern dabei?«

Sie dachte nach, dann schüttelte sie den Kopf. »Beerdigungen bringen nicht viel.«

Er küsste sie noch einmal, keusch, und ging zur Tür hinaus. Es war das letzte Mal, dass er Sophie Kohl sehen sollte.

Da er nicht weit von der Botschaft wohnte, ließ er das Auto stehen und ging zu Fuß, beschwingt durch sein unverhofftes Glück, ja sogar lächelnd. Im Büro fand er eine E-Mail von Saul vor, sein Glück schien ihm treu zu bleiben. Er wusste nicht, was für eine Verbindung Saul benutzte, aber er kam schnell zu Ergebnissen. Er hatte die Überwachungsaufnahmen vom 4. September vom Frankfurter Flughafen ausfindig gemacht und sie auf einen der sicheren Server der CIA heruntergeladen. Sechs Stunden, in denen Zora Balašević in den Gängen des Flughafens umherwanderte, aufgenommen aus verschiedensten Blickwinkeln, insgesamt neunundsiebzig Videos mit Timecodes. Er fing an, sie herunterzuladen, und sobald die erste Datei komplett war, fing er mit der Betrachtung an.

Balašević war sechsundfünfzig oder siebenundfünfzig, und trotz ihres müden Gesichts bewegte sie sich wie eine gesunde Vierzigjährige. Ihr Haar war in einem auf dem Balkan verbreiteten Pechschwarz gefärbt, und ihre Figur ließ darauf schließen, dass sie entweder Sport trieb oder ihr Lebensstil ihr physisch viel abverlangte. Sie trug einen knielangen Rock und schwarze High Heels. Ihr Gang war selbstsicher. Sie sah sich nicht nach Beobachtern um, und sie zögerte auch nicht, wenn ihr bewaffnete Securityleute entgegenkamen. Sie trug eine lederne Umhängetasche – groß, mit einem senkrechten braunen Streifen verziert, vielleicht eine Laptoptasche.

Das Video begann bei ihrer Ankunft in Terminal 1 gegen neun Uhr morgens und setzte sich in Dateien fort, die dreißig Sekunden bis zwanzig Minuten lang waren. Stan verfolgte, wie sie jeweils ins Bild kam, kleiner wurde und verschwand, manchmal im Gedränge, manchmal auch allein. In einem kleinen Café trank sie zunächst einen Kaffee, dann ging sie Richtung Toiletten. Drinnen benutzte sie kurz eine Kabine, wusch sich dann die Hände und ging weiter, die Tasche immer ganz dicht bei sich.

Obwohl sie auf den Videos nicht ziellos wirkte – sie strebte entschlossen zu jedem Ruhepunkt wie zu einer wichtigen Verabredung –, wurde bald klar, dass sie nur die Zeit totschlug. So ging sie noch ein zweites Mal in ein Café, in dem sie schon eine Stunde zuvor gewesen war, und manchmal setzte sie sich an dieselben Gates, die sie schon vorher aufgesucht hatte, und tippte SMSen in ihr Handy. Doch angesichts ihres absichtsvollen Gehabes wäre niemand auf den Gedanken gekommen, dass sie lediglich wartete; alles, was sie tat, nahm sie voll in Anspruch.

Um 11:08 Uhr, als sie schon zwei Stunden herumgewandert war, setzte sie sich vor Gate 32 und schob die Tasche unter ihren Stuhl. Dann straffte sie sich und schob sie mit der linken Ferse noch tiefer. Anschließend fummelte sie wieder mit ihrem Handy herum.

Um 11:16 ging ein Mann zwischen der Kamera und Balašević hindurch, der genau die gleiche Tasche über die Schulter gehängt hatte, und setzte sich auf den Stuhl hinter Balašević, sodass sie Rücken an Rücken saßen. Nachdem er seine Tasche neben seinem Stuhl auf den Boden gestellt hatte, nahm auch er ein Handy heraus und benutzte es. Dabei bewegte er jedoch den Mund. Und Balašević ebenso.

Er war jünger als Balašević, ein hellhäutiger Araber in einem teuren Businessanzug. Lange Nase, schmale Lippen. Ein Geschäftsmann auf Reisen, auf einem Flughafen voll mit seinesgleichen. Einmal schaute er zu einem vorbeigehenden Securitymann auf, wobei sein hartes Gesicht gut zu sehen war.

Das Gespräch der beiden dauerte volle vier Minuten, bis Balašević auf ihre Armbanduhr schaute, aufstand und dabei die Tasche des Mannes mitnahm. Stan konnte sich zwar denken, dass der Mann ebenfalls bald gehen würde, nachdem er Balašević́s Tasche unter dem Stuhl hervorgeholt hatte, konnte ihn aber nicht dabei sehen, weil das Video zu Ende war und dann dort weiterging, wo Balašević ihrem nächsten sinnlosen Ziel zustrebte.

Es waren noch fast vier Stunden Videomaterial übrig, aber er verzichtete darauf, es anzusehen. Er spielte das Video von dem Treff noch einmal ab, eine Datei mit dem Namen 93-040911-394294-P.mov, und kehrte zu dem Mann zurück, als er um 11:18:23 Uhr den Securitymann ansah. Er zoomte das Bild heran und hielt es an, dann exportierte er das Standbild als Foto.

Er schickte Saul das Bild und einen Link zu der Videodatei und bat ihn, die Identität des Mannes zu ermitteln, der sich mit Balašević getroffen hatte. Dazu musste man dem Mann einfach nur zu seinem Gate folgen und die Passkontrolle der Airline in dem Moment überprüfen, in dem sein Pass durchlief. Hatte man den Namen, konnte man möglicherweise einige Fäden entwirren.

Im Augenblick hing er jedoch fest. Keine libyschen Exilanten hatten auf seine E-Mails geantwortet, und er hätte sie zwar direkt anrufen können, aber er glaubte nicht, dass sie mit einem Fremden am Telefon offen reden würden. Also ging er wieder in die Datenbank, dachte an Aziz' vierjährige Tätigkeit in Nordafrika, von 2001 bis 2005, und begann, die Agentenberichte über Libyen zu lesen. In dieser Periode waren die meisten Agentenmitteilungen, die sich mit der Region befassten, nicht aus Tripolis gekommen, sondern von der Kairoer Station, und beim Durchsehen glich er, einer Ahnung folgend, die Berichte mit Harry Wolcotts Namen ab. So stieß er auf Berichte eines Agenten, der unter zwei Namen geführt wurde, dem Codenamen ASHA und der Legende Akram Haddad.

Obwohl der Text stark überarbeitet war, fand Stan so viel darin, dass er eine Story zusammenstellen konnte, die fast vollkommen auf Jibril Aziz' Profil passte. Ein junger Agent, der 2001 nach Kairo kam, sich eine kleine Wohnung in New Cairo nahm und von dort aus immer öfter über die Grenze nach Libyen reiste, um sich mit Einheimischen zu treffen, Erkenntnisse zu sammeln und Netzwerke aufzubauen, bis er 2005 enttarnt wurde und nur um ein Haar lebendig aus Libyen entkam. Jeder einzelne ASHA-Bericht wurde nach Langley weitergereicht, von Harry Wolcott, dem Kairoer Stationschef, der ASHA nach jedem seiner Libyenbesuche in seiner Wohnung aufsuchte, um seine Berichte abzuholen.

Stan rieb sich die Augen, bis sie wehtaten. Harry hatte nicht nur einen Vorschlag von Jibril Aziz gelesen und abgelehnt – er war auch vier Jahre lang Aziz' Agentenführer gewesen. Warum hatte er das nicht zugegeben? Was hatte er zu verbergen?

Das Telefon riss ihn aus seiner Verzweiflung, und auf dem

Display sah er zu seinem Ärger, dass Sophie ihn von ihrem ungarischen Handy aus anrief. »Hey«, sagte er.

»Stan.« Einen Moment lang dachte er, eine Fremde hätte ihr Telefon an sich genommen. Es lag an der Kälte in ihrer Stimme. Als wäre sie jemand anderer geworden.

»Was gibt's?«

»Du hast mich angelogen, Stan.«

Was sollte er darauf antworten? »Inwiefern?«, fragte er.

»Über Jibril Aziz, Stan.« Es missfiel ihm, dass sie jedes Mal seinen Namen dazusagte.

»Warum, was ist mit ihm?«

»Seine Frau, Stan. Du hast definitiv behauptet, er hätte keine Frau.«

»Das kam mir nicht wichtig vor«, sagte er, plötzlich verwirrt.

»Ach nein?«

»Du hast recht, Sophie. Ich habe dir Dinge verheimlicht.«

»Du hast gelogen.«

»Ich wollte dich schützen.«

»Du lieber Himmel«, sagte sie. »Glaubt ihr Männer wirklich, Frauen wollten vor allem immer beschützt werden?«

»Ich bin in einer Viertelstunde zu Hause«, sagte er in seinem Kommandoton. »Warte auf mich. Ich sag dir alles, was du wissen möchtest.«

»Alles?«

»Ja«, sagte er, weil er der Lügerei müde war. Vielleicht würde sie Kairo verlassen, aber die Regeln der Spionage dürften eigentlich nicht für diejenigen gelten, die wir lieben. Er brauchte wenigstens eine Beziehung im Leben, die klar und sauber war.

»Ich weiß nicht, Stan.«

Was wusste sie nicht? »Warte einfach. Ich komme, so schnell ich kann.«

Er winkte Eric zu, als er zur Vordertür hinaus und über das Gelände lief, zum Tor hinaus und durch die gewundenen Straßen der Gartenstadt. Er brauchte nur sieben Minuten, und deshalb war er nicht nur schockiert, als er die Wohnung leer fand, sondern regelrecht am Boden zerstört. Er spürte es in den Beinen, die neulich sein Verlangen transportiert hatten und in denen er jetzt Krämpfe bekam. Unbewusst legte er die Arme um seinen Bauch und ging von einem Raum in den anderen, doch überall war nur Leere. Er war verwirrt, verärgert und verliebt, aber er wusste noch nicht, welcher Schmerz ihn erwartete, bis er ins Bad mit dem Marmor-Waschbecken und dem großen, ungerahmten Spiegel kam, wo quer über das Glas in Sophies burgunderrotem Lippenstift ein einziges, unterstrichenes Wort stand.

LÜGNER

5

An die Möglichkeit, dass er sie nicht wiedersehen würde, dachte Stan nicht im Entferntesten. Sicher, sie hatte ihn sitzengelassen, aber sie war noch in der Stadt. Er war im Grunde seines Herzens ein Optimist, und er glaubte – er wusste –, dass sie innerhalb von Stunden oder Tagen wieder zusammen sein würden. Ein bisschen zerrupft vielleicht, mit der einen oder anderen Narbe, aber zusammen.

Um zehn Uhr abends erfuhr er durch einen Anruf bei einem

Bekannten vom ägyptischen Sicherheitsdienst, dass sie im Semiramis InterContinental abgestiegen war, gleich um die Ecke von der Botschaft. Am liebsten wäre er auf der Stelle losgerannt, hätte die Tür eingetreten und sie in seinen Armen erdrückt, aber er wusste, dass sie jetzt ihren Freiraum brauchte. Wenn ihre Wut verraucht war, würde sie zurückkommen, denn wen hatte sie sonst schon in Kairo? Er war der Einzige, der ihr wirklich helfen wollte.

Geduld, hatte sein Vater ihm einmal gesagt, *ist das einzige brauchbare Werkzeug im Arsenal des Agenten.*

Sein einziges Zugeständnis an sein Verlangen bestand darin, dass er Paul anrief und ihn bat, sich in die Lobby des Semiramis zu setzen und nach ihr auszuschauen.

»Sophie Kohl?«, fragte Paul ungläubig. »Was macht die denn hier?«

»Das will ich eben rauskriegen«, sagte Stan so unbeteiligt wie möglich. »Nimm keinerlei Kontakt mit ihr auf. Sorg nur dafür, dass ihr nichts geschieht, und wenn sie das Hotel verlässt, ruf mich an und geh ihr nach. Sobald wir etwas wissen, geh ich zu Harry. Bis dahin bleibt die Sache unter uns. Verstanden?«

Hinterher ging er ins Bett, konnte aber nicht schlafen. Er war zu verwirrt, seine Gedanken kreisten über dem unentwirrbaren Knäuel dessen, was er wusste und nicht wusste, und so stand er wieder auf, schluckte zwei Tylenol mit einem Glas Wasser und versuchte, an Donnerstag zurückzudenken, bevor Sophie gekommen war und sein Denken durcheinandergebracht hatte. Was hatte er erfahren?

Von Dragan Milić: Zora Balašević hatte ihm keine Botschaftsgeheimnisse überbracht. Sie hatte Ali Busiri bei den Zentralen Sicherheitskräften versorgt. Ob die Geheimnisse von Emmett oder von jemand anderem stammten, war eine ganz andere Frage.

Am Freitag hatte ihm Omar Halawi alias RAINMAN durch Paul einen Ratschlag überbringen lassen: *Wenn Sie Emmetts Mörder finden wollen, müssen Sie bei sich selbst suchen.* Halawis Meinung nach hatte jemand in der CIA Emmett ruhigstellen wollen.

Vielleicht stimmte das, aber Stan hatte noch immer Bedenken, der Aussage eines Ägypters zu trauen.

Dann das, was Sophie aufs Tapet gebracht hatte: Jibril Aziz, Emmett und Stumbler.

Und schließlich waren da die schwer nachprüfbaren Fakten, die Harry am Samstag genannt hatte. Aziz war tot, aber er hatte ihm nicht sagen wollen, wie er gestorben war und warum. Hing sein Tod mit John Calhouns geheimer Mission zusammen? Harry hatte auch Stans Ermittlung wegen der undichten Stelle letztes Jahr aus der Versenkung geholt und sogar angezweifelt, dass es überhaupt eine gegeben hatte.

Und noch etwas war da, aber das war nur eine Frage: Wie war Sophie dahintergekommen, dass Aziz Familie hatte?

Das alles hatte er, aber die Fakten wollten sich nicht zu einer umfassenden Theorie zusammenfügen lassen. An Schlaf war nach wie vor nicht zu denken. Er starrte im Dunkeln an die Decke, und als er um 4:48 Uhr den Ruf zum Fajir-Gebet hörte, gab er auf. Er duschte, zog sich an und aß und war um sechs wieder in der Botschaft. Security. Aufzug. Büro. Er machte sich nicht die Mühe, seinen Computer hochzufahren. Stattdessen schloss er den alten Aktenschrank in der Ecke auf und zog die unterste der fünf Schubladen heraus. Wie alle Schubladen war sie voll mit Aktenmappen, die mit Namen und Orten beschriftet waren, Hintergrundinformationen auf

Papier, die noch nicht in die Datenbanken aufgenommen worden waren. Aber ihn interessierten keine alten Informationen. Er griff in die Mappe mit der Aufschrift HOTELS ELEC und nahm drei zusammengeheftete Blätter heraus. Auf den ersten beiden war eine Liste von Hotels im Raum Kairo, und er fand das Semiramis sofort. Daneben stand ein Code, BRB-9. Er griff hinten in die Schublade und nahm einen von einem Gummiring zusammengehaltenen Stapel von zwanzig Hotelkarten heraus. BRB-9 war die letzte.

Er war vor halb sechs beim Semiramis, gerade als an dem kalten Morgen die Sonne aufging, und wartete an der Nil Corniche, die das Hotel vom Fluss trennte. Er rief Paul an. Nach ein paar Minuten kam der junge Mann über die Straße gejoggt. Er wirkte müde, war vielleicht genauso müde wie Stan, aber er hielt sich tapfer. »Grabesruhe«, sagte Paul.

»Nichts? Niemand rein, niemand raus?«

»Niemand, den ich kannte. Aber die Angestellten haben sich sehr wohl für mich interessiert.«

Sie wussten beide, dass das keine Rolle spielte. Die Angestellten würden die Zentrale Sicherheit darüber informieren, dass ein Westler in der Lobby kampierte, und die Ägypter würden anhand der Überwachungsaufnahmen Paul identifizieren, der aber gegen keine Gesetze verstieß. Und wahrscheinlich war er nicht der einzige Ausländer, der Zeitungen las und auf ihren Sofas Kaffee trank. »Gehen Sie wieder rein«, sagte Stan. »Ich löse Sie nachher ab.«

Während er Paul nachsah, der wieder über die Straße und ins Hotel zurückging, nahm Stan sein Handy heraus und rief beim Empfang an. Er verlangte Zimmer 306 und hörte, wie es klingelte und klingelte. Halb sieben Uhr morgens, und sie ging nicht ran.

Er legte auf, überquerte die Straße und blieb vor den Glastüren des Hotels stehen. Ein Portier musterte ihn. Was machte sie da oben? War sie inzwischen der Paranoia verfallen und zitterte jedes Mal vor Angst, wenn das Telefon klingelte? Oder war sie einfach hart und kalt, verbittert von Tragödien wie dem Mord an ihrem Mann? Irgendwann würde sie ihn anrufen müssen. Sie hatte keine andere Wahl.

Oder doch? In den Stunden, als sie zusammen waren, hatte er das Gefühl gehabt, dass sie ihm etwas verschwieg. Er hatte angenommen, es sei dieses letzte Gespräch mit Emmett über Zora Balašević gewesen – aber was, wenn es um etwas anderes gegangen war? Was, wenn sie gar nicht allein in Kairo war? Jemand hatte ihr von Aziz' Familie erzählt. Was, wenn …

Bevor er das Für und Wider durchdenken konnte, betrat er die Lobby und machte dem fragend aufblickenden Paul ein Zeichen mit den Handflächen. Ohne auf die Angestellten zu achten, ging er zu den Aufzügen. Er war einfach nur ein Weißer, der für kurze Zeit geschäftlich in Kairo war und nie die Stadt kennenlernte, nie genug Trinkgeld gab und nie auch nur ein Wort der Landessprache lernte.

Im zweiten Stock versuchte ein junges Paar, mit seinem drei oder vier Jahre alten Sohn zu diskutieren, der in der Ecke neben einer Topfpflanze saß und sich nicht von der Stelle rühren wollte. Als der Vater aufschaute, das Gesicht voller Verzweiflung, warf Stan ihm einen mitfühlenden Blick zu und schaute dann den Jungen an, der ein seltsam erwachsenes Gesicht hatte – lang und schmal, die Augen tiefliegend, der Blick durchdringend. Fast abschätzig. Der Junge sah Stan an, während seine Eltern auf ihn einredeten, und Stan spürte, wie seine Augen sich in seinen Rücken bohrten, als er um eine Ecke bog und weiterging.

Zimmer 306 war in der Mitte eines langen Flurs, und vor der Tür lag eine *Herald Tribune,* die Sophie nicht mit hineingenommen hatte. Er klopfte an und wartete. Horchte. Nichts. Er versuchte es noch einmal und sagte »Zimmerservice«. Trotzdem rührte sich nichts, deshalb nahm er den BRB-9 heraus und fuhr damit über das Magnetfeld; die Tür klickte. Langsam ging sie auf.

Das Zimmer war leer, das Bett ungemacht, aber so, als hätte jemand nur kurz darin geschlafen. Die Kommodenschubladen waren leer, die Tische ebenso.

Er ließ sich auf dem Bett nieder, fühlte sich schwer und träge. Sie war weg. Am liebsten hätte er geweint, aber er tat es nicht.

Als er schließlich eine Stunde später nach unten ging, setzte er sich neben Paul auf das Sofa in der Lobby. »Sind Sie in der Nacht mal weggegangen?«

Paul runzelte die Stirn und schüttelte den Kopf. »Natürlich nicht.«

Stan seufzte und dachte an Entführung und dann erst an Flucht. Das Hotel hatte auch andere Ausgänge, doch er konnte sich nicht vorstellen, dass Sophie so vorsichtig gewesen war, einen davon zu benutzen. Aber vielleicht hatte sie es doch getan. Oder ihre Entführer.

»Was ist, Chef?«

Stan schaute auf seine Hände, die in seinem Schoß lagen; sie zitterten. Er nahm den BRB-9 heraus und gab ihn Paul. »Zimmer 306. Bleiben Sie drin und warten Sie. Wenn sie zurückkommt, sorgen Sie dafür, dass sie das Zimmer nicht verlässt.«

»Mit Gewalt?«

»Wenn nötig.«

In der Botschaft nickte Stan seinen Mitarbeitern zu, schloss sich in seinem Büro ein und dachte über Organisation nach. *Fang am Anfang an,* dachte er. Das war eine Methode, das wusste er, eine Art, die Angst, die er spürte, beiseitezuschieben. Wo war sie? Wer schützte sie? Warum hatte sie ihn verlassen? Seine Hände zitterten wieder, als er auf seiner Tastatur tippte und Fenster öffnete, während er die ursprünglichen Stumbler-Memos von 2009 suchte. Er wischte sich die Augen und begann zu lesen.

Jibril Aziz war vorausschauend gewesen. Als Rechtfertigung für seinen Plan hatte er die zunehmende Unruhe in der Region vor fast zwei Jahren genannt, bevor irgendjemand in der CIA daran gedacht hatte, diese Vorkommnisse mit einer Umwälzung in Verbindung zu bringen. Stan und andere hatten in den sporadischen Demonstrationen und Razzien nur Strohfeuer gesehen – für Jibril Aziz waren es Vorzeichen gewesen.

Er brauchte eine Weile, um sich durch viele Seiten von Aziz' Optimismus zu wühlen, und weil er überlegte, was Emmett nachgelesen hätte, las er noch einmal den Abschnitt mit dem Titel FALLOUT, der sich mit den wirtschaftlichen Auswirkungen eines Regimewechsels befasste. Aziz hatte den Gedanken ins Spiel gebracht, dass die Vereinigten Staaten, wenn sie erst einmal Tripolis in der Tasche hatten, mithilfe der ägyptischen Regierung (deren sie sicher sein konnten, bevor Mubarak in diesem Monat abgetreten war) und mit Duldung vonseiten Tunesiens (die ebenfalls vorausgesetzt werden konnte, bevor dieses chaotische Jahr begonnen hatte), den Handel an der ganzen nordafrikanischen Küste würden kontrollieren können – ein Drittel der Mittelmeerküste. Sie hätten einfache Dinge tun können, beispielsweise herabgesetzte Hafengebühren für ihre eigenen Frachter aushandeln, vor allem aber würde Amerika besseren Zugang zum afrikanischen Markt bekommen, für Produkte aller Art, von Klobürsten bis hin zu Kernkraftwerken.

Selbst aus der Rückschau mutete das wie ein Kinderspiel an, und vermutlich hatte Harry, als er es las, das auch gedacht. Aber er und Harry waren beide keine Wirtschaftsexperten. Im Gegensatz zu Emmett.

Stan ging an seinen Aktenschrank und nahm aus der mittleren Schublade einen schmalen Hefter, in dem er das Material gegen Emmett gesammelt hatte. Die Liste der Dateien von Emmetts Computer enthielt auch einen zehnstelligen Code, der, wie er jetzt feststellte, dem der Stumbler-Dokumente entsprach. Ja, Stumbler musste auch in Zora Balaševićs Hände gelangt sein.

Als er gerade zu seinem Sessel zurückging, klopfte John Calhoun an seine Tür. »Ich bin frei, falls Sie irgendwas brauchen.«

Stan blinzelte zu ihm hin, noch immer in der Kurzsichtigkeit befangen, die ihn nach dem Aufenthalt im Semiramis befallen hatte. Er überlegte, ob er John irgendwelche Laufereien aufhalsen oder ihn sogar nach Jibril Aziz ausfragen sollte, entschied sich dann aber dagegen. Der Mann sah nicht gut aus und würde, sobald er sich nach Aziz erkundigte, sofort zu Harry gehen – das stand fest. »Machen Sie lieber Mittag«, sagte er. »Lassen Sie's ruhig angehen.« Als er wieder allein war, schloss er die Augen, schob seine Angst um Sophie beiseite und stellte sich stattdessen vor, wie alles abgelaufen war. Emmett hatte die Stumbler-Pläne von seinem Laptop auf einen USB-Stick kopiert und sie Zora Balašević übergeben, die sie Ali Busiri verkauft hatte. Monate später besprach

Emmett Stumbler mit Aziz, und danach kamen sowohl er als auch Aziz zu Tode. Diesen wenigen Einzelheiten zufolge sah es tatsächlich so aus, als hätte Omar Halawi zumindest in einem Punkt recht: Emmett und vermutlich auch Aziz waren getötet worden, damit sie nicht mehr reden konnten. Aber worüber? Über Emmetts Verrat? Stumbler? Oder … die Identität des tatsächlichen Verräters?

Und wer hatte sie zum Schweigen bringen wollen? Die CIA? Ägypten? Dragan Milić, der die Lügen aus der Welt schaffen wollte, die er Stan aufgetischt hatte? Ohne die Antwort auf die eine Frage zu kennen, konnte man die andere nicht beantworten. Ohne zu wissen, was hinter der ganzen Sache steckte, würde er Sophie nie finden.

Sein Computer zeigte den Eingang einer Mail an. Sie stammte von LogiThrust, LLC, und betraf angeblich die wundervolle Welt der Penisverlängerung. Die Codes waren lächerlich, aber wirksam. Er überprüfte den Text anhand einer Liste von Übersetzungen und erfuhr, dass Ali Busiri sich am Abend um halb sechs mit ihm treffen wollte. Endlich.

Er schaute wieder auf das Memo, aber es klopfte erneut. Es war Nancy. Lächelnd sagte sie nur ein Wort: »Harry.«

6

»Wissen Sie«, begann Harry, als sein Gast Platz genommen hatte, »viele halten unsere Station für einen Posten am Arsch der Welt, sogar heute noch.« Auf seiner blassen Haut war ein roter Fleck; er hatte sich am Morgen beim Rasieren geschnitten. »Wir stolpern in unsere Intrigen, die aus unserer

Perspektive weltbewegend wirken, als Fragen von Leben und Tod. Aber aus der Perspektive von Langley beschäftigen wir uns mit Stürmen im Wasserglas.«

Er machte eine Pause, als sei das etwas, was Stan nicht auf Anhieb verstehen konnte.

»Die haben natürlich nicht recht. Wie so oft. Was sie vergessen, ist, dass Washington nicht der Nabel der Welt ist, schon seit mindestens zehn Jahren nicht mehr.«

Dass er vor seinem Feierabend-Cocktail vom 11. September sprach, war kein gutes Zeichen.

»Verstehen Sie mich nicht falsch«, fuhr er fort. »Die überhäufen uns mit Lippenbekenntnissen, als gäb's die im Schlussverkauf. Sie werfen uns Geld nach und reichen unsere Berichte an Kongressabgeordnete weiter. Aber lassen Sie sich nicht täuschen, Stan: Jedes Mal, wenn einer von uns eine Idee hat, die einer Idee eines der feinen Herren von Langley widerspricht, ist es kein Kampf der Ideen mehr; dann ist es ein Kampf der Uni-Krawatten.«

Er wollte auf etwas Bestimmtes hinaus, aber er redete drum herum. Stan spielte mit und sagte: »Finden Sie es wirklich so schlimm, Harry?«

»Schlimmer«, sagte er und nahm endlich Blickkontakt auf. »Darum muss die Kairoer Station auch – zumindest von außen – besser aussehen als Langley. Besser gerüstet, tadelloser. Frischer. Nur so hat man eine Chance gegenüber den Altherren-Cliquen. Sie und ich, wir müssen mehr sein; wir müssen besser sein.«

Stan nickte. Harry war offenbar in einer Stimmung konstruktiver Selbstkritik aufgewacht, vielleicht verstand er ihn aber auch falsch.

»Und dann sind Sie noch da, Stan.«

»Ich?«

Harry rieb sich die Augen und mied einen Moment lang Stans Blick. Dann sagte er: »Ein ranghoher Angehöriger dieser Station, der Leute anruft, die er nicht einmal kennen dürfte.« Ihre Blicke trafen sich. »Sie wissen, was ich meine?«

Stan versuchte, sich der Reihe nach an die Anrufe zu erinnern, die er in letzter Zeit gemacht hatte. Wen dürfte er nicht einmal kennen? Sophie? Saul? »Nicht wirklich.«

Harry holte tief Luft, zog seine Schreibtischschublade auf und nahm ein einzelnes Blatt Papier heraus. »Eine gewisse Inaya Aziz in Alexandria, Virginia.«

»Stimmt«, sagte Stan zögernd und entspannte erleichtert seine Schultern. »Das war am Samstag, bevor Sie und ich miteinander geredet haben. Hat nur ein paar Sekunden gedauert – ich hab meinen Namen nicht genannt.«

Harry zog die Stirn in Falten und sprach mit harter Stimme. »Lügen Sie mich nicht an, Stan.« Er sah auf das Blatt. »Um zwölf Uhr neun mittags, am Sonntag, von unserem Festnetzanschluss, Gesprächsdauer achtundzwanzig Minuten.« Er sah mit schmerzlicher Miene zu Stan auf. »Vom Festnetzanschluss? Mann Gottes, Stan. Arbeiten Sie für die Ägypter? Wenn nicht, dann können Sie die ebenso gut bitten, Sie für Ihre freiwillige Mitarbeit zu bezahlen.«

Da war sie, die Falle, die sich vor ihm öffnete. Stan war tags zuvor um 12:09 Uhr nicht zu Hause gewesen. Sophie schon. Stan war im Büro gewesen und hatte die Überwachungsaufnahmen aus Frankfurt laufen lassen. Eine kurze Rücksprache mit den Ein- und Ausgangskontrollen am Empfang hätte Harry gesagt, dass Stan nicht zu Hause gewesen war, aber offenbar hatte er das noch nicht kontrolliert.

Welches war das schlimmere Verbrechen? Die Witwe eines

Mannes anzurufen, von dem er nichts wissen durfte, oder die Witwe Sophie Kohl zu beherbergen, ohne irgendwem etwas davon zu sagen?

In diesem Fall war er sich nicht sicher.

Wie war Sophie an Inaya Aziz' Nummer gekommen?

»Ich glaube«, sagte Harry, »ich habe Ihnen gesagt, Sie sollen Aziz vergessen. Habe ich mich nicht klar ausgedrückt?«

»Ich musste ein paar Dinge verifizieren.«

»Sie mussten Dinge *verifizieren*? Was soll das heißen, Stan?«

Er holte Luft. »Schauen Sie, Harry – wenn Sie nicht offen mit mir sind, bleibt mir nichts anderes übrig, als meine eigenen Recherchen anzustellen. Jibril Aziz hat sich mit Emmett getroffen, und wenig später waren beide tot. Sie sagen mir nicht, wie oder warum Aziz getötet wurde. Deshalb hab ich weitergesucht, und es hat sich herausgestellt, dass Sie Aziz geführt haben – *vier Jahre lang*. Finden Sie nicht, ich hätte das wissen müssen?«

»Dafür gibt's einen Grund, er heißt Undercover«, erwiderte Harry mit unbewegter Miene.

»Sicher. Undercover. Bestimmt haben Sie jede Menge Gründe, mich im Unklaren zu lassen, aber haben Sie wirklich erwartet, dass ich die Hände in den Schoß lege? Ich habe also seine Frau angerufen, um herauszufinden, ob sie weiß, wo er ist.«

Harry rieb sich die Augen. »Und was hat sie gesagt?«

»Dass sie nicht weiß, wo er ist.«

»Und was haben Sie damit verifiziert, Stan?«

»Das Einzige, was mir dadurch bestätigt wurde, war, dass Sie mehr wissen, als Sie mir anvertrauen, und es ist an der Zeit, mit solchen Spielchen aufzuhören. Reden Sie mit mir über Omar Halawi.«

»Über wen?«

»RAINMAN. Er arbeitet von Ali Busiris Büro aus.«

Harry hob den Kopf und verengte die Augen.

»Omar Halawi behauptet, wir hätten Emmett umgebracht.«

Das war er – der Schlag, mitten auf Harrys Stirn. »Er behauptet *was?*«

»Er hat mir diese Nachricht durch Paul übermittelt. Ich habe noch nicht persönlich mit ihm gesprochen. Ich will erst mit Busiri reden.«

Harry lehnte sich zurück, die Hände vor seiner schmalen Brust verschränkt, und sagte: »Warum um Himmels willen sollen wir Emmett umgebracht haben?«

»Um ihn zum Schweigen zu bringen.«

»Worüber?«

Stan zuckte die Achseln. »Stumbler? Oder vielleicht die Identität einer weiteren undichten Stelle in der Botschaft.«

Harry seufzte und zeigte mit der linken Hand zur Decke. »Es regnet Scheiße.«

Das war ungewöhnlich für ihn, aber Stan hielt den Mund.

»Ich wäre vorsichtig mit dem, was Ali Busiri sagt«, sagte Harry. »Der ist ein hinterlistiger Mistkerl.«

»Ich weiß.«

»Das glaube ich nicht. Vor ungefähr einem Monat, als für Mubarak alles den Bach runterging, wissen Sie, was er da getan hat?«

Stan schüttelte den Kopf.

»Er hat mich zu einem Treffen bestellt. In einem *Hotel*zimmer. Er hat Martinis eingeschenkt. Hat mich ewig zappeln lassen, bevor er zur Sache kam – er wollte zu uns überlaufen.«

Stan runzelte die Stirn, sagte aber nichts.

»Er hatte Angst. Fürchterliche Angst. Er dachte, er würde mit einer Kugel hinter dem Ohr enden, und deshalb hat er mir ein Angebot gemacht. Wir geben ihm ein hübsches Haus in Kalifornien und neue Namen für ihn und seine Frau, und er gibt uns alles.«

»Alles?«

Harry nickte.

»Aber Sie haben ihn nicht beim Wort genommen?«

Harry schüttelte den Kopf. »Wenn man so lange wie ich bis zum Hals drinsteckt, riecht man es, wenn einen jemand bescheißen will. Ich hab's gerochen – und das Hotelzimmer war auch noch lausig.«

»Haben Sie Langley unterrichtet?«

»Wie gut können die aus fünftausend Meilen Entfernung riechen?«

Trotz seiner Angst grinste Stan. »Aber er hat den Wechsel überlebt.«

»Bis jetzt schon, ja«, sagte Harry. »Ich will nur sagen, dass Sie Informationen von Ali Busiri mit Vorsicht genießen sollten. Dasselbe gilt für seine Mitarbeiter, wie Omar Halawi.«

Sie dachten beide einen Moment lang darüber nach, dann sagte Harry: »Hat Sophie eine Theorie?«

Stan blinzelte. »Als sie mich angerufen hat, stand sie unter Schock.«

»Aber sie hat doch bestimmt irgendeine Meinung geäußert. Immerhin waren Sie ein Paar.«

Stan schwieg.

Harry lächelte mild, dann winkte er ihm zu. »Dachten Sie, ich wüsste das nicht? Sie haben immer dasselbe Hotelzimmer benutzt – sicherheitstechnisch bedenklich.«

Jetzt war es an Stan, sich das Gesicht zu reiben. Ja, es war sicherheitstechnisch bedenklich gewesen, und natürlich hatte Harry es gewusst. Er hatte sich gewundert, dass Harry ihn nie deswegen zur Rede gestellt hatte, aber nachdem es nun am Licht war, spürte er, wie die Angst von ihm abfiel.

»Das«, sagte Harry, »ist der andere Grund, warum ich Emmett nicht in Ketten abführen ließ. Sie sehen sicher meinen Interessenkonflikt, nicht wahr?«

Stan sah ihn sehr deutlich.

Harry bedeckte wieder seinen Mund und schaute zur Decke, als würde sie sich von dem Regen braun färben. »Lassen Sie mich also noch einmal fragen: Wissen Sie, wo sie ist?«

Stan erinnerte sich an ihre Worte: *Glauben Männer wirklich, Frauen wollten vor allem immer beschützt werden?* »Ich habe keine Ahnung«, sagte er, und das zumindest war die Wahrheit.

Das Telefon auf dem Schreibtisch summte. Während Harry das Gespräch annahm, überlegte Stan, ob er ihn um Hilfe bei der Suche nach Sophie bitten sollte. Schließlich wusste er von der Affäre. Dieses Hindernis war beseitigt, und trotzdem war Stan nicht bereit, ihn um Hilfe zu bitten. Warum?

Wegen einer einzelnen Geste, der Stirn, die eine ganze Welt von Geheimnissen zu verbergen schien, über die er nicht einmal Vermutungen anstellen konnte. *Wenn einem eine entscheidende Information fehlt, geht man am besten davon aus, dass man gar nichts weiß.* Hier fehlte so viel, dass er nicht einmal davon ausgehen konnte, dass er Harold Wolcott trauen konnte.

Stan wartete, während Harry auf Leitung eins zuhörte – Nancy sprach mit ihm. Harrys Gesicht veränderte sich erneut. Sein Mund stand offen, und unbewusst berührte er den

Schnitt an seinem Kinn. »Okay«, sagte er ins Telefon. Dann legte er auf und sah Stan an. »Schauen Sie zur Decke.«

Stan tat es, aber sie sah genauso aus wie immer.

»Wenn es Scheiße regnet, Stan, dann gleich wie aus Kübeln. Sophie Kohl ist in Kairo.«

»Wo?«

Ein bedeutungsschweres Achselzucken. »Die Ungarn haben uns endlich gesagt, wohin sie geflogen ist. Die Ägypter haben es noch nicht verifiziert, aber ich nehme an, das wird noch kommen.« Er runzelte die Stirn. »Die Frage ist: Warum hat sie sich nicht mit uns in Verbindung gesetzt?« Er putzte sich die Nase. »Man könnte meinen, sie traut uns nicht.«

7

Stan ging in sein Büro zurück und rief Paul an, der den ganzen Tag in Zimmer 306 verbrachte hatte. »Nichts«, berichtete er Stan gähnend. Die Hoffnung schwand dahin. »Soll ich gehen?«, fragte er.

»Nein.« Stan legte auf. Er lehnte sich in seinem Sessel zurück, sah sich noch einmal das Stumbler-Memo an und rieb sich die Augen. Er dachte ein Jahr zurück, an den mürrischen Mann aus Langley, der ihm von den abgefangenen Nachrichten aus der syrischen, libyschen und pakistanischen Botschaft berichtet hatte. Und so tat, als setze er ihn vollständig ins Bild. Hatte Langley ihm wirklich nicht getraut, und womöglich auch seinem Vorgesetzten Harry nicht? Hatte –

Sein Schreibtischtelefon riss ihn aus seinen Gedanken. Er nahm ab. »Stan Bertolli.«

»Den such ich«, sagte Saul, die Stimme rau von einer verschleppten Erkältung. »Ich hab deinen Namen.«

Im ersten Moment wusste Stan nicht, wovon er redete, dann fiel es ihm ein – das Video-Standbild aus Frankfurt, Balašević mit dem Mann. »Schieß los.«

»Michael Khalil. Amerikaner.«

»Ein *Amerikaner*?«

»Sagt jedenfalls sein Pass.«

»Und was sagst du, Saul?«

»Ich sage, dass er gefälscht ist, weil seine Passnummer die von einem Typen ist, der 1998 an einem Herzinfarkt gestorben ist. In die Festung Amerika kommt er mit dem Pass nicht rein, aber er ist damit in andere Länder eingereist. Wir lassen ihn gerade durch die Gesichtserkennungs-Software laufen, aber der Himmel weiß, wie lange das dauert.«

»Wo hat er sich in letzter Zeit aufgehalten?«

Saul summte beim Lesen vor sich hin. »Der Khalil-Pass hat letztes Jahr eine Woche in Tripolis verbracht, aber den Rest des Jahres war er in eurer Stadt – bis auf den eintägigen Aufenthalt in Frankfurt. Letzte Woche war er dann in München.«

»Wie lange?«

»Drei Tage, erster bis dritter März. Dann ist er ... na, wohin geflogen, was meinst du?«

»Nach Kairo«, sagte Stan.

»Also egal, was manche hier sagen, Stan. Ich finde, du bist ein schlaues Bürschchen.«

Stan schloss die Augen, dachte an den Flug nach und von München. Nachdem Gjergj Ahmeti Emmett ermordet hatte, war seine Spur bis zu einem Zug von Budapest nach München verfolgt worden. Emmett war am 2. März ermordet worden. Khalil konnte ohne Weiteres von München nach Budapest und zurück geflogen sein, um die Ermordung zu beaufsichtigen – es gab sogar nur diese eine Erklärung. Und das bedeutete, dass der Mann, mit dem sich Zora Balašević in Frankfurt getroffen hatte – ihr ägyptischer oder serbischer Abnehmer –, hinter Emmetts Ermordung steckte. Und nicht die Vereinigten Staaten von Amerika.

Stan starrte einen Moment den stummen Telefonhörer an, den er noch in der Hand hielt, dann fragte er bei Nancy nach: Harry war wieder aus dem Haus gegangen, mit unbekanntem Ziel. Stan überkam das überwältigende Gefühl, dass er hinter etwas her war, er wusste nur nicht, was es war. Es war schon spät.

Er rief Paul an. »Machen Sie Schluss. Gehen Sie nach Hause.«

»Brauchen Sie mich im Büro?«

»Schlafen Sie sich aus. Ich ruf Sie später an, wenn ich Sie brauche.«

»Yes, Sir«, sagte Paul, hörbar erfreut.

8

Die tief stehende Sonne versteckte sich hinter Wolken, als er zum Al-Azhar-Park auf der Ostseite der Stadt fuhr. Er parkte in einem ruhigen Abschnitt der Passages Insaid Al Azhar Garden nicht weit von der Hauptstraße, schloss den Wagen ab und ging in den riesigen Barockgarten. Unterwegs notierte und analysierte er (wie Paolo Bertolli es getan hätte) alles, was er sah: eine lange Reihe leerer, am Bordstein abgestellter Autos, ein Paar, das an den riesigen Cafés am Ufer des künstlichen Sees entlangschlenderte, zwei alte Männer, die auf einer Bank über die Spielkarten redeten, die sie in der Hand hielten, eine Frau im Hidschab mit drei Kindern, die zu arabischem Pop aus einem Transistorradio tanzten. Er folgte dem kopfsteingepflasterten Weg tiefer in den Park hinein, wo er sich öffnete, Palmen geometrisch ausgerichtet standen und Marmorbrücken schmale Bäche überspannten. Hier war nicht viel los – die meisten Familien bereiteten sich schon aufs Abendessen vor –, und er sah ein halbwüchsiges Mädchen, das Picknicksachen zusammenpackte und Richtung Ausgang ging. Er ließ sich auf einer Bank nieder, schaute über den See mit seinen Brunnen und Restaurants und dem Senkgarten auf der anderen Seite, eine Oase der Ruhe in dem verstopften Chaos von Kairo. Während er wartete, entließen die Wolken ein paar willkommene Regentropfen, die den See tüpfelten und sein Haar anfeuchteten, aber nur für kurze Zeit.

Er dachte an diese Ägypter, durch deren Welt er jeden Tag ging – wie viele Freunde hatte er unter ihnen? Keine. Er und viele seiner Kollegen in der Botschaft waren Geister in dieser Stadt, die nur untereinander verkehrten, als wären die Einheimischen allein dafür da, für Strom und Wasser und für ihr leibliches Wohl zu sorgen. Er lebte unter ihnen, aber nicht mit ihnen.

Ali Busiri fand ihn auf Anhieb. Sie kannten sich nicht gut – ihre persönlichen Beziehungen beschränkten sich auf zwei Treffen in anderen Parks. Bei einem so ranghohen Kontaktmann wie Busiri gab es keine Passwörter oder Losungen.

Er war untersetzt und sah gesund aus, und hätte Stan Busiris Akte nicht gekannt, er wäre versucht gewesen, ihn als Frohnatur zu beschreiben. Sein Gesichtsausdruck, der sich an diesem Tag nur änderte, wenn er an seiner Camel Filter zog, brachte ihn nicht von dieser Meinung ab. Er setzte sich neben Stan und stank nach Rauch. »Geht es um Emmett Kohl?«

Stan nickte.

»Andernfalls wäre ich nicht gekommen. Er war ein guter Mann.«

»Vielleicht haben Sie ihn gar nicht so gut gekannt«, sagte Stan wider besseres Wissen.

Busiri drehte sich zu ihm und sah ihn an, fast mit so etwas wie Abscheu. »Sie wollten reden.«

»Als Erstes habe ich eine Frage: Wissen Sie, wo Sophie Kohl ist?«

Der Ältere blinzelte. »Emmetts Witwe? Nein. Wird sie vermisst?«

Stan hätte fast geantwortet, überlegte es sich aber anders. Wenn Busiri nicht wusste, wo sie war, dann war dieser Teil der Unterredung beendet. »Ich würde gern über Zora Balašević reden.«

Busiri lächelte schwach – seine Miene hellte sich nicht auf. »Die Serbin. Was ist mit ihr?«

»Sie hat für Sie gearbeitet.«

Busiri wiegte den Kopf hin und her, hatte aber an diesem Tag keine Lust auf Spielchen.

»Ja.«

»Sie hat Ihnen geheime Informationen aus der amerikanischen Botschaft geliefert.«

»Ja.«

»Und ihr Informant war Emmett Kohl.«

Diesmal hellte sich seine Miene auf, wenn auch nur ganz kurz. »Nein«, sagte er.

Stan atmete durch. »Wer war es dann?«

Busiri wandte sich ab und schaute den Weg entlang. Stan nahm an, dass er nach Beschattern Ausschau hielt, obwohl dafür kaum ein Grund vorlag. Treffen zwischen Angestellten der amerikanischen Diplomatie und ägyptischen Beamten waren an der Tagesordnung. Manche, hatte Stan gehört, waren sogar befreundet. Zum Rest des Parks hin, sodass Stan nur sein Profil sehen konnte, sagte er: »Mr. Bertolli, was halten Sie von Omar Halawis Warnung?«

»Wessen Warnung?«

Busiri drehte sich wieder um. »Glauben Sie, ich weiß nicht Bescheid über Omar? Sie nennen ihn RAINMAN, als wäre er eine Art Fachidiot, ist er aber nicht.«

»Sind Sie sein Führer?«

Busiri schien überrascht. »Natürlich. Wussten Sie das nicht?«

Nein, das hatte Stan nicht gewusst, obwohl ihm manchmal der Verdacht gekommen war. Er kam sich vor wie ein Trottel.

»Aber seine Nachricht, Mr. Bertolli.«

»Dass wir bei uns selbst suchen sollen.«

»Genau.«

»Ich weiß nicht, was ich davon halten soll. Vor allem da ich jetzt weiß, dass alles, was er uns gesagt hat, von Ihnen stammt.«

Busiri schnaubte leise, dann schüttelte er den Kopf. »Omar mochte Emmett. Außerdem hat er ein paar Probleme, die meiner Meinung nach irgendwann behandelt werden müssen.«

»Wollen Sie damit sagen, er ist paranoid?«

»Ich bin kein Arzt. Aber manche Menschen werden durch die massenhaften Lügen geschädigt. Man muss das Gehirn neu vernetzen, damit es für unsere Art von Arbeit tauglich wird. Ein einziger falsch verbundener Draht kann alles aus dem Gleis werfen.«

»Was glaubt er denn?«

Busiri zog an seiner Zigarette und stieß den Rauch aus. »Warum beginnen wir nicht mit einer einfachen Frage? Wo ist Jibril Aziz?«

»Sagen Sie mir, was Omar Halawi glaubt, dann können wir darüber reden.«

»Sie wissen demnach, wo Jibril ist?«, fragte er mit einer Spur Hoffnung in der Stimme.

Stan nickte.

Busiri musterte ihn einen Moment, dann warf er die erst halb gerauchte Zigarette ins feuchte Gras, wo sie zischend erlosch. »Omar und Jibril sind Freunde. Nachdem Jibril einen Plan für den Sturz des wahnsinnigen Despoten in Tripolis ausgearbeitet hatte, ist er damit zu Omar gegangen.«

Das war eine Überraschung – Aziz hatte einen Top-secret-Plan den Ägyptern gezeigt? Stan schüttelte den Kopf – das spielte jetzt keine Rolle mehr. »Sie wissen aber, dass wir ihn abgelehnt haben? Die CIA hat die Operation ad acta gelegt.«

»Ach ja?«, fragte Busiri. »Mag ja sein, dass *Sie* das getan haben. Und Jibril hat man tatsächlich *gesagt,* der Plan sei abgelehnt. Aber was war die Realität? In irgendeinem Hinterzimmer in Langley haben sich die Planer die Sache noch einmal vorgenommen. Das tun sie doch immer, oder? Sie legen alles auf Eis.«

»Davon weiß ich nichts«, musste Stan zugeben.

»Ich will Ihnen nichts vormachen, Mr. Bertolli.« Busiri breitete die Hände aus. »Sie sehen, wie offen ich zu Ihnen bin. Sie werden aber auch bemerkt haben, dass Omar seit einiger Zeit zurückhaltend ist. Das ist seine Entscheidung, nicht meine. Er ist entsetzt darüber, was die CIA seiner Meinung nach vorhat.«

Stan setzte sich anders hin, um in der plötzlich einsetzenden Dunkelheit Busiris Gesicht besser sehen zu können – die Sonne war untergegangen, ohne dass er es bemerkt hatte, obwohl ein ferner Gebetsruf ihn daran hätte erinnern müssen. »Ich habe keine Schlüssel zu geheimen Hinterzimmern, also werden Sie deutlicher mit mir reden müssen. Ich bin nur ein kleines Rädchen.«

»Nur ein kleines Rädchen?« Busiri grinste und zündete sich eine neue Camel an. »Ich sage es Ihnen, Mr. Bertolli, egal, ob Sie nur ein Rädchen im Getriebe sind oder der Mann, der die Fäden in der Hand hat. Wie auch immer, Sie sollten wissen, was ich weiß, denn vielleicht bringt Sie das dazu, Ihre Handlungsweise noch einmal zu überdenken.«

Stan sagte nichts.

»Jibril hat Omar vor zwei Wochen angerufen. Am 22. Februar, fünf Tage nach dem Tag der Revolte in Bengasi. Er sagte *Die machen es, Omar. Stumbler läuft an.* Mehr brauchte er nicht zu sagen.«

Stan kannte die Antwort, aber er wollte, dass der andere sie aussprach: »Was war mit ›es‹ gemeint?«

Busiri führte die Zigarette zum Mund, blinzelte und nahm einen Zug. »Gemeint war«, sagte er, »dass alles in Bereitschaft war. Sobald das libysche Volk seine Zukunft in die eigene Hand nahm, sobald die ersten Menschen auf der

Straße starben, waren Ihre Leute bereit, diese historische Chance zu ergreifen. Aus dem Mut der Libyer und ihrem Märtyrertum ihren Nutzen zu ziehen. Das bedeutete, dass Ihr weltberühmter Nachrichtendienst bereit war, die Revolution den blutigen Händen derer in Libyen zu entreißen, die die Freiheit lieben.« Er hielt inne, zog an der Zigarette und sagte dann: »Und wegen dieses Verstoßes gegen die Grundregeln menschlichen Anstands schlage ich vor, dass Sie sich von Omar fernhalten. Befände er sich mit einem Vertreter der CIA in ein und demselben Raum, könnte er, fürchte ich, gewalttätig werden. Und das wollen wir doch nicht, oder?«

Stan dachte einen Moment darüber nach und spürte kurz Omar Halawis Zorn, einen Zorn, den Busiri zu teilen schien. Busiri sprach nicht von einer Unterstützung der Revolution durch die CIA, sondern von einer Übernahme und der Einsetzung handverlesener Amerikaner im Präsidentenpalast. Er verstand den Zorn der Ägypter, allerdings nur bis zu einem bestimmten Punkt. Er überlegte erneut, dann sagte er: »Ich werde mir von einem Angehörigen der Zentralen Sicherheitskräfte keine Belehrung über menschlichen Anstand anhören. Wir haben die Demonstranten auf dem Tahrir-Platz nicht zusammengeschossen.« Stan hielt inne, aber Busiri reagierte nicht, deshalb fuhr er fort: »Was werden Ihrer Meinung nach die Radikalen tun, wenn es in Tripolis ein Machtvakuum gibt? Glauben Sie, sie werden sich in ihren Höhlen zurücklehnen und zuschauen? Nein. Sie werden die Wähler bedrohen und umschmeicheln, bis sie an der Macht sind, und dann führen sie die Scharia ein, versklaven die Frauen und schicken Teenager mit Rucksackbomben ins Ausland. Was hätten Sie denn lieber an Ihrer Landesgrenze – eine dem Westen zugeneigte Regierung oder einen islamofaschistischen Staat?«

Busiri kratzte sich am Mund und lächelte. »Sie tun so, als sei das ein Unterschied wie Tag und Nacht. Das ist es nicht, Mr. Bertolli. Staaten sind berechenbar, vor allem, wenn sie eine extreme Ideologie vertreten. Und Geheimdienste ebenso.«

»Und wie ist das mit Ihnen?«, fragte Stan. »Sollten wir auch aufpassen, dass von unseren Leuten niemand mit Ihnen im selben Raum ist?«

Busiri zog die Augenbrauen hoch. »Omar ist leidenschaftlich; ich versuche, es nicht zu sein. Ich glaube, die Dinge liegen sehr kompliziert. Ich *glaube,* das wird sich letzten Endes kaum auf die Sicherheit Ägyptens auswirken, und deshalb sollte es mir vielleicht gleichgültig sein.«

Stan schwitzte in seinem Hemd, und er war von der falschen Frage abgelenkt: Versuchte die CIA, die Volksrevolution in Libyen für ihre Zwecke zu vereinnahmen? Und wenn ja, was würde das bedeuten? Ihm entglitten die kürzeren Fäden, diejenigen, über die er bei diesem Treffen hatte sprechen wollen. Busiris Zigarette war ausgegangen; er merkte es und warf sie genervt weg, dann stand er auf.

Stan erhob sich ebenfalls. »Warum hat sich Aziz mit Emmett Kohl getroffen, eine Woche vor dessen Ermordung in Budapest?«

»Möchten Sie wissen, was Omar glaubt?«

»Ja.«

»Lassen Sie Ihre Phantasie spielen.«

Busiris Augen waren müde. Er wollte Stan nicht reizen, er wollte nur, dass er zwei und zwei zusammenzählte; deshalb sprach Stan es laut aus, als er begriffen hatte: »Aziz wollte

Stumbler sabotieren. Emmett hat mit ihm zusammengearbeitet.«

Mit einem verächtlichen Blick applaudierte Ali Busiri lautlos, dann schaute er zum bewölkten Nachthimmel empor. »Allah sagt uns, dass es Zeit ist zu gehen.«

»Moment noch«, sagte Stan, dem ein neuer Gedanke gekommen war.

Der Ägypter runzelte ungeduldig die Stirn.

»Wollten Sie wirklich überlaufen?«

Busiris Augen weiteten sich. »Was?«

»Man hat mir gesagt, Sie hätten versucht, sich auf unsere Seite zu schlagen.«

Busiri seufzte und schaute auf seine Uhr, eine Rolex. Er sah Stan durchdringend an. »Wer hat Ihnen das gesagt? Das ist lächerlich.«

»Sie streiten es also ab.«

»Absolut.«

Einer von beiden musste lügen, aber Stan wusste nicht, wer.

Busiri machte einen Schritt vorwärts, legte Stan mit unerwarteter Freundlichkeit die Hand auf die Schulter und drückte sie. »Sie und ich, wir lieben jeder sein Land. Mein Land mag jetzt anders sein, aber hören wir auf, eine Frau zu lieben, weil sie reif geworden ist?«

»Werden Sie mir sagen, wer Balaševićs Informant war?«

Noch ein Schulterklopfen, und aus dieser Nähe konnte er die vielen Falten im Gesicht des Spions sehen. »Es ist an der Zeit, dass Sie mir sagen, wo Jibril ist.«

Stan zögerte, aber Ali Busiri hatte keine Lust mehr, einseitige Zugeständnisse zu machen. »Tot. Ich weiß nicht, wo, aber er ist tot.«

Busiri zog seine Hand zurück. »Wie?«

»Ich weiß es nicht. Aber man hat mir gesagt, dass er tot ist.«

»Wer?«

»Mein Stationschef.«

»Harold Wolcott.«

Stan nickte.

»Glauben Sie ihm?«

»Ich denke schon, ja.«

Nach einer kurzen Pause sagte der Ägypter: »Ich schlage vor, Sie verwenden ein bisschen Gehirnschmalz auf den Fortgang Ihrer Karriere, Mr. Bertolli. Denken Sie daran: Liebe macht blind.« Er hob zum Abschied die Hand, und bevor er sich entfernte, fügte er hinzu: »Sie sollten doch sehen können, was vor Ihrer Nase ist.«

Als Stan im Dunkeln zu seinem Auto zurückging, spürte er noch das Gewicht von Busiris Hand auf seiner Schulter. Manchmal, nach der Lektüre der einen oder anderen Enthüllungsstory, hatte er mit der Wahl seines Arbeitgebers gehadert, doch das waren seltene Augenblicke. Eines wusste er, weil er dort gewesen war: Die Menschen, die dort tagtäglich zur Arbeit erschienen, waren prinzipiell anständig. Sie wollten, mit den jeweils erforderlichen Mitteln, dafür sorgen, dass die Sicherheit ihres Landes erhalten blieb. Das hatte er nie in Frage gestellt. Probleme traten erst auf, wenn es um die Einzelheiten ging, um das *Wie* – dann wurde es schmutzig. Das galt für alles. Trotzdem, die CIA versuchte, einen gewissen moralischen Standard einzuhalten – nicht um der Moral selbst willen, sondern um nicht mit blutbesudelten Händen ertappt zu werden.

Würde Langley mitten in einer Volksrevolution einen Plan

zur Einsetzung einer befreundeten Regierung unterstützen? Vielleicht – es wäre nicht das erste Mal. Die Risiken waren enorm, aber sie waren nicht unüberwindlich. Wahrscheinlicher war jedoch, dass Langley den Weg des geringsten Widerstands gehen würde: abwarten, bis sich die Wogen geglättet haben, die Situation analysieren und dann Entscheidungen treffen.

Jemand wie Omar Halawi war anderer Meinung. Er stand unter dem Einfluss derselben Falschinformationen, für deren Bekämpfung die CIA zu wenig getan hatte, der gescheiterten Operationen und gelegentlichen Untaten, die die CIA als Monster erscheinen ließen, das im Käfig gehalten werden musste, wenn die Welt ernstlichen Schaden von ihren Söhnen und Töchtern abwenden wollte. Für Menschen wie Halawi – und vielleicht auch Busiri – war die CIA Teil einer gigantischen amerikanischen Verschwörung, die aller Herren Länder in businesskompatible Drohnen verwandeln wollte.

Er war fast schon am Parkeingang, als er an einer Palme stehen blieb. Busiris letzte Worte waren ihm eingefallen. *Sie sollten doch sehen können, was vor Ihrer Nase ist*. Und davor: *Liebe macht blind*. Er schloss die Augen und drückte gegen seine Stirn, weil sich erneut Kopfschmerzen ankündigten. Ali Busiri sprach nicht von der CIA. Er sprach von …

Er sagte laut »Nein«. Und er hielt sich den Bauch.

Ein Jahr lang hatte er alle Fakten vor sich gehabt, und alles hatte in dieselbe Richtung gewiesen, und doch war er blind für die offensichtliche Schlussfolgerung gewesen. Er dachte zurück, hob die Puzzleteile auf, fügte sie neu zusammen und sah voller Verzweiflung, wie gut alles zusammenpasste. Nicht alles, nein, aber jedenfalls das Geheimnis der undichten Stelle. Sie war genau hier. Sie war immer genau hier gewesen.

Er erholte sich nach ein paar Minuten, aber es war nur eine partielle Erholung. Er straffte sich, kämpfte gegen die Übelkeit an und suchte sein Handy. Er wählte. Keine Überraschung: Sie war nicht zu erreichen. Er starrte das Handy an. Von einem Moment zum anderen war sie jemand anderer geworden. Eine Fremde.

Was würde sein Vater tun?

Sein Vater würde sich davonschleichen, um noch einen Tag zu leben, doch Stan war nicht sein Vater, und er würde es nie sein. Er würde Sophie finden.

Er legte das letzte Stück im Laufschritt zurück, zu den Passages Insaid Al Azhar Garden und an der Reihe der dunklen Autos entlang, bis er seines fand. Er schloss die Tür auf und stieg ein, und dabei dachte er abwechselnd an Sophie und die kämpfenden Revolutionäre auf den libyschen Straßen. Die starben, damit sie selbst und niemand sonst über ihr Schicksal entschieden.

Die Windschutzscheibe war von innen beschlagen, und er wischte sie mit dem Ärmel ab. Es dauerte einen Moment, und er steckte noch den Schlüssel ins Zündschloss, bevor er den Geruch im Wagen bemerkte: Knoblauch. Ein ausgeprägter Gestank nach geröstetem Knoblauch. Dann dachte er: Die Scheibe ist *beschlagen*. Er schaute auf, weil sich im Rückspiegel etwas bewegte, und im Dunkel des Rücksitzes sah er eine Nase, darüber dunkle Augen, und ein Lichtstrahl fiel auf ein großes Ohr, aus dem – warum? – ein Stückchen blauer Gummi herausschaute. All diese Details so nahe, dass er das aus dem Dunkeln auftauchende Gesicht hätte berühren können. Es war ein Gesicht, das er schon einmal gesehen hatte –

ein hellhäutiger Ägypter –, und während ihn die Angst packte (er begriff jetzt, warum der Mann Ohrstöpsel trug), erinnerte er sich. Auf einem Bildschirm, im Frankfurter Flughafen, zu einem vorbeikommenden Securitymann aufschauend. Stan sagte: »Wer zum Teufel –«

John

1

Am Samstagabend blieb er zu Hause. Er schenkte sich ein Glas Whisky ein und setzte sich vor den Fernseher. Auf BBC war die Nachricht von dem toten Stellvertretenden Konsul in Budapest von wichtigeren Ereignissen verdrängt worden, und die Fernsehkameras zeigten John, wie Libyen in Gewalt versank. Er hörte die Kommentatoren, die das Ende einer Epoche verkündeten, und die ekstatischen Stimmen von Revolutionären, die den Beginn von etwas Wundervollem proklamierten. Doch er erinnerte sich an die Demonstranten auf dem Tahrir-Platz, die vor drei Wochen eine amerikanische Fernsehjournalistin angegriffen hatten; ein ganzes Rudel aufgebrachter Männer hatte sich auf eine einzelne zu Tode erschrockene Frau gestürzt und wütend nach ihren Brüsten und ihrer Scham gegrapscht, ein Überfall, der erst zu Ende war, als etliche Ägypterinnen und Soldaten eingriffen. Es gab in Nordafrika keine Heiligen, weil es nirgends Heilige gab. Es konnte, davon war John überzeugt, keine neue Welt geben, weil die Menschen, die in ihr lebten, dieselben sein würden wie gestern.

War das wirklich Zynismus? Jibril hatte das gedacht, und vielleicht hatte er recht gehabt.

In Libyen war Al-Zawiyya in der Hand der Rebellen, während im benachbarten Tripolis Gaddafi jeder Familie 400 Dollar schenkte und der Welt mitteilte, dass das libysche Volk hinter ihm stehe. Sein gut aussehender, redegewandter Sohn Seif al-Islam gab westlichen Medien Interviews und wirkte sehr gefasst, während sein Land zerrissen wurde, und er erklärte, diejenigen, die gegen die Regierung kämpften, hätten halluzinogene Drogen bekommen und würden von al-Qaida gesteuert.

Wenn er es geschafft hätte, wäre Jibril wahrscheinlich inzwischen in al-Zawiyya und würde sich zurechtlegen, wie er durch die regierungstreuen Linien hindurch nach Tripolis gelangen konnte. John schaute mit zusammengekniffenen Augen auf den Fernseher, umklammerte sein leeres Glas und dachte, dass Jibril bei all seiner Torheit ein tapferer Mann gewesen war, viel tapferer, als er es je sein würde.

Nein, um Tapferkeit ging es nicht, das hatte Jibril ihm klarzumachen versucht. Es ging um Verantwortung. Während man sich Tag für Tag durchs Leben schlägt, kriegt man es mit Menschen zu tun, und mit ihnen kommt die Verantwortung. Das Gewicht dieser Verantwortung nimmt zu, und irgendwann kommt man an einen Punkt, von dem aus es kein Zurück mehr gibt, und einen Mann konnte man danach beurteilen, was er in diesem Moment tat. Entweder er stellte sich diesen Verpflichtungen, oder er floh. Johns Vater war vor seinem ersten Geburtstag geflohen. Jibril hatte sich so an seine Verpflichtungen gebunden gefühlt, dass er die neueren links liegen gelassen hatte, um sich den älteren zu widmen. Und John? Er war zu Cy Gallagher bei Global Security gegangen und hatte darum gebeten, von seiner zerbrochenen Familie entfernt zu werden, die ihm unerträglich geworden war.

Und das war der Grund, weshalb er am Sonntag mit der Überzeugung aufwachte – der ersten Überzeugung seit geraumer Zeit –, dass es an der Zeit war, ein paar Dinge in Ordnung zu bringen. Er hatte seine Kinder fast einen Monat lang nicht mehr angerufen, und er nahm sich fest vor, es am Abend zu tun, sobald sie wach waren und gefrühstückt hatten. Und in der Zwischenzeit würde er sich säubern. Er rasierte sich, duschte und putzte sich die Zähne, dann brühte er starken Kaffee auf und machte sich Rühreier. Nach dem Abwasch rief er Geert an und sagte ihm, dass er sich gern mit einigen seiner ägyptischen Kundinnen treffen würde, die ihr Englisch verbessern wollten, weil man, um sein Leben im Griff zu behalten, seine Finanzen in den Griff kriegen müsse.

Geert war begeistert.

Er fing an, die Wohnung aufzuräumen, sammelte Flaschen ein und steckte fettige Tüten und Imbissbehälter in einen Müllsack, dann öffnete er alle Fenster und machte sich ans Staubsaugen. Er wischte sogar mit feuchtem Küchenkrepp den Staub von allen Möbeln, überrascht und angewidert, wie schmutzig das Papier wurde. Er fand Bücher an den seltsamsten Stellen, und hinter dem Wäschekorb entdeckte er sogar eines in einem verschließbaren Plastikbeutel – ein Sammlerstück, eine Ausgabe von T. S. Eliots *Ara Vos Prec* aus dem Jahr 1920. Maribeth hatte es ihm geschenkt, als sie entdeckte, dass der große schwarze Soldat, mit dem sie geschlafen hatte, ein begeisterter Leser der alten Dichter war. John nahm den Band, dessen schweres Papier verfärbt und steif war, vorsichtig aus dem Beutel, schlug ihn an einer beliebigen Stelle auf und las:

Widernatürliche Laster
Werden von unserem Heroismus gezeugt. Tugenden
Werden uns von unseren schamlosen Verbrechen
aufgezwungen.
Diese Tränen werden vom zorntragenden Baum geschüttelt.

Der Tiger springt im neuen Jahr. Uns verschlingt er.

Er setzte sich und las langsam das ganze Gedicht, und ihm ging auf, dass »Gerontion« die Quelle des Verses war, der ihm in den Sinn gekommen war, als er auf den libyschen Leichenbestatter gewartet hatte: *Im verkommenen Mai, Hartriegel und Kastanie, blühende Judasbäume …*

Er steckte das Buch wieder in den Beutel und legte es ins Regal. Dann nahm er seine drei vollen Müllsäcke und trug sie zum Container hinunter. Inzwischen war es zwei Uhr nachmittags. Er war mit sich zufrieden. Er sah den Rest des Tages vor sich – am besten würde er seine Zeit mit Lesen verbringen. Er wollte sich den Eliot noch einmal vornehmen, und seit er in Kairo war, hatte er drei Romane angefangen und etwa bei Seite 30 beiseitegelegt – höchste Zeit, zumindest einen davon zu Ende zu lesen. Er würde Kelli und Ray anrufen und dann, nach Einbruch der Dunkelheit, Jibril Aziz' geheime Liste entsorgen, um sich endlich dieses Problems zu entledigen. Ein Geschenk für den Nil, und ein sauberer Schnitt für ihn.

Das Telefongespräch mit den Kindern sollte ihm ein Gefühl von Zugehörigkeit zurückgeben, ihn in die Welt der zwischenmenschlichen Beziehungen zurückbringen. Er sagte lauter richtige Worte, alles solche, die in der Enzyklopädie der zivilisierten Gesellschaft standen. Er fragte sie nach ihren

Freunden, nach der Schule und nach ihren Noten. Er fragte sie, welche Bücher und welche Filme sie mochten und was sie gefrühstückt hatten. Er war aus der Übung, aber sie waren nachsichtig, und wie immer fragte er sich, warum er sie nicht jeden Tag anrief.

Hinterher kam Danisha an den Apparat und fragte, wann sie damit rechnen könnten, ihn wiederzusehen. »In einem Monat, vielleicht auch ein bisschen früher oder später«, sagte er, und sie summte leise vor sich hin.

Nach dem chaotischen letzten Jahr, in dem er hilflos zugesehen hatte, wie ihre Ehe unaufhaltsam in die Brüche ging, war die Scheidung selbst eher freundschaftlich abgelaufen. Es ließ sich nicht leugnen, dass sie nach wie vor aneinander hingen, und die Existenz von Kindern hatte bedeutet, dass sie, mochte es zwischen ihnen auch schlecht ausgegangen sein, bis an ihr Lebensende durch zwei Bande aneinandergefesselt bleiben würden. Johns Bank überwies automatisch die Unterhaltszahlungen auf ihr Konto, und deshalb war der einzige Streitpunkt zwischen ihnen seine Abwesenheit. »Sie müssen wissen, dass ihr Vater in der Nähe ist«, sagte sie immer wieder zu ihm. »Das ist schwer für sie.« Worauf er immer antwortete, dass sie ja Owen hätten. »Das ist nicht dasselbe«, sagte sie von ihrem neuen Mann, und dann dachte er immer an die Kinder in Nairobi, Lissabon und Kandahar, die beide Eltern und in manchen Fällen eine ganze Großfamilie verloren hatten. Er wollte ihr immer von diesen Kindern erzählen, war aber nie so sehr aus dem Gleichgewicht geraten, dass er diesen Fehler begangen hätte.

Jetzt sagte sie: »Versuch doch bitte, öfter anzurufen, ja? Sie freuen sich immer so.«

Wirklich?, hätte er am liebsten gefragt. Ein Anruf von einem

Mann, den sie seit über einem Jahr nicht mehr gesehen hatten? Einem Mann, den sie, auch wenn er in der Stadt war, nur an seinen freien Wochenenden sahen? Bedeutete er ihnen wirklich so viel?

Waren wir wirklich einmal alle so jung?

Aber er versprach, wie immer, öfter anzurufen.

Die Dunkelheit brach herein, als er auflegte, und es wurde kühler in der Stadt. Er betrachtete sein frisch geputztes Zuhause und fragte sich, ob dies alles nur eine Fassade war – oder ob es (und das hoffte er) die Fassade war, die schließlich seine Realität darstellen würde. Jetzt blieb ihm nur noch eines zu tun, und er ging in die Küche, um Jibrils Buch zu holen. Als er gerade nach der Keksdose greifen wollte, klingelte es unten an der Haustür. Er drückte auf die Taste der Sprechanlage und hörte Maribeth. »Ich hab im Deals herumgesessen und mich gefragt, wo ich ein bisschen Spaß haben könnte.«

2

Am Morgen kam Maribeth herein und trank ihren Kaffee, während er sich die Zähne putzte. Sie hatte eines seiner langen Hemden gefunden; es stand ihr gut. »Lust auf Kultur heute Abend? Derek zeigt ein paar von seinen abstrakten Schmierereien.«

Derek war ein Bekannter, ein Hippie aus New Jersey. »Ich weiß nicht«, sagte John, während er seine Zahnbürste ausspülte.

»Hast du Angst, das könnte zur Gewohnheit werden?«

Er betrachtete sie in dem beschlagenen Spiegel, sah zu, wie sie den Mundwinkel zu einem verschmitzten Lächeln verzog. Er mochte Maribeth sehr – sie war attraktiv und intelligent und hatte einen beißenden Humor –, aber wie ließ sich das in eine Beziehung umsetzen? Vor der Heirat und der Scheidung hätte er sich solche Fragen nicht gestellt: Er hätte sich sein Handeln davon diktieren lassen, wie viel Freude ihm ihre Gesellschaft machte. Aber jetzt war er älter, alt genug, um seinen romantischen Instinkten zu misstrauen. *God sure didn't make me very wise.* »Ich bin noch einen Monat hier«, sagte er. »Dann bin ich weg. Jetzt was anzufangen käme mir sinnlos vor.«

Er war nicht sicher, was er erwartete, aber ihr unbefangenes Lächeln überraschte ihn. Sie trank noch einen Schluck Kaffee. »Eine Beziehung? Sei nicht albern, John.«

»Ah. Sorry.«

Sie kam näher und drückte ihm einen Fingernagel in den nackten Rücken. »Wenn ich eine Beziehung will, dann merkst du's schon.«

»Und du willst keine.«

»Ich mag dich, John. Versteh mich nicht falsch. Aber du bist wirklich nicht mein Typ.«

Er dachte darüber nach, während er sich Zahnpasta von den Lippen abwusch, dann fuhr er sich mit einer Bürste durch sein kurz geschorenes Haar. »Nein?«

Wieder schüttelte sie den Kopf.

»Was wäre denn dein Typ?«

»Jemand, von dem ich glaube, dass er dieses Jahr überlebt«, sagte sie, und ihr Lächeln verschwand.

Er legte die Bürste weg und drehte sich stirnrunzelnd zu ihr um. Sie war einen ganzen Kopf kleiner als er, aber er hatte das Gefühl, dass sie ihn in die Tasche stecken konnte, wenn sie wollte.

»Du musst zugeben, John«, sagte sie, »dass du ein bisschen zur Selbstzerstörung neigst. Leute, die gern weiterleben, saufen nicht so.«

Ja, dachte er. Sie konnte ihn ohne Weiteres in die Tasche stecken.

»Und du hast auch fiese Albträume. Du hast mich fünfmal aufgeweckt.«

»Tut mir leid.« Er konnte sich an keine Träume erinnern. »Hab ich irgendwas gesagt?«

»*Jibill*. Oder so ähnlich.«

Draußen begleitete er sie um die Ecke bis zur Mohammed Thakeb und öffnete ihr wie ein Gentleman die Beifahrertür des schmutzigen alten Subaru, den er fast eine Woche lang nicht benutzt hatte. Der Motor hustete ein paar Mal, bevor er ansprang, und dann fuhren sie im Verkehr von der Insel herunter und in die Gartenstadt. Unterwegs klingelte sein Handy – es war Ricky, einer von Stans Agenten. Er wollte sich mit John in einem Café am Talaat-Harb-Platz treffen, nicht weit von Maribeths Wohnung. Sie musste allerdings in die Arbeit, und er setzte sie vor der Botschaft ab. Beim Aussteigen hielt sie einen Moment lang inne, dann beugte sie sich herüber und küsste ihn fest auf den Mund. »Heute Abend in der Galerie. Denk dran.« Er versprach es.

Er fuhr weiter landeinwärts, parkte nicht weit von dem Platz und fand Ricky an einem Tisch im Freien bei einer Tasse heißem Tee. Als er sich dazusetzen wollte, schüttelte Ricky den Kopf. »Würdest du dir bitte mal den Platz gegenüber vom Cosmopolitan ansehen? Ich treffe mich da in einer halben Stunde mit jemandem.«

John schlenderte die Hauptstraße zwei Querstraßen weit entlang und bog dann in die schmalen Seitenstraßen ein, die seit 1950 nicht mehr ausgebessert worden waren. Gegenüber der abgerundeten Ecke des Cosmopolitan Hotel war ein Café mit billigen Plastiktischen und -stühlen auf dem Bürgersteig. Es war für neun Uhr morgens relativ leer. Er setzte sich dorthin, wo er gerade nicht mehr im Freien saß, und bestellte in seinem dürftigen Arabisch Kaffee und ein Brötchen. Während er darauf wartete, kamen zwei Arbeiter, schon voller Staub von einer Baustelle, setzten sich draußen hin, streckten die Beine von sich und rauchten. Fast am Straßenrand legten zwei junge Frauen mit bedecktem Kopf ihre Handys auf einen Tisch und nahmen dann Platz. Sein Brötchen kam zuerst, dann der Kaffee, und beim Essen musterte er die gegenüberliegende Straßenseite – fliegende Händler, die Schmuck verhökerten, der Hoteleingang und Autos in allen erdenklichen Zuständen. Schließlich hielt ein weißer, mit diversem Gemüse bemalter Lieferwagen so dicht am Bordstein, dass er fast die beiden Frauen erfasst hätte, und versperrte ihm völlig die Sicht. Der Fahrer stieg aus und trabte die Straße hinunter, in einen (wie John sah, als er aufstand, um ihm nachzuschauen) Teppichladen.

Beobachten, das hatte man John tausendmal vorgebetet, ist eine Art Kunst. Es gibt jede Menge verräterische Hinweise – Augenbewegungen, ausgebeulte Taschen, Nervosität –, aber die Wahrheit, die er selbst entdeckt hatte, war, dass die Welt so ist; sie ist bis zum Überlaufen voll mit verräterischen Hinweisen, weil das auch die Menschen sind: Ansammlungen verräterischer Hinweise. Beobachter behaupten, sie könnten den Unterschied zwischen der Nervosität eines Mannes, der völlig abgebrannt ist, von der eines Mannes unterscheiden, der drauf und dran ist, einen Staatspräsidenten zu erschießen, doch das ist ein Vorwand für die Leute, die sie bezahlen. Gäbe es wirklich eine wissenschaftliche Beobachtungsmethode, kämen Attentate nicht vor. John rief Ricky an und sagte ihm, alles sehe ganz normal aus.

Er verließ das Restaurant kurz, um auf der anderen Seite des Lieferwagens nachzusehen, und als er zurückkam, saß Ricky bereits zwei Tische von den jungen Frauen entfernt, von denen die eine in ihr Telefon sprach, während die andere belustigt lachte. Die Bauarbeiter tranken Gläser mit etwas Klarem – vielleicht Wasser, vielleicht auch nicht. John wich Rickys Blick aus, während er auf seinen Stuhl im Inneren zurückkehrte. Er saß kaum, da klingelte sein Handy. Es war Geert. »Verabredung Nummer eins«, sagte er.

»So früh?«

»Madam Abusir würde sich heute Abend gern mit dir verlustieren. Sieben Uhr im Steaks?«

Das war ein Restaurant im Four Seasons. »Preist du mich als Gigolo an, Geert?«

Ein hohes, gezwungenes Lachen. »Kommt dir so vor, oder? Entspann dich einfach und amüsier dich. Dreißig Dollar die Stunde, und sie bezahlt die Leckerbissen«, sagte er, wahrscheinlich meinte er Knabberzeug.

Nachdem er aufgelegt hatte, erfasste ihn eine Welle der Angst. Er war jetzt Lehrer – noch mehr Verantwortung. Es war, so wurde ihm klar, ganz ähnlich wie seine Angst vor der Aussicht auf eine kurzfristige Beziehung mit Maribeth, die Angst, dass er sich zu viel aufladen könnte und dass er unweigerlich zerbrechen würde – entweder zerbrechen oder davonlaufen, oder die Menschen zerbrechen, die auf ihn angewiesen waren.

Schluss damit.

Er rieb sich das Gesicht und wandte sich wieder der aktuellen Aufgabe zu.

Ricky, so stellte sich heraus, traf sich mit SLEDGEHAMMER, einem Informanten, den John früher schon überwacht hatte. Er wusste zwar wenig über den Ägypter, hatte aber mitbekommen, dass er am Ende jedes Treffens unter dem Tisch einen Umschlag zugesteckt bekam. Nicht alle Informanten arbeiteten für Geld, SLEDGEHAMMER jedoch immer.

Der Treff dauerte nur zwanzig Minuten und verlief ohne Zwischenfall. Bevor er zu Ende war, fuhr der Gemüsetransporter weg, sodass John die Schmuckverkäufer, die am Hotel vorfahrenden Taxis und einen der Wohnblocks in voller Höhe und Breite sehen konnte. Zwei Fenster waren offen, und in einem stand eine alte Frau, die auf die Straße hinab- und zu ihnen herüberschaute.

Nach einem Handschlag ging SLEDGEHAMMER als Erster. Ricky legte ein paar Münzen auf den Tisch und ging in die entgegengesetzte Richtung davon, während John seine zweite Tasse Kaffee austrank. Erst da sah er etwas Glitzerndes in der rechten Hand der Frau: eine kleine Digitalkamera mit Zoomobjektiv. Soweit er sich erinnerte, hatte sie sie noch nicht ans Gesicht gehalten, obwohl sie das natürlich gar nicht tun musste, um eine Aufnahme zu machen.

Dieses Detail beunruhigte ihn, aber wie die meisten Hinweise konnte er es mit ein bisschen Phantasie als unerheblich abtun. Ein Geschenk ihres Sohnes, mit dem die Frau am Fenster üben wollte. Besser das als ein Staatsbediensteter, der gebeten wurde, unauffällig in ihrem Fenster zu sitzen und Aufnahmen von einem mutmaßlichen Verräter zu machen.

Als er in die Botschaft kam, stand Harry eine Zigarette rauchend vor dem Tor und wartete auf ihn. »Gehen wir ein paar Schritte, John.«

Er folgte Harry langsam in Richtung auf das Hochhaus des Hotels Semiramis, das den Blick auf den Nil verstellte. Harry sagte: »Irgendwelche Besuche von den Kameraden auf der Straße?«

»Nein, Sir. Ich glaube, sie sind mir am Freitagabend nachgegangen, aber ich bin mir nicht sicher. Hab seitdem nichts mehr von ihnen gesehen.«

»Gut.« Harry nickte. »Hat jemand wegen Libyen gefragt?«

»Na ja, Stan ist anscheinend ziemlich neugierig.«

»Und?«

»Ich hab ihm nichts gesagt.«

»Gut.«

Sie waren an der Straßenecke angekommen, doch statt nach Westen Richtung Fluss zu gehen, bog Harry nach rechts ab, weiter landeinwärts. Einheimische gingen an ihnen vorbei, magere Männer, die ihre Zigaretten pafften. »Gibt's ein Problem?«, fragte John.

»Ein Problem?« Harry überlegte. »Na ja, Langleys Mann ist tot, und ich darf mit niemandem darüber reden. Ich hab nicht gern Geheimnisse vor meinen eigenen Leuten.«

»Warum dürfen Sie nicht darüber reden?«

»Fragen Sie Langley. Nein, vergessen Sie's. Tun Sie's nicht. Schauen Sie.« Harry blieb unversehens stehen, und John wäre beinahe in ihn hineingelaufen. Er drehte sich um und blickte John in die Augen, wofür er leicht nach oben schauen musste, als wollte er Maß nehmen. »Sie sind doch ein ziemlich solider Typ, oder?«

»Ich glaub schon.«

»Können Sie für mich ein Auge auf Stan haben?«

John zögerte. Ihm gefielen diese Geheimhaltungsblasen, die durch die Station schwebten, überhaupt nicht, und ihm war nicht wohl bei dem Gedanken, seinen unmittelbaren Vorgesetzten immer auf Abstand zu halten. Für so etwas war er in Tuscaloosa nicht ausgebildet worden. »Sie meinen, ich soll ihn überwachen?«

Harry überlegte. »Unternehmen Sie nicht allzu viel. Noch nicht. Versuchen Sie nur, im Lauf des Tages den Überblick zu behalten, was er immer gerade macht.«

»Und worauf soll ich besonders achten?«

»Auf alles«, sagte Harry. »Er schnüffelt wie ein Jagdhund nach allem, was mit Aziz zu tun hat. Ich hab den Verdacht, dass er jemanden vor mir verbirgt. Und ich fürchte allmählich, dass er letztes Jahr jemanden verleumdet hat, um sein eigenes kriminelles Handeln zu vertuschen.«

John rieb sich die schmerzenden Schläfen. »Das klingt ganz schön bedrückend.«

»Ist es auch«, sagte Harry, »aber es ist reine Spekulation. Seine anderen Jungs stehen zu loyal zu ihm, um das für mich zu tun. Aber Sie …«

»Ich weiß nicht, was das Wort loyal bedeutet?«

Ein Grinsen huschte über Harrys Gesicht, dann verscheuchte er es mit einer Handbewegung. »Sie lassen sich durch Ihre Loyalität nicht blenden, John. Das ist Ihre Stärke.«

3

Mit einer Tasse Maxwell House neben sich saß John am Computer und schrieb seinen Bericht über Rickys Treff. Seit dem Fiasko in Pakistan mit Raymond Davis verlangte Harry Berichte aus verschiedenen Blickwinkeln über alles, einschließlich simpler Treffs. Beim Tippen bemerkte er eine Bewegung am Rand seines Gesichtsfeldes. Die Atmosphäre im Büro war ruhelos, unbehaglich und kribbelig, was vermutlich mit dem Diplomatenmord zusammenhing.

Stan verbrachte einen Großteil des Tages am Computer, und als John kam, um zu sehen, was gebraucht wurde oder ob er irgendetwas in Erfahrung bringen konnte, was er an Harry weitergeben konnte, sagte Stan ihm, er solle ein bisschen kürzertreten. »Machen Sie lieber Mittag. Gehen Sie's ruhig an.« Wollte er ihn aus dem Büro haben? Oder spürte Stan nur, dass John noch immer nur zu etwa fünfzig Prozent arbeitete?

Nach der Mittagspause war Stan nicht in seinem Büro, aber nach einer Weile kam er aus Harrys Büro und wirkte verstört. Er setzte sich an seinen Schreibtisch und machte ein paar Anrufe, und unterdessen kam Harry auf dem Weg zum Aufzug vorbei und nickte John vielsagend zu. Doch schon bald schnappte sich Stan seinen Mantel und ging ebenfalls hinaus. Maribeth schickte ihm eine SMS mit der Frage, ob er zu Dereks Ausstellung kommen würde. Er schrieb zurück: »Muss Englischstunden geben«, und sie antwortete nicht mehr.

Während er das leere Display seines Handys anstarrte, ging ihm auf, dass Maribeth Winter der einzige Mensch in Kairo war, mit dem er sich wirklich wohlfühlte. Es war ihre

Direktheit – im Gegensatz zu seinen Kollegen führte sie ihn nie in die Irre. Fakten waren für sie Fakten, und sie waren dazu da, mit anderen geteilt zu werden. Sie schlief gern mit ihm, aber das hielt sie nicht davon ab, ihm rundheraus zu sagen, wie sie über sein autoaggressives Verhalten dachte. Sie war für ihn das Beste an Kairo, und er bekam Magenschmerzen bei dem Gedanken daran, dass er mit Sicherheit das, was sie hatten, kaputt machen würde.

Mrs. Abusir verspätete sich, und John saß zwanzig Minuten im Steaks und fühlte sich zunehmend unbehaglich im Innern des Nile Plaza Four Seasons. Das Restaurant war überteuert, dekoriert mit Schwarz-Weiß-Fotos luxuriöser Stadtszenen, und der Ausländeranteil unter den Gästen war unangenehm hoch. Es gab an diesem Dienstagabend ein Steak-und-Sushi-Büfett, und das ließ seinen Magen so laut knurren, dass er fürchtete, andere könnten es hören. Sein Unbehagen war insofern nützlich, als es ihn von anderen Dingen ablenkte – Jibril Aziz, Stan Bertolli und Harry Wolcott zum Beispiel. Maribeth schickte ihm eine Nachricht: »Die Gemälde sind scheußlich.«

Dann kam Mrs. Abusir. Sie war größer als John und ein paar Jahre älter. Und sie war beleibt, doch angesichts ihrer Größe verlieh ihr Gewicht ihr Präsenz, als sie, ihrer Verspätung offenbar nicht bewusst, ins Restaurant kam. Sie trug einen lavendelblauen Hidschab um den Kopf, doch ihr knöchellanger Rock und die langärmelige Bluse waren ganz westlich. Sie lächelte, ergriff mit beiden Händen seine Hand und sagte, sie sei erfreut über »the prospect of my English to sound American«.

»Das ist schön«, sagte er, »aber hier kommt schon die erste Lektion: Man sagt ›the prospect of my English *sounding*

American‹. ›To‹ stellt man nur im Infinitiv vor ein Verb. Außer, es steht vorher ein Hilfsverb. ›I *want* it *to* sound American‹ – und so ähnlich.«

Ihr Lächeln schwand, und er fragte sich, wie das ihrer Vorstellung nach ablaufen sollte, wenn er sie nicht korrigierte. »Mr. Calhoun … danke«, sagte sie, als müsste sie sich den Dank abringen.

Als die anfängliche Verlegenheit überwunden war, lief es glatter. Seit zehn Jahren war sie mit Samir Hanafi verheiratet, der vor Kurzem als möglicher Präsidentschaftskandidat der National-Progressiven Unionistischen Partei in den für November geplanten Wahlen nominiert worden war. Auf seine Frage, warum sie amerikanisch gefärbtes Englisch lernen wolle, hatte sie eine Antwort parat: »I am wanting to stand proudly beside my husband.«

«I want to stand proudly beside my husband.«

«Yes, exactly.«

Das machte sie während der zweistündigen Sitzung immer wieder, dass sie seine Verbesserungen mit *Yes, exactly* abtat, als wollte sie seine Version des Englischen gutheißen, ohne sie jedoch für sich selbst zu übernehmen.

Vor der Ehe war Mrs. Abusir Herzchirurgin im Dar Al Fouad gewesen – »The House of the Heart«, wie sie stolz übersetzte – und hatte ihren Mann kennengelernt, als er wegen einer Perikarditis eingeliefert wurde. Das sei eine Herzbeutelentzündung, erklärte sie. »I repair his heart and we fall in love.«

Sie sagte das alles mit einem Lächeln, weil sie wusste, dass es offensichtlich romantisch war, und erklärte dann, ihr Mann sei zwar fünfzehn Jahre älter als sie, die Kluft sei aber von ihren Familien überbrückt worden, die seit den Sechzigerjahren befreundet seien. Samir Hanafi sei schon lange in der Politik, er habe sich zuerst Mitte der Achtzigerjahre Mubaraks Partei, den Nationaldemokraten, angeschlossen. Aber das sei nicht gut gegangen – sie erwähnte nicht, warum –, und schon bald habe er seine Bestimmung bei einer der kleinen Oppositionsparteien gefunden, die zwar genau genommen legal waren, aber nicht die nötigen Ressourcen hatten, um in der Volksversammlung nennenswerte Fortschritte zu erzielen. Im Jahr 2004 habe ihr Mann sich dann Kefaya angeschlossen, einer Koalition oppositioneller Gruppen, die sich dem Regime entschieden entgegengestellt habe. Kefaya bedeute so viel wie *genug*. Obwohl die Koalition nach 2005 infolge innerer Konflikte vom Weg abgekommen sei, habe sie ihre Spuren hinterlassen, und ihre Mitglieder hätten sich bald der jungen Twitter-Generation angeschlossen, die auf die Straße gegangen sei. Jetzt würden die Nationaldemokraten hinweggefegt werden, und die wahren Ägypter würden endlich eine Stimme haben.

»Klingt aufregend«, sagte er.

»Ist es auch.« Sie beugte sich vor und ergriff seine Hand auf der Tischplatte. »Ein neues Jahr, eine neue Welt.«

Er zog seine Hand weg. »Ist es wirklich so wichtig, dass man für die Wahlen perfekt Englisch spricht?«

Sie wiegte den Kopf hin und her. »Wir denken über die Zukunft nach, Mr. Calhoun. Wir denken immer nur an die Zukunft. Wir denken daran, wie ein Politiker sich im Innern um sein Land kümmern kann, aber wir wissen, dass es genauso wichtig ist, wie er von der Außenwelt wahrgenommen wird. Wenn er eine Frau hat, die ordinäres Englisch spricht, gilt er als ein Mann, der sich seine Frauen aus der Gosse holt. Ich möchte nicht, dass irgendjemand mich so sieht.«

»Das würde doch keinem einfallen«, versicherte er ihr.

Das schien ihr zu behagen.

»Und es heißt: *I don't want anyone to think of me that way,* oder *I want no one to think of me that way.* Nicht *I am wanting.*«

»*Yes, exactly.*«

Um neun Uhr fuhr ein Mercedes vor dem Restaurant vor, der Mrs. Abusir nach Hause bringen sollte. Sie bedankte sich bei John für seine Hilfe, und sie verabredeten sich für Mittwoch. Erst auf dem Weg zum Ausgang bemerkte er den großen, kräftigen Mann im Maßanzug, der von einem der überfüllten Tische aufstand, ihnen die Tür öffnete und Mrs. Abusir zu dem Wagen brachte. John folgte ihm in großem Abstand, dann kam der Mann zurück, händigte ihm umstandslos dreihundertfünfzig ägyptische Pfund aus, etwa sechzig Dollar, und ging zu dem Wagen zurück. Die beiden waren mit ihm fertig.

4

Er brauchte ungefähr eine Stunde für den Fußweg nach Hause. Die Straßen waren ruhig, die meisten Ägypter waren erschöpft von dem Wechsel und den anschließenden Protestdemonstrationen, aber er musste immer wieder an die Beschatter von Freitagabend denken. Er ging an seinem Haus vorbei, schaute zu seinem Wohnzimmerfenster hinauf, das dunkel war, und dann zum Longchamps Hotel auf der anderen Straßenseite, vor dem auch kaum etwas los war. Er überprüfte auch noch andere Fenster und Türen, bevor er, am

Ende des Blocks angelangt, umkehrte, zurückging und seine Treppe hinaufstieg. Als er aufschließen wollte, merkte er, dass die Tür einen Spaltbreit offen war. Ohne etwas zu sagen, stieß er sie mit einem Finger auf. Sie ging sachte auf, und vor sich sah er …

Heilloses Durcheinander.

Die ganze Putzarbeit war umsonst gewesen. Die Sofakissen waren aufgeschlitzt, die Stehlampe lag in Scherben, der Fernseher war zerlegt. Teppiche waren in Ecken geworfen, die Deckenlampe herausgerissen worden. Er stieg über die Trümmer und ging in die Küche, wo alles aus den Schränken gerissen war – zerbrochene Tassen, Gläser, Teller und Schüsseln, Töpfe und Pfannen. Die Nougatdose, in der er seine Pistole aufbewahrt hatte, lag leer auf dem Boden. Nicht weit davon, unter dem Küchentisch, war die in zwei Teile zerbrochene Keksdose, in der er Jibrils Buch aufbewahrt hatte. Er suchte nicht weiter. Es hatte keinen Sinn.

Bald darauf war er wieder unterwegs zum Deals. Was hätte er sonst tun sollen? Sauber machen? Versuchen herauszukriegen, wer die Wohnung verwüstet und das Buch mitgenommen hatte, das er in der libyschen Wüste hätte verbrennen sollen? Er hasste sich schon genug – kein Bedarf an weiteren Selbstvorwürfen.

Außerdem war das nicht sein Kampf. Das hatte mit Jibril und Harry und vielleicht mit Stan zu tun, aber nicht mit ihm. *Sie lassen sich durch Ihre Loyalität nicht blenden,* hatte Harry zu ihm gesagt, und erst jetzt, als er die Bar betrat und Hände schüttelte, wurde ihm bewusst, dass der alte Mann seine Nummer hatte. Aber Harry irrte sich in einem Punkt – es war nicht Stärke, es war Angst.

Am Tresen saßen Geert und Shoshan. Shoshan war eine

dünne Ägypterin mit ausgeprägten Gesichtszügen, die seit fast einem Jahr mit Geert zusammenlebte. Sie selbst rührte keinen Alkohol an, aber aus irgendeinem Grund tolerierte sie die Exzesse ihres Freundes. An dem Abend trank er Margaritas, eine nach der anderen, und er gab auch John eine aus. »Du machst die Kairoer Frauen sehr glücklich, mein Freund«, sagte er.

»Was?«

Shoshan verdrehte die Augen.

»Mrs. Abusir ist hingerissen von dir.«

»Die hab ich doch erst vor zwei Stunden verlassen.«

»Als dein Manager hab ich mich natürlich gleich erkundigt, wie du dich machst.«

Eine Frauenstimme sagte: »Genau der Wüstling, nach dem ich gesucht habe.« Er drehte sich um und sah Maribeth, die ihn anlächelte. Er schaute an ihr vorbei – anscheinend war alle Welt da, sogar der Maler Derek, sinnlos betrunken in einer Ecke.

Er war an Konversation nicht interessiert, aber so hatte sich sein Leben nun mal entwickelt. Er hatte das Versprechen, das er dem verstorbenen Jibril Aziz gegeben hatte, nicht brechen wollen, hatte es aber doch getan. Angesichts des akuten Anfalls von Paranoia verspürte er kein allzu großes Verlangen, mit Maribeth zu schlafen – zumindest nicht diese Nacht –, aber genau darauf arbeitete er hin, wenn auch nur, um nicht in seine Wohnung zurückzumüssen. Manchmal, glaubte er, muss man mit dem Strom schwimmen. Wenn man kämpft, verkrampft man sich nur und bekommt zu viele Gelegenheiten, seine eigenen Grenzen zu entdecken. Kämpfen kann der schnellste Weg zur Verzweiflung sein.

Also trank er, und er lächelte. Während die leeren Gläser

durch volle ersetzt wurden, hörte er zu, wie Geert von seinen Hoffnungen und Träumen für seine Karriere und seinem Leben im neuen Kairo schwärmte, und John gab sich Mühe, ihm diese Träume nicht allzu sehr zu vergällen. Und er ermunterte auch Maribeth. Er wollte zu allen liebenswürdig sein, und dazu musste man sich, wie so oft im Leben, einfach nur sehen lassen.

Am nächsten Morgen, als sein Handy ihn um sechs weckte, stand er auf und machte Kaffee, und Maribeth fragte ihn nun endlich, was ihm auf der Seele liege.

»Wieso denkst du, mir liegt was auf der Seele?«

»Weil du gestern Abend so nett zu mir warst.«

»Bin ich sonst nicht nett?«

»Nicht so nett. Ich mag dich, John, aber ich kenne die Grenzen meiner Macht.«

Er reichte ihr eine Tasse und küsste sie auf den Haaransatz. »Vielleicht bin ich netter, als du denkst.«

Das schien ihr zu gefallen, doch dann zog sie die Augenbrauen hoch. »Ich hoffe, du ziehst dich noch um, bevor du in die Botschaft gehst. Du stinkst nach dem Deals.«

Er schnupperte an seinem Ärmel – Zigarettenrauch – und rief sich dann ein Taxi. Bevor er ging, strich Maribeth ihm die Revers glatt und sagte: »Gehst du wirklich Ende des Monats weg?«

»So steht's in meinem Vertrag«, sagte er, dann zögerte er, weil ihm ein neuer Gedanke kam. »Aber wahrscheinlich könnte ich eine Verlängerung beantragen.«

»Keine Sorge«, sagte sie und tätschelte ihm die Arme. »Pure Neugier.«

Er wusste nicht, wie er das verstehen sollte oder wie es auf ihn wirkte, und im Taxi zurück nach Zamalek versuchte er, es sich vorzustellen: weitere sechs Monate in Kairo, weitere sechs Monate diese Straßen, die er nicht verstand, weitere sechs Monate die latente Verachtung im vierten Stock. Und womöglich weitere sechs Monate Maribeth Winter. Wog das die anderen Gewichte auf?

Ja. Tat es. Wirklich.

Diese Erkenntnis reichte aus, ihn im Zustand eines leichten Schocks zu halten, bis er um Viertel vor sieben vor seiner Tür stand. Er hielt inne. Erneut stand sie offen, obwohl er sie am Abend abgeschlossen hatte.

Mit einem Finger stieß er sie auf. Vor ihm lag noch dasselbe Chaos. Er blieb stehen, horchte, dann ging er hinein. »Hallo?« Keine Antwort. Er schloss die Tür und ging dann langsam durch die Wohnung. Alles beim Alten – Wohnzimmer, Küche, Bad. Im Schlafzimmer jedoch saß ein Mann auf seinem Bett, mit einer Glock auf dem Schoß, und sah ihn unverwandt an. John erstarrte. Der Schock seiner Gefühle für Maribeth verblasste völlig neben dem Anblick dieses Mannes. Es war David Malek, der mit ihr befreundete Schriftsteller. Er nestelte an seiner Pistole, und seine Miene verfinsterte sich.

»Wo ist sie, John?«

»Maribeth?«

»Nein, Sie Idiot. Sophie Kohl.«

»Wer ist Sophie Kohl?«

Malek sah aus, als hätte er wochenlang nicht geschlafen. Hatte John so ausgesehen, als er aus der Wüste zurückkam? Wenn Malek gekommen war, um ihn zu erschießen, hätte er es vermutlich bereits getan. Dieser Gedanke hielt ihn davon ab, zu fliehen, obwohl er zugleich den entgegengesetzten Gedanken hatte, dass die Menschen in diesem Teil der Welt normalerweise Waffen mit der Absicht trugen, sie auch zu benutzen. Es fiel ihm schwer, aber er hielt still.

Malek kratzte sich mit der freien Hand am Kinn, was ein raspelndes Geräusch erzeugte. »Die Frau von Emmett Kohl.«

Der tote Konsul. Das hatte nun wirklich nichts mit ihm zu tun.

»Haben Sie Jibril Aziz getötet?«, fragte Malek.

Jedenfalls höchstwahrscheinlich nicht. John widerstand dem Drang, einen Schritt rückwärts zu gehen. »Nein.«

»Aber Sie haben ihn in die Wüste gebracht.«

John nickte.

»Ist er tot?«

John zögerte. »Könnten Sie mir vielleicht sagen, wer Sie wirklich sind?«

»Beantworten Sie zuerst meine Frage.«

»Ja, er ist tot. Da waren Banditen. Warum hätte ich ihn töten sollen?«

Malek überlegte einen Moment, dann zeigte er mit dem Kinn auf das verwüstete Zimmer. »Wer ist Ihr Dekorateur?«

»Nicht Sie?«

Malek schüttelte den Kopf.

»Ich hab's so vorgefunden, als ich gestern Abend heimgekommen bin.«

Malek stand auf, die Pistole hing schwer an seiner Seite herab. Er griff in seine Jeans und hielt John ein Dienstmarkenetui hin. John nahm es, öffnete es und fand eine FBI-Dienstmarke, Maleks Gesicht und den Namen Michael Khalil. Überrascht gab er es zurück. »Und an was sind Sie dran?«

Malek – nein, Khalil – steckte achselzuckend das Mäppchen ein. »Na ja, wenn ein amerikanischer Staatsbürger in Libyen umgebracht wird, interessiert uns das. Mir ist es egal, für welchen Geheimdienst er gearbeitet hat.« Er schwenkte die Glock. »Gehen wir ins Wohnzimmer, John. Wir müssen nachdenken.«

Widerstrebend gehorchte John. Mit diesem Mann zusammen nachzudenken, war das Letzte, wonach ihm der Sinn stand. Viel lieber wäre er mit dem Taxi zu Maribeth zurückgefahren, hätte sich in ihr Bett gelegt und sich die Decke über den Kopf gezogen.

Er legte die aufgeschlitzten Sofakissen beiseite und ließ sich nieder, während Khalil einen umgeworfenen Stuhl auf die Beine stellte. Er setzte sich. »Ich möchte Ihnen ein paar Sachen erklären.«

»Nicht nötig.«

Khalil runzelte die Stirn. »Sie wollen es nicht wissen?«

»Was immer es ist, es ist nicht mein Problem. Und so soll es auch bleiben.«

»Sie sind Kontraktor, stimmt's?«

»Stimmt.«

Khalil legte sich die Pistole aufs Knie und berührte sie nur ganz leicht mit den Fingern. »Tja, ich brauche Ihre Hilfe«, sagte er, »also haben Sie keine Wahl.«

»Habe ich selten.«

Ein kurzes Lächeln, dann erzählte Khalil eine Geschichte von einer CIA-Operation mit dem Namen Stumbler, die sich Jibril Aziz ausgedacht habe. Ein Plan zum Sturz Muammar Gaddafis. Er beschrieb, wie entsetzt und wütend Aziz gewesen sei, als er erst vor zwei Wochen erfuhr, dass die CIA seinen Plan dazu benutzen wollte, die libysche Revolution zu sabotieren.

»Wie, sabotieren?«

»Die wollten ihre eigenen Leute reinschicken, um einen

Volksaufstand in einen von der CIA unterstützten Putsch zu verwandeln. Die CIA wollte sich damit die vollständige Kontrolle über die Entwicklung des Landes sichern. Verstehen Sie?«

John verstand, aber lieber hätte er es nicht verstanden.

»Also hat sich Jibril mit Ihrer Hilfe nach Libyen begeben, um dafür zu sorgen, dass das libysche Volk die Früchte seiner Opfer ernten kann«, sagte er. »Ich bin seit einiger Zeit an dieser Sache dran. Ich habe fast alles rausgekriegt. Aber eins fehlt mir noch.«

Diese Flut von Neuigkeiten ließ Johns Schläfen pochen, aber es gelang ihm, mit heiserer Stimme zu fragen: »Nämlich?«

»Hat Aziz Ihnen irgendwas gegeben, bevor er starb? Eine Namensliste vielleicht?«

John nickte.

»Die hätte ich gern, bitte.«

John schüttelte den Kopf. Khalils Auge zuckte, er legte die Pistole aufs andere Knie. »Ich hab sie nicht mehr«, stellte John klar. »Die hat mein Dekorateur mitgehen lassen.«

Khalil lehnte sich zurück und raufte sich mit der freien Hand die Haare. »Das ist jetzt allerdings eine schlechte Nachricht.«

Stille trat ein, und John sagte zögernd: »Er hat gesagt, ich soll sie verbrennen.«

»Wer?«

»Aziz. Er hat gesagt, die Leute auf der Liste würden sonst ihr Leben verlieren.«

»Das könnte gut sein«, sagte Khalil. »Und deswegen müssen wir die Liste zurückkriegen. Kann ich auf Ihre Hilfe zählen?«

»Solange Sie diese Pistole schussbereit halten.«

Khalil schaute auf sie hinab, lächelte und öffnete seine Jacke, sodass ein Schulterhalfter zum Vorschein kam. Er packte die Pistole weg und fragte: »Und jetzt?«

John wollte gerade ablehnend antworten, als Vogelgezwitscher ertönte. Ohne den Blick von John zu lösen, holte Khalil ein billig aussehendes Handy aus der Tasche, schaute auf das Display und zog die Brauen hoch. Er meldete sich mit »Salaam« und sagte dann nichts mehr, aber sein Gesichtsausdruck wurde angespannt. Er sagte einen Satz auf Arabisch, und einen Moment lang war John beeindruckt, wie gut seine Aussprache war. Amerika war ein Einwanderungsland, aber er begegnete selten amerikanischen Beamten, die Arabisch wie ein Muttersprachler sprechen konnten. Maleks langes Gesicht war lebendig, es spannte sich an und entspannte sich – was immer er hörte, es musste beunruhigend sein. Er gab nichts von sich außer einem gelegentlichen *»tayib«,* was, wie John wusste, *okay* bedeutete.

Als Khalil fertig war, hielt er sich mit keinem Abschiedswort auf; er steckte das Handy ein und sah John an – vielmehr eigentlich durch ihn hindurch, denn was er gehört hatte, hatte kaum etwas mit John zu tun. Schließlich fasste er ihn wieder ins Auge und stand auf. »Plan geändert. Wir müssen wohin fahren.«

John rührte sich nicht. Er schaute zu Khalil auf. »Mich brauchen Sie doch nicht, oder?«

»Ich denke doch, Kumpel. Kommen Sie.« Um kein Missverständnis aufkommen zu lassen, öffnete er seine Jacke und berührte den Griff seiner Glock.

5

Khalils makelloser schwarzer Mercedes war dermaßen sauber, dass John an eine Zwangsstörung dachte. Der FBI-Agent wartete, bis er eingestiegen war, öffnete dann erst die Fahrertür und setzte sich ans Steuer. »Musik?« John zuckte die Achseln. Khalil spielte eine CD, die bereits im Player lag, und arabischer Pop ertönte, während sie langsam die kühle morgendliche Straße entlangfuhren. Langsam, weil schon um sieben Uhr morgens dichter Verkehr herrschte.

Erst als sie die Brücke des 15. Mai überquerten und Kairo sich in seiner ganzen Schönheit vor ihnen ausbreitete – der Nil lag noch unter ihnen im Schatten –, kam John der Verdacht, dass mit diesem FBI-Mann etwas nicht stimmte. Amerikanische Agenten fuhren amerikanische Autos aus dem Fuhrpark der Botschaft, und wenn sie sich doch einen eigenen Wagen anschafften, entschieden sie sich nur selten für ein so auffälliges Modell wie einen Mercedes der Spitzenklasse. Er hörte einen Moment der Musik zu – eine trällernde Frauenstimme vor leisen Streichinstrumenten –, dann sagte er: »Wollen Sie Ägypter werden?«

»Hm?«, fragte Khalil zerstreut.

»Die Musik.«

Er wiegte den Kopf, während er von der Brücke herunterfuhr und in die Nil Corniche einbog, die durch ganz Kairo hindurch am Fluss entlang nach Süden führt. »Nicht nach Ihrem Geschmack?«, fragte Khalil.

»Doch, ganz nett.«

»Soll ich lieber Bruce Springsteen auflegen?«

»Nein, nein. Ist schon in Ordnung«, sagte John und schaute aufs Wasser hinaus. Sein Unbehagen wuchs. Khalil hatte ihm eine Dienstmarke gezeigt, aber aus einer bestimmten Blickrichtung sah er gar nicht wie einer vom FBI aus. Wie schwer war es, eine Dienstmarke zu fälschen? Überhaupt nicht schwer, nahm er an.

Johns Handy klingelte, und er nahm es heraus.

»Wer ist das?«, fragte Khalil.

»Das Büro.«

»Sagen Sie denen, Sie kommen später.«

John zögerte, dann wandte er sich dem Wasser zu und nahm ab. »Ja?«

»John? John, wo bist du?« Es war Ricky.

»Es ist noch nicht mal acht.«

»Alle Mann an Deck, Mann.«

»Ich komm heute später, tut mir leid.«

»Beeil dich. Hier ist Land unter.«

»Wieso, was ist los?«

»Hast du nicht die Nachrichten gesehen?«

»Welche Nachrichten?«

»Stan«, sagte Ricky. »Stan ist tot. Jemand hat ihn in seinem eigenen Auto erschossen, drüben beim al-Azhar-Park. Eine Riesensauerei.«

Johns Hand wurde kalt. Er spürte Khalils Blick auf seinem Hinterkopf. »Ich komme, so schnell ich kann«, sagte er und legte auf.

»Neuigkeiten?«, fragte Khalil.

»Stan Bertolli ist tot.«

Khalil fuhr schweigend weiter. Sie waren jetzt am Zentrum vorbei, am Südende der Stadt, in der Nähe der diplomatischen Enklave Maadi. Schließlich sagte Khalil: »Die waren zusammen, wissen Sie.«

John machte sich nicht die Mühe nachzufragen. Ihn überkam

das Gefühl, dass er einen tragischen Fehler gemacht hatte, als er in diesen Wagen gestiegen war. Stan war tot, seine eigene Wohnung war verwüstet worden, und ein bewaffneter Mann, der sich als FBI-Agent ausgab, fuhr mit ihm an einen unbekannten Ort.

Khalil sprach weiter: »Stan und Sophie Kohl. Ein Paar. Sie ist vor ein paar Tagen nach Kairo gekommen und hat bei ihm gewohnt. Die beiden haben versucht rauszukriegen, was mit ihrem Mann passiert war.« Er hielt inne und sah stirnrunzelnd auf die Straße. »Ich nehme an, Stan ist der Wahrheit zu nahe gekommen.«

Vor allem, um zu testen, wie groß die Schwierigkeiten waren, in denen er steckte, fragte John: »Und was ist die Wahrheit?«

»Dass die CIA Emmett liquidiert hat. Und auch Jibril Aziz. Als der den Fakten zu nahe kam, hat die CIA auch ihn beseitigt.«

»Aziz ist von Banditen umgebracht worden. Ich war dabei. Schon vergessen?«

»Haben Sie sie verhört? Haben die ihren Mitgliedsausweis vom libyschen Banditenverein vorgezeigt?«

Obwohl er dem Mann nicht traute, gab ihm das zu denken. Er hatte nicht versucht herauszufinden, wer diese Wegelagerer waren. Was also, wenn Khalil recht hatte? Er dachte an Harry, den weißhaarigen Bürokraten, der ihn mit Jibril in die Wüste geschickt hatte. Hatte Harry seinen entbehrlichsten Mitarbeiter, einen einfachen Kontraktor, ausersehen, Jibril in den Tod zu fahren? War Harry am Freitag überrascht gewesen, dass er noch am Leben war?

Außerdem hatte Harry ihn gebeten, ein Auge auf Stan zu haben, so als wäre Stan verdächtig. Verdächtig wessen? Hatte Harry Stan umgebracht?

Großer Gott, dachte er. Diese Botschaft war eine einzige Katastrophe, und er wollte sich da nicht reinziehen lassen. Doch hier saß er, gefangen in einem Auto mit einem Mann, den er überhaupt nicht kannte, einem FBI-Agenten, der den falschen Wagen fuhr, die falsche Musik hörte und zu sehr wie ein Einheimischer sprach.

Denk heute
Die Geschichte hat manchen schlauen Gang, verschlagnen Trakt
Manche Ausmündung; sie trügt mit raunenden Anliegen,
Lenkt uns mit Eitelkeiten.

Schon wieder Eliot. Wozu war der jetzt gut?

»Was ist mit Sophie Kohl?«, fragte John.

Ohne den Blick von der Straße zu nehmen, fragte Khalil: »Was?«

»Wenn Stan tot ist, wo ist sie dann jetzt?«

»Das ist die Frage.«

Khalil sagte das fast salopp, als spielte es keine Rolle mehr. In seiner Wohnung war es noch wichtig gewesen, aber jetzt nicht mehr. Nicht mehr seit dem Telefonanruf, den er bekommen hatte, und der Änderung seiner Pläne. »Wer hat Sie angerufen? Vorhin in meiner Wohnung?«

Khalil ließ sich Zeit mit der Antwort. Die Häuser an der Straße dünnten aus. Er grinste. »Ihr Dekorateur.«

»Wer ist mein Dekorateur?«

»Das erfahren Sie noch früh genug.«

Sie fuhren aus Kairo hinaus, in südlicher Richtung, mit hoher Geschwindigkeit auf der autostrad-al Nasr, und folgten den Schildern zur Stadt des 15. Mai, unmittelbar östlich von Helwan. Gebäude standen hier keine mehr, und links von ihnen breitete sich die gewellte Wüste aus, von der Morgensonne weiß angeleuchtet. Er dachte an die Fahrt durch die libysche Wüste, aber jetzt war er der Passagier, auf dem Opfersitz, und Michael Khalil hatte das Kommando.

Konnte er den Wagen anhalten, ohne dass sie beide ums Leben kamen? Es hätte klappen können, denn die Glock steckte in Khalils Halfter, aber die Frage war: *Sollte* er den Wagen anhalten? Khalil war vielleicht nicht der, für den er sich ausgab, aber hieß das auch, dass er auf der falschen Seite stand? Und was *war* die falsche Seite? War Harry sein Feind? Stan? Diese Frau, die er nie kennengelernt hatte – Sophie Kohl?

»Wohin fahren wir?«, fragte John.

Khalil sah ihn von der Seite an und setzte zum Überholen eines langsam fahrenden Lasters an, unter dessen Plane hervor Kies auf die Karosserie des Mercedes spritzte. Khalil fluchte leise, überholte den Laster und sagte: »Wir fahren unseren Schatz abholen.«

»Und der wäre?«

»Das Buch, das Sie verloren haben.«

Sie kamen an einem großen Industriekomplex vorbei, bogen links von der Schnellstraße ab und fuhren auf eine lose Ansammlung sandfarbener Gebäude zu, die nach einer stillgelegten Fabrik aussah. Ihnen entgegen kam ein anderer Mercedes, der zur Schnellstraße zurückfuhr, und Khalil wirkte besorgt; er fuhr langsamer und versuchte, den Fahrer zu erkennen, was aber wegen der hellen Sonne und der getönten Scheiben nicht möglich war. Als er vorbei war, hielt Khalil an und spähte in den Rückspiegel, bis der Mercedes nach rechts auf die *autostrad* fuhr, nach Norden, Richtung Kairo.

»Was ist?«, fragte John.

Khalil fuhr wieder los. »Ich nehme an, das werden wir bald wissen.«

»Sie wollen mir wirklich gar nichts sagen, oder?«

»Helfen Sie mir, und ich sorge dafür, dass Ihnen nichts passiert.«

Lange bevor sie die verlassenen Gebäude erreichten, bogen sie nach rechts ab, und Khalil murmelte *Scheiße,* als sie tiefer in die Wüste fuhren. Diese Straße war zwar geteert, aber es waren Steine daraufgeweht worden, und er musste vorsichtig fahren und gelegentlich Brocken ausweichen, die groß genug waren, um die Kardanwelle zu beschädigen. Sie fuhren nach Süden, parallel zur *autostrad,* die immer noch rechts von ihnen zu sehen war, dann bogen sie erneut links ab, auf eine Straße, die in ein Tal mit niedrigen Sanddünen hinabführte. Schon bald sahen sie hinter sich nichts mehr. Vor ihnen machte die Straße einen Bogen nach links, bis sie unvermittelt aufhörte. Am Ende stand ein verkratzter weißer BMW, leer, und weiter vorn ein großes Zeltdach mit Pfosten an den Ecken und einem höheren Pfosten in der Mitte, sodass das Dach zum heißen Himmel zeigte.

Unter dem Zeltdach sahen sie drei schattenhafte Gestalten. John dachte an Libyen und sagte: »Das gefällt mir nicht.«

»Meinen Sie vielleicht, mir?«

»Wir sollten die Botschaft anrufen.«

Khalil schüttelte den Kopf, ohne eine Erklärung zu liefern. Er öffnete die Tür auf seiner Seite, und ein heißer, staubiger Windstoß kam herein, dann nahm er die Glock aus dem Schulterhalfter. »Machen Sie sich keine Sorgen, okay?«

»Sehr beruhigend ist das nicht.«

»Ich bin nicht hier, um Sie zu beruhigen.«

»Und wozu bin ich hier?«

»Seien Sie kein Schlappschwanz. Kommen Sie.«

Khalil stieg aus, und nach kurzem Zögern folgte ihm John. Die Augen taten ihm weh – er hatte seine Sonnenbrille vergessen –, und er hielt sich die flache Hand seitlich an den Kopf, zum Schutz gegen die Morgensonne.

Als sie dem Zelt näher kamen, zeichneten sich die Gestalten deutlicher ab. Drei Männer – zwei standen, einer saß auf einem Klappstuhl. Keiner bewegte sich. Sie beobachteten nur. Dann bewegte sich einer – ein hochgewachsener Mann in einem weißen Button-Down-Hemd und einer braunen Hose kam unter dem Zeltdach hervor und leuchtete kurz in dem hellen Licht auf. Es war ein junger Ägypter, und er trug wie Khalil eine Waffe.

»Wer ist das?«, fragte John.

»Der ist in Ordnung. Er ist okay.«

Während der junge Ägypter näher kam, ging der andere stehende Mann langsam von einer Seite des Zelts auf die andere. Der Mann auf dem Stuhl rührte sich nicht.

»Salaam«, sagte der Ägypter.

»Salaam«, antwortete Khalil.

Der Ägypter stellte mit finsterer Miene eine Frage auf Arabisch, und Khalils Antwort enthielt den Namen *John Calhoun*. John, das sah er am Gesicht des Ägypters, war hier nicht willkommen, aber er wurde auch nicht zum Auto zurückgeschickt. Er überlegte, ob er wegrennen sollte, doch zwei Männer mit Pistolen hätten einen so breiten Rücken wie seinen kaum verfehlt.

Zu dritt gingen sie weiter auf das Zelt zu. Khalil stellte ein paar Fragen, aber der Ägypter sagte ihm offenbar, er solle damit noch warten.

Sie waren inzwischen nahe genug herangekommen, um den

Mann zu erkennen, der unter dem Zeltdach hin und her ging. Es war ein alter Mann, mager, die Wangen mit borstigem weißem Haar bedeckt. Er stand am Rand des Schattens und sah ihnen entgegen, ohne zu lächeln. Khalil zögerte und stellte noch eine Frage, in scharfem Ton – nicht aus Ärger, sondern aus Angst. Statt zu antworten, legte der jüngere Ägypter Khalil eine Hand auf die Schulter und stieß ihn vorwärts.

John sagte: »Ich hätte nicht mitkommen sollen.«

Khalil wandte sich ihm zu und schnauzte ihn an: »Sie folgen uns, verstanden?«

John tat es, blieb aber etwas zurück. Er hatte es nicht eilig, unter das Zeltdach zu kommen, denn inzwischen war ihm aufgefallen, dass die Gestalt auf dem Stuhl sich nicht rührte. Überhaupt nicht.

Der alte Mann – ebenfalls ein Ägypter – machte sich nicht die Mühe, ins Licht zu treten. Er wartete, bis Khalil den Rand des Zeltes erreicht hatte, und sprach leise auf Arabisch mit ihm. John hörte kein »salaam«, nur eine schnelle Folge leiser arabischer Wörter. Der alte Mann streckte die Hand aus, und Khalil übergab ihm seine Glock mit dem Griff nach vorn. Der Alte schaute über Khalils Schulter zu John herüber, und ein ärgerliches Zucken lief über sein Gesicht. Er sagte kurz etwas zu dem jüngeren Ägypter, worauf dieser zu John herüberkam. John trat zurück.

»Kommen Sie«, sagte der Ägypter mit einem starken Akzent. »Sie werden hier nicht gebraucht.«

Das bezweifelte John nicht, denn inzwischen hatte er genug gesehen. Er hatte gesehen, worum es sich bei der Gestalt auf dem Klappstuhl handelte: einen untersetzten Mann mit dem Kopf im Nacken. Sein Hemd war blutdurchtränkt, und von seinem Standpunkt aus konnte John gerade noch erkennen, dass keine Nase in dem war, was einmal das Gesicht des Mannes gewesen war. Der Sand rings um den Stuhl war braun, aber nicht mehr nass. Klebrig, vermutete er.

Während der junge Ägypter mit ihm zu dem Wagen zurückging, wartete er ab. Er wartete darauf, in den Hinterkopf geschossen zu werden. Er wartete auf Schüsse aus größerer Entfernung – darauf, dass Khalil, oder der alte Mann, getötet wurde. Zumindest wartete er auf Geräusche eines Streits unter dem Zelt. Aber er hörte nichts.

Schließlich erreichten sie den verkratzten BMW, und der Ägypter ließ ihn hinten einsteigen. John brach in der stickigen Hitze sofort der Schweiß aus, aber der Ägypter schloss die Tür wieder. Er hatte keine Möglichkeit, das Fenster herunterzulassen. Er lehnte sich zurück und wartete, während draußen der Ägypter sein Handy hervorholte und einen Anruf machte. John hörte nicht, was er sprach.

Wer waren diese Männer? Er war ziemlich sicher, dass Khalil nicht beim FBI war. Wenn doch, dann wurde er von den Ägyptern bezahlt. Was hatte das alles zu bedeuten? Würde er mit dem Leben davonkommen? Ohne es zu wollen, dachte er an Maribeth, die einen Mann wollte, der dieses Jahr überleben würde. Bei ihm war sie sich da mit Recht nicht sicher gewesen.

Draußen beendete der Ägypter sein Telefongespräch und rief dann jemand anderen an. Während er sprach, kam er ans Auto und öffnete die Beifahrertür. Er stieg ein, das Handy noch immer am Ohr, und fragte John: »Was ist mit Aziz in der Wüste passiert?«

»Er wurde von Banditen erschossen.«

Der Ägypter sagte etwas auf Arabisch, offenbar dolmetschte er seine Antwort. Dann, wieder zu John gewandt: »Woher wissen Sie, dass es Banditen waren?«

»Ich weiß es nicht sicher. Sie trugen grüne Kleidung.«

Die Antwort wurde weitergegeben. Der Ägypter stieg wieder aus und schlug die Tür zu. Dann beendete er sein Gespräch. Als er aufgelegt hatte, hob er den Kopf und blickte in die Richtung, aus der Khalil und er gekommen waren. John drehte sich um und sah einen Mercedes mit getönten Scheiben, der in einer Staubwolke auf sie zugefahren kam. Es war derselbe Wagen, der ihnen auf der Herfahrt entgegengekommen war. Der Fahrer – ebenfalls ein junger Ägypter – stieg aus. Er war viel größer, bedrohlicher. Johns Ägypter öffnete seine Tür. »Kommen Sie.«

John stieg aus und folgte ihm zu dem Mercedes. Dessen Fahrer entfernte sich in Richtung auf das Zelt, aber aus diesem Abstand konnte John nicht sehen, was sich unter dem Dach tat.

»Sie fahren sie nach Kairo zurück, verstanden?«

»Wen?«

»Der Schlüssel steckt«, sagte der Ägypter und fiel in Trab, um den anderen einzuholen. Gemeinsam gingen beide zum Zelt, zu Khalil und dem alten Mann und zu der Leiche auf dem Klappstuhl.

John öffnete die Fahrertür und schaute ins Innere. Auf dem Rücksitz saß eine Frau – groß und sehr blass, mit strohblondem Haar. Er schätzte sie auf ungefähr vierzig, aber es war schwer zu sagen, weil sie offenbar unter Schock stand und sich auf der Seite zusammengerollt hatte, in Fötalposition. Sie hatte die Augen geschlossen, aber er hörte ihr stockendes Atmen hinter den verfilzten Haaren, die ihr übers Gesicht hingen. Obwohl er sich die Antwort denken konnte, fragte er: »Wer sind Sie?« Dann öffnete er die hintere Tür und setzte sich neben sie. Er fühlte ihr den Puls – schnell, aber nicht gefährlich. Sie hatte Blut am Unterarm, schien aber nicht verletzt zu sein. Was hatten sie mit ihr gemacht? Auf dem Boden lag eine große Handtasche. »Können Sie mich hören?«, fragte er, legte ihr die Hand auf die Schulter und rüttelte sie sanft.

Sie öffnete die Augen, blinzelte und strich sich die Haare aus dem Gesicht. Sie setzte sich nicht auf. John sah einen roten Fleck zwischen Daumen und Zeigefinger ihrer rechten Hand und vermutete, dass das am nächsten Tag ein blauer Fleck sein würde. Sie sah ihn an und versuchte, ihre Augen zu fokussieren. »Hi«, flüsterte sie.

»Brauchen Sie einen Arzt?«

Sie schüttelte steif den Kopf. »Ich muss nur schlafen.«

»Wer sind Sie?«

Sie öffnete den Mund und schloss ihn gleich wieder: »Sofia.«

»Sophie Kohl?«

Sie nickte.

Er sah sie noch eine Weile prüfend an, dann stieg er aus und schloss die Tür. Als er die Fahrertür aufmachte, hörte er im warmen Wüstenwind ein fernes Geräusch: zwei Schüsse. Er sprang in den Mercedes, ließ den Motor an, wendete und fuhr mit Vollgas davon.

QUELLE: Verfassungsschutzamt, Ungarn
(Alkotmányvédelmi Hivatal)

»Transkribierter Bericht über ein Treffen
zwischen Emmett Kohl, US-Diplomat,
und Michael Khalil, Amerikaner«

AUTOR: Tamas Varga

4. März 2011

ANMERKUNG DES SACHBEARBEITERS:

Der hier folgende Text ist die Transkription eines Gesprächs, das am Mittwoch, dem 2. März, nachmittags stattfand. Am Abend desselben Tages wurde Emmett Kohl im Chez Daniel ermordet, einem Restaurant in Pest (Szív utca 32). Zur Zeit des Mitschnitts wies nichts darauf hin, dass Mr. Kohls Leben gefährdet war. Aus diesem Grund wurde die Aufzeichnung erst nach dem Ereignis transkribiert.

Hintergrund: Mr. Kohls Audi wurde am 26. Februar verdrahtet, da Kiraly Andras Besorgnis über ein Treffen Kohls mit einem amerikanischen Agenten geäußert hatte (siehe: Aziz, Jibril), der später in verdächtiger Gesellschaft beobachtet wurde. Ich schlage vor, etwaige Beschwerden wegen der Verzögerung in der Anfertigung des folgenden Dokumentes an Mr. Kiraly zu richten, der die Operation verantwortlich geleitet hat.

TECHNIK:

Das folgende Material entstammt zwei Quellen: dem oben genannten Mikrofon, das in den Radio/CD-Spieler im Wagen von Mr. Kohl eingebaut wurde, und einem Richtrohrmikrofon, das einer von Mr. Kiralys Agenten hielt, der Zeuge der Szene war. Der Text enthält Hinweise auf den Wechsel der Quelle; Beobachtungen sind kursiv.

VORBEMERKUNG:

Mr. Kohl nahm an einem vereinbarten Mittagessen im Menza (Liszt Ferenc tér 2) mit Linc Gabor von Danubian Games Kft. teil. Thema: Export der Produkte von Danubian Games auf den US-

amerikanischen Markt. Mr. Kohl verließ das Restaurant als Erster, gefolgt von einem bis dahin unbemerkten unbekannten Gast, der an einem anderen Tisch Kaffee getrunken hatte. Beschreibung: ca. 1,80 m, 80 kg. Gut gekleidet. Dunkles Haar und dunkle Haut, braune Augen, arabischer Typ. Er wies sich als Michael Khalil, amerikanischer Staatsbürger, aus.
Mr. Kohl überquerte auf dem Weg zu seinem Wagen die Liszt Ferenc tér. Mr. Khalil beeilte sich, ihn einzuholen.

TRANSKRIPTION:

Quelle: Richtrohrmikrofon

Michael Khalil (MK): Emmett?
Kohl blickt zurück, erkennt den Mann nicht.
MK (lächelnd): Emmett Kohl. Ich *wusste,* dass Sie es sind!
Kohl geht langsamer, bleibt aber nicht stehen. Der Mann geht auf ihn zu und streckt die Hand aus; sie geben sich die Hand.
Emmett Kohl (EK): Entschuldigung, sind wir ...?
MK: Michael Khalil. Wir kennen uns von dieser Party ... *(Pause)* Wie geht's Sophie? Ich fand sie immer eine tolle Frau.
EK: Hören Sie zu, Michael, es war nett, Sie wiederzusehen, aber ich bin verabredet.
MK: Emmett, ich muss Sie nur ganz kurz sprechen. Es ist wichtig.
EK: Aber ich muss –
Khalil greift in seine Jacke und bringt ein Lederetui zum Vorschein, das er öffnet und ihm hinhält. Aus der Entfernung können wir die großen blauen Buchstaben »FBI« erkennen.
(ANMERKUNG: Anfragen beim örtlichen FBI-Büro wurden negativ beschieden: Man kennt dort angeblich keinen Agenten, der Khalil heißt oder der Beschreibung entspricht. Kiraly Andras glaubt, dass die Dienstmarke gefälscht ist; wir sind unentschieden.)
EK: Worum geht es?

MK: Geht es nicht immer um die Sicherheit von Amerikanern? *(Pause.)* Hören Sie, Emmett, ich würde lieber nicht hier draußen sprechen.

Khalil zeigt auf Kohls grauen Audi, der zwei Wagenlängen entfernt steht.

MK: Ich schwöre, es dauert höchstens fünf Minuten.

Kohl holt seinen Autoschlüssel heraus und geht auf die Fahrerseite hinüber. Dann zögert er.

EK: Wir reden hier draußen, oder wir reden gar nicht.

MK: Aber was wir zu besprechen haben, ist vertraulich. Einiges davon betrifft Ihre Frau Sophie.

EK: Was ist mit ihr?

MK: Nichts für die Ohren von Passanten, würde ich meinen.

Nach einer weiteren Pause schließt Kohl auf, und beide Männer setzen sich in den Wagen.

Quelle: Installiertes Mikrofon

MK: Das Wichtigste zuerst: Ich muss Sie nach einem Treff fragen, den Sie letzte Woche mit einem gewissen Jibril Aziz hatten.

EK: Mit wem?

MK: Lassen wir die Spielchen. Es geht hier um ernste Dinge.

Pause.

EK: Aber er ist einer von uns. *(Pause)* Er *ist* doch bei der CIA, oder nicht?

MK: Ja, Mr. Kohl. Das ist er.

Ein hörbarer Seufzer, vermutlich von Kohl.

MK: Also?

EK: Wir haben über eine alte Operation gesprochen. Eine theoretische Operation. Aus meiner Zeit in Kairo.

MK: Stumbler.

EK: Sie wissen von Stumbler?

MK: Natürlich. Auch das FBI hat den Plan geprüft.

EK: Tja, ich ... *(Pause)* Das wurde nie umgesetzt, nur diskutiert.

MK: Warum ist dann Mr. Aziz eigens nach Budapest geflogen, um mit Ihnen darüber zu sprechen?

EK: Weil er paranoid ist.

MK: Ach ja?

EK: Er ist überzeugt, dass der Plan doch nicht ad acta gelegt wurde. Er ist überzeugt, dass der Plan reaktiviert wurde.

MK: Und wie kommt er darauf?

EK: Vor allem, weil Leute verschwunden sind. In New York Mohammed el-Keib und Abdel Jalil von der OFL und in London Yousef al-Juwali von der DFL. Und auch noch andere Fälle, in Paris und Brüssel. Die Namen sind mir entfallen.

Pause.

MK: Stimmt, das war die Anfangsphase der Operation, nicht wahr? Die Anführer dieser Exilgruppen werden von der Straße geholt. Sie versammeln sich in Marsa Matruh, legen ihre endgültigen Pläne fest und gehen dann nach Libyen, um den Aufstand anzufachen. *(Pause)* Moment mal, wollen Sie damit sagen, dass Aziz glaubte, *wir* hätten die Ereignisse in Libyen in Gang gesetzt?

EK: Das ist genau der Punkt. Ihm zufolge sind die Männer verschwunden, wenige Tage *nachdem* die Proteste in Bengasi begonnen haben. Also nein. Er glaubt nicht, dass wir damit angefangen haben. Was er allerdings glaubt, ist, dass wir versuchen, die Revolution, die jetzt in Gang gekommen ist, für unsere Zwecke zu vereinnahmen.

MK: Und das macht ihn wütend?

EK: Er ist fuchsteufelswild.

MK: Aber er ist doch zu Ihnen gekommen. Warum meint er, ein Stellvertretender Konsul in Ungarn könnte da helfen?

EK: Weil ich einer von denen bin, die den Plan in Kairo abgelehnt haben.

MK: Das gilt auch für Harold Wolcott. Und für Stan Bertolli. Und die gehören zur CIA.
Eine Pause, und durch die Windschutzscheibe sehen wir ein breites Lächeln auf Kohls Gesicht. Stolz?
EK: Das liegt daran, dass ich als Einziger unter den zwei Dutzend Leuten, die den Plan begutachtet haben, moralische Einwände dagegen vorgebracht habe. Ich habe meine Einschätzung direkt ans Office of Collection Strategies and Analysis geschickt. Ich sagte, unser Land habe den moralischen Fehler begangen, unilateral einen Regimewechsel im Irak herbeizuführen, und die neue Verwaltung solle aus den Fehlern der vorangegangenen lernen. Ich sagte, mir sei aufgetragen, mein Land zu verteidigen, und während ich wirtschaftliche und militärische Gründe dafür anführen könnte, dass Menschen die Vereinigten Staaten unterstützen sollten, stoße ich mit meinen Argumenten auf taube Ohren, sobald ich mich nicht mehr auf unsere moralische Stärke berufen kann.
MK: Sie waren also aus moralischen Gründen gegen Stumbler.
EK: In erster Linie, ja.
MK: Und das hat Aziz davon überzeugt, dass der Plan falsch war?
EK: Überhaupt nicht. Aber er hat meinen Standpunkt *respektiert*. Er hat gewusst, dass ich der eine Mensch war, an den er sich mit einem moralischen Problem wenden konnte und von dem er eine ehrliche Antwort erwarten konnte.
MK: Und was haben Sie ihm gesagt?
EK: Ich habe ihm gesagt, falls die amerikanische Regierung Stumbler umsetze, um die Volksrevolution in Libyen zu verhindern, dann würde ich zum Whistleblower werden.
MK: Und das stimmt?
EK: Absolut, aber das ist jetzt nebensächlich. Weil Jibril sich irrt. Ich habe versucht, ihm das zu sagen. Wir würden es einfach nicht tun. Moralische Gründe schön und gut – die Risiken sind zu hoch.

Aber ich habe ihm versprochen, mir selbst ein Bild zu machen. Und das habe ich getan. Und nein, wir setzen Stumbler nicht um. *(Pause)* Aber jemand anders tut es.

MK: Was?

EK: Jibril hat teilweise recht – irgendjemand arbeitet tatsächlich nach den Stumbler-Plänen, aber wir sind es nicht. Gestern hat London den Mann identifiziert, der Yousef al-Juwali beseitigt hat. Er heißt Mutassim Jallud. Er ist kein Exilant, und er ist keiner von uns. Er ist Mitglied von *Mukhabarat el-Jamahiriya.*

MK: Gaddafis Nachrichtendienst?

Kohl nickt.

MK: Was hat das Ihrer Meinung nach zu bedeuten?

EK: Vielleicht sollten Sie mit der Botschaft sprechen.

MK: Ich spreche aber mit Ihnen.

Kohl schüttelt den Kopf.

EK: Ich habe Ihnen genug gesagt. Sie sagten, Sie hätten Informationen über meine Frau.

MK: Stimmt.

EK: Ja, und?

MK: Sagen Sie mir zuerst, welchen Verdacht Sie haben.

EK: Jetzt seien Sie nicht blöd.

MK: Ich mache nur meinen Job.

Pause.

EK: Also hören Sie. Stumbler findet nicht statt. Wir wissen nur, dass jemand sich Sorgen macht, es könnte stattfinden. Ausgelöst von jemand Bestimmtem. Ich meine, von Muammar Gaddafi. Er schickt Leute aus, die die wichtigsten Player des Plans liquidieren sollen. Die eigentliche Frage lautet: Wie hat er von Stumbler erfahren?

MK: Vielleicht will er sich nur Exilanten vom Hals schaffen, die ihn hassen. Wäre nicht das erste Mal.

EK: Aber genau diese Exilanten? Die in dem ursprünglichen Plan aufgeführt waren? Nein, Gaddafi hat Kopien der Stumbler-Dokumente. Die Frage ist: Woher hat er sie? Wie hat er sie bekommen? Es hat ein Leck gegeben – aus verschiedenen Gründen, die ich nicht nennen will, halte ich es für wahrscheinlich, dass das Leck in der Kairoer Botschaft war –, aber an wen wurden die Dokumente weitergegeben? Und wie haben sie den Weg nach Tripolis gefunden? *Darüber* müssen wir uns den Kopf zerbrechen.
MK: Haben Sie in letzter Zeit mal in WikiLeaks reingeschaut?
EK: Die Depesche aus Kairo – ja, die hab ich gelesen. Aber das ist nur eine Einschätzung von Stumbler, nicht der ursprüngliche Plan. Sie haben nur die einführende Depesche in die Finger bekommen – keine operativen Details, keine Namen. Gaddafi benutzt nicht WikiLeaks, um Exilanten aufzuspüren.
Pause.
MK: Und daran arbeiten Sie zurzeit? Welchen Weg die Dokumente gegangen sind?
EK: Würden Sie es anders anpacken?
Erneute Pause, dann öffnet Michal Khalil seine Tür.
EK: Wo zum Teufel wollen Sie hin?
MK: Ich lasse Sie zu Ihrer Verabredung fahren.
EK: Nein, das werden Sie nicht tun. Sie sagen mir, was Sie über Sophie wissen.
MK: Das wollen Sie nicht wissen. Glauben Sie mir.
EK: Ich will es aber doch wissen, Michael Khalil.

Quelle: Beobachtung

Khalil steigt aus dem Auto, Kohl läuft ihm sofort nach, holt ihn ein und packt ihn am Arm. Sie reden miteinander, die Köpfe dicht zusammen. Das Richtrohrmikrofon erfasst nichts von dem Gespräch. Was immer Khalil ihm sagt, es hat einen sichtbaren Effekt auf Kohl. Er schüttelt den Kopf und schreit »Was?«. Dann nähert er sich

Khalil noch mehr, hört ihm zu, schüttelt weiter ungläubig den Kopf. Schließlich legt Khalil Kohl die Hand auf die Schulter, sagt ganz leise ein Wort und entfernt sich rasch.
Kohl kehrt zu seinem Wagen zurück und bleibt volle fünf Minuten darin sitzen, dann lässt er ihn an und fährt zur amerikanischen Botschaft in der Szabadság tér.
Khalil wird beschattet. Er telefoniert mit seinem Handy und geht dann zu Fuß weiter zu seinem Ziel: dem Hotel Anna in der Gyulai Pál utca 14.

Dritter Teil

Wie es im Rest der Welt aussieht

Sophie

1

Wäre sie ehrlich zu sich selbst gewesen, hätte Sophie zugegeben, dass, abgesehen von dem Mord, der erschütterndste Augenblick der vorigen Woche der gewesen war, als ihr aufging, dass sie zweite Wahl gewesen war. Zora war erst zu Emmett gegangen – seinetwegen war sie nach Ägypten gekommen –, aber Emmett war zu stark gewesen oder zu standhaft, um sich von ihren Drohungen beeindrucken zu lassen. Sophie dagegen war sofort eingeknickt.

Sie waren fast einen Monat in Kairo gewesen, in Gedanken immer noch in Paris, und Sophie hatte sich im Arkadia-Einkaufszentrum entspannt. Das war lange bevor Randalierer das Gebäude während des Aufstandes geplündert und in Brand gesteckt hatten. Damals, im Jahr 2009, war es ein kühler, angenehmer Ort für Leute mit Geld gewesen, die hier fern von den verschwitzten Massen ganze Nachmittage verbringen konnten, und dort erschien wie durch Zauberei Zora, lächelte, breitete die Arme aus und sagte *»Sofia«* in ihrem triefenden Akzent. Alles, was aus Zora Balaševićs Mund kam, war irgendwie durchtränkt. Sie war jetzt älter, aber noch immer vital, geradezu knisternd von Begeisterung und Intensität.

Früher einmal hätte diese Intensität Sophie eingeschüchtert; sie erinnerte sich, wie Zora zwischen Leichtigkeit und der Schwere der Geschichte wechseln konnte. Doch jetzt war alles anders – nicht wahr? Sie waren beide älter, beide durch die Jahre gereift und gemildert, nur noch zwei alte Freundinnen in einem fremden Land.

Bei etlichen Tassen Tee im Groppi stellte Zora ihr Fragen über Frankreich und das Leben einer Diplomatenfrau. Zora lächelte viel, aber es war ein amüsiertes Lächeln – sie erinnerten sich beide, wie das Leben in Jugoslawien gewesen war, und das Leben, das Sophie beschrieb, hörte sich an, als gehörte es zu einem Dasein auf dem Mond.

»Sag ehrlich, Sofia«, sagte sie. Sie blieb bei der balkanisierten Form des Namens, die sie 1991 verwendet hatte. »Du langweilst dich, stimmt's?«

Sophie lachte laut los, um eine aufkeimende Angst zu überspielen. Wechselte Zora schon wieder – von der Leichtheit zur Schwere? »Natürlich«, erwiderte sie. »Aber es wäre dumm, mich zu beklagen.«

»Das finde ich nicht.« Ein großzügiges Lächeln huschte über Zoras Gesicht. »Du bist kein hirnloses Püppchen, Sofia. Bist du nie gewesen. Müßiggang allein kann deine Seele nicht zufriedenstellen.«

Sophie reagierte instinktiv auf Leute, die mit dem Wort *Seele* um sich warfen, aber aus Zoras Mund erschien es ihr nicht so seltsam. Zora dachte anders; sie dachte, wie man auf dem Balkan denkt. »Wahrscheinlich hast du recht«, sagte Sophie.

»Natürlich hab ich recht, *draga*. Du brauchst mehr.«

Als wäre das etwas ganz Neues und Originelles, lehnte sich Sophie zurück und sah ihr in die glutvollen Augen. Sie vergaß Vukovar und konzentrierte sich stattdessen auf die

Tage vor Vukovar. Sie erinnerte sich an warme Nächte auf dem Land, an Bier und *rakija,* an das Tanzen zu Yugo-Rock-Bands – Električni Orgazam, Idoli, Haustor – und Velvet Underground und an vergnügliche Festessen hinterher mit viel gegrilltem Fleisch. Im Gegensatz zu Wien, Prag und Budapest nahm Novi Sad sie mit offenen Armen auf, zog sie in eine andere, ausgelassene, festliche Lebensweise hinein. Es gab so viel fröhliches Geplauder über Urlaub an der Adria, Hauspartys und *was halten Sie eigentlich von Jugoslawien?,* bevor die Politik ihr Haupt erhob und die erbitterten, lauten Wortgefechte begannen. Und doch endete jeder Abend mit Verzeihung und Küssen und der Versicherung ewiger Liebe. Ganz anders als die stillen Enttäuschungen ihrer Kindheit. *Existenziell fatalistisch,* hatte Emmett es genannt. Ihre endlosen Partys waren eine Antwort auf die existenzielle Frage: Warum bin ich hier? Ihre Antwort bestand darin, dass sie die Stereoanlage lauter stellten.

Dann war sie wieder zurück im Hier und Jetzt, und Zora beobachtete sie. »Du hast recht«, sagte Sophie. »Ich brauche tatsächlich mehr.«

»Du brauchst ein kleines Abenteuer.«

Sophie zuckte die Achseln.

»Vergiss nicht, dass ich weiß, wie du aussiehst, wenn du ein kleines Abenteuer hast. Ich wette, es ist zwanzig Jahre her, dass du so ausgesehen hast.«

Sophie sah sie an, angewidert von ihrer Direktheit, doch gleichzeitig von dem Wunsch nach mehr erfüllt, von dem Wunsch, den Dunst der Gemächlichkeit zu zerreißen, in dem sie manchmal zu ersticken meinte. Zora klopfte an eine Tür, die sie und Emmett schon bald nach ihrer Rückkehr aus Jugoslawien zugeschlagen und abgeschlossen hatten. Sie waren zu dem Schluss gekommen, dass sie die Vergangenheit nicht ändern konnten und nur noch mehr Schaden anrichten würden, wenn sie auf ihren Fehlern herumritten. Jetzt, zwei Jahrzehnte später, war der einzige Mensch auf Erden, der dieses Schloss knacken konnte, nach Kairo gekommen.

Aber Zora lächelte strahlend, während sie das alles sagte. »Damals warst du lebendig, weißt du. Für mich warst du die schönste Frau, die ich jemals kennengelernt hatte.«

»Das bezweifle ich.«

Sie strich über Sophies Knie, ihre langen Nägel kratzten leicht an ihrem Oberschenkel. »Glaub mir, Sofia. Du warst prachtvoll.«

Wusste Zora, welche Wirkung ihre Worte haben würden? Seit Emmett tot war, wollte sie glauben, dass Zora Balašević alles gewusst hatte. Sie wollte glauben, dass diese Serbin eine Meisterin der Manipulation gewesen war, die sie von dem Moment an ins Visier genommen hatte, als sie erfuhr, dass die Kohls in der Stadt waren, oder vielleicht von dem Moment an, als sie zum ersten Mal diese zweiundzwanzigjährige Sophie in Novi Sad gesehen hatte. Was sie *nicht* glauben wollte, war, dass Zora Balašević genauso wenig allmächtig war wie alle anderen, obwohl der Augenschein dies jetzt vermuten ließ. Sie hatte es zunächst bei Emmett versucht, war gescheitert und versuchte es jetzt bei seiner Frau – wahrscheinlich war sie erschrocken, wie leicht Sophie herumzukriegen war. Eine Handvoll Nostalgie und eine Prise Verführung, und schon gehörte sie ihr.

Als Sophie fragte, was Zora in Kairo mache, hatte sie ausweichend geantwortet. »Arbeit, Geschäft. Du weißt schon.« Welche Art Geschäft? Ein Achselzucken. »Informationen. Wir leben doch im Informationszeitalter, nein?«

Die liebe, naive Sophie fragte: »Hast du eine Website?«

Ein Balkan-Lachen, kehlig und rollend. »Nein, nein. Aber vielleicht sollte ich mir eine besorgen. Was meinst du?«

»Wenn du keine Website hast, gibt's dich gar nicht.«

Zora streichelte Sophies Handrücken. »Ich glaube, dann vergesse ich die Website lieber.«

Zora hatte die unheimliche Fähigkeit, undurchsichtige Äußerungen zu machen und dabei Sophie mit einem Blick anzusehen, der suggerierte, dass sie ein Geheimnis preisgab, sodass sie nie auf den Gedanken kam, um eine Erklärung zu bitten. Es war einfach so schön, zu Zoras geheimer Welt zu gehören, dass sie die Illusion nicht zerstören wollte, indem sie dumme Fragen stellte. Schließlich sagte Zora: »Vielleicht möchtest du ja ab und zu mit mir zusammenarbeiten. Ich glaube, das könnte dir gefallen.«

Sophie zuckte nur die Achseln, geschmeichelt, dass irgendjemand sie in diesen Zeiten einer Anstellung für würdig hielt, und erst später, nachdem Zora die Idee noch zweimal in den Raum gestellt hatte, sagte Sophie schließlich: »Natürlich, Zora. Du kannst über mich verfügen.«

Wenn man eine Frau dazu bringen will, ihren Mann und ihr Land zu betrügen, kann man die nötigen Forderungen nicht direkt stellen. Man muss sich heranarbeiten. Mag die Betreffende noch so willig sein – man muss subtil vorgehen. An jenem ersten Tag verbrachten sie fünf Stunden miteinander, aus dem Einkaufszentrum zogen sie irgendwann in die Bar des Conrad Hilton um. Als Zora den Ortswechsel vorschlug, zögerte Sophie, doch Zora verfügte kurzerhand: »Emmett muss heute Abend länger arbeiten – es wartet also niemand auf dich.«

»Woher weißt du das?«

»Information, *draga*. Information ist überall.«

So landeten sie in der Jayda Lounge. Zora trank Ketel One pur, Sophie verdünnte ihren mit Cranberrysaft. »Weißt du noch, dieser Club in der Festung?«, fragte Zora.

»Himmelweit von dem hier entfernt.«

»Schau mal da rüber.«

Sie zeigte mit dem Kinn auf einen Tisch am Fenster mit Aussicht auf den Nil und die Stadt, an dem drei Männer und eine laszive Blonde saßen. Die Männer waren groß in ihren teuren Anzügen, das feine Tuch hatte Mühe, sie zusammenzuhalten. Zwei waren kahl geschoren. »Russen?«, fragte Sophie.

»Du warst schon immer aufgeweckt, Sofia. Das Mädchen – sie ist eine Freundin von mir.«

Das Mädchen hatte kein einziges Mal zu ihnen hergesehen.

»Wie meinst du das?«

Zora sah ihr in die Augen und senkte die Stimme. »Sie arbeitet für mich.«

Sophie sah sich das sexy Girl noch einmal an. Mit ihren Kurven, den getuschten Wimpern und dem langen seitlichen Schlitz im Kleid, der viel von ihrem Schenkel sehen ließ, sah sie aus wie eine Zuckerpuppe – das war das einzige Wort, das Sophie einfiel. Sie sah nicht aus, als sei sie für jemanden tätig, der irgendetwas mit »Information« zu tun hatte. Es schien nur eine Branche zu geben, für die sie in Frage kam. Dann begriff das einfache Mädchen in Sophie, und sie trank einen Schluck. »Und für wen arbeitest *du,* Zora?«

»Für mich selbst.«

»Aber du hast doch Abnehmer.«

»Das sind meine Klienten, *draga*. Nicht meine Arbeitgeber.«

»Wer sind deine Klienten?«

»Ein bisschen Vertraulichkeit muss schon sein, oder nicht?«

Das war auch eine Antwort, aber Sophie war neugierig. »Einen kannst du mir doch wenigstens sagen.«

»Rate doch mal.«

»Serbien.«

»Du weißt, wie patriotisch ich bin.«

Das klang irgendwie falsch, und Sophie brauchte einen Moment, um sich an den Grund zu erinnern. »Du hast früher immer Regierungen als die erste Sünde der Menschheit bezeichnet. Du hast sie gehasst.«

Zora lächelte. »Ich bin erwachsen geworden, Sofia. Länder sind, genau wie Konzerne, keine Menschen; sie sind es nicht wert, dass man sie hasst. Und auch nicht, dass man sie liebt.«

Sophie sah sie einen Moment lang an und trank noch einen Schluck. Das war eine andere Frau als die, die sie in Jugoslawien gekannt hatte, diejenige, die von der Liebe zum serbischen Boden gepredigt hatte. Ihre Logik war nicht mehr so sehr vom Balkan bestimmt, sie lag mehr auf Sophies Linie: Liebe zu einem Nationalstaat war verschwendete Liebe, selbst wenn es sich bei diesem Staat um die Vereinigten Staaten von Amerika handelte.

Seit 2001 lebten sie und Emmett außerhalb von Amerika, und sie fragten sich oft, wie sie sich fühlen würden, wenn sie eines Tages in das Land zurückkehrten, das Emmett vor dem Rest der Welt repräsentierte. Wie amerikanisch konnte man nach so langer Zeit noch sein? Oder funktionierte es umgekehrt – machte die Entfernung sie zu besseren Amerikanern? Sie hatte bei im Ausland lebenden Landsleuten beide Tendenzen festgestellt. Manche tauchten ganz in die andere Kultur ein, sprachen Englisch nur, wenn es nicht anders ging, und schwatzten ständig davon, was Amerika in aller Welt falsch machte. Andere – Emmett zum Beispiel – wurden zu Apologeten und wandten sich immer entschiedener gegen die Welle antiamerikanischer Ressentiments überall auf der Welt. Es war sein Job, nahm sie an, aber er wurde oft emotional, und die Frage, die sie ihm immer stellen wollte, lautete: *Weißt du eigentlich noch, was du da verteidigst?*

Wann waren sie das letzte Mal zu einem Wal-Mart gefahren, um Lebensmittel für eine Woche einzukaufen? Sie hatten nie einen Elternabend besucht oder an einer Kommunalwahl teilgenommen, und die Rezession hatte sich bei ihnen kaum ausgewirkt. Eigentlich wussten sie nicht einmal genau, wie es ist, in einer Stadt zu leben, in der man Gespräche zwischen Fremden mithören und tatsächlich verstehen kann, was sie sagen – sie hatte vergessen, wie es war, in einem Meer von Englisch zu schwimmen. Vielleicht war das der Grund, weshalb sie bei dem einen oder anderen politischen Streitgespräch in der Residenz dieses oder jenes Diplomaten oft so verwirrt und wortkarg war. Im Gegensatz zu Emmett hatte sie keine staatlich anerkannte Liste von Gegenargumenten abgespeichert. In ihren Ohren klang jede antiamerikanische Behauptung völlig plausibel, und sie hatte stets nur den Wunsch zuzustimmen. Warum sich aufregen? Schließlich hatte niemand etwas an ihr persönlich auszusetzen, und die Leute zogen auch nicht über jemanden her, den sie liebte.

Eines an Zora hatte sich in den vergangenen zwanzig Jahren nicht geändert: ihre Selbstsicherheit. Als sie ihr jetzt in der Jayda Lounge gegenübersaß, war sie wieder einmal überwältigt vom Selbstbewusstsein dieser Serbin. Es war ein wenig berauschend, mit jemandem zusammen zu sein, der von der Richtigkeit seines Handels so restlos überzeugt war, und allmählich spürte Sophie wieder diesen Kick. »Hast du auch noch andere Klienten?«

Zora lächelte und tippte mit einem Fingernagel an ihr Glas. »*Information will frei sein* – so sagt man heutzutage. So weit würde ich aber nicht gehen. Ich finde, man sollte dafür bezahlen müssen.«

Als sie erneut lächelte, merkte Sophie, dass sie ebenfalls lächelte. Dann musste sie unwillkürlich lachen. »Wer *bist* du jetzt, Zora?«

Ihre Augen weiteten sich, wurden groß und dunkel und strahlend. »Ich bin ein Engel, der herabgestiegen ist, um dich von den Toten zu erwecken.«

2

Als Stan am Samstagmorgen die Wohnung verlassen hatte, war sie zu nichts anderem fähig, als auf dem Sofa zu sitzen und ins Leere zu starren. Sie war erst eine einzige Nacht in Kairo, und sie war bereits erschöpft: Es war eine ganze Weile her, seit sie zum letzten Mal solche Ängste hatte bewältigen müssen. Budapest war langweilig gewesen, aber dort hatte sie Urlaub vom Betrug gehabt, davon, Gesichter über Gesichter sehen zu müssen. In Budapest hatte es keine heimlichen Stunden mit Zoras USB-Sticks gegeben, die alle wertvollen Informationen von Emmetts Laptop geschluckt hatten; es hatte keine heimlichen Treffs in Cafés und auf Vorstadtplätzen gegeben, bei denen Zora sie gelobt hatte, keine Besuche in Parks und verfallenden Gebäuden mit toten Briefkästen.

Und dann die Lügen für Emmett und Stan und mit wem sie sonst noch zu tun hatte, denn Zora hatte ihr gesagt, dass die Ermittler von überall her kommen konnten. *Irgendwann werden sie dich verdächtigen, mach dir da keine Illusionen, aber du bist sehr gut, draga. Du verstehst dich darauf, dich unter die Leute zu mischen, zu zirkulieren und zu präsentieren.* Also hatte sie alle belügen müssen. In Budapest hatte sie Glenda, Mary, Tracey und Anita in belanglosen Dingen belogen, aber die Lügen hatten nur den Zweck gehabt, ihr kleine Adrenalinschübe zu verschaffen. Im Grunde genommen hatte Budapest sie weicher gemacht.

Als sie sich aus ihrer Lethargie befreit hatte, goss sie sich noch einen Kaffee ein und tat, worauf sie gewartet hatte: Sie wiederholte den Anruf, mit Stans altem Mobiltelefon. Auch diesmal teilte ihr die arabische Ansage mit, unter Zoras Nummer sei kein Anschluss zu bekommen.

Hatte sie wirklich gedacht, das würde so einfach gehen, nach sechs Monaten? Ein einziger Anruf, und – Simsalabim – Zora Balašević würde wieder in ihr Leben treten?

Ja, denn Sophie hatte sich nie eingebildet, sie sei der einzige Grund gewesen, warum Zora Balašević nach Kairo gezogen war. Sie war ein kleiner Fisch. Diese blonde Sexbombe mit den langen Beinen war viel größer – sie war die Art Fisch, die auf Befehl großen russischen Mafiosi durch Streicheln und Küssen Informationen entlocken konnte.

Dann fiel es ihr wie Schuppen von den Augen: Natürlich war Zora noch in Kairo – sie hatte nur die Telefonnummer gewechselt. Sophie war in dem Moment, als sie die Stadt verließ, zum Sicherheitsrisiko geworden. Deshalb hatte Zora sich des Handys entledigt, das sie für Sophie benutzt hatte, damit sie beide wieder ihr eigenes Leben führen konnten.

Sie hatte das mehr oder weniger einmal selbst gesagt: *Wenn Spione Ade sagen, ist es für immer. Wir löschen unsere Speicher. Verstehst du? In Filmen nehmen sie immer wieder Kontakt mit alten Kameraden auf, aber die Wirklichkeit sieht anders aus. Wir bauen uns stattdessen ein neues Leben auf, das mit dem alten nichts zu tun hat*.

Der Wechsel der Telefonnummer war eine simple Sache, doch mit dem Wohnsitz ging das nicht so einfach, deshalb suchte sie auf ihrem iPad einen Stadtplan und begann, ihre Route von der Gartenstadt zur Al-Muizz-Straße zu planen. Per Bus. Ein Taxi kam nicht in Frage, denn sie dachte jetzt wie ein Spion und wollte keine schriftlichen Spuren hinterlassen. Sie duschte und richtete sich in den Kleidern von gestern halbwegs her, strich sie glatt, nahm dann Stans Ersatzschlüssel und ging auf die Straße hinaus.

Sie machte einen langen Fußmarsch auf der Al Kasr Al Aini Richtung Tahrir-Platz und saugte mit jedem Schritt Kairo in sich auf. Sie war vom Flughafen zum Auto gegangen und von dort in die Wohnung gefahren, aber jetzt gehörte sie zu der Stadt, in der sie sich einmal so befreit gefühlt hatte, und sie versuchte, das alles wieder einzuatmen. Der Geruch nach Auspuffgasen und bratendem Fleisch, nach Zigaretten und Eau de Cologne. Auf dem breiten Boulevard wimmelte es von Fußgängern – dunkel und laut und von einer Besonderheit, die ihrer Meinung nach den Menschen im Westen fehlte. Vielleicht ein Hang zum Herumlungern oder eine authentischere Form von Lebensfreude – sie wusste es nicht. Sie wusste nur, dass sie das Gefühl hatte, sie müsste hier noch etwas lernen.

Als sie den Tahrir-Platz erreichte, brauchte sie ein paar Minuten, um sich in dem riesigen Rund zu orientieren, das noch vor Kurzem von Menschenmassen gebrodelt hatte, Menschen, die eine Veränderung verlangt hatten, Massen, in die ab und zu Berittene vom Sicherheitsservice mit Schlagstöcken und Gewehren eingebrochen waren. Jetzt war der Platz fast wieder so, wie sie ihn in Erinnerung hatte – gesäubert, beinahe elegant, manche Geschäfte noch mit Brettern vernagelt, die meisten aber mit neuen Scheiben und Türen. Ein Bruch. Die Menschen hier wussten, wie leicht Brüche im Leben eintreten konnten. Eine ganze Welt konnte von einem Moment zum anderen verschwinden. In Prag hatten die Menschen das gewusst. Auch in Jugoslawien hatten sie es gewusst, und sie hatten das Chaos bekämpft, indem sie Feste gefeiert hatten.

Im Schatten des Hauptquartiers der Arabischen Liga gesellte sie sich zu den Wartenden an einer Bushaltestelle und kletterte dann an Bord eines Diesel-Ungeheuers, das sie zum Talaat-Harb-Platz brachte, wo sie zwanzig Minuten warten musste, bis der Bus kam, mit dem sie die weite Strecke bis zur Al-Muizz-Straße fahren konnte. In dem Bus, im warmen Gedränge der Einheimischen, am Rücken hinabrinnende Schweißtropfen, spürte sie wieder den alten Nervenkitzel: Anonymität und geheime Absichten. Sie war eine Fremde in einem ausländischen Bus, die nach einem Lotsen suchte.

Als sie jedoch durchs islamische Kairo fuhren, verflog das Gefühl, denn sie musste schon bald wieder an Emmett denken. Am nächsten Tag sollte er beerdigt werden, und sie stellte sich ihre Schwiegereltern in protestantischem Schwarz vor, weinend, aber nicht zu laut, denn zu viel Lärm war etwas Abscheuliches. Emmett hatte sich mit Vorliebe über solche Dinge lustig gemacht, und es war jammerschade, dass sie nicht dort sein würde, um es an seiner Stelle zu tun. Sie fragte sich, was sie über ihre Abwesenheit denken würden. Würden sie verärgert sein? Besorgt? Herrgott – machte sich irgendjemand Sorgen um sie? Suchten sie in diesem Moment nach ihr, sichteten sie Satellitenfotos und dachten sie bei jedem Klingeln des Telefons, sie könnte es sein? War irgendwo in Langley ein junger Agent damit beauftragt worden, Sophie Kohl ausfindig zu machen?

Sie hatte am Morgen nicht einmal den Fernseher eingeschaltet – kam ihr Verschwinden in den Nachrichten?

Sie stieg am Südende der uralten, sonnendurchfluteten Straße aus, und während sie nach Norden ging, tauchte zwischen den niedrigen Häusern, manche davon frisch renoviert, immer wieder die Zitadelle auf. Es war kein langer Weg – vielleicht zehn Minuten –, aber da sie ständig angestarrt wurde, kam er ihr viel länger vor. Sie wischte sich den Schweiß von der Stirn und stieg mühsam die Steinstufen zwischen den zerbröckelnden mittelalterlichen Gebäuden hinauf – verzierte, überwölbte Eingänge und Fenster, Mauern mit Tigerstreifen aus dunklen und hellen Ziegeln. Sie kam an den duftenden Gewürz- und Parfümmärkten, an der Sultan-Hassan-Moschee und der al-Aqmar-Moschee vorbei und erreichte schließlich das lehmfarbene Gebäude gegenüber dem Haus des Mustafa Ja'far, eines Kaffeehändlers aus dem 18. Jahrhundert. Einige dieser Häuser stammten aus dem siebten Jahrhundert. Zu dem schmalen Eingang führten drei Steinstufen hinauf, und als sie sie emporstieg, ging die abblätternde Haustür auf, und ein hochgewachsener, gut aussehender Ägypter kam heraus und lächelte sie an. »Good afternoon«, sagte er, da er an ihrem Gesicht und ihrem blonden Haar erkannte, welche Sprache sie sprach.

»Hi, können Sie mich reinlassen?«, fragte sie und überlegte, ob seine Englischkenntnisse über Grußformeln hinausgingen.

Das taten sie. Er ging zur Seite und hielt ihr die Tür auf. »Wohnen Sie hier?«

»Ich besuche eine Freundin. Nummer fünf.«

Er sah ihr direkt ins Gesicht. Seine Augen waren verschwollen und ein bisschen glasig. »Eine Freundin von Pili?«

»Woher wissen Sie das?«, fragte sie und dachte, *Zoras Deckname, Pili.*

»Sie ist die Einzige, die Englisch spricht.«

»Ja, natürlich«, sagte Sophie.

Sie blieb einen Moment in der Tür stehen und schaute dem Ägypter nach, der zum Bürgersteig hinunterging und sich entfernte; dann trat sie ins Haus und ließ die Tür hinter sich zufallen. Einen Moment lang stand sie in dem düsteren Flur. Es roch nach Staub von Renovierungsarbeiten. Sie stieg die schmale Treppe hinauf, die sie nur zwei Mal im Leben erklommen hatte – jedes Mal, genau wie jetzt, mit Angst im Bauch.

Ihre Treffen hatten für gewöhnlich an unauffälligen öffentlichen Orten stattgefunden, die beiden Male in diesem Haus waren Ausnahmen gewesen. Beim ersten Besuch hatten sie ihren Anfangserfolg feiern wollen. Sophie hatte einen USB-Stick voll mit Informationen geliefert, und hinterher hatte Zora sie mit Champagner und den Angaben zu einem UBS-Sparkonto, in der Zweigstelle Albisriedplatz in Zürich, umworben, dessen Saldo über Nacht von null auf 20 000 Euro geschnellt war. *Du bist ein Naturtalent, Sofia.* Das war ein wundervoller Abend gewesen, nur sie beide, betrunken, verträumt und offen. Emmett war nach Alexandria gefahren, und so blieb sie über Nacht, doch am Morgen, als sie ging, hatte Zora sie daran erinnert, dass sie sich nie wieder treffen würden. *Handwerkerregel,* draga.

Natürlich.

Und doch hatte es einen zweiten Besuch gegeben, fast ein Jahr später. Zora hatte ihre Anrufe nicht beantwortet, und so war Sophie zu ihr gegangen. Sie hatte ein befreiendes Jahr des Betrugs überlebt, während Emmett ein Jahr des Niedergangs durchlitten hatte, was ihr erst Minuten vor seiner Ermordung in vollem Umfang klar werden sollte. Sie hatten sich immer öfter gestritten, und damals hatte sie schon halb und halb geglaubt, dass sie die Ursache war. Ihre Affären: die eine mit Stan, die andere mit Zora. Fast kam es ihr vor, als wüsste er, dass sie seine Arbeit an ihre gemeinsame serbische Freundin verkaufte, obwohl sie ihm nie gesagt hatte, dass Zora in Kairo war. Und auch wenn er wirklich gar keine Ahnung hatte, würde er bestimmt irgendwann dahinterkommen. Ihr blieb nur die Möglichkeit, sich zurückzuziehen. Doch Zora musste ihre Angst gespürt haben, denn sie brach alle Kontakte ab, und Sophie blieb nichts anderes übrig, als sie aufzusuchen.

Das war im April 2010 gewesen. Da war sie schon seit einem Jahr eine Betrügerin und seit fast fünf Monaten eine Ehebrecherin, und sie hatte ein Gefühl, als würde ihre fragile Welt über ihr zusammenstürzen. Also klingelte sie an Zoras Tür, und im nächsten Moment war sie drin. Zora fing an, sich zu entschuldigen – »Ich war außer Landes«.

Bei einem Glas Bourbon sagte Sophie es ihr. Es sei wunderbar gewesen, aber sie müsse damit aufhören. Es sei an der Zeit, einander die Hand zu geben und einen Strich drunter zu machen. Sie könne Emmett nicht länger hintergehen.

»Weil er selbst so ein Unschuldslamm ist«, sagte Zora.

Sophie wusste, worauf sie hinauswollte, aber sie schluckte den Köder nicht. Sie zuckte die Achseln.

Zora machte frische Drinks, und als sie aus der Küche zurückkam, war sie eine andere Frau. Eine Frau, die Sophie erst noch kennenlernen musste – oder jedenfalls eine Frau, die sie zwanzig Jahre lang nicht gekannt hatte. Verschwunden war das Lächeln, der ungezwungene schwesterliche Umgang von zwei Profis der Informationsbeschaffung und der etwas unterkühlte Flirt, der Sophie zu ihr hinzog, weil er eine erotische Beziehung versprach, die in Wirklichkeit aber nie vollzogen worden war. »Du kannst nicht aufhören«, sagte Zora. »Jetzt nicht mehr.«

»Natürlich kann ich.«

»Dein Material ist gefragt. Der Wert steigt.«

»Mein Blutdruck auch.«

»Dann nimm Tabletten.«

»Du hörst mir nicht zu, Zora. Ich höre auf.«

»Nein, Sophie Kohl. Das tust du nicht. Wann du aufhörst, erfährst du von mir.« Kein Lächeln, keine Herzlichkeit.

Sophie stellte ihr Glas hin und stand auf. »Tut mir leid. Wirklich. Aber wir haben beide gewusst, dass es nicht ewig so weitergehen konnte.«

Zora stellte ebenfalls ihr Glas hin, stand aber nicht auf. »Möchtest du, dass Emmett von Stan erfährt?«

Sophie geriet ins Taumeln, breitete die Arme aus, um das Gleichgewicht zu halten, und starrte sie an. »Das würdest du tun?«

»Um meine Informationen zu schützen, ja.«

Sie stellte sich vor, dass Emmett von Stan erfuhr, dass er am Boden zerstört sein würde, dann schob sie das Bild beiseite. »Dann tu's«, sagte sie. Sie war stärker als vor einem Jahr. Wenn ihre Welt zerbrechen musste, dann sollte sie zerbrechen.

Auf dem Weg zur Tür hörte sie Zora sagen: »Und Vukovar? Was meinst du, wie die amerikanische Regierung darauf reagieren würde? Was ihr Diplomat und seine Gattin in kriegsgeschüttelten Drittweltländern so angestellt haben?«

Sie hatte die Hand schon auf der Türklinke und ließ sie dort, als sie sich umdrehte und Zora ansah. »Du würdest Emmetts Karriere ruinieren, nur um mich zu behalten?«

»Schlimmer noch«, sagte sie. »Ich würde Emmett ruinieren, wenn ich dich nicht halten könnte. Wir reden hier nicht über tausend Dollar, Sofia. Wir reden über Millionen. Dafür würde ich noch ganz andere Sachen machen.«

»Du bist ein Miststück.«

»Endlich hast du's kapiert«, sagte Zora leise.

Aus ihrer Beziehung war an diesem Tag etwas ganz anderes geworden, und jetzt, fast ein Jahr später, stand Sophie lauschend an der schweren Tür zu Wohnung Nummer fünf. Sie dachte an Emmett. So schlimm seine letzten Minuten gewesen waren, sie hätten noch schlimmer sein können. Anstatt von Stan hätte er von Zora erfahren können. Das hätte ihn schon vor dem Mord umgebracht.

Durch die Tür hörte sie ein Radio spielen und eine Frau Arabisch reden, entweder mit sich selbst oder am Telefon. Sophie hob die geballte Faust und hieb gegen die Tür.

3

Als sie wieder in Stans Wohnung in der Gartenstadt war und sich auf das Sofa setzte, das iPad auf dem Schoß und eine Tasse kalten Kaffee von morgens in der Hand, wurde ihr so klar wie nie zuvor, wie allein sie war. Sie hatte es in den leeren Augen des Mädchens im Teenageralter gesehen, das mit einem Handy am Ohr an die Tür von Wohnung fünf gekommen war. Ein hübsches Mädchen mit teakholzfarbenen Augen. Als sie Sophie sah, hob sie die Brauen und sagte etwas wie *Aye khidma?*

»Zora Balašević?«

Das Mädchen runzelte die Stirn, murmelte etwas in ihr Handy und ließ es auf Hüfthöhe sinken. »Sind Sie Engländerin?«

»Ja, Entschuldigung. Ich – ich wollte meine Freundin besuchen, die hier wohnt. Zora Balašević.«

Das Mädchen – Pili, nahm sie an – schüttelte den Kopf. »Wir wohnen hier seit November. Ich weiß nicht, wer hier vorher drin war.«

Sophie nickte und merkte zu spät, dass sich ihre Augen mit Tränen füllten. »Okay. Na gut. Danke.« Sie hob grüßend die Hand und floh.

Auf der Rückfahrt mit dem Bus hatte sie inmitten der dunklen Menschenmassen ein Kartentelefon vor einem Mini-Markt entdeckt. Sie stieg an der nächsten Haltestelle aus und stellte fest, dass eine dicke Staubschicht auf dem alten Kasten lag, für den man laut Aufschrift eine RinGo-Telefonkarte brauchte. Die meisten Ägypter benutzten diese Apparate nicht, sondern zogen ihre Handys vor, die dazu beigetragen hatten, dass ihre Revolution möglich geworden war. Sie ging in den Laden und kaufte eine Karte bei einem schniefenden Mann, Opfer einer verspäteten Grippewelle, dann ging sie zu dem Telefon zurück und holte mehrere Visitenkarten hervor. Strauss, Reardon, Kiraly.

Um sie herum gingen Scharen von Frauen über den Bürgersteig, die Köpfe verhüllt, fröhlich schwatzend, lachend. Fast hätte sie die Stimme, die sich mit »Kiraly Andras« meldete, nicht gehört.

»Mr. Kiraly?« Sie schrie beinahe. »Hallo? Hier ist Sophie Kohl.«

»Sie sind also noch in Kairo.«

»Haben Sie die amerikanische Botschaft informiert?«

Stille, dann: »Sie klingen anders, Mrs. Kohl.«

»Ach ja?«

»Ich habe fast schon gedacht, Sie seien jemand anders. Der sich für Sie ausgibt.« Dann, als ihm klar wurde, wie banal das war, sagte er: »Nein, wir haben die amerikanische Botschaft nicht informiert, und wir werden es auch nicht tun, solange wir nicht genauer wissen, warum Sie tun, was Sie tun.«

»Sie kennen den Grund«, sagte sie. »Jibril Aziz.«

»Ist er in Kairo?«

»Ich weiß es nicht. Sie haben mir gesagt, dass er hierhergeflogen ist.«

»Ja.«

»Also müsste er ja hier irgendwo sein. Es sei denn …« Sie sah den Telefonhörer stirnrunzelnd an, als ihr dieser Gedanke kam. Stumbler. Aziz hatte Stumbler geschrieben.

»Es sei denn was, Mrs. Kohl?«

»Es sei denn, er ist in Libyen.«

Schweigen.

»Wissen Sie wirklich nicht, wo er ist?«, fragte sie.

»Nein. Vielleicht sollten Sie seine Familie fragen.«

»Seine Familie?«

Ihre Überraschung schien ihn zu amüsieren. »Die meisten Menschen haben Familie, Mrs. Kohl. Wenn Sie mir eine Telefonnummer geben, kann ich Sie morgen zurückrufen und Ihnen die Information geben. Vom Büro aus.«

»Was wissen Sie über Zora Balašević?«

»Wie bitte?«

Sie wiederholte den Namen, buchstabierte ihn dann auf seine Bitte hin, und während er ihn notierte, sagte sie: »Sie ist irgendwie in den Mord an meinem Mann verwickelt, aber ich weiß nicht, wie und warum.«

»Woher wissen Sie das so genau?«

»Können wir es dabei belassen, *dass* ich es weiß?«

Schweigen. Dann sagte er: »Mrs. Kohl, falls Ihnen das noch nicht klar sein sollte: Sie allein entscheiden, was Sie sagen und was Sie nicht sagen. Irgendwann werde ich es zu schätzen wissen, wenn Sie mir mehr sagen, aber im Moment haben Sie sich für Zurückhaltung entschieden. Das werde ich akzeptieren müssen.«

»Ich entschuldige mich, Mr. Kiraly.«

»Ich sehe mir diese Frau einmal an, ebenso die Familie von Mr. Aziz. Geben Sie mir bitte Ihre Telefonnummer?«

»Ich rufe Sie an.«

»Natürlich«, sagte er. »Dann bis morgen, Mrs. Kohl.«

»Bis morgen, Mr. Kiraly.«

Als sie wieder auf Stans Sofa saß, fiel ihr ein, was Kiraly gesagt hatte – klang sie wirklich wie jemand anders? Vielleicht. Jemand Neues? Oder war sie wieder die Sophie Kohl von vorigem Jahr geworden, Sofia, die unter Zoras Fittichen wuchs und gedieh?

Ja, aber die Welt war jetzt auch eine andere. Sie war allein. Zora war verschwunden. Emmett war tot. Sie war in einer Stadt, die noch fremder geworden war, denn jetzt war sogar Husni Mubarak verschwunden, weggesperrt in Scharm El-Scheich. Sie hatte das schon im Bus gespürt, inmitten der Jungen und Alten, die zum ersten Mal seit Menschengedenken teilhatten am Aufbau ihrer Gesellschaft. Es spielte keine Rolle, dass das Militär die Macht innehatte; sie wussten, dass alles, was zur Veränderung ihres Landes nötig war, eine kritische Masse Mensch war, die bereit war, auf die Straße zu gehen. Sie sollte das zu schätzen wissen, aber es machte ihr auch Angst, denn durch ihre neu entdeckte Macht wurden sie auch bedrohlicher.

Stan war alles, was sie hatte. Stan, der sie gleich bei ihrer Ankunft belogen hatte, indem er so tat, als wisse er nichts über Zora – aber hatte er nicht nur sich selbst schützen wollen? Es war eigentlich durchaus verständlich, und sie meinte, dass er sich von diesem Fehler abgesehen wirklich Mühe gab. Er setzte sich ein. Nein, sie war nicht allein, eigentlich nicht, und sie spürte sein Verlangen, wenn sie dicht beieinanderstanden. Sie musste alles daransetzen, ihn nicht zu verlieren.

Sie hatte Emmett die Wahrheit gesagt: Eine Woche lang hatte sie geglaubt, sie könnte Stan Bertolli lieben, aber dieses Gefühl war vergangen. Doch sie war ihm zugetan, und er war das Einzige, was ihr noch blieb.

Sie rief ihn mit seinem alten Handy an. »Was hast du herausbekommen?«

»Nicht viel. Und wie geht's dir?«

»Ich …«, setzte sie an, dann änderte sie ihre Taktik. »Ich bin vor dem Fernseher eingedöst.«

»Gib mir noch eine Stunde, und wir reden, wenn ich wieder zu Hause bin.«

Als er am Abend mit einem Grillhähnchen in einer Tüte nach Hause kam, dachte sie an Zoras anderes Mädchen, die mit den langen Beinen, die russische Schläger überreden konnte, Geheimnisse auszuplaudern, aber Verführung war noch nie Sophies Stärke gewesen. Sie versuchte es trotzdem, denn jetzt waren ihre Gedanken auf praktische Möglichkeiten gerichtet, auf ein Kräftegleichgewicht, auf das, was Zora den *Zug und Schub der Verführung* genannt hatte. Doch wenn sie sich auf ihn konzentrierte, ihre Augen einsetzte, sich übers Haar strich, verträumt und verzaubert zu wirken versuchte, kam sie sich lächerlich vor, weil sie wusste, dass es nicht funktionierte.

Während er das Essen zubereitete, fragte sie: »Hast du was über Jibril Aziz herausgefunden?«

»Nicht viel. Nur, dass er im Office of Collection Strategies beschäftigt war. Ich hab ihm eine E-Mail geschickt – vielleicht meldet er sich ja bei mir.«

»Keine Telefonnummer?«

»Nein.«

Das war nicht plausibel. »Warum nicht?«

»Manche Nummern stehen in keinem Verzeichnis. Entweder weil die Betreffenden das Büro wechseln, oder weil der Sektionschef sie wegen eines Projekts gegen Störungen abschirmen will.«

»Und Frau hat er keine?«, fragte sie, weil sie daran dachte, was Kiraly gesagt hatte. »Keine Familie?«

»Nein.«

Also wusste nicht einmal ihr mürrischer ungarischer Spion, wovon er redete.

Beim Essen erzählte er ihr von Zora – von Zora und Emmett – und dass er, Stan, letztes Jahr fälschlich Verdacht geschöpft und den armen Emmett gejagt hatte, bis er nach Budapest fliehen musste. Sie hätte am liebsten losgeheult, weil sie wusste, dass es ihre Schuld war, aber stattdessen drehte sie den Spieß um. *Irreführung* hatte Zora es genannt. »Du hast behauptet, du hättest nie von ihr gehört. Du hast mich *belogen.« Dräng den anderen in die Defensive, immer in die Defensive.* Es funktionierte, doch während er seine Entschuldigungen vorbrachte, spürte sie, wie die Distanz zwischen ihnen wuchs, und zugleich bekam sie Angst: *Er ist der einzige Mensch, den du hast, und du vertreibst ihn.* Deshalb setzte sie sich aufs Sofa, weil sie wusste, dass er ihr folgen würde. Und er tat es.

»Wo ist Zora?«, fragte sie.

»In Serbien. Sie ist im September zurück.«

Wo sonst noch?

Da erzählte er ihr das, was sie sehr lange nicht mehr loswerden sollte. »Sie hat Emmett gesagt, dass sie für die Serben arbeitet. Das war gelogen.«

»Bist du sicher?«

»Mein serbischer Kontaktmann sagt, dass sie zu dem Zeitpunkt schon für die Ägypter gearbeitet hat.«

Ein Jahr, ein volles Jahr lang, hatte sie geglaubt, dass sie immerhin Zoras Volk half. Und nicht einmal das hatte sie getan. Mit allem, was Emmett nach Hause mitnahm, hatte sie Mubaraks Apparat gefüttert. Dafür hasste sie Zora. Vorübergehend hasste sie auch Stan, weil er ihr diesen gesprungenen Spiegel vorgehalten hatte.

Doch er sprach weiter, erklärte ihr, wie er sich die Geschichte von Emmetts Verfehlung zusammenfantasiert hatte, und sagte ihr dann, warum er Emmett nicht nach Hause geschickt hatte. »Die Katastrophe wäre gewesen, dass du dann auch weggegangen wärst.«

Sie musste das nicht tun, das wurde ihr jetzt klar. Sie musste sich ihm in dieser Nacht nicht hingeben. Aber irgendjemandem musste sie sich hingeben, und wen gab es noch außer ihm, nachdem Zora weg war?

»Was hatte Balašević gegen Emmett in der Hand?«

Irreführung. Jetzt.

Sie beugte sich zu ihm und legte den Kopf an seine Brust; er schlang den Arm um sie. Vor ihrem inneren Auge sah sie ein schmutziges Bein aufblitzen, das krampfhaft auf die feuchte Erde eines muffigen Kellerbodens trat. Jegliches Verlangen entwich aus ihrem Körper; nur noch eins zählte: Überleben. Als er sie auf den Hals küsste, wusste sie, dass sie am Ziel war.

Der erste Orgasmus überraschte sie. Rein körperlich, aber stark. Sie hatte fast schon vergessen, wie gut es sein konnte, und die kleinen, erschütternden Explosionen versetzten sie an einen anderen Ort, in ein hartes Bett im Hotel Putnik, wo ein viel jüngerer Emmett zwischen ihren Beinen betete.

4

1991

Am 20. September kamen Sophie und Emmett in Novi Sad an, voller Heißhunger auf Sex, denn die strapaziöse siebenstündige Zugfahrt hatte sich angefühlt wie ihr erstes Eintauchen in etwas Authentisches. Sie hatten sich das verdreckte Abteil mit zwei dicken alten Frauen geteilt, die Käsebrote aßen und sie ständig im Auge behielten, und als sie an der Grenze warten mussten, tauchten vor ihrem Fenster Scharen schreiender Zigeuner auf, die ihnen T-Shirts, Kassetten, Mineralwasser und Spielzeug verkaufen wollten. Die ungarischen Grenzwächter schienen auf Schmiergelder zu warten und warfen ihnen verachtungsvolle Blicke zu, während sie ihre Papiere durchsahen, weshalb sie mehr oder minder auf Schwierigkeiten gefasst waren, als sie nach Jugoslawien kamen. Doch die blieben aus: Die jugoslawischen Soldaten sammelten sich um sie, um ihre amerikanischen Stimmen zu hören, einer erzählte von einem Cousin in Chicago, ein anderer empfahl ihnen, für ein perfektes Abendgetränk schlechten Wein mit Coca-Cola zu mischen. Breit grinsend drängten die jungen Wehrpflichtigen heran, um einen Blick auf den Westen zu erhaschen.

Dabei war in ihnen beiden das Verlangen aufgeflackert, und als sie in der hohen Marmor-und-Beton-Halle des Bahnhofs von Novi Sad angekommen waren und um eine Taxifahrt ins Stadtzentrum feilschten, hielten sie es kaum noch aus. Sie bemerkten weder die Überheblichkeit des Empfangschefs noch den schnurrbärtigen Geheimpolizisten, der sie hinter seiner *Politika* hervor beobachtete, ja nicht einmal die Kratzer an der Innenseite ihrer Zimmertür, die ihnen, wären sie dafür in Stimmung gewesen, gesagt hätten, dass jemand lange Zeit in diesem Zimmer eingekerkert gewesen war. Sie waren nicht in der Stimmung, sich nach irgendetwas in Miloševićs Jugoslawien umzusehen, und bewunderten nicht einmal die nächtliche Aussicht aus ihrem Fenster, bis Emmett, nackt und befriedigt, die schweren, verstaubten Vorhänge zurückzog und auf eine Allee voller schläfriger Taxis unter hellen Straßenlaternen hinabschaute.

Es war schon spät, als sie sich endlich anzogen und um die Ecke zum Freiheitsplatz gingen, um inmitten von ernst dreinblickenden dunkelhaarigen Paaren die wenigen Schaufenster zu betrachten. Das Rathaus war wie eine Kathedrale angestrahlt, und die Fußgängerzone war von Straßencafés verstopft. Sie setzten sich in eines und bestellten starken türkischen Kaffee. »Turska kafa«, las Emmett von der Karte ab, und die Bedienung, ein hübsches, schmuddeliges Mädchen lachte über seine Aussprache. Köpfe drehten sich nach ihnen um. In ihrer postkoitalen Euphorie machten sie sich nichts daraus. Sie waren auf dem Balkan. Alles konnte passieren, und sie waren bereit, das Unbekannte mit offenen Armen zu begrüßen.

Ein Menschenauflauf entstand. Ein hochgewachsener Mann, der mit zwei anderen an einem Tisch saß, drehte ein Bein zu ihnen hin und stützte sich auf sein Knie. »Amerikaner?« Dunkle Augen, eine Zigarette, die sein Gesicht mit Qualm umhüllte.

»Richtig«, sagte Emmett mit vorgerecktem Kinn, trotzig.

»MC Hammer«, sagte der Mann, jetzt lächelnd. »Madonna, Michael Jackson. JR Ewing.«

»Ja«, sagte Emmett und versuchte, ein Grinsen zu unterdrücken. »Alles Amerikaner.«

Der Mann lehnte sich zurück, winkte der Kellnerin und bestellte zwei Lav-Bier für seine neuen amerikanischen Freunde. Schon bald setzten sie sich zu den drei dunklen Männern, die sich als große Amerikafans entpuppten. Voislav hatte Verwandte in New York, Steva hatte ein Semester an einer Uni in Pennsylvania studiert. Da waren sie seit etwa zehn Stunden im Land gewesen. »Kommen Sie«, sagte der Dritte. »Wir gehen in Disco.«

Sophie zögerte. Sich in einem Straßencafé nicht weit vom Hotel mit freundlichen Fremden zu unterhalten war eine Sache, aber für eine Disco brauchte man Taxis; man musste sich Fremden anvertrauen. Dann sah sie das Strahlen auf Emmetts Gesicht. Das war es; *das* hatte er gemeint, als er gesagt hatte: *Um rumzukommen. Etwas zu sehen. Etwas zu erleben.*

Sie zwängten sich in ein winziges Taxi, lachten und hörten den Männern zu, die alte, unverständliche Lieder sangen, und überquerten eine lange Brücke zur Festung Petrovardin, die ihren Gastgebern zufolge von den Römern erbaut worden war. Sie war im Lauf der Jahrhunderte umgebaut und verstärkt worden und hatte sich so zu einem Labyrinth kopfsteingepflasterter Gehwege und dunkler, versteckter Winkel entwickelt, durch das sie schließlich in einen sehr großen Hof gelangten, wo in einer Ecke ein DJ »Birthday« von den Sugarcubes aufgelegt hatte, während in der anderen Ecke junge Leute Schlange standen, um Bier zu holen. Der Boden war mit zerdrückten Plastikbechern übersät. In der Platzmitte wand sich eine wogende Masse schwitzender junger Leiber in einem vage synchronen Tanz.

Sophie hätte sich keine Sorgen über ihre Führer zu machen brauchen. Voislav, Steva und Borko waren in glänzender Laune, weil sie vor Kurzem aus der Armee entlassen worden und so den tristen, schmutzigen Lagern entkommen waren, in denen nationalistische Zwietracht gärte. Sie hatten ein bisschen frische Luft dringend nötig. Für diese drei jungen Serben in den letzten Tagen Jugoslawiens hieß das tanzen, trinken und reisen. Es dauerte nicht lange, bis sie drei hübsche Mädchen gefunden hatten – eine Serbin, eine Rumänin und eine Ungarin –, die ihre Hochstimmung teilten, und bis Mitternacht hatten sie zu acht einen lockeren Kreis in der Mitte der Menge gebildet, hüpften und wanden sich und lachten, während der DJ immer wildere Titel spielte, je weiter die Nacht fortschritt. Um eins saßen sie erschöpft und betrunken an einem der vielen Picknicktische an der Hofmauer, und Sophie hatte das Gefühl, dass sie ihre Mission erfüllt hatten: Sie waren andere Menschen geworden. Für einen Abend hatten sie ihre Ängste und kleinlichen Sorgen vergessen. Sie hatten sich selbst vergessen. Das war für sie etwas völlig Neues, und mit Emmett wurde sie zu einem Mauerblümchen, das die Freude der jungen Leute um sie herum zufrieden betrachtete.

»Die sehen glücklich aus, nicht wahr?« Die Stimme einer Frau. Ende dreißig oder Anfang vierzig, mit dunklen, sinnlichen Gesichtszügen. Sie hatte sich rechts neben Sophie gesetzt. Links von Sophie lehnte Emmett mit dem Kopf an der schmutzigen Mauer und hatte die Augen geschlossen.

»Hübsch anzusehen«, sagte sie zu der Frau.

»Das ist Hysterie«, erklärte die Frau mit einem so tiefen, rauen Akzent, dass Sophie sich vorstellte, sie könnte damit Holz zersägen. »Ein letzter Tanz vor dem Ende.«

Sophie musste laut lachen. »Sie sehen mehr darin als ich.«

»Sie können es nicht verstehen«, sagte die Frau. »Sie sind Amerikanerin.«

»Dann erklären Sie's mir.«

»Sie würden es nicht verstehen. Sie müssen die Geschichte kennen.«

»Ich hab in Harvard studiert, Lady. Ich glaub, ich schaff das.«

Die Frau zog die Augenbrauen hoch, nickte und fing an.

Sie redete nicht von den Menschen, die vor ihnen tanzten, sondern von den Türken und vom Amselfeld, von der römischen Geschichte und vom Mittelalter. Sie sprach vom Berliner Kongress 1878, von den Fehlern, die schließlich zum Ersten Weltkrieg führten, und an dieser Stelle verlor Sophie die Übersicht und dümpelte nur noch in einem Meer loser Fakten. Später, als sie nach Boston zurückgekehrt waren und Abstand gewonnen hatten, erkannte sie, dass dies ein fester Bestandteil extremistischen Gedankenguts in aller Welt war: das Aufhäufen trivialer Fakten, deren Richtigkeit nur ein Computer in Echtzeit überprüfen konnte, die unsortierte Ansammlung nicht verifizierbarer Anekdoten, durch die eine neue Realität geschaffen werden konnte. Sophie wusste das, aber in der Open-Air-Disco hatte die unerschrockene Überzeugung der Frau etwas Hypnotisches. Emmett war aufgewacht, saß aufrecht hinter Sophie und hörte aufmerksam zu. Es war nichts Zynisches in der Haltung dieser Frau, nur das reine, unverfälschte Licht absoluten Wissens. Sie verstand alles, und nichts würde sie jemals von ihrer Weltanschauung abbringen können. Es war schlicht und einfach Verführung: Diese Frau verführte sie mit ihren langen Fingernägeln, ihrer Kettenraucherstimme, ihren sinnlichen Augen und dem Gefühl, dass sie die Letzte auf Erden war, die alles wusste.

»Die Serben sind im Lauf der Geschichte immer wieder gedemütigt worden«, sagte sie. »Meist von anderen, aber manchmal auch von dieser ersten Sünde der Menschheit, ihrer eigenen Regierung. Wir sind zu verschämt, zu versöhnlich. Es ist an der Zeit, dass die Serben ihren angestammten Platz auf der Bühne der Geschichte einnehmen. Tesla, der größte aller Wissenschaftler, war unser Genie. Tito war einer der größten Staatslenker der Welt. Wir machen die seelenvollste Musik, und wir kennen die Welt besser als jeder Amerikaner. Entschuldigen Sie, aber das ist die Wahrheit. Wir sind tapfer und stark. Wir lassen uns nicht weiter demütigen. Das wird unser Jahrzehnt werden.«

Sie hieß Zora. Ein Name, der nach Buck Rogers klang.Die Geschichte würde sie später in fast allen Punkten widerlegen, aber 1991 konnten sie das, trunken von ihrer neu entdeckten Authentizität, nicht wissen. In einer Hinsicht hatte Zora allerdings recht: »Der Krieg fängt gerade erst an. Drüben in Vukovar können Sie ihn sehen. Er ist noch begrenzt, aber er wird sich ausbreiten. Wir sind froh, dass wir die Slowenen los sind, aber die Kroaten wollen uns unsere Küste stehlen. Wer hat für diese Strände bezahlt? Bosnien wird als Nächstes an die Reihe kommen. Es wird Feuer geben – glauben Sie mir –, und es wird Jugoslawien von allen bis auf die Loyalsten säubern.«

Sie war gewiss wahnsinnig, aber es war eine Art Wahnsinn, mit dem Sophie noch nie in Berührung gekommen war. Zora verachtete diese ignoranten Amerikaner nicht mehr – sie schien vielmehr die Hand auszustrecken, sie einzuladen, sich mit ihr zu verbünden. »Sofia«, sagte sie und kam ganz nahe heran, ihr heißer Atem streifte Sophies Ohr, ihre langen Finger mit den rot lackierten Nägeln drückten ihr Handgelenk, »Sie sind schön. Die schönen Mädchen sind klüger als die schönen Männer. Es liegt in der Seele.«

Sophie schüttelte energisch den Kopf. »Ich glaube nicht an die Seele.«

Zora zog sich überrascht zurück. »Eine Frau mit so viel Seele wie Sie, so eine Frau sollte nicht daran glauben?« Dann beugte sie sich vor und küsste Sophie heftig auf den Mund. Sophie wusste hinterher nicht, wie lange der Kuss gedauert hatte, aber sie erinnerte sich an den Geschmack von Zigaretten, an die Feuchtigkeit des Speichels. Von ganz weit her sagte Emmett: »Na.«

Dann war es vorbei, und Zora leckte sich die Lippen. »Sie glauben daran. Ich schmecke es.«

Was war geschehen? Wo waren sie gelandet? Es hatte alles so unschuldig, einfach und glücklich naiv gewirkt, und dann war Zora in ihr Leben getreten – in ihrer beider Leben –, denn jetzt streckte sie den Arm aus und umklammerte Emmetts Unterarm, zog ihn heran, sodass sie alle drei ihre Köpfe zusammensteckten. Sie bemerkte, dass Emmetts Mund ein zuckendes, sehnsüchtiges Lächeln geformt hatte, gab ihm aber nicht den Kuss, den er offenkundig erwartete. Stattdessen sprach sie zu beiden.

»Wollt ihr sehen? Wollt ihr wissen?«

Wovon redete sie? War es wichtig? »Dazu sind wir hier«, sagte Emmett.

Sophie wusste nicht, woran er dachte – vielleicht an einen Dreier –, aber sie wusste, was in ihrem eigenen Kopf war: ein kleiner Junge auf der Karlsbrücke, der ihren Lenin in den Fluss warf. Ja, sie wollte wissen, was sogar der kleine Junge in diesem Teil der Welt wusste. Was ihr in ihrem behüteten Leben bislang entgangen war.

Schließlich mischte sich Zora unter die Leute und verschwand. Sie fragten ihre neuen Freunde nach ihr, und Borko sagte, er habe von ihr gehört. »Gefährlich – Sie wissen schon, kriminelle Freunde. Ich weiß nicht, was sie vorhat, aber Sie sollten auf der Hut sein.«

Als sie um drei Uhr früh ins Hotel Putnik zurückkamen, wieder ausgehungert, verzehrten sie einander in ihrem unbequemen Bett. Hinterher besprachen sie den Abend, noch ganz benommen von der Intensität der Ereignisse. Sie wussten nicht, was sie von Zora halten sollten, nahmen aber an, dass sie sie nie wiedersehen würden. Sie würden noch die ganze Woche bleiben und dann die lange Zugfahrt nach Wien antreten, um nach Hause zu fliegen. Die Freuden dieser Nacht hatten Emmetts dringendes Verlangen nach der realen Welt gedämpft. Die pochenden Basstrommeln und die heißen Momente auf der Tanzfläche waren so befreiend gewesen, dass sie beide vermuteten, sie würden die ganze Woche brauchen, um das auch nur zu verarbeiten.

Doch Pläne lässt man am besten auf dem Boden des Schneideraums liegen, denn während ihres trostlosen Hotelfrühstücks schaute Emmett von seinem Toast auf und sagte mit großen Augen: »Ach, Scheiße.«

»Was ist?«

Da war sie, zog sich einen Stuhl heran und setzte sich zu ihnen. Zora wirkte sauber und frisch und hungrig genug, um sie beide zu verspeisen. »Sofia, Emmett, ich möchte euch mit meinen Freunden bekannt machen. Ich glaube, ihr seid keine gewöhnlichen Amerikaner, und ich glaube, ihr werdet unser schönes Land zu würdigen wissen.«

Im ersten Moment sagte keiner von beiden etwas. Sophie erinnerte sich an Borkos Warnung: Gefährlich – *Sie wissen schon, kriminelle Freunde.*

»Ihr wirkt besorgt«, sagte Zora. »Warum? Das ist doch wunderbar. Ich lade euch in mein Land ein. Das ist kein Land der Discos. Es ist ein Land der Familien, der Freunde und der großen Liebe. Und …« Sie hielt inne, weil ihr etwas einfiel, dann lächelte sie und hielt eine langfingrige Hand hoch. »Und ich verspreche, euch nicht zu langweilen. Keine Politik. Ihr seid meine Gäste.«

5

Am Sonntagmorgen ließ Stan keinen Zweifel an seinem Verlangen, und nachdem sie noch einmal Sex gehabt hatten, wurde Sophie abermals von heftigen Schuldgefühlen gepackt: In wenigen Stunden wurde Emmett begraben. Es war nicht seine Beerdigung, die sie niederdrückte, sondern die Tatsache, dass der Sex eine vorübergehende Amnesie bei ihr hervorgerufen hatte. Kaum war Stan zur Tür hinaus, sprang sie unter die Dusche, um seinen Geruch von ihrer Haut abzuwaschen.

Sie würde abreisen, das hatte sie in dieser langen schlaflosen Nacht beschlossen. So lautlos, wie sie in Kairo angekommen war, würde sie kehrtmachen und wieder abfliegen, nach Boston. Die Beerdigung würde sie zwar trotzdem verpassen, aber wenigstens konnte sie Trauerkleidung anlegen und versuchen, einige der Beziehungen wiederaufzunehmen, denen Sophie Kohl früher einmal eine ihrer erfrischendsten Eigenschaften verdankt hatte: normal zu sein.

Viele Argumente hätten sie überzeugen können, doch letztlich hatte Stan sie ungewollt überzeugt. Im Bett hatte sie das übermächtige Gewicht seiner Leidenschaft gespürt, und in den Bewegungen seiner Hände, im Stoßen seiner Hüften und im Flattern seiner Zunge konnte sie seine Gedanken lesen. Was er in ihrer gemeinsamen Zukunft sah, war genau dies: ein Akt der Liebe – Liebe, nicht Sex –, der sich so oft wiederholte, bis er zum Gesetz wurde. Bis Stan zum neuen Emmett wurde.

Nicht dass dieser Gedanke sie abgestoßen hätte, aber Stan würde nie begreifen, dass ihre Beziehung nie rein gewesen war und es nie sein würde. Als er ihr auf der Halloween-Party der Botschaft zum ersten Mal seine Gefühle gestanden hatte, hatte sie es pflichtschuldig Zora berichtet. *Ich habe das Gefühl, wenn ich es zuließe, würde er mich mit Haut und Haar verschlingen.*

Dann lass ihn doch, antwortete sie. *Lebe ein bisschen.*

Das bin nicht ich, Zora.

Sieh dich doch mal an, draga. *Wer ist dieses Ich, von dem du sprichst? Hast du jemals Jean Genet gelesen?*

Sophie verneinte.

Solltest du aber. Er hat gesagt, in der Lockung des Verrats liegt ein Reichtum, vergleichbar dem erotischen Taumel.

Sophie wusste damit nichts anzufangen.

Und dir ist doch sicher klar, dass du, wenn in der Botschaft jemand Verdacht schöpft, Verbündete brauchst. Dafür kannst du jetzt den Grundstein legen.

Hatte sie nur mit ihm geschlafen, um sich selbst zu schützen? Nein, eigentlich nicht. Sie hatte sich schon immer zu ihm hingezogen gefühlt, doch als die Affäre einmal in Gang gekommen war, hatte sie nie feststellen können, wo die Anziehung endete und die Selbsterhaltung anfing, denn immer, wenn sie in diesem Dokki-Hotel Gewissensbisse bekam, stählte sie sich mit Zoras Worten: Sie legte den Grundstein zu ihrer zukünftigen Sicherheit.

Sicherlich war ihr Verhältnis über die Grenzen einer Versicherungspolice hinaus gewachsen, aber sie wusste, wie es begonnen hatte, und daran würde sich nie etwas ändern.

Sie fand einen EgpytAir-Flug am folgenden Morgen um halb zehn, mit einer Zwischenlandung in London, und buchte. Sie goss sich noch eine Tasse Kaffee ein, blieb an der Küchentheke stehen, starrte auf Stans altes Handy und überlegte. Sie kramte ihr iPhone hervor und scrollte sich zu der Nummer durch, dann wählte sie mit Stans Handy. Nach dem zweiten Klingeln: »Kiraly, Andras.«

»Mr. Kiraly, ich bin's.«

»Aha. Ich habe Ihren Anruf erwartet.« Er schien aufrichtig erfreut, von ihr zu hören, klang nicht mehr ganz so reserviert. »Ich habe etwas Interessantes gefunden.«

»Nämlich?«

»Die Telefonnummer seiner Frau.«

»Wessen Frau?«

»Der von Jibril Aziz.«

Sie runzelte die Stirn, fragte sich, ob Andras Kiraly ein Spiel spielte – das hätte seinen Stimmungsumschwung erklärt. »Aber er ist nicht verheiratet.«

»Ich glaube, unsere Informationen sind auf dem neuesten Stand. Außerdem ist sie schwanger. Im siebten Monat, steht hier.«

Stan hatte behauptet, Aziz habe keine Familie; Kiraly behauptete das Gegenteil. »Bitte«, sagte sie, »könnte ich die Nummer haben?«

»Mrs. Kohl«, sagte er, und sein Ton fiel um eine halbe Oktave, »ich bin bereit, sie Ihnen zu geben, aber Sie verstehen sicher, dass unsere Beziehung Fortschritte machen muss. Ich war bis jetzt großzügig mit den mir zugänglichen Informationen. Für eine gewisse Gegenleistung wäre ich Ihnen dankbar.«

»Natürlich, das verstehe ich, Mr. Kiraly. Die Nummer bitte.«

Sie notierte sie auf einem Zettel, und ihre Hand fing an zu zittern, als ihr immer klarer wurde, dass Stan möglicherweise von Anfang bis Ende gelogen hatte.

»Eine Frage«, sagte Kiraly. »Sagt Ihnen der Name Michael Khalil etwas?«

»Nein«, sagte sie fast im Flüsterton, noch immer entsetzt darüber, wie allein sie war. »Sollte ich ihn kennen?«

»Nicht unbedingt. Er gibt sich als amerikanischer FBI-Agent aus.«

»Ist er das nicht?«

»Wir haben da unsere Zweifel. Er hatte ein Gespräch mit Ihrem Mann, an dem Tag, als er ermordet wurde. Ein inoffizielles Treffen auf der Straße.«

»Ich verstehe«, sagte sie leise, obwohl sie eigentlich nichts verstand. Sie schaute auf die Telefonnummer hinab. Ob diese Nummer ihr all die Antworten geben konnte, die sie sich wünschte?

»Die beiden haben über Stumbler gesprochen«, sagte Kiraly.

Sie riss sich zusammen. »Stumbler? Sie haben über *Stumbler* gesprochen?«

»Sie wissen davon?«

»Schauen Sie mal bei WikiLeaks rein«, sagte sie. »Stumbler ist ein amerikanischer Plan für … einen Regimewechsel. In Libyen. Aziz hat sich das ausgedacht.«

Eine Pause. »Sie sagen, WikiLeaks hat das?«

»Ja. Ich glaube, deswegen hat sich Jibril mit Emmett getroffen.«

»Sonst noch etwas?«

»Es ist schwierig, Mr. Kiraly. Die Menschen hier sind nicht so hilfsbereit, wie ich dachte.«

»Verstehe«, sagte er. Und dann: »Und wenn ich jemanden schicke? Ich kann einen unserer Leute dafür abstellen, dass er Ihnen hilft, sich in der Stadt zu bewegen.«

»Nein danke«, sagte sie, denn für den Augenblick hatte sie, was sie wollte: eine Telefonnummer. Damit fand sie vielleicht eine Erklärung für Emmetts Ermordung oder wenigstens einen Hinweis. Vielleicht würde sie erfahren, dass sie nicht verantwortlich gewesen war für … für *Ich hier wegen Sie*. Dann konnte sie am Morgen mit reinem Gewissen fahren, einem etwas saubereren wenigstens. »Ehrlich«, sagte sie. »Ich rufe Sie an, sobald ich mehr weiß.«

»Viel Glück, Mrs. Kohl. Und sollen wir Ihren Aufenthaltsort geheim halten?«

»Das wäre sehr freundlich, Mr. Kiraly.«

Um zwölf machte sie den Anruf, musste aber auflegen, weil Stans Handy wegen ihres Anrufs in Ungarn kein Guthaben mehr hatte. Oder vielleicht war es auch nur ein leiser Fingerzeig Gottes, der ihr sagen wollte, dass sie sich das noch einen Moment überlegen sollte.

Gott. Was dachte der wohl?

Sie ging in die Küche, hob Stans Festnetztelefon ab und wählte.

6

»Hallo?« Eine Frauenstimme. Schlaftrunken.

»Mrs. Inaya Aziz?«

»Am Apparat.«

»Ah, hallo. Ich versuche, Kontakt mit Ihrem Mann Jibril aufzunehmen.«

»Mit wem spreche ich?«

»Oh, Entschuldigung. Ich heiße Sophie Kohl. Ihr Mann kennt mich nicht, aber er hat meinen Mann gekannt. Wie spät ist es bei Ihnen?« Sie rechnete rasch nach. »Ach ja, fünf Uhr. Tut mir leid.«

»Kohl?«, fragte Inaya Aziz. Sophie hörte sie atmen. »Sie sind nicht die Mrs. Kohl … vom Fernsehen?«

»Doch, ja. Möglich, dass Sie mich im Fernsehen gesehen haben. Im Zusammenhang mit meinem Mann.«

»Er wurde ermordet?«

»Ja, Mrs. Aziz.«

»Inaya.«

»Inaya.«

Abermals ein kurzes Schweigen, dann sagte Inaya: »Worüber wollten Sie mit meinem Mann sprechen?«

»Über meinen Mann.«

»Wieso kennt er Ihren Mann?«

»Die beiden haben sich mehrmals getroffen. Beruflich, nehme ich an, aber Ihr Mann könnte vielleicht wissen, was da passiert ist.«

Ihre Antwort kam schnell und war logisch. »Sollte ihn da nicht eher die Polizei anrufen?«

»Das möchte man meinen, Inaya. Aber offenbar tut sie es nicht. Könnten Sie mir sagen, wie ich ihn erreichen kann?«

»Wenn ich es wüsste, würde ich es Ihnen sagen.«

Diese Antwort hatte Sophie nicht erwartet. »Was können Sie mir sagen?«

»Ich kann Ihnen sagen, dass er nicht hier ist. Ich kann Ihnen sagen, dass er mich gestern hätte anrufen sollen, es aber nicht getan hat. Und ich kann Ihnen sagen, dass ich vor lauter Sorge fast den Verstand verliere.«

So war es gekommen. Zwei Frauen, die denselben Mann suchten. Die eine – Mrs. Inaya Aziz – im siebten Monat schwanger und unfähig, irgendetwas zu unternehmen, die andere am idealen Ort, um mit der Suche nach ihm zu beginnen.

»Bei seinem letzten Anruf war er noch in Ägypten«, sagte Inaya. »Er war mit einem Mann namens John unterwegs, einem aus der Botschaft.«

»John …«, murmelte Sophie und dachte nach. Sie glaubte nicht, in der Botschaft jemanden namens John zu kennen.

»Er hatte gerade Marsa Matruh verlassen und fuhr zur libyschen Grenze. Aber er wollte mich wieder anrufen, sobald er in Adschdabiya war.«

»Warum ist er nach Libyen gefahren?«

»Um bei der Revolution zu helfen.«

Sophie schloss die Augen, das Telefon dicht an ihr schmerzendes Ohr gedrückt. Sie erinnerte sich, wie zwanghaft Emmett sich für Neuigkeiten aus Libyen interessiert hatte. *Nur ein paar gut platzierte Bomben …* »Wie?«

»Bitte?«

Sophie überlegte und formulierte ihre Frage ausführlicher. »Wie wollte Ihr Mann bei der Revolution helfen? Er als Einzelner?«

»Jibril ist kein Soldat, Sophie. Er ist ein Organisator. Ein einzelner Organisator kann so viel erreichen wie fünfzig Soldaten.«

»Er ist allein hingefahren?«

»Ja, wie ich schon sagte. Mit einem Mann von der Botschaft namens John.«

»Ich meine, wollen Sie damit sagen, die Botschaft wusste Bescheid? Oder wussten nur er und dieser John von der Aktion?«

»Sie möchten wissen, ob er autorisiert war?«

»So kann man es wohl nennen.«

Inaya hielt inne und ging ihre möglichen Antworten durch. Fragte sie sich, ob sie der Anruferin trauen konnte? »Ich glaube, ja«, sagte sie schließlich. »Aber ich glaube, er wusste was von denen.«

»Von wem?«

»Von der CIA.«

»Ah.«

»Das hat er mir nicht direkt gesagt, aber ich hatte so einen Verdacht. Dass er etwas hinter ihrem Rücken durchziehen wollte. Er war sehr aufgeregt. Als die Proteste in Bengasi anfingen, sagte er mir, dass er unbedingt hinmüsse. Sein Vater ist von Gaddafi ermordet worden – von dem Mann ist er seit seiner Kindheit besessen. Er wollte sofort los, aber das ging nicht. Er brauchte Unterstützung. Er wollte sich die verschiedenen Möglichkeiten ansehen. Dann kam er von der Arbeit nach Hause, und seine Stimmung war umgeschlagen. Er war wütend. Ich nahm an, dass man ihm im Büro gesagt hatte, er könne nicht hinfahren. Ich war erleichtert. Tatsächlich hatte er aber schon einen Flug gebucht. *Und die haben das genehmigt?*, fragte ich ihn. Er antwortete, sie hätten keine Wahl. Ich sagte ihm, dass er eine Dummheit machte. Wir erwarten ein Baby, und ich kann nicht arbeiten. Wir können es uns nicht leisten, dass er entlassen wird oder, Gott behüte, ums Leben kommt. Aber er hörte mir gar nicht mehr zu – was sind schon eine Frau und ein Baby im Vergleich zum Schicksal einer ganzen Nation? Zwei Tage später ist er geflogen.«

Während Sophie ihr zuhörte, dachte sie an Zoras Überzeugung, dass die besten Informationen manchmal von nichts ahnenden Menschen in Stresssituationen kamen – in diesem Fall von der Frau eines vermissten Ehemanns. Sophie hatte die letzten beiden Tage in der Wohnung eines mittleren CIA-Agenten verbracht, doch von Stan hatte sie nichts auch nur annähernd Vergleichbares erfahren. Dann wurde ihr klar, dass Stan ihr nie etwas Brauchbares anvertrauen würde. Er hatte gelogen, was Zora anging, hatte gelogen, was Jibrils Familie anging. Wie hätte er nicht wissen sollen, dass die Botschaft Jibril nach Libyen gebracht hatte? Wie tief gingen seine Lügen? Ihr wurde heiß, das volle Gewicht ihrer eigenen Dummheit nahm ihr allmählich den Atem. »Hat er Ihnen noch mehr erzählt?«, fragte sie.

Inaya summte leise vor sich hin, dann sagte sie: »In den letzten beiden Tagen vor seiner Abreise habe ich ihn kaum noch zu Gesicht bekommen. Er kam spät nach Hause und ist sofort ins Bett gegangen. Aber am Abend vor dem Abflug hat er mich in seinen Terminplan gequetscht. In dieser Nacht war er sehr liebevoll, fast so wie früher. Er fliege nicht direkt nach Libyen, sondern erst nach Budapest. Ich nehme an, dort hat er sich mit Ihrem Mann getroffen.«

»Warum wollte er sich mit Emmett treffen?«

»Ich weiß es nicht, aber er wollte dort mit verschiedenen Kontaktpersonen sprechen. Dann ist er nach Kairo weitergeflogen, und dieser John hat ihn über die Grenze gefahren. Seitdem habe ich nichts mehr von ihm gehört.«

Sophie schloss die Augen, um beide besser vor sich zu sehen – Jibril Aziz und Emmett, wie sie Geheimnisse über Libyen austauschten. Über Stumbler. »Hat er irgendetwas von Stumbler gesagt?«

»Stumbler?«

»Ja, Stumbler.«

Wiederum Schweigen. Dann: »Ja, allerdings. An diesem ersten Abend, als er wütend war, hat er gesagt, sie seien schon dabei. Er sagte, *Es ist Stumbler.* Ich dachte, ich hätte mich verhört, und fragte ihn, was das sei, aber er sagte es mir nicht und erwähnte es auch nicht mehr. Und ich hab ihn auch nicht mehr danach gefragt.« Eine Pause. »Was ist das denn?«

»Ein Plan für eine Revolution in Libyen«, sagte sie. »Ihr Mann hat ihn entwickelt.«

»*Was?*« Sophie spürte förmlich ihre Überraschung. »Das verstehe ich nicht.«

»Ich auch nicht, Inaya.«

Sie schwiegen einen Moment, und durch Stans Fenster konnte sie Stimmen und Autos hören, kleine Chaostropfen. Dann sagte Inaya: »Glauben Sie, das hat etwas mit dem Mord an Ihrem Mann zu tun?«

»Ja, ich nehme es an.«

»Wo sind Sie?«, fragte sie.

»Ich bin in Kairo.«

»Arbeiten Sie in der Botschaft?«

Tat sie das? »Nein.«

»Dann brauchen Sie Hilfe.«

»Das glaube ich auch.«

»Ich gebe Ihnen eine Telefonnummer, okay? Jibril hat einen Freund in Kairo. Sie sollten dort auch einen Freund haben.«

»Da wäre ich Ihnen sehr dankbar, Inaya.«

»Aber warten Sie noch ein bisschen, bevor Sie ihn anrufen. Ich muss ihm erst Bescheid sagen.«

Hinterher, in der Hand die Kairoer Telefonnummer mit dem Namen Omar Halawi darunter, spürte sie plötzlich einen Druck auf den Ohren. Erst nur leicht, ein Kitzeln fast, dann verstärkte er sich zu einem schweren Gewicht, das gegen ihre Trommelfelle drückte. Sie konnte nichts mehr hören – wie nach Emmetts Ermordung, als die Schüsse in ihren Ohren gellten. Jetzt war sie schlicht und einfach taub. Alles hatte sich verlagert. Da kamen ihr wieder die Tränen, aber diesmal weinte sie nicht um Emmett. Sie weinte um sich selbst. Sie hatte sich mit aller Macht einzureden versucht, dass sie nicht allein war, aber das war, genau wie Stans Worte, eine Täuschung gewesen.

So, wie es jetzt aussah, hatte Stan Emmett aus dem Weg geräumt, um sie zurückzubekommen. Alles schien möglich, mochte es auch noch so lachhaft sein.

Als ihr Gehör zurückkehrte, rief sie Jibrils Freund Omar Halawi an, und sie verabredeten sich für acht Uhr in dem Café im Semiramis InterContinental. Er sagte ihr, er halte sich außerhalb auf und müsse erst in die Stadt zurück. Sieben Stunden Fahrt. Draußen stand die Sonne hoch am Himmel, es war so hell, wie es nur in Nordafrika möglich ist. Sie roch Autoabgase, und irgendwo, vielleicht auf einer Dachterrasse, grillte jemand Lammfleisch. Von fern hörte sie Gebete, verzerrt durch überstrapazierte Lautsprecher. Sie hatte Zeit. Sie ging in der Wohnung umher und trug zusammen, was sie vielleicht brauchen würde. Ein paar Sachen packte sie in ihre Tasche. Ihr wurde klar, dass sie Sachen zum Anziehen brauchte, dringend. Dann ging sie auf die Terrasse, setzte sich aber nicht, denn sie wollte über den Nil und die Stadt hinweg nach Gizeh hinüberschauen, doch der Dunst durch Hitze und Luftverschmutzung war so dicht, dass die Große Pyramide, errichtet zur Aufbewahrung der Gebeine des Pharaos Cheops, nur als flimmernder Umriss zu sehen war. Sie ging wieder hinein.

Bevor sie das Haus verließ, betrachtete sie sich prüfend im Spiegel. Sie trug etwas Rouge auf und tuschte sich die Augen. Sie trug burgunderroten Lippenstift auf, musterte sich noch einmal im Spiegel und dachte an Stans Lügen. Mit dem Lippenstift in der Hand stand sie eine volle Minute da, bis sie sich entschlossen hatte, was sie schreiben sollte.

Sie brauchte nicht lange bis zum Semiramis, denn das Hotel lag ebenso wie Stans Wohnung und die Botschaft in dem Nest von Straßen, das die Gartenstadt bildete. Sie ging westwärts zum Nil, bevor sie sich nach rechts wandte, hinauf zu dem schönen daumenförmigen Turm, der sich aus dem breiten Fluss erhob und sich darin spiegelte. Sie brach in Schweiß aus, aber nicht wegen der Anstrengung – es war das Adrenalin ihrer hastigen, überstürzten Entscheidungen.

In der Lobby herrschte Hochbetrieb, und sie stellte sich in die Schlange an der Rezeption. Sie spürte, wie ihre Ängstlichkeit verging, als sie ihren Pass übergab und um ein Zimmer bat. Es stellte sich heraus, dass nur noch eines frei war – »Ihr Glückstag heute« –, im zweiten Stock. Sie bezahlte mit ihrer Kreditkarte. Sie wusste, dass man sie so ganz leicht aufspüren konnte, machte sich aber nicht allzu viele Sorgen deswegen.

Das Zimmer war klein, aber sauber, und sie legte sich eine Zeit lang hin, schloss die Augen und spürte ihre Einsamkeit. Aus dieser Tiefe erwuchs wieder der Zorn auf den Mann, der sie ständig belogen hatte, seit sie in Ägypten angekommen war. Sie hatte ihn auch betrogen, hatte voriges Jahr alle betrogen, und das vertiefte nur noch ihren Zorn. Nach einer langen Zeit setzte sie sich auf und kramte in ihrer Tasche, bis sie ihr Handy fand. Sie wählte und sagte: »Du hast mich belogen, Stan.«

Sie hörte den Schmerz in seiner Stimme, als er sie von seiner Unschuld zu überzeugen versuchte, von seinem Wunsch, sie zu beschützen, und seinen veränderten Tonfall, als er ihr befahl, in seiner Wohnung zu warten. »Ich sage dir alles, was du wissen willst.«

Was von all dem, das ihm über die Lippen kam, konnte sie glauben? Und warum sollte sie sich drauf einlassen, alles zu überprüfen? Deshalb legte sie auf, und dabei wusste sie, dass sie damit die einzige Brücke hinter sich abbrach, die sie noch hatte. Als sie das Handy ausschaltete, fühlte das Zimmer sich kälter an. Draußen vor dem Fenster stand die Sonne tiefer über der betriebsamen Hauptstadt.

Omar

1

Im Lauf seiner sechzig Lebensjahre, von denen er zwölf in der Abteilung für Auslandsvertretungen der Zentralen Sicherheitskräfte verbracht hatte, hatte Omar Halawi gelernt, dass man verborgene Fakten am schnellsten aufdeckt, wenn man auf Dinge achtet, die dort sind, wo sie nicht hingehören. Dieser besondere Spürsinn hatte sich viele Male als sein wichtigster Aktivposten erwiesen, und durch ihn hatte er auch Jibril Aziz kennengelernt.

Angesichts des bunten Völkergemischs in den Vereinigten Staaten hatte es ihn immer amüsiert, wie viele weiße Männer mit englischen, irischen oder deutschen Nachnamen die CIA nach Ägypten einfliegen ließ, und als deshalb im Jahre 2002 ein Geheimbericht über Harry Wolcott ein dreistündiges geheimes Treffen mit einem jungen Libysch-Amerikaner erwähnte, wurde Omar hellhörig. Sobald sie seinen Namen herausbekommen hatten, verfolgte Omar seine Akte bis zurück zu dem Putschversuch gegen Muammar Gaddafi im Jahr 1993 und der Hinrichtung des Vaters des damals noch jungen Aziz. Es dauerte nicht lange, und sie wussten über ihn Bescheid: Jibril Aziz war in geheimer Mission in Kairo und traf sich gelegentlich mit Wolcott, stets außerhalb der Botschaft, doch seine eigentliche Aufgabe machte es offenbar nötig, dass er immer öfter nach Libyen fuhr.

Damals leitete Abdel Suyuti Omars Abteilung, und deshalb grübelten sie gemeinsam über die vorliegenden Fakten. Im Gegensatz zu seinem Vorgänger hatte es Abdel für seine Pflicht gehalten, die Ausländer in Ägypten zu beschützen, mochten sie nun Spione sein oder nicht. Sie beschlossen, Jibril Aziz vorerst in Ruhe zu lassen, da es keinerlei Beweise dafür gab, dass er gegen Ägypten spionierte. Aziz sammelte offenbar Informationen über den Verrückten der westlichen Wüsten, der trotz der von ihm häufig beschworenen Solidarität zwischen Ägypten und Libyen eine Peinlichkeit für ganz Nordafrika war.

Als Abdel 2004 in den Ruhestand ging, durfte Omar mit Fug und Recht glauben, dass er zum Abteilungsleiter befördert werden würde, und war deshalb überrascht, als er Ali Busiri aus dem teilweise konkurrierenden Ermittlungsdienst für Staatssicherheit an dem Schreibtisch vorfand, der nur drei Tage lang verwaist gewesen war.

Fouada hatte ihm geraten, einen Protestbrief zu schreiben. »So läuft das nicht«, hatte er ihr erklärt. Ihr sei es egal, wie es normalerweise laufe, sagte sie. Es gehe hier ums Prinzip. Außerdem, so argwöhnte er, steckte auch ihr Wunsch dahinter, mit einem wichtigen Mann verheiratet zu sein, ein Wunsch, der seit fast drei Jahrzehnten unerfüllt geblieben war, so wie ihnen beiden auch ihr Kinderwunsch versagt blieb.

Er hatte nicht gegen Ali Busiris Beförderung protestiert, aber er hatte Fragen gestellt. Er war lange genug dabei, um Freunde überall in der Zentralen Sicherheit und darüber hinaus den einen oder anderen auch im meist sehr gut unterrichteten Nachrichtendienst zu haben. In einem versteckten kleinen Café erklärte ihm ein alter Hase, dass Ali Busiri mit Mubaraks engstem Kreis auf gutem Fuß stand, vor allem mit Omar Suleiman, dem Leiter des Nachrichtendienstes und wohl aussichtsreichsten Kandidaten für die Nachfolge Mubaraks. Ali Busiri hatte durch Vetternwirtschaft Abdels Posten bekommen, aber was hatte er anderes erwartet? Letzten Endes war Omar Realist, ein Fehler, den Fouada ihm oft ankreidete. »Aber lass dich's nicht verdrießen«, sagte ein alter Freund zu ihm. »Busiri ist keine Beamtenleiche. Er hat im SSI Großes geleistet.«

»Zum Beispiel?«

»Eine Flugzeugentführung durch die Japanische Rote Armee verhindert. Das war 1992. Die wollten eine Maschine auf dem Flug von Kairo nach Tripolis in ihre Gewalt bringen und Lösegeld von Gaddafi erpressen.«

Omar runzelte die Stirn und fuhr sich durchs Haar. »Davon habe ich nie was gehört.«

»Was beweist, wie gekonnt er die Sache gedeichselt hat.«

Sein Freund, so stellte sich heraus, hatte recht gehabt: Busiri war offenbar der geborene Ränkeschmied. Während seine Abteilung auf dem Papier in erster Linie für den Schutz verschiedener ausländischer diplomatischer Korps in der Hauptstadt zuständig war, steckte Busiri sich schon bald höhere Ziele und erweiterte seinen Zuständigkeitsbereich, indem er anordnete, ausländisches diplomatisches Personal für Ägypten nutzbar zu machen.

Bevor er den Aufgabenbereich seiner Abteilung neu festlegte, brachte Busiri jedoch mehrere Wochen damit zu, die Arbeit zu begutachten, die unter Abdel Suyuti geleistet worden war; seine Mitarbeiter mussten oft seine Wut ertragen, wenn er sich über den angeblich jämmerlichen Zustand der Abteilung ausließ. Sie hätten nur dagesessen und Däumchen gedreht, warf er ihnen vor. Bloße Staubfänger seien sie gewesen. Als er auf eine Akte stieß, in der die Aktivitäten eines gewissen Jibril Aziz chronologisch dargestellt waren, rief er Omar in sein Büro. »Soll ich es für möglich halten, dass Sie einen amerikanischen Spion entdeckt haben und nichts in der Sache unternehmen?« Omar war sich nicht sicher, ob die Frage rhetorisch gemeint war. »Möchten Sie dieses anscheinend verräterische Verhalten erklären?«

Im Gegensatz zu anderen in der Abteilung war Omar zu erfahren, um sich von der Wut des Neuen einschüchtern zu lassen. »Sein Gebiet ist Libyen, nicht Ägypten. Es hätte keinen Sinn gehabt, ihn wissen zu lassen, dass wir über ihn Bescheid wussten. Es war besser, ihn aus einigem Abstand zu beobachten.«

»Und was haben Sie in Erfahrung gebracht, während Sie ihn fast ein Jahr lang beobachten ließen?«

»Da er so oft in Libyen ist, kann man davon ausgehen, dass er dort über ein großes Netzwerk verfügt. Er hat da etwas Wertvolles aufgebaut.«

»Wie oft fährt er hin?«

»Unregelmäßig.«

»Wie unregelmäßig?«

»Alle ein bis zwei Monate. Die Aufenthalte dauern jeweils eine Woche bis einen Monat.«

Busiri schniefte, ein Anzeichen von Gereiztheit. »Können Sie mir wenigstens sagen, wann er das nächste Mal über die Grenze gehen wird? Oder ist das zu viel verlangt?«

»Natürlich nicht, Chef.«

Als Omar im Dezember 2004 berichtete, dass Aziz wieder

nach Libyen gefahren war, sagte sein Vorgesetzter: »Ich danke Ihnen. Wie schön, dass Sie mich mit so sensiblen Informationen versorgen.«

Während Omars Selbstbewusstsein sich gegen diese Behandlung sträubte – immerhin war er zehn Jahre länger im Dienst als Busiri –, konnte ihm nicht entgehen, dass die Abteilung in eine Phase der Renaissance eintrat. Zum ersten Mal, solange er sich erinnern konnte, zog der Nachrichtendienst aus seinem Büro im sechsten Stock des Innenministeriums in andere Bereiche der Zentralen Sicherheit um. Immer weniger waren sie auf die Freundlichkeit anderer Abteilungen angewiesen. »Unabhängigkeit«, sagte Busiri in einer der wöchentlichen Besprechungen, »ist der reiche Lohn der nachrichtendienstlichen Aufklärung.«

Trotzdem gab es Fehlschläge. Anfang 2005 rekrutierte Hisham Minyawi, ein Kollege im Büro, einen ranghohen Beamten in der libyschen Botschaft namens Yousef Rahim mithilfe eines Doppelspiels aus Bestechung und Erpressung. Es gab eine abendliche Feier im Büro – Kekse und Tee für alle –, aber das Ganze nahm ein böses Ende, als Rahim drei Tage später nach Tripolis zurückgerufen und kurzerhand exekutiert wurde.

Ein paar Wochen nach der Hinrichtung – Ali Busiri war mit seinem persönlichen Assistenten Rashid el-Sawy zur Erörterung neuer Initiativen für eine Kooperation in Damaskus – erhielt Omar im Büro einen Anruf. Ein junger Mann war an der libyschen Grenze aufgegriffen worden, hungrig, halb verdurstet und ohne Papiere. Er hatte in libyschem Arabisch mit den Grenzposten gesprochen und sich Akram Haddad genannt. Niemand glaubte ihm, aber da er sich weigerte, mehr zu sagen, schickten sie per E-Mail ein gut ausgeleuchtetes Foto nach Kairo, und der vierte Stock bat alle Abteilungsleiter, bei der Identifizierung des Fremden behilflich zu sein. Omar betrachtete das Bild vom internen Server und erkannte in den Zügen dieses ausdruckslosen Gesichts Jibril Aziz.

Er ließ sich von Sayyid in fast achtstündiger Fahrt an die Grenze bringen, wo die Posten – überwiegend Beduinen, denn sie waren die Einzigen, die das Klima vertrugen – einen Speisesaal für die Besprechung räumten. Ihr Gefangener saß am Tisch in der Mitte, vor sich eine Schüssel Suppe. Omar setzte sich ihm gegenüber und legte die Fingerspitzen auf die Tischkante. Auf Englisch sagte er: »Hallo, Jibril.«

Erstaunlicherweise reagierte der junge Mann nicht, sondern starrte nur in die Suppe, die er nicht angerührt hatte. Erst siebenundzwanzig, aber schon so gewieft wie ein älterer Mann. Oder vielleicht stand er auch nur unter Schock.

Omar sprach auf Englisch weiter: »Sie brauchen dieses Spiel nicht zu spielen. Ich werde Sie nicht in Ketten abführen.« Er klopfte auf seine Taschen und brachte Zigaretten zum Vorschein. Damals hatte er immer welche einstecken. Er bot Jibril eine an, doch der junge Mann schüttelte den Kopf. Omar steckte sich eine an und sprach leise. »Wir beobachten Ihre Entwicklung seit mehr als zwei Jahren. Sie sind wirklich sehr begabt – dass es so lange gedauert hat, bis Sie im Reich des Bruders Führer ernste Probleme bekamen, ist eine Meisterleistung. Ich weiß von guten Leuten, die schon nach einer knappen Woche im Leichensack zurückgeschickt wurden.« Er übertrieb ein bisschen, aber das spielte keine Rolle. »Würden Sie mich bitte ansehen?«

Jibril tat es. Er war mager und blass, seine Augen noch blutunterlaufen; der Mann brauchte Schlaf. Die Grenzposten hatten Omar gesagt, Jibril sei mit getrocknetem Blut am Nacken erschienen, doch inzwischen war es abgewaschen worden, sodass senkrechte Kratzer vom Ohr bis hinunter zum Schlüsselbein sichtbar waren. Außerdem brauchte er eine Rasur.

»Wenn Sie denen nichts gesagt haben«, sagte Omar, »dann bleiben Ihre Netzwerke unangetastet. Ich werde ihnen nichts sagen können, weil ich Sie nicht nach Ihren Netzwerken fragen werde. Natürlich wäre ich dankbar für jede Information, die Sie mit mir teilen wollen, aber bitte denken Sie nicht, dass das erforderlich ist. Wir werden Sie sich rasieren lassen, Ihnen zu essen geben und Sie zu Harry Wolcott zurückbringen, sobald Sie sauber und ausgeruht sind.«

Schweigen trat ein, und Jibril sah ihn aus seinen dunklen Augen durchdringend an. Er hatte die Augen eines Flüchtlings, voller Misstrauen und glühender Hoffnung.

»Kommen Sie«, sagte Omar, stand auf und traf rasch seine Entscheidungen. »Ich bringe Sie nach Hause.«

Wäre Busiri erreichbar gewesen, hätte er ihn um Instruktionen gebeten, aber das war nicht der Fall. Wenn er Jibril ins Büro brachte, wäre ihm nichts anderes übrig geblieben, als Busiri später alles zu erzählen, und er wollte sich seine Optionen offenhalten.

Sayyid fuhr sie zurück, Jibril dösend auf dem Rücksitz, und sie kamen frühmorgens in Kairo an. Sayyid half ihrem amerikanischen Gast bis in Omars Wohnung in Gizeh. Omar stieg als Erster in den vierten Stock hinauf, schloss die Wohnungstür auf und sagte Fouada, dass sie einen Gast hätten. »Warum hast du mich nicht angerufen?«, fragte sie und lief panisch durch die geräumige Wohnung, um etwaige Unordnung zu beseitigen.

»Weil er nicht hier sein wird. Du darfst nie jemandem sagen, dass er hier war. Verstehst du?«

Sie verstand, aber es missfiel ihr, vor allem als sie sah, in welchem Zustand der schmuddelige Mann sich befand, dem Sayyid durch die Tür half.

Sie gaben ihm das Gästezimmer, mit geschlossenen Läden, und aus dem geplanten Aufenthalt von vierundzwanzig Stunden wurden drei Tage. Bis zum Abend des ersten Tages hatte sich Fouada schon für ihn erwärmt. Oder eigentlich nicht so sehr für Jibril, sondern für die plötzliche Anwesenheit von jemandem, der im Gegensatz zu ihrem Mann ihrer Fürsorge dringend bedurfte. Sie wusch ihn mit nassen Handtüchern und fütterte ihn mit Suppe, wie eine Mutter ihr Baby, oder zumindest, wie sie sich das vorstellte. Am zweiten Abend fand Omar sie im Gästezimmer, wo sie dem schlafenden Jibril ein Wiegenlied sang.

Zwischendurch setzte sich Omar mit Jibril zusammen, und sie redeten, aber nie über die Arbeit. Er gab zu, dass er von Jibrils Vater wusste, dem großen General Mustafa Aziz. »Sein Tod, und der Tod anderer, war eine Schande. Eines Tages wird Libyen von diesem Mann befreit werden, und das wird geschehen, weil Männer wie Ihr Vater die Saat des Wandels gesät haben.«

Jibril sah ihn an, als wollte er sich seiner Ehrlichkeit versichern. »Da bin ich mir nicht so sicher«, sagte er schließlich. »Ich glaube nicht, dass irgendjemand etwas ausrichtet.«

»Aber nur, weil Sie gerade grandios gescheitert sind. Für Sie gibt es nur noch Zerstörung und Leid. Lassen Sie eine Woche vergehen, vielleicht ein Jahr. Dann werden Sie wieder optimistisch sein, und Sie werden sehen, dass Ihre Arbeit genau wie die Ihres Vaters an den Grundfesten des Regimes rüttelt.«

Wie sich herausstellte, sahen Jibrils Arbeitgeber das anders. Nachdem Omar ihn in aller Stille zu Harold Wolcott zurückgebracht hatte, kamen Anweisungen aus Langley. Jibril war aufgeflogen, und deshalb wurde er nach Virginia zurückgerufen. Vor dem Abflug kam er jedoch vorbei und trank Tee mit Fouada, bis Omar aus dem Büro kam. Die beiden Männer gingen ins Gästezimmer und redeten. Omar rauchte Winstons. Jibril war nicht mehr so niedergeschlagen, aber er hatte schlechte Nachrichten. »Die Hälfte meiner Arbeit ist noch intakt«, berichtete er Omar. »Ich habe Nachricht von einem Beduinen.«

»Und die andere Hälfte?«

Er schüttelte den Kopf. »Ich weiß nicht, wie ich sie verloren habe.«

»So was passiert«, sagte Omar. »Auch den Besten. Wie viele?«

»Elf«, sagte Jibril.

Nach einem kurzen Schweigen der Trauer über die Verluste sagte Jibril: »Was würden Sie davon halten, mit mir zusammenzuarbeiten?«

»Mit Harry Wolcott, meinen Sie?«

»Ich meine, mit mir. Ich werde in die Operationsplanung versetzt. Manchmal werde ich vielleicht Hilfe in Detailfragen brauchen. Wir sind nicht so allwissend, wie wir gern vorgeben.«

Omar grinste.

»Keine freiwillige Arbeit«, sagte Jibril rasch. »Ich spreche vom Austausch von Informationen.«

»Würden Sie dafür die Genehmigung kriegen?«

Jibril zuckte die Achseln. »Manchmal ist es besser, keine Genehmigung einzuholen.«

»Ich verstehe«, sagte Omar, der sich für den Gedanken erwärmte. »Aber ich hätte keine Verpflichtungen, ja? Wenn mir unbehaglich dabei ist –«

»Dann herrscht Schweigen«, vollendete Jibril den Satz.

Obwohl sie die geschäftlichen Dinge erledigt hatten, blieb Jibril auf Fouadas Drängen zum Abendessen, und bei gegrilltem Lammfleisch sah Omar zu, wie seine Frau den mageren kleinen Libysch-Amerikaner bemutterte.

2

Die Abteilung florierte unter Ali Busiris fester Hand. Zuvor weitgehend ignoriert, verfügte sie jetzt über einen guten Ruf im Ministerium, denn Busiri war zum Ansprechpartner für Botschaftsintrigen geworden. Besucher aus dem Militärischen Nachrichtendienst erschienen mit der Bettelschale in der Hand in seinem Büro. Donnerstags konnte man fast immer den Nachrichtendienst-Chef Omar Suleiman mit Busiri lachend beim Tee zusammensitzen sehen. Busiris größter Stolz war es, wenn ehemalige Vorgesetzte von der Staatssicherheit schüchtern an seine Tür klopften und sich bei ihm Rat und Hilfe holen wollten.

Vor der Entdeckung von Zora Balašević verfügte die Abteilung bereits über sechsundzwanzig Informanten; Busiri hatte dreizehn Prozent der annähernd zweihundert diplomatischen Vertretungen in Kairo angezapft. Von den größeren Ländern lieferten ihm Russland, Frankreich und Australien regelmäßig Informationen aus dem nationalen und dem Bündnisbereich. Busiri verschenkte nur ungern etwas. Wer mit einem

Anliegen zu ihm kam, brachte eine Tasche voller Informationen mit, die er mit dem Orakel zu teilen bereit war.

Im Januar 2009 hatte Busiri eine Spezialaufgabe für Omar. »Sie werden einen Kommunikationsweg mit den Amerikanern aufbauen.«

»Ich dachte, den hätten Sie schon. Sie treffen sich doch ab und zu mit Harry Wolcott, oder?«

Busiri lächelte und drehte die Handflächen nach oben. »Hin und wieder, ja, aber ich denke an etwas anderes. Harry und ich haben eine recht erfreuliche Beziehung. Es ist ein beiderseitiges Geben und Nehmen, das aber seine Grenzen hat. Ich weiß nicht, ob ich dem Mann alles glauben kann, was er sagt, und er glaubt mir bestimmt nicht, aber das liegt in der Natur solcher Beziehungen. Was ich von Ihnen möchte, ist etwas anderes. Sie sollen sich denen anbieten.«

Omar spürte ein Kribbeln auf der Kopfhaut. »Ich verstehe nicht.«

»Natürlich verstehen Sie. Seien Sie nicht so schüchtern.« Busiri zwinkerte ihm zu. »Es ist uns nicht gelungen, jemanden in ihrer Botschaft für uns zu gewinnen, aber es gibt auch andere Möglichkeiten. Unser Primärziel wird sein, sie dazu zu bringen, dass sie bestimmte Dinge glauben. Wenn ich Harry etwas sage, kann er es glauben oder auch nicht. Wenn ich ihm aber etwas sage, und er bekommt es von jemand anderem in unserem Büro bestätigt, von jemandem, dem er vertraut, dann gibt er es nach Langley weiter. Verstehen Sie?«

Omar nickte. »Und was ist unser Sekundärziel?«

»Was immer wir wollen«, sagte er. »Sie werden nichts ohne Gegenleistung preisgeben. Sie werden Bezahlung fordern. Nicht in bar, aber in Form von Konzessionen. Wir beide kennen jede Menge kompetente Geschäftsleute, die glücklich wären, auf dem amerikanischen Markt Fuß fassen zu können. Vielleicht können wir ihnen dabei behilflich sein. Vielleicht werden sie sich dann dankbar erweisen.«

Omar wählte für die erste Annäherung den unwahrscheinlichsten Weg, um besonders glaubwürdig zu erscheinen. Er stellte sich in einem überfüllten Bus neben den neuesten Mitarbeiter der Botschaft, Amir Najafi, einen Kontraktor von Global Security. Er beugte sich dicht zum Ohr des Mannes und flüsterte auf Arabisch: »Omar Halawi möchte reden. Sagen Sie denen das.« Najafi sah ihm mit offenem Mund nach, während er schweigend ausstieg.

Die List ließ sich leichter bewerkstelligen als gedacht. Najafi reichte ihn an Stanley Bertolli weiter, der ihn während einer Besprechung in einem kleinen Hotelzimmer in Dokki fragte, ob er eine bestimmte Kontaktperson vorziehe. Omar entschied sich für den unerfahrenen Najafi. »Aber der gehört nicht zur CIA«, protestierte Bertolli, doch Omar blieb fest.

Während die Beziehung sich entwickelte und Omar Najafi Informationen lieferte, die er von Busiri bekam, wurde ihm bewusst, dass er nicht nur seiner Abteilung einen guten Dienst erwies – manches, was er weiterleitete, bezog sich auf andere Abteilungen. Militärische und interparlamentarische Beziehungen wurden diskutiert. Handel und Gewerbe wurden durchleuchtet. Analysen internationaler Streitigkeiten wurden weitergegeben. Busiri hatte Omar in ein Instrument für die gesamte ägyptische Regierung verwandelt. Omar konnte sich nicht einmal ausmalen, was sein Chef dafür als Gegenleistungen erhielt.

Doch der Stress dieser Täuschung auf höherer Ebene blieb für Omar nicht ohne Folgen. Anfang Februar 2009, mit achtundfünfzig, erlitt er einen leichten Herzinfarkt, und als Patient im Dar Al Fouad verordnete sein Arzt ihm Medikamente und riet ihm, Stress abzubauen und mit dem Rauchen aufzuhören. Er hörte auf zu rauchen.

Als er gegen Ende des Monats wieder nach Hause durfte, fand er dort Jibril Aziz vor, der mit Fouada Tee trank und Kuchen aß. Sie hatten seit 2005 nicht mehr miteinander gesprochen, und er war baff, einen wohlgenährten, geradezu blühenden Jibril vor sich zu sehen. Fouada war außer sich vor Freude. »Jibril ist jetzt *verheiratet*. Wie findest du das? Ich habe ihm gesagt, dass er unbedingt ein Kind bekommen muss, auf der Stelle. Sag ihm, dass ich weiß, wovon ich rede.«

»Sie weiß, wovon sie redet«, sagte Omar und umarmte den Jüngeren.

Fouada wollte ins el Kebabgy essen gehen, doch da Jibril zögerte, schlug Omar vor, sich das Essen ins Haus liefern zu lassen. Ihr war das offenbar gleichgültig – die Hauptsache war, dass ihr kleiner Junge wieder da war.

Nach dem Essen zogen sich die Männer ins Wohnzimmer zurück, und Omar schloss die Vorhänge. »Du siehst gut aus«, sagte Omar zu Jibril, und seine Finger zuckten, weil er eine imaginäre Zigarette betastete. »Sie liebt dich, weißt du. Manchmal reichen dafür schon drei Tage Pflege.«

»Du bist ein glücklicher Mann«, sagte Jibril, und Omar war überrascht, wie diplomatisch das klang. Er staunte, wie sehr vier Jahre im Office of Collection Strategies and Analysis das zitternde Wrack verändert hatten, das er an der libyschen Grenze vorgefunden hatte.

»Das ist kein Freundschaftsbesuch, oder?«

Jibril zuckte die Achseln. »Halb und halb. Ich hab mir gedacht, ich könnte vielleicht ein paar Ideen mit dir besprechen.«

»Hängt davon ab, was das für Ideen sind.«

Omar lehnte sich auf seinem Sessel zurück und hörte zu, wie Jibril die Luftschlösser beschrieb, die er gebaut hatte – denn so sah er Jibrils Job. Einer der Träumer, die an ihren Schreibtischen sitzen und ihre Fantasien Wirklichkeit werden lassen. *Was für ein Leben*, dachte er, während Jibril seinen Traum von einem Libyen schilderte, das von dem Mann befreit wäre, der seinen Vater ermordet hatte. Er hatte seine Hausaufgaben gemacht, die verschiedenen Exilgruppen studiert, ihre Stärken und Schwächen analysiert und untersucht, unter welchen Bedingungen sie unter einen Hut zu bringen wären. Zu der Zeit deutete nichts darauf hin, dass ein spontaner Aufstand in Libyen möglich wäre, und deshalb musste der zündende Funke von außen kommen. Offenbar aus Amerika.

Anfangs wusste Omar nicht so recht. Er argumentierte, dass weitere amerikanische Übergriffe auf muslimische Länder das Fass zum Überlaufen bringen würden. Sie würden Gruppen wie die Muslim-Bruderschaft erstarken lassen, die sich in Ägypten zu einer Plage entwickelten, und möglicherweise islamische Putschversuche in der gesamten arabischen Welt auslösen.

»Wenn man es richtig anfängt«, sagte Jibril, »muss niemand dahinterkommen. Es wird den Anschein haben, als wären die Exilgruppen, durch ihren Wunsch nach Demokratie vereint, in ihr Heimatland zurückgekehrt, um den Tyrannen zu stürzen.«

»Demokratie?«

Jibril überlegte einen Augenblick. »Freiheit.«

Das klang schon annehmbarer. »Und was kann ich da deiner Meinung nach beisteuern?«

»Gewisse Einsichten«, sagte Jibril. »Wir würden Ägypten und Tunesien als Ausgangsbasen nutzen müssen. Sag mir, wie Mubarak reagieren würde. Sag mir, wie Ben Ali reagieren würde.«

»Hängt davon ab, was sie wüssten.«

»Ich glaube nicht, dass man irgendetwas geheim halten könnte.«

Omar überlegte. Zwar mutmaßte er, dass die beiden Autokraten den Bruder Führer nur allzu gern los wären, aber eine Heidenangst davor hätten, einen Regimewechsel zu unterstützen. »Hast du auch die Konsequenzen bedacht? Mubarak weiß sehr gut, was er hier für einen Ärger hat. Die Ägypter wissen, dass er die amerikanische Invasion im Irak unterstützt hat – in ihren Augen ein unverzeihlicher Fehler. Die wirtschaftliche Lage ist schlecht, und wir sind gezwungen, Befehle vom Internationalen Währungsfonds entgegenzunehmen – die Lebensmittelpreise steigen unaufhaltsam, und wir müssen bereits Kürzungen bei den öffentlichen Dienstleistungen durchführen. Die Korruption nimmt überhand – eine Krankheit, die wir schon hatten, lange bevor Mubarak 1981 ans Ruder kam, aber durch die Wirtschaftskrise ist alles noch schlimmer geworden. Und jetzt geht das Volk auf die Straße. Über die Hälfte unserer Bevölkerung – sechzig Prozent – ist unter dreißig Jahre alt, und die meisten haben keine Arbeit. Die Kifaja-Bewegung macht ihnen Mut, und wir rechnen damit, dass ein paar junge Leute auf Facebook Ärger machen werden. Sie nennen sich die Bewegung vom 6. April und haben schon siebzigtausend Mitglieder. Stell dir mal vor, was alle diese zornigen jungen Männer tun würden, wenn sie sähen, dass die Libyer Muammar davonjagen. Wie sicher wäre Mubarak dann noch? Vor allem: Wie sicher würde sich Mubarak *fühlen*?«

»Aber hier ist es anders.«

»Ja, aber Mubarak und Ben Ali würden das Ganze bestimmt zitternd und zähneklappernd verfolgen. Oder nicht?«

Jibril machte ein Gesicht wie ein begossener Pudel.

»Trotzdem nehme ich an, dass es machbar wäre«, überlegte Omar. »Die libyschen Grenzen sind durchlässig. Wenn die Exilanten aus eigener Kraft ins Land gelangen und sich in einem oder zwei Häfen an der Küste festsetzen könnten, bräuchte man gar keine amerikanischen Truppen in Tunesien oder Ägypten – die Exilanten kämen aus eigener Kraft hinein.«

»Sie würden sich irgendwo sammeln müssen«, sagte Jibril und nickte bei dem Gedanken. »In Marsa Matruh vielleicht.«

»Sorgfältige Planung wäre nötig«, sagte Omar. »Vorbereitung. Die Grundmauern müssten errichtet werden. Aber möglich wäre es.«

Jibrils Miene hellte sich auf.

»Muammars Leute würden nicht tatenlos zusehen. Das darf man nicht vergessen. Denk dran, wie sie dich geschnappt haben, vor vier Jahren. Das sind keine Dilettanten.«

Jibril musste man an nichts erinnern.

»Hast du jemals rausgekriegt, wie sie auf dich gekommen sind?«

Jibril schüttelte den Kopf. »Nein.«

Sie bastelten bis spät in die Nacht daran herum, und da er wusste, dass es sich nur um einen Vorschlag handelte, einen ersten Entwurf, hatte er keine Gewissensbisse, am Bau des Schlosses mitzuwirken. Bald merkte er, dass es ihm richtig Spaß machte. Als sie sich dann aufs Zubettgehen vorbereiteten, fragte Omar nach dem Namen des Plans.

Zum ersten Mal zögerte Jibril.

»Denk an unsere Abmachung.«

Jibril lächelte, fast verlegen. »Stumbler.«

Er lachte, denn es klang albern. »Deine Idee?«

»Ein zufälliger, aus dem Computer geholter Name.«

»Computer«, sagte Omar. »Die werden noch mal unser aller Tod sein.«

Als er das nächste Mal von Jibril hörte, zwei Jahre später, hatten er und Fouada den jungen Mann fast vergessen, denn in ihrem Land ging alles drunter und drüber. Husni Mubarak stand in Scharm el-Scheich unter Hausarrest, und das Land wurde von Feldmarschall Mohammed Hussein Tantawim regiert, dem Vorsitzenden des Obersten Militärrates.

Die Legionen der Fußsoldaten der Zentralen Sicherheit, überwiegend ungebildetes Landvolk, hatten sich zerstreut, sodass sich die Armee um die Sicherheit kümmern musste, als die Demonstranten auch nach Mubaraks Amtsenthebung weiterhin Straßen aufrissen und Barrikaden errichteten, um weitergehende Ansprüche durchzusetzen. Busiris ehemaliger Arbeitgeber, der Ermittlungsdienst für Staatssicherheit, war das Hauptziel der Demonstranten, und jeder wusste, dass es nur noch eine Frage der Zeit war, bis er vollständig aufgelöst und die Verantwortlichen verhaftet und vor Gericht gestellt wurden. Niemand glaubte, dass die Demonstranten vor ihm haltmachen würden, und die Zentralen Sicherheitskräfte, deren zerlumpte Wehrpflichtige zum schwarz gekleideten Feind dieser überschäumenden Revolutionstage geworden waren, würden mit Sicherheit als Nächste an der Reihe sein. Alle würden aus ihren Ämtern entfernt werden, und viele würden sich vergeblich vor Geheimgerichten verteidigen.

Auf den Fluren konnte man die Aktenvernichter summen hören, und den Beamten fiel es schwer, einander in die Augen zu sehen. Manche sprachen im Flüsterton über hastig ausgebrütete Fluchtpläne, obwohl nur wenige – wie Hassan Ghali und Rifaat Pasha vom Kommando Spezialeinheiten – tatsächlich verschwunden waren. Dann waren da unausgesprochene Ideen, Pläne, vor den Säuberungen noch kleine Vermögen anzusammeln, vielleicht durch den Verkauf von Geheimnissen. Um gegen den plötzlichen Mangel an Patriotismus vorzugehen, wurden die Sicherheitskontrollen an allen Ausgängen verstärkt, und das Betreten oder Verlassen des Innenministeriums war mittlerweile umständlicher als das Antreten einer internationalen Flugreise. Am Tag nach Jibrils Besuch, dem 23. Februar, steckten ehemalige Polizisten, die ihre Posten zurückverlangten, Autos und eines der Gebäude im Komplex des Innenministeriums in Brand.

Das Chaos, im Verein mit einer plötzlich enorm angewachsenen Arbeitsbelastung, setzte Omar so zu, dass er in kurzen Abständen seinen Blutdruck kontrollierte. Auch zu Hause fand er kaum Erleichterung, denn Fouada war inzwischen einer ausgeprägten Paranoia zum Opfer gefallen.

»Siehst du die Männer da? Unter der Straßenlaterne. Die stehen da schon seit *drei Stunden,* Omar! Sieh dir an, was die für lange Haare haben! Die wollen sich rächen. Wo ist dein Revolver?«

So krankhaft diese Ausbrüche auch waren, hatte sie doch allen Grund, sich Sorgen zu machen. Seine Fahrten ins Büro und zurück nach Hause wurden oft durch erboste Revolutionäre, die an spontan errichteten Checkpoints kontrollierten, verzögert.

Wie hätte er angesichts all dieser Vorkommnisse auch nur an Jibril Aziz denken können? Er hätte sich an ihn erinnern können, als am 17. Februar im Nachbarland Libyen der Tag der Revolte stattfand, aber diese beispiellose Demonstration allgemeiner Unzufriedenheit hatte den jungen Mann nur ganz kurz in Erinnerung gerufen, der in seinem Gästezimmer geschlafen und den seine Frau lieb gewonnen hatte. Als deshalb am 22. Februar kurz vor Mitternacht das Telefon klingelte und er nach dem Hörer griff, sein Kopfkissen feucht vom Schweiß eines Albtraums, an den er sich nicht erinnern konnte, brauchte er einen Moment, um zu begreifen, mit wem er sprach. »Omar, ich bin's. Jibril.«

Omar stand auf, tappte barfuß im Zimmer umher und sagte leise: »Jibril?«

»Ja, ich bin's.«

»Wo bist du?«, fragte er, während er in die Küche ging und Licht machte. Er war in Unterwäsche und fröstelte, mochte aber nicht zurückgehen und seinen Morgenmantel holen, weil er Fouada nicht wecken wollte. »Bist du hier?«

»Nein«, erwiderte Jibril, dann zögerte er. Eine transatlantische Pause trat ein, dann sagte Jibril: »Die machen es, Omar.«

»Was?«

»Stumbler. Die ziehen das durch.«

Er brauchte wieder einen Moment, um sich zwei Jahre zurückzuversetzen, zu dem nächtlichen Gespräch. Anfangs verstand er Jibrils Angst nicht ganz. »Danke für die Information.«

»Omar, hör mir zu. Wie spät ist es bei euch?«

»Mitternacht.«

»Stimmt, klar. Entschuldige. Aber pass auf. Die machen es *jetzt,* nicht vor fünf Tagen. Kannst du mir folgen?«

Da ging ihm ein Licht auf. *Jetzt,* das hieß fünf Tage nach dem Tag der Revolte. Hieß: Tote Libyer auf den Straßen. Hieß: Ein rascher Sturz eines Regimes sollte mit den Leichen libyscher Bürger abgefedert werden. »Ich kann das kaum glauben«, sagte Omar schließlich. »Soviel ich weiß, haben sie uns nichts gesagt. Die haben nicht die Grundlagen gelegt.«

»Das brauchen sie nicht, Omar. Ben Ali ist weg. Mubarak ist weg. Niemand wird eine Gruppe von Exilanten daran hindern, über die Grenze zu gehen. Wenn der Hafen von Bengasi nicht schon offen ist, wird er es bald sein.«

Er schloss die Augen und versuchte, sich das alles vorzustellen, und es war beängstigend, wie leicht ihm das fiel. Er machte die Augen wieder auf und sah auf der Mikrowelle die Uhrzeit: 12:09. »Was wirst du tun?«

»Ich werde mir das ansehen«, sagte Jibril mit dem Selbstvertrauen des jungen Mannes. »In Budapest gibt es einen Mann, der vielleicht mehr herausbekommen kann. Ich denke, der wird mir helfen.«

»Wer ist das?«, fragte Omar, und seine Kopfhaut kribbelte.

»Emmett Kohl. Er ist Stellvertretender Konsul, war früher in Kairo.«

»Stimmt.« Omar dachte an die Frau dieses Mannes. Wie klein die Welt war.

»Ich habe ein paar Exilanten benachrichtigt, mit denen ich mich in Budapest treffen kann. Dann fliege ich nach Kairo weiter.«

Omar hatte sich erholt. »Fouada wird sich riesig freuen.«

»Sag ihr nichts«, sagte Jibril rasch. »Sag niemandem etwas. Ich weiß noch nicht, wem ich trauen kann.«

Er versprach, Stillschweigen zu bewahren, doch es war ein mitternächtliches Versprechen im halb wachen Zustand. Deshalb klopfte er am Morgen, nachdem er die unwürdige Prozedur am Eingang über sich hatte ergehen lassen, an Ali Busiris

Tür, um ihm die Situation zu erklären. Busiri schien verärgert, sagte aber: »Wir wissen schon von Stumbler.«

»Woher?«

»Was glauben Sie? Sophie Kohl hat es Zora Balašević verraten.«

»Tja, also, Jibril will sich mit Emmett Kohl treffen.«

Busiri runzelte die Stirn. »Wozu?«

»Er hält Kohl für vertrauenswürdig. Natürlich weiß er nichts von seiner Frau.«

Das schien Busiri zu beunruhigen. Er schaute in ein paar Unterlagen, die er auf dem Schreibtisch ausgebreitet hatte. »Was meinen Sie, Omar? Sind die Amerikaner wirklich so blöd, dass sie das tun?«

Omar glaubte es nicht, aber ... »Wer weiß – nach der Schweinebucht ...«

Busiri streckte sich und zog an seinem Ohr. »Vielleicht nehmen die Libyer sie ja mit offenen Armen auf.«

»Erst mal.«

»Erst mal ist immer alles eitel Freude und Sonnenschein, stimmt's?« Busiri grinste, dann riss er sich zusammen. »Danke, dass Sie mir das gesagt haben, Omar. Lassen Sie's mich wissen, wenn er wieder Kontakt aufnimmt.«

Jibril rief am Samstag, dem 26., wieder an. Er war in Kairo, und Omar suchte ihn in seinem Zimmer im fünften Stock des Semiramis auf. Fouada hatte er gesagt, er habe am Abend noch eine Besprechung, wegen eines Notfalls, und sie wollte ihn zunächst nicht gehen lassen. »Es ist dunkel draußen, Omar. Du wirst sie erst sehen, wenn du ihnen nicht mehr entkommen kannst.« Noch im Hotelaufzug spürte er, wo sie sich in seinen Arm gekrallt hatte.

Jibril wirkte hager und unrasiert, aber er war noch immer

derselbe Junge, den sie bei sich zu Hause aufgenommen hatten. Er küsste Omar auf die Wangen und erkundigte sich nach Fouada. »Ist das nicht alles zu viel für sie?«

»Sie ist stark«, log Omar. »Wie ist das Eheleben?«

Jibril wurde rot. »Ich werde Vater.«

Omar klatschte in die Hände und umarmte ihn. »Sag Inaya, wir wünschen ihr alles Gute. Weiß sie überhaupt von uns?«

Jibril nickte lächelnd. »Ich hab ihr sogar deine Telefonnummer gegeben. Für alle Fälle.«

»Können wir mit einem Anruf rechnen?«

Jibril schüttelte den Kopf. »Sie wollte nur die Nummer haben. Sie macht sich Sorgen um mich.«

»Weil sie dich liebt.«

Der Augenblick ging vorüber, und Jibrils Lächeln verblasste, als er sich auf die Bettkante setzte und Omar den Stuhl anbot. »Ich fahre hin. Am Donnerstag.«

Das hatte Omar erwartet. »Brauchst du Hilfe?«

Jibril schüttelte den Kopf.

»Was hat Emmett Kohl gesagt?«

Jibril wiegte den Kopf. »Er ist weltfremder, als ich dachte. Er glaubt es nicht.«

»Und was glaubt er?«

»Er glaubt nicht, dass irgendjemand es durchziehen wird. Er glaubt, es kann höchstens bedeuten, dass jemand versucht, Stumbler zu beenden, bevor es losgeht.«

»Aber du bist anderer Meinung.«

»Ich glaube an die Fakten, Omar. Ich glaube, was ich sehe.« Wieder sprach Jibril von den Entführten. »Sie sind seither nicht mehr gesehen worden. Nirgends. Sie sind weder in Ägypten noch in Tunesien, oder sie sind schon über die Grenze.«

»Was kannst du tun?«

»Meine Netzwerke sind nicht vollständig zerstört worden – das weißt du. Sie spielen eine Rolle bei dem Aufstand, da bin ich mir sicher. Ich muss die Leute persönlich treffen und ihnen sagen, dass sie sich absichern müssen. Zuletzt hab ich gehört, dass ein paar in Adschabiya gesehen wurden. Ich bekomme die aktuelle Liste von meinem Beduinen in al-Adam, und dann mache ich mich auf die Suche.«

»Wie kommst du rein?«

Wieder errötete Jibril. »Die CIA stellt jemanden von der Botschaft ab.«

Omar war nicht sicher, ob er richtig gehört hatte. »Die CIA stellt dir einen Führer zur Verfügung?«

Jibril nickte steif.

»Bedeutet das nicht«, fragte Omar langsam, »dass sie Stumbler *nicht* durchziehen?«

»Es bedeutet auf alle Fälle«, sagte Jibril, der sich mit diesem Widerspruch schon beschäftigt hatte, »dass sie es so aussehen lassen wollen, als zögen sie es nicht durch.«

Omar hob die Hand. »Warte. Du sprichst mit deinen Arbeitgebern. Die helfen dir, nach Libyen zu kommen. Was steckt da dahinter?«

»Die sind sich nicht sicher. Aber sie haben die Daten gesehen, und sie sind ebenfalls besorgt, jemand anders könnte Stumbler in die Hände bekommen haben. Sie befürchten angeblich, dass al-Qaida es dazu benutzen wird, in Libyen die Führung zu übernehmen.«

Omar dachte an die Stumbler-Pläne, die von Sophie Kohl über Zora Balašević auf seinen Schreibtisch gelangt waren, und sagte: »Vielleicht nicht al-Qaida, aber jemand, der die Pläne in die Finger bekommen hat. Undichte Stellen. Du weißt schon.«

»Zieht Ägypten Stumbler durch?«

Omar überlegte kurz. Busiri hatte wahrscheinlich den Plan nach oben weitergereicht, aber wie wahrscheinlich war es, dass die neuen militärischen Machthaber versuchen würden, die libysche Revolution zu manipulieren? Sie bekamen ja ihr eigenes Land kaum in den Griff. »Nein«, sagte er.

»Stimmt«, sagte Jibril. »Und Tunesien verfügt nicht über die Ressourcen, um das durchzuziehen.«

»Du bist also überzeugt, dass Amerika es macht.«

»Ich sehe keine anderen Optionen.«

»Und trotzdem lieferst du dich ihnen aus«, sagte Omar. »Die werden dich umbringen.«

»Werden sie nicht.« Jibril schüttelte den Kopf. »Nicht, bevor sie mein Netzwerk haben.«

»Du gibst ihnen die Unterlagen nicht?«

»Warum, meinst du, wurde ich nach Virginia zurückgeschickt?«

»Weil du aufgeflogen bist.«

»Kann sein, aber was Langley eigentlich wollte, war mein Netzwerk, damit jemand anders es übernehmen konnte.«

»Warum …«, setzte Omar an, schockiert über diese Unbotmäßigkeit. »Warum hast du es ihnen nicht gegeben?«

»Elf von meinen Leuten sind umgebracht worden. Ich weiß immer noch nicht, wie sie entdeckt wurden, und ich war nicht bereit, die Namen der Überlebenden einem so großen Apparat wie der CIA zu übergeben. Ich wollte diesen Leuten eine Ruhepause verschaffen.«

»Dir hast du ja auch eine Ruhepause gegönnt. Und jetzt, sechs Jahre später, kommst du zurück.«

Dadurch, dass man Ereignisse zeitlich definierte, rückte man sie scheinbar auch in die richtige Perspektive. Beide Männer schwiegen einen Moment. »Hast du ihnen das Netzwerk versprochen?«

Er lächelte. »Natürlich, aber ich übergebe es ihnen nicht. Ich bewahre ihre Namen in einem Buch auf, das ich bei einem Kontaktmann in Libyen hinterlegt habe. Nur ich kann es zurückverlangen. Solange Langley dieses Buch nicht hat, kann mir nichts passieren.«

»Wollen wir hoffen, dass sie es nicht kriegen.«

»Einverstanden.«

»Und wir wollen auch hoffen, dass deine libyschen Freunde dich mit offenen Armen aufnehmen.«

Jibril zuckte mit den Achseln.

»Vor allem wollen wir aber hoffen«, fuhr Omar fort, »dass es eine kurze und sichere Reise wird und du bald wieder bei Frau und Kind bist.«

Jibril nickte. »Mit Gottes Hilfe.«

3

Nach dem Semiramis rief er Busiri an und fuhr zu seiner opulenten Villa in Maadi, einem gehobenen Viertel, in dem viele Botschaften, Ausländer und wohlhabende Ägypter ansässig waren. Eine ruhige Gegend, im Gegensatz zu Omars Viertel im lauten Gizeh. Es war kurz vor zehn, als er vor dem Tor parkte. Er stieg nicht aus. Fünf Minuten vergingen, dann kam Busiri aus der Haustür und ging über den vertrockneten Rasen, im selben Anzug, den er an diesem Tag im Büro getragen hatte, aber ohne Krawatte. Er öffnete die Beifahrertür und stieg ein. »Es ist spät, Omar«, sagte er leicht ungeduldig.

In allen Einzelheiten berichtete Omar ihm von Jibrils Plänen.

»Er glaubt also wirklich, dass die Amerikaner das durchziehen?«

»Ja, im Gegensatz zu Emmett Kohl.«

»Was glaubt Kohl?«

»Das Gegenteil. Er denkt, dass jemand damit Schluss macht.«

»Die CIA?«

Omar zuckte die Achseln. »Die Libyer. Wenn das zutrifft, stellt sich die Frage: Wer hat es den Libyern verraten?«

Busiri überlegte. »Die Botschaft stellt ihm einen Fahrer, sagen Sie?«

»Ich weiß nicht, wer es ist, aber ich kann Mahmud sagen, dass er ihn beobachten soll.«

»Nein.« Busiri schüttelte den Kopf. »Mahmud brauchen wir anderweitig. Und Sayyid ebenfalls. Das wird wieder eine hektische Woche. Es spielt keine Rolle, wer Aziz hinbringt – wichtig ist nur, dass er rüberfährt.«

»Sie wollen das nicht weiterverfolgen?«

»Ich gehe jetzt nach oben und rede mit unseren Gebietern. Aber ich kann mir nicht vorstellen, dass sie es glauben. Abgesehen von ein paar öffentlichen Verlautbarungen über den Willen des Volkes widerstehen die Amerikaner der Versuchung, sich hier einzumischen.«

»Mubarak war ihr Freund. Gaddafi ist es nicht.«

Busiri wiegte den Kopf, als sei das etwas, was er noch nicht wusste. »Warten wir's ab. Bin gespannt, was sie meinen.« Er klopfte Omar aufs Knie. »Gut gemacht.«

»Das ist mein Job«, sagte Omar.

Busiri schniefte. »Schon, aber niemand konnte erwarten,

dass Sie ein so hervorragender Mitarbeiter sein würden. Immerhin hatten Sie sich ja Hoffnungen gemacht, die Nachfolge von Abdel Suyuti anzutreten.«

Das Thema war nie zwischen ihnen angeschnitten worden. »Es wurde anders entschieden. Ich beklage mich nicht.«

Busiri lächelte. »Ist ein undankbarer Posten. Die Bezahlung ist miserabel, und die Freunde, die Sie bei mir ein und aus gehen sehen? Wölfe, alle miteinander.«

Omar zeigte mit dem Kinn auf die Mauern, die Busiris Villa umgaben. »Die Bezahlung scheint doch gar nicht so übel zu sein.«

»Man muss reich heiraten«, sagte er lächelnd. Als er die Tür öffnete, sagte er noch rasch »Salaam« und stieg aus.

Obwohl Busiri die Sache nicht für wichtig hielt, ging Omar am Donnerstag noch vor Sonnenaufgang aus dem Haus, parkte hinter einem Taxi vor dem Hotel Semiramis und wartete im Dunkeln. Kurz nach dem Fajr-Gebet um vier kam Jibril aus der Lobby und stieg in einen alten Peugeot. Der Fahrer, ein großer Schwarzer, ließ sein Blut erstarren. Wenn die Amerikaner Jibril töten wollten, dann wäre ein Mann von dieser Statur ideal dafür gewesen. Omar fuhr dem Peugeot nach und meldete sich im Büro krank.

Da er das Ziel kannte, musste er nicht in Sichtweite folgen, sondern blieb weit zurück und beschleunigte nur immer wieder einmal, um den Peugeot nicht aus den Augen zu verlieren. Als sie schon die Hälfte der Strecke bis zur Grenze zurückgelegt hatten, rief Ali Busiri an, um sich nach seinem Befinden zu erkundigen, und er klagte mit nasaler Stimme über eine Nebenhöhlenentzündung.

Als der Peugeot gegen zehn in Marsa Matruh abbog, geriet er für einen Moment in Panik. Hier würden sie Jibril liquidieren. Doch ein Blick auf seine Benzinuhr belehrte ihn eines Besseren, und nachdem der Peugeot getankt hatte, tat er dasselbe.

Sie hielten im Stadtzentrum, und zu seiner Überraschung trennten sich die beiden Männer. Jibril setzte sich in ein kleines Café und telefonierte mit dem Handy, während der Schwarze in der entgegengesetzten Richtung davonging und sich in Richtung Strand die Schaufenster ansah. Was ging hier vor?

Schon bald gesellte sich ein Mann in einer rot karierten Ghutra zu Jibril, und sie unterhielten sich. Er kannte den Mann nicht, vermutete aber, dass es sich um einen von Jibrils Libyern handelte, vielleicht einen Angehörigen seines restlichen Netzwerks, der wichtige Informationen für Jibril hatte. Die Unterredung war kurz, dann fuhren Jibril und der Schwarze weiter.

Er überlegte, ob er ihnen nach Libyen folgen sollte, entschied sich aber dagegen. Er war an der Grenze seines Zuständigkeits- und Verantwortungsbereichs angelangt. Er hatte sich überzeugt, dass Jibril unbehelligt das ägyptische Gebiet durchquert hatte, und es war Zeit für ihn, nach Kairo zurückzukehren.

Er kam erst nach neun Uhr abends zu Hause an, und da er in der Nacht so wenig geschlafen hatte, fühlte er sich inzwischen tatsächlich krank. Er war zu alt für lange Autofahrten, und vielleicht auch zu alt für Intrigen, und sein Körper begann sich zu wehren. Fouada fragte ihn, wo er gewesen sei, und er zuckte müde die Achseln, woraufhin sie lauter wurde. Die Angst setzte ihr ebenfalls zu, und er war der einzige Mensch, an dem sie sie auslassen konnte. Inmitten ihrer Gardinenpredigt fragte sie: »Ich wusste nicht, was ich

Ali sagen sollte. Eine Frau, die nicht weiß, wo ihr Mann ist, ist keine verheiratete Frau. Das weiß er so gut wie jeder andere.«

Er hob die Hände. »Busiri?«

»Ja klar. Er hat angerufen und sich nach dir erkundigt.«

Warum hatte er ihn nicht auf seinem Handy angerufen?

Weil er, so begriff Omar voller Verzweiflung, ihm die Mär von seiner Erkrankung nicht abgenommen hatte. Am Morgen würde er diesen Fehler ausbügeln müssen. Dann hörte er etwas im Fernsehen. Er ließ Fouada in der Küche zurück und ging ins Wohnzimmer, und da erfuhr er, dass Emmett Kohl am Abend zuvor ermordet worden war.

Wieder durchfuhr es ihn eiskalt. Wenn die bereit waren, ihre eigenen Diplomaten umzubringen, was war dann Jibril für sie? Nichts. Fahrt ihn in die rechtsfreie libysche Wüste und überlasst die Leiche den Dünen. Er holte sein Handy und rief Busiri an.

»Omar«, sagte der. »Wie geht's dir?«

»Ich bin müde, Ali. Was ist das für eine Geschichte mit Emmett Kohl?«

»Anscheinend ist er ermordet worden.«

»Irgendwelche Hinweise?«

»Die hängen es einem Albaner an. Gjergj Ahmeti.«

Omar kannte den Namen nicht, aber Busiris kurze Beschreibung von Ahmeti ergab ein recht einfaches Bild. Er war ein Mann, wie ihn die CIA engagieren würde, wenn sie nicht mit einem Auftragsmord in Verbindung gebracht werden wollte. Ein Mann, wie ihn jede Regierung gern einsetzen würde. »Angeblich ist die amerikanische Botschaft fieberhaft mit dem Fall beschäftigt«, sagte Busiri.

»Oder tut jedenfalls so.«

»Nein, ich glaube, es ist ihnen ernst. Ich habe Harry Wolcott angerufen, um ihm zu kondolieren. Er ist am Boden zerstört. Er hofft, dass Stanley Bertolli etwas herausbekommt. Haben Sie von Bertollis Beziehung zu Mrs. Kohl gewusst?«

»Zora hat's mir gesagt.«

»Wir sollten ihn beschatten«, sagte Busiri. »Informationen sammeln sich an wie Staubmilben, und es wäre besser, er erfährt nicht, dass Mrs. Kohl für uns gearbeitet hat.«

»Ich verstehe.«

»Wir sollten uns sogar überlegen«, fuhr Busiri fort, »ob wir ihm nicht unter die Arme greifen. Vielleicht sollten Sie ihm sagen, dass er auf der Hut sein soll, auch was seine eigenen Leute angeht.«

»Keine schlechte Idee.«

Nach einer Pause sagte Busiri: »Ist er gut über die Grenze gekommen?«

»Wie bitte?«

»Jibril Aziz. Sie haben doch vor seinem Hotel auf ihn gewartet.«

Es hatte keinen Sinn, es abzustreiten, also tat er es auch nicht. »Sie haben mich beschatten lassen?«

»Dachten Sie, ich würde Ihre Informationen nicht verifizieren?«

»Er hat's geschafft. Keine Probleme.«

»Freut mich zu hören«, sagte Busiri. »Vielleicht sagen Sie's mir nächstes Mal, ohne dass ich danach fragen muss.«

»Entschuldigung, Ali.«

Bevor er am Morgen ins Büro ging, schickte Omar eine verschlüsselte Nachricht an Paul Johnson, der seit Amir Najafis Tod im November sein Ansprechpartner in der Botschaft war. Sie verabredeten sich in einem Café in Zamalek, nicht weit von Pauls Wohnung. Der junge, übernächtigte Amerikaner hielt sich verzweifelt an seiner Kaffeetasse fest. »Sie schauen in die falsche Richtung«, sagte Omar.

»Was?« Paul drehte sich um. »Wo?«

»Ich rede von dem Mord an Emmett Kohl. Sagen Sie Stanley Bertolli, dass sie bei sich selbst suchen sollen.«

Paul runzelte die Stirn und versuchte, sich einen Reim darauf zu machen. Er beugte sich vor und fragte mit leiser Fistelstimme: »Was soll das heißen? Wollen Sie damit sagen, dass ihn jemand von der Botschaft umgebracht hat?«

Omar schüttelte den Kopf. »Nein, ich rede von der CIA. Hier oder zu Hause in Amerika – was weiß ich.«

»Aber … warum?«

»Um Emmett zum Schweigen zu bringen.«

»Schweigen worüber?«

Er überlegte, ob er dem jungen Mann die ganze Geschichte erzählen sollte. Stumbler, Jibril Aziz, die Einbeziehung des Bürgerkriegs, der nebenan tobte … aber nein, lieber nicht. Stanley Bertolli war intelligent genug, um die logische nächste Frage zu stellen: Woher wussten die Ägypter von Stumbler? Dann würde es nur noch ein Kinderspiel sein, die Verbindung zu Sophie Kohl herzustellen.

»Sagen Sie es ihm einfach«, sagte Omar. »Sagen Sie Stanley Bertolli, er soll auf der Hut sein.« Dann erhob er sich und ging hinaus. Der junge Amerikaner saß ratlos vor seinem dampfenden Kaffee.

4

Nachdem er die akribische Eingangsprozedur hinter sich gebracht hatte und im sechsten Stock des Ministeriums angekommen war, sah er auf dem Flur Rashid el-Sawy, der auf der Suche nach Ali Busiri war. »Rashid«, sagte Omar und winkte ihn heran. »Kann ich Sie kurz sprechen?«

El-Sawy ging mit ihm in sein Büro und schloss die Tür. Obwohl er seit Busiris Amtsantritt vor sieben Jahren zu ihrer Abteilung gehörte und mit dem Älteren vom Ermittlungsdienst für Staatssicherheit gekommen war, hatte Omar kaum jemals unter vier Augen mit el-Sawy gesprochen. Der Jüngere hatte die Angewohnheit, bei Betreten oder Verlassen des Gebäudes niemanden zur Kenntnis zu nehmen, und saß bei Besprechungen oft unnatürlich still da, während alle um ihn herum aufeinander einredeten. Manchmal dachte Omar, el-Sawy schäme sich wegen seiner unverkennbar amerikanischen Aussprache, dann wieder kam ihm der Verdacht, el-Sawy berechne gerade, wie er alle Anwesenden am besten aus dem Weg räumen könne. Im Lauf der Jahre hatte er verschiedene Undercover-Jobs für die Abteilung erledigt, wobei ihm oft seine Kindheit in Amerika zugutekam – sein am häufigsten verwendetes Pseudonym war Michael Khalil, Federal Bureau of Investigation. Er war eine dieser treuen Hundeseelen, die ihre ganze Zukunft an das Schicksal eines anderen Mannes binden statt an die Geschicke eines Büros – was im Hinblick auf die bevorstehende Auflösung des Dienstes eindeutig die klügere Entscheidung war.

»Wie geht's?«, fragte Omar.

El-Sawy zuckte die Achseln. Er war über eins achtzig groß und schien stolz darauf zu sein, denn er zog es immer vor zu stehen, anstatt zu sitzen. »Haben Sie von den Überfällen auf die Staatssicherheit gehört?«

Omar schüttelte den Kopf.

»Die Demonstranten. Sie haben damit angefangen, in Gebäude überall in der Stadt einzubrechen, und natürlich lassen die Wachposten sie einfach rein. Sie sammeln Akten. Sie sagen, sie wollen Beweise für die Verbrechen. Demnächst werden sie anfangen, Guillotinen zu bauen.«

Omar hatte nichts davon mitbekommen – er war zu sehr mit Jibril beschäftigt gewesen. Er dachte daran, wie lange el-Sawy schon dabei gewesen war, und fragte sich, wie viele dieser Akten Berichte über seine Besuche in den Folterzellen enthielten. Er konnte sich vorstellen, dass el-Sawy eine Heidenangst hatte, aber er ließ sich nichts anmerken. »Haben Sie irgendetwas aus Libyen gehört?«, fragte Omar.

El-Sawy runzelte die Stirn. »Wieso sollte ich etwas gehört haben?«

»Weil Sie mir gestern nachgefahren sind. Ich nehme jedenfalls an, dass Sie es waren. Sie sind mir bis an die Grenze gefolgt. Oder nicht?«

»Nein«, sagte el-Sawy.

»Ich habe mit Ali gesprochen«, fuhr Omar trotz der Verneinung fort. »Ich hätte es ihm sagen müssen, aber Jibril Aziz ist ein Freund. Ich war mir nicht sicher, ob ich die Genehmigung bekommen würde, ihn im Auge zu behalten.«

El-Sawy nickte erneut, knapp und zackig, um anzudeuten, dass das Thema beendet sei. »War's das?«

»Ja, schon«, sagte Omar ein wenig gekränkt. »Sie sollen nur nicht denken, dass ich mich beklage. Sie haben nur Ihre Arbeit gemacht.«

»Allerdings«, sagte el-Sawy, »aber nicht hier. Ich war nicht mal in Kairo. Ich bin gerade erst zurückgekommen. War's das jetzt?« Er ging rückwärts zur Tür.

Spielte es überhaupt eine Rolle, wer ihn gestern beschattet hatte? Eigentlich nicht. »Warten Sie«, sagte Omar. »Ich möchte mir einen Teil des Materials ansehen, das wir von Sophie bekommen haben. Die Stumbler-Akte.«

»Da muss ich Ali fragen.«

»Ich frage ihn selbst. Ist er da?«

»Was glauben Sie, nach wem ich hier Ausschau halte?«, fragte el-Sawy und entfernte sich.

Es zeigte sich, dass Busiri nicht im Haus war, und deshalb ließ er sich anstelle der Stumbler-Unterlagen eine Liste der amerikanischen Botschaftsangestellten geben und sah sie durch, bis er den großen Schwarzen gefunden hatte, der Jibril an die Grenze chauffiert hatte. Er bestellte Mahmud und Sayyid in sein Büro und erklärte, dass sie ab sofort einen Amerikaner überwachen sollten, John Calhoun, der in Zamalek wohne. »Er ist vielleicht noch nicht da, aber entweder irgendwann heute oder morgen wird er nach Hause kommen, und ich möchte wissen, was er treibt.«

Als Busiri am Nachmittag eintraf, bat ihn Omar, einen Blick in die Stumbler-Akte werfen zu dürfen.

Busiri lehnte sich zurück, die Handballen auf dem Schreibtisch. »Warum?«

»Weil ich sie nie gesehen habe. Jibril hat sie mir beschrieben, aber ich habe den endgültigen Entwurf nie gelesen.«

»Ich weiß auch nicht, ob Sie das müssen«, sagte Busiri. »Jibril Aziz hat sie verfasst, und jetzt setzen die Amerikaner den Plan um.«

»Jibril glaubt das, ja, aber er lässt sich von seinen Gefühlen hinreißen. Er ist jung.«

Busiri zuckte die Achseln. »Ich schicke sie Ihnen rüber.«

Mahmud rief an, als John Calhoun zu Fuß nach Hause ging. »Der Mann ist ein Bild des Jammers. Verdreckt. Kann sich kaum auf den Beinen halten. Sollen wir ihn kassieren?«

»Nein, nein. Nur beobachten.«

Er bekam die Stumbler-Akte um vier Uhr und blieb lange im Büro, um sie zu lesen. Er war fast fertig, als Mahmud erneut anrief. »Harry Wolcott war gerade bei ihm zu Hause. Ich glaube, sie haben uns bemerkt.«

»Die sind in einem fremden Land. Damit müssen sie rechnen. Bleibt einfach an ihm dran.«

Als er nach Hause kam, war Fouada vor dem Fernseher eingenickt. In der Küche stand ein Teller mit Essen, und er aß leise, um sie nicht zu wecken. Doch dann klingelte sein Handy, und während er abnahm, hörte er sie rufen: »Was ist? Was ist?«

»Er ist jetzt in einer Bar«, sagte Mahmud. »Dem Deals. Ausländertreff. Sayyid ist gerade rein, um mal nachzusehen. Ah – er kommt zurück. Was?«

»Du bist da«, sagte Fouada und kam in die Küche gestolpert. Ihr Haar sah aus wie ein Vogelnest.

Er lächelte ihr zu und sagte ins Telefon: »Was ist denn?«

»Sayyid sagt mir, dass Calhoun mit Rashid el-Sawy redet.«

»Was?«

Fouada öffnete den Kühlschrank und sagte: »Wir haben fast kein Wasser mehr.«

Sayyid kam ans Telefon. »Er redet mit ihm, als ob sie Freunde wären. Sie sind mit einer Frau zusammen – eine Freundin von Calhoun, glaube ich. Die drei sitzen an einem Tisch. Was sollen wir tun?«

Fouada nahm eine halb volle Flasche Evian heraus, und als

sie sah, was auf Omars Teller war, sagte sie: »Du isst doch das Huhn nicht etwa kalt?«

Warum traf sich el-Sawy mit dem Mann, der Aziz nach Libyen gebracht hatte? Führte er eigene Ermittlungen durch? »Gehen Sie nicht näher ran«, sagte er Sayyid. »Hat er Sie bemerkt?«

»Ich bin an der Tür stehen geblieben. Nein, er hat mich nicht gesehen.«

»Dann zieht euch zurück, beide. Ich versuche rauszukriegen, was da läuft.«

Er legte auf und ließ sich von Fouada bemuttern. Er wartete, bis sie den Rest von dem Huhn in der Mikrowelle aufgewärmt und ihm etwas Couscous dazu gemacht hatte. Er hörte sich an, was sie vom Tag zu erzählen hatte. Erleichtert registrierte er, dass ihre Paranoia abgeflaut war. Ihr Mann war nicht von wütenden Massen zerrissen worden. Ihre Wohnung war nicht verwüstet worden. Sie war nicht vergewaltigt worden. Wenn sich die Welt ändert, das ging ihr allmählich auf, bleibt trotzdem vieles gleich.

Nach dem Essen zog er sich ins Gästezimmer zurück und rief Busiri an, um sich nach el-Sawys Interesse an Calhoun zu erkundigen. Busiri zögerte mit seiner Antwort. »Verstehen Sie das nicht falsch, Omar, aber ich möchte, dass Sie sich von der Aziz-Geschichte zurückziehen. Sie sind da persönlich zu stark involviert. Rashid bringt dafür die besseren Voraussetzungen mit. Er hat lange undercover gearbeitet – schließlich ist er ein halber Amerikaner. Er wird herausbekommen, wie es Jibril ergangen ist, und dann werde ich es Ihnen sagen.«

Er war ausgebootet, aber er akzeptierte es. Busiri hatte recht – er steckte tatsächlich gefühlsmäßig zu tief drin, auch wenn das kein Außenstehender hätte ahnen können. Fouada merkte bestimmt nichts davon – sie gab ihm sein Essen und redete vor dem Schlafengehen davon, dass kein Wasser mehr da war und sie nicht verstehen konnte, dass sie nicht daran gedacht hatte.

Er dachte jedoch nicht an Wasser, und während sie neben ihm einschlief, erinnerte er sich an Stumbler.

Stufe 1: Exilanten von der Straße holen. In London, Paris, Brüssel, New York. Sie verschwinden lassen, mitten aus ihrem Leben, sodass niemand eine Erklärung hat.

Stufe 2: Sie dicht an der libyschen Grenze zusammen mit einem Kontingent von etwa hundert amerikanischen Soldaten versammeln – Spezialeinheiten, jeder einzelne nordafrikanischer Abstammung, in Zivil –, außerdem Freiwillige, die vorher in der Exilpopulation angeworben wurden. Die eine Hälfte wartet in Medenine, Tunesien, während sich die andere Hälfte in Marsa Matruh versteckt. Der Plan enthielt sogar die Adressen idealer Unterkünfte in diesen Städten – Häuser, die gleichgesinnten Libyern gehörten. Sie warten auf das Signal zum Losschlagen.

Stufe 3: Das Signal: Netzwerke innerhalb Libyens erheben sich in drei Städten: Zuwara, Adschabiya, Bengasi.

Stufe 4: Invasion. Die Exiltruppen dringen in Libyen ein und lenken die libyschen Streitkräfte ab, während sich die Netzwerke auf die Häfen konzentrieren. Undercover-Schiffe beginnen, über die Häfen Waffen zu liefern.

Jibril hatte geschätzt, dass sich der Erfolg in drei bis sechs Monaten einstellen konnte, aber das Hauptziel von Stumbler war weniger ein rasches Ende von Gaddafis Regime als die Gestaltung der politischen Landschaft nach Gaddafi. Da sie in der Frühphase als Retter der Revolution erschienen, würden die Exilanten zwangsläufig die neue Machtelite bilden, die ihr plötzliches Glück einem einzigen Land verdankte.

Es hatte eine Zeit gegeben, als dieser Plan weniger zynisch erschienen wäre. Jetzt aber bestand das einzig moralische Vorgehen darin, die Rebellen zu bewaffnen und sie ihre Zukunft in die eigenen Hände nehmen zu lassen. Omar fühlte sich schuldig. Er hätte die Operation in der Planungsphase aufhalten können, einfach dadurch, dass er Jibril versichert hätte, Mubarak und Ben Ali würden jeden solchen Einfall in ihr Territorium als kriegerische Handlung ansehen. Jibril wäre untröstlich gewesen, hätte sich aber höchstwahrscheinlich überzeugen lassen und Stumbler in den Papierkorb geworfen.

Er stellte sich Jibril in diesem Moment vor, drüben in Adschabiya, wie er unter großen Schwierigkeiten Kontakt mit seinem Netzwerk aufnahm und den Leuten sagte, Amerika, das Land, für das sie einst ihr Leben riskiert hätten, bereite sich jetzt darauf vor, Profit aus ihren Opfern zu ziehen. Wie konnte er das formulieren? Wie konnte er ihnen das beibringen? Würden sie ihm glauben? Ja, denn sie würden ihm seine Überzeugung am Gesicht ablesen. Ein so ernster junger Mann.

5

Am Samstag beschloss er, sich aus allem rauszuhalten. Er aß mit Fouada im el Kebabgy an der Südspitze der Insel Gezira zu Mittag, und von der Dachterrasse des Sofitel sahen sie den dreckigen Nil vorüberfließen und hörten den Lärm einer

Demonstration auf dem Tahrir. Er war in nachdenklicher Stimmung und erzählte ihr, wie naiv sie – alle bei den Sicherheitskräften – vor dem 25. Januar gewesen waren. »Diese Kinder, die waren auf Facebook und haben die Menschen zur Demonstration aufgerufen. Ein Witz, natürlich, ihre Demonstration am Tag der Polizei abzuhalten.«

»Kein Witz«, sagte Fouada leise. »Eine Aussage.«

Er nickte, gab ihr recht. »Im Büro haben die anderen Männer darüber gelacht. *Die denken, sie können hier dasselbe durchziehen wie die in Tunis,* haben sie gesagt. So was von engstirnig. Diese Kinder hatten Videos von Polizisten ins Netz gestellt, die Menschen mit Besenstielen und widerlichen anderen Dingen gefoltert haben. Die Demonstranten waren von Serben in gewaltlosem Widerstand unterwiesen worden – Otpor, die Studentengruppe, die Slobodan Milošević zur Strecke gebracht hat. Gewaltloser Widerstand?« Er schüttelte den Kopf. »Du kannst dir vorstellen, mit was für Witzen diese Betonköpfe im Büro angekommen sind. Endlich haben sie es dann begriffen und die Mobiltelefone und das Internet abgeschaltet, aber da war es zu spät. Die Kinder hatten ihre Flagge nach dem Vorbild von Otpor gestaltet – eine Faust. Der gewaltlose Widerstand war hartnäckiger, als irgendjemand gedacht hatte.«

Fouada ließ ihn eine Weile so weitersprechen, obwohl er wusste, dass dies nicht die Art Unterhaltung war, die sie sich erhofft hatte, und hinterher fuhren sie nach Gizeh zurück, fort von den Demonstrationen. Zu Hause drückte er sich um die Nachrichten, indem er mit einem Cousin in Port Said telefonierte, der seine Sorgen wegen der bevorstehenden Hochzeit seiner Tochter mit jemandem teilen wollte. Sein Plan ging auf, bis vier Uhr nachmittags, als Fouada sich zum Ausgehen fertig machte. »Wo gehen wir denn hin?«, fragte er.

»Nicht wir, ich«, sagte sie. »Erinnerst du dich nicht?«

Er erinnerte sich nicht.

»Junah feiert heute Abend ihren Geburtstag, und ich hab versprochen zu kommen. Und dir gesagt, dass nur Frauen eingeladen sind – nicht, dass ich gedacht hätte, du willst mitkommen.«

Er lächelte. »Natürlich erinnere ich mich«, sagte er, aber er erinnerte sich überhaupt nicht. Das war nur eines von vielen Dingen, die ihm entfallen waren. Vielleicht, dachte er, sollte er den Abend damit verbringen, seinen Ruhestand zu planen.

Doch nachdem er ihr ein Taxi gerufen, sie hinunterbegleitet hatte und dann wieder heraufgekommen war, um sich ins stille Wohnzimmer zu setzen, kehrten seine Gedanken unvermeidlich zu Stumbler zurück, zu Jibril und zu John Calhoun und Rashid el-Sawy. Dann fiel ihm der Plan wieder ein. Stufe 2: Die eine Hälfte der Exilanten sammelt sich in Marsa Matruh. Da hatte noch mehr gestanden, weitere Einzelheiten – ein Gebäude in der Nähe des alten Fußballplatzes. Die Adresse fiel ihm nicht mehr ein.

Er fuhr zum Büro zurück und ließ eine abermalige Leibesvisitation über sich ergehen, bevor er in den verwaisten sechsten Stock hinauffuhr. Die Stumbler-Akte war noch in seinem Schreibtisch eingeschlossen, und er blätterte sie durch, bis er die Adresse in Marsa Matruh gefunden hatte: an der Ecke Tanta-Straße und Al Hekma.

An diesem Abend erzählte er Fouada von seinem Plan, und sie machte ein besorgtes Gesicht. Sie verstand nicht, warum er am nächsten Morgen um vier Uhr nach Marsa Matruh aufbrechen musste. »Ich dachte, wir könnten Freunde besuchen«, sagte sie. »Ein Sonntag außer Haus. Heute warst du so … so gesellig.«

»Mach du deinen Besuch«, sagte er und gab ihr einen Kuss. »Aber ich bin den ganzen Tag weg. Du passt doch auf dich auf?«

»Wenn das so ist«, sagte sie, und etwas von der alten Angst erschien auf ihrem Gesicht, »dann bleibe ich lieber zu Hause.«

Sie waren jetzt über dreißig Jahre verheiratet, und während sie hin und wieder Angstanfälle hatte, die ihre Beziehung in den Grundfesten erschüttern konnten, hatte er schon vor langer Zeit gelernt, diese Frau zu respektieren. Liebe war auch im Spiel, aber Liebe war ein zu schwankendes Fundament, um ein Leben darauf aufzubauen. Die Vorstellung, dass sie vor lauter Angst den ganzen Tag im Wohnzimmer sitzen würde, gefiel ihm gar nicht. »Möchtest du mitkommen?«

Sie erschrak. »Was?«

»Eine lange und unbequeme Fahrt, aber vielleicht doch interessanter als Fernsehen.«

Das war, wie sich zeigen sollte, ein genialer Einfall. Fouada sorgte dafür, dass er in den frühen Morgenstunden aus dem Bett kam und ordentlich frühstückte. Unterwegs lenkte sie ihn durch ihre Unterhaltung von den Dingen ab, über die er sonst gegrübelt hätte – beispielsweise seine Rückenschmerzen und das Gefühl, dass er viel zu alt war, um sechs Stunden am Stück Auto zu fahren. Sie war so begeistert von der unerwarteten gemeinsamen Reise, dass sie keinen Moment daran dachte, sich über die Strapazen zu beklagen, sondern sich als ideale Reisegefährtin erwies, und die sechs Stunden fühlten sich eher an wie drei – oder vielleicht vier. Kein einziges Mal fragte sie, warum sie in eine ferne Hafenstadt fuhren – sie war einfach glücklich darüber, dass er sie mitgenommen hatte. Er würde das öfter tun müssen.

Um halb elf allerdings, als sie nach Marsa Matruh hineinfuhren, waren sie beide ausgelaugt. Omar parkte in der Al Hekma, nicht weit von der Hauptstraße und ganz in der Nähe des Cafés, in dem Jibril sich mit seinem Kontaktmann getroffen hatte. Als sie ausstiegen und ihnen die salzige Brise vom Mittelmeer entgegenschlug, fiel ihm auf, dass das Café nur fünf oder sechs Querstraßen von der Kreuzung Al Hekma und Tanta entfernt war. Jibrils Kontaktmann war *von* dieser Adresse gekommen. Deshalb ging er mit Fouada in das Straßencafé und bestellte Tee und Sandwiches, und dann sagte er: »Ich muss jetzt mal weg. Höchstens eine halbe Stunde. Hältst du das aus?«

Sie lächelte und tätschelte ihm die Hand. »Ich halte doch immer alles aus, Omar.«

Er küsste sie auf die Fingerknöchel und ging. Die Sonne brannte den ganzen Weg auf ihn herab. Er hatte vergessen, einen Hut mitzunehmen.

Obwohl in den Stumbler-Plänen keine Hausnummer angegeben war, brauchte er nicht lange, um das Gebäude zu finden, nach dem er suchte. Es war zwei Häuser westlich der Kreuzung, das einzige Bauwerk, das für die Unterbringung einer großen Anzahl von Kämpfern geeignet war. Ein unscheinbares altes, zweistöckiges Gebäude aus Beton. Da die hohen Fenster bis auf halbe Höhe mit Brettern vernagelt waren, wirkte es verlassen. Die Eingangstür war jedoch sauber, die Treppe davor ebenso, und er hörte klassische Musik aus einem Radio – etwas von Hasan Rashid, nahm er an. Er drückte auf die Klingel und wartete. Nach einer Minute ging die Tür auf, und er erkannte sofort den Mann wieder, der bei dem Treffen mit Jibril die rot karierte Ghutra getragen hatte. Jetzt war er barhäuptig, und sein angegrautes Haar stand nach allen Richtungen ab. Er war schlank – nicht mager, sondern drahtig – und hatte sonnengegerbte Haut. Omar stellte sich vor, nannte seinen Arbeitgeber und zeigte dem Mann seinen Ausweis. Er war freundlich, erkundigte sich aber in einem Ton, der keinen Widerspruch duldete, nach dem Namen des Mannes – »Qasim« – und fragte dann, ob sie drinnen weitersprechen könnten. Widerstrebend ließ Qasim ihn hinein.

Das Gebäude war ziemlich baufällig. Eine Tür führte nach rechts in eine normal eingerichtete Wohnung, aus der die Musik kam, doch nach hinten zu waren Zwischenwände herausgebrochen worden, sodass ein riesiger Raum entstanden war. »Renovieren Sie?«, fragte Omar.

Qasim lachte nervös. »Ich lebe nur in der Wohnung. Ich weiß nicht, was die mit dem Rest des Gebäudes machen.«

»Aber da ist doch so viel Platz«, sagte Omar.

»Ja, das stimmt.«

»Platz genug für hundert Mann. Und für ihre Waffen.«

Schweigen. Er drehte sich um und sah, dass Qasim seinen Mund fest geschlossen hielt und große Augen machte.

»Kommen Sie«, sagte Omar und berührte ihn an der Schulter. »Setzen wir uns.«

Sie gingen in die kleine, schmutzige Wohnung und nahmen auf Stühlen Platz, die mit Betonstaub bedeckt waren. Der Mann zitterte. Omar stand auf, ging zu dem alten Transistorradio hinüber und schaltete es aus. »Wo sind sie?«, fragte er.

Qasim schüttelte heftig den Kopf.

»Wo«, sagte Omar, »sind Yousef al-Juwali, Waled Belhadj, Abdel Jalil, Mohammed el-Keib und Abdurrahim Zargoun?«

Dem Mann stand jetzt der Mund offen, aber er schüttelte ebenso langsam wie bestimmt den Kopf. *Nein.*

»Wenn sie nicht hier sind«, sagte Omar, »wo könnten sie dann sein? Hat sich die Sammelstelle geändert?«

»Nein«, brachte Qasim schließlich kaum hörbar hervor. »Sie hat sich nicht geändert. Aber ich habe keinen gesehen.«

»Worüber hat Jibril mit Ihnen geredet?«

Der Mann blinzelte verwirrt.

»Der Mann, mit dem Sie sich in dem Café dort drüben getroffen haben. Vor drei Tagen. Am Donnerstag.«

»Haddad«, sagte der Mann. »Akram Haddad. Er hat dasselbe gefragt. Er hat gefragt, wo sie sind. Ich hab gesagt, ich weiß es nicht. Mit mir hat seit Jahren niemand gesprochen. Ich habe *nichts* gehört.«

Omar gab sich damit zufrieden. Der arme Mann hatte entsetzliche Angst. Er stand auf, um zu gehen, dann bemerkte er eine alte elektrische Uhr an der Wand. »Geht die richtig?«

Qasim sah hin. »Ja.«

»Möchten Sie mit mir beten?«

Der Mann blinzelte mehrmals rasch nacheinander, dann zuckte er die Achseln. »Okay«, sagte er und ging eine große Matte holen, die er zusammengerollt neben dem Kühlschrank aufbewahrte. Omar hatte eine Ewigkeit nicht mehr gebetet, glaubte aber, sich noch gut genug zu erinnern.

Als er zu Fouada zurückgegangen war und sie unter einem Sonnenschirm Tee tranken, rätselte er über Qasims Aussage. Wenn Stumbler aktiv war, warum waren dann die Exilanten noch nicht eingetroffen? Hatten sie den Grenzübertritt nach Tunesien verlegt? Das war nicht plausibel, denn die ägyptische Seite Libyens war fast vollständig in Rebellenhand.

Fouada lächelte ihm zu. »Hast du schon mal daran gedacht, dich hier zur Ruhe zu setzen?«

Er sah sie verständnislos an, sie hatte ihn aus seinen Gedanken gerissen. »Zur Ruhe setzen?« Gestern Abend hatte er zwar daran gedacht, aber das war nur so eine Idee gewesen. Was tat ein Mann, wenn er sich zur Ruhe gesetzt hatte?

»Hier kannst du schwimmen«, sagte sie. »Das Wasser ist sauber, nicht wie der Nil.«

Er öffnete den Mund, war einen Moment lang sprachlos und wunderte sich dann selbst über das, was er sagte: »Ich habe gerade mit einem Mann gebetet, den ich noch nie zuvor gesehen habe.«

Seine Frau legte das Gesicht in Falten, ebenso erstaunt über die zusammenhanglose Bemerkung wie über die Handlung, zu der er sich bekannt hatte. »Freut mich zu hören. Du solltest öfter mal beten.«

»Da hast du sicher recht.«

»Was hat sich geändert?«

Er runzelte nachdenklich die Stirn. »Was hat sich nicht geändert?«

Sie lächelte über diese Weisheit, dann erschraken sie beide, weil das Telefon klingelte. Er schaute auf die Nummer – er wusste nicht, warum, aber er erkannte die Ländervorwahl. Wer konnte ihn aus Amerika anrufen? Unsicher meldete er sich, während Fouada die seltsame, sonnendurchglühte Straße entlangsah und sich ein neues Leben in Marsa Matruh vorstellte.

Eine Frauenstimme: »Omar Halawi?«

»Ja.«

Sie sprach englisch weiter: »Ich heiße Inaya Aziz. Wir kennen uns nicht, aber Sie kennen meinen Mann Jibril.«

Während er mit zitternden Händen zuhörte, was die Frau sagte, fühlte er sich allmählich von Ehefrauen in die Enge getrieben. Fouada saß vor ihm und bat ihn, sein ganzes Leben zu ändern, und am Telefon fragte ihn Jibril Aziz' Frau, ob er Neues von Jibril wisse, und bat ihn dann, doch bitte einer Freundin von ihr, Sophie Kohl, zu helfen, deren Mann vor ein paar Tagen ermordet worden sei. »Ich glaube ihr, Mr. Halawi. Sie braucht Hilfe von Menschen, denen Jibril nicht gleichgültig ist. Nach dem, was er mir erzählt hat, glaube ich, dass Sie etwas für ihn übrighaben.«

Omar lächelte Fouada entschuldigend zu, dann stand er auf und ging mit dem Telefon an den Straßenrand, wo erneut die Sonne auf ihn herunterbrannte und alte Autos qualmend vorbeifuhren. »Ich weiß nicht, ob Sie meine Position hier kennen, Mrs. Aziz. Es gibt nicht viel, was ich tun könnte. Nicht viel, was ich tun *darf*.«

»Sprechen Sie mit ihr. Sprechen Sie nur einfach mit ihr. Wie würden Sie sich fühlen, wenn Ihre Frau in einem Restaurant erschossen worden wäre und niemand Ihre Fragen beantworten würde?«

Während sie das sagte, drehte er sich zu Fouada um, die lächelnd zu ihm hersah. Er winkte ihr zu.

»Hören Sie zu, Mr. Halawi. Es liegt bei Ihnen. Ich habe ihr bereits Ihre Nummer gegeben, und sie wird Sie in Kürze anrufen. Sie können mit ihr sprechen oder auch nicht. Aber als Gefälligkeit gegenüber Jibril, und mir gegenüber, bitte ich Sie, ihr zu helfen.«

Sie legte auf, und er schaute einen Moment verdutzt auf das stumme Telefon, dann ging er an den Tisch zurück. Fouada sah ihn fragend an. Ihre Neugier war entwaffnend. »Ich hatte gerade ein äußerst seltsames Gespräch«, sagte er.

»Ach ja? Wer war es denn? Dieser Mistkerl Busiri?«

Er machte eine wegwerfende Handbewegung – sie hatte Ali nie verziehen, dass er sich vorgedrängt hatte. »Es war Jibril Aziz' Frau, Inaya.«

Ihre Miene hellte sich auf. »Inaya! Ich hab von diesem Mädchen geträumt! Wie klingt sie? Sehr gescheit? Ich könnte drauf wetten – schließlich ist sie Jibrils Frau.«

»Sie klingt sehr intelligent, ja. Sie –«

Er brach ab, weil sein Handy, das auf dem Tisch lag, erneut klingelte. Eine Kairoer Nummer.

»Ist sie das?«

Er starrte das Handy nur an.

»Also, wenn du nicht rangehst, dann eben ich.«

Sie griff nach dem Telefon, aber er kam ihr zuvor. Beim fünften Klingeln meldete er sich.

Sophie

1

1991

Zoras Freunde waren zahlreich und ganz verschieden, und soweit Sophie feststellen konnte, waren keine Kriminellen unter ihnen. Es waren Künstler, Schriftsteller und Studenten unterschiedlicher Fachrichtungen, intelligente Menschen, die sich auf ihre Intelligenz nicht allzu viel einbildeten und immer bereit waren, von ihrem hohen Ross herunterzusteigen und über sich selbst zu lachen. Nach dem intellektuellen Hochmut in Harvard beeindruckte das allein schon Sophie zutiefst. Sie fanden Sophies und Emmetts Exotik anziehend, wurden aber von Zora auch vor eine Herausforderung gestellt: *Das sind meine gebildeten Freunde aus Amerika, die gekommen sind, um alles zu lernen.* Ihre Freunde nahmen das ernst.

An diesem ersten Tag hielt ihnen ein hagerer Medizinstudent namens Viktor einen Vortrag über die Geografie des sozialistischen Jugoslawien: die Ebenen der Vojvodina (mit der Hauptstadt Novi Sad), die sanften Berge Sloweniens, die weiten Täler Mazedoniens, die Adriastrände Kroatiens und die zerklüfteten Gipfel von Montenegro und Kosovo – der Geburtsort der serbischen Orthodoxie. »Was ihr verstehen müsst, ist, dass wir seit dem Ende des Zweiten Weltkriegs hier innerhalb unserer Grenzen sämtliche natürlichen Vorzüge haben. Seen, Berge, Meer – alles, bis auf die Wüsten, die ihr in Amerika habt. Wir konnten immer reisen. Aber in andere Länder zu fahren ist ein bisschen deprimierend, weil wir ja hier bei uns alles haben. Jeder hier hat seine eigenen Gründe, warum er Jugoslawien zusammenhalten möchte, aber meiner ist: Ich möchte alles sehen können, ohne meine Heimat verlassen zu müssen.« Er wandte sich an Zora. »Klingt das vernünftig?«

Emmett antwortete: »Absolut.«

Viktor dozierte im selben Zentralcafé wie tags zuvor, ganz in der Nähe ihres Hotels, und nach ihm führte sie ein kurz geschorener Sprachwissenschaftler namens Nada durch die politische Entwicklung des Serbokroatischen, der Amtssprache Jugoslawiens, die ein »sprachübergreifender Kompromiss« sei. Hinterher stiegen sie in Zoras klapprigen Yugo und fuhren an den »Strand«, einen Streifen Sandufer an der Donau, wo sie Bier tranken und fettige Papiertüten mit gebratenen Sardinen kauften, die sie mit Zahnstochern aßen. Weitere Freunde von Zora fanden sie in Liegestühlen im Schatten der *Most slobode,* der Freiheitsbrücke. Acht Jahre später sollten Nato-Flugzeuge diese Brücke zerstören, aber 1991 gab es noch keinerlei Anzeichen, dass irgendjemand Angst vor einem Krieg hatte. Sie wollten einfach nur, dass ihre amerikanischen Freunde es schön hatten.

Wenn sie keine Vorträge über die vielen Facetten der jugoslawischen Geschichte und Kultur hielten, stellten sie Fragen über Amerika.

War Thomas Jefferson für die Sklaverei?

Warum leben die Indianer im Elend?

Wie schwer ist es, eine Aufenthaltsgenehmigung zu bekommen?

Kurz vor Sonnenuntergang brachte Nada ein in Alufolie gewickeltes Stück Haschisch zum Vorschein und drehte daraus Joints mit Tabak aus Zoras Zigaretten. Sophie zögerte, Emmett jedoch nicht, und schließlich folgte sie seinem Beispiel. Das Gemisch aus Alkohol und Hasch half ihr, sich zu entspannen und sich ganz dem Erlebnis hinzugeben. Sie war, das glaubte sie in bestimmten Momenten, glücklich: Sie hatte nette Bekannte, ihr Mann war bei ihr, und sie war berauscht genug, um ihre zahlreichen Hemmungen zu verlieren.

Es war dunkel, als Milorad, ein Maler, den Zora ein Genie genannt hatte, vorschlug, in die Tribina Mladih – die Jugendtribüne – weiterzuziehen, einen Komplex mit einem Kino, einer Disco, einer Kunstgalerie und einer Bar, wo sie zugedröhnt durch die Galerie schlenderten und sich brutale Konzeptbilder eines Belgrader Malers ansahen, bevor sie in die Bar und danach in die Disco gingen. Wie am Abend zuvor auf der Festung fanden sich Sophie und Emmett in den pulsierenden Rhythmus hineingezogen, der dicht unter der Oberfläche von allem, was sie sahen, zu liegen schien, doch während sich der erste Abend unschuldig und rein angefühlt hatte, war die Stimmung jetzt anders. Sie spürten, dass Zora weder unschuldig noch rein war, und dieses Wissen färbte den Abend. Doch sie hatten nicht weniger Spaß – vielleicht sogar noch mehr, weil diese Menschen keine Fremden mehr waren. Als sie ins Taxi zurück zum Hotel stiegen, sagte Zora: »Morgen ist der Gefängnisausbruch.« Sophie wollte fragen, was sie damit meinte, aber Zora schlug die Wagentür zu und rief dem Fahrer auf Serbokroatisch zu, er solle losfahren.

Die Erklärung kam am Morgen, als Zora wieder erschien, während sie benommen und verkatert beim Frühstück im Hotel Putnik saßen. Sie selbst wirkte dagegen völlig ausgeruht. »Meine Freunde«, sagte sie in einem hohen Flüsterton, »heute schaffen wir euch aus diesem Dreckloch raus. Es ist Zeit für den Gefängnisausbruch.«

Sie hatte beschlossen, dass ihre amerikanischen Freunde nicht in dem trostlosen Putnik bleiben konnten, und wartete deshalb in der Lobby auf sie und beobachtete den Mann, der noch immer die *Politika* las.

Beim Packen oben in ihrem Zimmer sprachen Sophie und Emmett über die geänderten Pläne. »Was meinst du?«, fragte sie.

Emmett faltete ein Hemd über seinen Unterarm. »Ich finde das ziemlich großzügig.«

»Zu großzügig?«

Er grinste. »Sie ist in dich verknallt. Kann man ihr nicht verdenken, oder?«

Also stiegen sie in Zoras Yugo und überließen sich ihrer Obhut. Sie überquerten die Donau auf der Freiheitsbrücke und plauderten über ihren Tag am Strand, bis die Gebäude zurückblieben und sie aufs Land kamen. Es war weiter draußen, als sie gedacht hatten, und Emmett fragte mit leicht gereiztem Unterton: »Wohin fahren wir?«

Zora zeigte durch die verdreckte Windschutzscheibe. »Fruška Gora«, sagte sie – offenbar der Name des niedrigen Berges, der sich vor ihnen erhob. »Mein Onkel hat da oben ein Sommerhaus. Es ist groß und hat Strom und warmes Wasser. Wird euch gefallen.«

Viktor und die anderen jungen Männer waren bereits in dem Haus, einer Hütte mit drei Schlafzimmern abseits einer gewundenen Bergstraße, auf einer Anhöhe, von der aus man eine idyllische Aussicht auf die Ebene der Vojvodina mit ihren Dörfern und frei stehenden Bauernhöfen hatte. Nachdem sie ihr Gepäck in einem verstaubten Gästezimmer abgestellt hatten, gesellten sich Sophie und Emmett zu den Männern im Garten, wo zwei Tische und Stühle im hohen Gras standen. Gemeinsam ruhten sie sich aus und tranken Lav-Bier aus der Flasche und Rotwein aus Sremski Karlovci. Erst hier oben in den reinen, klaren Bergen wurde ihnen bewusst, wie verschmutzt die Luft in der Stadt gewesen war.

Einer der neuen Freunde, ein untersetzter Anthropologe mit schütterem Haar, verkündete die neuesten Nachrichten. Die Slowenen sprachen bereits mit Westeuropa, während die Kroaten ihre frisch proklamierte Unabhängigkeit nutzten, um ihr Land nach und nach von Serben und Bosniern zu säubern. Der Anthropologe war beschwipst, und als er von den Kämpfen in den Dörfern überall in Kroatien erzählte, sammelte sich Spucke in seinen Mundwinkeln. Viktor befahl ihm, den Mund zu halten, weil ein so schöner Tag nicht für nationalistischen Mist verschwendet werden dürfe, und schon bald schrien sich die beiden an. Sophie befürchtete eine Prügelei, doch so schnell, wie der Streit aufgeflammt war, erlosch er auch wieder, und die beiden umarmten sich, küssten sich auf die Wangen und lachten. Zora ging ins Haus, schaltete die Stereoanlage ein und stellte die Boxen in die Fenster, sodass sie alle eine New Wave Band namens Električni Orgazam hören konnten.

Emmett, der mit einem Bier auf dem Bauch im Gras lag, fragte: »Was kostet hier ein Haus?«

Sophie sah ihn an, doch er blinzelte in die Sonne und hing seinen Gedanken nach.

»Für Amerikaner einen Apfel und ein Ei«, sagte der dritte Mann, von dem sie nicht wussten, was er beruflich machte. Die anderen lachten.

Emmett stützte sich auf die Ellbogen. »Ich meine es ernst. Ist doch herrlich hier? Ist es nicht herrlich, Sophie?«

»Allerdings«, sagte sie, denn es war so. Einen Moment lang gestattete sie sich, an solch ein alternatives Leben zu denken. Eine Berghütte in Jugoslawien. Als Feriendomizil oder als Hauptwohnsitz? Wie wäre es, an einem Ort zu leben, wo man die Leute um einen herum nicht verstand? An einem Ort, wo einfache Meinungsäußerungen zu Streitigkeiten führten, die mit Küssen endeten? Wo, fragte sie sich, strebte diese Ehe eigentlich hin?

Zora rief Sophie hinein, sie sollte ihr beim Zubereiten des Mittagessens helfen. Die Küche war klein, und da Zora rauchte, wurde die Luft schnell unerträglich. Sophie machte die Fenster auf und half dann Zora, Hähnchenkeulen zu säubern, aus dem durchgedrehten Fleisch Frikadellen zu formen, Schweinekoteletts zu würzen und Kartoffeln zu schälen. Draußen hatten die Männer einen steinzeitlichen Grill aufgebaut und zündeten die Holzkohle an. Zora fragte: »Meinst du, es würde dir hier gefallen?«

»Vielleicht«, sagte Sophie. »Vielleicht später, wenn meine Karriere erst mal läuft.«

»Also nie«, sagte Zora mit Entschiedenheit.

Sie tranken und aßen sich am Fleisch satt, und als die Sonne unterging, brachte der Anthropologe eine akustische Gitarre und sie sangen »American Pie«. Zora holte eine Flasche Pflaumenschnaps, den sie Rakija nannten, aus der Küche und begann zu reden.

Wie bei ihrem ersten Treffen auf der Festung gab sie sich

schier allwissend, doch in diesen müßigen Stunden auf der leicht abfallenden Bergwiese konnte sie klarer über die Dinge sprechen, die ihr wichtig waren. Kunst, Musik, Literatur und, ja, auch Politik. Diese Zora, die ihre Arme um die Knie geschlungen hatte und sich hin- und herwiegte, erschien Sophie klug und nachdenklich, eine andere Frau als am ersten Abend. Rational, doch ohne jede Scheu, klare Meinungen zu vertreten. Für Sophie war das ihre attraktivste Eigenschaft.

Sie dachte an die Hörsäle, in denen sie die letzten vier Jahre verbracht hatte, an den Refrain ihrer liberalen Ausbildung: fragen, fragen, fragen. Wenn man nur genug Fragen stellte, konnte sich der Erdboden selbst in Mutmaßungen auflösen. Während sie, die bloßen Füße untergeschlagen, mit Zora im Garten dieses Hauses saß und den feurigen Rakija trank, wurde ihr klar, dass ihr der Akt der Fragestellung jahrelang immer wieder in die Quere gekommen war. Wenn sie nach ihrer Meinung gefragt wurde, war es ihr stets leichter gefallen, eine Gegenfrage zu stellen, als sie zu beantworten, und wenn sie doch einmal gezwungen war, eine eindeutige Meinung zu äußern, hatte sie immer gleich Einschränkungen vorgebracht.

Natürlich gibt es keinen Gott … aber kann ich das mit Sicherheit wissen?

Der Kommunismus ist eine gescheiterte Ideologie … aber ist wahrer Kommunismus jemals praktiziert worden? In der Sowjetunion jedenfalls nicht.

Die Erde ist eine Kugel … aber da verlasse ich mich auf die Beweisführung anderer, nicht auf meine eigene.

Woran glaubte sie? Glaubte sie überhaupt an etwas? Ihre Eltern waren gläubig, doch als sie von zu Hause weggegangen war, hatte sie beschlossen, nicht an dieselben Dinge zu glauben wie sie, und so hatte sie ganz von vorn angefangen und am Beginn ihres Harvard-Studiums nach einer vernünftigen Möglichkeit gesucht, sich ihre eigene Welt aufzubauen. Das Studium hatte jedoch nur Verwirrung in die Angelegenheit gebracht, und sie war am Ende genauso hohl gewesen wie am Anfang. Wenn alle Argumente Gültigkeit hatten, konnte man nichts glauben.

In der Nacht, im schmalen Gästebett von Zoras Onkel, drückte sie die Handgelenke ihres Mannes aufs Kopfkissen, senkte den Kopf und biss ihn in die Brustwarze. Er jaulte auf, doch als sie ihm ins Gesicht sah, hatte er die Augen geschlossen, und sein Ausdruck war träumerisch.

Drei Tage lang lebten sie so. Spätes Frühstück mit Zora, Lachen über den vorangegangenen Abend, und nachmittags kamen Freunde mit Taschen voller Lebensmittel und Getränke, mit Gitarren und einem batteriebetriebenen Casio-Keyboard. Am dritten Tag brachte eine laute Frau einen Stapel Leinwände und Acrylfarben, und sie malten im Garten mit den Fingern und ließen eine mit Farben bekleckerte Wasserpfeife herumgehen. Die friedlichen Nachmittage zogen sich hin bis zur Abendbrotzeit, und dann übernahmen die Männer den Grill, und die Frauen machten in der Küche das Essen.

Beim Abendessen mit eingelegten roten Paprika und gegrillten Schweinekoteletts erkundigte sich Emmett nach Vukovar, als sei ihm gerade erst wieder eingefallen, warum er nach Jugoslawien gekommen war. »Was ist eigentlich mit diesem Krieg?«

Zora nagte einen langen, spitzen Knochen ab. Sie hielt inne, den Knochen in den fettigen Fingern. »Interessierst du dich dafür?«

»Das ist eigentlich der Grund, warum ich hierherkommen wollte.«

Sie strich sich mit dem Handgelenk eine Haarsträhne von der Wange. »Du willst das wirklich wissen?«

Emmett nickte, aber Zora hatte bei dieser Frage nicht ihn, sondern Sophie angesehen. Sophie nickte ebenfalls.

»Es ist kein Krieg«, sagte Zora und ließ den Knochen auf ihren Teller fallen. »Noch nicht. Aber es wird bald einer sein. Ein Krieg ist eine Abmachung zweier Staaten, gegeneinander zu kämpfen. Bis jetzt haben sich nur Nachbarn dazu bereit erklärt. Sie stellen paramilitärische Verbände auf und verteidigen ihre Heimat. Die Armee ist auch beteiligt, versucht aber nur, diese kleinen Kämpfe zu beenden. Schon bald werden sich aber Belgrad und Zagreb der Abmachung anschließen, und dann fängt der richtige Krieg an. Es muss sein.«

»Wirklich?«, fragte Sophie.

»Natürlich«, erwiderte Zora. »Tito hat uns ein halbes Jahrhundert lang zusammengezwungen. Er hat uns umgesiedelt, sodass die Kroaten und Serben und Mazedonier und Bosnier alle dasselbe Land bewohnten, aber er konnte uns nicht zwingen, uns gegenseitig zu mögen. Hätte er alle dort gelassen, wo sie waren, dann wäre die Trennung einfach. Die Grenzen wären leicht zu ziehen. Aber jetzt gibt es kroatische Enklaven tief in serbischem Gebiet und umgekehrt. Meinst du vielleicht, serbische Bauern wollen in einem von der Ustascha errichteten Staat leben?«

Sophie überlegte, ob sie auf die Frage verzichten sollte, aber ohne Erklärung hätte sie nicht verstanden, worum es ging. »Von wem?«

Zora sah sie kurz an, vielleicht wunderte sie sich über Sophies Unwissenheit. »Die kroatischen Faschisten«, sagte sie dann. »Die großen Mörder im Weltkrieg – die haben sogar die SS übertroffen. Und jetzt …« Plötzlich hob sie die Hände, wie um sich zu ergeben, und ihre Handflächen glänzten vor Fett. »Ich hab ja versprochen, keine Politik. Ich fang lieber gar nicht erst damit an.« Sie ließ die Hände wieder sinken und lächelte. »Aber ihr interessiert euch ja für den bevorstehenden Krieg«, sagte sie und nickte. »Vielleicht lässt sich da ja etwas machen.« Als sie Sophies Miene sah, beugte sie sich vor und strich ihr über den Schenkel. »Keine Sorge, *draga*. Ich passe auf, dass euch nichts passiert.«

Trotz ihres Gelübdes erzählte Zora ihnen vom Konzentrationslager Jasenovac, dem »größten Vernichtungslager« im faschistischen Kroatien während des Zweiten Weltkriegs. »Niemand kennt die genauen Zahlen, aber manche schätzen, dass dort bis zu eine Million Menschen ermordet wurden. Die haben auch Juden und Zigeuner umgebracht, aber die meisten Opfer waren Serben. Könnt ihr euch das vorstellen?« Sie schüttelte den Kopf, als hätte sie Jahrzehnte damit zugebracht, sich das vorzustellen. Sie trank einen Schluck Wein, dann fuhr sie fort: »Jasenovac war für Männer, die Frauen wurden nach Stara Gradiška deportiert. Mindestens zwölftausend wurden dort ermordet. In Sisak haben sie die Kinder interniert. Serben, Juden und Zigeuner. Nur Kinder. Die Wachen … die haben die Kinder an den Füßen gepackt und gegen die Mauern geschlagen, bis sie tot waren. Zum Spaß, wohlgemerkt. Tausende sind da so umgekommen.«

Keiner von beiden fand darauf eine Antwort. Sie nickten nur, tranken. Emmett sah aus, als wollte er sich zu einer klugen Bemerkung aufschwingen, aber es kam nichts. Schließlich sagte Sophie: »Das ist lange her, Zora.«

»Ja, Sophie.« Zora zündete sich nachdenklich eine neue

Zigarette an. »Aber so etwas vergisst man nicht so leicht.« Sie erzählte ihnen, dass Tito nach dem Krieg, als die schlimmsten Mörder hingerichtet waren, allen gesagt habe, sie sollten sich die Hand reichen und Freunde sein. »Aber was war mit dem jungen Soldaten, der Kinder an den Füßen herumgeschwenkt hatte? Männer wie er sind auf ihre Bauernhöfe zurückgekehrt. Sie haben Jungen gezeugt, die kroatische Frauen geschwängert haben. Diese Söhne und Enkel – die stehen heute auf den Barrikaden.«

»Genug«, sagte Viktor, stand auf und streckte sich. »Wenn sie einmal in Fahrt ist, gibt es kein Halten mehr.«

Zora blaffte ihn auf Serbokroatisch an, und schon entbrannte erneut ein unverständlicher Streit, der erst endete, als Zora ins Haus stürmte. Viktor ließ sich auf einem Stuhl nieder und trank nachdenklich sein Bier aus. »Sie ist gut«, sagte er zu Sophie und Emmett. »Ich streite schon mal mit ihr, aber ich weiß, dass sie mit allem recht hat. Ich liebe diese Frau.« Dann stand er auf und ging zu ihr nach drinnen.

»Es stimmt«, sagte Emmett nach einer Weile mit leiser Stimme. »Was sie gesagt hat. Ich hab die Namen der Lager nicht gekannt, aber die Ustascha kenne ich aus einem Seminar. Die waren nicht sehr nett.«

Sophie sah ihn an. Nach dem, was sie von Zora gehört hatte, kam ihr Emmetts flapsige Bemerkung – *die waren nicht sehr nett* – unerträglich diplomatisch vor. Sie hatten beide dieselben Geschichten gehört, doch während sie Emmett nur zu einer banalen Feststellung bewogen hatten, war Sophie danach, sich ein langes Messer zu suchen und ihre Initialen in die Gesichter dieser kroatischen Faschisten zu ritzen. Der Wunsch war erfrischend, als wäre es das erste Mal in ihrem Leben, dass sie wirklich Stellung bezog. Auf jeden Fall war sie in Harvard, wo man sie mit dem unumstößlichen Grundsatz der Trennung von Kopf und Herz indoktriniert hatte, nie so emotional geworden.

Auf dem Weg zurück ins Gästezimmer sahen sie Zora und Viktor eng umschlungen und nackt auf Zoras Bett schlafen. Sie liebten sich ebenfalls, aber hinterher träumte Sophie von Kindern, die an den Fesseln gepackt und wie Baseballschläger geschwungen wurden.

Am Morgen telefonierte Zora eine Zeit lang in ihrem Zimmer, während Viktor sich anzog und nach Hause fuhr. Sophie machte hart gekochte Eier, und als Zora ziemlich zerzaust ankam, schnitt sie Brot und Käse auf. Sie setzten sich zum Essen. »Sofia, Emmett«, sagte Zora, »ich muss etwas zu einem Freund bringen. Er lebt in einer Kleinstadt im Westen, und ich dachte mir, ihr wärt an etwas Neuem interessiert. Etwas Authentischem.«

»Wo?«, fragte Emmett.

»In einem kleinen Dorf. Ihr habt nie davon gehört. Aber es ist nicht weit von Vukovar. Mein Freund wird euch gefallen, obwohl er kein Wort Englisch spricht. Er ist Musiker. Ihr *müsst* mitkommen.« Ihre Stimmung hob sich mit jedem Wort, das sie sagte. Ihr allwissendes Lächeln war strahlend.

2

Wo war sie? Wohin hatten ihre Entscheidungen sie gebracht? Sie umklammerte ihr iPad, ging an ungeduldigen Touristen und schläfrigen Geschäftsleuten vorbei durch die Lobby des Semiramis ins Café Corniche, das mit Marmortischen und eleganten Stühlen vollgestellt war. Sie musste sich an einem alten australischen Ehepaar und einer jungen Familie, die sich mit ihrem gesamten Gepäck an einem Tisch niedergelassen hatte, vorbeidrücken und fand einen freien Tisch neben einer Vitrine voller Süßigkeiten. Bei einem weiß gekleideten Kellner bestellte sie einen Espresso, und als sich ihr Herzklopfen allmählich beruhigte, fragte sie sich, ob sie in ihr gewohntes Leben zurückkehren konnte. Immerhin hatte sie einen Flug nach Hause gebucht – am Morgen würde sie schon auf dem Weg nach Boston sein. Mit dem Optimismus, der ein amerikanisches Geburtsrecht ist, glaubte sie einen Moment lang, dass alles wieder so werden konnte, wie es vorher war. Sie musste nur aufbrechen.

Als sie ihren Kaffee ausgetrunken hatte, klappte sie ihr iPad auf und machte sich zum ersten Mal daran, die angesammelten E-Mails zu lesen, wovor sie bislang zurückgescheut war. Es waren zweiundsechzig: Freunde, Verwandte, die Budapester Botschaft, Journalisten. Glenda hatte furchtbare Angst, Ray war förmlich. Ihre Eltern fragten sich einfach, warum sie sich noch nicht gemeldet hatte, und erkundigten sich, ob ihr Handy kaputt sei. Von Emmetts Eltern kein Wort, und sie wusste nicht, ob sie ihr Schweigen als Vorwurf auffassen sollte. Alle möglichen Leute, an die sie sich zum Teil gar nicht erinnerte, drückten ihr Beileid aus. Und dann sah sie eine kurze Nachricht von Reardon, dessen Vorname George lautete: »Mrs. Kohl, bitte nehmen Sie baldmöglichst Kontakt mit mir auf, ich muss Ihnen noch einige Anschlussfragen stellen.«

So viele Fragen, die beantwortet sein wollten. Sie hatte eigentlich keine Wahl, oder? Sie musste nach Hause fliegen und durch ihre Anwesenheit bestätigen, dass alles in Ordnung war. Später konnte sie dann zurückkommen und versuchen, das Rätsel um Emmetts Ermordung zu lösen. Das war die richtige Reihenfolge. Alles andere, so war sie plötzlich überzeugt, war offenkundig unvernünftig.

Sie schaltete sogar das iPad aus und sah sich nach dem Kellner um, bereit, das Treffen ausfallen zu lassen, doch in dem Moment erschien ihr Kontaktmann, zwängte sich an der Familie mit dem vielen Gepäck vorbei zu ihr durch und sah sie streng an.

Er war älter, als sie gedacht hatte, obwohl sie das Alter ägyptischer Männer nicht gut schätzen konnte. Groß, schlaksig, mit weißen Stoppeln auf den Wangen – mindestens ein Zweitagebart – und mit einem lehmfarbenen Anzug gut gekleidet. Er ging etwas unbeholfen, als täten ihm die Knochen weh. Er reichte ihr nicht die Hand, trat aber nahe heran, beugte sich über den Tisch und flüsterte »Mrs. Kohl« mit einem starken Akzent, der aus *Kohl* Ko machte. Sie nickte. »Und Sie sind?«

»Halawi. Omar Halawi.«

Sie lächelte zur Begrüßung und wies auf den freien Stuhl. »Bitte.«

Bevor er sich setzte, schaute er sich um, als befürchtete er, jemand könnte ihn dabei ertappen, dass er sich zu einer Frau aus einem westlichen Land setzte. Vielleicht machte er sich aber auch Sorgen um finsterere Dinge. Als er saß, sagte er: »Ich will offen zu Ihnen sein, Mrs. Kohl. Mir gefällt das nicht.«

»Das?«

»Das«, wiederholte er, dann stellte er zehn Fingerspitzen auf die Tischplatte. »Hätte Inaya mich nicht persönlich angerufen, wäre ich nicht hier.« Er räusperte sich. »Es kann sein, dass wir beobachtet werden.«

Sie sah sich um und plötzlich wusste sie, dass es ein Fehler gewesen war hierherzukommen. Wie rasch konnte sie in Stans Wohnung zurück? »Wer beschattet uns?«

Er kniff den Mund zusammen, als bereite er sich auf eine ausführliche Erklärung vor, zuckte aber nur die Achseln.

»Sie verwirren mich, Mr. Halawi. Sie halten es für möglich, dass wir beschattet werden, wissen aber nicht, von wem?«

»Ich weiß es eben nicht.«

Sein Tonfall gefiel ihr nicht. »Ich habe ein Zimmer«, sagte sie. »Nummer 306. Dort können wir uns in Ruhe unterhalten.«

Als er ein entsetztes Gesicht machte, begriff sie, dass sie eine Grenze überschritten hatte. Er war kein halbherziger Muslim, der ohne Begleitung in das Hotelzimmer einer Frau mitgehen würde.

Genug.

»Schauen Sie, Mr. Halawi. Inaya hat mir gesagt, ich kann Ihnen vertrauen. Sie können mir helfen. Wenn das nicht der Fall ist, soll es mir auch recht sein. Sie gehen einfach, und ich kehre dorthin zurück, wo ich hergekommen bin.« Diese Feststellung kam ihr ganz rasch über die Lippen, und sofort fühlte sie sich, als sei eine Last von ihr abgefallen. *Gib auf. Was soll's!* Sie sah einen Jungen auf einer Brücke, der ihr die Zunge herausstreckte. *Hör auf, so zu tun, als wärst du etwas anderes als eine ängstliche kleine Frau.*

Es hätte geschehen können, und viel später sollte sie wünschen, es wäre geschehen. Er hätte auf ihren Vorschlag eingehen, ihr zunicken und einfach gehen können. Stattdessen schaute er auf ihre leere Espressotasse, überlegte, welche Möglichkeiten er hatte, und kniff wieder den Mund zusammen. »Ja«, sagte er schließlich und sah ihr in die Augen. »Jibril zuliebe.«

Und das war's. Ihr Kurs stand jetzt fest. »Jibril zuliebe«, stimmte sie zu.

Nachdem das geklärt war, entspannte er sich, doch als ein Kellner ihn im Vorbeigehen ansah, verkrampfte er sich wieder und schüttelte ärgerlich den Kopf. »Inaya hat mir einiges erzählt«, sagte er, »aber ich bin nicht sicher, ob ich mir über Ihre Lage ganz im Klaren bin. Ihr Mann hat mit Jibril gesprochen, bevor er umgebracht wurde. Stimmt das?«

Umgebracht – das war ein Wort, das niemand in ihrer Umgebung hatte sagen wollen. »Ja.«

»Und Sie sind nach Kairo gekommen, um Jibril zu finden.«

»Ja.« Er sah sie durchdringend an, schwieg aber. Deshalb fuhr sie fort: »Jibril hat einen Plan für die Botschaft erstellt. Für einen Regimewechsel in Libyen.«

»Stumbler«, sagte er mit einer wegwerfenden Handbewegung. »Ich weiß Bescheid. Fahren Sie fort.«

Wer *war* dieser Mann?

»Emmett hat an der Kairoer Botschaft gearbeitet. Ich kenne dort Leute. Ich dachte, die könnten mir helfen.«

»Und, haben sie es getan?«

»Nein, noch nicht.«

»Ja«, sagte er, schüttelte dabei aber den Kopf. »Das kann ich mir vorstellen. Meinen Sie, die wissen von Jibril?«

»Er ist beim Staat angestellt – also müssen die doch viel über ihn wissen.«

Wieder schüttelte er den Kopf, diesmal ungeduldig. »Das Buch – wissen sie von seinem *Buch?*«

»Ich weiß nicht, was Sie meinen.«

»Die *Namen*. Wissen sie von seinem *Netzwerk?*«

»Vielleicht …«, setzte sie an, dann brach sie ab. »Schauen Sie, ich weiß wirklich nicht, wovon Sie reden.«

Halawi lehnte sich zurück, strich mit den Fingern über seine Bartstoppeln und sah sie erneut forschend an. »Wen haben Sie sonst noch in Kairo gesucht?«

Hätte nicht eigentlich sie die Fragen stellen sollen? »Stan Bertolli. Ich dachte, er könnte mir helfen.«

»Ich meine nicht Ihren Liebhaber, Mrs. Kohl«, sagte Halawi mit gesenkter Stimme.

Er sagte es mit einem Anflug von Verachtung, und sie hätte ihm am liebsten Kaffee ins Gesicht geschüttet, aber ihre Tasse war leer. »Wen meinen Sie denn dann, Mr. Halawi?«

Mit fast unbewegter Miene sagte er: »Ihre Führerin, Zora Balašević. Haben Sie auch nach ihr gesucht?«

Aus ihrem Ärger wurde von einem Moment zum nächsten eine tief sitzende Übelkeit, und ihr summte der Kopf. »Ich wüsste nicht …«

Er neigte sich näher zu ihr. »Sie hat Sie geführt, und wir haben Zora geführt. Zumindest haben wir es versucht. Ich glaube nicht, dass sie so leicht zu führen war.«

Es war, wie Stan gesagt hatte. Zora hatte direkt an die Ägypter berichtet. Sie wussten alles über ihre Affäre, weil Zora davon gewusst hatte. Sie kannten jedes Megabyte Information, das sie von Emmetts Laptop abgefischt hatte, weil Zora es ihnen gegeben hatte. Nicht unbedingt sie, aber auf alle Fälle er – dieser stoische alte Ägypter, der vor ihr saß. Er wusste alles. Zum ersten Mal seit einiger Zeit sprach sie mit jemandem, vor dem sie keine Geheimnisse hatte. Das machte ihr Angst.

»Ich wollte offen darüber reden«, sagte er nach einer Weile. Die Fingerspitzen der einen Hand berührten jetzt die Fingerspitzen der anderen.

Sie gab sich Mühe, mit möglichst normaler Stimme zu

sprechen. »Ja, ich habe auch nach ihr gesucht, aber sie ist nicht da.«

»Sie ist nach Hause zurückgekehrt. Sie hatte keinen Grund mehr, in Ägypten zu bleiben, nachdem Sie abgereist waren. Ihr einziger Trumpf war ihre Freundschaft mit Ihnen und Mr. Kohl. Wir hatten Glück, müssen Sie wissen – sie wusste, dass wir ihr mehr zahlen konnten als ihre Landsleute.«

Zora hatte ihre Ideologie verraten – die Überzeugungen, die sie so bewundert hatte – und sich an die Ägypter verkauft. Aber hatte Zora das nicht sogar selbst gesagt? *Information will frei sein – ich finde, man sollte dafür bezahlen müssen.* Wie viel hatte sie geglaubt, was Zora betraf, einfach weil sie es glauben wollte? Sie kam sich vor, als wüsste sie überhaupt nichts. »Aber sie war nicht nur meinetwegen hier, sie hatte auch noch andere Leute«, sagte Sophie und dachte an die Blondine mit den Russen. »Eine hat sie mir mal gezeigt.«

»Ach ja?«, fragte er und zog die Augenbrauen hoch. »Haben Sie mit einer dieser anderen Quellen gesprochen?«

Sie schüttelte den Kopf.

»Wir haben Zora Balašević beobachtet. Hätte sie noch andere Quellen gehabt, wäre uns das bestimmt nicht entgangen.«

Diese Unverfrorenheit. Natürlich hatte Zora sonst niemanden gehabt – Sophie war die Einzige gewesen. Die naive Sophie. Das leichtgläubige Mädchen. Sie holte tief Luft, um nicht die Fassung zu verlieren. »Hat Zora irgendwas damit zu tun? Mit Emmett? Mit seiner Ermordung?«

Halawi wiegte den Kopf hin und her, dann sagte er: »Ich kann es nicht mit Sicherheit sagen, aber ich glaube nicht. Nicht mit dem Mord an Ihrem Mann. Seit sie weg ist, habe ich nichts mehr von ihr gehört. Ich glaube, sie lebt glücklich und zufrieden in Serbien, mit dem Geld, das sie hier verdient hat. Sie hat keinen finanziellen Anreiz, sich wieder einzumischen, und sie hat kein ethisches Interesse an dem, was in diesem Teil der Welt geschieht. Jibril dagegen schon.«

Sie nickte, versuchte, ihre Welt wieder aufzubauen, Stein für Stein. »Sie haben von Namen gesprochen.«

Er nickte und sah sie einen Moment forschend an, suchte nach etwas in ihrem Gesicht. Schließlich sagte er: »Als er nach Libyen gefahren ist, sollte er ein Buch mit den Namen und Kontaktinformationen aller Mitglieder der alten Netzwerke bekommen.«

»Was für alte Netzwerke?«

»Jibrils. Von früher. Als er seine eigenen Netzwerke in Libyen geleitet hat.«

Sie starrte auf sein Stoppelkinn. »Ich dachte, er hat in einem Büro gearbeitet.«

»Sie wissen gar nichts von ihm, oder?«

»Nein«, sagte sie mit wieder wachsender Ungeduld. »Vielleicht sollten Sie das ändern.«

Sie sah ihm an, dass er zögerte, aber sein Entschluss stand schon fest. Er hatte seine Bomben schon platzen lassen. Er sah sich erneut um, ob ihnen auch niemand zuhörte, dann begann er, einen gut aussehenden jungen Mann zu beschreiben, »einen Mann, der sich nichts sehnlicher wünscht, als dass seine Leute in Frieden leben können und dass sie gut leben können«. Jibril sei jung gewesen, habe aber »Dinge gesehen, die man eigentlich erst sehen dürfte, wenn man so alt ist wie ich«.

Dass Halawi Respekt vor Aziz hatte, stand nicht in Frage, aber während er weitersprach, wurde klar, dass dieser alte

Mann den jüngeren vergötterte, und das machte ihr allmählich Angst. Als er sagte »Jibril ist eine moralische Kraft«, fiel sie ihm ins Wort:

»Okay. Ist angekommen. Er ist wunderbar. Aber ich will rauskriegen, wer meinen Mann umgebracht hat. Wissen Sie es?«

»Natürlich«, sagte Halawi sachlich. »Jibrils Arbeitgeber.«

»Die CIA?«

»Ja.«

Sophie rieb sich heftig die Augen. »Und *warum* hat sie Emmett umbringen lassen?«

»Wegen Stumbler. Weil er mit Jibril über Stumbler geredet hat.«

Sie hatte allmählich das Gefühl, dass das Gespräch sich im Kreis drehte. »Warum hat er ausgerechnet mit meinem Mann über Stumbler gesprochen?«

Halawi kratzte sich seine lange Nase. »Er wusste über Ihren Mann Bescheid. Er wusste, dass Ihr Mann ... ein Gleichgesinnter war. Beide Männer interessierten sich dafür, was gut und richtig war. Ihr Mann war ebenfalls eine moralische Kraft.«

Emmett? Eine moralische Kraft? »Präziser, Mr. Halawi. Bitte seien Sie präziser, sonst stehe ich auf und gehe.«

Ärger zuckte über sein Gesicht, und sie vermutete, dass Frauen sonst nicht so mit ihm redeten, aber er hatte sich gleich wieder in der Gewalt und legte die Hände auf den Tisch. »Mrs. Kohl, es geht hier um einen Plan der Amerikaner, dem libyschen Volk die Revolution zu stehlen. Jibril hat vor Jahren Stumbler entwickelt, und das Ziel war damals, die Welt von Muammar Gaddafi zu befreien. Ein *moralisches* Ziel. Aber heute ist die Welt eine andere. Jetzt haben die Libyer ihren eigenen Stumbler in Angriff genommen, und wenn sie Erfolg haben, werden sie ihr eigenes Land regieren. Es wäre unrecht, wenn die Amerikaner diesen Kampf an sich reißen und ihre Marionetten in Tripolis installieren würden. Verstehen Sie?«

Sie nickte.

»*Das* ist der Grund, warum Jibril mit Ihrem Mann gesprochen hat. Er hatte erkannt, dass die Amerikaner die Revolution für sich vereinnahmen wollten. Er kannte nur einen einzigen amerikanische Diplomaten, der das ebenfalls abscheulich finden würde – Mr. Emmett Kohl. Er sprach in Budapest mit Ihrem Mann, eine Woche vor dessen Ermordung, und fuhr dann nach Libyen, um den Personen in seinem Buch zu sagen, dass sie auch die Amerikaner würden abwehren müssen.«

Eine Zeit lang sah sie ihn nur an und versuchte, das alles in sich aufzunehmen. »War Emmett an Jibrils Plan beteiligt?«

Er schüttelte den Kopf. »Ihr Mann wollte da nicht mitmachen, nein. Jibril wandte sich an Ihren Mann, um sich bestätigen zu lassen, was er entdeckt hatte. Ihr Mann war nicht bei der CIA – er war objektiv.«

»Emmett konnte ihm bestätigen, dass Amerika den Libyern die Revolution wegnehmen wollte?«

Wieder verzog Halawi das Gesicht, aber es war weder Schreck noch Ärger – es war Verlegenheit.

»Nun?«, fragte sie.

Er schüttelte den Kopf. »Mr. Kohl sagte, er glaube das nicht. Er glaube, die Amerikaner hätten nichts dergleichen im Sinn.«

Sophie überlegte kurz. »Moment mal. Sie sagen doch, die von der CIA hätten meinen Mann umgebracht. Stimmt's?«

Er nickte.

»Weil sie Stumbler vertuschen wollten. Richtig?«

»Ja. Das ist richtig.«

»Aber Emmett glaubte gar nicht, dass sie dahintersteckten.«

»Richtig.«

»Warum haben sie ihn dann umgebracht?«

Halawi rieb sich die Augen, vielleicht weil er es müde war, dieser Frau die Welt zu erklären. »Weil Langley es nicht sicher wusste, Mrs. Kohl. Die haben die Umstände des Treffens nicht gründlich genug recherchiert.« Er legte eine Pause ein. »Es wurden Fehler gemacht.«

»Und Jibril?«

»Ja?«

»Sie wissen nicht, wo er ist, oder?«

»Er ist in Libyen.«

»Aber Sie wissen nicht, wo in Libyen.«

Es hatte keinen Sinn, darauf zu antworten, deshalb unterließ er es.

»Wieso denken Sie, dass er noch am Leben ist?«

Abermals ein Lächeln, diesmal nachgerade engelhaft. Er legte die Hand aufs Herz: »Weil ich daran glaube, Mrs. Kohl.«

Sie hätte ihn am liebsten ausgelacht, tat es aber nicht. Sie hätte auch weinen mögen, denn obwohl er ihr so bereitwillig Auskunft gab, gewann sie allmählich den Eindruck, dass er genauso im Dunkeln tappte wie sie.

Er seufzte hörbar. »Mrs. Kohl, das ist nicht Ihr Kampf. Sie wissen, wer Ihren Mann ermordet hat. Sie können nach Hause fahren, ohne sich schämen zu müssen.«

»Da kennen Sie mich aber schlecht, Mr. Halawi.«

Er lächelte, als kenne er sie doch, und sagte: »Was wollen Sie machen, was andere nicht besser machen können? Sie sollten ehrlich zu sich selbst sein.« Er atmete durch die Nase ein, und sie meinte, Sympathie in seiner Miene zu erkennen, aber vielleicht täuschte sie sich. »Sie gehören nicht hierher, Mrs. Kohl. Sie hätten gar nicht erst herkommen dürfen.«

3

Sie lag auf ihrem Bett in Zimmer 306 und starrte an die Decke, voller Unruhe, weil sie sich noch immer nicht sicher war. Sie hatte ihr Flugticket, aber sie stellte sich ständig Fragen. War sie hier wirklich fertig? Oder sollte sie versuchen, Jibril Aziz zu finden? Was würde sie tun, wenn sie ihn fand? Welche Antworten erhoffte sie sich von ihm? Und wenn er ihr dieselben Antworten gab wie der Ägypter – dass die amerikanische Regierung Emmett hatte umbringen lassen –, was würde sie dann damit anfangen? Würde sie die *New York Times* anrufen und einen Riesenwirbel machen?

Sie war sich nicht sicher, ob sie Omar Halawi trauen konnte. Er hatte etwas leicht Irres an sich, die Art Ausdruck, wie sie die Gesichter von Fanatikern und Frömmlern kennzeichnet. Er errichtete seine Welt auf einem Fundament, das auf subtile Weise anders war als ihres, und deshalb war alles, was er sagte, um Haaresbreite außerhalb ihrer eigenen Sichtweisen. Es war vielleicht ein kultureller Unterschied, aber er hörte sich für sie trotzdem leicht verrückt an.

Und wenn sie die *New York Times* anrief – was dann? Sie versuchte sich vorzustellen, wie die amerikanische Regierung und die CIA reagieren würden. Wie lange würden sie brauchen, um sie in Verruf zu bringen? Wie schwer würde es für sie sein, zwei und zwei zusammenzuzählen und herauszubekommen, dass sie über ein Jahr lang als Agentin für eine fremde Macht tätig gewesen war? Und wie würde sie sich verteidigen – mit der Geschichte aus dem Jugoslawien von 1991? Das war keine Verteidigung.

Die eigentliche Frage war vermutlich nicht, was sie erreichen konnte, sondern was das *Richtige* war – und was bedeutete in dieser Situation *richtig*?

Obwohl sie es besser wusste, wünschte sie, Stan läge neben ihr im Bett. Er mochte sie belügen, aber zumindest würde sein Mund sie für ein Weilchen von ihrer Verwirrung ablenken.

Es klopfte. Anfangs hörte sie es gar nicht, so tief war sie in ihre Gedanken versunken, aber dann klopfte es erneut, lauter diesmal, und sie setzte sich auf. Es war nach zehn. Sie überlegte, ob sie es ignorieren sollte, doch dann sagte jemand: »Sophie Kohl? Ich heiße Michael Khalil. Ich habe mit Ihrem Mann zusammengearbeitet. Könnte ich Sie kurz sprechen?«

Sie stand auf und ging zur Tür. Als sie schon die Hand auf der Klinke hatte, zögerte sie. Sie schaute durch den Spion und sah einen Mann, der einen Ausweis hochhielt, der auf der einen Seite FBI in blauen Lettern zeigte. Auf der anderen befanden sich ein Foto und der Name »Michael Khalil«.

»Ich bin vom FBI«, sagte er überflüssigerweise.

Sie wollte schon die Tür öffnen, dann fiel ihr Andras Kiraly ein. Der alte Ungar hatte nach Michael Khalil gefragt, der sich als FBI-Agent ausgab. *Wir haben da unsere Zweifel.* Khalil hatte an dem Tag mit Emmett über Stumbler gesprochen … an *dem* Tag. »Was wollen Sie?«, fragte sie, und vor Angst verkrampften sich jählings ihre Rückenmuskeln.

Er ließ den Ausweis sinken, sodass sie durch den Spion sein Gesicht sehen konnte. Ein dunkelhäutiger Typ, groß und schlank, mit einem Lächeln. Sogar gut aussehend. Er hätte Ägypter sein können, aber er sprach astreines Mittelwesten-Amerikanisch. »Tut mir leid, dass ich so spät störe. Aber ich müsste mal kurz mit Ihnen reden.«

»Warum haben Sie nicht vorher angerufen?«

Ein leicht gereizter Ausdruck huschte über sein Gesicht. »Na ja, ich bin inoffiziell hier. Und ich würde es begrüßen, wenn Sie dieses Gespräch für sich behielten.«

»Wir führen doch noch gar kein Gespräch.«

»Ich hoffe, Sie werden sich entschließen, mit mir zu sprechen.«

»Warum sollte ich?«

Er runzelte die Stirn, schaute wieder den Flur entlang, als erwartete – oder fürchtete – er jemanden. »Ich bin hier, weil ich nicht möchte, dass Sie umgebracht werden.«

Mit einer solchen Antwort hatte sie nun wirklich nicht gerechnet. »Warum glauben Sie, dass die Gefahr besteht, ich könnte umgebracht werden?«

»Darf ich reinkommen?«

Sie trat zurück, überlegte kurz und hakte dann den Sperrbügel ein. Sie öffnete die Tür so weit, wie der Bügel es zuließ, sodass Michael Khalil sie durch den Spalt sehen konnte. »Bleiben Sie, wo Sie sind.«

Erneut die gereizte Miene. Seine Zunge wühlte in seinen Wangen.

»Und jetzt sagen Sie mir, warum Sie glauben, ich könnte umgebracht werden.«

Wieder sah er den Flur entlang, dann senkte er die Stimme zu einem Flüstern. »Muss ich es laut sagen?«

»Ich fürchte, ja, Mr. Khalil.«

Er zupfte an seinen Revers, um sein Jackett zu richten. »Sie wissen inzwischen, wer Ihren Mann umgebracht hat?«

»Sagen Sie's mir.«

»Die CIA.« Er machte eine Pause. »Überrascht Sie das?«

»Egal, wie oft ich es höre, es wird mich immer wieder überraschen.«

»Emmett war drauf und dran, die Agency zu verraten. Er hatte von einer Operation in Libyen gehört und wollte die Sache auffliegen lassen. Er sagte einem Kollegen, er werde – ich zitiere – *den Skandal aufdecken.* Emmett hat nie ein Blatt vor den Mund genommen.«

Sie lehnte sich leicht zurück und dachte, wie gut Emmett gewesen war und wie wenig sie ihn eigentlich gekannt hatte. »Stumbler«, sagte sie, dann schüttelte sie den Kopf. »Emmett hat das nicht geglaubt. Jibril Aziz hat es geglaubt, aber er nicht. Er wollte keinen Skandal aufdecken.«

»Haben Sie das von Mr. Halawi?«, fragte er.

»Wieso wissen Sie von ihm?«

Ein leichtes Achselzucken. »Ich kenne ihn eben. Er ist ein guter Mann, aber er macht sein Wort nicht zum Evangelium. Denken Sie doch daran, in welcher Lage er sich befand – er hatte einen jungen Mann vor sich, einen Mann mit Familie, der fest entschlossen war, nach Libyen zu gehen und sich umbringen zu lassen. Was würde ein guter Mann da tun? Ruhigeren Gemütern den Vortritt lassen. Jibril anlügen, ihn dazu bringen, dass er zu seiner Frau nach Hause fährt, und dann diplomatisch vorgehen – mit Memos an Menschen, auf die es ankommt.«

»Warten Sie«, sagte sie, und er tat genau das. Sein Gesicht entspannte sich, er sah sie unverwandt durch den Türspalt an und … wartete. Sie brauchte ein Weilchen, um das zu durchdenken. »Aber die Memos wollte Emmett schreiben, nicht ich. Ich verstehe immer noch nicht, warum ich in Gefahr sein soll.«

Wieder blickte er zurück in den Flur. »Nun ja, Sie haben sich nicht ans Drehbuch gehalten, stimmt's?«, sagte er, als spräche er mit einem Kind, voller Nachsicht für die Nichtprofis dieser Welt. »Sie haben sich nicht wie eine gramgebeugte Witwe verhalten, sind nicht nach Hause gefahren. Sie sind nach Kairo gekommen und haben Nachforschungen angestellt. Sie sind zu Stanley Bertolli gegangen, einem Agenten der CIA, und haben ihn um Hilfe gebeten. Eigentlich können Sie doch an den Fingern abzählen, wie lange die Agency gebraucht hat, um herauszufinden, wo Sie sich befinden und was Sie vorhaben.«

»Stan hat niemandem etwas gesagt«, warf sie ein.

»Glauben Sie das wirklich?« Er ließ ihr ein wenig Zeit für eine Antwort, dann fuhr er fort: »Hören Sie zu, ich sage nicht, dass Stan Bertolli kein anständiger Kerl ist, aber er ist in erster Linie ein CIA-Mann. Vielleicht weiß er nicht einmal, was da läuft, aber er wird sich bestimmt an die Vorschriften halten. Das ist ihm angeboren. Sein Vater war auch schon bei der CIA.«

Das hatte sie nicht gewusst – er hatte nie über seine Familie gesprochen. Das hätte sie stutzig machen müssen. Sie starrte knapp links an ihm vorbei auf ein Stück Tapete und fragte sich, ob sie diesem Fremden glauben konnte. Stan war so besorgt gewesen, dass sie entdeckt werden könnten, und dieser Mann, wer war er? Kiraly glaubte, dass er nicht war, wofür er sich ausgab, aber vielleicht irrte er sich ja. Waren sie nicht allesamt Lügner? »Haben Sie mit Emmett darüber gesprochen?«

»Ich bin nicht dazu gekommen.«

»Sie haben nicht mit Emmett gesprochen?«

Er zögerte. »Ihr Mann war tot, bevor ich mit ihm sprechen konnte.«

Wer log hier? Warum hätte Kiraly so etwas erfinden sollen? »Und wer sind Sie?«

»Hab ich Ihnen doch gesagt, ich bin vom FBI. Wir arbeiten mit unseren Freunden bei der CIA zusammen, aber ansonsten gehen wir getrennt vor.«

»Nein.« Sie schüttelte den Kopf. »Ich meine, wer sind *Sie*? Was steht dabei für Sie auf dem Spiel?«

Er blinzelte, als sei er über diese Frage verblüfft. »Na ja, ein Mann wurde ermordet, Sophie. Einer von uns. Und wie sich herausstellt, ist eine andere amerikanische Dienststelle dafür verantwortlich. Irgendwie gehört es zu meinem Job, mich um solche Sachen zu kümmern.«

Sie richtete sich auf, spürte, wie der Ärger in ihr aufstieg, versuchte aber, ihn zu unterdrücken. Sie war es leid, sich mit vagen Äußerungen oder glatten Lügen abspeisen zu lassen. »Erklären Sie's mir«, sagte sie zu Michael Khalil. »Machen Sie mir begreiflich, warum mein Leben in Gefahr ist.«

»Also gut«, sagte er und breitete die Hände aus. Er war wieder ungeduldig. »Es ist so, Sophie: Ihr Mann wollte wegen Stumbler zum Whistleblower werden. Hätte er das getan, wäre das für die Agency äußert peinlich gewesen. Ein Desaster. Also haben sie ihn aus dem Weg geräumt. Seine Frau – Sie, Sophie – ist nicht in der Versenkung verschwunden, wie es sich gehören würde. Sie ist ihren ›Betreuern‹ entwischt und nach Kairo geflogen, vermutlich, um aufzudecken, wer ihren Mann umgebracht hat. Glauben Sie wirklich, die CIA legt die Hände in den Schoß und schaut zu, wie Sie sie mit dem albanischen Killer in Verbindung bringen?«

»Und wo *ist* die Verbindung?«

Er machte den Mund auf und wieder zu.

»Also bitte. Wenn Sie die Antworten alle beisammenhaben, dann melden Sie sich wieder bei mir.«

Michael Khalil beugte sich vor, das Gesicht so nahe am Türspalt, dass sie seinen Knoblauchatem roch. Seine Augen waren groß und blutunterlaufen. »Gjergj Ahmeti, der ist ein Geist. Sie werden seinen Namen in keiner schriftlichen Unterlage finden. So einer wird für Spezialaufgaben angeheuert, in bar bezahlt und wieder weggeschickt. Deshalb werden Sie keine Spur von ihm finden. Bestenfalls können Sie einen Menschen ausfindig machen, der weiß, was die CIA vorhat. Bestenfalls können Sie Jibril Aziz aufstöbern.«

»Und wie, bitte schön, soll ich das anstellen?«

»Lassen Sie mich rein, und wir reden darüber.«

»Nein«, sagte sie.

»Seien Sie nicht kindisch. Sie haben meine Plakette gesehen. Ich will einfach nur zu einem Arrangement kommen, Sophie.«

Auf dem Flur machte jemand Krach, und er schaute hin. Sie sah schon bald, was er sah – ein lachendes Pärchen, vielleicht angetrunken. Deutsche, er mit der Hand auf ihrem Hintern. Sie wurden einen Moment ernst, musterten Khalil und spähten durch den Türspalt. Dann gingen sie weiter, doch bevor Khalil etwas sagen konnte, erschienen drei Männer auf dem Flur – ebenfalls Deutsche – und sangen »Die Hände zum Himmel«. Sichtlich frustriert drehte sich Khalil wieder zu ihr um und flüsterte: »Wir treffen uns morgen früh, einverstanden? Sie sind nervös – ich verstehe das. Also treffen wir uns unten zum Frühstück. Okay?«

Sie nickte.

»Um welche Zeit?«

Sie überlegte: Um halb zehn steige ich ins Flugzeug und lasse das alles hinter mir. »Zehn«, sagte sie und lächelte so, wie sie Zoras Rat zufolge lächeln sollte, wenn sie log. »Ich will morgen ausschlafen.«

Er zögerte wieder, runzelte die Stirn, nickte dann knapp. »Ich warte auf Sie.«

4

Sie würde zu Fuß gehen, wie in Budapest. Unter dem Eindruck eines überwältigenden Schuldbewusstseins war sie hierhergekommen, in der Hoffnung, jemanden zu finden – Zora, Stan oder Jibril –, der ihr versichern konnte, dass sie nicht für den Mord an Emmett verantwortlich war. Aber niemand konnte ihr irgendetwas versichern. Stattdessen geriet alles außer Kontrolle. Sie hatte das Reich der Putschversuche, des Betrugs und des Mordes betreten, das Reich der Wüste. Sie fragte sich, wo Jibril jetzt sein mochte, womöglich führte er ein aufregendes, furchterregendes Dasein unter Männern, die um ihr Leben kämpften, während in Alexandria – zu Hause in Virginia – seine Frau vor Sorge um ihn schier den Verstand verlor.

Dieses Bild vor allem bestärkte sie in der Überzeugung, dass sie die richtige Entscheidung traf. Emmett hatte sich in Jungenspiele verstrickt. Sie ebenfalls, für mehr als ein Jahr, aber sie hatte ihre kindliche Phase überlebt. Es war Zeit, nach Hause zu fahren.

Sie stellte ihren Handywecker auf sieben, duschte, zog

ihren letzten sauberen Slip an und legte sich ins Bett. Um halb zehn würde sie im Flugzeug sitzen. Dann würde sie in Boston ankommen. Sie machte das Licht aus und schloss die Augen. Und sah:

Ein zuckendes Bein im Dreck.

Soldaten in Stiefeln, die Babys in die Luft warfen.

Ihre eigene Stimme: *Es ist Barmherzigkeit. Er wird verhungern.*

Ein Mann, der, im Mund einen dreckigen Knebel, zu schreien versuchte.

Sie erwachte von lautem Klopfen an ihrer Tür und erschrak, denn der Traum war ihr in die Schwärze des Hotelzimmers gefolgt, und das Hämmern an der Tür klang wie ein Soldatenstiefel, der gegen eine dieser schweren jugoslawischen Haustüren trat.

Eine vertraute Stimme: »Mrs. Kohl? Mrs. Kohl, ich muss Sie sprechen.«

Sie tastete im Dunkeln nach dem Schalter der Nachttischlampe. Sie rang nach Atem und überzeugte sich, dass außer ihr niemand im Zimmer war.

Das Klopfen hörte nicht auf. »Mrs. Kohl?«

Es war Omar Halawi – diese zögerliche Sprechweise hätte sie überall wiedererkannt. »Einen Moment«, sagte sie und zog den Hotel-Morgenmantel über. Er hörte auf zu klopfen, und durch den Spion sah sie ihn stocksteif dastehen, die Hände hinter dem Rücken. Sie öffnete die Tür, ohne den Sperrbügel vorzulegen, und las die Überraschung in seinem Gesicht, bevor sie den Grund begriff. Warum war er überrascht? Es war zwei Uhr morgens – er konnte von Glück sagen, dass sie nicht nackt war.

»Mrs. Kohl –«

»Warten Sie«, unterbrach sie ihn. »Sie brauchen sich keine Sorgen zu machen. Morgen früh bin ich hier weg. Mir reicht's.«

Er machte den Mund auf, zögerte, sagte dann: »Tut mir leid, aber das wird vielleicht nicht möglich sein.«

»Und warum nicht?«

Wieder der offene Mund, und sie sah, dass ihm auf einer Seite mindestens zwei Schneidezähne fehlten. Er senkte die Stimme und sah den leeren Flur entlang. »Der Mann, der mit Ihnen gesprochen hat.« Er schüttelte den Kopf und flüsterte nur noch. »Dem dürfen Sie nicht trauen.«

Herrgott, ging das schon wieder los? Sie wollte nur noch weg. »Der ist vom FBI.«

»Nein, ist er nicht. Und er heißt auch nicht Michael Khalil.«

Während Kiraly ihr das mit seiner unsicheren Unterwürfigkeit gesagt hatte, die sie so sympathisch fand, hatte Halawi es mit so strenger, wütender Überzeugung ausgesprochen, dass ihr das Herz stehen blieb. »Was ist er dann?«

»Er arbeitet für meinen Vorgesetzten, Mrs. Kohl. Er ist nicht beim FBI.«

Sie trat zurück, von dem Mann ebenso angewidert wie von dieser Information. Auch sie sprach jetzt ganz leise: »Das spielt keine Rolle. Ich habe ihm versprochen, mich mit ihm zu treffen, aber ich reise morgen früh ab. Ich werde ihn nicht wiedersehen.«

»Sie sind für EgpytAir 777 gebucht, Abflug neun Uhr dreißig.«

Sie schluckte. »Ja.«

»Wenn *ich* das weiß, dann weiß es auch Khalil. Und mein Vorgesetzter.« Er ließ ihr einen Moment Zeit, um diese logische

Reihenfolge zu verstehen. »Bitte, Sie müssen mit mir mitkommen.«

Sie wich noch einen Schritt zurück, und er trat unter die Tür, kam aber nicht herein.

»Ich glaube nicht, dass er Sie gehen lässt.«

»Natürlich lässt er mich gehen. Ich bin niemand.«

»Es geht nicht darum, wer Sie *sind,* Mrs. Kohl. Sondern darum, was Sie *wissen.*«

»Aber ich weiß doch gar nichts!«

Er hob die Hände, um sie zu beruhigen, dann schaute er wieder den Flur entlang. »Ich habe mich geirrt«, flüsterte er. »Jibril hat sich geirrt. Wir alle haben uns geirrt.«

»Worin?«

»In allem. Es geht nicht um Stumbler. Es geht um ...« Er verstummte, runzelte die Stirn, als sei er sich nicht sicher, ob es das richtige Wort war. »Es geht um Verrat.«

Verrat. Endlich etwas, das Sophie Kohl verstand. »Erzählen Sie mir von dem Verrat«, sagte sie.

Er atmete durch die Nase ein, und es klang beengt, er hatte sich wohl erkältet. Er sah auch nicht besonders gut aus. Er seufzte. »Ich würde gegen Sicherheitsvorschriften verstoßen, wenn ich Ihnen das jetzt sage.«

»Es wäre Verrat.«

»Genau.«

»Wäre es nicht auch Verrat, mich vor Ihrem Vorgesetzten zu verstecken?«

»Nicht unbedingt«, sagte er, als wäre damit alles erklärt. »Bitte«, sagte er. »Packen Sie Ihre Sachen zusammen. Ich kann Sie in Sicherheit bringen.«

Sie wollte nicht gehen, aber in kaum fünf Minuten hatte sie sich angezogen, während er draußen auf dem Flur stand.

Sie schulterte ihre Tasche und versuchte, mit ihm Schritt zu halten. Sie nahmen nicht den Aufzug, sondern stiegen die Treppe hinunter ins Erdgeschoss. Bevor sie das Hotel verließen, sagte er: »Gehen Sie nicht durch die Lobby. Dort ist einer, der uns beide kennt.«

»Einer von Ihren Leuten?«

»Einer von Stanley Bertollis Leuten«, sagte er.

»Aber das macht doch nichts«, wandte sie ein. »Stan wird mir nichts tun.«

Mit verkniffenem Mund schüttelte er den Kopf. »Ich mache mir mehr Sorgen darüber, wer Bertollis Mann beobachtet.« Dann öffnete er die Tür.

Sie ließ sich von ihm durch die Glastüren und quer über den Hof mit dem Pool und dem Garten führen, dann betraten sie wieder das Gebäude und zwängten sich an einem schmutzigen Zimmerservice-Wagen vorbei zum Aufzug. Schweigend fuhren sie in die Tiefgarage hinunter. Ein Auto wartete, hinter dem Lenkrad ein junger, knallhart wirkender Ägypter mit buschigen Augenbrauen. Sie hörte den Namen Sayyid, als sie hinten einstiegen und Halawi dem Mann befahl loszufahren. Sie fuhren zügig an den geparkten Autos vorbei und die Rampen hinauf, er zeigte dem Wächter seine Dienstmarke, und sie fädelten sich in den spärlichen Verkehr ein. Anfangs konnte sie noch die Richtung erkennen, in die sie fuhren – nördlich und dann westlich über die Qasr-al-Nil-Brücke, über die Südspitze der Insel Gezira und nach Dokki hinein –, doch dann verlor sie den Überblick im Kairoer Labyrinth. In dem Augenblick wurde ihr bewusst, dass sie diese Männer eigentlich überhaupt nicht kannte. Sie hatte nur das Wort einer Frau, die sie nie kennengelernt hatte. Die beiden konnten Entführer sein. Sie konnten von Al-Qaida sein. Sie konnten von der CIA sein.

Als sie nach Dokki hineinfuhren, sagte sie: »Was könnte ich nach Meinung Ihres Vorgesetzten wissen?«

Halawi zögerte nur kurz. »Wer Ihren Mann ermordet hat.«

Sie richtete sich auf. »Sie wissen es?«

»Noch nicht.«

»Meinen Sie, *er* war's? Ihr Vorgesetzter?«

»Kann ich nicht mit Bestimmtheit sagen.«

»Sie wissen nicht allzu viel, stimmt's?«

Er würdigte sie keiner Antwort.

»Wie lange wollen Sie mich verstecken?«

Er überlegte. »Vielleicht bis heute Abend. Oder bis Dienstag. Nicht länger als bis Dienstag, denke ich.« Er drehte sich um und schaute durch die Heckscheibe, während sie sich durch den Verkehr schlängelten. »Ich bringe Sie zu mir nach Hause. Ich möchte, dass Sie im Haus bleiben, bis das geklärt ist. Meine Frau wird sich um Sie kümmern.«

»Ihre Frau?«, fragte sie verwundert. Sie hatte angenommen, er sei Junggeselle.

Omar Halawi wohnte im vierten Stock ohne Aufzug in einer engen, baumlosen Straße. Eines der Gebäude war mit Graffiti beschmiert. Sie gingen zu dritt hinauf, und beide Männer hielten ihr die Türen auf. An der Wohnungstür klopfte Halawi, und eine Frau in den Sechzigern machte auf. Sie war angenehm mollig, hatte grau meliertes schwarzes Haar und einen breiten Mund, der sich zu einem herzlichen Lächeln verzog. »Salaam«, sagte sie und nickte Sophie zu.

»Salaam«, antwortete Sophie.

Halawi flüsterte ihr zu: »Sie spricht kein Englisch.«

Es war eine kleine Wohnung, kleiner, als sie es bei einem Angehörigen der ägyptischen Geheimpolizei erwartet hätte – und dass er das wahrscheinlich war, schloss sie aus seinem

Insider-Wissen und daraus, dass er mindestens einen durchtrainierten jungen Untergebenen hatte, der ihm aufs Wort gehorchen musste. Seine Wohnung war beengend, wie es oft bei alten Menschen der Fall ist – vollgestopft mit Erinnerungsstücken an ein langes Leben, Dingen, die oft sehr schön waren, aber keine Funktion hatten, sondern nur daran gemahnten, dass die Bewohner früher einmal selbst gelebt und nicht nur zugesehen hatten, wie das Leben vorbeizog.

Seine Frau heiße Fouada, sagte Halawi, und Fouada machte nervös Tee, während Halawi und Sayyid hinausgingen, um etwas zu besprechen. Sie spürte, wie erschöpft sie war. Langsam stand sie auf und sagte: »Fouada?«

Die alte Frau wandte sich ihr zögernd zu.

»Schlafen?«, sagte sie, neigte den Kopf zur Seite und legte zwei betende Hände an ihr Gesicht. Dass Sophie die Geste verstand, schien Fouada große Freude zu machen, und sie führte sie in ein Gästezimmer, in dem es nach Lavendel roch. Auf der Kommode lagen frische Handtücher, und Fouada zeigte ihr das makellos saubere Bad. »Danke«, sagte sie zu der alten Frau. *»Shukran.«*

Fouada lächelte, klatschte in die Hände und sagte: *»Ahlan wa sahlan«* und dann noch etwas, das Sophie nicht verstand. Sophie legte sich in Kleidern aufs Bett und schloss die Augen. Nur kurz ausruhen, bevor sie sich auszog, dachte sie und fragte sich dann, was Emmett sagen würde, wenn er sie jetzt sähe. Wäre er überrascht? Vielleicht sogar beeindruckt? Nicht lange, und sie schlief tief und fest.

5

1991

Zora fuhr mit ihnen den Berg hinab, nach Norden Richtung Novi Sad und dann nach Westen, wobei sie manchmal an die Donau kamen, und sie nannte ihnen jeweils die Namen der Städte, durch die sie fuhren – Sremska Kamenica, Ledinci, Rakovac und Beočin, dessen Zementfabrik von einem Seitenarm der Donau versorgt wurde. Und sie machte sie auf historische Details aufmerksam: Sremska Kamenica sei der Heimatort von Jovan Jovanović Zmaj, dem »größten serbischen Kinderbuchautor«. Ledinci sei eine junge Stadt, nach dem Zweiten Weltkrieg für die Bewohner von Stari – Alt – Ledinci erbaut, das von der gefürchteten Ustascha niedergebrannt worden war. In Rakovac hätten kroatische Faschisten 91 Bürger ermordet. Beočin habe die ersten serbischen Schulen in der ländlichen Vojvodina gegründet. In Čerević habe die Ustascha 87 Menschen umgebracht.

Sophie dachte an die Konzentrationslager, das eine für Männer, das andere für Frauen und ein drittes für Kinder. Sie dachte an Kinderbeine und die scharfen Kanten von Ziegelbauten.

Während sie in dem winzigen Yugo durch Kleinstädte fuhren, berichtete Zora von endlosen Gräueltaten. »Die werden keine Ruhe geben, ehe sie nicht jeden einzelnen Serben auf ihrem Territorium ausgerottet haben. Es wäre ein Verbrechen, da tatenlos zuzusehen.«

Als sie nicht antworteten, sah Zora Sophie im Rückspiegel an. »Ihr glaubt mir nicht.«

»Doch, ich glaube dir«, sagte Sophie, denn was hätte sie

sonst sagen sollen. Sie waren auf dem tiefsten Land, nichts als Bauernhöfe, so weit das Auge reichte, in einem Land, dessen Sprache sie nicht beherrschten. Sie waren in jeder Hinsicht auf Zora angewiesen. Aber das war schon seit vier Tagen so, und sie hatte ihnen nur Freundlichkeiten erwiesen. Sophie erinnerte sich an Viktors Bemerkung: *Ich streite schon mal mit ihr, aber ich weiß, dass sie mit allem recht hat.*

Emmett zwinkerte ihr vom Beifahrersitz aus zu. Kein Grund zur Besorgnis. Alles bestens.

Sie kamen in eine Gegend, die Zora »die autonome serbische Oblast Slawonien, Baranja und West-Syrmien« nannte, vorbei an Schildern, die nach Vukovar wiesen, und Zora erzählte ihnen von Brovo Selo, einer Stadt unmittelbar nördlich von Vukovar. »Die haben einen Riesenwirbel um einen Angriff unserer Jungs auf kroatische Polizisten gemacht, aber das war Vergeltung für einen kroatischen Minister, der – offenbar zum Spaß – höchstpersönlich drei serbische Einfamilienhäuser mit Panzerabwehrraketen zerstört hatte. So sehen die uns. Ein bisschen Sport fürs Wochenende. Seit dem Referendum über die Unabhängigkeit Kroatiens meinen die, sie könnten tun, was sie wollen. In Vukovar sind sechsundachtzig Serben einfach *verschwunden.*« Sie hielt inne. »Ihr wisst, was das bedeutet. Wir alle wissen es.«

Obwohl sie das ferne Dröhnen der Artillerie hörten und am Horizont Rauch aufsteigen sahen, konnten sie nicht nach Vukovar hinein, wo die Vuka in die Donau mündet, denn die Stadt war von der JNA – der Jugoslawischen Volksarmee – eingekreist. Stattdessen fuhr Zora mit ihnen in ein schlammiges Dorf östlich der Stadt, dessen Namen sie ihnen nicht verriet. Dort standen müde Pferde inmitten rostiger Yugos, aber die von kleinen altmodischen Häusern gesäumten Straßen waren menschenleer, bis sie ins Zentrum kamen, wo ein einzelnes Geschäft, das Eiscreme feilbot, ein paar niedergeschlagen wirkende junge Männer in Armeeuniformen angelockt hatte, die Lav aus der Flasche tranken. Sie schauten dem Yugo nach.

»Hier ist alles tot«, sagte Emmett.

»Nicht hinter den Türen.« Zora bog in eine mit Pfützen übersäte Seitenstraße ein und hielt vor einem winzigen Häuschen, aus dessen Kamin Rauch aufstieg. Wie die anderen sah es aus, als sei es Hunderte Jahre alt – mit sandfarbenem Mörtel bedeckte Backsteinmauern, auf dem Dach Tonziegel. Als sie hinter einem mit Dreck bespritzten Jeep parkte, ging die Haustür auf, und ein riesiger Mann mit einem schwarzen Bart kam im Kampfanzug hinkend heraus, die Arme hoch erhoben.

»Zora, moi draga«, rief er, und sie stieg aus und patschte durch den Schlamm, um sich von ihm umarmen zu lassen. Er drückte sie an sich wie ein Bär und hob sie fast einen halben Meter hoch. Sie küssten sich auf die Wangen, und sie zog ihn hinüber und stellte ihn den Amerikanern vor. Er hieß Boian und sprach kein Englisch. Während er anfänglich von ihrem überraschenden Auftauchen angetan schien, zögerte er später und sagte etwas zu Zora. Ein besonderer Ausdruck huschte über ihr Gesicht, und sie zuckte übertrieben die Achseln.

»Irgendwas nicht in Ordnung?«, fragte Sophie.

»Nein, nein«, sagte Zora und ging mit Boian zum Auto. Sie öffnete den Kofferraum, und er strahlte übers ganze Gesicht, griff hinein und hob mit einiger Mühe eine stählerne Scheibe mit dreißig Zentimeter Durchmesser und einem Riegel auf der Oberseite heraus.

»Bravo!«, sagte er.

»Was ist das?«, wollte Emmett wissen.

»Das sind Landminen. Boian ist bei den Paramilitärs, aber die Armee gibt denen nichts von ihren Minen ab.«

»Wir sind mit Sprengstoff im Auto gefahren?«, fragte Sophie.

Zora hob lächelnd den Zeigefinger. »Und trotzdem leben wir, um noch einen Tag zu kämpfen. Lobet Gott! Kommt, lasst uns trinken.«

Sie zwängten sich in Boians enge, schmutzige Küche. Auf dem Büfett neben der Spüle lagen zwei alte Pistolen mit hölzernen Griffen. Vielleicht hatte er sie gerade gereinigt, aber jetzt kümmerte er sich nicht darum, sondern trat an ein Schränkchen, in dem sich drei große Plastikflaschen mit selbst gemachtem Obstbrand befanden.

»Hat er auch noch was anderes?«, fragte Emmett, denn der Rajika hatte seinem Magen nicht gutgetan.

Zora fragte ihn, und Boian sagte: *»Samo pivo.«*

»Nur Bier«, übersetzte sie. »Aber erst stoßen wir auf unsere erfolgreiche Reise an.«

Der Rakija brannte Sophie in der Kehle und wärmte sie dann, und als Emmett zu Lav überging, blieb sie bei dem Schnaps. Er half ihr, ruhig zu bleiben. Obwohl er nicht direkt mit ihnen reden konnte, wollte Boian Geschichten erzählen, aber keine Kriegsgeschichten. Er erzählte ihnen von seiner Jugend in Titos Jugoslawien, vom Schwimmen an den Stränden nördlich von Dubrovnik, das jetzt zur Republik Kroatien gehörte, und von den slowenischen Bergen. Er war ganz erfüllt von der ruhmreichen kommunistischen Vergangenheit, aber trotzdem war er kein Kommunist. »Ideologie«, erklärte Zora, »ist nicht sein Ding. Er ist ein einfacher Mann, und er schwelgt gern in Erinnerungen an die gute alte Zeit. Wahrscheinlich sind wir alle so. In ein paar Jahren, wenn ihr euch wieder in Amerika eingelebt habt, werdet ihr auch wehmütig an uns denken.«

Inzwischen drehte sich ihr alles, und sie war bereit, Zora zuzustimmen. Sie waren hier – *hier,* in einem Kriegsgebiet und tranken mit einem sentimentalen alten Soldaten, der vielleicht schon morgen wieder an der Front sein und gegen die Kinder der Ustascha kämpfen würde. Sie waren gekommen. Sie hatten gesehen.

»Was war das?«, fragte Emmett. Er hielt sich die Hand hinters Ohr.

»Ich höre nichts«, sagte Zora, noch immer lächelnd.

Sophie hörte auch nichts, doch dann: ein Pochen. Nicht das ferne Dröhnen der Artillerie, sondern etwas viel Näheres, praktisch unter ihren Füßen. Es war nur schwach, aber es war da, und es war im Haus.

»Ja«, sagte sie. »Ich höre es auch.«

Zora sah Boian an. Nun endlich verblasste ihr Lächeln, und sie sagte etwas zu ihm. Boian schüttelte beinahe verlegen den Kopf und rieb sich mit seiner großen, behaarten Hand das Gesicht. Er redete ein paar Minuten mit Zora, wobei sich sein Gesicht vor Schmerz und Zorn verzerrte. Schließlich wedelte er mit den Händen und zuckte die Achseln.

»Was ist?«, fragte Emmett.

Zora wandte sich ihnen mit todernster Miene zu. »Ein Mann. Unten. Im Keller.«

»Wer?«, fragte Sophie.

»Ein Monster.«

Stille trat ein, und Emmett sagte: »Könntest du vielleicht etwas präziser werden?«

»Ustascha«, sagte Zora. Sie zündete sich eine neue Zigarette an und lehnte sich zurück. »Ich hab euch von denen erzählt. Was die machen.«

Emmett stützte sich mit den Handballen auf den Rand der Tischplatte, als wollte er sich erheben. »Sie halten da unten einen Mann gefangen?«

Er hatte die Frage an Boian gerichtet, aber Zora machte sich nicht die Mühe zu übersetzen. »Emmett«, sagte sie beruhigend, »lass mich dir von dem Monster da unten erzählen. Man kann ihn schwerlich einen Menschen nennen. Er gehört zu einer kroatischen paramilitärischen Einheit. Sie sind in eine serbische Stadt nicht weit von hier eingedrungen und haben alle umgebracht, die nicht davonlaufen konnten. Da war eine Frau, die gerade entbunden hatte. Es war eine schwere Geburt gewesen. Sie war bettlägerig. Sie fanden sie in ihrem kleinen Haus mit dem Baby in der Wiege. Dieser Mann kam herein, grüßte, packte das Baby und warf es in die Luft. Wie einen Fußball. Soccer auf Englisch, stimmt's?«

Keiner von beiden antwortete ihr.

»Er hat das Baby aufgefangen und wieder in die Luft geworfen, als wollte er mit ihm spielen. Aber die Mutter wusste, was für ein Mensch das war. Sie flehte ihn an, das Kind hinzulegen. Daraufhin sagte er *okay,* hielt das Baby vor sich hin, holte mit einem Bein aus und zählte von drei rückwärts. Bei eins ließ er das Baby fallen und trat zu. Wie gegen einen Fußball. Er trat das Baby quer durchs Zimmer, gegen die Wand. Es war sofort tot. Und die Frau«, sagte sie, legte den Kopf auf die Seite und atmete laut durch die Nase. »Na ja, ihr könnt es euch denken. Sie war besinnungslos, hat furchtbar geschrien. Also ist er zu ihr hin, hat ihr die Hand über Mund und Nase gehalten, ihr die Unterwäsche runtergerissen, seinen harten Schwanz rausgeholt und sie gefickt. Und sie dabei erstickt.«

»Woher willst du das denn wissen?«, sagte Emmett kopfschüttelnd. »Woher?«

Zora zuckte die Achseln. »Ich weiß es, weil er hinterher beim Saufen vor seinen Kameraden damit geprahlt hat. Er hat gesagt, er hätte die Frau zu Tode gefickt. Er fand das lustig. Boian hat die Geschichte gehört, als sie die Stadt zurückerobert haben. Die Kroaten haben es ihm erzählt.«

Sophie glaubte, sich übergeben zu müssen. Während der Erzählung war Boian aufgestanden und aus der Küche gegangen. Emmett schluckte hörbar und sagte leise: »Ich glaub das nicht.«

»Ich würde so was nie erfinden«, sagte Zora. »Und Boian auch nicht.«

Nach einer Weile sagte Emmett: »Was wird er mit ihm machen?«

»Er lässt ihn verhungern. Das müsste ungefähr eine Woche dauern. Er ist seit zwei Tagen da unten.«

»Übergebt ihn doch der Polizei.«

Zora schüttelte den Kopf, und ein leises Lachen kam über ihre Lippen. »Die Polizei hier in diesem Gebiet wird von Kroaten gestellt. Habt ihr denn nicht aufgepasst? Seht ihr nicht, in was für einer Welt wir hier leben? Nein. Dieser Mann wird in diesem Keller sterben. Das ist noch besser, als er es verdient.«

»Dann sollte er ihn einfach erschießen.«

Zora schüttelte den Kopf. »Boian hat zu viel erlebt, um so barmherzig zu sein.«

»Ich will ihn sehen«, sagte Sophie.

»Was?« Emmett sah aus, als hätte er vergessen, dass sie auch da war.

Zora reagierte kaum. Sie sah Sophie nur an.

»Ich meine es ernst.«

Zora nickte und stand auf.

»Nein«, sagte Emmett und streckte den Arm nach ihr aus.

»Wir müssen«, sagte sie, denn so etwas wie eine vom Pflaumenschnaps ausgelöste Einsicht war über sie gekommen: *Gehen. Hingehen. Erfahren.* Wenn sie dieses Haus verließen, ohne nach ihm zu sehen, würde sie das bis in alle Ewigkeit verfolgen. »Wir müssen«, wiederholte sie.

Zora nahm eine der Pistolen von dem Büfett, überzeugte sich, dass sie geladen war, und rief Boian etwas zu. Er erschien in der Tür. Er wirkte müde, aber hart und entschlossen; an seinem kleinen Finger hing ein Schlüssel. Er und Zora wechselten noch ein paar Worte – vielleicht fragte er, ob sich Zora sicher sei. Sophie war sich sicher. An diesem Abend hatte sie ihre übliche Ambivalenz beiseitegelegt. Sie waren nicht nur in die Nähe eines Kriegsgebiets geraten. Sie befanden sich mitten *in* einem Kriegsgebiet – so weit von Harvard entfernt, wie nur irgend denkbar.

Boian führte die drei durch das verstaubte Wohnzimmer, wo ein stummer Fernseher verschneite Bilder aus einem alten Film zeigte, zu einer verschlossenen Tür am Ende eines kurzen Flurs. Er öffnete das Vorhängeschloss und machte die Tür auf. Er betätigte einen Schalter, und eine Lampe beleuchtete eine wacklige Holztreppe, die in die Erde hinabführte. Aber er stieg nicht hinunter. Er gab Zora den Schlüssel und ging ins Wohnzimmer zurück, wo er sich setzte, eine akustische Gitarre auf den Schoß nahm und in den Fernseher starrte.

6

Dann war es Morgen, und sie fühlte sich, als sei alles ein Traum gewesen. Nicht nur von Jugoslawien, sondern auch von Ägypten. Ein Traum, der noch immer nachklang, denn woher kam sonst dieser Zimtgeruch? Und diese bräunliche Blümchentapete? Die grüne Strickdecke, auf der sie lag? Grelles Tageslicht drang durch die Jalousien. Schon allein ihre Rückenschmerzen sagten ihr, dass es kein Traum war, aber sie musste sich aufsetzen, sich umsehen und dann in das Bad humpeln, das ihr am Abend gezeigt worden war, um es wirklich zu glauben. Nachdem sie die Toilettenspülung betätigt, sich Gesicht und Hände gewaschen und die Tür geöffnet hatte, sah sie die alte Frau – ja, Fouada – auf dem Flur stehen. Lächelnd hielt sie ihr eine große Tasse Tee hin. Dankbar nahm Sophie das dampfende Getränk entgegen. »Omar?«, fragte sie.

Fouada schüttelte den Kopf und zeigte zum Wohnzimmer – zur Wohnungstür. Auf dem Sims an der gegenüberliegenden Wand stand eine verschnörkelte Uhr aus einem anderen Zeitalter: Es war ein Uhr nachmittags. Wie lange hatte sie geschlafen? Sie war sich nicht sicher, aber der Teegeruch allein belebte sie. Sie lebte nicht in einem Traum, sagte sie sich. Sie hatte nie in einem Traum gelebt, auch dann nicht, wenn es ihr so vorgekommen war. Nicht in Jugoslawien, und auch hier nicht, in den aufregenden Momenten mit dem USB-Stick und Emmetts Computer, in denen sie ein fernes Echo dieses serbischen Kellers vernommen hatte. Zora war kein Traum gewesen, und auch nicht diese prickelnde elektrische Anziehung, die sie mit ihr verbunden hatte. Auch die Nachmittage mit Stan waren kein Traum gewesen. Es war alles real gewesen, und ihr Fehler war es gewesen, alles für ein Traumleben zu halten. Deshalb hatte sie hier keine Freunde, war sie auf die Freundlichkeit von Menschen angewiesen, mit denen sie sich nicht einmal verständigen konnte.

Sie nahm ein langes, heißes Duschbad. Mithilfe von Zeichensprache und heftigem Nicken bekam sie von Fouada einen sauberen, aber zu großen Slip. Es widerstrebte der älteren Frau sichtlich, ihre Unterwäsche mit einer anderen Frau zu teilen, doch schließlich ließ sie sich breitschlagen, weil ihr klar wurde, dass das arme Mädchen nicht ordentlich gepackt hatte. Sophie zwängte sich in ihre alten Kleider, die allmählich steif wurden. Aber es ging nicht anders. Sie trank ihren Tee, der dunkel und stark war, dann ging sie in die Küche, wo Fouada ihr einen Teller mit Toast, Käse und Oliven hingestellt hatte. Sie aß ein paar Happen – es war köstlich. Aber Fouada ließ ihr nicht viel Zeit zum Essen. Sie warf ihr einen strengen Blick zu, verschwand im Schlafzimmer und kam zwei, drei Minuten später mit einem langen Sommerkleid und einem Gürtel zurück. Sie hielt es ihr mit ausgestrecktem Arm hin, zeigte dann mit der anderen Hand auf die Sachen, die Sophie trug, und hielt sich die Nase zu. Sophie nahm Kleid und Gürtel. Das alles geschah mit einem heiteren Lächeln. Das Kleid – ein schreckliches Teil mit abstrakten Mustern in Gelb und Braun – war zu lang, aber wenn sie den Gürtel eng schnallte, konnte sie es tragen. Erst als sie ein wenig Mannequin gespielt hatte, ließ Fouada sie weiteressen.

Später ging Sophie ins Gästezimmer zurück und holte ihr Handy hervor. Der Akku war fast leer, aber es reichte noch. Sie sah die neuen Anrufe durch und wählte Kiralys Nummer.

Er meldete sich nach dem zweiten Läuten. »Mrs. Kohl«, sagte er, und sein Akzent war ihr seltsam vertraut. Sie hatte vergessen, wie sehr sie diese betont ernste magyarische Aussprache mochte. »Ich bin froh, dass Sie anrufen.«

»Ich wollte mich entschuldigen«, sagte Sophie. »Ich glaube, es ist an der Zeit, Ihnen zu sagen, was hier geschieht. Irgendjemand muss es erfahren.«

In seiner Stimme war keine Freude, nur eine Art mürrische Geduld. »Das ist gut, Mrs. Kohl. Ich muss Ihnen gleich sagen, dass die amerikanische Botschaft weiß, wo Sie jetzt sind. Dass Sie in Kairo sind.«

»Aha«, sagte sie. »Ich muss Ihnen etwas beichten. Möchten Sie es sich anhören?«

»Ich bin kein Priester.«

»Sie sind einem Priester so ähnlich wie niemand sonst, den ich kenne.«

»Ich nehme das als Kompliment, Mrs. Kohl.«

Er wartete, und sie sagte es ihm. Sie sagte ihm alles, beantwortete Fragen, die er nie gestellt hätte, und erzählte ihm auch Geschichten, die weit über seinen Kompetenzbereich hinausgingen. Es gab immer noch so viele Dinge, die sie nicht wusste, etwa warum alles damit geendet hatte, dass ihr Mann von zwei Kugeln getroffen wurde, aber das konnte jemand anders zusammenfügen. Sie wusste nur, dass ihre Geschichte irgendwie zu diesem Restaurant geführt hatte und dass ihre Schuld irgendwann an den Tag kommen würde. Deshalb erzählte sie alles diesem Mann, dessen Aufgabe es war, Zusammenhänge herzustellen. Er hörte nur zu, und manchmal musste sie fragen: »Mr. Kiraly?«

»Ja, ich bin da.«

Und sie sprach weiter.

Sie brauchte ungefähr eine halbe Stunde, um alles zu sagen, eine kurze Zeit, wenn man bedachte, dass ihre Geschichte

Jahrzehnte umspannte, und als sie fertig war, fühlte sie sich erschöpft und leer. Frei. Nein, eigentlich nicht, aber zumindest waren ihre Fesseln leichter, nicht mehr so schwer zu tragen. In der müden Stille danach lag sie wieder auf dem Bett und starrte zu der verzierten Deckenlampe hinauf. Kiraly klang auch erschöpft, als er sagte: »Tja, das ist ja eine ganze Menge.«

»Was werden Sie damit anfangen?«

Schweigen. Er überlegte, welche Möglichkeiten er hatte. »Ich bezweifle, dass man überhaupt etwas damit anfangen kann. Jedenfalls im Augenblick.«

»Werden Sie es denen sagen?«

»Denen?«

»Der Botschaft.«

»Ich wüsste nicht, wozu das gut sein sollte. Sie?«

»Nein, eigentlich nicht«, gab sie zu.

»Ich danke Ihnen für Ihre Offenheit«, sagte Kiraly.

»Ich danke Ihnen fürs Zuhören.« Sie legte auf. Eine Minute späte piepte ihr Handy, weil der Akku leer war.

7

Als Omar Halawi nach Hause kam, war die Sonne schon halb hinter den Gebäuden gegenüber verborgen. Sophie hatte eine Zeit lang auf der Terrasse geruht und zugesehen, wie die Sonne sank, und zwischen den lehmfarbenen Türmen konnte sie die Pyramiden sehen. Das hatte sie ganz vergessen – dass man nur hinschauen musste, um sie von so vielen Stellen in Kairo aus am Rand der Stadt zu sehen. Die antike Welt wachte über die moderne.

Halawi sah aus, als sei er durch die Mangel gedreht worden. Sie wusste, dass er im Büro gewesen war, wo immer das sein mochte, aber sie fragte ihn nicht, ob er Ärger gehabt hatte. Es war für sie schon mühsam genug, alles auf ihrer Seite der Nationalgrenze im Auge zu behalten, da konnte sie sich nicht auch noch seinetwegen den Kopf zerbrechen. Er setzte sich neben sie in einen Korbsessel, und sie betrachteten beide die Cheops-Pyramide.

Ohne sie anzuschauen, sagte er: »Mrs. Kohl, ich habe Sie das in der Nacht gefragt, und ich frage Sie noch mal. Warum sind Sie hier? Was wollen Sie erreichen?«

In der Klarheit nach ihrer Beichte hatte sie ihre Antwort parat. »Ich würde gern dem Mann gegenübertreten, der Emmett umgebracht hat. Und ihn fragen, warum er es getan hat.«

»Der Mann, der Ihren Mann umgebracht hat, war Gjergj Ahmeti. Wir werden ihn wahrscheinlich nie zu fassen kriegen.«

»Der Mensch, der Ahmeti bezahlt hat. Mit dem möchte ich sprechen. Und vielleicht«, fügte sie nach kurzer Pause hinzu, »auch noch mehr tun als nur sprechen.«

Er nickte ernst.

»Und dann möchte ich nach Hause fahren.«

»Ja, natürlich.«

Sie holte tief Luft. »Ich sollte wahrscheinlich noch einmal mit Stan reden, bevor ich hier verschwinde. Er hat die eine oder andere Antwort verdient.«

»Wir werden sehen, ob wir das arrangieren können.«

»Werden Sie es mir sagen?«

Er hob die Augenbrauen, als wüsste er es nicht.

»Wer hat Gjergj Ahmeti dafür bezahlt, dass er Emmett umgebracht hat?« Als er nicht sofort antwortete, fragte sie: »War es Michael Khalil?«

»Ich weiß es nicht.«

»Er hat mit Emmett gesprochen«, sagte sie. »In Budapest. An dem Tag, an dem er ermordet wurde.«

Halawis Stimme wurde um eine Oktave höher: »Mit ihm *gesprochen*?«

Sophie nickte. »Er streitet es zwar ab, aber die Ungarn haben die beiden beobachtet.«

Omar blinzelte in schneller Folge, und seine Hände bewegten sich in seinem Schoß; das war eine Offenbarung. »Worüber haben sie gesprochen?«

»Über Stumbler natürlich.«

Er kniff die Lippen zusammen und nickte. »Da muss ich mal nachhaken«, sagt er, dann drehte er sich um und sagte ein paar Worte auf Arabisch. Sophie merkte, dass Sayyid, sein Muskelmann, in der Tür stand. Sayyid antwortete etwas.

»Zeit zum Abendessen«, sagte Omar zu Sophie und stand auf. In dem Moment klingelte das Telefon. Er ging ran, hörte kurz zu, sagte noch ein paar Worte auf Arabisch und ging dann mit dem Telefon hinein, wobei er ständig weiterredete. Sophie ging hinter Sayyid in die Küche und half Fouada beim Tischdecken. Sayyid machte keine Anstalten, irgendwie zu helfen; er ließ sich auf dem Sofa nieder und sah die Nachrichten in seinem Handy durch. Omar kam zurück und rieb sich so heftig die Augen, dass er hinterher vor Schmerz blinzeln musste. »Was ist?«, fragte Sophie.

Er schüttelte den Kopf. »Nichts.« Er log sie an, das wusste sie, aber zu ihrer Klarheit nach der Beichte gehörte auch das Bewusstsein, dass es Dinge gab, die sie nie wissen würde, deshalb insistierte sie nicht.

Mahlzeiten, dachte Sophie, während sie in ihrem Falafel mit Salat herumstocherte, hatten in Jugoslawien eine große Rolle gespielt. Nach Vukovar waren sie noch weitere drei Tage im Haus von Zoras Onkel geblieben, denn nach Vukovar konnten sie mit niemandem sonst mehr unbefangen umgehen. Ihr gemeinsames Geheimnis band sie an Zora. Sie aßen und tranken mit ihr und ihren Freunden – weiteren willensstarken jungen Leuten, die Politik mit Vergnügen und Glauben mischten, als wären es Gin, Tonic und Limettensaft. Es hatte Riesenportionen von gegrilltem *čevap, sarma* und Fleisch aller Arten gegeben, dazu Essiggemüse und billiges Bier. Essen, trinken und zurück in den Krieg – und dorthin, so schien ihr, waren auch diese Ägypter unterwegs, als Sayyid und Omar nach dem Essen gemeinsam beteten. Die rituelle Waschung. Die Hände hinter den Ohren an den Kopf gelegt, priesen sie Allah, dann verneigten sie sich tief mit den Händen auf den Knien. Gottergeben. In Jugoslawien hatten sie auch gebetet, aber nie so unterwürfig. Der Gott der Serben bildete die Nachhut ihrer Soldaten. Der Gott dieser Menschen war immer weit, weit vor ihnen.

Dann waren die Männer weg, und sie half Fouada beim Abwasch. Aber es war nicht Sophies Küche, und schließlich scheuchte Fouada sie hinaus. Sie ging wieder auf die Terrasse, wo sie Stimmen und Automotoren und, weiter weg, Gebete hörte. Sie dachte daran, wie sie mit Glenda Cosmos getrunken und sich ihre Klagen über die Ungarn angehört hatte. Voller Verzweiflung fragte sie sich, wie sie dieses Leben jemals hatte hassen können.

Weil du, würde Zora sagen, *etwas Besseres brauchst, mehr als nur Glück.*

Und wohin hatte sie das gebracht? Welche arrogante Zicke konnte behaupten, dass es etwas Wichtigeres gebe als Glück?

Und vor allem, wie dumm musste man sein, um an eine so verdrehte Philosophie zu glauben?

So dumm wie sie, die hier auf der Terrasse eines Fremden saß, unfähig, auch nur ein Wort mit ihrer Gastgeberin zu wechseln. So erging es einem, wenn man allein war.

8

1991

Emmett und Zora stritten sich.

»Das ist *kriminell*«, sagte er. »Mein Gott – begreifst du das nicht? Das ist *krank*.«

»Was *der* gemacht hat, war krank. Siehst du denn nicht, was du direkt vor der Nase hast?«

»Aber das macht es doch um kein Haar besser!«

»Das ist *Gerechtigkeit*.«

»Jemanden verhungern lassen? Das ist tiefstes Mittelalter. Erschießt den Mann einfach, wenn ihr unbedingt müsst, aber das da?«

Sophie hatte nichts gesagt. Sie war in den muffigen Keller hinabgestiegen, aus der Ferne, von der Stadt her, hörte man nach wie vor die explodierenden Granaten, und im grellen Licht einer nackten Glühbirne hatten sie ihn gefunden, in einer Ecke, gefesselt und geknebelt. Bleich und verdreckt, ein wuchernder blonder Bart, eingesunkene, in Panik aufgerissene Augen und ein kurzer Hoffnungsschimmer, der sofort wieder erlosch, als er die alte Pistole in Zoras Hand sah. In diesem Moment war Emmett durchgedreht, hatte plötzlich mit den Händen gefuchtelt, dabei mehrmals die niedrigen Balken dicht über ihren Köpfen gestreift und Staub und Sägemehl aufgewirbelt.

Sophie benutzte nur ihre Augen. Sie sah den zerrissenen Kampfanzug des kroatischen Soldaten, sah das schwarz verkrustete Blut an Ärmeln, Kragen und Schenkeln. Sie sah, wie die Hacken seiner verschmutzten Stiefel sich in die feuchte Erde gruben, wie die blutunterlaufenen, glasigen Augen in ihren Höhlen rollten, sah die scharfen roten Striemen in seinen Wangen, wo der Knebel einschnitt. Bei seinem Anblick wurde ihr übel, aber noch schlimmer war es, an seine Verbrechen zu denken. Sie stellte sich vor, wie die brutalen Ustascha-Männer magere Dörfler zusammentrieben und sie auf Lastwagen in Vernichtungslager karrten. Sie sah einen lachenden Mann, der ein kleines Mädchen an den Fesseln gepackt hielt und es gegen eine Ziegelmauer schmetterte, sah ihr blondes Haar fliegen. Sie dachte an diesen Mann – diesen Mann hier –, wie er, betrunken vom *rakija,* einen Säugling wie einen Fußball trat, eine bettlägerige Frau vergewaltigte. Sie erstickte. Sie stellte sich selbst auf diesem Bett vor, die Atemnot, das Reißen zwischen ihren Beinen.

Im Zug nach Prag hatte Emmett gesagt: *So sieht es im Rest der Welt aus*. Sie hatte tatsächlich keine Ahnung gehabt. Aus Büchern, davon war sie plötzlich überzeugt, hatte sie nichts gelernt. Wer etwas wissen will, tut etwas dafür. Harvard war Disneyland.

»Gib sie mir«, sagte sie leise, aber laut genug, dass sie es hören konnten, denn sie verstummten mitten in ihrem Streit und sahen sie an. »Gib sie mir«, wiederholte Sophie und streckte die Hand aus.

Zora wirkte im ersten Moment überrascht, dann dämmerte Verständnis in ihrem Gesicht auf.

»Nein, Sophie«, sagte Emmett. »Das ist Wahnsinn.«

Aber Zora hatte die Pistole bereits weitergegeben, und Sophie spürte ihr tröstliches Gewicht. Es war eine gefährliche Welt, viel, viel gefährlicher, als sie sich in Massachusetts vorgestellt hatte. Man brauchte etwas an seiner Seite.

Emmett trat näher. »Gib sie mir, Sophie! Hörst du? *Gib* sie mir.«

Sophie lieh ihrem Gedankengang Stimme, doch als sie es laut sagte, wusste sie, dass es eine Ausrede war: »Es ist Barmherzigkeit. Er wird verhungern.«

»Wir sind hier nicht zu Hause«, sagte Emmett, als ob das irgendetwas bedeutete. Waren sie nicht in dem Glauben hergekommen, dass sie genau hierher gehörten – dass sie dafür verantwortlich waren, was in diesen Häusern auf dem Balkan geschah?

Sie hob die Pistole.

»Nein«, sagte er, hielt die Hände hoch und trat zwischen sie und den stöhnenden Kroaten.

»Aus dem Weg«, befahl sie. Kalt jetzt. Eiskalt.

»Es ist ihre Entscheidung«, sagte Zora. »Nicht deine.«

Emmett stieß sie beiseite und konzentrierte sich auf seine Frau. Er sah ihr fest in die Augen, versuchte, ihre Absicht darin zu lesen. Er sah ihre Entschlossenheit – sie war sich sicher, dass er sie sah, denn in diesem Moment änderte er sich ebenfalls. Mit einer Miene, die Sophie noch nie an ihm gesehen hatte, trat er dicht vor sie hin. Ein einziger langer, zielbewusster Schritt. Mit zusammengekniffenen Lippen packte er die Pistole am Lauf und bog sie zur Seite. Sie ließ sie sich aus der Hand nehmen. Schließlich war er ihr Mann. Er konnte klarer denken als sie – das war offensichtlich.

Dann drehte Emmett die Pistole herum, sodass er sie am

Griff zu fassen bekam. Er kehrte Sophie den Rücken zu, hob den Arm und schoss zweimal auf den Kroaten. Einmal in den Bauch, dann einmal in die Brust. Der Kroate wollte trotz des Knebels schreien und husten, zuckte krampfhaft mit den Beinen, und Blut quoll unter dem Knebel hervor. Emmett ließ die Pistole fallen, entsetzt über sich selbst. Schließlich – niemand wusste, wie lange es dauerte – bewegten sich die Beine nicht mehr, und der Mann sank mit einem letzten gurgelnden Seufzer tiefer in sich zusammen.

Sophie zitterte am ganzen Leib, sie brach in Tränen aus, und trotzdem war sie noch so weit bei Sinnen, dass sie sich wundern konnte, wie ruhig und hart Emmetts Hand war, als er den Arm um sie legte und sie an sich zog.

Sie konnten in der Nacht nicht zurückfahren, denn an der Straße, auf der sie gekommen waren, hatte sich ein Scharmützel ereignet. Boian, die Gitarre noch auf dem Schoß, sah sich die Nachrichten im Fernsehen an und sagte ihnen, dass sie bis zum Morgen warten müssten. Er schien nicht besonders erschüttert darüber, dass der Kroate im Keller tot war. Er zuckte nur die Achseln, so als hätte jemand sein Essen anbrennen lassen. Zora holte den *rakija* hervor.

Später sagte sie: »Ich habe es euch angesehen. Euch beiden. Ihr seid keine Touristen, ihr seid nicht bloß auf der Durchreise.« Als Emmett ihr vorwarf, sie habe sie manipuliert, sagte sie: »Überschätz mich nicht. Ich habe nur Boian etwas gebracht. Ich dachte, ihr würdet es sehen wollen. Von dem Schwein im Keller wusste ich nichts. Wie fühlt ihr euch?«

»Wütend«, sagte Emmett.

»Kalt«, sagte Sophie.

»Du warst bereit, es zu tun«, sagte Zora zu Sophie. »Du hast das Problem gesehen, du wolltest es so schnell wie möglich lösen.« Zu Emmett sagte sie: »Du hattest recht – Verhungern lassen ist Mittelalter. Sofia hat das begriffen. Du wirst dich vor ihr in Acht nehmen müssen.«

»Du redest irre«, sagte Emmett. »Du hast uns in eine Falle gelockt, und sie war nur –«

»Nein«, fiel Zora ihm ins Wort und drohte beiden mit dem Finger. »Redet euch nicht ein, ich hätte euch manipuliert. Ich habe euch etwas gezeigt, basta. Und jetzt ist es unser Geheimnis. Etwas zwischen uns dreien. Es verbindet uns. Niemand wird je davon erfahren.«

»Boian schon«, sagte Emmett.

Zora schüttelte den Kopf. »Wenn Boian den Winter überlebt, fress ich einen Besen.«

Sophie hatte ihre Sprache wiedergefunden und sagte: »Du hast doch gar keinen Besen.«

Sie sahen sie wieder an, zwei Sekunden herrschte Schweigen, dann brachen beide, Emmett und Zora, in hysterisches Gelächter aus. Für einen kurzen Augenblick legte sich ihre Anspannung. Sophie konnte nicht lachen, noch nicht, denn sie begriff, dass Zora recht hatte: Sie hatte sie in keiner Weise manipuliert. Die Manipulation war von Sophie ausgegangen. Sie war sich jetzt nicht einmal mehr sicher, ob sie die Geschichte von den Verbrechen des Kroaten glaubte, und das Schlimmste war, dass ihr das nichts ausmachte. Sie dachte daran, wie sie sich auf der Brücke in Prag gefühlt hatte – hohl, naiv, dumm –, und fragte sich, ob sie jemals wieder so werden konnte.

Sie hoben die Gläser.

Zora sagte: »Unser Geheimnis. Der Kitt, der uns zusammenhält.«

Alles entzog sich an diesem Abend ihrem Verständnis, aber

als sie tags darauf wieder bei Zoras Onkel waren, begriff sie es besser. Viktor kam vorbei, und er brauchte nur eine Stunde, um den beiden Amerikanern zu unterstellen, sie hätten einen flotten Dreier mit Zora gemacht, also taten sie ihm den Gefallen, und Zora küsste sie beide. Es lag ein gewisses Vergnügen in dieser Täuschung, und Sophie fragte sich bald, warum sie wieder naiv hatte sein wollen. Sie war jetzt real. Sie war authentisch. Jahrzehnte später, als Zora ihr einen neuen Weg zur Authentizität anbot, griff sie ohne zu zögern zu.

Daheim in Boston kamen ihr die Bewerbungen und die Vorstellungsgespräche, die sie absolvierte, durchweg banal vor, und die Arbeitgeber sahen ihr an, dass sie keinerlei Ehrgeiz hatte. Niemand bat sie zu einem zweiten Gespräch. Emmett verlegte sich auf Diplomatie und bewarb sich mit neuem Eifer. »Wir haben dort überhaupt nichts verstanden«, sagte er eines Abends zu ihr. »Ich will nie wieder dermaßen ignorant sein.«

Sie strahlte ihn an und küsste ihn. »Und ich werde deine Frau sein«, sagte sie und glaubte, das werde genügen. Er hatte sich schließlich für sie geopfert, und das würde sie nie vergessen können. Viel später, als er ihr gut aussehend und stark im Chez Daniel gegenübersaß, sollte sie noch immer denken, was für ein Glück sie hatte.

9

Am Dienstagmorgen erwachte Sophie in aller Herrgottsfrühe in dem Korbsessel auf der Terrasse, unter einer Decke, als Fouada sie behutsam rüttelte. Die Frau sagte etwas mit melodischer, doch dringlicher Stimme, worin der Name »Omar« vorkam. Es war dunkel und kalt. Sophie blinzelte, setzte sich auf und wischte sich die Augen. Alles tat ihr weh. Fouada ging wieder hinein, ohne noch etwas zu sagen, und sie folgte ihr. Im Wohnzimmer knöpfte Sayyid seine dünne Lederjacke zu, Omar Halawi hielt eine Tasse von Fouadas unvermeidlichem Tee in der Hand und sah Sophie entgegen.

»Ausgeschlafen?«, fragte er.

Sie nickte und fuhr sich durchs Haar.

»Sie haben gesagt«, fuhr er mit leiser, gleichmäßiger Stimme fort, »dass Sie dem Mann gegenübertreten wollen, der Ihren Mann umgebracht hat. Gilt das noch?«

Wieder nickte sie.

»Okay.« Er ging zu seiner Frau und gab ihr einen Kuss. Während die beiden miteinander flüsterten, nahm Sayyid einen langen Frauenmantel von einer Stuhllehne und half Sophie hinein. Er gehörte anscheinend Fouada, denn er war ihr, genau wie das Kleid, das sie immer noch trug, zu groß. Sayyid küsste Fouada auf die Wangen, während Omar die Wohnungstür aufhielt. »Wir können jetzt gehen.«

Sie folgte den beiden Männern hinunter zum Auto, und Sayyid machte wieder den Chauffeur. Sie fuhren eine Zeit lang durch die menschenleere morgengraue Stadt, über den Nil und weiter Richtung Süden, über Plätze, die sie wiederzuerkennen meinte, obwohl sie sich nicht sicher war, weil sie um diese Zeit so leer und tot waren. Sie war noch nie so früh durch Kairo gefahren, und es kam ihr vor wie eine Parallelstadt, die sie noch nicht kennengelernt hatte.

Schließlich dünnten die Gebäude aus und verschwanden. Schwarze Wüste breitete sich links von ihnen aus, und gelegentlich sah sie zwischen kleineren Gebäuden auf der rechten Seite Wasser aufblitzen. Sie folgten dem Nil nach Süden. Ein Schild besagte, dass sie zur Stadt des 15. Mai unterwegs waren. Sie war noch nie hier draußen gewesen, und für einen kurzen Moment wünschte sie sich, Stan wäre an ihrer Seite, um ihr alles zu erklären. Wo war er? Hatte er die Hoffnung aufgegeben, sie zu finden? Vielleicht, aber sobald sie wieder zu Hause war, würde sie ihn anrufen, und dann konnten sie aufrichtiger miteinander reden. Wie aufrichtig? Das musste noch entschieden werden.

Sie bogen links ab und fuhren durch unbeleuchtete Straßen, und nachdem sie noch mehrmals abgebogen waren, befanden sie sich auf einer Schotterstraße, die durch Dünen führte. Ein Lichtpunkt vor ihnen wurde allmählich größer. Es war eine Lampe unter einem großen Zelt zwischen zwei Dünen, das nur aus einem von Pfosten gestützten Dach ohne Wände bestand. Sie hielten neben einem anderen Auto, einem verkratzten BMW, Sayyid stieg aus, blieb neben dem Auto stehen und telefonierte mit seinem Handy. Omar wandte sich ihr zu und sagte: »Wir haben ihn hier.«

Sie kniff die Augen zusammen und konnte unter dem Zeltdach zwei Gestalten erkennen. Die große Silhouette eines hin und her gehenden Mannes, der mit jemandem telefonierte, möglicherweise mit Sayyid. Die andere Silhouette war ein Mann auf einem Stuhl, dessen Kopf sich bewegte: Er sprach pausenlos, ohne dass ihm jemand zuhörte. War das Michael Khalil? Sie wusste es nicht.

»Hat er Ihnen alles gesagt?«, fragte sie.

»Genug. Wenn Sie ihn fragen, wer für den Tod Ihres Mannes verantwortlich ist, wird er sagen, Muammar Gaddafi. Das stimmt zwar, ist aber nicht die ganze Wahrheit. Nein, er ist, soviel ich weiß, für den Tod von neun Menschen verantwortlich: fünf libyschen Exilanten, Ihrem Mann, Jibril Aziz und Stanley Bertolli.«

Ein stechender Schmerz durchfuhr sie, und sie wandte sich ihm zu und sah ihm prüfend ins faltige Gesicht. »Stan? Im Ernst?«

»Ja, leider.«

»Er hat Stan umgebracht? Emmett *und* Stan?«

»Ja.«

»Wann? Ich meine, Stan ist –« Sie atmete schwer, dann schüttelte sie den Kopf. »Das kann nicht sein.«

»Seine Leiche wurde gestern Abend gefunden, in seinem Auto. Er wurde erschossen.«

»Um Gottes willen.«

»Es geht um Informationen«, sagte Omar. »Es ist immer um Informationen gegangen, und um Verrat. Dieser Mann ist dafür verantwortlich.«

Sie hörte ihn kaum. Sie dachte an Stan, wie er ihr gesagt hatte, sie solle bleiben, solle auf ihn warten. Hätte er am Leben bleiben können? Oder war er von dem Moment an zum Tode verurteilt, als Zora sie im Arkadia-Einkaufszentrum angesprochen hatte? Stand er seit 1991 auf einer Todesliste? »Ich kenne Sie nicht«, sagte sie. »Nicht wirklich. Vielleicht lügen Sie mich ja an. Vielleicht haben Sie sie umgebracht.«

»Es ist Ihre Sache, was Sie glauben wollen«, sagte er unbeirrt. »Aber vergessen Sie nicht, dass Inaya mich zu Ihnen geschickt hat. Und Sie können zwar an der Täterschaft dieses Mannes da zweifeln, aber ich kann Ihnen sagen, dass er ganz bestimmt eines anderen Kapitalverbrechens nach islamischem Recht schuldig ist – *fasad fil-ardh* –, Unruhestiftung. Er steht seit langer Zeit auf der falschen Seite von Schlagstöcken, Gewehren und Fäusten.«

»Und Sie nicht?«

Er zuckte die Achseln. »Schon möglich, und wenn ich auf dem Stuhl da sitze, können Sie darüber nachdenken. Bis dahin ist die Situation so, wie sie nun mal ist.«

Sie schniefte. »Wie heißt er?«

»Das spielt keine Rolle.«

»Doch.«

Omar überlegte einen Moment, dann sagte er: »Es ist meine Pflicht, mein Land zu schützen. Deshalb werde ich Ihnen seinen Namen nicht sagen. Ich halte es aber auch für meine Pflicht, Ihnen zu helfen. Sie haben letztes Jahr meinem Land einen großen Dienst erwiesen. Sie haben Opfer gebracht, und Sie sind zum Lohn für Ihre Bemühungen schlecht behandelt worden. Jetzt müssen Sie eine Entscheidung treffen. Dieser Mann hat die Männer in Ihrem Leben getötet, aber Sie machen sich auch Vorwürfe. Sie wissen, dass die Informationen, die Sie an Zora Balašević weitergegeben haben, mit dem zusammenhängen, was passiert ist. Davon kann ich Sie nicht freisprechen. Trotzdem kann ich Ihnen vielleicht helfen.«

Wovon redete er?

»Kommen Sie«, sagte er und stieg aus. Sayyid, der sein Telefongespräch beendet hatte, öffnete die Tür auf ihrer Seite. Der kalte Wüstenwind zerrte an ihr, Sand kitzelte sie in der Nase. Ihre Ohren wurden sofort kalt, und sie musste niesen. Omar trat zu ihr und zeigte auf das Zelt und die beiden Silhouetten. Der zweite Mann hatte sich nicht von dem Stuhl erhoben, und da wurde ihr klar, dass er beim Reden nicht die Hände gehoben hatte, was in Ägypten praktisch ein Ding der Unmöglichkeit war. Er war an den Stuhl gefesselt.

»Das ist der Mann«, sagte Omar, »der den Mord an Ihrem Mann angeordnet hat. Ich bin ein Mann des Gesetzes, und ich versuche, auch ein guter Muslim zu sein – was nie leicht ist. Nach islamischem Recht gibt es zwei Optionen. Der Mörder kann auf dieselbe Art getötet werden, wie er gemordet hat. Oder die Familie des Opfers entscheidet sich für Vergebung und erhält stattdessen eine finanzielle Entschädigung. Ersteres heißt *qisas*, Letzteres *diyya*. Strecken Sie die Hand aus.«

Wie betäubt gehorchte sie, in der Erwartung, dass er ihr eine Waffe geben würde. Stattdessen legte er ihr eine Münze in die Hand, ein ägyptisches Pfund.

»Stecken Sie das ein.«

Sie tat es, und er sagte: »Diese Münze kann zweierlei sein. Sie könnte die Entschädigung sein, Ihre *diyya* – eine Anzahlung, verstehen Sie. Sie kann aber auch Ihre Bezahlung dafür sein, dass er getötet wird. Ich an Ihrer Stelle würde, so wie er es auch getan hat, einen Dritten für die Ausführung des Mordes engagieren.«

Sie wich entsetzt einen Schritt zurück, und er sagte: »Das ist ein Angebot, Mrs. Kohl, kein Befehl. Ich kann auch einen dieser beiden Männer damit beauftragen. Ich dachte nur, dass Sie vielleicht Gelegenheit bekommen möchten, Vergeltung zu üben.«

Sie wusste nicht, was sie sagen sollte. Sie dachte: *So sieht es im Rest der Welt aus*. Sie dachte: *Soll ich diesem Mann irgendetwas glauben?* Dann: *Spielt es überhaupt eine Rolle?* Denn die Wahrheit war, dass sie es wollte, nicht für jemand anderen, sondern für sich selbst. Sie hatte es auch in Jugoslawien gewollt, doch dann hatte Emmett es ihr abgenommen. *Das* war die Wahrheit.

Die Schuld dieses Mannes war nicht annähernd so wichtig wie die Frage, was sie glauben wollte.

»Sie müssen sich nicht sofort entscheiden«, sagte Omar. »Setzen Sie sich ins Auto und denken Sie nach. Aber ich hätte gern eine Entscheidung vor Sonnenaufgang. Wir müssen hinterher aufräumen.«

Omar

1

Im Februar 2009, als er sich noch von seinem Herzinfarkt Anfang des Monats erholte, stieß Omar in einem Agentenbericht auf Zora Balašević. Wie bei Jibril sieben Jahre später war es sein Blick für alles Ungewöhnliche, der ihn leitete. Sie war eine unwahrscheinliche Kandidatin für Dragan Milić, dessen Stab in der serbischen Botschaft ausschließlich aus Männern zwischen vierundzwanzig und siebenunddreißig bestand. Er ging mit der Neuigkeit zu Ali Busiri, der vorschlug, sie von mehreren Leuten beschatten zu lassen.

Omar schickte Sayyid und Mahmoud, und nach drei Tagen Überwachung hatten sie Fotos gemacht, auf denen die fünfundfünfzigjährige Serbin bei Drinks mit einem amerikanischen Diplomaten zu sehen war, der nicht lange vor ihr nach Kairo gekommen war. Es war ein kurzes Mittagessen, aber Sayyid ging nahe genug heran, um das Wichtigste mithören zu können. Emmett sagte auf Englisch: »Es ist mir scheißegal, womit Sie mir drohen, Zora. Ich spioniere nicht für Sie.« Nicht laut, sondern ruhig und mit der Art von Selbstbeherrschung, wie sie nur Diplomaten und Auftragsmörder an den Tag legen.

Ganz offensichtlich lief da etwas – was sie nicht aus Kohls schroffer Äußerung schlossen, sondern daraus, dass, wie Mahmoud auffiel, ein amerikanischer Agent an einem Tisch nahe der Straße saß, der ebenfalls Fotos machte. Mit Busiris Segen griffen sie deshalb am nächsten Tag Zora Balašević auf. Sie war zäher, als sie aussah, und ließ sich durch Drohungen nicht einschüchtern. Sie war tatsächlich eine Spionin – das wussten sie –, und deshalb waren sie berechtigt, sie zu inhaftieren oder sie abzuschieben. Beide Möglichkeiten schienen sie nicht zu schrecken. Deshalb probierte Omar es andersherum. »Die Situation könnte natürlich auch ganz anders sein. Für Spione, die für uns arbeiten, kann das Leben in Kairo sehr komfortabel sein. Und obendrein einträglich.«

Da horchte sie auf.

Sie war nicht ganz offen zu ihm, aber immerhin verriet sie ihm, dass sie drauf und dran war, eine Quelle in der amerikanischen Botschaft anzuzapfen. »Wir haben gesehen, wie Sie es versucht haben, Zora. Und wir haben gesehen, wie Sie gescheitert sind.«

Sie schüttelte den Kopf. »Es gibt zwei Möglichkeiten, und ich habe erst eine ausprobiert.«

Deshalb war Omar zur Stelle, um den Annäherungsversuch im Arkadia zu beobachten, und er hörte sich an, was das Mikrofon auffing, das Balašević im Conrad Hilton trug. Er staunte über ihr forsches Vorgehen und ihre Geistesgegenwart: Sie zeigte auf eine blonde Frau, die bei ein paar Russen saß, und behauptete, der Führungsoffizier dieser Frau zu sein. Ein genialer Kunstgriff! Er war verblüfft und begeistert.

Zwei Wochen Arbeit waren nötig, bis Sophie Kohl schließlich einwilligte, und wenn diese Beziehung einmal stand, würde man die restliche Infrastruktur einrichten. Balašević wurde über eine Tarnfirma namens Beautiful Nile Enterprises bezahlt, und als Gegenleistung lieferte sie USB-Sticks direkt an Rashid el-Sawy.

Die serbische Botschaft kam bald dahinter, dass ihre Agentin nicht mehr loyal war, und Dragan Milić versuchte, sie ausweisen zu lassen. Al Busiri traf sich mit ihm zum Mittagessen und erklärte ihm, dass Balašević nicht angetastet werden dürfe, zumindest nicht innerhalb der Grenzen Ägyptens.

Im April, als die Qualität des von Sophie Kohl gelieferten Materials bestätigt war, wurde Omar von der Operation abgezogen und mit weniger aufwendigen Aufgaben befasst. »Sie hatten einen Herzinfarkt«, sagte Busiri zu ihm. »Wir möchten, dass Sie wenigstens bis zur Pensionierung am Leben bleiben.« Es wurde el-Sawy und Busiri überlassen, das Material zu bearbeiten, bevor es an andere Abteilungen weitergeleitet wurde. Wieder war Omar ins Abseits gestellt worden, aber er versuchte, sich nicht darüber zu grämen, während er über das Wohlergehen von Diplomaten in ihrer Stadt wachte und sich mit der Erkenntnis abfand, dass die Entdeckung von Balašević höchstwahrscheinlich der größte Erfolg seiner Karriere bleiben würde.

Ein Jahr später, im April 2010, bat Busiri ihn, sich erneut mit Balašević zu treffen. Warum ihn? »Weil sie über Rashid verärgert ist, und von meiner Existenz weiß sie nichts. Mir wäre lieber, das bleibt so.«

Er suchte sie in ihrer Wohnung in der Al-Muizz-Straße auf und traf sie im Zustand höchster Aufregung an. »Wo liegt das Problem?«

Zora kaute an ihren Nägeln und trank türkischen Kaffee. »Sophie hat keine Lust mehr«, sagte sie. »Ich verliere sie.«

»Hat sie gesagt, dass sie aufhören will?«

Ein rasches Kopfschütteln. »Noch nicht. Aber sie wird es tun.«

»Das ist doch ganz normal. Sie könnten ihr drohen. Können Sie nicht die Drohung einsetzen, mit der Sie bei Mr. Kohl gearbeitet haben?«

Sie zuckte unsicher die Achseln. »Das würde ich lieber nicht machen.«

»Dann könnten wir selbst an sie herantreten. Wir haben genug Beweise für Ihre Zusammenarbeit – wir drohen damit, es an die Öffentlichkeit zu bringen, dann wird sie schon weitermachen.«

»Nein«, sagte Zora entschieden. »Sie weiß nichts von Ihnen. Sie denkt, sie tut es für mein Volk. Sobald Sie auftauchen, knickt sie ein.«

Er fragte sich, ob das stimmte oder ob Zora angesichts der Gier, die sie überhaupt erst nach Kairo getrieben hatte, Angst hatte, sie könnte ausgebootet werden und ihr beträchtliches Einkommen verlieren. »Tja dann«, sagte er. »Dann haben Sie wohl keine Wahl.«

Sie schien nicht überzeugt.

»Wo liegt das Problem, Zora? Sie haben exzellente Arbeit geleistet.«

Nach längerem Zögern sagte sie: »Ich *mag* sie. Sie vertraut mir, aber ich vertraue auch ihr. Wir haben hier etwas aufgebaut, und sie ist dabei, es zu zerstören.«

Er hätte nie gedacht, dass Zora Balašević so sentimental sein konnte.

»Sie wissen, wie viel sie getan hat«, fuhr sie fort. »Sie hat das alles für mich getan.«

Busiri hatte ihm nichts gesagt, aber er nickte.

»Sie hätte nicht mit ihm schlafen müssen«, sagte sie. »Ich

glaube auch gar nicht, dass sie es wollte. Allerdings habe ich ihr gesagt, dass es wichtig wäre. Ich sagte ihr, wenn irgendwie Verdacht aufkäme, wäre es das Beste, wenn er schon mit ihr zusammen wäre.«

»Wer?«

Sie warf ihm einen misstrauischen Blick zu. »Stanley Bertolli. Was dachten Sie denn?«

Er versuchte, seinen Lapsus zu überspielen, aber er war zu offensichtlich gewesen. »Wer führt mich eigentlich?«, fragte sie.

»Michael Khalil.«

»Ich meine, wer führt Khalil?«

»Wir, Zora. Und nur darauf kommt es an.«

Das stimmte natürlich nicht, denn die Führung eines Agenten ist die engste Beziehung überhaupt, manchmal enger als die zwischen Mann und Frau. Zora war so entsetzt wie eine Ehefrau, deren Mann sich als ein Fremder erweist.

Nachdem die Kohls Kairo verlassen hatten, nahm er es auf sich, Zora noch einmal zu besuchen, als sie sich darauf vorbereitete, das Land zu verlassen. Sie war jetzt ruhiger, müder. Die anderthalb Jahre Arbeit für die Ägypter hatten sie sichtlich mitgenommen. »Sind Sie gekommen, um mich zu verabschieden?«, fragte sie.

»Sie fahren nach Hause?«

»Nicht direkt.«

»Ja?«

Sie musterte ihn einen Augenblick und sagte dann: »Die sagen Ihnen wirklich gar nichts, oder?«

Er ließ sich auf dem Sofa nieder. »Warum sagen Sie's mir nicht?«

Sie sagte ihm, dass sie schon seit Juli genug habe. »Das

kommt vor, wissen Sie. Man wird müde.« Sie hatte Khalil gesagt, dass es an der Zeit sei, die Sache zu einem Abschluss zu bringen. »Ich konnte es in Sophies Augen sehen. Sie war dem Tod nahe. Ihre Ehe ging in die Brüche, und die Beziehung mit Stan brachte sie um. Und ich – nicht einmal ich war ihr geblieben. Wie ich vorhergesagt hatte, wollte sie aufhören, und deshalb musste ich zur Peitsche greifen. Als ich noch jünger war, hätte mir das nichts weiter ausgemacht. Aber schauen Sie mich an. Ich bin nicht mehr jung. Ich bin müde. Ich möchte noch etwas vom Leben haben.«

»Was hat Khalil gesagt?«

»Er hat gesagt, wenn ich versuche abzuhauen, werde ich als Spionin verhaftet. Er hat gesagt, dass ab sofort die Überweisungen auf mein Konto eingestellt würden. Das Geld würde treuhänderisch hinterlegt, bis für mich der Zeitpunkt gekommen sei, das Land zu verlassen.«

Omar räusperte sich und putzte sich verlegen die Nase. »Das tut mir leid.«

Sie zuckte die Achseln. »Jetzt sind wir also so weit, dass wir auf öffentlichen Plätzen Päckchen übergeben. Ich werde ihn in Frankfurt treffen, wo er mir den Rest meines Geldes aushändigen wird.« Sie lachte heiser. »Ich kann's gar nicht erwarten, aus diesem Dreckloch rauszukommen.«

Er wusste nicht, was er sagen sollte, deshalb stand er auf und half ihr, den zu voll gepackten Koffer zu schließen, dann brühte er zwei Tassen Kaffee auf, während sie ins Bad ging. Als sie zurückkam, lächelte sie wieder, aber es war kein erheiterndes Lächeln. »Sie haben mich einfach weitergereicht, stimmt's?«

»Ich hatte keine Wahl. Es war nicht meine Entscheidung.«

Sie nickte und dankte ihm für den Kaffee, und er ging hinter ihr ins Wohnzimmer zurück. Mit den vollen Umzugskisten und den kahlen Wänden wirkte es ungemütlich. Er fragte sie, was sie gegen Sophie Kohl in der Hand habe. Nach kurzem Überlegen sagte sie: »Ich habe ihr damit gedroht, der Welt zu offenbaren, dass sie wunderbar ist und dass sie sich wegen nichts zu schämen braucht. Ich habe gedroht, die Tatsache bekannt zu machen, dass sie eine Frau ist, die alles tun kann, auch wenn sie das selbst nicht sieht.« Sie schwieg einen Moment. »Machen Sie sich Sophie Kohl niemals zur Feindin.«

Angesichts dieser Vorbereitung erwartete er etwas Eindrucksvolles von seiner ersten Begegnung mit Sophie Kohl, aber sie war eine Enttäuschung. Vielleicht hatte Balašević des Guten zu viel getan, aber zum Teil lag es auch an ihm. Als er im Semiramis ankam, spürte er sämtliche Knochen. Die Rückfahrt von Marsa Matruh nach Kairo, sechs Stunden in einem holpernden Auto – was hatte er erwartet?

Die Wahrheit war, dass er gehofft hatte, Sophie Kohl nie treffen zu müssen. Seine Abteilung hatte von ihrem Material profitiert, aber es fiel ihm schwer, Achtung vor einer Frau zu empfinden, die Geheimnisse ihres eigenen Landes so leichtfertig weitergab und dann auch noch eine außereheliche Affäre anfing, um sich zu schützen.

Er hatte oft Bilder von ihr gesehen und sie einmal aus der Ferne beobachtet, als sie sich mit Zora traf, und doch war er nicht auf die Frau gefasst, die im Café des Hotels Semiramis saß. Sie war mager, schmuddelig und ungepflegt – sie hatte das nachlässige Äußere, das sich schöne Frauen in der Annahme leisten, die Form ihres Gesichts werde schon für ihre Trägheit entschädigen. Dann ermahnte er sich: Ihr Mann war ermordet worden, und er musste freundlicher zu ihr sein.

Sie war dann doch scharfsinniger, als er gedacht hatte, und erkannte Widersprüche in den vorliegenden Fakten. Zum Beispiel: Warum sollte die CIA ihren Mann umbringen lassen, wenn er gar nicht glaubte, dass die Agency hinter Stumbler steckte?

Was hatte er solch glasklarer Logik entgegenzusetzen? Wie jeder Mensch außerhalb der Geheimdienste glaubte diese Frau, dass Nachrichtendienste nach Computerlogik arbeiteten und dass das ihr großer Makel war. Ihr Manko war, dass sie nicht nach Computerlogik arbeiteten. Sie arbeiteten nach menschlicher Logik, die so anfällig und emotional war wie die Menschen, die in den Geheimdiensten der Welt tätig waren. Das Beste, was er anzubieten hatte, war nicht eben ein Beispiel für sokratische Logik: »Es wurden Fehler gemacht.« Dann konzentrierte er sich auf sein Hauptanliegen, das darin bestand, Sophie Kohl zur Abreise aus Ägypten zu bewegen. Sie steckte ihre Nase in heikle Angelegenheiten, und wenn sie nicht aufpasste, konnte das böse für sie enden.

Sollte ihn das kümmern? Spielte es eine Rolle, wenn eine Ehebrecherin und Landesverräterin unter seiner Ägide verletzt oder sogar ermordet wurde? Vielleicht, vielleicht auch nicht. Aber er glaubte allmählich, dass die Welt sich in der Tat geändert hatte. Die Regeln waren gebrochen und in den Wind geschlagen worden. Das war der wichtigste Moment in der Geschichte jedes Landes, denn jetzt wurden neue Präzedenzfälle geschaffen. Wenn er zuließ, dass die CIA diese Frau in Ägypten umbrachte, dann würde sie so etwas immer wieder tun. Wenn Sophie Kohl unversehrt das Land verließ, konnte man weiterhin hoffen, dass Ägypten ein Land werden würde, in dem sich Fouada sicher fühlen konnte.

Nach dem Treffen – er wusste noch immer nicht, ob sie

seinen Rat befolgen und ausreisen würde – sah er von fern zu, wie sie zu den Aufzügen ging, dann wartete er in seinem Auto, das er an derselben Stelle geparkt hatte, von der aus er Jibril und Calhoun beobachtet hatte. Es war kurz vor neun. Er dachte daran, wie sie aussah, diese Sophie Kohl, wie wirr in Körper und Geist, und sorgte sich, was sie womöglich noch anrichten würde, bis sie endlich Ägypten verließ. Deshalb rief er Sayyid an, der auch nach zwanzig Minuten auftauchte und auf dem Beifahrersitz Platz nahm. »Sophie Kohl, die Frau des ermordeten amerikanischen Konsuls, ist in Zimmer 306. Sie müssen ein Auge auf sie haben. Wenn sie Besuch bekommt, sagen Sie's mir.«

Sayyid runzelte die Stirn. »Was macht sie hier?«

»Sie will rauskriegen, wer ihn umgebracht hat.«

»Helfen wir ihr dabei?«

Er war sich nicht sicher, was er antworten sollte, und so schwieg er.

2

Fouada schlief schon, als er nach Hause kam, und nachdem er eine halbe Stunde auf dem Sofa gesessen, seine müden Knochen und Muskeln gespürt und an sein Gespräch mit Sophie Kohl gedacht hatte, war er sicher, dass er nicht würde schlafen können. Doch als kurz nach Mitternacht sein Handy klingelte, weckte es ihn. Er griff danach. »Ja?«

»Besuch«, sagte Sayyid.

Omar blinzelte in die Dunkelheit, erkannte aber nichts. »Wer?«

»Mehrere, wie's aussieht. Paul Johnson von der amerikanischen Botschaft sitzt schon den ganzen Abend in der Lobby, aber vor Kurzem ist Rashid el-Sawy zu ihr rauf.«

Omar setzte sich ruckartig auf. *»Was?«*

»Er hat den Aufzug genommen, also bin ich die Treppe rauf. Er hat vor ihrer Tür gestanden.«

»Ist er zu ihr rein?«

»Er wollte schon, glaub ich, aber sie hat ihn nicht reingelassen.«

»Kennen die sich?«

»Er hat sich als Michael Khalil vorgestellt. Danach hat er zu leise geredet.«

El-Sawy hatte mit John Calhoun und dann mit Sophie Kohl geredet. Was hatte das zu bedeuten?

Er wies Sayyid an, ihn auf dem Laufenden zu halten, und legte auf. Im Schlafzimmer ging das Licht an, und er hörte Fouada fragen: »Omar? Was machst du denn da draußen?«

Er trat in die Schlafzimmertür und lehnte sich an den Rahmen, weil ihm der Rücken wehtat. Sie hatte die Bettdecke bis ans Kinn hochgezogen und lächelte verträumt. Er sagte: »Arbeit.«

»Aber nicht schon wieder eine Fahrt an die Küste, okay?«, fragte sie. »Meine Knochen.«

Er lachte leise, setzte sich zu ihr auf die Bettkante und nahm ihre Hand. »Da bist du nicht die Einzige.«

»Wie ist dein Gespräch verlaufen?«

»Schwer zu sagen.« Er zögerte.

»Ja?«

»Ich hab das Gefühl, dass Ali Busiri was im Schilde führt.«

Ihre Miene verdüsterte sich, ihr Jahre alter Ärger flackerte wieder auf. »Dann musst du ihn dran hindern.«

Hatte diese eine Fahrt mit ihrem Mann Fouada tatsächlich so sehr verändert? Er sah sie forschend an und dachte daran, wie sie vor Jahrzehnten gewesen war, als sie noch jünger und ärmer gewesen waren und wenn nicht glücklicher, so zumindest kraftvoller. Ihre Heirat war arrangiert gewesen, deshalb hatte es länger gedauert, bis sich das Glück einstellte, aber es war gekommen.

Das Bett war einladend, doch er hätte jetzt doch nicht schlafen können, nicht bevor er ein paar Sachen überprüft hatte. »Ich muss noch mal raus.«

»Schnapp dir den Mistkerl, aber übernimm dich nicht dabei.«

Er küsste sie auf ihre hohe Stirn, schmeckte ihre Nachtcreme.

Auf der Fahrt zum Büro rief ihn Sayyid an und berichtete, dass er an Sophie Kohls Tür gehorcht hatte. »Sie will ins Bett. Soll ich Kontakt aufnehmen?«

»Nein«, sagte er. »Warte nur.«

Die Nachtwachen am Eingang des Innenministeriums waren laxer als die Tagschicht, und er fuhr schon bald mit dem Aufzug in den sechsten Stock, der leer und dunkel war. Er fuhr seinen Computer hoch und loggte sich auf einer sicheren Website ein, von der aus er auf eine Datenbank mit Passagierlisten und einem Abschnitt mit der Überschrift »EXTERNER VERKEHR« zugreifen konnte, der sich ausschließlich mit Flügen aus und nach Ägypten befasste. Er klickte das Formular »nach Passagiernamen« an und tippte »Rashid el-Sawy« ein. Er bekam ein paar Treffer, aber es handelte sich um andere el-Sawys. Er versuchte es mit »Michael Khalil« und sah die Ergebnisse durch. Der früheste Treffer, vom April des Vorjahres, war ein Flug nach Tripolis. Was hatte Khalil in

Tripolis gemacht? Er hatte keine Angehörigen dort, und im Großen und Ganzen hätte er seiner Arbeit wegen in Ägypten bleiben müssen. Im September war er nach Frankfurt geflogen, um Zora ihre Abschlusszahlung zu überbringen, und am 1. März – vor fünf Tagen erst – nach München, von wo er am 3. zurückgekommen war. Das Ticket war in bar bezahlt worden. Emmett Kohl war am 2. März ermordet worden.

Er rieb sich die Augen und wünschte, er hätte sich irgendwo unterwegs einen Tee besorgt. Er ging noch einmal durch, was er in der vergangenen Woche erfahren hatte. Er dachte an Emmett Kohls Überzeugung, dass die amerikanische Regierung nicht hinter Stumbler stehe, und an Sophie Kohls Frage: Warum haben sie ihn dann umgebracht? War der Unterschied zwischen menschlicher Logik und Computerlogik wirklich die Erklärung? Was, wenn die CIA Kohl tatsächlich nicht umgebracht hatte? Welcher Schluss war dann daraus zu ziehen?

Also mal umgekehrt: Was, wenn Emmett Kohl umgebracht wurde, weil er *nicht* glaubte, dass Amerika hinter Stumbler steckte? Bedeutete das, dass Jibril, der vom Gegenteil ausging, nichts zu befürchten hatte?

Und was war mit Marsa Matruh? Qasim wartete dort auf das Eintreffen der Sturmspitze von Stumbler, aber er hatte noch nichts von ihm gehört.

Er ging wieder an den Computer und suchte nach den Namen der Männer, deren Verschwinden angeblich der Aktivierung von Stumbler vorausgegangen war. Einen nach dem anderen tippte er ein. Yousef al-Juwali – immer noch vermisst. Abdurrahim Zargoun – immer noch vermisst. Waled Belhadj …

Ein Artikel aus *Le Monde,* der direkt vor dem Erscheinen der Printausgabe ins Netz gestellt worden war:

Gestern Abend fanden Arbeiter an der Schleuse in Soisy-sur-Seine eine Leiche in einer großen Sporttasche.

Die Männer riefen die Polizei, die um 18:54 Uhr vor Ort war.

Am Morgen teilte Korporal Bertrand Roux Journalisten mit, dass es sich bei dem stark verwesten Leichnam um Waled Belnadj handelte, einen 41 Jahre alten libyschen Staatsangehörigen, der seit dem 20. Februar vermisst wurde. Die Ermittlungen lassen den Schluss zu, dass er in den Kopf geschossen wurde, bevor man ihn in die Sporttasche steckte und in die Seine warf. Man geht davon aus, dass er seit über einer Woche tot ist.

Waled Belhadj war früher Mitglied der Demokratischen Front Libyens, die sich für eine Wende zur Demokratie in Libyen einsetzt. Er übersiedelte im August 2009 von London nach Paris, nachdem er sich mit anderen Mitgliedern der Demokratischen Front Libyens überworfen hatte, und soll Gerüchten zufolge die Gründung einer neuen Organisation betrieben haben.

Gut unterrichteten Quellen zufolge ist ein aktuelles Mitglied der Demokratischen Front Libyens, Yousef al-Juwali, am 19. Februar in London verschwunden. Die Polizei konnte einen Zusammenhang zwischen dem Mord und dem Verschwinden nicht bestätigen.

Erschöpfung war die eine Sache, aber jetzt wurde ihm regelrecht übel. Das Ganze ergab keinen Sinn. Warum wurden die Männer entführt, wenn man sie dann doch nur liquidierte? Und wer hatte daran ein Interesse? Wer –

Plötzlich blitzte in seinem Inneren etwas auf. Tiefe Einsichten waren bei Omar eine Seltenheit, aber wenn sie kamen, dann nicht stückchenweise. Ein Funke wurde geschlagen, und plötzlich loderte eine Flammensäule auf. So war es auch diesmal. Das Feuer weckte ihn, brannte die Übelkeit und die Spinnweben weg. Die Puzzleteile flogen in die Luft und fielen in kristalliner Perfektion wieder herab. Nein, keine Übelkeit mehr. Nur noch Neugier. Dann, als er die Teilchen auf Anomalien prüfte, die vielleicht die ganze Theorie widerlegt hätten, wurde die Neugier von Wut abgelöst.

Er rief Sayyid an. »Ja, Chef?«

»Ist sie noch da?«

»Ja.«

»Wenn sie das Zimmer verlassen will, halten Sie sie auf. Verstanden?«

»Ich … ja, verstanden.«

»Ich bin gleich da.«

Bevor er ging, sah er noch einmal die Passagierlisten durch und stellte fest, dass Sophie Kohl einen Platz für einen Flug um 9:30 Uhr nach Amerika gebucht hatte. Wenn sie doch nur schon gestern geflogen wäre! Wenn sie Kairo nur ferngeblieben wäre! Aber das hatte sie nicht getan, und jetzt war es zu spät.

3

Er war ungeduldig, aber Ungeduld war jetzt nicht ratsam. Was er vorhatte, musste richtig oder gar nicht gemacht werden.

Als er Sophie Kohl nach Hause mitbrachte, dachte er daran, wie er Jibril mitgebracht hatte. Er war einfach zu weich. Die Sorge um Streuner wurde zu seinem Schicksal.

Fouada hatte nie Englisch gelernt, aber sie konnte auch wortlos jemanden umsorgen. »Sie hat viel durchgemacht«, sagte er zu ihr. »Es kann sein, dass sie wütend wird. Wenn du möchtest, bitte ich jemanden, bei dir zu bleiben. Mahmoud würde das machen.«

Fouada wischte das weg. »Geht es um diesen Mistkerl?«

»Ich glaube schon, ja.«

»Dann komm ich schon klar. Und du tust, was du tun musst.« Sie küsste ihn auf die Wange, dann bot sie Sayyid Tee an. Ein Blick von Omar bewog ihn, Nein zu sagen.

Im Treppenhaus besprach er sich mit Sayyid. »Könnten Sie mir sagen, worum es hier geht?«, fragte der junge Mann.

»Sobald es geklärt ist, ja. Nicht vorher. Aber ich brauche Ihr Vertrauen. Habe ich das?«

»Natürlich.«

»Wir brauchen auch Mahmoud. Können Sie das übernehmen?«

Ein Nicken.

»Aber morgen gehen wir alle drei wie immer ins Ministerium, als wäre alles ganz normal. Bis zum Abend müsste alles erledigt sein.«

Sayyid fuhr sich durch das dichte Haar und nickte.

»Schlafen Sie ein paar Stunden, wir sehen uns im Büro.«

Als er wieder in die Wohnung kam, war Sophie Kohl in Kleidern auf dem Gästebett eingeschlafen. »Die Frau ist völlig fertig«, sagte Fouada.

»Genau wie ich.«

Um neun saß er an seinem Schreibtisch und vergegenwärtigte sich, was er alles überprüfen musste. Er ging weit in die Vergangenheit zurück, checkte Dinge erneut, die er längst wusste, vor allem Hisham Minyawis Desaster 2005, als der

Kontaktmann aus der libyschen Botschaft, den er angeworben hatte, hingerichtet worden war. Omar begab sich zu Hishams Büro am anderen Ende des Gebäudes und klopfte an. Hisham war Mitte vierzig und hatte einen vorzeitig ergrauten buschigen Schnurrbart, einen dicken Bauch und trübe Augen. Er rauchte eine Zigarette und beendete ein Telefongespräch, als Omar eintrat. Er winkte den Älteren herein. »Omar«, sagte er kopfschüttelnd. »Hektische Zeiten, hm?«

»Allerdings.« Omar schloss die Tür und setzte sich in dem verräucherten Zimmer. »Wie geht's der Familie?«

»Danke, sehr gut. Und Fouada?«

»Alles bestens.« Omar beugte sich vor. »Ich wollte dich nach Yousef Rahim von der libyschen Botschaft fragen.«

Hishams Augen wurden noch trüber. »Hast du einen besonderen Grund, in meinen Misserfolgen herumzustöbern, Omar? Das ist sechs Jahre her.«

Omar schüttelte den Kopf. »Versteh mich nicht falsch. Ich untersuche einen anderen Fall und frage mich, ob es da Zusammenhänge geben könnte.«

Hisham entspannte sich ein klein wenig. Es schmerzte ihn noch immer, an diesen dunklen Punkt in seiner Karriere erinnert zu werden. »Was gibt es da zu sagen? Es war ein einfacher Trick. Yousef war schwul. Er hatte sich drüben in Heliopolis mit jungen Männern getroffen, in einem anrüchigen Lokal. Ich habe ihm mein Schweigen angeboten, und auch eine kleine Entschädigung.«

»Und was ist dann passiert?«

Er zündete sich eine Zigarette an und runzelte die Stirn, während er an die Nachricht von der prompten Exekution in Tripolis dachte. »Ich weiß es nicht, Omar. Ich hab das einwandfrei gedeichselt. Niemand konnte wissen, dass wir uns trafen. Alle Sicherheitsvorkehrungen, das ganze Programm.« Er zuckte die Achseln. »Vielleicht ist Yousef zusammengebrochen und hat in der Botschaft alles gestanden.«

»Das hältst du für möglich?«

Hisham schüttelte den Kopf.

»Was gibt es noch für Möglichkeiten?«

Hisham machte den Mund auf, überlegte es sich anders und schüttelte erneut den Kopf. »Frag Allah. Du bist doch der Religiöse, oder? Warst du jedenfalls mal.«

Omar erhob sich. Vor langer Zeit war er religiös gewesen, aber allmählich war er davon abgekommen. Er hatte die Moschee ignoriert, und bis vor Kurzem war ihm das Beten, dieses grundlegendste Erfordernis für einen Muslim, unmöglich erschienen. Nach dem gemeinsamen Gebet mit dem verängstigten Mann in Marsa Matruh hatte er sich überraschenderweise besser gefühlt, leichter. Doch auf dem Rückweg in sein Büro vergaß er sogar seinen Glauben, denn er dachte über das nach, was Hisham nicht auszusprechen gewagt hatte. Die einzige Erklärung für Yousef Rahims Enttarnung war, dass jemand aus seinem Büro ihn in Tripolis verraten hatte.

Er musste bis elf warten, um bei Busiri vorgelassen zu werden, der den ganzen Vormittag mit seinen Vorgesetzten über Personalumstellungen beratschlagt hatte. Die Revolution sickerte langsam durch die Abteilungen des Innenministeriums, und Busiri hatte eine Liste mit den Namen derer erhalten, deren Weiterbeschäftigung bei den Zentralen Sicherheitskräften von keiner neuen Regierung akzeptiert werden würde. Er schob gerade die Akten dieser Mitarbeiter zusammen, als Omar an seine Tür klopfte. »Omar! Wie sehen Sie denn aus!«

Er trat näher und setzte sich. »Fouada hat schlaflose Nächte«, sagte er. »Und das heißt, dass es mir genauso geht.«

»Ich bin sicher, sie ist es wert«, murmelte Busiri, den Blick wieder auf die Akten gerichtet. »Wussten Sie schon, dass wir uns von sieben Leuten allein hier in diesem Büro trennen müssen?«

Er reichte ihm die Namensliste, und Omar las sie. Er kannte alle diese Leute, wusste, auf welche Weise sie im Lauf der Jahre ihre Position missbraucht hatten. Er gab die Liste zurück. »Nichts dabei, was mich überraschen würde.«

»Wie auch immer«, sagte Busiri, legte das Blatt mit der Vorderseite nach unten auf den Schreibtisch und schenkte ihm endlich seine volle Aufmerksamkeit. »Was gibt's Neues?«

Omar räusperte sich. »Ich wüsste gern, was Rashid el-Sawy vorhat.«

»Rashid? Warum fragen Sie?«

»Weil er gestern Abend mit Sophie Kohl gesprochen hat. Er hat sie aufgefordert, ihm bei der Suche nach Jibril Aziz zu helfen.«

Busiri ließ den Blick über den Schreibtisch schweifen, bis er seine Camels gefunden hatte. Er steckte sich eine an. »Haben Sie das von Rashid?«

»Nein, von Sophie Kohl.«

Er nickte in der Qualmwolke, als wüsste er schon, dass die beiden miteinander geredet hatten. Was ja vielleicht auch der Fall war. »Haben Sie eine Ahnung, wo sie jetzt ist?«

»Ist sie nicht in ihrem Hotel?«

»Offenbar nicht.«

»Dann ist sie bei Rashid.«

Busiri schüttelte den Kopf.

»Warum hat er mit ihr geredet?«

»Er geht seinen eigenen Hinweisen nach. Aber ich werde ihn fragen.«

Omar nickte, als sei damit das Thema zufriedenstellend abgehandelt. »Als ich mit ihr gesprochen habe, hat sie mir gesagt, dass sie bei Stanley Bertolli gewohnt hat. Haben Sie das gewusst?«

»Natürlich.«

»Anscheinend«, sagte er und atmete gleichmäßig, damit ihm die Lüge leichter über die Lippen kam, »glaubt Bertolli, die Lösung des Rätsels um den Tod ihres Mannes liegt nicht bei den Amerikanern, sondern bei jemand anderem. Den Libyern vielleicht.«

Busiri zog ruckartig die Augenbrauen hoch. »Den Libyern?«

Omar nickte und drehte die Handflächen nach oben, als fände er das genauso lächerlich. »Er glaubt, die verschwundenen Exilanten wurden von den Libyern entführt, nicht von den Amerikanern. Libyen schafft sich die Exilanten vom Hals, und Stumbler stirbt, noch bevor es anlaufen kann. Die Frage ist«, fuhr er fort, »wie haben die Libyer überhaupt von Stumbler erfahren? Wenn Bertolli das herausfindet, ist er auch in der Lage, Emmett Kohls Mörder zu finden.«

Eine lange Pause trat ein, bevor Busiri sich wieder in der Gewalt hatte. »Aber wir wissen es doch, oder nicht? Zora Balaševics moralische Haltung war so dauerhaft, wie es Husnis Porträts heute sind. Sie hat uns verkauft. An Libyen.«

Mit dieser Antwort hatte er gerechnet, denn er hatte die ganze Nacht hindurch die möglichen Varianten dieses Gesprächs durchgespielt. Es war die einzige Erklärung, die Busiri anbieten konnte.

»Vielleicht sollte ich mich dann mit Paul Johnson in Verbindung setzen«, schlug Omar vor. »Ich könnte ihm sagen, er soll das an Bertolli weitergeben.«

Busiri machte eine wegwerfende Handbewegung. »Ich treffe mich heute Nachmittag mit Bertolli. Er hat es verlangt. Ich sage es ihm selbst.«

Omar nickte.

»Sonst noch etwas?«

Omar schüttelte den Kopf und erhob sich. Er ging den Flur entlang und fand im Aufenthaltsraum Sayyid und Mahmoud, die sich auf dem Sofa unterhielten. In dem kleinen Fernseher lief Al Jazeera. Er nickte den beiden zu und drehte die Lautstärke auf, bis das Gewehrfeuer der libyschen Rebellen durch den kleinen Raum schallte. Er setzte sich dicht neben Mahmoud, während Sayyid so tat, als verfolge er den Bericht im Fernsehen. »Du musst heute jemanden beschatten. Und du darfst ihn nicht verlieren.«

Mahmoud nickte mürrisch, dann fragte er: »Wen?«

4

Er machte eine halbe Stunde früher Feierabend und war um fünf zu Hause, wo er Fouada in der Küche fand, umgeben vom scharfen Geruch frisch gebratenen Falafels. Sophie Kohl ruhte sich auf der Terrasse aus. »Ich finde sie allmählich langweilig«, flüsterte Fouada ihm zu. »Ganz anders als Jibril.«

»Du magst eben nur Jungs«, flüsterte er zurück. Er ging ins Bad im hinteren Bereich der Wohnung, um sich zu waschen, und dann auf die Terrasse hinaus, wo er sich neben Sophie

Kohl setzte. Sie war jetzt ruhiger, ausgeruht, und während sie sich unterhielten, fiel ihm Zora Balaševićs Ratschlag ein: *Machen Sie sich Sophie Kohl nie zur Feindin*. Dann sagte sie ihm, dass Rashid el-Sawy mit ihrem Mann gesprochen hatte, an dem Tag, an dem er ermordet wurde.

Er war schockiert, aber nur einen Moment lang. »Worüber haben sie gesprochen?«

»Natürlich über Stumbler.«

Sayyid war gekommen und wartete in der Terrassentür. »Wir werden die ganze Nacht aufbleiben«, sagte er dem jungen Mann auf Arabisch.

Sayyid zuckte die Achseln. »Das ist das Leben, das ich mir ausgesucht habe.«

Als sie aufstanden, um zum Essen hineinzugehen, klingelte Omars Handy. Es war Mahmoud. »Ja?«

Mahmoud atmete schwer. Es klang, als sei er schnell gelaufen. »Chef, es – er ist tot.«

»Was? Wer?« Omar ging hinein, vorbei an Sayyid, Richtung Schlafzimmer.

»Der Amerikaner – Bertolli.«

»Reden Sie.«

Mahmoud holte erneut Luft. »Ich bin Ali in den al-Azhar-Park gefolgt, und er hat sich mit Stanley Bertolli getroffen. Sie haben zehn, fünfzehn Minuten geredet. Das war alles. Ali wollte scheinbar zu seinem Wagen, aber als er um eine Ecke gebogen war, ist er stehen geblieben und hat sich auf eine Bank gesetzt. Als ob er auf etwas warten wollte. Nach einer Weile haben wir es beide gehört. Leise, aber unverkennbar. Zwei Schüsse. Ali ist wieder aufgestanden und zu seinem Auto gegangen. Ich bin zurück und hab das Auto von dem Amerikaner gefunden. Rashid. Es war Rashid el-Sawy. Er ist hinten ausgestiegen, hat sich die Ohrstöpsel rausgenommen und ist weggegangen. Nach ein paar Minuten bin ich hin und hab nachgesehen. Es … es ist eine Riesensauerei.«

Omar saß inzwischen zusammengesunken auf der Ecke des Bettes. Er war völlig entkräftet.

»Was soll ich tun?«

Omar rieb sich so heftig das Gesicht, dass es wehtat. Es war seine Schuld. Er hatte Ali zu provozieren versucht, und dadurch hatte er den Amerikaner zum Tode verurteilt. »Der Scheißkerl ist wahrscheinlich nach Hause gefahren. Überprüfen Sie das für mich. Okay?«

Es dauerte etwa drei Minuten, bis Omar sich aufrappeln und zu den anderen gehen konnte. Fouada hatte bereits das Essen aufgetragen, Sophie Kohl half ihr. Sayyid steckte sein Handy weg und stand auf. Zeit zum Essen.

Nach dem Essen fragte Sayyid, in welcher Richtung Mekka lag, und Omar beschloss, sich ihm anzuschließen. Es fühlte sich gut an, mit dem jüngeren Mann zu beten; es kam ihm wichtig vor. Dass er seinen Glauben aus den Augen verloren hatte, bedeutete noch lange nicht, dass sein Glaube ihn verlassen hatte. Hinterher kam er mühsam auf die Beine und ging wieder ins Schlafzimmer. Fouada ging zu ihm und half ihm in ein frisches Hemd. »Wirst du denn diese Nacht gar keinen Schlaf bekommen?«, fragte sie.

»Wahrscheinlich nicht.«

»Aber du brauchst Schlaf.« Sie legte ihm die Hand auf die knochige Schulter. »Du siehst gar nicht gut aus.«

»Du schon«, sagte er und hielt ihre Hand, dann küsste er sie auf die Wangen. »Genug getrödelt.«

Er und Sayyid gingen gemeinsam, und Omar fuhr mit ihm an eine dunkle Straßenecke in dem Wohnviertel Maadi, wo

Mahmoud in einem BMW mit Kratzern auf dem Kofferraumdeckel wartete – jemand, erklärte Mahmoud kleinlaut, hatte letzte Woche seinen Wagen zerkratzt. Omar sprach kurz mit Sayyid. Er solle in John Calhouns Wohnung fahren und nach einem Buch mit Namen suchen – das sei das eine fehlende Teil, und wenn es sich in Ägypten befinde, sei es entweder dort oder in der amerikanischen Botschaft. Danach solle er in einen Steinbruch im Süden von Kairo fahren, an der Straße, die zur Stadt des 15. Mai führte. Omar gab zu, dass er nicht wusste, wie das Buch mit den Namen aussah oder ob es überhaupt noch da war – wenn aber doch, dann sollte es sich in ihrem Besitz befinden und nicht in dem von irgendjemand anderem. »Und wenn Calhoun zu Hause ist?«, fragte Sayyid.

»Vielleicht bittest du ihn dann einfach darum. Auf nette Art natürlich.«

Sayyid lächelte und fuhr in Mahmouds BMW los. Omar ging mit Mahmoud zu seinem Auto. »Du setzt dich hinten rein«, sagte Omar zu dem großen Mann.

»Werde ich chauffiert?«

»So was Ähnliches.«

Sie kamen vor Busiris Haus an, wo die Straßenlaternen sich in der regenfeuchten Straße spiegelten. Omar hielt vor der Einfahrt und sah in den Rückspiegel – Mahmoud hatte sich hingelegt und war nicht zu sehen. »Geht's?«

»Spielt das eine Rolle?«, kam Mahmouds gedämpfte Stimme.

Er nahm sein Handy heraus und rief Busiri an. »Omar?«, fragte sein Chef vorsichtig.

»Ja, ich brauche Ihren Rat.«

»Worum geht's?«

»Das kann ich Ihnen am Telefon nicht sagen. Ich stehe vor

Ihrem Haus.« Eine Pause, dann: »Entschuldigung, aber es ist wichtig.«

Ein Vorhang ging auf, und Licht fiel auf die Straße. Es war eines der unteren Fenster – das Büro, wie er wusste. Er ließ sein Fenster herunter und winkte. Zwei Minuten später ging die Tür auf, und Ali Busiri kam heraus. Er trug eine Hausjacke über einem sauberen Hemd und einer Hose und hatte Sandalen an den Füßen. Er sah aus, als hätte er gerade ein Bad genommen. Nach dem al-Azhar-Park hatte er sicher eines nötig gehabt.

Er ließ sich Zeit, und er wirkte sehr müde. Das war die Angst, wusste Omar. Sie laugte einen aus. Busiri ging auf die Beifahrerseite, stieg ein und zog die Tür zu. »Ich hoffe, Sie wollen keinen Ratschlag in Liebesdingen«, sagte er mit belegter Stimme. »Da bin ich ganz schlecht.«

»Nein. Ich brauche einen Ratschlag zu dem Fall.«

Ali nickte, lächelte zögernd. »Schießen Sie los.«

Omar umklammerte das Lenkrad, er spürte, wie seine eigene Angst an die Oberfläche drängte. »Und was wäre, wenn ich entdeckt hätte, dass jemand aus unserer eigenen Abteilung für einen Großteil der Geschehnisse verantwortlich war?«

»Wie? Wer denn?«

»Rashid el-Sawy. Er hat beim Mord an Emmett Kohl Regie geführt.«

»Was?« Busiris Hände begannen zu flattern. »Warum hätte er das tun sollen?«

»Weil Emmett Kohl wie Stanley Bertolli wusste, dass die Amerikaner nicht hinter Stumbler steckten. Er wusste, dass die Libyer Exilanten liquidiert hatten, die die erste Stufe von Stumbler verkörperten. Um sicherzustellen, dass Stumbler nie in Gang kommen würde. Gaddafi fürchtet mit Recht das

Aufkommen einer weiteren Bewegung neben den Rebellen von Bengasi.«

»Die Exilanten wurden ermordet, sagen Sie?«

»Einer von ihnen wurde gestern aufgefunden. In Paris. Er war seit über einer Woche tot.«

Er ließ das einen Moment einwirken, wartete ab, bis Busiri die nahe liegende Frage stellte: »Das ist alles sehr interessant, Omar, aber warum sollte Rashid sich damit befassen? Warum sollte er einen amerikanischen Diplomaten umbringen wollen?«

»Wir haben die Pläne über Emmett Kohls Frau bekommen. Vielleicht wusste Kohl das, vielleicht auch nicht, aber auf jeden Fall haben die Pläne irgendwann den Sprung über die Grenze geschafft, nach Libyen, und er wollte sich darauf konzentrieren.«

»Wollen Sie damit sagen, dass Rashid die Pläne an Tripolis verkauft hat?«

»Im April vorigen Jahres hat er eine Woche in Tripolis verbracht. Ich vermute, dass er Bargeld transportiert hat, wie in Frankfurt, als er Zora Balašević ausbezahlt hat. Nur hat er in diesem Fall Geld *bekommen* – für das Material, das er ihnen verkauft hat.«

»Tja«, sagte Busiri.

»Das läuft schon seit Jahren«, fuhr Omar fort. »Schon 2005 ist Geheimmaterial über eine undichte Stelle bei uns nach Libyen gelangt. Erinnern Sie sich an Yousef Rahmin? Diese Information wurde sehr rasch weitergeleitet. Das musste natürlich sein – denn was wäre passiert, wenn Yousef verraten hätte, dass Rashid im Sold der Libyer stand? Nein, er musste Yousef Rahmin so schnell wie möglich aus dem Weg räumen.

Und dann kam Stumbler. Das muss eine Überraschung für

Rashid gewesen sein. Wer hätte gedacht, dass die Libyer, ausgerüstet mit den Stumbler-Plänen, so viele Exilanten entführen und ermorden würden? Wer hätte geahnt, dass der Architekt dieser Pläne, Jibril Aziz, plötzlich der Meinung sein würde, dass sein Plan doch noch umgesetzt würde?« Omar schüttelte den Kopf. »So ein Pech, nach Jahren perfekter Sicherheitsarbeit. Aber wie hat Rashid von Jibril erfahren?« Er hielt kurz inne. »Das habe ich mich auch gefragt, und es war natürlich mein Fehler. *Unser* Fehler, genauer gesagt. Jibril hat mit mir gesprochen, und deshalb habe ich mit Ihnen gesprochen. Ich habe Ihnen alles gesagt, was ich wusste. Sogar, dass Emmett Kohl wissen wollte, wie die Libyer an die Pläne gekommen waren. Und Sie haben es Rashid gesagt, weil Sie ihm vertraut haben. Habe ich recht?«

Busiri nickte stumm. Wie ein Mann, der Ungeheures in seinem Sinn bewegt.

»Rashid erfuhr, dass Jibril unterwegs war, um mit Emmett Kohl zu sprechen, und heuerte kurzerhand einen albanischen Mörder an. Sie flogen nach Budapest, Rashid über München. Er traf sich mit Emmett Kohl und sprach mit ihm über Stumbler. Ich war überrascht, als ich das erfuhr, aber es ist durchaus plausibel. Er musste selbst hinfahren, weil sogar ein so kalter Fisch wie Rashid sich persönlich überzeugen wollte, dass Kohl tatsächlich eine Bedrohung war, bevor er dem Albaner den Befehl gab.«

Busiri starrte jetzt aus dem Fenster, über die Straße, sodass Omar sein Gesicht nicht sah. Leise sagte er: »Aber ist das nicht ein bisschen viel Aufwand, nur um zu vertuschen, dass er ein paar Informationen verkauft hatte?«

»Das dachte ich auch«, gab Omar zu. »Aber Sie müssen es aus seiner Perspektive betrachten. Überlegen Sie doch mal.

Die fangen schon an, unsere Büros auseinanderzunehmen. Sie entlassen heute sieben Leute – und wie viele morgen? Wenn erst einmal mit den Wahlen diese idealistischen Demonstranten kommen, wird es keinerlei Nachsicht mehr mit Leuten geben, die geheimes Material an einen Diktator verkauft haben. Vor allem Material, das Gaddafi hilft, sein eigenes Volk auszulöschen. Sie müssten ihn nicht mal ins Gefängnis stecken – nur dafür sorgen, dass die Zeitungen spitzkriegen, was er getan hat. Er wäre noch in derselben Woche ein toter Mann. Die Massen verzeihen nicht.«

»Nein«, sagte Busiri. »Weiß Gott nicht.«

»Also wird er alles tun, um sein Geheimnis zu bewahren. Er wird einen Amerikaner in Budapest ermorden. Er wird einen Amerikaner in Kairo ermorden.«

Busiri drehte sich stirnrunzelnd wieder zu ihm um. »Einen Amerikaner in Kairo.«

»Ja, so leid es mir tut«, sagte Omar. »Rashid hat Stanley Bertolli hingerichtet. Ungefähr vor einer Stunde. Sie sehen sicher ein, dass man ihn aufhalten muss.«

Busiri kratzte sich die stoppelige Wange. »Ja, das sehe ich ein.«

»Wissen Sie, wo Rashid ist?«

Busiri machte den Mund auf und schloss ihn wieder. »Ich rufe ihn an. Ich habe mein Handy im Haus.«

»Warten Sie«, sagte Omar und legte ihm die Hand aufs Knie. »Da ist noch etwas, was ich mir nicht erklären kann.«

Busiri sah ihn unsicher an. »Nämlich was?«

»Wo ist Jibril?«

»Er ist doch in Libyen. Oder nicht?«

»Er hat mit niemandem Kontakt aufgenommen. Ich fürchte allmählich, dass er tot ist.«

Busiri schüttelte den Kopf, als ob das nicht zu glauben wäre. »Rashid kann doch nicht auch Aziz umgebracht haben.«

»Wenn Jibril tot ist und es war nicht Rashid, wer dann? Die Amerikaner? Wenn ja, warum haben sie ihn dann erst nach Libyen fahren lassen?«

»Das haben Sie mir doch gesagt«, sagte Busiri, mit zittriger Stimme jetzt. »Sie wollten seine Kontakte.«

»Möglich. Aber was, wenn sie da keinen Wert drauf legten? Was, wenn Rashid in seiner Panik einen letzten Anruf nach Tripolis getätigt hat? Und denen gesagt hat, dass da jemand kommt, der seine alten Netzwerke wiederbeleben und die Revolution anheizen will? Und dass sie, wenn sie diesen Mann kriegen, auch sein gesamtes Netzwerk bekommen? Dazu wäre nur ein Anruf nötig gewesen oder ein Treffen in einem Park mit jemandem von der libyschen Botschaft.«

Busiri biss sich auf die Innenseite seiner Wange.

»Gaddafi muss ihm einen Haufen Geld zahlen«, sagte Omar, »dass es ihm so viele Leichen wert ist.«

Busiri sagte nichts.

Omar schaute aus dem Fenster und betrachtete die ausladende Fassade der Villa seines Vorgesetzten. »Ein sehr schönes Haus. Wie viel hat es gekostet?«

Busiri hatte schon den Türgriff in der Hand.

»Mahmoud«, sagte Omar, und der große Mann erhob sich vom Rücksitz, ein schattenhafter, aus dem Dunkel auftauchender Koloss, der bereits fest die Hände auf Busiris Schultern legte.

Wenn Omar Überraschung erwartet hatte, wurde er enttäuscht. Busiri ruckte einmal vergeblich, dann schickte er sich in Mahmouds Umklammerung. Der große Mann verriegelte die Beifahrertür, zog dann eine 9mm-Helwan-Pistole und sorgte dafür, dass ihr Chef sie auch gut sehen konnte. Omar ließ den Motor an.

»Wohin fahren wir?«, fragte Busiri.

»An einen Besprechungsort«, sagte Omar.

Als sie losfuhren, ging die Tür von Busiris Haus auf, und die hohe Silhouette seiner Frau erschien. Sie sah dem Wagen nach. Nach ein paar Sekunden klingelte ein Handy. »Darf ich?«, fragte Busiri.

»Ich dachte, Ihr Telefon ist im Haus«, sagte Mahmoud.

»Geben Sie es Mahmoud«, sagte Omar.

Busiri tat es, und das Display tauchte sie alle kurz in blaues Licht. »Weg damit«, sagte Omar.

Mahmoud ließ sein Fenster herunter und warf das Handy hinaus. Es schlitterte klappernd über das holprige Pflaster und brach mittendurch, klingelte aber trotzdem weiter. Zehn Minuten später zermalmten es die Räder eines Lastwagens.

Teil IV

Das neue Jahr

Mittwoch, 9. März 2011

13:30 Eastern Standard Time (Boston)
08:30 Osteuropäische Zeit (Kairo)

1

Sie war in Amerika gewesen, hatte die Passkontrolle schon seit einer halben Stunde hinter sich, trug immer noch Fouada Halawis Kleid und bekam das Gefühl, in eine Welt blasser, zu groß geratener Kinder geraten zu sein. Rundliche weißhaarige Männer in T-Shirts und wattierten, knallbunten Jacken wanderten herum und stachen mit steifen Fingern auf Mobiltelefone ein; Ehefrauen und Mütter in praktischen Schuhen und Sneakers saßen an Cafétischen und hielten ihre gut gekleideten Kinder in Schach. Die Airport-Shops gleißten, trunken von Farben, jeder Laden mit etwas Grellem, Glänzendem im Schaufenster, um Käufer anzulocken. Verglichen mit Budapest und Kairo wirkte der Logan Airport wie ein bonbonfarbenes Land der unbegrenzten Möglichkeiten, mit sauber gefilterter, rauchfreier Luft. *Wie,* fragte sie sich, *kann sich irgendjemand Sorgen um uns machen?*

Sie versteifte sich innerlich, als eines der Kinder – ein etwa sieben- oder achtjähriger Junge – sich gegen ein riesiges Fenster lehnte, durch das man die abgestellten Maschinen sehen konnte, und sie musterte, als sie an ihm vorbeiging. Sein Gesicht wirkte so alt, sein Ausdruck war so intensiv, dass sie ihre Schritte beschleunigte, um von diesem anklagenden Blick wegzukommen. Gleichzeitig sagte sie sich, sie solle sich beruhigen. Dieser Junge war Amerikaner, kein Tscheche.

Sie hatte genug davon gehabt, über sich und das, was sie getan hatte, nachzudenken. Sie hatte von einer Pistole und einem wehklagenden Mann geträumt, der im einen Moment Ägypter und im nächsten Kroate war, und als sie zehn Stunden später in John Calhouns vandalisierter Wohnung aufwachte, hatte sie alles erneut im Zwielicht gesehen, während abermals ein Gebetsruf durch die Stadt hallte. Sie war allein gewesen, als sie aufwachte, und hatte in dieser ruhigen Zeit in Büchern mit moderner Lyrik geblättert, bis John Calhoun von einer Besorgung zurückkehrte und ein- oder zweimal mit ihr zu reden versuchte, doch sie hatte sich dem noch nicht gewachsen gefühlt. Ihm war sichtlich unbehaglich zumute gewesen. Sie sagte ihm, dass ihr seine Bücher gefielen, und er errötete leicht. Er nahm einen Anruf entgegen und sprach eine Weile mit leiser Stimme, dann sagte er ihr, dass Harry vorbeikäme. »Okay«, sagte sie und ging wieder in sein chaotisches Schlafzimmer zurück.

Harry war verwirrt gewesen. »Hören Sie, ich blicke da noch nicht durch, aber John hat mir ein paar Einzelheiten gesagt, und morgen treffe ich mich mit den Ägyptern, um den Rest zu klären. Vielleicht möchten Sie mir ja auch helfen?«

»Ist Stan wirklich tot?«

Er zögerte, dann nickte er.

»Treffen Sie sich mit Omar Halawi?«

Wieder nickte er.

»Er wird es Ihnen erklären«, sagte sie, denn sie hatte keine Lust mehr, irgendjemandem irgendetwas zu erklären. Sie war die ewigen Gespräche leid, aber vor allem hatte sie furchtbare Angst, er würde sie nicht ausreisen lassen, wenn sie ihm alles sagte.

In der zweiten Maschine, die in Amsterdam startete, hatte sie neben einer nervösen Frau gesessen, die während des Flugs zweimal ein Medizinfläschchen hervorholte und eine kleine blaue Pille mit einem K-förmigen Loch in der Mitte ohne Wasser hinunterschluckte. Das zweite Mal erklärte die Frau – dem Akzent nach war sie Irin – verlegen: »Klonopin. diese modernen Medikamente sind ein Geschenk des Himmels.«

Als sie jetzt ihre Umhängetasche höher hob und sich durch das Gewühl schlängelte, den Schildern zum Ausgang folgte, dachte Sophie, dass sie ein Geschenk des Himmels auch gut gebrauchen könnte. Beten war nie ihr Ding gewesen. Aber mit einer blauen Pille hätte es klappen können. *Gehen. Sehen. Erleben.* Genug davon. *Geh in ein Kloster,* dachte sie. In eine Kathedrale pharmazeutischer Offenbarung.

John Calhoun hatte sie an dem Morgen um drei Uhr schweigend zum Cairo International gefahren. Er war galant gewesen, hatte ihre Tasche getragen, beim Check-in für sie geredet, die Bordkarte genommen und sie bis zur Sicherheitskontrolle begleitet, wo sie gescannt wurde. Passenderweise hatte sie einen Alarm ausgelöst, aber es war nur Kleingeld in einer versteckten Tasche von Fouada Halawis Kleid gewesen.

Auf der anderen Seite drehte sie sich nach John Calhoun um, der groß und breit in der Menge stand und ihr immer noch nachsah, am Ohr ein Handy, mit dem er ihren erfolgreichen Abflug durchgab. Als sie dann zum Gate schlenderte, sah sie Omars Mann, den jungen Sayyid, der auf sie wartete und gerade ein Telefonat beendete. Er lächelte sie an, küsste sie aber nicht auf die Wangen, wie er es bei Fouada getan hatte. Angesichts dessen, was sie durchgestanden hatten, war das eine Enttäuschung.

Er fragte sie, wie es ihr gehe, und sagte ihr, welches ihre Gates in Amsterdam sein würden. Als sie sich nach Fouada erkundigte, zuckte er die Achseln. »Die ist in Ordnung. Sie sagt, Sie können das Kleid behalten.«

»Richten Sie ihr meinen Dank aus.«

»Sie freuen sich bestimmt auf zu Hause«, sagte er.

Das verwirrte sie, obwohl es nicht hätte sein dürfen, und schließlich griff sie auf ein Klischee zurück, um sich verständlich zu machen: »Ich weiß nicht mehr, wo ich zu Hause bin.«

»Bei Ihrer Familie«, sagte Sayyid sachlich. Für ihn war das sonnenklar. Er runzelte die Stirn über ihre Dummheit.

Als sie sich in Boston durchs Gewühl drängte, kam ihr der Gedanke, dass sie den Jungen, der sie beobachtet hatte, geträumt haben könnte. Das schien gar nicht so weit hergeholt. Sie drehte sich um und suchte in der Menge, doch er war nicht mehr da. Nein, er nicht, aber sie. Sie wollte es jemandem sagen. Jemand sollte wissen, dass Sophie Kohl jetzt real war.

Als sie weiterging, sah sie jedoch drei Männer in Anzügen mit raschen Schritten auf sie zusteuern. Einer hatte noch die Sonnenbrille auf, die anderen beiden hatten sie eindeutig im Visier. »Mrs. Kohl«, sagte der Ältere, »tut mir leid, wir haben uns verspätet.«

Sie blieb stehen, und die drei Männer umstanden sie im Halbkreis, für den Fall, dass sie zu flüchten versuchte. Waren sie echt?

Der, der gesprochen hatte, zeigte eine FBI-Dienstmarke vor. Sie sah genauso aus wie die gefälschte von Michael Khalil. Er hieß Wallace Stevens, wie der Dichter. »Wenn Sie sich ausgeruht haben, würden wir Ihnen gern ein paar Fragen stellen. Ist das in Ordnung?«

Fragen. Sie hatten Fragen an sie, aber gestern in der Wüste hatte sie keinerlei Fragen gehabt. Als sie auf den massigen, schwitzenden Mann hinabsah, der an den Stuhl gefesselt war und den Kopf geschüttelt, aber trotzdem gelächelt hatte, waren ihr so viele Fragen durch den Kopf gegangen, aber ausgesprochen hatte sie nur eine: *Ist er das?* Omar sagte Ja. Dann war sie sich, wie Emmett vor zwanzig Jahren, plötzlich ihrer Sache ganz sicher – hell und klar stand ihr vor Augen, was zu tun war. Die Lippen fest aufeinandergepresst, hob sie die Pistole und drückte einmal ab. Ihr gellten die Ohren, der Mann schrie auf und zuckte. Sie schoss noch einmal auf ihn, ließ die Pistole in den Sand fallen und brach gleich darauf weinend zusammen, hatte keinerlei Kontrolle mehr über sich. Sayyid half, sie zum Auto zurückzutragen.

»Okay«, sagte sie kaum hörbar zu Wallace Stevens.

»Wir haben für Sie ein Zimmer im Marriott gebucht. Ich hoffe, das ist Ihnen recht.«

Ihr fiel ein, dass sie nicht an eine Reservierung gedacht hatte. Nur zurückzukommen, das war ihr schon genug gewesen.

Der mit der Sonnenbrille bot ihr an, ihre Tasche zu nehmen, und sie überließ sie ihm. Während sie mit ihrer Eskorte den Flughafen verließ und sie zu viert auf einen Ford Explorer – schwarz natürlich – zugingen, sagte Wallace Stevens: »Ich weiß nicht, was Sie für Pläne haben, aber für morgen, nach dem Gespräch, können wir ein Treffen mit einem Anwalt arrangieren.«

»Einem Anwalt?«, fragte sie. Herrgott, die wussten schon, wie real sie war, und sie hatte sich einfach in ihre Gewalt begeben! »Wieso brauche ich einen Anwalt?«

»Ach.« Wallace Stevens wurde verlegen. »Nicht, was Sie denken. Ich meine einen, mit dem Sie die Finanzen Ihres Mannes besprechen und sich in diesen Dingen beraten lassen können.«

Sie entspannte sich, aber nur ein bisschen, denn er hatte sicher gemerkt, wie erschrocken sie war, und dem Polizisten in ihm musste klar geworden sein, dass sie etwas zu verbergen hatte. Spätestens am nächsten Morgen, davon war sie plötzlich überzeugt, würde sie in einer Zelle sitzen.

Doch auf dem Rücksitz des Explorers sagte er nur: »Ich denke manchmal nicht mit. Sie müssen viel durchgemacht haben. Ich hätte mich deutlicher ausdrücken müssen. Ich will Ihnen nur helfen.«

Er erinnerte sie an Gerry Davis. Vorausschauend, immer die Zukunft im Blick. Sie hatte nur den Wunsch zuzuhören, wie er ihr mit seiner beruhigenden Stimme erzählte, was morgen sein würde.

Dann fuhren sie durch die belebten Straßen. Der Himmel war bedeckt und die Stadt schön auf eine Art, wie es Kairo nie sein konnte. Es war Emmetts Stadt, und hier hatten sie sich vor über zwanzig Jahren auf einer Bierparty kennengelernt, er schlank, voller Leben und fast von Anfang an bis über beide Ohren in sie verliebt. Dann hatten sie sich zusammen die Welt angesehen.

Was konnte man sich mehr wünschen?

Wallace Stevens sah ihr Lächeln.

»Was ist so lustig?« Sein Tonfall besagte, dass er sich auch gern gefreut hätte.

Sie schüttelte den Kopf, aber das Lächeln blieb. »Ich hab nur an meinen Mann gedacht.«

»Er war ein guter Mann, habe ich gehört.«

»Ja, sicher«, sagte sie. »Keinen Deut schlechter als die meisten guten Männer.«

Er wiegte den Kopf hin und her, und es war etwas Kindliches in dieser Bewegung, etwas, das ihr sagte, dass sie das auch hätte tun können. Sie hatte in der Wüste einen Mann ermordet, aber hier wussten sie nichts davon. Und wenn doch, dann war es ihnen egal. Sie kümmerten sich um eine Frau, die noch nie in Amerika gewesen war, und ihr Name war Sofia.

Was hätte Emmett von dieser Frau gehalten? Hätte er sie anziehend gefunden? Hätte Stan sie immer noch so verführerisch gefunden? Ach, ihre armen toten Liebhaber.

Sie entspannte sich. Ihr Rücken und ihre Schulter kribbelten. Dann musste sie unwillkürlich lachen.

»Alles in Ordnung?«, fragte Wallace Stevens. »Hätten Sie gern was zu trinken?«

Sie schüttelte den Kopf und hielt sich den Mund zu. Die plötzliche totale Erlösung von jahrelanger Angst erstickte sie fast, denn was blieb ihr noch? War noch irgendetwas übrig, jetzt, da ihr Leben sich auf den unvermeidlichen Höhepunkt zubewegte?

Sie sah Wallace Stevens an. Er schien sehr nett, aber was wusste sie schon? »Der Eiscreme-Kaiser ist Kaiser allein«, sagte sie.

Er lächelte verschämt, erfreut darüber, dass sie seinen Namensvetter kannte.

Was blieb übrig, wenn alles zu Ende war?

Alles.

2

Omar bereute es sofort, dass er auf Harold Wolcotts Vorschlag, sich mit ihm im Gartenrestaurant des Marriott Hotels zu treffen, eingegangen war. Es war voll und laut, und neben einem Tisch voller lachender Amerikaner sehnte er sich nach einem geruhsamen Abendessen mit Fouada auf der Dachterrasse. Aber als Beamter hatte man nun einmal Verpflichtungen.

Wolcott saß in der Ecke gleich hinter dem Eingang und trank Gin Tonic – wie immer, wie er aus seiner Akte wusste –, und als sie sich begrüßten, spürte er eine dünne, klebrige Schicht Feuchtigkeit auf Wolcotts Hand. Wahrscheinlich hatte er ein bisschen Tonicwater verschüttet. Omar bestellte sich Kaffee.

Seit der Hinrichtung Ali Busiris waren anderthalb Tage vergangen. Im Büro sprach man von Verschwinden – wie hätte man es ohne Leiche auch anders nennen sollen? Die Agenten der Zentralen Sicherheit drehten in der Stadt jeden Stein um, und wenn er nicht gefunden wurde, würde Omar wahrscheinlich eine Ermittlung einleiten. Das war der normale Dienstweg, denn als neuer Abteilungsleiter war er dafür verantwortlich, irgendwelche peinlichen Hinterlassenschaften seines Vorgängers zu beseitigen. Das war auch der Grund, warum er dem Treffen mit Wolcott zugestimmt hatte.

»Das ist ein Filmteam«, erklärte Wolcott und zeigte mit dem Kinn auf die lauten Amerikaner. »Die haben Locations für irgendeine Liebeskomödie ausfindig gemacht. Exotische Schauplätze und ein paar Superstars, und fertig ist der Kinohit.«

»Schön für sie«, sagte Omar.

»Sophie Kohl müsste um diese Zeit landen.«

Omar nickte. Sayyid hatte sie zum Flughafen gebracht und angerufen, als die Maschine gestartet war. »Und John Calhoun. Wie geht es dem?«

»Gut«, sagte Wolcott. »Ich hab ihm ein paar Tage freigegeben, aber er ist bald wieder da. Guter Mann. Ich mag ihn.«

Omar hatte keine Meinung über Calhoun, speicherte aber Wolcotts Meinung ab; das war eine Insider-Information. So würde er von jetzt an immer denken müssen – alles sammeln, egal, wie unwichtig. Er würde zu einem Informationskrämer werden, genau wie Ali Busiri einer gewesen war. Informationen waren die einzige harte Währung, immun gegen Wirtschaftskrisen, Naturkatastrophen und sogar Revolutionen. »Calhoun ist aber ein Kontraktor, stimmt's?«

»Sicher. Aber ich werde ihn wahrscheinlich bitten, seinen Vertrag zu verlängern. Es gibt nicht viele, die wissen, wann sie den Mund halten müssen.«

»Eine wertvolle Begabung.«

»In der Tat.« Wolcott griff nach seinen Zigaretten, bot Omar eine an – der ablehnte – und zündete sich eine an. »Werden Sie mir irgendetwas verraten, oder darf ich Sie nur zum Kaffee einladen?«

»Sie stellen ja keine Fragen.«

Wolcott zog noch einmal an der Zigarette, so kräftig, dass die Glut weiß aufleuchtete. »Wer hat denn zum Beispiel Stan umgebracht? Das möchte ich schon gern wissen.«

»Da sind wir dran. Wir glauben allerdings, dass Ali Busiri es angeordnet hat, genau wie bei Emmett Kohl. Nach unseren Erkenntnissen war es in beiden Fällen derselbe Killer.«

»Gjergj Ahmeti?«

Omar zuckte die Achseln.

»Ist er nach Kairo gekommen?«

»Das ist eine Vermutung. Aber es spielt ja auch keine Rolle, wer der Killer war, oder?«

Wolcott schniefte. Er verstand sich nicht besonders gut darauf, seine Emotionen zu verbergen. »Für mich schon.«

»Sobald wir Genaues wissen«, sagte Omar.

Eine Pause trat ein. Omar schaute kurz zu den Amerikanern hinüber – ein hübsches blondes Mädchen stand gerade auf, hob ihr Weinglas und brachte einen Trinkspruch aus. Wolcott qualmte seine Zigarette, und schließlich sagte er: »Hören Sie, Omar. Ich kann diese Spielchen nicht leiden. Ich brauche Klarheit. Was ich habe, ist ein ekliger Eintopf von Namen. Emmett und Stan und der alte Ali. Sophie Kohl und Jibril Aziz sind auch druntergemischt. Klären Sie mich auf.«

Er hätte diesem Mann nichts sagen müssen. Er hätte seine Tasse hinstellen, aufstehen und gehen können, und Wolcott hätte lediglich eine Beschwerde einreichen können. Mit einer Militärregierung am Ruder hatte er kaum Ärger zu befürchten. Aber er hatte lange Zeit in Harold Wolcotts Schuhen gesteckt und Schachfiguren herumgeschoben, ohne die Figuren des anderen Spielers zu sehen, hatte sich seine Weltanschauung immer aus Halbbildern zusammensetzen müssen. Das konnte einen zum Wahnsinn treiben, und es gab nichts Unangenehmeres als einen CIA-Stationschef, der ausflippte.

»Ich kann Ihnen eins sagen«, sagte Omar. Wolcott ließ seine Zigarette sinken und horchte auf. »Ali Busiri ist für alles verantwortlich zu machen. Zum Teil direkt, zum Teil indirekt. Aber hinter den Kulissen hat er stets Regie geführt. Die älteste Geschichte der Welt. Am Anfang geht's ums Geld.

Dann muss man seine Haut retten. Das wollen wir alle, aber Ali – der hat seinen moralischen Kompass verloren.«

Ich hätte auch noch mehr umgebracht, hatte Busiri unter dem großen, im Wind flatternden Zeltdach versichert. *Zehn Leute. Zwanzig. Stellen Sie sich vor, was diese neue Regierung mit mir machen würde, wenn sie dahinterkäme, dass ich geheimes Material an einen nordafrikanischen Diktator verkauft habe. Aber wenn die Chance dazu bestand, hätte es jeder andere genauso gemacht. Sogar Sie, Omar.*

Wolcott murrte immer noch. Er wollte noch mehr, aber Omar dachte nicht daran, ihm auch noch den Rest zu liefern, ihm zu sagen, dass Sophie Kohl für seine Seite gearbeitet hatte und dass so viele der Geheimnisse ihres Mannes von Kairo nach Tripolis gelangt waren.

Wenn Sie einen Schuldigen brauchen, hatte Busiri gesagt, *dann halten Sie sich an Gaddafi. Als die Unruhen in Bengasi begannen, hat er sich an Stumbler erinnert, und deshalb hat er seine Leute ausgeschickt, um alle zu liquidieren. Jibril hat das missverstanden – das haben Sie mir gesagt. Sie haben mir alles gesagt, Omar. Wissen Sie noch?*

Sie haben also Tripolis gewarnt, dass er kommt.

Ich war meinen libyschen Freunden eine Warnung schuldig. Ein Gebot der Fairness, oder nicht?

Die müssen Sie sehr gut bezahlt haben, Ali.

O ja, allerdings. Aber Sie werden kein einziges Pfund davon finden.

Ali Busiri hatte auf einer anderen Ebene des Daseins gewirkt, als wäre das letzte Jahr noch nicht vergangen. Aber inzwischen war ein neues Jahr.

Der Entschluss, Sophie Kohl zu benutzen, war überstürzt gewesen, aber in dem neuen Jahr, zu der Überzeugung war er gelangt, sollte Unrecht auf korrekte Weise gesühnt werden, einem höheren Gesetz entsprechend. Er hatte keine Ahnung gehabt, wie religiös er sein konnte. Er war von sich selbst überrascht gewesen. Und sie hatte ihn überrascht, als sie aus dem Auto stieg, die Pistole von Mahmoud entgegennahm und mit ihnen zu dem Zelt ging. Ali Busiri, kopfschüttelnd und drauf und dran, laut loszulachen, wand sich auf seinem Stuhl. *Ist er das?*, hatte Sophie gefragt.

Ja.

Der arme Ali hatte es nicht kommen sehen. Er hatte noch immer den Kopf geschüttelt und ungläubig gelacht, unmittelbar bevor es knallte und der Schuss in seinen Bauch den Stuhl nach hinten kippen ließ, sodass er nur noch auf zwei Beinen stand und Ali beinahe hintenübergefallen wäre, bevor der Stuhl wieder schwer nach vorn kippte.

Da hatte er geschrien. Es war ein erbarmungswürdiges, hohes Schreien gewesen, fast wie von einer Frau, gefolgt von gurgelndem Stöhnen. Es tat weh, jemanden mit solchen Schmerzen zu sehen. Sophie Kohl war kein Profi. Sie wusste nicht, wie man so etwas schnell erledigt. Sie stand nur da und starrte, schockiert über das, was sie getan hatte, betäubt von dem Lärm seines Elends. Als er ihr schon die Waffe aus der Hand reißen und die Sache selbst zu Ende bringen wollte, hatte sie stumm die Pistole angehoben, sie auf seinen kahlen Schädel gerichtet und noch einmal abgedrückt, und es hatte die Pistole nach oben gerissen. Als der Knall verklungen war, hatte sie die Waffe in den Sand fallen lassen, der von dem vielen Blut schlammig war, und war dann weinend zusammengebrochen.

»Das nehme ich Ihnen nicht ab«, sagte Wolcott. »Sie sagen, das ist alles nur wegen der Gier eines einzigen Mannes passiert?«

»Ja.«

»Aber …« Wolcott schüttelte den Kopf. »Wo ist er jetzt?«

Omar zuckte die Achseln. »Verschwunden. In der Wüste, soviel ich weiß.«

»Moment, Moment«, sagte Wolcott und fuchtelte mit der Hand. Er kam wirklich nicht damit zurecht. »Busiri heuert Ahmeti an. Aber das ist doch nicht so, wie wenn man einen anruft, weil man mit ihm plaudern möchte. So läuft das nicht. Er muss mindestens einen Komplizen gehabt haben. Noch einer von Ihren Leuten.«

»Nein, niemand.«

»Niemand oder *ein* Niemand?«

Jagen Sie ihm Ihre Kugeln auch noch in den Leib, hatte er zu Rashid gesagt. *Sie erschießen diese Leiche, und wir fangen mit unserer Beziehung von vorn an.* Omar hatte einen so wertvollen Mitarbeiter wie ihn nicht verlieren wollen, jemanden, der helfen konnte bei der Beseitigung dessen, was Ali zurückgelassen hatte. Rashid war ein seltenes Phänomen – ein loyales Monster. Omar hatte bis ganz zum Schluss zu Ali gehalten, und mit diesem Gnadenakt hoffte er sich die Ergebenheit der Bestie zu sichern.

Er lächelte Wolcott an. »Harry, die Freundschaft zwischen Ägypten und den Vereinigten Staaten ist nach wie vor von entscheidender Bedeutung. Wenn erst einmal alle Fakten auf dem Tisch sind, bekommen Sie eine Kopie des Berichts. Dann werden Sie alles wissen.«

Harold Wolcotts Miene verdüsterte sich. Er sah an Omar vorbei zu den Filmleuten – der ganze Tisch sang »Happy Birthday«. Dann fasste er wieder Omar ins Auge. »Sie erzählen mir keinen Scheiß, oder?«

Omar antwortete nicht.

Wolcott drückte seine Zigarette aus, trank sein Glas leer und erhob sich. »Die Scheißgetränke können Sie selber zahlen«, sagte er und ging hinaus.

3

Sie kam wieder zu spät. Er hatte volle zwanzig Minuten im Steaks gewartet, besser gekleidet als zuvor. Er hatte eine Woche freibekommen und den ersten Tag damit zugebracht, seine Wohnung aufs Neue aufzuräumen. Er hatte einen guten Anzug hervorgeholt, den er in dünner Plastikfolie in seinem Schrank aufbewahrt hatte. Er hatte an dem Tag zweimal geduscht – einmal, nachdem er Sophie Kohl am Vormittag zum Flughafen gebracht hatte – und war jetzt in Bestform. Zumindest in so guter Form, wie es John Calhoun je sein würde. Nach dem Unterricht würde er sich im Deals mit Maribeth treffen, und dann würde man sehen, wie sich der Abend entwickelte.

Der Duft von gegrilltem Fleisch stieg ihm zu Kopf, deshalb bestellte er sich ein Bier, um seinen Magen zu beruhigen. Beim ersten Schluck fiel ihm ein, was Harry gestern gesagt hatte, nachdem er Sophie Kohl zu ihm nach Hause gebracht hatte.

Ziehen Sie keine voreiligen Schlüsse, John. Sie denken vielleicht, Sie wüssten jetzt, was passiert ist, aber Sie sind nur ein Komparse. Genau wie ich. Herrgott, vielleicht sind das alle, und es gibt keine Hinweise. Nur die Ägypter können das vollständig aufklären, da bin ich ganz sicher. Ich bezweifle, dass sie mir die ganze Story erzählen werden, aber irgendwas müssen sie uns geben. Immerhin ist Stan tot, verdammt noch mal.

John hatte ihm zugestimmt – ein Komparse, mehr wollte er gar nicht sein. So blieb man auf der sicheren Seite.

Oder vielleicht doch nicht? Wie viel hatte Stan gewusst? Und was war mit Jibril? Die Wahrheit, die an ihm nagte, während er sein Bier zu genießen versuchte, war, dass es keine Rolle spielte, wie viel er wusste – wichtig war, was andere Leute *dachten,* dass er wusste.

Er hatte sein Bier halb ausgetrunken, als Mrs. Abusir mit flatternden Röcken angerauscht kam. Er stellte das Glas hin und erhob sich, um ihr die Hand zu geben. Ihr Lächeln erhellte den Raum.

Sie hatte erfreulich gute Laune, aber er bezweifelte allmählich, dass er ihr Englisch jemals genügend aufpolieren würde. Als sie sagte: »*I seen a wonderful film on the Martin Luther King, Jr.*«, erwiderte er: »*I have seen a wonderful film on Martin Luther King, Jr.* Vor einem Eigennamen steht kein Artikel.«

Ihre Begeisterung verblasste ein wenig. »Ja, genau.« Aber sie war gleich wieder bei der Sache, denn sie glaubte, aus der Betrachtung der Mühsal, die Afroamerikaner um die Jahrhundertmitte in Selma, Birmingham und Albany erduldet hatten, habe sie neue Einsichten über ihren Englischlehrer gewonnen. Er fand das ungemein charmant und ließ ihr die meisten ihrer verkorksten Sätze durchgehen. Sie sah ihn mit so kummervollen Augen an, als sei er letzte Woche von Ku-Klux-Klan-Leuten gelyncht worden.

Er sonnte sich im plötzlichen Schein der Sympathie, und als er an ihr vorbei aus dem großen Fenster schaute, sah er einen Mann, der auf dem Gehsteig herumlungerte. Es war ein großer Mann, der aussah wie ein Ägypter, aber Amerikanisch sprach. Der sich als FBI-Agent ausgab, es aber nicht war.

»What I have saw was terrible«, sagte Mrs. Abusir und vergaß vor lauter Rührung ihr bisschen Englisch. *»How does your people cope?«*

»What I saw was terrible«, korrigierte John, obwohl er ihr am Gesicht ablesen konnte, dass sie nicht verstand, was er meinte. Sie nickte ernst, mit todtraurigen Augen, und legte ihre Hand auf seine. Johns Hand war kalt, und weil ihre Hand so warm war, verzichtete er darauf, es ihr noch einmal zu erklären.